谨以此书——献给伟大的中国产业工人

——作者题记

长篇纪实文学

咱们工人

铁血记忆·首钢九十年

蒋 巍◎著

人民日报出版社

"白领时代"的钢铁汉子们

1

是钢铁的轰响，把我召唤到这里，召唤到一个伟大而激情的记忆面前。

2

历史无限大也无限小，一个瞬间就可能照亮一部历史。

2008年夏，一个微风细雨的早晨，许多枝叶被昨夜的暴风雨吹折在地上，湿漉漉地立着亮着绿着，依然顽强且生机盎然。我驱车驶入地处北京石景山下的首钢厂区——这是我第一次进入声名赫赫的首钢。车窗外，恰有一群身穿蓝工装的工人走过，他们头戴红黄蓝各色安全帽，个个虎背熊腰，满身油污，手里拎着扳子钳子之类的工具，嘻嘻哈哈大声说笑着，在厂区内的铁道线边停下来。雨淋湿了他们的脸庞、安全帽和蓝工装，但他们毫无感觉，响亮而粗犷的笑声在雨中传得很远。

久违了！这个画面、这些工人、这些黝黑的脸庞和纯爷们儿的举止气派。这一瞬间，我突然有些激动。在"虚拟经济"、"货币战争"、"信息社会"、"白领时代"等等一系列光怪陆离的时尚华彩中，无疑，这是一群走向时代背景深处、似乎被渐渐淡忘的钢铁汉子。

他们曾大江激潮般涌过共和国的历史。那时候，他们穿着蓝工装，骑着自行车，车把上挂着叮当作响的饭盒，以军团般的浩荡阵势在首钢东大门涌进涌出，涌流在北京的长街上，一位老工人说："那时候，每到上下班时间，厂东门那儿好壮观啊！"

三十年河东三十年河西。历经时代与社会的巨大变革，如今的工人们悄然退出公众的目光，同时退出繁华，退出时尚，甚至退出媒体和人们的记忆，默默消失在计算机后面的角落里。关于他们，现今人们谈论得最多的是"下岗"、"分流"、"再就业"。他们被说得灰头土脸，他们好像只是"改革的成本"，他们似乎成了社会的负担。

不！

当我走进首钢宏阔巨大的厂房，走向炼铁的高炉和炼钢的转炉，站在平台上感受灼人的热浪，看到满脸油污汗迹的工人们顶着高温，在钢铁轰鸣声中默默挥汗劳作，一个宏大的声音突然在我心中响起：共和国的脊梁依然挺立着！

三十年来的中国改革是一场翻天覆地的伟大革命，它需要付出巨大的代价和牺牲，中国产业工人就是这场大变革中最为坚忍、最为无私、最为英勇、付出最为沉重，因而也最为伟大的群体。他们咬紧牙关，默默承受了三十年变革带来的阵痛；而他们的汗水与热血、青春与生命，始终日夜不息地与炽红的钢铁一起奔流，与共和国的脉动一起轰鸣。正是他们，把结实的身躯默默结构成这个时代的高速公路，让今天的中国风驰电掣，一往无前。

站在火花飞天、雄风高扬的高炉前，那一刻我决定留在首钢。

3

首钢，是飞飘在中国工业改革最前沿的第一面火红战旗。

首钢工人，是中国产业工人大军中一个具有代表性的群体。

首钢号称中国钢铁业的"御林军"。因其雄踞首都，历史久远，风云变幻，跌宕起伏，因其集结了大批精英和慷慨悲歌之士。因为几代共和国领袖对首钢都十分关注，它的一切行动都和国家有关。首钢的许多行动其实都是国家行动。

4

生活是上帝的作坊，它远比所有作家都伟大和富有想象力。这里书写的几代首钢人的故事常常让我感慨万千，激动不已。他们满身灰烬地从钢铁与火焰中走来，他们以自己的生命热血，铸就了一部人生的史诗、钢铁的史诗、民族工业的史诗。

认识壮丽的人生如同灵魂接受洗礼，接近炽热的生活如同生命投入烈焰。翻读这些首钢人的故事会让你的灵魂不得安宁，让你的生命雄风陡长。

5

一个国家的动力，在于它的灵魂所向。

这次写作遭遇了一股猛烈上升的强热气流。愈到后来，愈感觉我的思想与情感已经超越了首钢厂区。我其实不是在写首钢，而是在写一个国家、一个民族的传奇，写埋伏在人的灵魂深处那种随时可能喷发、随时准备创造奇迹的巨大能量。即使你对钢铁或首钢不感兴趣，读读这本书也是有意义和有意思的。

首钢人历经九十年前仆后继、波澜壮阔的奋斗，创造了一部关于民族独立、民族自强、民族复兴的可歌可泣的历史。这是一部精神读本，一部解读中华民族精神密码的读本。

正是这种 DNA 式的"精神密码"，决定了中华民族的未来。

6

人类学会用火之后，才开始创造文明。文明其实就是被时间凝固的火焰。首钢人给我们国家、我们民族留下的，其实就是五千年生生不息、照天烛地、熊熊燃烧的中华民族精神的火炬。

钢铁就是这样炼成的。

目 录

第二部

铁血时代（1949—1979）

"孤军深入"的巨人行动

咱们工人

铁血记忆·首钢九十年

第三部

变革时代（1979—2009）

从泥足巨人到钢铁巨人

咱们工人
铁血记忆·首钢九十年

咱们工人

铁血记忆·首钢九十年

序 篇

火焰守望者

历史剪影

　　历史，横亘在这条通天大道上，横亘在无数驼峰和汗光闪闪的马背上。

　　从大秦帝国以后的古都长安，到元朝以后的帝都北京，自古以来贯通一条数千里长的驿道，它西接穿过大漠孤烟的丝绸之路，东接万里雪飘的塞北大地。

　　它和长城一样古老与辉煌。

　　这条横贯中国的古驿道，是秦始皇兴建长城时修筑的，路成之初，蔚为壮观，可以并排跑四驾战车。两千二百多年前，秦始皇东巡他的广大疆土时，就曾在旌旗蔽天、金戈铁马的簇拥下，率领他的御林军潮水般涌过这条驿道。

　　古道西风瘦马，枯藤老树昏鸦。尘烟起起落落，一代代帝王带着他们的故事去了，一代代帝王带着他们的雄心来了。到了元朝，马背上的"一代天骄"把中国疆土扩大到空前规模，史称"国朝广大，旷古未有"。雄才大略的元世祖忽必烈决定定都北京，当时最著名的建筑设计师、天文学家、水利专家刘秉忠和郭守敬师徒二人，邀集风水名家规划皇宫方位时，横向中轴线就在这条古驿道的延长线上，石景山则被视为"大都"建设方位的"定盘星"，石景山由此得号"京都第一仙山"。

　　石景山，其实是一座很袖珍的小山，只有183米高，据说它是大禹治水走过的第四十四座山。山上绿树葱郁，花草繁盛，许多古建筑栉比相连，比肩而立。西坡上的金阁寺为晋唐时期所建的佛教胜地。南坡自上而下又建有道教的玉皇殿、老君庙和碧霞元君殿。小小的一座山，佛道并存，信徒云集，香火鼎盛，和声和谐，并有万历、康熙两位皇帝的手书匾额和雍正、乾隆同书一石的著名"父子碑"，足见石景山在京城地位的显赫与尊贵。

　　随着近现代交通的发展，古驿道渐渐湮没。只有行商的马帮和驼队依然踏着它的遗迹缓缓而行，在夕阳深处留下马蹄驼铃的悠长回响，还有旅人思乡的悲凉歌谣……

　　进入现代，繁盛的石景山渐渐变得寂寥而苍凉了。

　　它被工业时代崛起的十里钢城圈进了围墙之内。

　　如今，石景山左近的这条古驿道已变成繁华的商业街。顺路东行，穿过十里钢城，出巍峨壮丽的首钢东大门，就是中国第一街——长安街，它直抵中国的核心：中南海和天安门。

首钢和它拥有的最高峰时达 26 万多人的产业工人群体，正坐落在这条中国历史的横向坐标线上。

他们都是火焰的守望者

第一章　勾振现：站立在本书最前面的工人雕像

一、2008·大年夜的恸哭

——忘不了黑漆大门关死的那一刻

1

一切都是好好的，事情突然起了变化。

万万没想到，2008年那个喜气洋洋的大年夜，后来让勾氏家族哭得稀哩哗啦。

晚七时，央视的新闻联播已经充满喜庆气氛。首钢家属区里，家家都把电视声音开得震耳欲聋——这是常年在机声隆隆中大吼大叫的首钢人的习惯。

厨房里切菜剁肉、煎炒烹炸的声音和小辈儿们在床上地上的活蹦乱跳，也把家里气氛搞得越来越红火。

开席喽！喜笑颜开的勾振现扯开嗓门一声大吼。

老人身材不高，膀大腰圆，满面红光，一双铜铃眼炯炯有神，寸长白发剪得很齐整，钢针似的根根直立，言谈举止威风八面，颇有钢铁工人的气势。尤其那双罕见的、超乎寻常的大耳朵，耳轮饱满，结构分明，比一般人的几乎大出一倍。采访时我仔细观察，这个家族大大小小的成员，耳朵都超常的大。

都说"耳大有福"。

那个大年夜，当几十个碟碗的大菜热气腾腾堆满三张大圆桌，家宴正式开席了。

因为即将举行的北京奥运，这一年的春节特别热闹火爆。人们没想到春节数天之后，一场巨大的雨雪冰冻灾害会席卷南国，更没想到春暖花开的5月12日，汶川大地震会让整个中国肝胆俱碎，泪雨飞天。不过，这里记录的传奇故事与冰冻和地震无关，它只与首钢一个普通家族的命运有关。

2008年，是首钢老工人勾振现八十大寿之年。

北京西部，首钢模式口家属小区，80岁的勾振现，78岁的弟弟勾振书，76岁的妹妹勾玉莲，带着各自的家人和儿孙们，在这个大年夜齐聚一堂，庆贺新春佳节的到来，也庆贺勾振现的八十大寿。四代同堂，四五十口老小，把三室一厅的房子挤得满满登登，欢声笑语震得玻璃窗嗡嗡作响。

勾氏家族除了第三代和第四代，第一代的三兄妹和第二代的几十口人都是首钢的，堪称"首钢之家"。

三张从邻居家借来的大圆桌摆开了，几瓶二锅头和成箱的"燕京"啤酒打开了，几十碟碗的荤素大菜端上来堆成山了。"老祖宗"勾振现一喊开席，整个家族欢声四起。

第一道程序当然是老老小小一齐起立举杯，给今年的老寿星勾振现敬酒。

2

三杯酒落肚，老人的话自然多起来。白发苍苍的勾振现望着满屋的骨肉亲人和喜气洋洋、活蹦乱跳的儿孙辈们，不由得感慨万千地说，小时候跟母亲逃荒要饭，我差点儿饿死在路上，给鬼子当苦力，又差点儿让鬼子踢死，做梦也想不到我能过上八十大寿，能摊上这么好的日子，能看到子孙满堂……

没想到，老人的这几句感慨，不经意间打开一部辛酸的历史，碰触到整个家族最不愿意提及的一个痛苦记忆。76岁的妹妹勾玉莲坐在一边，忽然扭过头掩面啜泣不止，看妹妹哭了，78岁的二哥勾振书也抹起眼泪。孙儿辈们没经过那段悲怆的历史，不懂事，看三位老人都泪流满面，就七嘴八舌说起尘封已久的陈年往事。勾玉莲的小外孙子傻乎乎地责问勾振现，舅姥爷，您是三兄妹的老大，当年怎么能把我姥姥卖了呢？

历史被引爆了！

这个欢乐的大年夜，勾氏家族的数十口老小哀伤不已，抱头痛哭。

整个中国，大概唯此一家，在泪水中度过辗转难眠的大年夜。

3

干涩的风夹着黄尘，漫天遍野掠过中原大地，把无边的耕田抽开蛛网般的裂缝，把农民的皮肤也抽开许多血淋淋的裂口。

春天，是贫苦农民最难过的日子，去年存下的陈粮早就吃光了，新鲜的嫩草树叶和野菜还没长出来。

天刚蒙蒙亮，母亲就起身了，移动着一双小脚拿柴草点燃锅灶，然后抓了一把发霉的碎玉米扔进去——这种碎玉米是连玉米棒子一起碾碎的，然后再加进几把去年秋天存下的枯干野菜，熬成黑糊糊的粥，先让爹喝足，好下地干活儿。孩子们只能小饿狼似地在一旁瞅着，等父亲下了地，娘再把剩下的粥分成浅浅的几小碗，给孩子们暖暖肚子。

这是1939年的阳春三月，河南省延津县秦庄村。

太阳刚上三竿，一阵急促的马蹄声卷起丈高烟尘，由远而近，潮水般向秦庄村扑来。村民们的心一下提到嗓子眼儿，鬼子和伪军又来糟蹋老百姓了！

保长和狗腿子们一阵狂喊乱叫，数百名村民们被集合到村东头河滩地上。鬼子兵和伪军们个个荷枪实弹，围在四周，一个鬼子军官挎着军刀站在前面呜哩哇啦说了一通，翻译说，皇军要在满洲国黑龙江那边的黑河"建设新城市"，需要大批劳力，要求本村青壮年踊跃报名，谁家出一个人，发给二十块现大洋，家里有青壮年的不去，要上交一百五十块现大洋。

勾家七口人，爹娘再加五个半大不小的孩子，只有父亲一个劳力支撑家里的日子，爹一走，日子还怎么过啊？可那个瘦猴似的保长天天带着几个狗腿子来催逼——他实际上图谋霸占勾家仅有的四亩河滩地，

勾振现近照

爹娘明知这一去凶多吉少，可又不敢不去，父亲说，算了吧，去个一年半载看看，能发下二十块大洋，家里日子也能对付一阵子。

哪里有什么现大洋？父亲刚刚收拾好行李，保长和几个狗腿子就堵在门口，五花大绑把父亲捆走了，勾振现和弟妹一窝蜂扑上去，哭喊着死死抱住父亲的腿不让走，娘也跪在地上向保长哀声求情，可狗腿子用枪托把娘打翻在地，又连踢带踹把孩子们扯开，把父亲捆走了。

全村总共被捆走十六个青壮劳力。

家里生活一下子塌下来。母亲只身一人，又是小脚，养不活五个饿狼似的孩子。那年大姐17岁，母亲给她找了个婆家，早早把人送过去了，换了五斗老玉米。二姐14岁，饿得走路打晃，人瘦得只剩一双滴滴溜溜的呆滞的大眼睛，一捆猪草都背不动了，在家里饿着就是等死，母亲迫不得已，把她卖给一家姓赵的富人家当童养媳。

两个月后的一天深夜，二姐偷偷跑回家，扑到母亲怀里放声大哭，说赵家人打人下手太狠了，她死也死在家里，绝不再进赵家门了。母亲看女儿的头发乱糟糟血淋淋的，掀开一看，是被赵家婆娘一绺一绺扯的，连头皮都撕开了，血红一片，身上也是青一块紫一块，伤痕累累。母亲抱着二姐呜呜哭，全家都跟着哭，最后母亲还是逼着二姐回赵家。

母亲说，闺女，你已经是赵家人了，挨打受骂就忍着吧，能对付着给口饭吃就谢天谢地了，家里孩子多，妈养不活你，不能眼睁睁看你饿死啊……

天亮了，母亲送二姐回赵家，勾振现和弟弟在后面跟着，二姐不想走又不得不走，死死扯着母亲的衣襟一步一回头，哭成了泪人儿。从那以后，勾振现再没见二姐回来，死活也不知道。

半年以后，村里一个被鬼子捆走的劳力从黑龙江偷偷跑回老家，他告诉勾

振现的母亲，你家爷们儿年纪大，身体又不好，到黑河开山挖洞，住的是漏风漏雨的马架子，吃的是发霉的玉米面窝窝头，没两个月就病倒了，监工的鬼子见他干不动了，把他扔进后山沟，活活让狼掏了……

（早年我在黑龙江省一些边境城市做过调查，日本侵占东北后，曾与希特勒密商，准备在适当时机从东线苏联进攻。为此，日本组织大批劳工，在黑龙江沿边境线修筑了十几处地下军事要塞，我参观过其中几座，全部为钢筋水泥建筑，绵延地下数百米，上下数层，地面配有大量碉堡掩体。为保守秘密，所有参加建筑工程的劳工除少数逃出者，绝大部分被枪杀或活活埋在地下。可以断定，勾振现的父亲就死在黑河军事要塞工地上。）

父亲死了，保长隔三差五到家里逼着交租交税交"皇粮"。母亲看家乡没法待了，狠狠心把三间草房和四亩河滩卖了，1939 年秋天，母亲带上三个孩子：11 岁的勾振现、9 岁的勾振书和 7 岁的小闺女勾小玲，踏上逃荒要饭的漫漫长路。天低云暗，风霜雨雪，山野乡间，一个衣衫褴褛的小脚女人扯着三个孩子，一路走一路乞讨，能要到一点吃的，先给孩子充饥，要不到就挖野菜扯树叶，有时住在山洞或废弃的破窑洞里，有时借住在别人家的牲口棚或猪圈里。勾振现是老大，懂事了，一路要来的残汤剩饭，他都先推给母亲、弟弟和小妹，自己一把接一把扯野草树叶往肚里塞，有一次一头从山崖上摔下去，瘫倒在坡地上一动不动，母亲和弟妹抱着他哇哇大哭，以为他死了。他是饿昏了。

4

母亲带孩子一路向山西逃亡，这边乔兴县里有她的一个哥哥。

逃到乔兴县的李家沟，小脚的母亲双腿肿得老粗，再也走不动了，暂时在那里落了脚。一家四口借住在地主李四爷的一孔破窑洞里，母亲给李四爷家做豆腐，勾振现给李四爷家放羊，一家人就这样挣扎着活了下来。

死冷的寒冬腊月，滴水成冰，大雪封山，勾振现还得出去放羊，没有鞋，母亲拣来一些破布头，每天早晨把勾振现的脚缠上，没几天，小脚跟冻出一道道血淋淋的口子，雪地上的脚印一行行染着星星点点的血。母亲看着心疼，到了晚上把儿子的脚捂在怀里暖着，眼泪哗哗流。

开春，李四爷要勾振现给地里干活的长工送饭，饭菜装在陶罐里。有一次勾振现在路上摔倒了，罐子碎了，饭菜全洒在地上了，勾振现没办法，回到地主家哭哭啼啼地向李四爷说明情况，没等他说完，李四爷扇了他几耳光，硬说他把饭菜送给母亲吃了，然后故意把罐子摔了。

勾振现不服，挺着小脖梗说，你别污陷好人，罐子就是不小心摔的，饭菜都洒在地上，不信你去看看！

李四爷恼羞成怒，说你吃了我家饭还嘴硬，让家丁把勾振现吊起来打。毒打了一整天，小小的勾振现被打得遍体鳞伤，昏过去了，母亲哭着把儿子背回破窑洞。勾振现醒过来，抱着母亲痛哭，说死活再不去李四爷家干活了。

母亲也不想干了。第二天，娘到李四爷家算工钱。李四爷指着母亲的鼻子大骂，你们这帮穷鬼，给鼻子上脸，住我的窑洞吃我的饭，还摔了我的罐子，没让你们赔就不错了，还想算什么工钱？

他叫来几个狗腿子说，给我轰出去！

白给李四爷干了一年多，一分工钱没拿到。

5

母亲带上三个孩子又上了路，一路乞讨一路走，几天后到了三里庄，找到她的哥哥任景源。任景源不是个好东西，整天跟地痞流氓伙在一起，靠贩卖人口、欺压百姓混日子。但妹妹来了，他不好明撵，而且鬼眼珠子一转，觉得以后可以在孩子身上赚点儿钱，就暂时让妹妹和三个孩子在他的一间破草房里住下。母亲平时在任景源家帮着做饭干点杂活，勾振现和弟弟天天上山为他家打柴草。

有一天，任景源跟妹妹说，现在年景不好，我的日子也不好过，成年养着你一家四口我也受不了。再说你一个妇道人家，整天扯着三个孩子东奔西跑，不是长久之计。我看你闺女小玲长得眉清目秀的，还是乘早把她嫁出去吧，换上几担小米，我再给你腾一间房子，就可以在这儿安家落户了。

母亲思虑再三，虽然明白任景源是拿话逼她，可眼下一家人远在异乡，寄人篱下，上无片瓦，下无立锥之地，找不到别的活命路，没办法，她听了任景源的话，把女儿小玲卖给了地主冯四，换了三担老玉米和一间破草房。

过了好久母亲才知道，任景源从中大捞了一把。她找到任景源，连哭带喊把他大骂了一顿，任景源脸一变，说这年头谁认识谁，我不能白养你们一家，一年多我也赔的差不多了，你就带孩子滚吧！

母亲气得大病一场。

那阵子，鬼子为了抓"反日分子"和八路，常到村里来杀人放火，村里很多人家都躲到山里藏身。母亲身体稍好一些后，觉得自己带着两个孩子，人生地不熟，没处躲，她看不少从河南逃荒来的老乡纷纷回了老家，于是也决定带孩子回河南。

临走时，母亲带上勾振现、勾振书两个儿子，去地主冯四家想最后看一眼女儿。正在院子里干活的小玲听到母亲的喊声，疯跑出来一头扑进母亲怀里，死死抱住母亲的脖颈，哭着说要跟母亲回家，不在冯家受气挨打了。冯四听见，气冲冲从院子里跑出来，恶狠狠抓住小玲的胸襟，一把从母亲怀里抢了过去，大骂他妈的，我又不是不给你吃的穿的，哭什么丧？

他连踢带踹把小玲拉进院门，挥挥手吼道，死婆娘，你们快滚，别在我家门口哭丧！

咱们工人

铁血记忆·首钢九十年

冯四进了院，咣当一声，把黑漆大门关死了。

白发苍苍的母亲扑腾一声跪倒在地，双手拍打着地面，一边朝黑漆大门那儿爬一边哭叫，求求老爷，让我跟女儿说几句话吧，求求老爷啦……

勾振现、勾振书也跟着跪倒哭喊不止。

黑漆大门里面，小玲也不住声地哭喊，妈，妈，我跟你走，我不想在这儿，妈快救救我，让我走吧……

勾家三个女孩全卖了，一家骨肉自此天涯相隔。

二、马鞍山："让鬼子喝咱爷们儿的尿水！"

——回头泪望：火烧连营的席棚区

1

母亲带上两个儿子，一路靠讨饭和给人家干零活，辗转回到河南延津县老家。没地方住，只好借住在二伯父家一间养牲畜的草棚里。没地种，振现和振书就靠给保长家放羊砍柴过日子。

鬼子烧杀，恶霸横行，1943年老家又发了大水，灾祸连天，老家的日子没法过了。正巧这时家乡来了招工的人，说日本人在马鞍山新建个钢铁厂，到了厂里吃精白面，住大高楼，一月一开支，逢年过节还有赏。听着虽然悬乎，但总会比躲在别人屋檐下讨生活好。坚强刚硬的母亲拖着小脚，又带两个儿子上了路。

到了马鞍山钢铁厂，15岁的勾振现个头太矮，报名那天，他夹在人群中，脚底下垫着一块砖，使劲伸长脖子才算过了关。

进了厂，勾振现才知道上了招工人的当，哪有什么白面高楼？吃的是混合面，住的是草棚子，一个棚子挤进二三十人，棚子中间是个臭水坑，天旱时臭气熏天，下雨时成团的蛆虫白花花从坑里爬出来，到处钻，睡觉一翻身就会压死一片，开始还有些怕，可干活累得要死，后来下了工倒头就睡，蛆虫也顾不上怕了。不久，一家三口拣了些铁皮木板，在钢铁厂不远的地方搭了个小房子，就算有个家了。振现每天到厂里做工，振书四处拣垃圾打零工，日子就这么一天天熬下来。两个多月后，母亲突然得了急病，高烧不退，上吐下泄，听人说这就是"虎列拉"（霍乱症），是一种可怕的传染病，鬼子一旦发现这种病人，就立即把人扔进石灰坑里，说是"消毒"，其实就是用石灰活活把人呛死、烧死、埋掉。

勾振现每天上班前都嘱咐弟弟，出门一定把房门锁好，不能让鬼子发现病中的母亲。半个多月过去了，母亲的病一直没好，身子瘦成皮包骨，脸色又青又黄，只剩一双眼睛会动了。有一天勾振现下工回家，看母亲身上盖着草垫子，只露出一个头，双眼紧闭，一动不动，脸上一点血色也没有，他以为妈死了，跪在床前大哭不止。也许是儿子的恸哭召回了母亲的一丝游魂，好半天，母亲才长长喘出一口气，又活过来了。

第二天，勾振现在烟里火里忙着，心里一直惦念着母亲的病，不到下工时间，他就想溜回家看看母亲，可厂子看守很严，周围圈了三道电网，工人进了厂就不能随便出去了。勾振现乘工头不注意，一闪身溜出车间，一溜烟跑到电网边，双手把地面扒开一条沟。那时他又瘦又小，还好，勉强贴着地沟从电网下面爬了出来，没曾想刚刚站起身，就被巡逻的伪兵发现了。他被绑到警备室，用绳子捆住胳膊吊在房梁上一顿毒打，过后鬼子为"杀一儆百"，把他拉到厂门口，在尖利的铁渣炉渣上足足跪了八个小时，两个膝盖被扎得鲜血淋漓。他又疼又累，实在挺不住了，刚弯弯腰，鬼子的大皮靴就从后面狠狠踹过来，脊背被大皮靴踹开两个大口子，肉都翻开了，他一头栽倒在地昏过去了，后来是一帮工友把他抬回家的。

2

勾振现当了高炉的炉前工。

鬼子监工整天拎着皮鞭木棒跟在工人后面，看不顺眼就打。老工人告诉勾振现，鬼子"不打勤不打懒，专打不长眼"，让他多长几个心眼儿对付鬼子，能歇就歇，能磨就磨。那时高炉出铁，要先把铁水注入沟槽砂模，砂模如果含水受潮，铁水就会砰砰爆炸，炸成一团乱麻似的"蜂窝铁"，啥都不能用了。工人知道炼出的铁都拿去做枪炮炸弹，用来屠杀中国人。每到下雨下雪天，他们常用这个办法把铁水废掉。有一次铁水又放炮了，日本工头熊井气得暴跳如雷，一个姓刘的工友不小心，放炮的红铁渣带着火苗崩到身上，工作服顿时呼呼燃烧起来，烫得这个工友满地打滚儿。勾振现他们要扑上去营救，被熊井喝住，他说要试试救火的水龙头能不能用。实际上他磨磨蹭蹭，就是不想救人，以此惩戒造成铁水放炮的工人。等水龙头喷出水来，已经迟了。那位刘工友被上千度的铁水烫得死去活来，浑身成了一团着火的肉，在炉前滚来滚去，哀嚎震天，不多时烧成一团黑炭，死了。

勾振现和所有的工友都哭了。

下工时，大家商议着绝不能轻饶了熊井这家伙，一定给姓刘的死难工友报仇，让熊井以血还血。工友中年纪最大的王纪山咬牙切齿地说，你们瞧着吧，我有办法！

第二天上夜班，到出铁时候了，熊井来到高炉前，撅着屁股观察出铁情况，王纪山乘他不备，悄悄从背后摸上去，抡起十二磅重的大锤狠狠砸在他后脑勺上，熊井的脑袋顿时开了花，鲜血脑浆都喷了出来，当场毙命。工友们一窝蜂拥上去，七手八脚帮王纪山把熊井的尸体拖到隐蔽处。王纪山脱了作业服，换上一身老百姓衣服，双手抱拳跟工友们作了个揖说，弟兄们，我不想给大家惹祸，就此告别，鬼子查问下来，就说是我干的。

王纪山乘着夜色钻出电网，从此消失得无影无踪。

工友们商量，鬼子一旦发现，肯定会追究下来，大家要咬紧牙关说没看见、不知道，谁都不许当孬种，不许贪生怕死，谁要是被鬼子折腾死了，大家合力养活他的一家老小。

果然，下班的时候，鬼子在铁渣堆后面发现了熊井的尸体，立即拉响全厂警报，并把全体当班工人集合起来点名，点到王纪山的时候，全场鸦雀无声。鬼子铁青着脸吼叫，谁知道王纪山的下落？大大的有赏！

没人吭声。

鬼子把勾振现这个班的工人全体押到宪兵队，灌辣椒水，上老虎凳，肚子灌得胀鼓鼓的，再用大皮靴猛踩，血水立即从嘴里鼻孔里喷射出来，接着再吊到梁上毒打，可工友们人人嘴都闭得铁硬，鬼子啥都没审出来。

3

战事越来越吃紧，中国和盟军的飞机不时飞到马鞍山钢铁厂上空轰炸。不久，鬼子调来一个高炮连，驻防在钢铁厂附近的山头上，每天派几个工人挑桶往山上送水。鬼子怕工人们不卖力，专门派了几个工头在山根山腰上监视，不许工人歇息。几百米高的山头爬了几天，工人的腿个个肿得像电线杆子，脚底全是大血泡，夜里上床腿都抬不起来。

工人李六满脑门儿鬼点子，有一天他笑呵呵地说，弟兄们，咱们不能总让鬼子摆弄啊，咱也玩玩他们！说罢他解开裤子，往桶里撒了一泼尿水。大家都乐了，纷纷解裤子照办。

后来天天如此，工人们挑水前有尿也憋着，专门给鬼子预备着。有一次李六又往桶里撒尿，被一个叫康小巴的工头发现了，立即报告给鬼子。鬼子把勾振现和所有挑水工人用铁丝捆起来，吊在树上猛抽了一顿，大家都死不认账。可李六推脱不掉了，鬼子把他打个半死，审他都有谁往桶里撒过尿？李六坚强不屈，咬紧牙关一言不发。鬼子气得暴跳如雷，把他绑在树干上，然后牵来几条狼狗把李六撕得七零八碎，血流满地，肠子都掏了出来。

李六被活活咬死了。

1944年，鬼子在战场上节节败退，中国和陈纳德"飞虎队"的飞机轰炸越来越频繁，马鞍山铁厂的生产无法进行了，鬼子挑了一部分年轻力壮的工人，塞进闷罐火车转送到北平石景山铁厂，勾振现就是其中一个。

鬼子撤退前，把一批年老体衰和有病的工人圈在山腰处的席棚区，周围由全副武装的士兵看守，然后在各处撒上汽油，点着火，一时间绵延山上山下的席棚区烈焰熊熊，数百名老人和病人被活活烧死在里面。

幸亏勾振现得知自己要被送到北平石景山铁厂，事先让弟弟振书带上母亲走了。他登上闷罐火车时，那片火海还在燃烧，火中传出的凄厉呼救声、叫骂声和鬼子机枪的扫射声，至今让勾振现心颤不已，说起来就泪流满面。

到达鬼子管辖的石景山制铁所，勾振现被分配到焦化厂，弟弟勾振书进了炼铁厂，不到两个月，鬼子投降了。

三、《钢人铁马》：一本书引来的奇遇

——墓前哭号："妈妈，你为什么把我卖了？"

1

解放了！

逃荒要饭、四处流浪、当牛做马的苦难岁月结束了，当家作主、扬眉吐气的时代到来了。穿着灰制服的军代表进了厂，请21岁的"老工人阶级"勾振现上台，发表对建设新铁厂的建议和意见。老人说，做梦我也没想到这辈子能一脚迈上主席台，走上去都不知怎么迈腿了，说话时鼻尖冒一层汗，声音直哆嗦。

他的喜事一桩接一桩：娶了好媳妇，生了胖小子，搬进新房子，年年当劳模戴红花，还参加了铁厂办的扫盲班，大字不识的他终于能读报看书了，然后入党，当班组长，成了石景山铁厂响当当的工人骨干，后来一路做到行政科长。

为了对青少年进行思想教育，那些年，勾振现常被请到各处做"忆苦思甜"报告，讲到两个姐姐和妹妹小玲被卖给富人家当童养媳，讲到随母亲四处逃荒要饭，讲到在马鞍山钢铁厂当牛做马的悲惨生活，每到动情处，他泣不成声，台下也泪雨纷飞，"牢记阶级苦，不忘血泪仇"的口号声响彻全场……

1963年，石景山钢铁厂动员所有老工人回忆撰写自己的苦难家史，从中挑出十余篇有代表性的汇集成册，定名《钢人铁马》，由中国青年出版社出版发行，勾振现的回忆录《往事》被放在该书的首篇。

2

《钢人铁马》一书发到全厂每个班组当学习材料。

有一天，勾振现正在动力厂的车间里闷头干活，厂长忽然匆匆跑过来说，有人找他。勾振现问啥事？厂长说，有人从《钢人铁马》那本书上看到你有个妹妹，旧社会卖给地主冯四家当童养媳，他对这事挺感兴趣，想问问你。

勾振现问，这人是哪的？

厂长说，也是咱石钢的，在铸造厂干活儿。

勾振现莫名其妙，跟着厂长到了办公室。

办公室里坐着一个人高马大的汉子，胡子拉茬，黑脸黑手。厂长介绍说，他叫张永田，是铸造厂的班组长。

张永田仔细端详一下勾振现，眼睛有些发亮。他说，厂里发下一本《钢人铁马》，我看到你的回忆录了，里面说你有个妹妹，当年在山西乔兴县三里庄被卖给地主冯四家当童养媳，有这回事吗？

勾振现说，是啊。

张永田又问了一连串问题：你妹妹是哪年生的？小名叫什么？属相是啥？哪年卖给冯四的？长相有什么特征？等等。

勾振现一一回答清楚，又说妹妹小玲小时候和他一块爬树打枣，不小心从树上摔了下来，右额角那儿留了块疤。还有逃荒要饭时腿被摔伤，从此有一点点跛，不过不太明显。

双方谈了半天，张永田沉默了一会儿，说行了，就这样吧，过几天我有事再找你。

勾振现不明白张永田是啥意思，说你问我这些干啥？

坐在一旁的厂长耐不住性子，干脆把话挑明了，他指指张永田说，你失散多年的妹妹小玲，很可能就是他的爱人！

勾振现霍地站了起来，铜铃般的大眼珠子瞪得更大了。他几乎不相信自己的耳朵，更不相信世界上会发生这样的奇迹！他又问厂长，你说什么？

你妹妹很可能就是张永田的爱人！

勾振现如雷轰顶，呆住了。半晌，他问张永田，你爱人叫什么？多大岁数？

张永田说，她叫武玉莲，后来她流落到了一个姓武的人家，后改的姓，今年31岁。

勾振现35岁，妹妹比自己小4岁，一算正对。

勾振现心急火燎地说，那咱们快走，去看看是不是我亲妹妹？

张永田迟疑着说，我得回去问问我爱人，她想不想认这个亲？

勾振现打雷似的吼起来，她怎么能不认她的亲哥？走，我现在就跟你到家里看看！

张永田和厂长商量一下，同意了。

张永田家门前有棵大槐树，一个四五岁的女孩正在树下玩，张永田说是他的女儿。勾振现定睛一看，长相和妹妹小时候一模一样，他的眼泪一下涌了出来。

进了家门，武玉莲不在家，去粮店买粮了，炕上还睡着一个襁褓中的孩子。

等了一会儿，就听门前有自行车吱吱嘎嘎响过来，勾振现急得腾地站起身，张永田说，你坐着，我去迎迎先打个招呼，别让玉莲太激动。

张永田迎出门对妻子说，我把《钢人铁马》上那位勾振现请来了，你进屋看看是不是你哥？

自行车咣当一声倒了，粮食洒了一地。

武玉莲冲进屋，愣愣看了勾振现一眼，接着一掀帘子进了里屋，半天没动静。张永田进里屋一看，爱人坐炕沿上，身子软软地靠在糊着旧报纸的墙上，泪水像断线珠子一样流个不停。张永田问，那是不是你哥呀？

武玉莲抹抹满脸的泪水，使劲点点头，她说不出话了。

是你哥，你就出来说说话呀！

武玉莲回到外屋，木木地站在那儿，嘴唇嚅动了半天，终于困难地喊出一声：哥！接着泪落如雨，一句话也说不出了。

勾振现喑哑地叫了声：小玲！这么多年让你受苦了……

自1940年妹妹小玲卖给山西乔兴县地主冯四家，勾振现、勾振书跟着小脚母亲漂泊到马鞍山钢铁厂当苦力，一家人骨肉分离，天各一方，失散了整整23年，没想到人海茫茫，命运辗转，兄妹三人的三个家庭竟然都在首钢落了脚，并且因为一本小书《钢人铁马》而离奇地重逢了！

张永田说，这些年，玉莲一直想她的妈妈，想她的两个哥哥，看电影也哭，看戏也哭，看《白毛女》的剧更是看不下去，看了一半就跑出剧院，坐在道牙子上捂着脸哭。

玉莲一边抹眼泪一边问，咱妈呢？身体还好吗？

勾振现心里一紧，三年前即1960年，母亲因病身体不支去世。可是看妹妹哭成那样，他不忍心告诉实情，就撒了个谎说，妈在家呢，身体还行。

武玉莲腾地站起身说，走，我跟你去看看妈！

这时，睡在炕上的孩子醒了，哇哇哭。

勾振现想拦住妹妹，说你看孩子饿的，在家奶孩子吧，今天太晚了，别去了，以后找机会再说。

武玉莲斩钉截铁说，孩子算老几，我要去看妈！

勾振现没办法了，只好领着张永田和妹妹往自己家走，一边走一边寻思怎么把妹妹瞒过去。一进家门，武玉莲腾腾就往屋里冲，一边东找西看一边叫，妈！妈！咱妈呢？

勾振现的妻子正坐在床沿上纳鞋底，她莫名其妙瞅瞅这个陌生的女人问，你是谁？找哪个妈呀？

后脚跟进来的勾振现解释说，这是我妹妹小玲，当初在山西卖给地主家的那个，没想到今天找到了！

妻子惊呆了，脱口说，天哪，咱妈早没了！

咱们工人
铁血记忆·首钢九十年

武玉莲傻了，身子一软瘫坐在地上哀声大哭，妈、妈，你咋那么狠心把我卖了……好不容易找到你，你又走了……你咋走得这么早……咋不让我看你一眼啊，妈，我想你呀……

一家人一边跟着流泪，一边再三劝慰武玉莲。

她终于稍稍平静下来。她问，妈埋哪了？我要去看看！

六十年代，石景山一带还很荒凉，母亲就埋在不远处的山坡上。可夜色已深，大家怕玉莲太伤心，好说歹说把她劝住了，说以后找时间大家陪她一块去，祭奠祭奠母亲。

勾振现让妹妹在家歇息，他去打电话告诉弟弟勾振书一声。

勾振书骑上自行车疯了一样赶到哥哥家。离散23年的兄妹三人恍若隔世重逢，痛哭不止……

数天后，两个哥哥陪妹妹来到山上母亲墓前。

武玉莲跪倒在地，只哭说了一句，妈，你为什么把我卖了呀？人就昏了过去。

3

武玉莲自此改回本姓，叫勾玉莲。

后来勾振现问起妹妹的经历。玉莲说，她在地主冯四家白天出去放羊，晚上伺候冯家的两个小少爷，夜里睡在猪圈旁边，和狗窝紧挨着，有一次饿急了，在豆腐房抓了一把豆腐渣吃，被冯四看到了，抽了她十几个耳光。有一天，她给冯四的两个小少爷洗完袜子，挂在炉子上面烤干，不想烤着了，小玲吓得直哭。冯家的奶妈很同情小玲，说要是冯四发现了，免不了又是一顿暴打，你还是逃吧。

小玲哆哆嗦嗦地说，我不知往哪里逃啊？

奶妈说，你妈他们回了河南老家，你就回河南吧。

夜深了，雨很大，窗外电闪雷鸣。奶妈偷偷塞给小玲两个馒头和一件旧蓝布衣，然后开了后院的门把小玲放走。

夜色漆黑，山里有狼，小玲不敢走，跑到村东头的一堆草垛下躲了一晚。第二天大清早，天刚蒙蒙亮，她也不知东南西北，顺着一条大路往前走。临近傍晚，走到一个不知名的小镇火车站，馒头吃光了，肚子饿得咕咕叫，她也不知自己该往哪个方向走了，只好坐在铁道线上呜呜哭。

这时，一个中年汉子走过来问，小姑娘，怎么了？坐在这里哭什么？

小玲说，我是从地主家逃出来的，那家人总打我，我跑出来想找我妈。

那人问，你妈在哪里呀？

小玲说，我妈在河南老家。

那人笑了笑说，我也是河南人，你回河南，一个小姑娘怎么走得到啊？

他想了想，拉起小玲说，跟我走吧，我给你买张去太原的火车票，我在这边做工，离不开，到那里你自己再想办法吧。

那位好心人给小玲买了火车票，还买了两张大饼让她带在路上吃。

小玲千恩万谢，坐上了火车。

到了太原，正值日本投降，火车站上很热闹，大都是奉命调动的国民党军队来来往往。小玲举目无亲，无依无靠，只好在火车站一带流浪，白天以乞讨为生，晚上就躲在候车室的角落里或附近人家的屋檐下过夜。大约过了一个多月，一天，一位身后跟着护兵的官太太下了火车，小玲上前乞讨。官太太是河南人，一听小玲是河南口音，就关切地问她怎么跑到太原来了？小玲哭诉了自己的身世，官太太说，那你就跟我走吧，以后再想办法回河南找你妈。

自此，小玲被官太太收为养女，跟着她丈夫的姓，改名为武玉莲。

官太太的丈夫是个国民党军官，不久国共内战开打，军官上了前线，官太太独自留在太原，日子过得孤独寂寞，只有玉莲陪伴左右，服侍她的起居。解放战争末期，蒋介石军队节节败退，那位军官没了消息，扔在太原的官太太没人管了，家境迅速败落，只能靠典卖过日子，她整天以泪洗面，骂那个"天杀的"的老公没良心，扔下她不管了。1949年，官太太卖光所有的金银手饰，带上玉莲坐飞机先到了北平，到处打听丈夫消息，后来听说丈夫跟着蒋委员长的军队撤到台湾，太太哭了好些天。一天，她对玉莲说，她实在养不起玉莲了，只好给玉莲找了个人家，她自己到天津投亲靠友。事实上，她把玉莲卖给石景山附近的一户张姓人家，换了五块大洋。

玉莲就这样成了老张家二儿子张永田的媳妇。

1949年北京解放，石景山铁厂到附近招工，张永田报了名，自此成为石铁铸造厂的工人，他干活卖力，表现突出，很快当了班组长。1963年，忆苦思甜的小册子《钢人铁马》发到班组长手里，张永田没事时翻开看看，第一篇勾振现的《往事》让他大吃一惊，里面写的家世经历和自己爱人讲的很相近！

东打听西打听，得知勾振现就在动力厂工作……

4

失散整整23年的兄妹，奇迹般地在首钢重逢了！

这段凄惨的经历一直是玉莲心底不能忘怀的最痛。兄妹相逢以后迄今已经过去36年，可玉莲一想起往事仍然悲痛不已，仍然不敢碰触，仍然不敢看不敢听那些悲欢离合的故事。改革开放不久，家境好了，买了台黑白电视回来。可一看里面离离散散的电视剧，玉莲就哭得不行，张永田只好又把电视卖了。

采访勾振现一家后，我本想再找勾玉莲谈谈她的经历。家里人说，去年勾玉莲的大儿子因遭遇车祸不幸身亡，心情和身体都很不好。

让 76 岁的老人勾玉莲再次回顾以往太残酷了。

我不忍心触痛老人家。

四、分房科长与日本小房

——活着的雕像：首钢精神的基石

真理是事实铸成的。情感是从历史中比较出来的。

因为经历过新旧社会两重天，因为经历过当牛做马的悲惨生活和当家作主的舒心日子，因为经历过骨肉亲人的悲欢离合，勾振现老人无比热爱新中国，无比热爱共产党。孩子们说，几十年了，谁要说共产党不好，老人能瞪眼珠子跟他对命！

旧社会时勾振现大字不识，现在肚里那点儿墨水儿都是新中国扫盲运动里学的，因此离休前一直是行政科长，一干十多年。

老人的无私、刚正、善良，在首钢是有名的。

"文革"动乱十年，勾振现没贴过一张大字报！倘若谁想借他的声望，把他的名字签在大字报上，勾振现听说了，毫不犹豫上前就把大字报撕了。

从"反右派"到"文革"的各项政治运动中，勾振现总是对那些被打入"另册"的人深怀同情，瞅机会就给他们送点吃喝，对那些想不开的人，他还再三安慰，给人家做思想工作。

因为老人在首钢享有崇高威望，办事公道，说话有份量，改革开放后，组织上让他管分房子。首钢总部各单位的干部职工最高时达十几万人，可想而知，分房子是要命的事儿。

孩子们说，那时勾振现一家六七口人，挤住在一间只有十平方米多的小平房里。那还是日本占领时期盖的房子，四处漏风，冬天冷得脸盆和水缸能结上一层冰，夏天又热又潮，满屋爬着小指粗的潮虫，老鼠也窜来窜去。女儿勾广玲说，那时晚上下班回家，一进门，踩死的潮虫一片一片，走过去鞋底下刷刷响。有时端盆端碗，冷不防老鼠就会从腿中间窜过去，吓得她手里碟碗不知摔碎了多少个。

房子不够分，那些没分到房的人红了眼，常常指着勾振现的鼻子大骂。老人也不动气，总是耐心地解释，并把分房原则和方案彻底透明地摊给大家看，服理的人也就没话说了。还有些不大讲理的人嚷嚷着威胁说，你当行政科长的，吃饱喝足住着好房子，不给我分房子，我就到你家吃住！

那些人闯到勾振现家一看，都傻眼了。人家六七口人住着十平方米多一点的日本小破房，屋里上铺搭下铺，窄巴得几乎转不开身。他们很感动，默默离开了。

老人离休后也不闲着，为补贴家用，他到外单位干过临时工，当过仓库保管员，给人家看过大门、打过更。到七十多岁实在干不动了，才彻底回家休息。

老人有四个孩子，都在首钢工作。老大是瓦工，老二是钳工，老三是焊工，女儿是印刷工。工作都是平凡的，可老人一直教育他们，一定要热爱国家热爱党，没有共产党就没有我，也没有你们了。首钢是支撑国家的一根大梁，也是咱们的"大家"，一定要爱首钢，给首钢做贡献！

老人享受离休待遇，看病拿药可以百分百报销，但老人从不允许儿孙们用他的一粒药。

女儿勾广玲说，我家连一盒多余的感冒药都没有！

坐在一旁的白发老人勾振现只是孩子气地呵呵笑，一脸幸福。

咱们工人

铁血记忆·首钢九十年

第二章　三代炉前工：没有裤腰带，把脑袋搁哪儿？

- 战俘暴动："洋灰袋死活不穿了！"

- 裸奔的铁汉："全身上下都是黑的"

- "首都第一炉前工"与情人节

一、战俘暴动："洋灰袋死活不穿了！"

——"日本话，不用学，过了三年用不着！"

历史剪影 1

一道风驰电掣、大地震抖的风景线，其实就展现在我们身后不远的地方，而很多人对此一无所知。

2007 年，造访月球的"嫦娥"一号从西昌发射中心喷薄升空。

这一年，北京好像忽然成了毕加索那只著名和平鸽的家乡，一夜之间出现一只"鸟蛋"——国家大剧院、一个"鸟巢"——奥运中心体育场，难以计数的男女老幼正在学"鸟语"——英语。

而那道风驰电掣、大地震抖的风景线远在人们视线之外。

2007 年，我国产铁 4.69 亿吨，钢 4.89 亿吨，居世界第一。

冶炼 1 吨铁大约需要近 3 吨原料（包括矿石、焦炭等）。4.69 亿吨的铁产量，意味着 2007 年我国钢铁企业总共吃进约 13 亿吨原料。把这个数字转换成视频图景，这意味着：

每昼夜至少有 1113 列、每列长达 50 节车皮的火车在中国大地上隆隆奔驰，向各地钢铁企业运送矿料。

北京地区最高峰时一天到达 36 列。

2008 年，我国从海外进口矿石近 4.5 亿吨，如果全部用 10 万吨巨轮来运送这些矿石，航程按 20 天计算，意味着每天有 250 艘满载矿石的远洋巨轮，乘风破浪从世界各地驶来，停靠在中国港口。

中国在沸腾。中国的大地每时每刻都在轰鸣和震抖……

历史剪影 2

高炉前的炉前工，堪称是工业化时代第一个火炬手。没有他们就没有铁，没有铁就不会有工业和工业革命。

建国以后乃至改革开放初期，炉前工头戴面罩，架着墨镜，面孔黝黑，在铁花四溅的背景下，手操钢钎刺向高炉炉口的威猛形象，地球人都知道。中国人使用的旧版人民币上就印有他们的映像，而且最值钱：

1 元钞上是农民；

2 元钞上是车工；

5 元钞上是炉前工；

10 元钞上是"大团结"。

1

抗战打了不到半年，1937 年 12 月，中国首都南京陷落。

国军在屡战屡败、屡败屡战的血拼中溃退着，坚守着，抗击着。飞机大炮的轰鸣声，炸药包和手榴弹的爆炸声，枪弹的尖啸声，伤者的哭喊声，死者最后的哀叫声，浴血将士的呼吼声，这一切震撼着中华大地，并通过电波震颤着每一位国人的心。一座座城市陷落了，一片片乡村毁灭了，热血怒潮的焦土抗战中，青天白日旗弹痕累累，不断倒下；太阳旗血迹斑斑，不断突进。北平、天津、上海、武汉、长沙纷纷陷落，南京惨遭屠城，大火冲天，30 万平民倒在枪林弹雨和屠刀之下，负责守城的唐生智部被迫撤退时，长江岸边士兵尸体堆积高达 12 层，血红的江水几乎断流……

空前的灾难，空前的危机！

那时，国统区寄发的每封信上都加盖有这样两句话："国破家危君安在？请君速速从军去！"中国地图（那时的版图比现今大多了）被国人一抢而空，所有识字和不识字的人都想从地图上知道，昨天的仗打到哪里了？离"咱家"还有多远？

当战争机器还在战区绞杀着血肉时，在中国东部大片的沦陷区，除了青纱帐里的敌后游击队和城市里国共地下组织的秘密抗日活动，一切都相对沉寂了。日子还得过，愤怒而屈辱的人们还得咬牙活着，挺着，渴望挺到小鬼子滚蛋的那一天。

首钢三代炉前工合影

2

那天的月亮暖暖的，清澄的月辉洒满万里山河，温柔而宁静。

北平西部的石景山一带，月光却是昏黄和混浊的。

铁厂上空浓烟滚滚，机声隆隆，火花四射。日本侵略军接管了这里之后，为"以战养战"，争分夺秒开始了大规模的恢复建设，铁厂工友们都知道，不久，自建成以来一直"趴窝"的一号高炉就会投产了。就在这个夜晚，一群黑影秘密集结到一起——他们都是国民军第29路军的战俘——一个密谋正在悄悄策划之中。

山头的娘娘庙前燃起一堆篝火，柴禾很干，烧得叭叭作响，火苗跳动着亮红与温情，袅袅蓝烟与木柴的香味混合在一起，让围坐在一起的工友们想起远方的家，想起家里闪亮的灶洞，还有被火光映红的母亲的白发和父亲佝偻的身影。

黑暗中不知是谁叫了一声，看，今天月亮真圆！大家一时都抬头向夜空看。又大又圆的月亮从庙后面黑魆魆的树影中爬出来，悬在浩渺无际的夜空，幽幽亮着，像一扇烛窗，在孤独而清冷的夜里，透出远方老家昏黄的温暖。

今天好像是中秋吧？有人惊呼。

没人回应。今天是不是中秋，对这群流落他乡的汉子来说毫无意义。国破家亡的每个苦日子都是一样的。细瘦的王利元和工友们满脸黝黑，披着破麻袋片或洋灰袋纸，席地坐在草铺上，一双双糙手在火苗上翻动着取暖，眼睛却凝望着树荫后面刚刚升起的大月亮，久久无语。

整个石景山被海一样的月光和思乡的情潮淹没了。夜晚的秋风很硬，萧索的林涛远近回响，像是大山的低泣。远远望去，山下的铁厂厂区一片通亮，几盏巨大的探照灯来回扫瞄，东大厂北侧立着一座巨大的碉堡，依稀可见炮楼上抱枪值夜的鬼子兵和风中飘忽的膏药旗。

围坐在庙前空场上的这群工友刚下夜班，带着一身的臭汗、烫伤、尘灰和疲惫，个个黑得像鬼。在篝火的映照下，只有眼白和满口白牙一闪一闪亮得吓人。往常，12个小时一个班次干下来，累得屁滚尿流，早一头栽倒在草铺上死睡了，可今天是中秋夜啊！虽然谁都不明说，可谁都不想睡。人高马大、一脸络腮胡子的老山东操起他的二胡，调了调弦，拉起瞎子阿炳的《二泉映月》，那呜呜咽咽、连绵不绝的曲调江河般蔓延开去，二十几位大小光棍个个像暗夜孤舟，在无岸的河中漂流，找不到回家的路，泪眼前却清晰着娘给儿子送行时的泪眼。天涯相隔，含泪相望。

战俘里有许多东北汉子。老山东又拉起了《松花江上》：

我的家在东北松花江上，

那里有森林煤矿，

还有那漫山遍野的大豆高粱……

一曲终了，汉子们都泪流满面，16岁的王利元也想家想自己的娘了，他把头埋在双膝中，哭得抽抽咽咽，小脸被泪水鼻涕冲得黑一道白一道。

3

这是1938年的中秋之夜，日伪军事管制下的北平石景山炼铁厂（日军占领后更名为"石景山制铁所"）。王利元个子不高，细瘦得像豆芽菜，1922年生于河北省清河县一个贫苦农民的家庭。那时候，灾荒连年，战乱频仍，七七事变后，鬼子大兵压境，隔三差五就来大扫荡，烧房杀人，牵猪抢粮，到处抓"花姑娘"。百姓只要远远地看到路尽头尘土飞扬，就知道八成是日本马队来了，于是喊一声"跑鬼子啊"，全村男女老少连哭带嚷跑个精光。那年春夏又碰上连月大旱，庄稼地荒了，干裂得能探进脚巴丫子，野菜树皮都抢光了，人人饿得面黄肌瘦，薄得成了纸人，有的人家几天不见炊烟，上门一瞧，全家老小死了一屋子，绝户了。娘见家里日子撑不下去，连夜做了两双布鞋，让16岁的王利元去北平找姐夫"逃命去吧"。

姐夫在北平做小本生意，兵荒马乱，日子紧巴得很，一个铜板能掰成八瓣花，他让王利元当帮工，在德胜门一带站街头卖馒头。利元正是长身体的时候，一整天水米不打牙，眼珠子饿得发绿，夜里下工路上，他把没卖掉的馒头偷吃了两个，姐夫发了狠，拿擀面杖没头没脸一顿暴打，姐姐拦不住，疯叫不止，浑身是血的王利元昏死过去，姐姐抱着他放声大哭。这以后，姐夫再没露过笑脸，死看死守着每个馒头，把王利元吃的用的能算计到骨缝儿里。这样的日子和清河县老家一样苦，可家里毕竟还有骨肉亲情暖在心头啊。

王利元伤透了心，不想给姐夫干了。那年月的天死冷，四月的北平刚刚透出一点暖意。一天上午，王利元拿细麻绳勒着开了花的破棉袄，袖了手在西单闲逛，满街小商小贩连天叫，大屁股汽车喇叭哇哇响，黄包车穿行在车缝里左拐右拐一溜烟儿地跑，不时还有插着日本旗的警车塞满囚犯呼啸驰过。走到一家茶馆附近，王利元忽听两位出门的茶客边走边说，前头一间屋子有石景山制铁所的

老炉前工王利元

人来招华工，他赶紧上前打听，说招去的工人都到铁厂干土木活儿，半个月一开支，管吃管住，还说因为厂里缺人手，招工的让来人"脱了裤子瞧瞧，长毛的都要"。

王利元一心要离开姐夫家，另找栖身之处，打听到招工地方，赶紧跑过去报了名。

一进门，负责招工的日本人叫三泰雄志，瘦得像猴，鼻梁上卡着圆圆的小近视镜，他客客气气地问王利元的姓氏年龄籍贯什么的，等登了记画了押按了手印，王利元说要回家取铺盖，站在门口的二狗子（中国帮办）凶着一张黑脸，一脚把他踹进里屋，说按了手印就是制铁所的劳工了，太君把吃的住的都预备齐了，还回什么家？

里屋已经满满登登塞了二十多人，一问都是外地农民进城找活计的，没一个北平本乡本土的人。北平人都听说铁厂是活地狱，是小鬼子炼死人的地方，华工一批批召进去，却看不着横着出来。傍晚，三泰雄志进屋呜哩哇啦训话，二狗子翻译说，从今以后你们就是大日本帝国石景山制铁所的人了，到了厂里要按规定做工，不得擅自走动，不得请假回家，谁要捣乱，别怪太君不客气，拿你祭炉子，捆起来扔铁水里化了！

第二天一大早，一辆插着日本小旗的大卡车把二十多人拉到石景山铁厂，拉进一片遮天蔽日的火光浓烟黑尘之中，呛得一喘气就咳嗽，真像是进了地狱之门。王利元一路东张西望，紧张得手心直冒汗。

16岁的王利元成了石景山制铁所的童工。

鬼子为"以战养战"，掠夺中国资源，从日本国内先后调来近千名工程技术人员，铁厂出铁量达到高峰时用工曾达3.7万余人，其中童工有2000余名，最小的只有9岁。大人受了委屈还能忍着，孩子受了委屈就哇哇大哭，鬼子鸣枪示威也不管用，哭声还会传染，有时工地上孩子们的哭声响彻山谷，惊天动地，鬼子们束手无策。

……篝火噼哩叭啦响着，跳着火星。老山东叹口气歇了二胡，摸摸王利元的脑袋说，别哭了，家离得老远，哭也没用，睡吧。他把石板上的稻草理理平，拉开自己的铺盖，让王利元躺下了。

王利元问，大哥，你咋不睡？

老山东卷了一根粗粗的旱烟，拣了一根木柴点着，说你睡吧，俺还不困，一会和几个老哥们儿再聊会儿天。

王利元没行李，进厂第一夜，才知道狗日的太君根本没给工人准备睡觉的地方，一窝蜂轰到石景山娘娘庙前面的空场地，睡大露天，正是春寒时节，早晨起来冻得瑟瑟发抖，脑袋上都是湿凉的露水。老山东姓李，是山东莱州人，大家都叫他老山东，大名反而忘记了。老山东长得活像猛张飞，豹头环眼，虎背熊腰，黑硬的络腮胡子扎撒着，说话也高门大嗓，别看人粗，心肠却软，入厂第一夜，他见新来的王利元还是个孩子，又没铺盖，就拉着王利元合盖他那条千疮百孔的蓝花破棉被。

王利元想家想娘，阖着眼迟迟睡不着。好半天，他起来跑到娘娘庙山墙根那儿解手，一探头，只见老山东和几个哥兄弟坐在树下的月影里，头碰头凑在一起，轻声细气说着什么，很紧张很神秘的样子，隐隐约约，他听见老山东说，挺着是死，拼一把兴许活着，洋灰袋死活不穿了……千万小心……行动要快……

听墙那边响起哗哗的解手声，老山东猛地窜起来压低声音喝问一声，是谁？把王利元吓一哆嗦，尿水都憋回去了。

王利元不明白那些人讲是啥意思，只是觉得他们好像合伙要做一件天大的要命事情。

篝火渐渐暗下来，圆圆的月亮愈升愈高，也愈来愈远。

4

工头见王利元人太小，个子太矮，开始让他给高炉上的人送饭，饭是混合面的大窝头（即用少量杂粮和玉米棒芯、糠皮、豆饼什么的掺在一起磨成的面），凉了以后死沉死硬，甩过来能砸死人。王利元用小竹筐挑，一只筐里只能装四个，送到炉前，工友们拿铁锹嚓嚓切成四瓣，一人一份，就着飘着几根菜叶的盐水汤吞下去。

没几天，娘给他做的布鞋磨漏了底，满脚板是血，他就拣些洋灰袋纸捆在鞋帮上走路。老山东食量大，总吃不饱。王利元常偷偷揣上半块窝头，瞅空跑到山上，用洋灰袋的纸包上埋进娘娘庙的香炉灰里，老山东下了工再翻出来吃。

1938 年 11 月 20 日，一号高炉点火开炉，流出石景山铁厂的第一炉铁水，日本人还搞了隆重的开炉仪式，诸多日军高级将领和北平市伪政权要员出席，主席台上还坐着一个面孔粉白、剑眉长目、神情倨傲的男青年，头戴黑色礼帽，一身笔挺的黑色西服，修长的腿上是一双亮晶晶的长统马靴。"他"就是女扮男装的大特务川岛芳子。

王利元被派到一号炉当了炉前工。

怪不得北平城乡的人都躲远远的，日伪军事管制下的铁厂真是活地狱，下班出厂的工人们各有各的颜色，卸赤铁矿的像红种人，卸煤炭的像黑种人，弄白灰的像白种人，而炉前工整天在臭汗粉尘浓烟毒气里泡着，钻出来浑身是黑褐色的，咳的痰是黑红的。

天气暖和时还可以光脊梁干活，寒冬腊月天，工人们就是那句顺口溜儿所描绘的："吃的是混合面，穿的是洋灰袋"。其办法是今天的年轻人无论如何也想象不出的：把装水泥的牛皮纸袋子倒空，顶端和两侧各剪出一个洞，袋子套在身上，脑袋从顶端的洞探出来，胳膊从两侧的洞伸出来就算"上衣"了，再把一个袋子下端剪出两个洞，两条腿从洞伸出来就算"裤子"了。

一走路哗哗响。

这是工友们平时穿的"衣服"，站到炉前可不行。

日本人入厂初期，给炉前工发的是粗糙的水龙布作业服，硬得像铁板，放在地面能站住，工人干活弯不下腰，没办法又给换了帆布的。脚上一律是日本式的木板拖鞋，站在红铁上面脚下直冒烟，铁渣子崩出来，脚面全是烫伤，平时工人走路只好用洋灰纸把脚包上。为了多出铁支援"大东亚圣战"，有时砂模里的铁水或铁水沟里的矿渣刚刚凝住表面一层，日本领班就逼着工人上去作业，身体重的一脚陷进近千度的矿渣铁水里，轻的拔出来能看见血淋淋的骨头，重的，那只脚化一缕青烟，没了！

炉前工 12 小时一班，由于逃亡者甚众，人手不够，日本人就逼着工人连班 24 小时甚至 36 小时，工人饥困交加，疲惫不堪，走路直打晃，生产事故也频频发生，铁厂一天死伤几个或十几个人不算什么稀罕事了。每个班有两个日本人当领班，皮鞭镐把不离手，凡看不顺眼的，上去就是一顿毒打，皮开肉绽还算轻的，重的骨折筋断，几个月下不了地。工人有了伤去厂里医务室治，好医好药都是给日本人预备的，华工去了，伤口血淋淋地裂着，骨头白森森地露着，日本大夫抓把盐往伤口上使劲一揉，行了，滚吧。

厂门旁设有一间"警备惩戒室"，墙上挂满各种血迹斑斑的刑具，凡有从厂里偷拿东西的一律带到这里严惩。有一个工友出厂门时，警卫从他身上搜出一个 4 磅重的锤头，日本人罚他在惩罚室赤身裸体站了一整夜，还把锤头吊在他的生殖器上，这位工人狼一样哀嚎不已，声震四野，第二天释放回家，没几天就死了。

5

王利元就这么苦着熬着，清汤窝头合泪吞，每次当班都不知道自己能不能活着回来。和周围的工人们混熟了，他才知道厂里有 900 多工人都是宋哲元麾下的国民党第 29 路军的大兵，他们在同日军交战中或者受了伤，或者打到弹尽粮绝，成了俘虏，被押送到炼铁厂当苦力，日本警卫和工长对他们看管得最严，打得也最狠。因为正是他们在卢沟桥打响了八年全面抗战的第一枪，"猛张飞"老山东就是其中一位，官阶好像是个班副。

此时战火正在中华大地上蔓延，每逢听说鬼子的铁蹄践踏到什么地方，老家在那里的工友就忧心忡忡，寝食难安，痛骂痛哭不止。私下聊天时，王利元问老山东，日本人没三块豆腐高，我们怎么就斗不过他们呢？

老山东抽着呛人的老旱烟浩叹再三，还是民穷国弱、实力不济啊！看小鬼子什么装备，飞机大炮什么都有，我们手里只有汉阳造，一人才发几颗子弹啊！

不过，卢沟桥一仗，我们29军硬是和小鬼子抗了20多天，缺武器，我们就跟他贴身肉搏，我们团长吉星文组织了一个150人的大刀队，营长金振中挑中了我。我们半夜摸进敌营，硬是砍下不少鬼子的脑袋，解恨！

黑夜里，老山东的牙齿咬得咯咯作响。他说，眼下也真他娘的窝囊，前方的国军弟兄还在跟小鬼子拼命，我们这帮当战俘的却在给日本人炼铁造枪造炮，让他们拿去杀中国人，我他娘的还算人吗！这活儿死活不能干了！

老山东的话里有了哭音。

他摸摸王利元的头顶说，小子，好好活着，人活一世，最大的耻辱莫过于当亡国奴，我们这辈子要是不行了，你长大后接着打鬼子！

王利元的眼泪刷地涌出来，他咬牙点点头。

老山东把熊掌似的大巴掌往石头上狠狠一拍说，我就不信咱中国人拍不碎三块豆腐！

那是一个风雨交加的深夜，豪雨如注，一道道惨白的闪电不时划过夜空，炸雷震得石景山直晃悠，王利元和工友们都从漏雨的工棚跑出来躲进娘娘庙。

老山东凑到王利元身边，悄悄跟他说，小兄弟，别吭声，听着就行。我这帮弟兄都不想给鬼子干了，就等着这样的天呢，咱们就此分手，谢谢你以前常给我偷窝头吃，我那套破行李就扔给你用吧，也不知以后咱哥俩还能不能见上面……

王利元愁眉苦眼、恋恋不舍地瞅着亲人般的老山东说，天啊，鬼子看管得这么严，能跑出去吗？

老山东掀了一下衣襟，亮出腰间插着的两颗手榴弹。我们备了十几个铁家伙，跑不出去也和他们拼了，就算拿铁水换他们的血水！

王利元问，往哪儿跑啊？

还当兵，打鬼子！

两人脸上都水淋淋的，分不清是雨是泪。

老山东把两指塞进嘴里，打了一个唿哨。嗖嗖嗖，夜色里一阵人影从眼前闪过，老山东带着他率领的20多个29路军弟兄，顺着山北坡摸了下去，后来听说住在别处的战俘也有几个小组同时采取行动。王利元和工友们提心吊胆看着厂区那几台大探照灯的反应，听着山下的动静。不多时，山下突然传来一阵爆竹般的枪声，同时警笛警哨、警犬的狂吠声和哇啦哇啦的日本话急促地响起，几台大探照灯也忽地转向山北处，紧接着，几颗手榴弹的爆炸声响了，雨夜中火光冲天。混战的声音渐渐远去，雷消了，雨停了，云散了，铁厂又归于坟墓般的沉寂。

王利元几乎一夜未睡，担心着老山东的安全。

第二天下午，鬼子把900多名战俘和一些工人押送到石景山南麓的永定河畔，召开审讯大会，十几个参与暴动没能逃走的战俘五花大绑，成一排站在河岸边，嘴巴被堵得严严实实，周围岗哨林立，长枪刺刀机关枪对准了他们。王利元注意到，里面没有老山东。

一个戴着白手套、腰挂军刀的鬼子官员狞笑着宣称，他们早在暴动发生前就得到一个副连级的中国军人的密报，因此"皇军早已做好准备，并抓捕了几个为首的人"，来不及抓的，"皇军也设好了埋伏，等待这些人自投罗网。"说罢他一挥手，机枪声冒着毒焰哒哒响起，一排被绑的战俘应声倒下，几个身上中弹没死的战俘，回头疯跑了几步，纵身跳进永定河，血水染红了长长的永定河……

王利元后来听说，那天夜里参与暴动的战俘当场被打死几十人，跑了十多个，小鬼子也被炸死炸伤了几人。不知老山东死了还是跑了出去，倘若回了国军，在以后的战事中还能不能活下来？老山东的软心肠和硬骨头给王利元留下极深的印象，他一生都牵挂着这位兄长。可老山东再无音讯，直到今天。

部分国军战俘暴动逃跑以后，日军加强了铁厂警戒，余下的战俘上下班作业，总有一些日本士兵端着上了刺刀的长枪看守押送，昏星晓月之下，面色黝黑、衣衫褴褛的战俘排着长队默默行进，日本兵凶着眼走在两侧，军帽后面挂着的"屁股帘"在风中飘动，像洗黄的尿布……

6

风霜雪雨中，王利元长成一条血性汉子，受了气或遇到不平的事，就挺着脖子和日本工长大吵，为此挨了不少打。后来他和工友们相互约定：只要有一个工人挨打，大家一起跑，躲起来罢工，日本人搜出来就说"怕挨打"。高炉日夜不停地装料、炼铁，炉前没人怎么行！拿什么以战养战？万一爆炸了，铁厂的日本人也得跟着一命呜呼。这以后日本人不敢随意碰炉前工了。有一天雨后，砂模犯潮，铁水流进去炸成"蜂窝铁"，废了。一个日本领班怪罪到王利元头上，抄起镐把就抡过来。在炉前操练多年的王利元已经长大成人，而且整天和铁水铁块子打交道，浑身结实的疙瘩肉。他手疾眼快，身子一躲，顺势把镐把夺了过来，接着掀翻那个鬼子，扑腾骑了上去，一手死死卡住鬼子的脖子，另一只黑乎乎的铁拳高高举起，怒吼一声，你要是不想活了，老子今天就让你见阎王去！

那个瘦猴般的小鬼子挣扎着连声求饶，王利元真想几拳让他一命呜呼，不过那样事儿就闹大了，自己肯定也玩完。他站起身，拍拍两手的灰，血红着眼珠子，抄起12磅重的大锤一抡，那锤一下飞出老远，落到铁渣堆上，砰的一声巨响，砸得火花四溅。小鬼子低着头，乖乖走人了，事后他找到日本大工长那里告状，大工长哼哈几声，没什么反应。看来，为了多出铁和防事故，对处于要害岗位的炉前工，日本人也不得不敬着点儿。再者，这位大工长是日本国内钢铁厂调来的老技术人员、知识分子，人性不错，心肠还好，有一次他见王利元穿着露了底的破布鞋，铁渣子扎得满脚是血，第二天从家里拎来一双旧胶皮靴子扔给了王利元。

其实，在石景山炼铁厂，除了负责警卫管制的日本兵之外，做业务的大都是日本国内调来的技术人员和技术工人，其中还有日共党员。相处时间长了，有些人与华人成了朋友，遇上愁苦事，也找华人朋友掏心窝子话。那位日共党员常把几位要好的中国人请到家里喝酒，喝醉了就哭，哭够了就大骂日本帝国主义政客发动侵略中国的战争一定会自取灭亡，"死了死了的有"。有一次那位大工长喝高了酒，泪流满面地拍着王利元的肩膀说，我们的，不行，长不了，将来，你们的太君！

意思是：将来中国还是你们中国人的中国。

7

日方为维持局面，安定人心，在占领区实施了一套"攻心战"。在石景山铁厂，他们常把华工班组长召集起来办个"大东亚共荣学习班"什么的，讲一些"先进的日本进入中国是为了帮助落后的中国"之类的鬼话，还讲炼铁技术，教授日文日语。可上课时华工们不是私下聊天就是呼呼打瞌睡，后来当了小高炉班长的王利元参加过多次，他说当时有几句顺口溜在华工和北平老百姓中流传甚广：

"日本话，不用学（发 xiao 音），过了三年用不着！"

从王利元口中听到数十年前民间流传的这几句顺口溜，我极为震撼，此前在任何史料或抗战文学作品中都没有看到过。这几句顺口溜具有足够伟大的意义：它广泛传播了日本鬼子占领中国长不了的信心和信念！无论日本侵略者做多少洗脑工作，几句民谚就让他们的一切努力化为乌有。

工人们知道他们炼出的铁是给日本人用来打中国人的，消极怠工不说，各种大大小小的事故偷偷摸摸搞了不少，高炉生产一直处于半死不活的状态，气得日本人哇哇直叫——当然，制造事故以不发生大爆炸，把自己搞得血肉横飞为底线。

去王利元家中采访，他拄着双拐迎到门口。2009 年，他已经是 87 岁的高龄了，体弱多病，说话间气喘嘘嘘，尽管岁月沧桑在脸上留下深深的印痕，但眉眼间依然可以想见年轻时的清俊。谈到在日伪管制下劳苦不堪、饥寒交迫、挨打受骂的奴隶般的岁月，老人常常悲从中来，语带哽咽甚至老泪纵横，当年的毒气、浓烟、黑灰、臭汗，当年的死亡、血和眼泪，当年的木板拖鞋和洋灰袋"衣服"，还有当年的老山东，一切都历历在目。老伴担心他的身体和血压，不时提醒他别说太多了，别总回忆那些伤心事。老人挥挥手，继续滔滔不绝地说下去。

解放后，王利元的腰杆挺直了，成了光荣的工人阶级了，给咱中国自己炼铁了，他把厂当成了家，把家当了旅馆，在炉前生龙活虎地干，脸上的黑灰照样多，身上的烫伤更加多，年年是劳动模范，还当了炉长、厂长，上过天安门观礼台，家里奖章奖状一大堆，搬出来直晃眼。

我肃然起敬。王利元的生命就是一部首钢史。他和一代代炉前工是一群守望火焰的人，那是圣火，是中华民族不屈不挠的奋斗之火、复兴之火、理想之火。

王利元是首钢参与冶炼第一炉铁水的第一代炉前工，是那一代还在世的年龄最大的炉前工。老人的生命意义和生活内容其实就是回忆。离休以后，随着年龄渐增，王利元再不敢去厂里，不敢站到高炉前，一见铁水奔流、铁花四溅的场面，就会在火光中看到自己的青春生命和一辈子的血汗泪水，那些多已亡去的弟兄黑灰满脸、喊声如雷的音容就会再现在他的眼前，老人的泪就会颤出来。

闻说首钢搬迁，高炉熄火，老人在家里大哭一场。我采访了好些七八十岁的老首钢，无一例外，高炉停产熄火时都掉泪了。那些凝立在岁月中的钢铁是他们的生命和骨血啊！

二、裸奔的铁汉："全身上下都是黑的"

——六哥说："驴轰都不下去，人得下去！"

1

一代代炉前工都是钢浇铁打的纯爷们儿。

"出铁！"人高马大、吼声如雷的六哥一声大喊。年复一年，日复一日，每逢出铁时刻，所有炉前工就像战士准备发起冲锋，浑身的神经和肌肉都高度绷紧了。

出铁是炉前工的脉动与心跳。

漫步石景山下，纵目远眺，首钢的高炉像一个个钢铁巨人，巍然屹立，直插青天，输送矿料和风、水、电、气的各种粗大管道弯弯曲曲，横空而来，围着高炉迷宫般转来转去，像巨人的飘带。日夜不停的轰鸣声则像巨人的强大呼吸。在首钢采访写作的数月，我天天枕着窗外的轰鸣声入眠。

高炉，犹如一座被封在圆筒型钢板里的火焰山，一枚超高压（每立方厘米承受 3.2 公斤压力）、超高温（1400 度以上）、高能量的巨型炸弹。只要它建成点火，除了山崩地裂、战争、废弃、搬迁、五年一中修和十年一大修，它就日夜不熄地熊熊燃烧，吞进矿料，吐出铁水，时时危机四伏。所以炉前工没年没节没日没夜，几十年一班一班轮下去，像时钟一样准确。到大修前夕，十年日夜运行的高炉，内部的耐火砖壁和炉底已经被沸腾炽热的铁水涮薄了，铁水滚沸之际，炉壁烤得通红，这时候，炉前工就用高压水枪向高炉喷水给它降温，以防炉体烧穿爆裂。

在没有电子信息技术和不重视环保的旧时期，高炉炼铁是半露天作业，炉前烟尘滚滚，热气逼人，"五毒俱全"（即粉尘、高温、煤气、事故危险和超强度劳动），大冬天则是地道的"火烤胸前暖，风吹背后寒"。六哥和他的弟兄们穿着厚厚的已经变黑的帆布作业服，头戴带面罩的帽子和墨镜，脚上的翻毛大头鞋扣着袜罩，内里垫着铁片，怕砸着——这就是改革开放初期炉前工的全套装备了。

那时高炉两个多小时出一次铁水。炼铁时，用封泥封住出铁口。出铁时，再上人力把封泥捅开，工具就是我们从摄影图片上常常看到的——一根六七米长、后部带圆环的钢钎，捅炉口封泥时，四五个炉前工戴着厚手套，同握一根长钢钎，齐声呼号，奋力把钢钎捅向出铁口封泥，站在最前面的人负责对眼，后面的人一齐用力，钢钎起码要捅进 1.7 米深。

捅炉口的时刻最危险，因炉内的高压，捅开的刹那间，铁花四溅，铁渣铁水一下子能喷出六七米远。如果炉压过高，铁渣铁水能喷到十几米远的炉台下面。铁水喷出的刹那间，前面握着钢钎的人要迅速向两侧闪开，站在最后面手握圆环的人要拖着钢钎拼命跑远。反应不快，动作迟疑，人就完了。

五六十年代一直到"文革"期间，首钢炉前是死过人的。

有一次正在捅封泥时，一个青年徒工不知危险，上前要取什么东西，六哥一个箭步窜过去，抬脚把那个青年踹出老远，口中大喝，滚远点！不要命了？

那位青工被踹痛了，埋怨说，六哥你下脚也太狠了。

那是六哥永远的心痛：七十年代"文革"混乱之际，他刚进厂不久，有一次正在捅封泥时，一位工友吴建平忽然想起自己的手套放在炉子近处了，他跑上前想捡回来，正在这时铁水喷涌而出，吴建平被铁水活活烫死了。

2

直到现代化的今天，身上没有烫伤疤痕就不叫炉前工。论师兄弟谁大谁小，不用问年龄，谁身上伤疤多，谁肯定就是大哥。

改革开放前，炉前工工作条件很差，一个工班干下来，他们从头到脚都是黑的。到洗澡池子，先进去的是清水，后进去的就是泥汤子了。无论酷暑严寒，炉前工干活时不能穿内衣内裤，铁花四溅时，铁水珠子跟水银珠一样活蹦乱跳，随形变形，有缝就钻，从领口飞进作业服里是常事，如果里面绅士般地穿这穿那，铁珠子就留下了，能把皮肉烫出个窟窿，只能让它钻进去，畅通无阻地留下一溜儿烫伤，然后顺着裤筒落地。

去掉空空荡荡、硬得像铁板的作业服，炉前工就是一群光屁股干活儿的裸奔汉子。

日夜守着烈焰熊熊、压力超大的高炉，炉前工就是必须把脑袋掖在裤腰带上玩命的工种。

没有裤腰带，脑袋只好当"小件寄存"，先放在脖项子上。

从艺术家的摄影作品和美术作品中，我们无数次欣赏到炉前工英武威猛的光辉形象。事实上，炉前工是钢铁业最苦最累最危险的行当。老人们说，古代开炉炼铁，都要举行拜天拜地拜鬼神的仪式，传说甚至要拿童男童女祭炉，"越吃人的炉子越顺"。迄今日本的钢铁企业每有高炉、转炉开炉，都要举行程序相当繁多的隆重仪式，焚香诵经，鞠躬磕头，祭天祭地祭鬼神。

"六哥"大号叫李树春，面皮白爽，膀大腰圆，1973年进厂，今年52岁，因在家里排行老六，为人又豪爽仗义，肯于助人，弟兄们都叫他六哥，时间长了成了他的名号，厂里无论年龄和官阶，见面都叫六哥，弄得我采访中也开口闭口"六哥长、六哥短"的。

如果把解放初期进厂的炉前工算做首钢第二代，六哥这一拨70年代初入厂的汉子大概算第三代了。六哥说，那时候高炉只有一个出铁口（九十年代以后逐步改为三个），炉前工最苦最累最急最危险的活儿，其实就是"清渣"。炽红的铁水出来后，顺着一条一米多宽、十多米长的露天沟道流向砂模变成铁坯，炉前工要迅速把遗留在沟壁沟底的铁渣清除掉，以备下一次出铁使用。铁水刚刚流过的沟内温度高达数百度，沟底和铁渣还红着哪，工人们先向沟内喷

炉前工的风采

水，让铁渣降温变脆，然后跳下去，用钢钎撬扛铁锹什么的，把又烫又重的铁渣，顺着沟道的坡度向后捅，捅到尾部的铁渣锅里。大夏天也得套上厚厚的工装裤——不然腿就烤熟成火腿了，脚底下踩着石棉布或木板吱吱冒烟。刚下沟时浑身冒汗，没多大工夫汗就蒸发干了，清渣完了人上来，作业服硬得哗哗直响，布满结晶体，脱下放在地上能站住——汗碱凝固住了。

这样的活儿，"驴都轰不下去，人得下去！"六哥说。六哥当过下乡知青，在农村扛过 200 斤麻袋一溜烟儿小跑，脱大坯、起猪圈也是乡下最苦最累的活儿，"那些活儿和炉前工相比，纯属小菜一碟！"

钢钎和大锤，是炉前工必备的家伙。每次出完铁，高温烤人的出铁口要尽快清渣，尽快封泥，以尽快炼下一炉铁。那会儿渣铁已经凝固，但炉口炉体依然热得灼人。清渣的办法是：一人单腿跪在炽热难当的炉口前，双手横握钢钎架在腿上，另一人双手抓紧 12 磅或 14 磅大锤的木柄末端，足足抡圆到 360 度，把钢钎砸向出铁口的残渣。

抡大锤的工夫堪称炉前工的一门绝技：

一要准，要像神枪手一样百发百中，跑锤了，砸到把钎人的手上或腿上，那人就得皮开肉绽。

二要狠，要使足力气，抡圆到 360 度，高举到脑后，锤落钎尾，呼呼带风，否则凝固的铁渣根本敲不下来。

三要快，不仅高温烤人，时间长受不了，而且下锅铁水还等着炼呢。为此，所有炉前工都必须炼就左右手抡大锤的本事，一气抡上百八十锤才算够格，师兄弟们才瞧得起。

老天！这样的本事想想都吓人，进了江湖也算武林高手。

有一次六哥把钎，一个小青年跑了锤，六哥把手套一摘，两个手指盖血淋淋掉了下来。改革开放以后首钢的钢铁产量猛增，没有炉前工令人目眩的旋风般的大锤功夫，肯定办不到。首钢搞"大承包"那些年月，六哥他们干完活儿，累得就地瘫倒在黑灰地上，动都不能动了。劳动强度太大，炉前工也就特能吃，六哥一顿吃过一只半鸭子加 8 两大饼，他的哥们儿李洪亮一顿吃过一个大肘子加 8 两大饼，还喝了 10 大碗酸奶。

3

岗位重要，工种特殊，付出巨大，是硬碰硬的活儿，炉前工也就个个虎虎生威，牛气冲天，说话办事有"一夫当关、万夫莫开"之势，谁都不在乎，爱谁谁。首钢机关里，从董事长、老总到科员，见了炉前工都客客气气敬着说话。国家领导人来慰问，外国元首来参观，也先到炼铁厂接见炉前工。

正如一首歌所唱的："咱们工人有力量"。整年累月跟铁水铁块子打交道，炉前工个个胳膊粗、力量大、脾气急，街头巷尾遇有不平之事，一拳一脚就能把对方摆平或者贴墙上，对方掉俩门牙算是轻的。现任炼铁厂党委书记的卢正春一双眼睛炯炯有神，精瘦，居然也曾在炉前锻炼过。他半自豪半幽默地对我说，高炉把首钢的炉前工炼就成一支"铁军"，不仅干活漂亮，还是有名的"正义之师"，石景山这一带一提首钢炉前工，没有不怕的。不过因为他们爱管闲事，前些年隔三差五我就得去派出所"捞人"，那里的所领导和警察都认识我，成哥们儿了。

六哥因为一腔热血、侠肝义胆、苦活儿累活儿险活儿总是抢在前头，在首钢炉前工里威望极高。现在，五十岁出头的六哥不当炉前工了，他调进炼铁厂技术科，成了炉前技术专家，天天在高炉上转，无论遇上多大的疑难问题和故障，六哥一到，听听敲敲看看，然后出个主意，高炉立马柳暗花明，峰回路转。

六哥这套本事和经验是在无数的险情中炼就的。

1986年3月5日——六哥记得很清楚，因为这一天是学雷锋的日子。首钢搞"大承包"，正是拼体力、拼设备、嗷嗷叫着喊着要产量的时候，容积为1200立方米的四号炉被多年铁水涮得炉体很薄了，那天六哥们正在作业，忽然见炉体渐渐变红，还没来及拿水枪喷，炉体又迅速变亮，再变白，火星飞溅，紧接着一声巨响，炉缸开裂了，爆炸声把附近办公室、修理所的玻璃都震碎了，铁水像炽红的岩浆溅着飞天的火花喷涌而出！漏铁处的下方就是水泵房——巨量铁水遇上巨量的水，那就是惊天动地的大爆炸！方圆十里八里的厂区都得成一片火海，化为瓦砾。

跑铁了！快跑！六哥大喊一声。

他说他那时真想哭，可眼泪早吓没了。面对这种危急情况，人力没有任何办法，老天爷也没办法，唯一的选择就是保命。六哥领着班组里的弟兄撒腿就跑，恨自己没能长八条腿！附近走动的一些人，旁边动力厂的人听了惊喊声，都疯了一样飞跑。事后自己都不明白怎么眨眼工夫就飞奔到了大马路上，听听没动静，大家才蹲地上，狼一样大口大口喘粗气。

现场只有一个人没跑，就是炉前工出身、时任炼铁厂厂长的杨立宗。

炉前工是天下最累的工种，没个好身板肯定挺不住。我采访过的首钢炉前工，个个都是人高马大的汉子，杨立宗也不例外。1940年，他生于河北沧州，1961年北京钢铁学院毕业后分到首钢当了炉前工。那时中国刚刚经历了疯狂的"大跃进"和"人民公社化"运动，正处于空前的大饥荒时期，一般市民的口粮月定量不足30斤，而炉前工的定量为59斤，大概是全国各工种中最高的。杨立宗高大魁伟，浓眉朗目，2009年已经69岁了，走路依然呼呼带风，说话声若洪钟，灰白的头发十分浓密，往哪儿一站铁塔一般威风凛凛。他是经验丰富的炼铁专家，在任期间为首钢提高铁产量和高炉现代化改造立下赫赫战功，迄今常常被请到外地钢铁厂指导工作。

杨立宗回忆说，那天炉缸烧穿之际，他正在指挥室，探头一看，"那真叫肝胆俱裂啊"，他疯跑下来，在高炉前跺脚捶心地喊，但喊些什么事后也记不清了。他说，我没跑不是高尚，那是我的责任，我没法交待啊，我当时的想法，"要是脑瓜子能堵上，我就拎脑瓜子上去了！"

万幸的是，当时整整一炉铁水已经差不多放尽了，机器也停风了，炉子溢出剩余的几十吨铁水之后便消停了，没有发生爆炸。当年年底，因提高铁产量有功，评先进时，杨立宗听说光荣册上还有他的名字，立马跑到宣传部央求说，就是千刀万剐也得把我的名字刮掉！

日夜与高压高温、危机四伏的高炉为伴，需要勇敢、力量、智慧、纪律和埋头苦干的精神。可以说，炉前工是中国产业工人的尖兵和代表性工种。高炉，更是工业化时代"太上老君的炼丹炉"，要想在钢铁企业里混出点儿模样，不在"炼丹炉"里炼上七七四十九天，经历九九八十一难，叫工人服你，难。首钢很多首脑人物和精英人物，都是从产业工人队伍中走出来的，都是从"炼丹炉"炼出来的。

都是工人脾气、工人本色。

三、"首都第一炉前工"与情人节

——青春时尚族："我是祖宗我怕谁！"

1

走进炼铁厂高炉主控室，里面窗明几净，窗台上还放着几盆花，犹如云淡风轻的世外桃源。长长的工作台上排列着十几台电脑，彩屏上密密麻麻闪动着各种曲线、图像、表格和数据，技术人员一边呷着热茶，一边悠然却也密切注视着显示屏的任何变动。高炉内的喂料、冶炼、出铁情况乃至压力、温度等等，一切都在他们的掌控之中。

进入现代化的电子时代，高炉的掌控技术大为提高，劳动强度也大为减轻。但是出了控制室，顺着铁制回廊下到炉前，炽烈灼人的气浪依然扑面而来，环境虽然比老一代回忆的情况好多了，可地面和设备仍然是黑黢黢的，几位头戴安全帽的年轻炉前工脸上，汗水灰迹一点不少。出铁时，铁水顺着覆盖着铁板的沟漕流入下层放置在火车厢板上的形如炸弹的鱼雷罐，火车再把一排鱼雷罐运到下游的钢厂炼钢。顺着厂内铁道线，走到炼钢厂巨大空阔的转炉车间，只见控制室工人操纵着巨大的吊车提起铁水包，然后倾斜着把炽红的铁水注入火花四溅的转炉，场面蔚为壮观。

2

恰逢 2009 年 2 月 14 日情人节。

厂长一声招呼，于洪军从震耳欲聋的声响和烟火中冒出来，人很瘦，朴朴实实的模样，一双大眼睛炯炯有神，脸上脖子上全是淋漓的黑汗。虽然是"80后"，却是个苦孩子。

出生刚刚 4 个月时，时逢寒冬，在密云县当拖拉机手的父亲钻到拖拉机下面烤油箱，不想油箱突然爆炸，父亲成了一个火人，经抢救虽然活了下来，可人已面目全非，两只手各剩了一只半残的大拇指，完全丧失了劳动力。此后，生产队每年只给 300 元生活费，家里老少三代一大帮，生活陷入极度的困难。小洪军 4 岁时，母亲因压力太大，不堪重负，对生活和前景完全绝望，在一个深夜上吊自杀了。为了让两个孩子继续上学，残废的父亲开始养羊，靠年底卖几只羊来维持生计。大冬天，父亲出去放羊，没时间给孩子做饭，就煮些红薯扔到仓棚子里冻着。小洪军和哥哥上学时中午回家吃饭，家里冷冰冰，锅灶里也冷冰冰，他俩只好爬到仓棚里掏两个带冰渣的红薯当饭吃。穷人家孩子早立志，小洪军和哥哥学习都很用心，决意通过自己的努力和奋斗，一定把劳苦一生的父亲带出苦海。父亲也切切嘱咐他们：做人一定要刚强，求人不如求己。结果，哥哥考上首都师范大学，洪军考入技校，1999 年分配到首钢当了炉前工。

那年头，能把自己的户口变"绿本"为"蓝本"（即由农村户口转为城市户口），就是巨大的激励。为了抢好大锤，大夏天，洪军下了工以后光着脊梁，把钢钎插在砂地上或砖缝里，天天猛练。每次炼罢，浑身像水洗了一样，地面湿一大片。于洪军是新一辈炉前工大锤抢得最准的一个，左右开弓，一口气抢上百八十锤不成问题。前几年，他娶了中学同学任海英当媳妇，在首钢附近租了两间平房，举家搬进京城，把老父亲也接来一起生活，现在当了炼铁厂的班长。

几年前，北京市搞了一场"炉前工技能和理论知识大赛"，从掌控高炉生产环节到处理危机情况，再到抢大锤，于洪军一马当先拿下全市第一，号称"首都第一炉前工"，在哥们兄弟面前相当牛气。

3

接着冒出来的是姚文鹏。1979 年生于北京市郊的平谷县，圆圆的脸蛋，细细的眼睛，上翘的嘴角，一眼望去不笑也像笑，一聊果然是个性情开朗的小伙子。他父亲是县政府的科级干部，家境比于洪军好多了。2008 年，北京市又举行"全市炉前工技术大赛"，姚文鹏不在状态，拿了个第三，不过话语间很不服气，说自己那天"不发挥"，"其实名次还能往前冲"。小伙子买了一辆私家车，而且正在热恋期。我说，今天是情人节，下了班别冷落了小女友。

小伙子笑笑，爽朗地说，不会，我们约好了，下班后飚车去！

我提醒说，飚车可得小心点儿，别像美国大兵似的，有吉普女郎在身边坐着，兴奋过头让警察逮着。

姚文鹏幽了一默："都说我们炉前工是钢铁业的老祖宗，我是祖宗我怕谁！"

可以想见，在白爽爽的浴室冲了澡，换一套真假名牌的休闲服，带上娇媚的女友在蓝天下朗笑，在高速上飚车，玩够了再到星巴克的咖啡香味里泡一泡，该是何等的快意！

据悉，待遇很高的首钢炉前工30%以上有了私家车。

过去高炉只有一个出铁口，一锅接一锅等着炼，所以从封炉口到清沟、清渣，必须争分夺秒，活又累又紧张。现在有了封炉口的泥炮、开炉口的开口机等自动化设备，而且每座高炉开了三个出铁口轮番使用，劳动强度大为减轻，粉尘和有害气体也得到有效控制。不过，炉口清渣、换风口、垫沟等一些活计，还需要人上去抢大锤。尤其捅风口的时候，有时风道里劲风猛烈，声如轰雷，热铁渣子什么的，打在脸上就破一层皮。小伙子们得拿棉花团把耳朵堵上，在热风里一气抢上几十圈或上百圈大锤。

高压高温的高炉是最难控制的，因水、压、气以及时间、矿料的差异，炉内情况瞬息万变。据炼铁厂厂长介绍，即便在发达国家，无论自动化达到多么高的程度，高炉前也还需要有炉前工守着，以便对各种情况进行临机处置，他们的脸上照样是黑灰，汗珠子能把大头鞋灌满。

全世界都一样。

我问两位青年，你们跟我说心里话，眼下已经到电子时代了，小青年都想混个白领，炉前工的活儿又脏又累，你们到底愿意不愿意干？

两个小伙子异口同声说，愿意！炉前工虽然活儿比较脏累，可收入高，待遇好，厂里特殊照顾，下了班西服领带牛仔裤一换，跟谁比都是潇洒一族！

小姚还冒出一句历史性的论断：我看现在中国不缺白领，缺的是技术工人——蓝领。小伙子一语中的，现在满街的"北漂"和到处求职的都是戴着小眼镜的白脸大学生乃至硕士博士们，全国各地技术学院或技校的学生，没毕业就被企业包了。

中国变了，时代变了，观念变了，工人的小日子也变了。

只有炉前工的黑脸没变，守望火焰的神圣意义没变。

我对两位青年炉前工说，2010年，首钢在京涉钢系统全部熄火停产，看来这个特殊的历史使命将在你们手中完成了。

两个小伙子表情复杂而凝重，他们的目光投向窗外矗立的钢铁巨人，久久无语。

首钢党委书记、董事长朱继民听说我最先采访了几代炉前工，连声说好，他说："炉前工是我们钢铁业的祖宗啊！"

　　总经理王青海深情地说，青年时代他也在炉前干过，那是他"最难忘的经历"，"对我的一生都有深刻影响"。

第一部

悲情时代（1919—1949）

"龙烟"袅袅升京都

第三章　狂飚骤起："大卖国贼"的最后救赎

一、五四运动中的"避风港"

——火烧曹公馆时，陆宗舆跑哪儿去了？

1

一阵剧烈的咳嗽，刚吞进半口的茶水又吐了出来，颏下的花白胡子湿成一团，手中的盖碗茶也掉落在方砖地上，咣啷一声碎了，茶水把千层底黑布鞋湿了个半透。

佣人赶紧抢上一步扶住老人："老爷，今天是中秋夜，去院子里吃团圆饭吧，家人都等着呢。"老人迟疑了一下，还是在佣人的扶持下，拄着拐杖颤颤巍巍地去了。

1940年，陆宗舆和家人过了最后一个中秋节。

中秋节是陆宗舆的最痛。他不敢面对夜空中亮如银盘的大月亮，他觉得那月亮就像一面冷漠的镜子，会映照出自己噩梦般"受难者"的影像——其实他长得浓眉大眼、宽额方脸，青年时代模样相当俊逸。

一个人不能遗忘自己的故乡，就像不能遗忘自己的母亲。

但是，陆宗舆没有故乡，没有出生地，没有童年，没有父老乡亲，没有可以让自己叶落归根的地方。因此，1941年6月1日那天，他在北平西单小土地庙胡同的宅邸里咽气的时候，先是喷出一口鲜血，然后发出一声长长的让人毛骨悚然的哀叹，好像把灵魂吐了出来。

带着一腔的悲凉、无奈与遗恨，陆宗舆悄然长逝。几颗混浊的老泪无声息地滚落到枕畔，这是他最后的哭泣，也是他先腾达、后萧索的一生的凄惨尾声。

生前没有故乡，死后也归不得故乡，后人按他的遗嘱，把老人葬到石景山下、永定河畔。只有这片土地是他一生的慰藉。

他就是首钢的创办人陆宗舆，即五四运动风潮矛头所向、恶名遍传域中、国人皆曰可杀的"三大卖国贼"之一。

认真研究了他的一生之后，说不清对他该抱有怎样的感情，几分可怜、几分惋叹、几分命不由人的同情，包括对他操办实业的才能与执著的几分赞赏，都是有的。

五四运动是一场伟大的爱国主义运动，是饱受封建文化毒害和西方列强欺辱的中华民族的伟大觉醒，五四运动高举"德先生"和"赛先生"（科学与民主）的伟大旗帜，拉开了现代中国启蒙的序幕。但是，五四运动风潮中所指斥的"三大卖国贼"曹汝霖、章宗祥、陆宗舆，后来都通过文章或回忆录大吐苦水，认为学生运动把他们打成"卖国贼",实在有些冤枉。

或许,陆宗舆迄今死不瞑目。

2

陆宗舆,字闰生,1876年生于浙江省海宁县一个富商之家,他方脸宽额,剑眉朗目,模样十分英俊,少时便显出天资聪颖的过人才情,学业优良,过目成诵,有报道称他"鼻息极灵,能就空气而测风雨"。9岁时,路上见农夫牵着一头壮牛缓缓而来,他爬上牛背,乐得手舞足蹈,人们问他骑牛做什么去?小家伙说:"我要漂洋过海去寻找仙人。"大家都惊其出言不俗,资质灵秀,私塾先生和乡里亲友们夸他是个"神童",让父母好好培养他,将来肯定是"国家栋梁之才"。

清末民初,天下大乱,群雄并起,在变幻莫测的京华烟云中,这个陆宗舆曾经玩得很转,堪称"三朝元老"。仔细研究了他的历史,我以为他其实没多少政治智慧,骨头比较软,见人肯弯腰,不过是甘于随波逐流的一介书生和一个政客,而且后来脑袋全钻在经济里,一心一意操持他的实业,个人命运在大时代的风暴中像草籽儿一样颠来扬去,最后落得了一个可悲可叹的下场。

五四运动指斥他和曹汝霖、章宗祥并为三大"国贼",现在重新审视,有点代人受过的意思。非其使然,实乃国运衰败、政府无能、列强欺辱所至。大厦将倾,时运不济,北洋政府的大军阀、大政客们为抢夺权位,大都取媚外之态,各拜洋人的山头。曹汝霖、章宗祥和陆宗舆,这三个有名的"亲日派"正站在风口浪尖上,人在江湖,受政府指派,他们又非高举义旗的仁人志士,有些事情不得不办。曹汝霖晚年在回忆录《一生之回忆》中谈到五四运动说:"此事距今四十余年,回想起来,于己于人,亦有好处。虽然于不明不白之中,牺牲了我们三人,却唤起了多数人的爱国心,总算得到代价。"

这三位被打成"国贼"的民国重臣,五四运动后恶名远播,在举国上下怒涛般的讨伐声中,他们不得不离开政界。陆宗舆断绝了仕途之望,决意"下海",倾后半生之力,创办了"龙烟公司石景山炼铁厂",算是做了一件于国于民有益的大事。不过其晚年也混得稀里胡涂,日本侵华战争期间,1940年,陆宗舆被汪精卫列入名单,任了汪伪南京政府的行政院"顾问",不过那时他已重病卧床,靠汤药苟延残喘,脑子不管事了。他显然是被汪精卫"拉鸭子上架"以壮声势的,一年后即死于北平,仅仅活到65岁。

华北伪政府成立的前一天,驻北平的日本特务机关长喜多骏一专程赶到天津,宴请寓居那里的八位中国政界遗老,其中包括陆宗舆、曹汝霖,请他们第二天前往北平捧场,以壮声势。陆宗舆、曹汝霖及曾任北洋政府总理的龚仙舟三人当场拒绝。

足见陆宗舆还有些骨气。

陆宗舆后半生殚精竭虑、操劳心血创办的"龙烟公司石景山炼铁厂"，就是现今首钢的前身。

历史剪影

那是第一次世界大战结束不久的 1919 年。硝烟刚刚散尽，战时开足马力拼命造枪造炮的军火工业突然没了销路，千疮百孔的世界经济还没喘过气来，1921 年，一场经济危机席卷全球。

3

这一年，北京的春天来得很晚，街头巷尾发黑的雪堆到 3 月还没尽融，清晨起来早早上街的人，常发现有人冻死在小商贩的露天灶台边或大商铺的楼门外。

早晨，死气沉沉的北京醒了，街头立马呈现出新旧时代交迭的万花筒般的景象，人们的穿着打扮远比今日之北京更加千姿百态，有穿新潮中山装的，有

北洋军阀时期的龙烟炼铁厂全景

咱们工人 铁血记忆·首钢九十年

一袭旧式长袍马褂的，有西装革履的，有穿贴身旗袍曲线毕露的，有穿西洋贵族妇女长裙的，有依然拖着大清王朝长辫子的。

气派雄伟的六国饭店里，夜夜名流荟萃，美女云集，灯红酒绿，人们在管弦乐队的伴奏下翩翩起舞。

日见衰微破败的皇宫里，下了台的末代皇帝溥仪不时大发脾气，下令"杖责"身边的宫女或太监。每隔数日，他就让弟弟溥杰拎着大包袱跑出来盗卖宫里珍藏的奇珍异宝、名人字画，以维持"小朝廷"的庞大开支并夜夜梦想着复辟。

其时，在北平最为活跃的当属北洋政府上层的军阀与政客，他们走马灯一样"你方唱罢我登场"，今天在议会里大吵大嚷，明天在京城内外动刀动枪，血红着眼珠子轮番争夺总统和总理的宝座。

歪在黄包车里酣睡的旧时代远未过去。许多人没听到或者还没感觉到，新时代沉雷般的脚步声已经悄悄踏入北平。

这个春天，我们看看北平集中了多少影响和创造了20世纪中国历史的巨人和伟人吧：

引领一代英才、开启时代新风的北大校长蔡元培；

开启五四新文化运动的旗手、北大哲学系教授胡适；

在北洋政府教育部任职的周树人，去年（1918年）刚刚以"鲁迅"的笔名，在《新青年》发表了中国第一篇白话小说《狂人日记》），一时名震文坛；

中国共产党的创始人、在北京大学当教授的陈独秀、李大钊正在废寝忘食地办刊物，写文章，积极宣传马列主义和苏俄革命；

1918年春从湖南来到北平的青年毛泽东，正在北大图书馆当馆员，也就是搞搞借书登记什么的。第二年春天，他抽空到了长辛店，去看望一批志同道合的湖南青年学子，那里有一个由北大校长蔡元培倡导创办的"留法预备班"，学生中有何长工、蔡和森、李富春等；正是在思想活跃、"百家争鸣"的北平，毛泽东接受了马克思列宁主义，由激进的民主主义者转变为共产主义者。那阵子，他在北大图书馆似乎做得不大愉快，大概北大那些白面长衫、满腹经纶的大学者对这位湖南来的"土包子"没放在眼里，呼来喝去，只把他当混饭吃的一般小职员看待。那时已有"问苍茫大地，谁主沉浮"之豪言的毛泽东，自然不甘于在落满灰尘、终日不见阳光的一排排书架中跑来跑去，他于1919年3月离开北平，没能赶上两个月后爆发的五四运动。

还有邓中夏、张国焘等，则是北大学生会的活跃分子……

新时代的岩浆地火，正在皇城根儿的大地下呼啸喷突！

4

1919年的北京发生了两件大事：一是高举"科学"、"民主"大旗的五四运动，它成为中国现代史的发端；二是石景山崛起了一座现代化的炼铁厂，它成为北京民族冶金工业的发端，这两件大事居然因为一个人——陆宗舆——而联系在一起。

5月4日这天中午，阳光终于透出春夏之交的暖意，明晃晃地洒满北平。上午11时左右，几辆车子先后驶进中南海总统府内，下来的都是当时在北平政界赫赫有名的人物：总理钱能训，交通总长曹汝霖，驻日公使章宗祥，前驻日公使、现任币制总局局长陆宗舆。他们面带微笑，正襟危坐在华宴上，接受大总统徐世昌的款待。章宗祥刚从日本归国述职兼休假，此宴就是徐世昌为他接风洗尘、以示慰劳之意的。徐世昌是当时政坛有名的"玻璃球人物"，他原不过是个穷书生，靠着老成持重、办事勤勉、为人处事圆通世故，成为袁世凯的心腹并颇受政界人物的赏识。时而尚书，时而总督，时而军机大臣，时而总理，一路飚升，在各方势力难以平衡之际，这个最不显山露水、八面玲珑的家伙竟然一路做到大总统。

华宴欢声笑语不断。他们完全没有意识到，开启中国现代史的一场大风暴此时已经呼啸在北平街头。

起因是巴黎和会。在这次会上，一战后的西方列强决定对国际秩序和全球利益重新洗牌。美英法各大国不顾中国作为他们的盟国同时也是战胜国的名分，悍然决定把战败国德国原在中国山东享有的一切侵略性权益无条件转让日本。同时，日本也步步进逼当时的北洋政府签署让中国全面丧权辱国的中日密约"21条"，其中条款有：

——日本国民有权在南满和内蒙东部开采经营煤矿，矿址由单独协定加以确定。

——中国在南满和蒙古东部聘用任何外籍政治、财政或军事顾问或指导人员前，须同日政府商议。

——中国政府聘用日人为政治、财政和军事顾问。

——准许中国境内的日本医院、寺庙、学校拥有土地。

——在有中日冲突和治安纠纷的中国地区，设立中日共管或拥有双方工作人员的警察部门。

——授权日本国民在中国传教。

等等。

消息传回国内，举国哗然，民情激愤，中华民族的爱国情潮火山一样喷发了。吴佩孚、冯玉祥等61名北洋将领联名通电全国称："惊悉噩耗，五中摧裂，誓难承认。盖青岛得失，为吾国存亡关头。如果签字，乃不啻作茧自缚，饮鸩自杀也。况天下兴亡，匹夫俱与有责。而失地亡国，尤属军人之责。"

5月3日深夜，北京各学校学生代表在北大秘密聚会，商议游行抗议事项，不知那天晚上被视为学界领袖的陈独秀、李大钊等人有什么其他事情，都没有出席，在座唯一的老师是北大新闻研究会的导师、著名报人邵飘萍。会上，他发表了声泪俱下的演说："现在民族危机系于一发，如果我们再缄默等待，民族就无从挽救而只有沦亡了。北大是最高学府，应当挺身而出，要把各校同学发动起来，救亡图存，奋起抗争……"

23岁的北大学生罗家伦是当时的学生领袖（后为著名学者，曾任台湾国史馆馆长。"五四运动"一词是他在这年5月26日《每周评论》发表的一篇文章中首次创造提出的，一直沿用至今），他饱含热泪，连夜起草了五四运动中唯一的油印传单《北京学界全体宣言》，文中激情澎湃，火力四射：

"现在日本在万国和会要求并吞青岛，管理山东一切权利，就要成功了！他们的外交大胜利了，我们的外交大失败了！山东大势一去，就是破坏中国的领土！中国的领土破坏，中国就亡了！

"我同胞处此大地，有此山河，岂能目睹帝国主义者强暴欺凌我们，压迫我们，奴隶我们，牛马我们，而不作万死一生之呼救吗？在此国家存亡，土地割裂，民族危机严重时刻，广大民众应该下最大的决心，作最后之愤救者，不然就是世纪之贱种。"宣言警告所有卖国贼和内奸："如果你们甘心卖国，肆意通奸，则最后以手枪炸弹对付之。"宣言呼吁："我们学界今天排队到各公使馆去要求各国出来维持公理，务望全国工商各界，一律起来设法开国民大会，外争主权，内除国贼，中国存亡，就在此一举了！今与全国同胞立两个信条道：

中国的土地可以征服而不可以断送！
中国的人民可以杀戮而不可以低头！
国亡了！同胞起来呀！"

5月4日下午1时许，北京十余所学校三千余名爱国学生，齐集天安门，北大学生领袖傅斯年（著名史学家、文学家，后为国立台湾大学校长）为总指挥。傅斯年出生于山东聊城，祖上做过大清王朝的兵部尚书和宰相，史书上说，好几位"梁山好汉"都是聊城人，这一切基因大概都传承给傅斯年了吧，他演说时的冲天豪气和一触即跳的火爆脾气，在北京风传一时。

那天，示威学子们手执书有"还我青岛"、"保我主权"、"诛卖国贼曹汝霖、章宗祥、陆宗舆"等白色旗帜和白布标语，有当事人后来回忆，当时街上仿佛一片白色海洋，就像"给国家送葬的队伍"。天安门演说之后，学生便潮水般涌上街头，一路散发油印的《北京学界全体宣言》。

学生上街游行的消息迅速报告给宴会中的大总统徐世昌。

曹汝霖在他的回忆录中说，既然"学生归咎于我，总是我不负众望，请总统即行罢免。总统一再慰留，且说学生不明事情，不必介意。"徐世昌随即要在座的总理钱能训通知京师警察厅总监吴炳湘，"妥速解决，不许游行"。

这时，陆宗舆牵挂着龙烟铁矿方面的要务，先行告辞，座中的其他人都没想到事态会越闹越大，仍然在席上谈笑风生坐到下午2时左右。2时30分左右，曹汝霖和章宗祥余兴犹存，便一起乘车返回到地处赵家楼胡同的曹汝霖宅邸，想再聊聊。

示威学生潮水般冲来了。曹汝霖仓猝避入一间小储藏室中，章宗祥则由仆人引到地下锅炉房躲藏。学生潮涌而入，到处寻找曹汝霖，并愤怒捣毁着一切。曹汝霖躲在储藏室内，吓得浑身发抖，大气也不敢出，他甚至能听到学生与其妾苏佩秋的对话和砰砰砸家具摔东西的声音。苏佩秋话语中对示威行动和冲入私宅甚为不满，一个学生冲上去狠狠扇了苏佩秋两个耳光，打得她哀声尖叫。没找到曹汝霖，学生们气愤难平，有人去什么地方搞来几筒汽油，洒在客厅等处，曹宅顿时烟火骤起。

章宗祥在地下锅炉房藏不住了，只好跑出来。学生错以为他就是曹汝霖，一涌而上，你一拳我一脚把他打倒在地，这位中国驻日公使抱着脑袋满地乱滚。这时，与曹汝霖常有往来的日本人中江丑吉，恰好来曹公馆谈事，他倒是很勇敢，扑上前拼命用身体护住章宗祥，不顾雨点般的拳头，拼命抱着半昏的章宗祥，跑出后门，把人藏到对面的油盐店。然后把门而立，操着日本腔的中国话对学生说，章先生是我的朋友，你们要打就打我吧。

学生得知他是日本人，知道打了他就成"国际纠纷"了，于是散去。

稍顷，警察总监吴炳湘率大批人马赶到，包围了烈火熊熊的曹公馆，逮捕了32名没来得及跑走的学生。

5

北大学生郭钦光冲进曹家时被警卫打成重伤，3天后逝世。死前他热泪纵横地对同学说："国家到了如此危急境地，政府还用狮子搏兔之力，镇压爱国群众，真叫难受呀！"广西籍学生周瑞琦，已经毕业离开北京，闻听巴黎和会上中国外交失败，西方列强们完全不给同为战胜国的中国面子，支持日本提出的"二十一条"，于是愤而投水自尽，其在遗书写道，"愿以一死为朋辈鼓气"。山东籍学生刘运增，听闻周瑞琦的壮烈之举，热泪横流地说："人家在广西尚且知道为国捐躯，我身在山东，青岛要割给日本人，却不知痛痒，遂投海自尽，遗书八字："命投渤海，为国尽忠"，时年仅16岁。

据不完全统计，当年（1919）全国计有18名青年为雪耻明志而自尽，自行断指、残肢者则难以尽数。（参见《中国青年生存状况的原生态扫描》，作者淮茗）。

此后的许多天，五四运动的烽火震动全国，罢课、罢工、罢市的风潮席卷京津沪各大城市，曹汝霖和章宗祥犹如过街老鼠四处躲藏，到处挨批，独独不见了陆宗舆的踪影。

原来，陆宗舆从大总统徐世昌的华宴上中途退席，便乘车赶到石景山。那里，由他一手操办开发的龙烟公司炼铁厂，正有要紧事等他前来定夺。那些天，陆宗舆头戴瓜皮帽，穿着一款旧式的对襟蓝布服，叼着烟斗，披两肩风尘，一直在烟尘滚滚的工地上忙碌着，几乎把闹得沸沸扬扬的风潮忘记在脑后。相当熟悉西方列强情况的他，深知国力贫弱，自己和国家才遭此大辱，并相信孙中山先生所言，兴办实业才是国家救贫之道。

他真心实意想把龙烟公司和炼铁厂办起来。

二、"龙脉"·"龙矿"·"龙烟"

——经商奇才的振臂一呼

1

1899 年，23 岁的陆宗舆自费赴日本，考入东京早稻田大学就读政经系，三年后归国到了北京。这个年轻而又才华出众的"海龟派"自然颇受清廷重视，曾受命远赴欧洲各国考察宪政，以备为大清帝国"改革政体"做准备。1907 年，陆宗舆调到现今的沈阳，出任奉天洋务局总办，兼管东三省盐务。因其办公勤勉，管制严格，加之受富商家庭影响，颇通商务运作，一年之内就使东三省的盐务税收从 50 万两白银激增到 160 万两，一时间他在皇室和北京政商界声名雀起，第二年就被调回北京，任候补四品京堂。

辛亥革命之后，袁世凯当了大总统，陆宗舆出任总统府财政顾问，并被选为参议员，1913 年，因其曾留学日本，日文日语滚瓜烂熟，并熟悉该国情况，于是调任中国驻日本全权公使，时年 37 岁，是当时世界大国中最年轻的公使。不过，两年之后的 1915 年，顾维钧出任中国驻美公使，时年才 27 岁。

正是那一年，第一次世界大战席卷半个地球，中国政府加入以英美俄日等国为首的协约国一方，对德宣战。德国原在山东所享有的一切特权理应由中国收回。这时日本却向北洋政府悍然提出臭名昭著的"二十一条"，据说袁世凯第一次看到日本人提出的条约文本，也大为震怒，大骂日本欺人太甚。但一心一意想当皇帝的他为争取西方列强的支持，又不敢得罪日本，于是授命陆宗舆与日本方面进行秘密交涉。那时，袁世凯图谋恢复帝制的一切活动，远在日本的陆宗舆并不知情，这个信息还是他从日本外交官口中听到的。陆宗舆第二天即电谏袁世凯："切勿以学理之空谈，至国家莫大之实祸。"陆宗舆后来被媒体称为驻外使节中"反对帝制之第一人也"。

关于有关"二十一条"各项条款内容的谈判，据陆宗舆后来回忆，为尽可能保留国家的主权和面子，他同日本方面进行了多次唇枪舌剑的交锋。他甚至声言，

黎元洪视察龙烟石景山炼铁厂

如果"二十一条"就这样接受下来，他将把交涉内容张贴于使馆门前，公诸于众，然后自刎，"以明其志"。后来五四运动把他当成了大卖国贼，他本人觉得实在是天大的冤枉，"吾任事多年，人目为卖国，窃恐石马铜驼亦闻声殒泪也。"

1916年，袁世凯一命呜呼，陆宗舆卸任回国，任交通银行股东会会长。第二年又改任中日合办的中华汇业银行总理，其间他为野心勃勃的段祺瑞筹措军费，从日本搞到不少借款。徐世昌当上大总统后，在段祺瑞力主之下，委任陆宗舆当了币制局总裁。

就在这时，一个兴办矿业的机遇不期然闯入他的视野。

2

河北省龙关县、宣化县山区绵延着蕴藏丰富的赤铁矿区，大片大片暴露在地表层，远远望去，如一条巨龙起伏盘旋卧于云雾群山，人称"龙脉"。早年，当地老百姓有搞些土法炼铁小作坊的，也有人挖些矿石回来，磨成粉末，加工制成染土布和木器的赭红染料，拿到北京城叫卖，并渐渐发展成市场上的一个行当。20世纪初，来华考察的丹麦矿冶工程师麦西生发现了这种奇怪的"红石头"，经化验证明是品位很高的赤铁矿，于是他顺迹而寻，终于找到龙关山的矿脉。1914年第一次世界大战爆发，军火工业火爆，钢铁价格猛涨，西方列强甚至禁止钢铁出口；那时中国国内军阀也混战正酣，对洋枪洋炮需求旺盛，搞钢铁正逢其时。于是北洋政府聘来瑞典矿学家安德森，沿着龙关县勘察

咱们工人 铁血记忆·首钢九十年

铁矿矿脉，测得"龙关至宣化之间，矿层厚约1米—3米，含铁量在46%—56%。""龙烟铁矿储量约1亿吨，平均品位51%。"（1919年《农商公报》报道）

安德森迅即报告了大总统袁世凯，袁世凯正忙着自己的"皇帝梦"，呈报扔在一边，再无下文，"致令无限宝藏仍坐弃于地"。

战争打的就是钢铁。1918年4月，段祺瑞正式委任陆宗舆为督办，瑞典专家安德森为技术顾问，以"官督商办、官商股份各半"的方式筹集"北京通用银元500万元"资金，组建公司，着手办矿事宜。

北京要人名流都知道这时候开矿炼铁是发大财的机会，再加上有号称"经商奇才"的陆宗舆坐镇操持，四处游说，宣称本年度（1918）"本溪煤铁公司利率达35%，湖北汉冶萍煤铁公司利率达18%，我龙烟公司开办之后，利率预测可达全国最高水平。"陆宗舆这一番振振有辞的鼓吹，令京都政商界大为振奋，治国元勋乃至名流钜子纷纷投资入股：

> 时任大总统的徐世昌入股16万元；
> 两位副总统黎元洪、冯国璋各5万元；
> 总理段祺瑞35万元；
> 汉冶萍煤铁公司总裁盛恩颐30万元；
> 先后任过外交总长、交通总长和财政总长的曹汝霖10万元；
> 陆宗舆本人入股11万元，其余一些小股东也非无名之辈。
> 商股总计筹集到230万元，官股250万元也陆续到位。

首钢前身，即龙烟公司炼铁厂筹建时，能够集当时政要名流巨商于一堂，堪称"中国第一家"，足见陆宗舆活动能量之大。

紧靠着"龙脉"上的富矿区，为取吉祥之意，陆宗舆把公司定名为"龙烟铁矿公司"（后改称石景山炼铁厂）。1919年春，龙烟公司组建了管理机构，厂领导设有矿长、总工司和技术顾问，下设7个处和一个秘书室。陆宗舆还找来一位花白胡子"半仙"看了看风水，选定在石景山东麓的半坡上建了一栋漂亮的白色平房，因为地势较高，远远望去像一座小楼，工程忙时，他和来自瑞典、美国的技术顾问就下榻在这里，有人戏称之为"小白宫"。

全面施工展开后，工地用工量曾高达2500余人。如此红火庞大的一片事业在石景山折腾起来了，把大督办陆宗舆忙得焦头烂额，废寝忘食。5月4日中午，在大总统徐世昌的那顿华宴上，他不得不中途告退，为的就是赶回龙烟铁矿处理要务。做好事总是有好报——操办龙烟炼铁厂，竟让陆宗舆躲过了五四运动风潮冲击的一劫。

龙烟炼铁厂是北京现代冶炼业的发端，创办人陆宗舆功不可没。历史上，元代北京的铁业发展曾达到一个高潮，元大都设立了"诸路洞冶都总管府"和燕南、燕北17个铁冶提举司，工役达3万户，年产生铁1600余万吨。明代，宫廷铁匠开始流入民间，开办作坊、矿场，成为匠头、矿商等，铁业更加兴旺。清王朝建立后禁止民间营造兵器，使京师铁业逐渐走向衰微。北京的近代工业则起步于清光绪 9 年 (1883 年)，当时清政府在京西三家店创办了为军械服务的神机营北京机器局，1897 年后为京汉等铁路的通行，又建立了长辛店机车厂、长辛店电器修缮厂等。至 20 世纪初，北京的民族工业仅有丹凤火柴股份公司、京师华商电灯股份有限公司、溥利呢革公司等，规模甚小，更无先进技术可言。直到 1919 年陆宗舆一手操办的龙烟铁矿股份有限公司在石景山落成，北京的现代钢铁业才由此起步。

3

五四运动把"大卖国贼"的帽子一下子扣到陆宗舆等三人的头上，搞得他声名狼藉，举国口诛笔伐，声浪滔滔。面对强大的舆论压力，北洋政府被迫将曹汝霖、陆宗舆、章宗祥免职。消息传到陆宗舆的家乡浙江省海宁县，全县群情沸腾，大家都没想到少时被家乡人目为"栋梁之才"的陆宗舆，现今一下子成为本县的奇耻大辱。5 月 13 日，县商会、农会、教育会等组织联合召开了声讨大会，各界人士万余人参加，大会一致决议开除陆宗舆的乡籍，并通电全国。自此，陆宗舆也就成了没有籍贯、没有故乡的人，这真应了那句古训："少年得志，乃人生之大不幸也。"

至此，全县对陆宗舆的忿恨和谴责犹如熊熊烈火仍在燃烧。6 月，海宁乡人又集会决议勒石三块，分别立于盐官镇（原海宁县政府所在地，也是陆宗舆的出生地）的庙宇前、北门外和镇海塔旁（即观潮胜地海塘边），碑刻"卖国贼陆宗舆"六个大字，以警示后人。乡人路经此处，如同对杭州岳坟前的秦桧夫妇跪像一般，均唾骂不止。

消息传到身在北京的陆宗舆处，惊得他肝胆欲碎，惶惶不可终日。传说他曾以重金贿赂海宁县知事，密嘱毁碑，但县知事顾虑民情激愤，不敢强行。直至北洋政府直接下令，这三块碑石才被拆除。此后数十年，此三碑不知去向。有意思的是，1985 年，海宁县在大兴土木挖掘地基时，发掘出一块"卖国贼陆宗舆"石碑，自此这段历史见证才重现于世，石碑现存海宁市博物馆。

4

1918 年冬，龙烟公司向美国贝尔马肖公司订购了一座日产 250 吨的炼铁高炉和一系列配套设备，其技术装备当时在世界上算是一流的。美国方面派出炼铁专家格林等人到石景山一带对建设场地进行了考察（一直被视为"亲日派"的陆宗舆并没有花大笔银子购买日本设备，看来他还是坚持了"技术第一"的原则）。第二年春，经大总统徐世昌令准，龙烟公司在石景山东麓向农民征地 2500 余亩，开始大规模的基础设施建设。

经五四风潮打击的陆宗舆这时声名狼藉，已无意于仕途腾达，便把精力都投入到石景山炼铁厂的建设中，天天带着美国来的首席顾问格林先生及中外一帮技术顾问在工地上督查巡视。有时站在石景山上，望着工地上人山人海、烟尘滚滚、机声隆隆的繁忙景象，让精神遭受重挫、颇觉伤感的他，心头浮起一丝丝欣慰。

1919 年，石景山炼铁厂正式开工建设。

这一年正好是史家公认的中国现代史的起始。在中国民族工业发展史上，首钢的历史和命运因此也就有了标识性的意义。

三、梦碎京西"小白宫"

——死不瞑目的陆宗舆：牵挂与遗恨

1

砰的一声，陆宗舆的手掌狠狠拍在方桌上，把身边侍立的佣人和秘书吓了一跳。

"这帮乌合之众、短视之徒，靠他们能办成什么大事！"他怒气冲冲地骂道，然后背着手在屋子里转来转去，像一头困兽。实在转不出什么良策，半晌，他颓然落座长叹一声嘱咐秘书，只好把房子先押上去吧，总不能把设备扔进大海里。

1921 年 4 月，后来成为首钢"一号"高炉的炉体，以及上料卷扬机、送风机、热风炉等设备陆续从美国运到天津大沽港口。这时，陆宗舆急得如热锅上的蚂蚁，搓着两手团团乱转——他连交付海运费、出港费的钱也没有了！

工程上马之初，官商共集股资不足 500 万元，从征地、订购设备到开工建设，资金已经用得一干二净。第一次世界大战期间，钢铁价格猛涨，各国开足马力搞钢铁，大战一停，生产过剩的问题渐渐浮现，钢铁市场价格一落千丈，国内汉冶萍铁厂、本溪铁厂相继一度停产。龙烟公司的各大股东目睹现状，不免心生疑虑，大呼上当，隔三差五就电催陆宗舆快马加鞭，尽快把炼铁厂搞起来，别让自己的投资付诸东流。但陆宗舆说起需要增加新投资时，各位大财东牙关紧咬，再也不肯挤出一个铜板了。

龙烟公司是陆宗舆一手操办起来的，他也一直把龙烟视为自己的骨血，不忍心让工程半途而废，撂在那一走了之——更何况上马之初他的 11 万元股金也扔在里面。陆宗舆一狠心，用自己的部分房产家产做抵押，从银行贷了款，把滞留在港口的设备运到工地，继续组织施工建设，然后又派经理张新吾带上自己的亲笔信，东渡日本，利用自己在那里的人脉再借些款。日本对中国资源觊觎已久，经再三讨价还价，陆宗舆与日本东亚兴业株式会社达成借款180万元的一份十分屈辱的"协议"，其中许多条款相当苛刻：如以龙烟公司全部固定资产为债务抵押；产铁优先供应日本；所有技师和会计人员须聘用日本人等。

一定是这份合同文本在龙烟公司内部引起强烈不满，有人私下把内容捅给了媒体，1923年2月23日，《京报》全面披露了这份合同的10项条款，一时舆论大哗，议员们在国会纷纷向农商部提出质询，"国贼"之类的谴责又铺天盖地而来，吓得张新吾托病闭门不出，经理一职只好暂由别人代理。

这件事成了陆宗舆"卖国"的又一罪证。不过在我看来，这只能说是陆宗舆的无奈之举。当时国内战乱频仍，军阀忙于打仗，政客忙于争权，偌大的一片实业搞到这份儿上，官股商股的近500万元资金投进去了，陆宗舆的房产、家资抵押进去了，从美国订购的设备运来了，高炉和相应配套设施建起来了，却因缺少后续资金不能投产，走投无路的陆宗舆大概只能出此下策。龙烟公司这份合同遭到社会各界同声谴责后，只好废弃，万般无奈的陆宗舆又设法与英、法、美等国的银行联系借款，并商请农商部批准发行债票400万元，但都因军阀混战、政局动荡而不了了之。

陆宗舆在政治上是个软骨头和糊涂虫，但也是被积贫积弱的旧中国压得喘不过气的畸形人。

2

1922年夏，在美国首席顾问、冶炼专家格林指导下，一号高炉在石景山下高高耸立起来。此时，中国较早的民族铁业如东北本溪湖煤铁公司、鞍山铁矿、武汉汉冶萍煤铁厂矿公司等，正被日本资本控制或伺机控制着。龙烟公司的这座高炉由美国冶金专家设计，容积389立方米，为当时世界上的大中型炉，技术设备也较为先进——炼铁炉和热风炉为纽约马歇尔公司制造，耐火砖由哈宾逊公司生产；蒸汽鼓风机为苏兰德公司制造，蒸汽卷扬机为奥梯斯公司制造。与此同时，火车房、机修房、仓库等设施大部建成，四座热风炉、锅炉房、送风室的建设也接近完成。

就在这时，第一次直奉战争打起来了，战火蔓延到石景山一带，工地上硝烟弥漫，烽火连天，美国工程师格林吓得拎起皮包逃回国内，苦力们和厂部职员们也纷纷抱头鼠窜，工程被迫停工。这一仗，直系大军阀曹锟、吴佩孚获胜，奉系大军阀张作霖退守山海关以外，北京又成了直系军阀的"家天下"。

一朝天子一朝臣，所有当初为奉系鞍前马后服务的政界要员当然要受到严惩。1922年6月17日晚，那天正下着小雨，蒙蒙夜色中，大批军警突然包围了曹汝霖的宅邸和地处东城区小土地庙胡同内的陆宗舆宅院，以"曹、陆有助奉之嫌"和"疑有贪赎行为"的罪名,要逮捕曹陆二人归案问罪。

没想到,军警扑了空。

曹陆二人在北京手眼通天,耳目灵通,事先得到密报,两人各自带着爱妾和细软财物逃之夭夭,躲过一难,只把大老婆留在家里看门。

9月11日,直系军阀把持下的参议院一致通过决议,宣布开除"卖国贼"曹汝霖、陆宗舆的参议员之职,曹陆二人自此退出政界,结束了参政生涯。

陆宗舆逃到他在天津日租界的一处私宅,名为"乾园",那是一座很洋气的小楼,环境幽雅,后面还有一片不大的花园。身边有两位美貌的爱妾伺候,闲来吟花弄草,日子过得倒也清闲自在。直系军阀政客们当初要的是总统宝座,并非一定要把曹陆二人缉拿归案。但是,让陆宗舆一直放不下心的是那个刚搞起大半的龙烟铁厂;更让他惴惴不安的是,事情半途而废,使他无法面对当初响应他的游说和号召,自掏腰包投资入股的那些大股东。他多次派人入京打探龙烟铁厂的建设情况,知道工地一片萧索破败,无人问津,他操持多年的心血全扔在那里了,陆宗舆不仅悲从中来,于是奋笔疾书,向股东会写了一份辞呈,字里行间处处是他对龙烟的无尽牵挂,念之切切,并力陈实行民主管理,读来有泣泪之感:

> 承诸大股东之推举,创办龙烟铁矿厂,已三年于兹。其间募股集资,开山筑路,购炉设厂等事,固艰险之倍尝,亦职份所应尽……宗舆,薄产有限亦早为公司作押作保,今房产已陷于封禁之厄。宗舆三年来未取一日之薪,而有巨万押借之负担,所冀惟于有成,以谢官商股东耳。不意罪据未明,身家锢禁,此后已再无能力为诸大股东报效,不得已只得引咎辞职,陈谢于股东诸君之前,惟希矜鉴及之耳。所有后任督办,应请照公司定章推举,呈请政府简办。股东大会未开以前,或即请一适当董事兼代。惟请公开裁决。而本公司应如何济急善后,制定方策,亦请决议施行,则公司幸甚!

> 去年铁价大跌,现下渐有起色,且闻南北两大铁厂有停炼之信。此后华铁日涨,当可预期。闻日下铁价每吨已六十余元,苦至七十元,则龙烟年可得二百数十万之利,况尚有洋灰可造,前途尚非无望。惟祈继起,诸君子实图利之!

不久,龙烟股东大会在天津召开。

陆宗舆应约到场,报告了建设经过、经费使用及辞职之由。会议气氛一片沮丧,股东们深感龙烟前途渺茫,但又不肯眼睁睁让先前的投资打了"水漂儿"。大会推举卸任的前大总统徐世昌为股东会会长,继续操办龙烟事宜,"鼎力促成,择日开工"。徐世昌为重振龙烟,以"前大总统"之身份与声望,不久就把现任大总统黎元洪请到龙烟厂区视察。1923年4月15日上午,一列披红挂绿的小火车把黎元洪拉到龙烟厂区,相貌堂堂、留着八字胡、身穿大总统制服的黎元洪徐步下车，踏上厂里专为他铺设的红地毯。黎元洪本身就是龙烟的大股东，先期入股 5 万元，自然特别想把龙烟事业办下去，别让那 5 万元付诸东流。视察一番之后，他表示："钢铁乃强国之本，本人一身重视，目前虽然经费困难，但还是要办下去，后继所需经费由龙烟公司呈报农商部，政府补足便是。"

龙烟一干人等听了，大为振奋。万万没想到，两个月后黎元洪就被军阀曹锟撵下台，他应诺的经费成了一枕黄粱。

3

此后，中国政坛上各军阀轮流坐桩，走马灯似的换来换去，中华大地烽烟四起，血流成河，尚未完工的石景山炼铁厂被彻底遗忘在石景山下。风霜雪雨之中，迢迢万里从美国运来的"一号"高炉体凝立于无望的期待与寂寥之中，炉体锈迹斑斑，群鸦云集筑巢，附近民众的日子过不下去，就跑来拆卸偷盗钢材去卖。蒋介石坐镇南京国民政府之后，派员接收了石景山炼铁厂，但他一直忙于"剿共"，无暇顾及此事，只留下几个人员组成"龙烟矿务保管处"，每年仅发给 1500 元"保管费"。这几位大员以"保管费用不足"为由大肆拆卸各种设备，卖得比当地老百姓还欢。

石景山炼铁厂从 1915 年开始筹划，1919 年开工建设，至 1937 年抗日战争爆发，在长达 22 年的时间里，从美国买来的一号高炉没流出一滴铁水。

旧中国的混乱、衰败与无能，于此可见一斑。

石景山下，永定河畔，龙烟公司成了一座死寂的钢铁坟墓，那座高炉则像一座巨大的墓碑。这儿埋葬了"东方睡狮"惨淡的梦想，也埋葬了创办人陆宗舆悲凉的一生。故乡回不去了，他便嘱咐后人把自己埋葬在这里，为的是留下一点生前的企望。

陆宗舆带着一腔的遗恨与牵挂走了。

夕阳西下，长风萧瑟，天际一片惨红，广阔的地平线上，龙烟公司那巨大的黑色轮廓横亘在地平线上。春去秋来，只有群鸦的悲鸣在回荡……

第四章 火烧日本旗：凝固的怒吼

- 北平，惊天动地的第一战

- "龙烟"的第一滴眼泪

- "炸掉高炉种高粱"：日本人留下的"遗言"

一、北平，惊天动地的第一战

——铭记：抗战中最先殉国的中国高级将领

历史剪影

卢沟桥在北京西南约15公里处，与京汉铁路线平行，横跨永定河，是北京通往中原的要冲。七七事变之前，日军已完成对北京的三面合围：东部由日本一手扶植起来的汉奸政权"冀东防共自治政府"控制；北部由伪蒙疆"自治政府"掌握，西北方面是听命于日本的大批伪匪兵活动地区，只有位于西南的卢沟桥是当时出入北京的唯一通道。如果日军占领了卢沟桥和宛平县城，就可以形成四面合围之势，使北京变为孤岛。

七七事变那个夜晚，点燃中日全面战争导火线的是日军驻丰台第一联队中队长清水节郎。正是他，于当晚11时诡称一名日本士兵在演习中失踪，要求入宛平城搜查，遭29路军吉星文部严词拒绝。清水节郎在当天的日记中写道："这天晚上，完全无风，天空晴朗而没有月亮，星空下面，仅仅可以看到远处若隐若现的卢沟桥畔的城墙和旁边移动着的士兵的姿态。"（见郭雄《民国说史》289页）

1

有时候，88岁的炉前工王利元坐在床头凝望窗外，长久无言，夫人问他在想什么？王利元说，没事儿，想想过去的事呗。

青春热血时代的记忆，已是他老来生命的滋养，回忆起他的好兄长、29路军大刀队的老山东，王利元说，那是他16岁漂泊到北平以后，认识的第一位热血男儿，"尽管相处时间不长，但老山东的热心肠和硬骨头，给我的印象太深了！说实话，老山东影响了我的一生。"

工余闲暇，老山东常给王利元讲卢沟桥事变时的战斗故事，他讲得慷慨激昂，刚刚17岁的王利元听得热血沸腾。

"俺们29军的大刀队，光荣啊！吉星文就是俺的团长……"故事一开头，老山东永远是这句开场白。

吉星文，是著名爱国将领、中共党员吉鸿昌的侄子，他方脸宽额，英气逼人，1908年生于河南扶沟一个农民家庭。1926年经吉鸿昌介绍，吉星文到时任西北军旅长的宋哲元手下当了骑兵。他作战多智多谋，极为勇敢，善于奇袭。1933年在长城要塞喜峰口的中日激战中，他乘着夜色掩护，带领全营官兵悄悄绕过日军阵地右翼，摸到其后方的指挥部，于半夜发动突然袭击，经过数小时激战，于次日凌晨攻占王家、瓦房等村，将指挥部敌酋及守卫部队全部击毙。此战震动海内外，我军士气为之一振，吉星文由营长擢升为219团团长。

1937年，吉星文率219团驻守北平宛平县城。7月7日，日军诡称一名士兵在演习中失踪，要求到县城内搜查，遭到吉星文严词拒绝。当夜日军炮轰219团驻地，并突进到卢沟桥，杀害我执勤士兵，占领了桥头堡。7月8日深夜，一向以奇兵制胜的吉星文悄悄出城，赶到3营金振中营部召集连以上干部会议，决定组织敢死队夺回桥头堡。会场群情激愤，当时报名参加敢死队的有300多人。吉星文亲自挑选出150名精干人员，编成5个组，敢死队员每人带步枪1支，手榴弹2枚，大刀一把。

老山东就是敢死队成员之一。

午夜以后，鬼子们都睡了，吉星文亲率敢死队，利用熟悉地形的优势，神出鬼没悄悄潜入敌营，20分钟之内将数十名日本兵全部砍杀击毙，一举夺回桥头堡阵地。吉星文指挥的卢沟桥一战，被史家称为"全面抗战的第一枪"。

2

卢沟桥一战气壮山河，29路军副军长佟麟阁、132师长赵登禹在战斗中先后壮烈殉国。

这场战事愈打愈大，愈打愈惨，后来一直波及到首钢一带，大批29路军官兵就是穿过当时的石景山炼铁厂撤退的，这场战事因此进入我的视野。回眸那个国破家亡、慷慨悲歌的时代，无论前线、敌后还是后方，举国上下，同仇敌忾，数百万将士前仆后继喋血奋战，无

小高炉开炉

论他们属于国民党还是共产党，都是伟大的、值得后人铭记和缅怀的。

必须留下时间的血，不能让时间化成灰。

佟麟阁，1892年生于河北高阳县，祖上为大清王朝正白旗官员。1911年因仰慕冯玉祥将军的爱国之名，毅然投笔从戎。他驻军甘肃天水时兼任地方首脑，其为官清廉，治军严明，致力于刷新社会风气。期间兴办了不少地方福利，厉行禁烟禁毒，提倡妇女放足，还创建了学校、孤儿院等一些慈善事业。佟麟阁离任之际，当地士绅市民含泪相送者在万人以上，哭声震天。

军阀混战期间，佟麟阁一度解甲归田，回原籍高阳县边家坞村居住，侍奉双亲。恰遇大旱年头，佟麟阁见乡亲连水也喝不上，便出资挖井三眼，至今仍有一眼井清流不断，可供使用。过年时，佟将军对凡吃不上饺子的乡亲，每户接济3块银元。见乡亲缺乏畜力耕地，他还买了一头壮牛，每天喂饱后拴在家门外的树上，供乡亲们随意牵去使用。他还出资创办了一所小学并买回一车呢衣料，给每个学生缝制了一套新衣服。

他曾对人誓言："中央如下令抗日，麟阁若不身先士卒，君等可执往天安门前，挖我两眼，割我两耳。"

卢沟桥战斗中，北平成了一座燃烧的火山，社会各界纷纷行动起来，开展抗敌后援活动如"万条麻袋运动"等。时值盛夏，市民到前线慰问29路军将士，发现士兵们于炎炎烈日下守城，每一支队伍前放着一桶开水用以止渴，市民们感动得热泪横流，拉来成车的西瓜，佟麟阁坚辞不受。

7月12日，北平《世界日报》报道："11日，日军二百多名进攻大王庙，被宋部大刀队迎头痛击，血肉相搏，日军被砍断头颅者三分之一，人心大快！"29军的大刀队从长城喜峰口战役到卢沟桥抗战，屡建奇功，威名远播。时在上海的著名音乐家麦新为此谱写出歌颂29路军大刀队的战歌《大刀进行曲》，后来我们把词改了，其原词为：

> 大刀向鬼子们的头上砍去，
> 二十九军的弟兄们！
> 抗战的一天来到了！
> 抗战的一天来到了！
> 前面有东北的义勇军，
> 后面有全国的老百姓。
> 咱们二十九军不是孤军，
> 看准那敌人，把它消灭！
> 冲啊！大刀向鬼子们的头上砍去，杀！

7月下旬，激战愈烈，日军不得不调集大量兵力增援。在日机的狂轰滥炸中，带伤指挥作战的佟麟阁头部遭受重创，壮烈殉国，时年四十五岁。佟麟阁将军是八年全面抗战中为国捐躯的第一位中国高级将领，他的遗体运回北平家中后，夫人及子女含悲收殓，在日本占领期间隐姓埋名，寄柩于雍和宫附近的柏林寺。那里的老方丈仰慕将军为国捐躯的英名，秘密守护寄柩长达九年，直至抗战胜利。1937 年 7 月 31 日，国民政府发布褒恤令，追赠佟麟阁为陆军上将。毛泽东对佟麟阁的献身精神给予很高评价，他在追悼抗敌阵亡将士大会上说，佟麟阁将军等人"给了全中国人以崇高伟大的模范"。

同时殉国的 132 师师长赵登禹，1898 年出生于山东菏泽，1933 年率部参加长城喜峰口抗战，与日军激战 4 昼夜，毙敌 5000 余人，七七事变中任北平南苑前线总指挥。28 日晨，日军主力在数十架飞机的支援下向南苑发起猛攻，赵登禹被日军子弹击中胸部，壮烈牺牲，时年 39 岁。7 月 31 日，国民政府明令褒扬，追赠赵登禹为陆军上将。中华人民共和国建立后，追认赵登禹为革命烈士。

历史的偶然常常让人走错房间。同为卢沟桥抗战名将、大刀队首领吉星文，一生结局却让人大感意外并深觉遗憾。打响"中华民族全面抗战第一枪"的他后来屡建奇功，一路飚升，当了国民党 33 军军长，1949 年跟随蒋委员长去了台湾。1958 年 8 月 23 日，中国人民解放军对金门岛实施炮击。当天，台湾当局驻守金门的吉星文（陆军副司令官）、赵家骧（海军司令官）和章杰（空军司令官），正在金门岛上的翠谷水上餐厅进餐，席中乐曲袅袅，欢声不断。突然间，海峡对岸万炮轰鸣，一发炮弹横天越海飞来，正中翠谷餐厅，三位将军来不及做出任何反应，登时血肉横飞，命丧黄泉。大陆军中的将帅们一向很尊敬在抗战中做出卓越贡献的吉星文，很多留在大陆的国军将领也曾是吉星文的多年挚友，闻听这个消息，莫不英雄相惜，感慨万千，扼腕痛惜，此为后话。

3

29 路军在北平整整坚守了 20 天。1937 年 7 月 28 日，日军增兵数万，在北平郊区发动总攻，29 路军两个师经数次惨烈激战反复争夺，曾一度收复丰台并占领了日军机场，缴获日机 7 架。晚 11 时，29 军终因损失惨重，寡不敌众，无力继续抵抗，宋哲元不得不下令全军向永定河南岸撤退。"撤退"一声令下，29 路军一下乱了营，丰台一带成了一片火海，很多官兵西撤时从石景山炼铁厂厂区涌过。老山东等一大批 29 路军官兵在撤退中被俘，不久被集体押送到石景山铁厂当了苦力。

7 月 29 日，北平沦陷。这是近代以来，继 1860 年英法联军、1900 年八国联军之后，北京第三次被外国侵略军攻占。

那时，家住石景山附近许家福村的刘庆还是个孩子（离休前为首钢红楼宾馆炊事班干部，号称"一号大厨"），听枪炮声大作，他吓得从家里小西屋跑出来想找个地方躲躲，先看到撤退的国军潮水般从这里涌过，不多久，日军的马队黑鸦鸦一片，马嘶人喊又从这里冲过。

"小鬼子的马队差点儿把我踩死！"刘庆回忆说，"后来我们全家都躲进八大处的寺庙里，听说日本人都信佛，老百姓觉得躲在那里会安全些。"

沦陷的北平自此笼罩在重重愁云惨雾之中，华北的粮食、棉花、矿产及各种其他物资被大量掠夺到日本，以致粮食奇缺，物价飞涨，据 1943 年 10 月统计，小米售价比战前贵 74 倍，玉米贵 72 倍，白面贵 100 倍，连用杂粮、麸皮、豆饼、草籽、树叶制成的混合面也无货可供。为掠夺中国资财，日本人在北平大办鸦片馆、吗啡馆，公开经营及私营的吸毒场所近 4000 家，吸毒者占全市人口的七分之一。

那些年，北平街头到处晃悠着骨瘦如柴、面带菜色的饥民和吸毒者。泥泞或凝雪的路上，印下他们悲惨而屈辱的足迹。今天，我们走在辉煌壮美、绿荫如盖、颇具大国首都气派的北京街头，还能记起那些早已远逝的血泪斑斑的足迹吗？

二、"龙烟"的第一滴眼泪

——人间地狱：小鬼子加"虎烈拉"

1

石景山一带，是北平之战最为惨烈的地方之一。但是，龙烟铁厂意外地没有受到大的破坏。狂轰乱炸的日军早就得到指示：要保护好铁厂，以便日后为大日本帝国服务。

硝烟渐渐散尽，一个屈辱的时代开始了。1937 年 8 月初，国民政府派驻铁厂的留守人员从山上的小白楼那里，远远看见装满日本士兵的两辆大卡车插着太阳旗急驰而来，他们知道，这是小鬼子来接管了，于是一哄而散，跑得精光，只有两个打更的老头留下了。第二天，又有日本兵押着九百余名 29 路军战俘，排着长长的队伍，进入荒草萋萋的厂区。战俘中有打绷带的，有吊着胳膊的，有驻拐的，他们面色苍黑，军衣破烂不堪，弹洞累累，不少人打着赤脚。无论日本士兵怎样的叫喊怒骂，用枪托和皮鞭催他们快走，他们始终默默前行，眼底闪耀着愤怒和不屈的光芒。

在日本人操持下，铁厂开始了大规模的修复重建，周边地区约 5500 余亩农田被圈进炼铁厂的铁丝网，3000 多间民房被拆毁，18 个村镇被夷为平地，日本兵所到之处，鸡飞狗跳，爆土扬长，哭喊声叫骂声哀求声不绝于耳，许多牲畜被抢走，大批青壮年劳力被集中起来，押送到厂里当苦力。后来，当地士

绅代表向宛平县日伪政权状告
"石景山制铁所"此次圈地暴行，
状文中称："数万民众无地可
耕，无房可居，遂成流离饿殍，
老弱骸体，沟满壑盈，惨不忍
睹。"此案自然无果而终。不久，
日本从国内调来数百名工程技
术人员和技术工人，日夜兼程，
抢修当年创办人陆宗舆从美国
买来的一号高炉。

1938 年 11 月 20 日。

对于首钢和中华民族来说，
这都是一个值得记忆的屈辱而
畸形的日子。在日本占领军的
操持下，建成 9 年也废弃了 9
年的石景山炼铁厂一号高炉，
终于流出了第一炉铁水。自此，
这里炼出的铁水变成腥风血雨，
倾泻在中国大地上。

日本监工在监视工人

石景山炼铁厂流出的第一炉铁水，犹如首钢历史上的"第一滴眼泪"。

1941 年底，丧心病狂的日本军国主义者发动珍珠港奇袭，太平洋战争爆发，
战略物资更为吃紧，日本内阁三令五申，要求华北驻军抓紧掠夺中国的"二黑二
白"，即煤、铁、盐、棉。为此，1943 年，"石景山制铁所"又抢建了 11 座日产
20 吨的小高炉，并从日本国内釜石制铁所拆运来一座已有 10 年炉龄的旧高炉，即
二号高炉，其设备技术十分落后，所用发电机还是 1901 年德国西门子公司生产的。

日本侵略者通过修复一号高炉，增建二号高炉和 11 座小高炉，总的设计
生产能力达到日产 850 吨。但由于工程质量差，配套设施不齐，加之中国工人
的消极怠工和暗中破坏，高炉事故频发，屡屡停产，大小高炉从未达到设计生
产能力。日本占领时期，设计日产 250 吨的一号炉平均日产仅为 72 吨。据日
本技师在《第二炼铁炉概要》中记载，为抢速度，二号炉许多部分尚未完工即
开炉投产，"次日操纵室便发生火灾"。在以后的 617 个工作日中，停风 330 次，
停机 13.8 万小时，共出铁 3.2 万吨，日均产量仅 52.1 吨。

11 座设计日产 20 吨的小高炉平均日产仅 7 吨左右。

日本久保田铁工所后来也进驻石景山，专门生产铸铁管，此时北平的钢铁
制造业都被日军控制。1920 年开业的北平第一家现代铁加工工厂——中华汽
炉行，被改为生产手榴弹等军品的铸铁件。从 1938 年 11 月起到 1945 年 8 月

日本投降止，石景山铁厂共生产铁 26.26 万吨。

2

火车一冒烟，来到石景山，

进了制铁所，犹入鬼门关。

来了石景山，入了花子班，

披着麻袋片，窝棚露着天……

当年的民谣，是石景山制铁所中国苦力生活的悲惨写照。

1939 年春，为赶在夏季洪水期到来之前把永定河水引进铁厂，也不管工人是否会游泳，日本把头平川指挥警卫端着刺刀，把工人成批撵到冰冷湍急的河水里作业，当场淹死 7 人。

1942 年 7 月，一号炉发生炉温变冷的结瘤事故，日方为抢时间，在炉温没有降到可以作业的情况下，逼迫工人冒着 900 多度的高温钻进炉内扒料，结果活活烤死 5 人，重伤 18 人。

三九严寒之际，披着麻袋片、穿着洋灰袋的工人捱不过，休息时就钻进烟道取暖，进去几个出来几个，日方从来不管不问，"死了没关系，苦力大大的有！"时间长了，烟道堵死了，日方派人进去清理，竟发现 17 具工人尸体。运送矿料的工人郭天福被逼着连续干了 36 个小时，因疲劳过度卸车时晕倒在铁道上，时值深夜，隆隆驶来的火车轧去他的双腿，数天后郭天福去世。怀有身孕的妻子

这是日伪时期工人的住房

疯了，爬上炼铁厂70米高的大烟筒，哭喊着丈夫的名字，纵身跳下身亡。

1943年夏，北京爆发了一场传播迅速而惨烈的"虎烈拉"（即霍乱），炼铁厂数天内死了4名华工和2名日本人。日方迅速展开大范围"强制隔离"措施，警卫和把头们穿着防护服，戴着大口罩或防毒面具，开着大卡车，挨个窝棚和村落搜。凡有病状的，不管死活也不管什么病，一律拉到山下村一带的万人坑扔在里面，一层尸体撒上一层白灰，外边围上铁丝网，由荷枪实弹的警卫把守，凡有企图逃逸者就地枪决，结果许多还活着的人不是被石灰烧死了就被呛死了。

据龙烟有关档案记载，"虎疫"发生之际，仅石景山炼铁厂就逃亡1090人，失踪5600余人。

张景和，动力厂老工人，1932年生于门头沟一个贫苦农民家庭，他7岁时永定河发大水，全家五口人逃了出来，可房子和破烂家什被洪水冲得一干二净。父亲从地主家租借了一间破草房，一家人暂时有了遮风挡雨的地方，可为了还房租，父亲只好远走他乡到处打工，第二年父亲一去不复返，再也没消息了。家里日子过不下去，哥哥到一个地主家讨饭吃，被那家的狗腿子活活打死在门前。母亲悲痛欲绝，不想活了，可又不忍心扔下两个孩子，于是把弟弟卖给一个外国人，然后背着7岁的张景和到处走，求那些有钱的人家买下这个可怜的孩子。可张景和因幼年时玩剪刀扎瞎了一只眼睛，谁都不肯要。母亲没办法，只好把张景和扔在家里，自己出去到地主家里帮工做女佣，隔三差五跑回家给张景和送一点吃食。有一年夏天，母亲很长时间没回家，刚刚8岁的张景和只好上山挖野菜充饥。一次在家烧水煮野菜，他不慎把水壶碰翻，一只脚被烫得起了一层大水泡，很快发炎了，肿起老高，痛得脚不敢沾地，家里又没有东西可以充饥，他只好揣上一只破铁碗和一只小面口袋爬出家门，一村村爬，一家家讨，从此开始了流浪要饭的乞讨生活。

9岁那年，为了活命，张景和又到门头沟的小煤窑当运煤工。那时在煤窑里干活，被称为"吃的是阳间饭，干的是阴间活"。坑道窄，雇来运煤的都是童工，孩子们背着沉重的煤筐，手脚着地排成一排，在狭长的坑道里爬进爬出，每天干十几个小时，两头不见太阳。煤窑里没有通风设备，严重缺氧，孩子们只好大口大口喘气，可一张口，成团的苍蝇蚊子就飞进嘴里。有一次塌窑，张景和恰好爬在前面，一听后面一声轰响，他扔下煤筐就往外跑，结果后面几十个童工和挖煤工都被埋在里面。

张景和害怕了，不敢在煤窑干了，于是到石景山炼铁厂当了童工。有一次他在运送煤粉的卷扬机旁边干活，因为又饿又累，一头栽进煤粉仓里，上面的煤还在不断地落下来，很快把他埋在里面。张景和拼命挣扎，可他越挣扎，煤层就压得越紧，鼻孔、嘴巴、耳朵全塞满了煤粉。只要再憋几分钟，张景和就没命了，幸亏在他身边干活的几个老工人看到了，他们合力把煤粉仓的底板拉开，张景和与成吨的煤粉倾泻下来，小命才保住了。

所幸张景和挺到了解放后，在当地政府帮助下，他找到失散已久的母亲，还娶上了新媳妇。

3

刘庆，今年81岁，身体健硕，思维清晰，1928年生于北京西山四平台的许家府村。那里埋着明朝嘉庆皇帝的一个公主，招的驸马姓许，所以才有"许家府"之谓。刘庆家的老辈是给皇家看公主坟的，当过五品官。公主坟占地40亩，1942年被盗匪炸开，洗劫一空。据说坟墓建造得富丽堂皇，内部的甬道可以跑马车，能通到数里之外。

1941年，13岁的刘庆到制铁所当了"票工"，即临时工。每天天不亮鸡叫头遍，他就赶紧起床跑17里路，赶到厂里找总务系的工头领一张做"包衣桑"（杂务）的工票，去晚了就领不到了。有时候跑累了，夜里就和工友们挤在大席棚子里，铺上稻草席地而睡。生产最忙时，各个分厂的工人合在一起有两三万人，这么多人吃饭，窝头来不及抠眼儿蒸熟，粘乎乎地就发下来，就着咸萝卜干和"阴阳水"（即不凉不开的水）吃，吃完没有不拉稀的。发生"虎烈拉"疫情时，刘庆在下工路上，看到道边的沟壑和草丛里全是东倒西歪的死人和啃咬尸体的野狗，吓得他不敢看，闷头往家跑。

三、"炸掉高炉种高粱"：日本人留下的"遗言"

——美国战机突袭石景山

被欺辱的民族是不可能沉默的。

北平沦陷以后，人民群众以及炼铁厂的抗日活动从未停止过。据日本人办的《北支那制铁月报》记载，在宛平县一带有中共领导的抗日武装第11军分区第12支队4000余人，游击队250人，有国民党29路军残余武装近400人。他们不断对铁厂进行神出鬼没的袭扰，如切电线，炸管道，捣毁"石景山地带爱护会"，智取铁厂粮库，把粮食分给附近百姓和工人，护送铁厂里的日本反战人士奔赴解放区等。铁厂工人们也心知肚明，与抗日武装"里应外合"，只要听到枪声，扔下工具就跑，致使大小高炉生产无法正常进行。日方为加强警戒，用铁丝网和砖墙把厂区包围起来，在东大门修筑了两座碉堡，并配备了近300人的警备队，装备有重机枪4挺、轻机枪3挺，步枪140支，手枪20支、警犬两只及大量弹药和手榴弹等。

工人除消极怠工外，为破坏鬼子生产各出奇招，不断制造各种大小事故。

开火车运铁运矿的司机冒着生命危险，故意在弯道超速行驶，制造翻车事故……

装料的工人乘工头不注意，或者把上百斤、几十斤重的大矿石块倒进高炉，或者多倒焦炭少装矿料……

炉前工经常用各种巧妙办法把砂模弄湿弄潮，铁水流进去就发生爆炸，炸成乱糟糟的"蜂窝铁"……

有一次，日方为庆祝攻占我国某大城市和新炉投产，在炼铁厂举行了隆重的点火仪式，北平日伪政权的各方面要员都"大驾光临"，据说著名女特务金璧辉（川岛芳子）也来了。现场挂红飘绿，装饰一新，仪式刚刚开始，在日本国歌声中，与会者正向插在高炉顶端的膏药旗行注目礼，一股炉火突然窜出来，把日本旗点着了，全场为之惊骇，一片哗然。日本工头赶紧爬上去查问，吊车房的工人李树德、何文和任志珍说，炉盖卡死了，跑了火烧的。鬼子只好换了一杆新旗，不大工夫，旗又燃着了，如此再三，日本工头只好把膏药旗撤下来，插到炉腰处，活像降半旗致哀。

其实是这几位工人在炉顶做了手脚，故意让炉火冲出来的。"火烧膏药旗"一时在工人中间传为佳话。

太平洋战争爆发以后，日本侵略军全线吃紧，兵力伤亡惨重，作战物资捉襟见肘，石景山制铁所便成了他们掠夺中国资源的战略要地，日本军政要员纷纷前来督促抓紧生产，国务大臣藤原，驻华日军最高指挥官、大战犯冈村宁次，东条英机的顾问结成，日本驻华大使馆经济部长冈松等先后来这里视察。

为悼念日军战亡者，1943 年，日本人在石景山制铁所附近修建了一所"靖国神社"，由 13 名日本僧人负责管理，每逢重大节日或祭日，居留附近的日本人便蜂拥而来，念经诵佛，超度亡灵。首钢老干部关续文回忆说，当时负责靖国神社警卫的中国人杜辉对神社里供奉的神位十分好奇，有一次他当班执勤，半夜里悄悄摸进去，登上供桌，从木龛里取下供奉的一只紫檀色长方形盒子，打开一看，里面是一只造型同样的小盒子，再打开，是更小的盒子，最后一只小盒子大约有巴掌大，打开后，里面只有一张二指宽的纸条，上书"徐福神座"4 个字。老天爷，杜辉不禁哑然失笑，小鬼子供的原来是中国人！

沦陷 8 年的北平，在风雨飘摇的太阳旗下，在煎熬与企盼中默默过着坟墓般死寂的日子。1944 年 5 月 30 日，北平上空突然响起飞机的轰鸣声，人们抬头一看不由得惊喊："快看！美国的飞机！""美国飞机来了，小鬼子要完蛋了！"所有中国人的眼中都闪射出惊喜的光芒。

美国战机第一次飞临北平上空。

美军方面显然已经得知，石景山制铁所是日军重要的战略生产基地。这天上午 11 时许，两架战机突然飞临石景山上空，向制铁所发动突袭。飞行员驾机不断俯冲扫射，火力强大的机关炮把一列运煤火车打得千疮百孔，瘫在铁道上不动了。厂内一片惊慌，工人们扔下工具四处逃窜，职员们抱着脑袋钻到床下或桌下，家属区那边，日本妇女和孩子的哭叫声响成一片。

或许美军方面很注意保护中国的古都北平和工业设施，没有进行大规模轰炸，这次空袭仅仅是威慑性的。

制铁所没有任何防空能力，空袭过后，日本人迅速组织人力在厂区抢修了十多个沥青池，工人们都不明白鬼子要干什么。后来只要防空警报一响，鬼子立刻派人把沥青池点燃，厂区上空顿时浓烟滚滚，毒雾弥漫，以此迷惑和遮蔽美国飞行员的视线。想出这种近乎原始的"防空措施"，证明小鬼子灭亡的日子不远了。

1945 年 8 月 15 日，日本宣布无条件投降，消息传来，北平市举城狂欢，被压抑和奴役了整整 8 年的人们潮水般涌上大街，载歌载舞，举行庆祝游行。那些天，愤怒已久的中国人在菜市场或街头巷尾只要见到日本人，追着就打就骂，中国孩子也朝他们投掷石子，吓得日本人躲在屋里不敢露头。

那时，17 岁的刘庆在制铁厂厂长安田勇治家里当"博役"即服务员，负责为他家劈柴、浇花、抬煤、打扫院落，接送其女儿上学。安田勇治家有一位手艺高超的中国厨师赵俊江，河北省承德人，祖辈三代都是在皇宫里做御膳的大厨，父亲曾侍候过慈禧太后，赵俊江是第四辈，中西餐、宫廷菜和民间菜都很拿手。

施工中的大东门碉堡

安田勇治是德国留学归国的日本冶炼专家，人瘦瘦的，戴一副圆圆的近视镜，说话和声细语，对下人态度很和蔼。他是知识分子，吃饭相当讲究营养，一家人早起吃西餐，中午吃中餐，晚间吃日餐，都由中国厨师赵俊江一手操作。刘庆没事儿的时候就到厨房给赵俊江打下手，摘菜切墩，天长日久也练出一手烹调技艺，解放后他成了首钢福利处的干部和红楼迎宾馆的一号大厨，离休以后还编了一大本《红楼菜谱》，足有三指厚。

那时刘庆很年轻，不谙世事。相处日久，他觉得安田勇治为人和善，是日本人中的好人。旧衣旧鞋什么的，自己家不用了就送给刘庆和其他下人。日本战败后，安田闭门不出，厂里事情什么也不管了，一家人返回日本前，与刘庆依依话别。安田还伤感地说："历史上侵略别国的从来没有好下场，我早知道日本会有这一天。"夫人和女儿也泪水盈盈，指着家里的陈设对刘庆说："刘桑，你想拿什么就拿什么吧。"

这时炼铁厂一片混乱，日本人不管事了，工人不干活了，高炉正熊熊燃烧炼着铁呢，日本管理人员朝工人们连连鞠躬，然后别有用心地说，"我们的，投降了不干了，这些年对不住各位的地方请多多包涵，工厂停产了，大家就散伙吧。"当牛做马苦熬了8年的工人不明真情，一哄而散。

按炼铁技术规程要求，高炉停火前必须先把铁水放尽，但这件事没人管没人问了，一号炉、二号炉和6号小高炉内的数百吨铁水就此凝结于炉内，高炉成了巨大的铁疙瘩，给光复后中方恢复铁厂生产带来极大的困难。

造成这个重大凝铁事故的，正是制铁厂厂长安田勇治！

这个家伙表面和善，温文尔雅，其实是最为阴险的。

望着被铸死的死气沉沉的高炉，日本人幸灾乐祸地说："你们的，没办法，干脆炸掉高炉种高粱吧。"还有个鬼子对铁厂火车司机戴振祥说："十年以后我们还会回来的！"

戴振祥说："别做梦了，你们再也回不来了！"他和一群工人一轰而上，把这个鬼子狠狠揍了一顿。

第五章 摇摇欲坠的"微缩王朝"

- 鸡犬升天：今日中国，谁家天下？

- 安朝俊棋高一招：冒险炸高炉

- 红毛线蓝毛线："最高统帅部"驰电北平前线

- 马立公的"建国日记"：一生"胆小怕事，无所作为"

一、鸡犬升天：今日中国，谁家天下？

——刘正五：接收大员把一年的飞机预订光了

历史剪影

1945 年 10 月 10 日，国民党第十一战区司令长官孙连仲在故宫太和殿举行了隆重的北平市日伪政权受降仪式。天安门一带涌来近二十万民众观看这一盛典。10 时，仪式正式开始，日本驻华北方面军最高指挥官根本博中将率参谋长、副参谋长等 21 个高级将领，步行进入太和殿，在司仪官的命令之下，满面沮丧和愧色的根本博躬腰垂首，在投降书上签了名，然后将投降书呈交孙连仲将军，接着与其他日本军人一起解下佩刀，放置于长案上。仪式进程通过广播传遍北平，天安门和长安街一带欢声雷动。

1

抗战胜利，举国欢腾。延安的人们兴奋得热泪横流，他们冲出窑洞，相互拥抱，敲脸盆、抛帽子，跳着脚高喊着"中华民族万岁"，入夜，人们点上火把，自发举行了庆祝大游行，如龙的火把长阵绕着宝塔山盘旋而行，火光照得山上山下一片通亮。

在北平，同样举行了民众大游行，庆贺抗战胜利的欢呼声响彻古都上空，贩卖鞭炮的商贩不要钱了，把平板车往街头一推，大家随便拿吧！天安门、长安街一带，鞭炮的纸屑堆积了厚厚一层，像下了一场红雪，烟雾数日不散。

整个民族都以为，和平民主、建设国家的时代到来了。

不，事情没那么简单。此时此刻，国共两党的两大领袖蒋介石和毛泽东都心事重重，想得很多很远。一个在"陪都"重庆，一个在延安窑洞，相隔千山万水，两人似乎都看得见对方的表情和一举一动，都在努力猜想对方的心思。

中国向何处去？历史该怎么走？

两位巨头想的是同一个问题。

蒋先生心胸狭窄的毛病又犯了，卧榻之侧不容他人酣睡。

于是，石景山炼铁厂出演了下边一幕。

2

1945 年 8 月下旬的一天，十几辆大卡车屁股后面拖着滚滚烟尘，从东大门冲进石景山铁厂，一个团的大兵荷枪实弹，杀气腾腾，一窝蜂跳下车，迅速包围了厂部并接管了铁厂的全部警务。团长韩行发（绰号"韩大胖子"）把日本管理人员召集到一起，挺胸腆肚，得意洋洋地宣布："我们是蒋委员长任命的国民党河北先遣军，奉命前来，从日伪手中接收石景山炼铁厂。"接着他挥挥手喊了一声，"弟兄们，给我搜，看看各处仓库，小鬼子是不是藏了武器弹药和什么作战物资！"

安田勇治率一群日本高级管理人员像霜打过的茄子全蔫了，一个个哭丧着脸垂头肃立，不过他们不时偷眼瞅瞅这个胖胖的团长韩行发，还有几个团副，心里好生纳闷。这几个家伙过去是北平日伪政权属下的"华北绥靖军"成员，曾多次来铁厂检查治安，抓过抗日分子，铁厂好烟好酒送了不少给他们，没想到日本投降没几天，韩大胖子摇身一变又成了国民政府河北先遣军的团长，他娘的变得比孙猴子还快！那些大兵穿的还是土黄色的伪军制服，只不过把帽徽臂章撕掉了。相交多年，都是熟人，几个日本人还冲韩大胖子挤出一脸假笑，想打招呼套近乎。韩大胖子叉着腰，别过脸不理他们，假装不认识，一挥手朝大兵们喝道，妈拉个巴子，你们傻站着干什么？还不快给我搜！

抗战胜利之初，蒋委员长为垄断受降，与共产党争夺天下和日伪财产，不问青红皂白，在全国各地大规模接受伪军"易帜"，就地改编，掌控局势，以免共产党乘虚而入。8 月 17 日，他电令驻北平的伪华北政务委员会绥靖总署

接收后厂门戒备森严

督办、大汉奸门致中，委任其为"国民党第九路军军长兼河北先遣军总司令"，数万伪军就这样一夜之间又成了国军。

韩大胖子一声令下，大兵们如狼似虎地分散开来，见门就踹，见柜就砸，见箱就撬。厂里的几十个仓库打开了，大兵们把电动机、铁锭、钢板、轮胎、焦炭、机器、油料、粮食、衣料、成堆的日用品，纷纷搬上卡车，各车间、各料场里能拆的拆，能卸的卸，能搬的搬，呼呼啦啦地装上车运走。工人们气愤不过，纷纷围上来阻拦，说你们这不是光天化日之下明抢吗？你们把电动机卸了，机器设备拆了，铁厂以后怎么生产啊？

韩大胖子好像忘了半个月前他还是伪军团副的身份，挥舞着手枪大骂，妈拉个巴子，我受命带人来没收日伪敌产，敢阻拦就毙了他！再说老子提着脑袋八年抗战，死了好几个来回，拿几个电滚子犒劳犒劳部下算什么！

"先遣军"走后，惨遭洗劫的铁厂像刚刚经过一场激战的战场，一派破败狼藉。

老炉前工王利元说，他曾被国民政府接收大员派到天津港干了一阵子，码头上堆满了石景山铁厂的铁锭和许多物资原料，都被"国民先遣军"和接收大员先后倒卖到天津、上海等地。

3

11月9日，国民政府资源委员会接收大员朱玉仑乘坐一辆美国造小轿车，夹着黑皮包，只身来到石景山铁厂走马上任。

朱玉仑皮肤白净，略显胖，说话细声细气，很有些大知识分子的风度。他把留守的几位日本高级管理人员召集到一起，宣布从即日起将石景山铁厂收归国民政府，所有日方留守人员要老老实实，设法协助中方人员尽快恢复生产，否则"严惩不贷，按战犯论处"。

日方人员刷地一声全部起立，低头称："哈意！"

朱玉仑板着脸，又问了问全厂规模、现有人员和高炉情况等，让办公室拿来一些现成的铁厂资料，然后夹着黑皮公文包，乘小轿车匆匆回到北平城里——城里有太多的庆功宴等着他出席呢！

石景山铁厂是北平最大的冶炼厂，在南京国民政府眼中的份量很重，其接收大员的地位在北平也就相当显赫。朱玉仑到任两天之后，即11月11日，国民政府政务院副院长翁文灏抵达北平视察。第二天，朱玉仑陪同他以及随来的北平副市长张友渔（实为中共地下党员）、美国总统代表洛克、交通部、经济部要员，由西直门车站乘专列到铁厂检查接收情况。留守铁厂的日本原董事长福田庸雄、副董事长吉田友、铁厂厂长安田勇治等人向翁文灏汇报了厂内情况。翁文灏指示朱玉仑，国家光复不久，百业待兴，要尽快恢复生产。

这一天，"石景山制铁所"正式更名为"石景山钢铁厂"。昏星晓月之中，青天白日旗高高飘扬在东大门，国民党政府统治的时代开始了。

谁都没想到，这仅仅是个来去匆匆的过渡时代，不过三年多一点的时间。在它短暂的时空里，既回荡着旧中国、旧铁厂的挽歌，也鸣响着新中国、新铁厂的序曲。为尽快恢复生产，南京国民政府向石景山钢铁厂选派了不少人才。历史的幽默感是深藏不露的——一大批怀抱爱国之心、兴国之志的精英人物和青年知识分子被蒋委员长派到这里，日后却成为中国共产党麾下的精兵强将，成为共和国时代首钢大振兴大发展的奠基者与创造者。

后来成为冶炼专家、首钢副总工程师的刘正五就是这时候来到铁厂的。刘正五方脸宽额，浓眉朗目，一身书卷气，少年时代家居北平。日军占领北平后，他与一批青年学生流亡到大后方，就读于重庆大学冶炼系。1945年毕业，恰逢抗战胜利，他一心想回北平老家，于是夹上几件仅有的换洗衣服，兴冲冲跑到沙坪坝机场去买机票，售票员笑着告诉他，今年你甭想回北平了，政府派到各地的接收大员"已经把全年机票都订光了"！

足见那时的蒋委员长和国民政府是怎样的志满意得并忙着接管整个中国。

刘正五悻悻返回重庆大学。那时在大学做学生，学校管吃管住管用，学生基本不花钱。可刘正五已经毕业了，吃住没人管了。看来还要在重庆支撑半年一年的，一个穷学生哪有几个钱啊？刘正五愁得唉声叹气，幸亏他在学校是个品学兼优的好学生，教授们对他印象颇佳。听说他回不了家，生活成了问题，一位教授说，那你就给我当一年助教吧。

熬到1946年初夏，刘正五终于回到阔别多年的老家北平。

那天，他找到石景山炼铁厂在北平城里的总部，拜见了接收大员朱玉仑，做了自我介绍，说自己是学冶炼专业的大学生，希望在厂里谋个差事。朱玉仑举着白里透红的胖脸——像是刚喝过酒的样子，琢磨半天说，光复以后，国家急需钢铁，按理说正是用人之际，可日本鬼子给咱们留下个烂摊子，大小三座高炉都铸死了，炉缸成了死疙瘩，生产到现在没有恢复，你的冶炼专长也用不上啊，你要真想来，暂时就当会计吧。

刘正五想，会计和他学的专业完全不搭界，没啥意思。他转身走了，又跑到天津钢厂找到那里的接收大员李公达。

李公达（1905—1971），1931年就读于美国密歇根大学并获该校博士学位，建国前历任北洋大学教授、系主任，并先后当过威远、重庆、天津三家钢铁厂的厂长，后调石

刘正五

景山钢铁厂任经理，建国后成为我国著名冶炼专家，曾任冶金部钢铁局计划及技术处处长和中国金属学会秘书长。

日本人在天津钢铁厂也留下一副烂摊子，高炉千疮百孔，设备几同废铁，书生气十足的李公达也一筹莫展。他对来求职的刘正五说，日本人走了我这里就停产了，厂子荒着，甭说你是大学生，就是大专家也用不上，还是另谋高就吧。

没办法，刘正五返回北平，第二次又去铁厂总部找朱玉仑。时值中午，朱玉仑正在为即将归国的安田勇治一家设宴饯行。给安田家当"博役"的刘庆在门外侍候着，见来了一位白面长身的青年大学生找朱玉仑，赶紧进去通报。朱玉仑正喝到兴头上，满面红光，心情颇佳，见刘正五第二次返回求职，觉得这个青年很有些志气和韧劲，当即表示同意刘正五到铁厂工作，先当实习工，随即他打电话通知了刚刚到任不久的另一位接收大员、炼铁厂厂长安朝俊。

安朝俊，首钢历史上的一位重要人物出场了。

安朝俊，是首钢发展的杰出奠基人和领导者，也是我国权威的冶炼专家之一。他呕心沥血，鞠躬尽瘁，把自己的才华和一生无私奉献给我国钢铁事业，创造了中国钢铁冶炼业的许多个"第一"。改革开放大潮初起，首钢的"大承包"震动全国，人们只知周冠五，不知安朝俊——也许，周冠五那高大巍峨的身影把矮矮的、沉默寡言的安朝俊遮蔽了。

安朝俊是中国钢铁事业的伟大基石，历史不应当遗忘他。

安朝俊

1946年4月，刘正五从西直门乘着破旧的火车，咣当咣当来石景山铁厂报了到。正是初春，乍暖还寒，残破的车厢窗玻璃都碎了，尽管刘正五穿着棉袄，冷风依然吹得他瑟瑟发抖。车窗外不断掠过苍黄的原野、破败的农舍和人烟稀落的小镇，还有战争留下的残垣断壁，但刘正五摩拳擦掌，心情相当亢奋。他想，抗战胜利，举国振奋，百业待举，一切艰难困苦都是可以克服的，过去的几年，他坚持在大后方把大学读完，现在终于可以为复兴国家大干一场了！

走入石景山炼铁厂，现实的景观完全出乎刘正五的想象，从立着碉堡的大东门一直走到厂部，只见阔大的厂区一片荒芜，前几天刚下过一阵雨加雪，道路泥泞不堪，荒草齐膝，高炉和所有设施锈迹斑斑。没有机器设备的轰鸣声，没有滚滚升起的浓烟粉尘，没有来来往往的运输车辆，一切都显得沉寂而荒凉，远处什么地方不时传来零碎的敲打声，一些工人提着工具晃来晃去。

显然，生产尚未恢复。

到了厂部，刘正五听说炼铁厂厂长安朝俊正在一号高炉那儿忙着，他又跑到一号高炉同安朝俊见了面，就算正式报到，当了技术员。时值初春，安朝俊裹着一件大棉袄，说话慢条斯理，很和气，两人一见如故。经安朝俊介绍，刘正五才知道，炼铁厂的两个大高炉即一号炉（陆宗舆所建）、二号炉和六号小高炉（日本人所建）都有数百吨和数十吨的铁水矿渣凝结在炉内，一号炉内的耐火砖壁也塌了。工人们每天钻进炉内，把钢钎插进凝铁的缝隙里，再抡着大锤一块块敲碎，体力消耗极大，工人们吃不饱穿不暖，拿不出多少气力干活，修复工程进度极慢。

热血方刚的刘正五建议，到外面请包工队来干，负责生产的科长董孝玉和朱玉仑签字同意。很快，山东一家包工队来了十几个壮汉，大锤抡得虎虎生风，炉内的耐火砖很快补好了。

4

身为接收大员，炼铁厂这儿却很少能见到朱玉仑。他长得白白胖胖，说话哼哼哈哈，身上永远是笔挺的西装革履，天生一副大官气派和好脾气。他称得上是冶炼专家，但不懂管理，对恢复生产拿不出什么好办法，也不大上心。那时国民政府派往全国各地的接收大员，无疑是抗战胜利后中华民族获得独立、中国政府恢复主权统治的象征，所到之处，都受到民众的热烈欢迎和社会各界的追捧。朱玉仑也是如此，他到任后一直住在城里东总布胡同的官邸里，几乎天天泡在社交界的酒宴上，发表演讲，交杯换盏，莺歌燕舞，只是在每周四，坐着小轿车到石景山来一趟，召集各方面负责人开个厂务会。秘书小于送呈的各种报告，他漫不经心，一目十行地翻翻，然后大笔一挥，草草签上一个"可"字。一上午，所有公事草草处理完毕，下午又乘车回城过他的优哉游哉、灯红酒绿的日子。

接收大员犹如中央派下的钦差大臣，大权在握，一言九鼎，贪污风和裙带风大盛，很快引起社会各界和民众的强烈不满，这是蒋介石政府迅速走向垮台的第一步，朱玉仑同样如此。他于公事不肯用功，安插自己的三亲六故却雷厉风行，一时间石景山铁厂犹如朱氏"袖珍小王朝"，成了"皇亲国戚"的天下。一妹夫当了铁厂驻北平办事处主任，二妹夫当了办事处仓库主任，三妹夫当了厂区内的仓库主任，四妹夫当了会计科审核专员（他的妹夫也够多），其妻妹夫当了出纳科长，妻弟当了工务处主任，其多年老友当了劳政科科长，其弟朱玉峨当了厂警卫队大队长——真是"一人得道，鸡犬升天"，而且全是肥缺。

事实上，他们组成了一个贪渎集团，以石景山铁厂驻北平办事处为据点，大量捣卖厂内各种设备物资，甚至外运来的材料机器设备尚未到厂落地，就被他们中途卖掉。国民政府先后为石景山炼铁厂恢复生产投入大量资金，仅修复两栋宿舍楼、一个招待所和几个仓库就花费了近亿元。为恢复生产,政府投入的费用已接近2000亿元,开工之日仍然遥遥无期,明眼人一看便知有黑箱操作,大笔大笔的钱被中饱私囊了。

南京国民政府对石景山炼铁厂恢复生产之事极为关切,因为它是光复后中国钢铁业恢复生机的唯一可期之地。苏联红军进入中国东北,势如破竹横扫日本关东军,帮了中国一个大忙,可也干了不少奸淫抢掠的坏事,东北大批工业设备被掠劫一空,连铁道线都拆走了。鞍山钢铁厂因苏联红军撤走时掠走了百分之九十五以上的机器设备,已全面瘫痪,无法开工。内地许多钢铁企业也因抗战中或者迁往后方,或者受损严重,无法启动,只有石景山炼铁厂还算保存较为完好的。

1947年9月24日,南京国民政府行政院院长张群专程前来北平和石景山铁厂视察。朱玉仑深知炼铁厂接收长达两年了,还没开工,对上级不好交待,于是事先指使手下,把高炉装满焦炭点火燃烧,再让各种机器设备隆隆空转,假造出一番复工的繁忙景象,这一幕竟让不明就里的张群颇感欣慰,连声表扬朱玉仑"为党国做出重要贡献"。

如此明目张胆的造假和朱氏集团的贪渎行为,自然引起铁厂许多职员的强烈愤慨,一封封举报信、弹劾信寄到南京和北平的国民政府。

腐败无能的国民政府是不可能认真查处的,只能以走马换将息事宁人。1947年11月,国民政府任命陈大寿为石景山铁厂"总理",朱玉仑降职使用当了"协理"。被摘了乌纱帽的朱玉仑自知在这里干不下去了,于是请辞走人,那些"皇亲国戚"也纷纷落荒而逃。

二、安朝俊棋高一招:冒险炸高炉

——"陈老抠"到底吃了几个饺子?

1

第二任接收大员、石景山钢铁厂总经理陈大寿上任了,不久就得了个绰号"陈老抠"。

陈大寿是民国时期著名冶金专家,才高八斗,满腹经纶,通晓英、法、德、俄、日五国语言文字。1896年生于浙江海盐县一个富商家庭,是国民党四大家族之一陈立夫的远亲,1915年毕业于北洋大学矿冶系,后去美国留学获冶金硕士学位。因有"炼锡提纯工艺"等一系列创造发明,曾受国民政府多次嘉奖。他到石景山铁厂后,兢兢业业,严格管理,作风清廉,迅速赢得员工们的广泛好评。当时国民政府规定他的工资为 100 元，实际上他才拿 80 元，高级技师工资最高为 600 元，安朝俊为 520 元。陈大寿记忆力惊人，看数字过目不忘。不过，他做人做事也太仔细了，不仅工厂员工人数、仓库存料、财目收支等各种数据了然于胸、倒背如流，工厂办公、维修生产，以及人员出差费用等等，一律精打细算，卡得很死，连办公桌上有几张信笺几支铅笔都是有数的，部属不可随意浪费。一天中午，全家在一起吃了一顿饺子，剩了一些，晚饭时他让做勤务的小刘庆把饺子煎热再端上来，刘庆刚出门，就听陈大寿一声厉喊，回来！

刘庆忙不迭跑了回来问，啥事儿？

中午剩了 29 个饺子，怎么少了一个？

我不知道啊，是不是您记错了？刘庆恭恭敬敬站着，心想这接收大员人也太抠了。

陈大寿的女儿在一旁扑哧笑了，说爸爸您也太仔细了，少个饺子还值得这么大惊小怪！

陈大寿也笑了，说我的记忆力就是这么炼出来的。

"陈老抠"的绰号自此传遍全厂。

2

冻结在六号小高炉的凝铁矿渣用大锤敲尽了，可一号和二号两座大高炉叮叮当当敲了一年多仍然没有结果。朱玉仓掌政之时，大权在握却不问正事，贪污风裙带风盛行，工厂被搞得乌烟瘴气，怀抱复兴国家热望的安朝俊深感沮丧，常常抱病在家闭门不出。陈大寿上任后，铁厂风气一新，安朝俊的干劲也来了。他和刘正五等一些技术人员在一号高炉里出出进进，了解炉内结构和状况，弄得满身满脸红粉黑灰，几天后，他提出一个大胆的方案：用适量的炸药炸碎炉内的凝铁矿渣。

陈大寿和所有技术人员都反对，担心搞不好把炉体炸塌，一号炉是陆宗舆从美国买来的，二号炉是从日本拆运来的二手设备，历经几十年岁月沧桑，老得快成"核桃酥"了，稍微大些的震动说不定就会四分五裂，轰然倒塌，那可是天大的事故。

安朝俊身材不高，性情温文尔雅，不多言，很少高声讲话也很少发火，可又有着科学家的坚定意志和品格，想定的事情九头牛也拉不回来。他经过认真调研和计算，把一大堆方程式和设想的一系列保护措施交给陈大寿审阅。陈大寿也是行家里手，而且与安朝俊同为北洋大学矿冶系的学生，都曾到国外留学，两人相互信任，交谊很深。他认真看过安朝俊的方案之后说，同意，就这么干，先在一号炉搞搞试验吧。他又指指安朝俊和自己的脑袋笑笑说，不过还是小心为上，要是闹出个"核爆炸"，你我吃饭的家什儿就不保了。

在安朝俊亲自指挥下，工人们呼呼啦啦开进炼铁厂，用上千根枕木和草绳把一号高炉炉体牢牢包紧，然后进炉钻孔，塞进适量的炸药，一层层开始炸，上面盖上草袋子，以防碎铁乱飞，伤及炉体。巨大的高炉就是个共鸣箱，那些天铁厂就像架起轰天大炮，轰炸声隆隆作响，附近老百姓都以为国共两军在石景山又打起来了。清渣进度果然大大加快，不到二十天，一号高炉清理完毕，炼焦厂、铸造厂等配套设施也相继修复。

1948年4月1日，石景山钢铁厂终于响起隆隆机声，升起漫天浓烟，炽红通亮的铁水在飞溅的铁花中奔流而出。

这是抗战胜利后石景山钢铁厂流出的第一炉铁水，也是中国抗战胜利后的第一炉铁水。

石铁一号炉成为当时全国唯一恢复生产的一座高炉。

中国历史已经接近了一个伟大的转折点。那灿烂的火花犹如为迎接新时代而绽放的。一号炉恢复生产不久，同样被铸死的二号炉还没来得及清理，时局就乱套了。

内战烽烟遍及大江南北，战火也烧进了石景山。

三、红毛线蓝毛线："最高统帅部"驰电北平前线

——土八路的派克钢笔和"猴子变人"的革命

历史剪影

二战以后，世界被搞得一塌糊涂，废墟连天，满目疮痍，各大国都趴在家里休养生息。这时，由世界上"最小的统帅部"指挥的二战后最大规模的战争，正在中华大地上汹涌澎湃地进行着。这个最小的"统帅部"在河北省平山县的西柏坡村，只有几间民房、几张桌椅、几盏马灯，作战地图上扎着红蓝毛线头，用来标明国共两军的态势。据说那些毛线还是周恩来亲自纺出来的，至今，他用过的纺车还摆在西柏坡纪念馆。

毛泽东、周恩来与任弼时于1948年春天来到西柏坡。从5月起到次年3月，短短十个月内，毛泽东和他的战友们在世界上最小的"统帅部"，指挥人民解放军在全国进行了二十四个战役，其中包括最著名的辽沈、平津、淮海三大战役，共歼敌250万人，一举定乾坤。

1949 年 3 月 23 日，毛泽东和中共中央其他领导人，加上警卫部队和机关随行人员，乘坐 11 辆小汽车和 10 辆大卡车，从西柏坡出发，浩浩荡荡开往北平。毛泽东坐的是第二辆美式中吉普——可见美国对中国革命的"帮助"是很大的。临行前，毛泽东感慨万千地对周恩来说："我们要进京赶考去了，希望不要像李自成那样再退出来。"

1

淮海战役正在进行中，1948 年 11 月 4 日，蒋介石电召华北"剿总"司令官傅作义到南京，商量南撤事宜。两大战役之后，北平成了汪洋大海中的一座孤城，坐镇这里的傅作义所部时刻面临着中共东北、华北两大野战军"三明治"式的打击。惶惶不可终日的蒋介石希望傅作义率部南撤，以集中兵力加强长江防线，实现"隔江而治"，保住半壁江山，并决定委任傅作义为"东南军政长官"。但傅作义深怕入了虎口，自己的部队被蒋介石吞并，因此拒不从命，决意坚守平津。

历史就这样定局了。

正是在这个时候，中共方面判断，处于我军铁壁合围中的傅作义部有可能从海路逃往江南，倘若如此，后患无穷，于是决定不惜一切代价，坚决扣住傅作义集团，不使逃窜，如果劝降不成，于华北地区就地歼灭。中央军委一声令下，东北野战军提前入关，会同华北军区部队共百万人发起平津战役。1948 年 11 月 23 日，80 万余众的东北野战军以隐蔽动作开始入关，为迷惑国民党军，新华社及东北广播电台，两周内不断播发四野在辽沈决战后祝捷、庆功、练兵和林彪尚在沈阳的消息。

11 月 29 日，杨成武兵团三个纵队包围了张家口，拉开了平津战役帷幕。1949 年 1 月 22 日起至 31 日，北平城内傅作义部 25 万人全部移驻城外，古都北平和平解放。那天，解放军举行了隆重的入城仪式，街上人山人海，红旗飘扬，无数辆美式大卡车装载着解放军战士排成长龙般的车队，还有步行长队、骑兵长队，每队前面飘着各个部队的番号旗帜，精神饱满、意气风发地进入北京市区，除了列队欢迎的各界人士和群众，过往行人也都驻足观看，其中有不少从国民党军队中逃出的散兵游勇。

时为刚刚毕业的大学生、后为首钢第二任总工程师的高伯聪，此时就站在堆着积雪的街边。抗战时，他曾在贵州给美军当过翻译，见过美军的现代化装备，也吃过美军各式各样的美味罐头，解放军入城队伍虽然阵势雄伟，意气风发，军纪严整，"可装备太差了！"高伯聪感慨万千地说，"这样的军队能把天下打下来，足见共产党了不得！"

北平和平解放，不过石景山一带还是发生了激战。此处守军为国民党 273 师刘舜元团，装备精良，火力很猛，防卫工事十分牢固。首钢老人们回忆说，石景山这一仗，四野死了不少人。1948 年 12 月 16 日，总攻开始，枪炮齐鸣，弹飞如雨，铸造厂东南角上的碉堡久攻不下，四野战士的冲锋被一次次打退。部队首长急得红了眼，找到石铁老工人，问有什么办法能摸上去？这时，厂里的中共地下党员白振东挺身而出，带着一队战士绕道接近，用喷火筒烧毁了碉堡，逼出其中守敌。接着，又由白振东、孙以恕以及曾当过厂警卫大队长的杜辉（即在石景山靖国神社摸出"徐福神位"纸条的那一位）带路，向厂内及石景山上的团部发起猛烈冲击。仅仅3发炮弹，山上的两座碉堡便炸飞了（迄今，一号高炉那边的铁柱子和一些老设备上还留有当时的弹孔）。守军团长刘舜元见大势已去，带上妻子率部仓惶逃窜。他们边跑边抢东西，铁厂高润之家有个装细软的箱子，几个大兵冲进来不由分说就把箱子抱走了，说是"战时征用"。时值严冬，铁厂内湖泊般大的贮水池已经结冰，国民党兵成群结队从冰面上逃过，第一拨刚跑过去，冰面就塌落了，大群士兵掉进两米来深的冰水里，刘舜元的妻子和七十余名士兵溺水丧生，不过刘舜元本人逃掉了。地下党员杨文耀奋不顾身跳下去连救两人，救到岸上，旁边的工人就给捆了起来，那两个落汤鸡似的大兵一边哆嗦着束手就擒，一边连声道谢。

经过三个昼夜的激烈战斗，12月17日凌晨1时，八一军旗插上石景山山顶，石景山炼铁厂宣告解放。

2

烽火连天之际，毛泽东已经考虑到未来建国大计和北平的发展建设了。1948年12月17日，就在石景山铁厂解放当日的下午18时，毛泽东给平津前线的诸位高级指挥官林彪、罗荣恒、刘亚楼、程子华等人发来电报："丰台、门头沟、石景山、长辛店系重要工业区，我五纵、十一纵正在此区作战，望令他们充分注意保护工业，其办法是一切原封不动，用原来的工人、职员、厂长、经理办事，我军只派员监督，派兵保护。"

根据毛泽东的电令，我军一个营开进铁厂奉命警卫并实行了军事管制。其时春节快到了，石景山炼铁厂许多工人因围城期间交通中断，集市无货歇业，市场断粮断油，生活陷于揭不开锅的绝境。中共北平市委迅速从解放区调运了大批粮食和各种年货，组织了几十辆三挂大马车，从长辛店火车站浩浩荡荡开进铁厂。工人们欣喜若狂，敲锣打鼓夹道欢迎。老工人魏公恕记得，当时给每人发了300斤小米，乐得大家屁颠儿屁颠儿，一个劲高喊"共产党万岁"。19日，北平市军管会主任聂荣臻派出军代表正式接管了石景山炼铁厂。

炼铁厂完好如初地交到共产党手里，安朝俊功莫大焉。他在保护高炉安全方面做出重要贡献。那时，我军对北平实行"围而不打"，交通断绝，人们无法进出城区。1948年12月上旬，安朝俊和来厂两年多的技术员刘正五等人，进城到东四三条的华北钢铁总局办事，没想到第二天北平便被数十万解放军铁桶般包围起来，傅作义也在全城实行戒严。刘正五在家闷坐了好几天，心想这样待下去不上班怎么行？特别是眼下战云密布，看样子马上要开打了，厂里高炉正在熊熊燃烧，一旦战火迫近，工人闻风而逃，运行中的炉子不爆炸也得垮掉，整个铁厂就毁了！

刘正五忧心忡忡，找到地处东四三条的钢铁总局，想找安朝俊商量怎么办。警卫人员看他一身旧式的棉袍马褂，形迹可疑，不让进，搜身时搜出个石景山铁厂技术员的证件，这才放行。

进了办公室，刘正五才知道，安朝俊通过电话，早已把一切都安排妥当了。他命令厂内管理人员，先把高炉内的铁水放尽，然后装进满满的焦炭，把高炉风口全部用胶泥封死，这样，炉内焦炭是红的，可以保持 1000 度以上的高温，封一两个月没问题，以后风口一开，可以立即恢复生产。

平津战役前夕，南京当局为实行南北割据，密令石景山铁厂南迁，并派人多次动员铁厂新任经理李公达（陈大寿已经调华北钢铁公司任总经理）、炼铁厂厂长安朝俊等主要负责人和石景山铁厂一起南迁，以免落到"共匪"手里，铁厂也曾做过南迁的打算和准备。厂内中共地下党组织得知消息后，迅速派地下党员白振东化装成乞丐，一路沿途乞讨，赶赴河北省泊镇——中共华北局城工部所在地，向部长刘仁汇报了这一动态。刘仁指示，石景山钢铁厂的地下党组织要动员工人群众和一切进步力量，以合理要求、消极怠工等各种方式，拒绝南迁，保护工厂，迎接解放。

那时国民党政府腐败透顶，摇摇欲坠，民怨沸腾，老百姓扛着成麻袋的金元券换不来几斤玉米面。失民心者失天下，那时所有人都看得出，国民党的日子不长了，南京国民政府不可能再有什么作为了。

石景山铁厂的工人全面消极怠工，火车成了蜗牛，设备"事故"不断，高炉不时熄火。当局万般无奈，从重庆派来一批工人负责拆迁，但遭到石景山工人的全面抵制。两家工人火冒三丈地对峙起来，"祖宗三代"骂声如雷，许多人拿板砖、抢大锤，准备拼个你死我活。经地下党秘密渗透，做工作讲道理，后来重庆工人也加入消极怠工的行列里。

李公达、陈大寿、安朝俊等一批高级技术人员其实是有机会也有资格跟国民党政府"孔雀东南飞"的，但他们对蒋介石政府完全失去了信心，他们早就听说了"朱毛"的雄才大略和共产党的英名。他们不为当局的利诱所动，拒绝南迁。当时留下的高级人才有石景山钢铁厂经理、美国留学归来的双博士李公达、陈大寿、安朝俊，铸造厂厂长、德国留学归来的谢缄三，铸造工程师沈瀛洲，炼焦厂厂长宣焅，工务处长（也是海归派）赵国栋等。

后来他们果真成为共和国的栋梁之才，我知道去向的有：陈大寿先在钢铁学院当教授，后出任冶金部总工程师，宣焅后调太原钢铁公司任总工程师，赵国栋调国家冶金设计总院担任领导，安朝俊成为首钢第一任总工程师兼第一副厂长。

3

石景山响彻枪炮声的那些时日，工人们都睡不着了。枪声一停，天刚蒙蒙亮，几乎数夜未眠的工人就披上破棉袄、麻袋片，心急火燎从四面八方往厂里跑，想看看结果怎么样了。

哇，大东门的警卫换人了，这意味着中国改朝换代了！头戴大狗皮帽子、足登棉靰鞡，端着步枪的解放军战士满脸笑容向工人们打着招呼：工人老大哥，快进来吧，工厂是咱自己的了！

旧时代入厂的工人们都是"听喝的"，是最底层的臭苦力，生平第一次听到解放军叫他们"老大哥"，说工厂"是咱们自己的了"，心头像燃着了一盆火，热乎乎的，感觉特新鲜。

没几天，第一任军代表李文良、于寿康、陈雷等人进了石景山钢铁厂。清一色的老八路，穿着很随便，不过上衣口袋都插着一支美国名牌派克钢笔——显见是从国民党军官手中缴获的战利品——以显示自己是文化人。其实，他们大多是农民出身，大字不认几个。

后来号称首钢"一号大厨"的刘庆回忆说，那时军代表们不住小白楼，也不住城里高级地方，就下榻在铁厂宿舍，与工人们一起住，一起啃窝头。他们整天召集工人开会，讲道理，学马列，作动员报告，给工人连办了七八个学习班。工人们大字不识，所以无论日本人的会，国民党的会，还是共产党的会，只要是讲大道理、没实惠的，他们坐会场上就跟坐监牢一样，难受得要死，一律"恕不奉陪"，呼噜打得震天价响。那时刘庆在厂里当勤务，干的事情比较杂，有点"游手好闲"的好处，听会也就比较认真。时间长了，听军代表的讲话报告多了，刘庆有点儿纳闷，这几位军代表说话"怎么都是一个腔调"，用的都是一样的词儿？什么"三座大山"啊，什么"劳动创造世界"啊。有一次，刘庆问学习班的班主任银重华（清华大学地下党学生）："你们说话怎么都一个腔调、一个样啊？是不是事先串通好了？"

银重华大笑不已，说："不一样就不对了，一样就对了。"

刘庆丈二和尚摸不着头脑："为什么？"

银重华说："我们讲的都是革命道理，当然应该一样了。"

刘庆又问："听你们讲话，天天把一个姓马的摆在毛主席头里，他是哪儿人啊？报纸上能看到毛主席讲个话了，出席个会了，怎么没见姓马的出来呀？"

银重华笑翻了。

军代表于寿康是地道的山东农民出身，顶多也就认识几百个字，是部队扫盲班出身，可作起大报告来，他往台上一站，双手插腰，不时挥动有力的手势，声震屋瓦，滔滔不绝，特别有气势。开始手里还拿着一份讲稿，是大学生出身的秘书替他起草的，可没讲几句就撂到一边，自顾自哇哇讲起来，他说，秀才写的东西太软绵绵，像棉花能咽死人，不念了，俺自己讲！

刘庆私下猜，其实是他认不全那些汉字。

4

1949 年 9 月 1 日，贵州大学毕业生高伯聪，第一次跨进石景山铁厂的大门，自此他把自己的一生都交给了这里的钢与火。时光一晃过去六十多年，忆起当年军代表李文良给他讲的"革命大道理"，高伯聪依然笑个不停。李文良身材高大魁梧，性情直爽，2009 年已是 91 岁高龄，过年过节与高伯聪通电话互致问候，依然是那副铿锵作响的山东大嗓门。当年他第一次给高伯聪讲的"革命大道理"，是"猴子如何变成人"之类的人类进化史和社会发展史，然后强调说，中国共产党领导人民推翻三座大山，让人民当家作主，就是把"猴子变成人"的革命。

对于大学生高伯聪来说，这当然是常识性问题，可李文良像对三岁小孩子一样，讲得意气风发，激情澎湃。高伯聪想笑又不敢笑，他揣度，这个李文良一定是自己听了部队首长讲"猴子变人"的事儿，觉得很新鲜，好像什么特大新闻，于是也当新鲜事儿大讲特讲了。

1950 年 4 月 30 日，新中国新时代的大幕拉开不久，首钢历史上又一位重要人物出场了：周冠五前来报到，出任石景山炼铁厂的人事室副主任。

他先到了厂长、军代表周家华的办公室，两人相谈甚欢，房间里不时传出响亮的大笑。

尽管那时艰难甚多，战火还在南方诸省蔓延，但他们跟着毛泽东、朱德出生入死，身经百战，终于打下一个新中国，我们完全可以想见他们的兴奋、昂扬与自豪之情。

一个多小时后，周家华把勤务工刘庆叫进办公室，让他安排周冠五到山下村的宿舍住下。

这是刘庆第一次看到周冠五：一米八几的大高个儿，穿着黄呢军大衣，不过没有领章帽徽，脚上是整块皮的黄皮鞋，剑眉朗目，相貌堂堂，威风凛凛，英气逼人，一副部队首长派头，说话办事干脆利落，一口山东腔，身后跟着的警卫员小耿很年轻，一双机灵的眼睛东溜西看，肩上挎着漂亮的美式卡宾枪（后来刘庆才知道，这个警卫员是周冠五的妻弟，是他从家乡带出来参加革命的）。

一路走，周冠五和刘庆一路谈。

周冠五笑呵呵地问刘庆："小鬼，你叫什么名字？多大了？什么地方来的？"

"我叫刘庆，本地许家府村人，今年 22 岁。"他操一口京腔，恭恭敬敬向周冠五敬了一支上海产的"光荣花"牌香烟。

周冠五也递过一支"大前门"说："哦，我正好比你大十岁。"

也许因为初见时印象颇佳吧，周冠五此后数十年对刘庆一直非常信任，刘庆也一直负责为周冠五掌勺，照料他在厂里的生活，有点"大内总管"的意思，直到周冠五1995年离休，刘庆才告老还家，时年67岁。

历史和时代已经注定，周冠五作为改革开放时代的风云人物，首钢杰出的领导者和开拓者，将要在中国钢铁大舞台上导演一幕幕威武雄壮、震撼中外的大剧。

军代表、厂长周家华干了没多长时间，因一座高炉发生严重生产事故，北京市委书记刘仁一怒之把他撤了。周家华闷闷不乐，埋头在家写了几天检讨，然后奉命调往本溪钢铁厂。刘庆帮他把一家人的铺盖用品搬到火车上，开车前，周家华拔出上衣口袋里的派克钢笔，送给刘庆，嘱咐他好好学习文化，将来为新中国多做贡献。

老炉前工王利元回忆说，那时最让工人们感兴趣的叫"民主管理"，各车间都成立了有工人参加的"民主管理委员会"，开会研究大事小情都让工人代表参加。有的老工人在厂里奴打奴作干了十几年，都是火里来烟里去，从没进过办公室，开会一进屋，东看看西瞅瞅，倍觉新鲜，摸摸沙发挺绵软，往下一坐，人一下陷了进去，吓得一个高儿蹦起来，以为给坐坏了，出大事了。

工人们突然意识到，真像共产党说的，新中国成立了，"工人阶级当家作主"了！

我问那些老同志，开国大典时，厂里搞过什么庆祝活动吗？

他们说，啥活动也没搞，多炼铁才是最重要的。

不过，开国大典的游行队伍里有一支石景山钢铁厂的工人方队。这以后形成惯例，每逢举行大庆盛典，首钢都派出一支威武雄壮的工人方阵，旗号为"首都民兵师"，雷霆震地般在天安门广场上走过，先后接受过毛泽东、邓小平、江泽民的检阅。

首钢工人，不愧是中国产业工人光荣而杰出的代表。

四、马立公的"建国日记"：一生"胆小怕事，无所作为"

——八旬老翁一炮走红

历史剪影

1949年10月1日下午3时，30万军民参加了在天安门广场举行的开国大典，毛泽东亲自按动电钮，升起中华人民共和国的第一面国旗——五星红旗，

54门礼炮齐鸣28响。

这时，蒋介石已南逃到广州，下榻于东山梅花村32号公馆，在收音机的噪音中，相信他完全能够分辨出毛泽东那高亢而略带嘶哑的湖南口音。听了毛泽东在天安门城楼上高声宣告："中华人民共和国中央人民政府已于今日成立了！中国人民从此站起来了！"我们完全可以想见这位委员长的心情是怎样的沮丧和灰暗。

1949年11月21日晚8时许，公安部在北京出动数百辆摩托车和数十辆吉普车，以迅雷不及掩耳之势，封闭了全市224家妓院，约1300名妓女被集中起来办班学习，从此改邪归正。旧时代遗留的污泥浊水一扫而空。

本年度中国钢产量15.8万吨，铁产量25.2万吨。

客厅不大，我坐在靠窗的旧沙发上，八十岁的马立公老人坐在立柜旁边的墙角落处。我问一句，马老说一句，好像受审的样子，看得出他言谈非常谨慎，对谈不长时间，我就对马老说："看来您老一生有点谨小慎微吧？"

我猜，老人大概一辈子没放声大笑过，没雷霆震怒过，没淘气过，没出格过，没砸过人家的玻璃，没扇过别人耳光，没痛快淋漓地来过一声"国骂"，一生永远是规规矩矩、谨小慎微、老实巴交的收缩状态，又像装在罐子里的水，罐子什么样，他就什么样。老人让我想起了契诃夫有名的短篇小说《套中人》。在说话叮当作响、走路碰锅砸碗的首钢人里，他绝对是罕见的"出土文物"，另类。

今年正逢八十大寿的马立公，白首皓眉，在首钢当了一辈子笔杆子和办事员。他对我说，蒋作家，你看得很准，我一生可以用八个字概括："胆小怕事，无所作为"。

我看，他的自我总结还是蛮实事求是的。

老人瘦瘦高高，举止中规中范，采访中一直正襟危坐在三开立柜的门旁边，微笑平和之极，言谈平和之极，声调也平和之极。看他的笔记日记，细密漂亮的小字工工整整，永远老老实实呆在格子里，从不越雷池一步。给他一张A四大白纸，让他写上一句话，字也很小，其余部分全浪费掉了。字如其人，人如其字，采访中凡是涉及到人际关系方面的事情，他都避而不谈，好像生怕得罪那些人似的——哪怕那些"对立面"早已驾鹤西去。马老的太太小他一岁，举止做派倒是大声大气，快人快语，干脆果断。我对马夫人说，是不是你太强了，把马老压迫成"西藏农奴"了？

马夫人笑说，他一辈子就是这个样子。

都说好人有好报，可细细一聊，如此老实巴交的马立公，一生似乎有点走背运。

1929年，马立公出生于河北省新城县（现高碑店市）、大清河畔的胡其营村，父亲是贫苦农民，没文化，马立公从小帮家里放猪打草拾柴，天天在冀中大平原上跑来跑去。家穷，一年四季没鞋穿，小脚掌上全是血淋淋的裂口，母亲心疼，有一天从亲戚那边给他要了一双旧鞋——却是女人的绣花鞋，马立公一次没穿。

读过几年私塾的六叔见马立公聪明，没事便教他识字，马立公学得非常认真。识字没几天，农历四月初一那天，他就站在凳子上，把"四月初一是我的生日"这句话写在窗户纸上，这是他有生以来的第一篇"日记"。后来，六叔再三力主家里送他去读书，说肚里有了墨水，"这孩子将来肯定会飞黄腾达"，后来的历史证明，六叔的判断错了。

为支撑生活，父亲和大哥、二哥、四哥先后外出打工，后来闯到关东的大哥进了冯玉祥的部队。1943年，14岁的马立公在哥哥们的资助下，终于进了当地小学。小学五年级，同学们还在用袖口抹鼻涕呢，他已经是18岁的大小伙子了，人又长得高，同学们便送他一个绰号"大骆驼"。不过他的学问比老师们都深，四书五经里许多名篇包括整本的《古文观止》都倒背如流，作文多次获"甲等第一"，当年老师写在一张小纸条上的批语，马老一直珍存到现在——他真是仔细得惊人——几十年人生里，任何一张他认为有意义或有意思的小纸片，都保存了下来。

1947年，在冯玉祥部队的大哥见国民党军队总打败仗，干着没意思，只身跑到北平开了一个小铺面，马立公也就跟到北平，考入八中读中学。当年八中制定了救济穷学生的"三条原则"，印在一个方寸小本子上，老人也收藏着，读来颇有兴味："一、生活无法自持者；二、虽有亲友但不能借贷，或虽可借助，但须归还而无法归还者；三、除本人之应用物品（如书籍、文具、床板、被服等）外，卖出可维持十天以上生活者，暂不予救济。"

解放后，马立公到石景山钢铁厂工作，在党办文秘这个行当一干几十年，可能因为太胆小怕事了，不敢出头露面、仗义执言、管人管事，也就一直没提拔起来，大概最高做到副科级，退休时马老又成了一布衣——"首钢党校图书馆资料员"。

不过足可欣慰的是，一生"无所作为"的马老，在八十大寿的2009年，突然一炮走红，"大有作为"了——盖因他兢兢业业、工工整整记了一生的日记，足有40本之多，装了满满一箱子！再加上他收藏的其他资料，家里那个三开大立柜就成了老人的"资料库"。他的大嫂吴静文有文化，非常支持他把日记坚持记下去。翻开半个世纪以前她赠送给马立公的黑皮日记本，吴静文在扉页写了如下几句话，很有些哲理：

英弟（马立公原名'马骏英'，文革中改成'马立公'）：
在这本手册上，希望您不断的、有恒的记出那有规律及有意义的生活。诚然惟有在日常生活中，才能体验出我们的一切过失，我们除了精细地检讨生活之外，同时还得极力的改善自己的生活！

日记就是一个时代的车轮——它是不断向前迈进的。

英弟，我希望您也能像前进的巨轮，同样地向前勇往迈进！

愚嫂：吴静文赠言于北平
三十七年（1948）九月十五日

吴静文老人如今在北京安度晚年，今年92岁。

《首钢日报》记者郑东梅最先发现了马立公的珍贵日记，一经报道，北京各媒体记者像蝗虫一样扑了上来，近几月来家里电话不断，老人应接不暇，垂暮之年的马立公竟然一下成了"大明星"，一生胆小怕事的老人从未应对过这种火爆局面，吓得电话都不敢接了。

人各走一经。马立公老老实实、规规矩矩把自己的一生装进日记里了。珍贵的是，北平解放，建国前后那些红火的日子，老人的日记都有详实的记载：

一月二十二日。

今天报道了"22日双方休战"、"31日北平和平解放"的消息，大家都很高兴，奔走相告。很多同学自发的上街游行庆祝，在南长街，南来的一队学生与女一中的几位同学相遇，都很兴奋，高呼"唏哩哩，哗啦啦，北平解放了！""唏哩哩，哗啦啦，国民党完蛋了！"，然后分别手拉手的一字排开，继续游行。

九月三十日，星期五，晴。

今天停课，上午练歌，预演检阅式。下午全校出动，上街游行。三点钟，一千三百多人的蛇形大队，高举红旗，打起彩灯，浩浩荡荡出了校门，沿着西长安街行进。同学们兴高采烈，高呼口号，尽情歌唱，到西单大街，遇到了从宣武门开过来的十几辆汽车，是工人游行车队，车前挂有中国共产党领导人巨幅画像，同学们见了，高兴的鼓掌，欢呼，跳跃。

十月一日，星期六，阴，中华人民共和国开国典礼！

酝酿一周的盛大庆祝会，今天开幕了。同学、市民都异常的兴奋，因为今天空前绝后，几千年来仅有的一天，况且大会在本市举行，我身临其境，我们是如何的幸运、如何的愉快呢！

今天我校很是热闹，有教联、光华女中、男四中、女职、冀高、女一中都来这里集合。在临出发的时候，全体举行升旗典礼，放炮鸣号，庄严肃静，唱着国歌（义勇军进行曲），声音高亢，并有朱学校长向大家讲话，言词慷慨动人。

上午十点半，由校出发，红旗飘扬，锣鼓喧天，街头路口，拥挤着看的观众。在这时忽然空中倾下来细雨，同学们观众们都觉得不在乎，真是所谓理智能克服一切。十二点多钟我们到了会场（天安门广场），在这时，差不多各机关团体都来了。会场内已经没有位置了，因人数过多（共有二三十万人），把我们拨会场西面，隔墙的马路上，同学们都很扫兴。

下午三时，大会开始，毛主席致开会词，因有扩大器，虽说我们离主席台远也能听到，那种庄重的言词，仿佛现在还回旋在我的耳室。毛主席致词毕，接着礼炮、焰火齐鸣，会场为之振动。新式的焰火，因为还是白天，不能显出其彩色，只能看到空中爆竹落下的灰烟，一条条仿佛乌龙从空中落入大海，接着是朱总司令阅兵，有海、陆、空、机械化部队，因为我们占的位置不好，不能亲看到（空军例外），实在遗憾！

晚七点大会闭幕，开始大游行，灯笼火把各个燃起，会场四周的彩炮也开始向空中放射，各色的彩火飞布在天空，灭！燃！不断的照耀着，直到我们的队伍到西单时还未停止。在北京在大街上、角落里，都飘动着红旗，燃烧着火把，歌声、口号声不断发出。各个商家、市民家门口都挂着一个红色巨星灯（笼），或定一付大对联，各机关团体更不要说了。总之今晚的北京各处都是光明的，市民是欢腾的。我想不但北京是如此，只要是世界民主阵营里的国家民族，受了今日北京的伟大的光芒的照射，也都要欢腾高喝的吧！

光阴荏苒，伟大的开国盛典过去了，我受了支配，使我忘却了一切。待我们游行到西四时，已经晚八点了，同学们因未吃午饭，肚饿力乏就此返校。

采访中，老人还给我唱了当年流行于学生和市民中间的庆祝七一的歌：

> 七月一，七月一，
> 男女老少都欢喜，
> 敲起锣鼓开大会，
> 庆祝共产党过生日。
> 一人唱，众人和，
> 革命的洪流赛黄河，
> 歌声越唱越响亮，
> 因为唱的是七一歌！

第二部

铁血时代（1949—1979）

"孤军深入" 的巨人行动

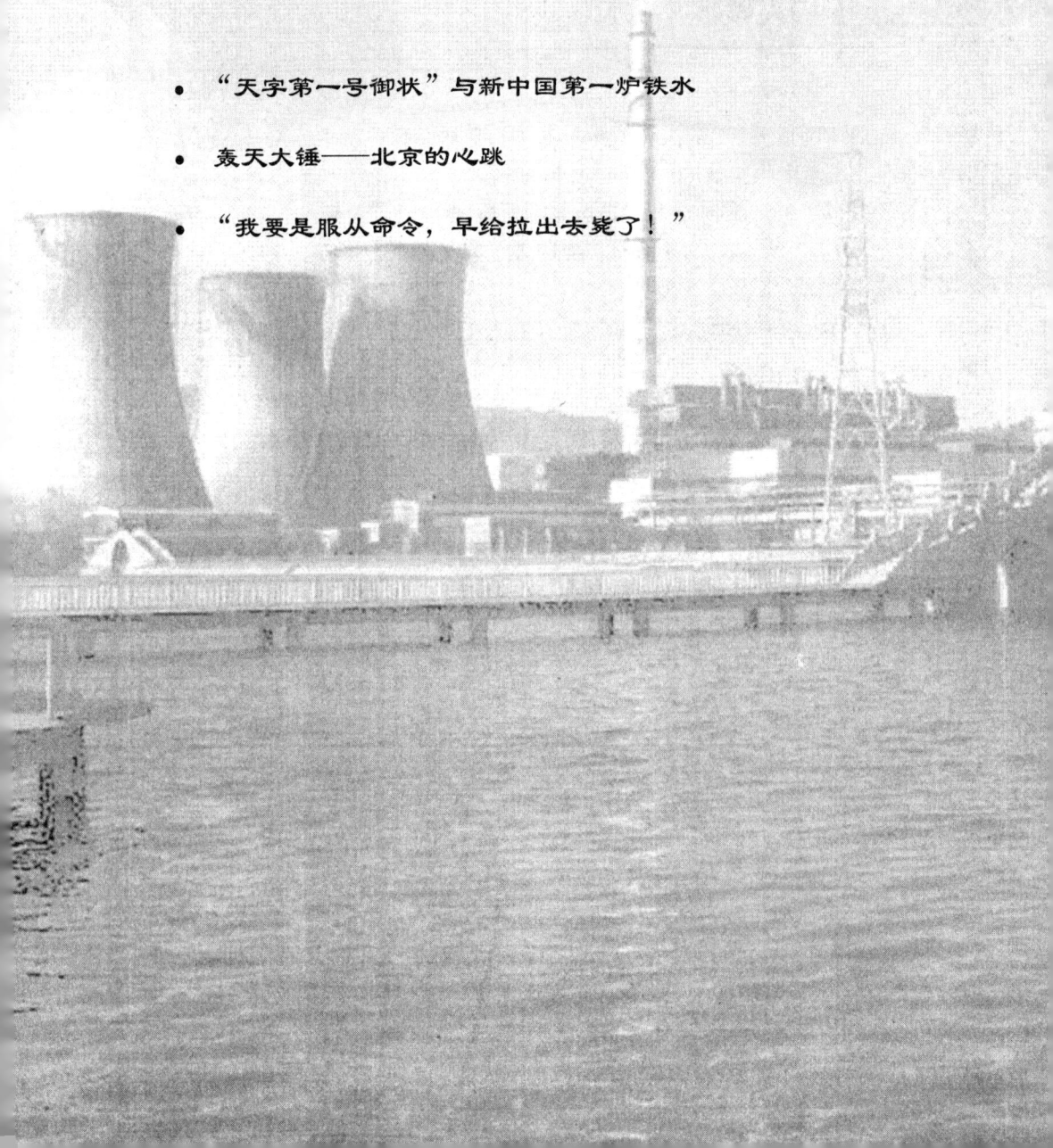

第六章 苦力们惊呼："中国改朝换代了！"

- "天字第一号御状"与新中国第一炉铁水

- 轰天大锤——北京的心跳

- "我要是服从命令，早给拉出去毙了！"

一、"天字第一号御状"与新中国第一炉铁水

——国家领导人实地考察：绝不事先"打招呼"

历史剪影

1950 年 5 月 25 日，毛岸英受毛泽东委托，到长沙为外祖母即杨开慧的母亲向振熙老太太祝贺 80 寿辰，随后他到老家韶山走了一趟。行前毛泽东给了他一些钱。回京后他向毛泽东讲起此行见闻，感触颇深："家乡实在太穷了，不少人家衣不蔽体，食不果腹，有的甚至靠吃野菜、草根、树叶度日。""我带去的那点钱，这家给 5 元，那家给 10 元，简直像往大海里撒盐。"

在韶山，有位叫毛贻泉的乡亲听说毛泽东的儿子毛岸英回来了，找上门来说，30 年前毛泽东曾向他借过 100 块大洋，迄今没还。此时毛岸英口袋里已经"弹尽粮绝"，他只好向时任湖南省政府主席的王首道求援，借钱还了毛泽东的旧债。（内容见孟云剑、杨东晓、胡腾著《共和国记忆 60 年》）

1950 年 6 月 25 日，当地时间凌晨 4 时，朝鲜战争爆发。不久，以美国为首的诸多西方国家组成"联合国军"开进朝鲜半岛，战局迅速逆转。

10 月 8 日，应朝鲜政府的请求，中国做出了"抗美援朝、保家卫国"的重大决策，志愿军火速开进朝鲜。

中美直接对抗的时代开始了。

本年度，中国钢产量 60.6 万吨，铁产量 97.8 万吨。

1

"开会喽！"

建国之初，在工人眼里全是改天换地、前所未有的新鲜事儿！

最新鲜的事儿就是"开会"。几百年没人搭理的"苦力"，大字不识的"苦力"，突然可以参加"会"了。很多老工人第一次去开会不知咋回事，吓得腿肚子直哆嗦，进了会场就找墙角蹲，一根根老辣的"蛤蟆烟"跟烟筒似的，把会场鼓得乌烟瘴气，能把人埋起来。

轰轰烈烈的誓师大会一散会，坐主席台的工人代表笑容满面回了家，跟老

婆大喊:"烧火的,打半斤二锅头来!"

老婆说:"今天啥日子啊?炼铁炼出金子了?"

工人代表说:"老子今天参加会了,还坐主席台了,跟皇上坐金銮殿一样,当家做主的感觉真他妈的牛!"

石景山钢铁厂的工人都是烟里来火里去的汉子,个个都是敢说敢做的"炮筒子"。建国初期,搞建设需要钢铁,南方战场和抗美援朝需要钢铁,石钢自然成了北京天字第一号国企,后来人们常说"首钢通天",历史上它也确是共和国领袖们最关注的地方。

工人们听说毛主席最喜欢听机器的轰鸣声,而他们离毛主席最近——从厂东门到中南海只有17公里,他们逢人就吹:"咱石钢的机器一响,毛主席的床铺都震!"因此,石钢人牛气冲天,无论什么事儿都敢往毛泽东、往中共最高层那儿捅。

高兴的事儿敢捅,不高兴的事儿也敢捅;大事儿敢捅,小破事儿也敢捅;当领导的敢捅,"老娘们儿"也敢捅。

1950年,《工人日报》刊登了石景山钢铁厂职工家属写给毛泽东的一封信,里面说的全是"小破事儿":

亲爱的毛主席!

让我们向您报告几件工作吧:为了补贴炼铁原料用,我们曾经拾了百余吨废铁,还帮助职工擦机车;并且为了搞好家务,还订了小组计划,不使职工因家务影响生产;更组织了互助小组,解决了8位产妇的问题。如起重场的工人

高炉开炉典礼

刘振武，因为家庭牵累，工作情绪较低，当他的老婆生小孩时，经过大家热情帮助后，他逐渐转变了，工作相当积极，最近被选为生产组长；还有李金泉的老婆，帮助丈夫改善工具，使丈夫得到全国劳模的荣誉。在文化学习上，我们组织了识字班。已经做了7个孩子母亲的李淑卿，从来没有缺过课。在政府公布了取缔一贯道的法令后，我们就利用各种方式进行宣传。在抗美援朝开始时，我们展开了时事学习，使我们明确了中朝关系，认清了咱们的共同敌人是美帝国主义。在时事座谈会上，我们都表明了态度，要搞好家务，支援前线，把美国鬼子赶出朝鲜去！

"老娘们儿"报告的是好事，那些铮铮铁汉报告的则是忿忿不平的事。

共和国草创时期，为稳定生产平稳过渡，各大企业都维持解放前的原职原级原薪不动。石钢的旧工资制度分级、分类高达105种，而且常常以小米的市场价格，随行就市进行折算，有时作为报酬或工资发下来的，就是小米之类的实物，即不公平又麻烦多多。1951年，国家决定改"供给制"为"工资制"。鉴于国家财力有限，上级要求石景山钢铁厂，工资总额的增涨幅度不得超过以往总额的百分之三，这使得工人工资提升空间十分有限。石钢制定的"工资调整方案"报上去了。国家有关部门以石钢调整工资总额"突破了规定比例"为由，几个月迟迟未予批复。那时，劳动强度极大的炉前工，月收入只折合每天8斤小米，还不如市内土木工人的一半，很多工人家庭生活极为困难，只好跑到永定河边筛沙子以补贴家用。工人们不高兴了，说共产党来了以后宣布，以后国家就由工农群众"当家作主"了，可定工资这么大的事儿，咱们谁参与了？还不是当官的坐办公室里瞎琢磨，一拍脑门儿说了算！有人提议说，咱们找党委说理去，不行咱就给毛主席写封信，告御状！

建国之初，还没有层层报批的概念和公文旅行的诸多规矩。8月31日，石钢党委的秀才迅速起草了一封信，然后跑到车间给工人代表们读了一遍，大家打雷似的齐声吼："好！"

当时的石钢党委书记赵焕然拍板同意。于是秀才在信封写下"毛泽东主席收"几个毛笔字，投进东大门不远处的邮局门口的邮筒。

9月12日，一个消息星火燎原般传遍全厂，工人们奔走相告，毛主席给咱们回信了：

中共石景山钢铁厂党委会同志们：

八月三十一日的信看到了，谢谢你们使我知道你们厂里的情况和问题。我认为你们的建议是有理由的，已令有关机关迅速和合理地解决这个问题。

此复，顺祝努力！

毛泽东

一九五一年九月十二日

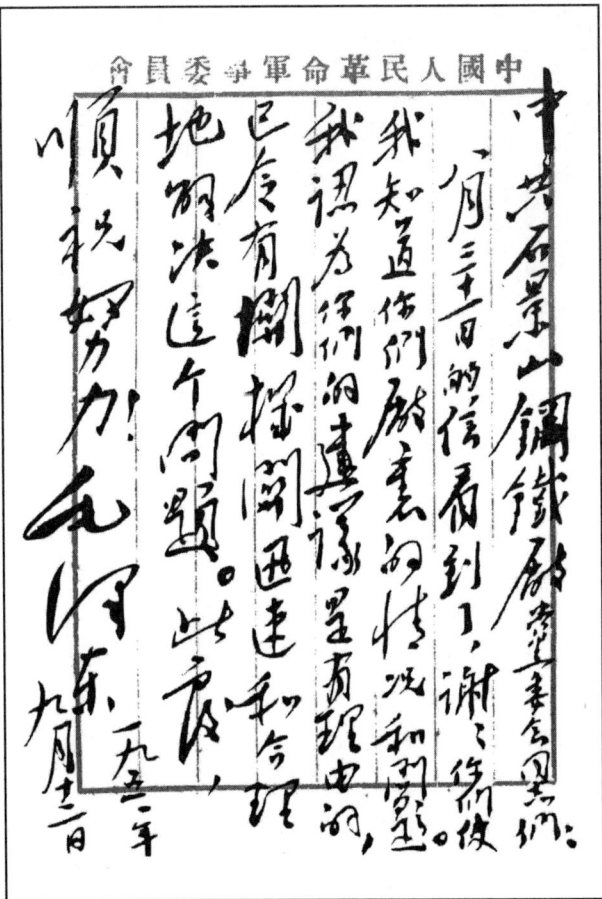

建国之初，毛泽东的繁忙是可想而知的。据说，中央办公厅的秘书最初没太重视这封石钢工人的来信，放了好几天才呈交毛泽东，毛泽东为此还发了大火。毛泽东的信传下十几天以后，即 1951 年 9 月 27 日，石钢全面完成工资调整和转制，工资总额增长百分之三十，百分之九十八以上的职工工资得到提高。

"毛主席真是俺工人阶级的大救星！"全厂工人欢欣鼓舞，干劲倍增，当年产铁 22.18 万吨，接近该厂解放前 30 年生铁产量的总和。

在当时全国工资改制过程中，毛泽东的这封信，导致了一项重大政策的突破与改变，国家有关部门根据毛泽东的意见，修改了原来的规定，全国实行八级工资制，工人工资普遍得到提升。特别是从事重体力劳动的钢铁业工人，原工资水平比轻工、纺织工人还低，这次普遍得到大幅提高。

全国工人不知道，是石钢工人告赢了天字第一号"御状"。

朱德总司令是管军队和打仗的，他高度重视石景山钢铁厂的发展与建设，建国后先后 23 次到石钢视察，一位国家领导人与一家国企有如此密切的联系，这显然是首钢独有的光荣。

1951 年 12 月 30 日，石钢工人给朱德副主席写信，报告了提前和超额完成 1951 年生产任务的喜讯，朱德回信如下：

石景山钢铁厂的全体职工同志们：

你们去年十二月三十日的信已经收到。经过去年一年的努力，你们不仅提前完成而且超过了国家所规定的生产任务，我特向你们祝贺！

朱德总司令到首钢视察

你们的厂是我国仅有的几个钢铁厂之一，我曾亲自来看过，看到过去被国民党反动派所破坏的厂，在你们手中正一天天地恢复和发展起来。你们厂的负责同志告诉我，厂里现已开工的两个高炉和原来当做废品的两个小炉，都是工人同志们以很大的热情迅速修复的，并且它们的生产量都已远远超过敌伪时期的最高记录。这些表明同志们已能够以国家主人翁的态度来担负起自己的生产任务。你们厂目前虽然还只能每年生产几十万吨，但国家对它希望很大，它是有很大发展前途的。因此，我希望你们更好地努力，学习苏联的先进经验，学习钢铁生产方面的新技术，为石景山钢铁厂未来的发展，奠定一个稳固的基础。

在领导方面，应该紧紧掌握依靠工人阶级发展生产的方针，以便以最快的速度来完成国家的建设石景山钢铁厂的计划。

最后，希望同志们于一九五二年在生产战线上取得更大的胜利，并祝你们身体健康。

此致

敬礼

朱德

一九五二年一月二十一日

在石钢党委秘书室工作的秀才徐炳忠是个细心人，1955年他提议把毛泽东、朱德的来信用镜框装裱后陈列起来。这两封领袖来信成了首钢的传厂之宝。

2

建国之初，百废待举，百业待兴，新进城的共产党干部解掉绑腿和武装带，把手枪锁进抽屉，男的换上干部服，女的换上列宁服，布鞋也变成皮鞋，走起路来嘎嘎响，个个精神倍增，豪情满怀，天天动员干部职工"大干快上"，"为支援抗美援朝和国家建设做贡献"。白天办公，晚上还要开各种各样的"动员会"。

"开会"的新鲜劲儿很快过去了，"一怕国民党的税，二怕共产党的会"的顺口溜儿不胫而走。工人们被拖累得休息不好，疲劳不堪，怨声载道。

那时在首钢党委秘书室工作的徐炳忠回忆说，五十年代国家领导人到首钢实地考察工作，为了能够了解到下面的真实情况，从来不是老早"打招呼"，不搞"预先安排"，都是电话临时通知。国家领导人到达后，由本人说明来意和考察内容，这使得他到现场后，看到听到的都是"原生态"，没有任何人为的"加工"和"矫饰"。

1955年5月9日，刘少奇第一次到石钢考察工作，直接到车间开了个座谈会，工人们在座谈会上横眉立目地说，我们干活累得连炕都上不去了，还要天天开会，让不让我们活了！

刘少奇当即指示厂领导，不要把劳动、工作和开会的时间搞得过长，影响职工的学习和休息。

1956年5月20日，星期天下午。石钢党委书记肖平突然接到总理秘书电话说："总理一会儿就到石钢了，他一个人去，不带别人。要求你一个人接待就行了，不必再找别人。"肖平急忙赶到办公室，还没来得及安排好接待工作，总理的车就到了。周恩来对肖平说："走，咱们一起到工人家属区看望大家。"

路过铸造二区时，他指指一排平房问厂领导，这是你们的工人宿舍吗？

肖平说，是。

周恩来信步走到一位工人家敲敲门，屋里没动静，门扇却开着一条缝，总理轻轻推门一看，那位工人正躺床上睡觉。厂领导说，这是刚下夜班的工人。周恩来悄悄退了出来，摆摆手示意厂领导不要叫醒他。

这时，院子里的工人和家属听说总理来了，一窝蜂围了上来。一位妇女"告状"说，铁厂干活太累，口粮不够吃，只好上石景山挖野菜充饥，孩子拉屎都是绿的。她边说边哭，总理一边安慰她，一边动情地对厂领导说，你们要努力搞机械化，来代替笨重的体力劳动，要注意防尘防温，加强医疗保健，注意关心职工生活等。他到了劳动强度最大、工作环境最差的烧结工段（即把矿粉先烧制成精矿，再投入高炉炼铁），同工人一一握手致意。黑灰黑汗满脸的工人们直言说，建国几年来工作环境没多大改变，跟旧社会一样，就是生产任务更重，干活更累了。工人们还说，北戴河的冶金工业疗养院一年只能安排二十多人疗养，全厂那么多人，猴年马月才能排上队呀！

总理口算了一下说，按每年三十人计算，要400年每人才能轮上一次，这纯粹是点缀品！

他要求厂领导要关心群众生活，尽快改善劳动环境，要给一线工人加营养，多准备些牛奶什么的。他说，你们要下决心、下力气解决这个问题，否则工人会革你们的命的。

显然，总理一直惦念着这件事情，此后不久，国务院的一份红头文件发遍全国，规定各地各企业，要对从事繁重体力劳动的一线工人加强"劳动保护"。专为重体力劳动工人预备的"劳动保护用品"和免费的"保健菜"，就这样出现在新中国的历史上，一直延续至今。

还有一次，时为石钢党委秘书室负责人的徐炳忠接到一个电话，对方说："我是总理办公室的顾明。"接着他问清徐炳忠的姓名和职务，然后说，"总理要到你们厂子去，现在已经出发了。请你立即安排工作人员通知党委书记、厂长、生产副厂长，还有其他几位党委常委，要他们到白楼招待所等候。"

周总理首钢与工人在一起

顾明接着说："你自己随后坐车到厂东大门去，不久你会看到有一辆小车从长安街方向开来。"在说明车的颜色和车牌号码之后，他又说，"车上的人不会下车，你也不要上前去问坐车上的人是谁，事先同门卫说好不要阻拦，你随后坐厂里的车在前面引路，把总理的车子引到白楼招待所，你的任务就算完成了。"

总理秘书把工作和事情交待得如此细致周到，让徐炳忠深为感动，这显然与总理深入的作风、平素的严格和培训有关。

都说周总理记人的名字过耳不忘，其实他有一套自己的办法。厂领导介绍了石钢工会主席曹宪波之后，总理轻声念道："曹操的曹，宪法的宪，波浪的波，曹宪波。"介绍到副厂长安朝俊，总理轻声念道："平安的安，朝阳的朝，俊杰的俊，安朝俊。"

第二年，总理再来石钢，安朝俊坐在一圈沙发的角落处，总理指着近处的沙发招呼说："安朝俊同志，请坐到这边来。"

3

那是火红的年代，大秧歌的飘飘红绸映红了人们的笑脸，"东方红，太阳升"、"解放区的天是明朗的天"之类的歌声传遍北京的大街广场。

石景山也沸腾起来。

随着全国各地不断解放，中共需要派出大量干部去当新解放地区和城市的"接收大员"，驻石钢的军代表也就走马灯似的换得特别勤，走的大都被派到新解放的城市和企业去了。许多老工人回忆说，那时军代表穿着土八路干部服，上衣口袋插着一支派克钢笔，屁股后面总是跟着机灵的警卫员。军代表对工人态度特别和蔼，称兄道弟，平起平坐，跟工人一起啃窝头喝大锅汤，"当官不

咱们工人 铁血记忆·首钢九十年

像官"。工作中总是吃苦在先，享受在后，有了事故带头往前冲。

真正有点大首长派头的，还就是个性鲜明、敢说敢干的周冠五。那时他穿着四个兜的干部服，两个大兜总是鼓鼓囊囊装着记事本，遇到不懂的技术问题就东问西问，然后把答案记下来。

军代表们你来我走，又不懂生产，全面主持石钢生产的就是所谓"留用人员"、原炼铁厂厂长安朝俊。那时中国共产党胸襟博大，广用贤才，四海归心。1951年，安朝俊被任命为石景山钢铁厂第一副厂长兼总工程师。

首钢老工人都记得总工安朝俊的样子和身影：瘦削的身体，平和的语气，纯净的微笑，永远的蓝工装、柳条帽和黑布鞋。生产上出了问题，他总是第一个赶到现场，在高炉上爬上爬下，和干部工人一起商量解决办法……

安朝俊，不仅仅属于首钢，他是中国爱国知识分子的杰出代表，是对中国冶金工业做出重大贡献的奠基者和科学家。

1911年，安朝俊生于河北行唐县，其父辈的身世颇具传奇性。父亲原为贫苦农民，母亲则是当地大地主的女儿，父亲年轻时到地主家做帮工，地主的千金小姐进进出出，对这个眉清目秀、聪慧勤劳的小伙子渐渐有了好感，出门办事，去县城购物，常要小伙子陪在身边。大地主是有学养和眼光的人，思想开明，他看出掌上明珠对小伙子有了点意思，也觉得小伙子头脑聪慧，人品不错，于是主动联系小伙子的父亲，希望把女儿下嫁给他的儿子。很快，地主的女儿和贫农的儿子欢欢喜喜走进洞房。

1936年，品学兼优的安朝俊毕业于北洋大学矿冶系，到清末名臣张之洞创办的武汉汉冶萍钢铁公司当技术员，很快升任值班工程师。在那里，由他主持炼出中国第一炉用途广泛的灰口铸铁，填补了国家冶金业的空白，受到国民政府经济部和资源委员会的通令嘉奖。

这是安朝俊一生中创造的第一个"第一"。

1942年，二战烽火在全世界熊熊燃烧，中国的抗战也正在胶着状态，但日本在战略上的颓势已经渐渐显露。这时候，南京国民政府走出一步高瞻远瞩的高棋：考虑到抗战胜利后国家复兴和大规模建设的需要，政府决定加快培养和储备一批能跟上现代科技发展水平的高精尖技术人才，以备战后发挥作用。为此，国民政府从全国各行各业选拔了一批奋发有为的青年才俊，派往美国留学进修，安朝俊就是第一批被选中的一位。

这件事的背景很有意思：第一批赴美的青年学子共31人，出国时间为1942年即民国三十一年。于是，隶属国民政府行政院的资源委员会决定于5月31日成立一个组织，以便于这批人在美国学习期间相互联络关照，并将这个组织定名为"三一学社"。取名"三一学社"，一是出国时间恰为民国三十一年，二是成立时间又在5月31日，三是为了纪念资源委员会的前身，即国防设计委员会成立时只有31名职员。此外，英伦半岛那座人才辈出、名闻遐迩的"三一学院"，大概也是资源委员会为这个青年人才群体取名"三一学社"的动因。

资源委员会对选派人员的资格有着严格要求，至少必须具备以下三项条件：一、大学工业科系或相关科系毕业。二、中、英文程度均佳。三、工作实践经验至少在五年以上。

这肯定是万里挑一之举。

考虑到战后国家重建的行业需要，并易于规范在美期间的实习，资源委员会规定了中国学子去美国实习的七大部门共26个专业，其中包括机械、冶炼、电力、化工等。1941年9月21日，资源委员会发出通知，要求各单位根据要求，尽快推荐优秀人才，同时从本单位为每名出国人员配备两名导师，连同制定的实习计划，一并报呈资源委员会审核。

接到通知后，各单位很快将推荐的84名人选及相关资料报送资源委员会。经资源委员会主任翁文灏、副主任钱昌照严格把关审定，计有31人获准入围。

5月31日上午9时30分，"三一学社"成立大会在资源委员会所属的中央无线电器材厂会议室举行。翁文灏、钱昌照召集资源委员会各处室负责人、导师代表，以及赴美人员共60余人出席。会议选举谢佩和、丘玉池、王端骧为学社干事，李彭龄、王平洋、叶树滋为候补干事。

以后的两年间，"三一学社"成员身在大洋彼岸的繁华美国，心中念念不忘危难中的祖国。他们的学习方式主要是到专业对口工业企业或科研单位实习，这批青年才俊十分珍惜难得的机遇，如饥似渴地学习各领域的先进技术和管理方法，学成后悉数归国，投身国家重建大业。回顾这段经历，日后曾在台湾担任行政院院长、国民党著名大佬孙运璇曾深有感慨地说："三一社人员均能深体抗战时期出国之艰难，故在美期间皆知认真学习新技术、汲取他人新经验、拓展新知识，以使返国后发挥所学，为战时工业建设及战后复员接受工作，贡献一己之力，报效国家。"

后来证明，这批经过严格选拔的青年人才大部分成了国家的栋梁之才。令人惊叹的是，这31人，先后有4人到石景山钢铁厂就职，即陈大寿、安朝俊、朱玉仑、宣炤，足见石钢在中国工业领域地位之显赫。

历史和命运的想象力与创造力常常是任何人都无法预料的。蒋介石先生操办的这件事，大概是他离开大陆时留给毛泽东的最珍贵的礼物之一。

1944年，安朝俊学成归国。1946年，他作为接收大员，被派到石景山钢铁厂任炼铁厂厂长，家人也跟着他一起搬到北平。1955年，安朝俊与著名地质学家李四光等人成为第一批加入中国共产党的高级知识分子，名单上了《人民日报》。

4

安朝俊身材不高，浓眉长目，性情温和，走路轻轻的，说话也轻轻的，似

咱们工人

铁血记忆·首钢九十年

乎总怕惊扰了别人，但在以科学精神办事和积极采取先进技术方面却无比坚定。在后来的几十年特别是改革开放初期，他与周冠五一文一武，一次次把首钢推向中国乃至世界冶炼业的技术高峰，创造了难以计数的"第一"。1983年，安朝俊因与周冠五发生一些工作上的分歧，心情不大愉快，于是离职退出首钢，赴北京市人大常务委员会，任非专职的副主任。那是一个闲职，除了开会和重要事务，平时不必上班。可以想见那些日子他生活与心情的寂寥。但他始终牵挂着首钢，每有首钢的同事和朋友去看望他，他都关切地问这问那，晚年，安朝俊的妻子因病成了植物人，他一直奉侍左右，悉心照料。

安朝俊不动烟酒，不打牌看戏，生活简朴，淡泊名利，把一生都无私地献给了国家钢铁事业，终其一生都住在首钢宿舍里。他先后当选第二、第三届全国人大代表，北京市第七、第八届人大常委会副主任。作为中国知名钢铁冶炼专家，多次出国访问，两次赴越南太原钢铁厂指导生产建设；作为中国政府观察员，曾列席在莫斯科举行的经互会。无论在外面怎样风光，回到石钢，他立即换上蓝工装，穿一双千层底布鞋，骑自行车或安步当车下车间、上工地，同干部工人和技术人员一起研究生产、解决问题。大家都尊敬地叫他"安总"，背后亲切地称他"老安头"，遇上什么难题，只要"老安头说了"，大家立刻没话。

九十年代初，安朝俊患了肝癌，但他把一切痛苦都埋在心里。对前来看望的市领导，从未提过任何个人要求。对在首钢工作的老同事和老部下，谈论的都是首钢的发展和问题。这时的话也多了，心情也有所好转。到晚期，他只能依靠麻醉针暂时减轻肉体的痛苦，但对医院从未提过特殊要求。1993年，他在弥留之际，念念不忘的还是国家的钢铁事业和首钢，听说首钢购买了秘鲁的铁矿，他断断续续对前往探视的同志说："要提醒首钢……秘鲁的矿……含硫高，使用时……要注意……"说罢溘然长逝。

这是安朝俊82年生命历程中说的最后一句话，是他唯一的遗言。

直至安朝俊逝世，年龄比安朝俊还大3岁的病妻仍然活着。

安朝俊的长子安树均毕业于北京钢铁学院，现为首钢技术研究所高级工程师。女儿安树兰毕业于清华大学数学力学系，现为清华大学教授。一门精英。

5

当时周冠五的家也在附近。他充满热情，勤于学习、善于思考，从入厂那天就开始猛钻研冶炼知识和学问，遇有不懂的问题，他就拿着笔和本子，高门大嗓地跑过来请教安朝俊，桌上有什么吃的，抓起来就往嘴里塞。一般人敲门都用指关节，虎虎生风的周冠五性急，又喜欢大响动，他总用拳头敲门。安朝俊家只要一听房门咚咚响，那肯定就是周冠五了。

那个时代的周冠五勤奋好学，礼贤下士，他真诚地把专家、学者当作自己的师长和朋友，学习笔记摆满了办公桌。许多年里，在所谓"旧知识分子"安朝俊面前，周冠五连"思想改造"之类的字眼儿都没说过。两人朝夕相处，遂成至交，这为后来他们联手导演首钢建设发展的壮剧打下坚实的情感基础。

共产党接手的石景山钢铁厂，其实是一副烂摊子。一号炉经安朝俊悉心安排封炉，还算完好，其余设备全部瘫痪。二号炉在日本投降时被铸死，一直没能修复，11座小高炉成了废铁，只有鸟雀在上面盘旋翻飞，第二炼焦炉、第二洗煤场等一些基建工程则尚未完工，从各地运来的材料和未拆箱的机器设备乱七八糟散放在现场，风吹雨淋了多年，多已锈损。举目四望，厂区内杂草丛生，一片荒凉，死气沉沉。进进出出的工人裹着破棉袄或麻袋片，满身满脸不是红矿粉就是黑煤灰，模样个个能吓死人。

6

解放前的几十年，北京人都知道石景山那边有个半死不活的"破铁厂"，炼出的铁还不如死的人多。

解放了，历史陡然巨变了。

1949年1月25日，炼焦工人率先打响了石钢恢复生产的第一炮！经过详细采访我才懂得，炼焦炉非同一般建筑物，砌砖要求十分严密，要达到一丝气不透，炉墙内壁要像镜面一般平整。有空气进去，煤就成灰了。这种活计过去都是外请专业队伍来干的，可当时北平尚在解放军铁桶般的包围之中，两军对垒到处戒严，到哪里去请专业队？炼焦场工人们一声喊，我们自己来！

时值隆冬，滴水成冰，修复炼焦炉，首先要把泥合好合均，可刚刚倒上水，没搅几下泥就冻硬了。那就把水烧热了再合泥，不大工夫又冻硬了。怎么办，工人们七嘴八舌出主意想办法，最后有人建议架起大铁锅，底下点火，锅里合泥，哇，成功了！

异型砖的难题又接踵而至。砌炼焦炉需要各式各样的异型砖，才能把炉壁砌得严丝合缝，有的形如燕尾，有的带有弯钩，有的面呈弧形，有的面呈突起，工人们决定用方型砖改制，大家找来了锄头、砂轮、角铁等五花八门的工具，昼夜加班，亲自动手磨制，很多人的手冻得裂开一道道血淋淋的口子，军代表感动得直说："咱工人阶级就是好！"回头他们下令，让家属组织起来，把厂警卫队的棉大衣拆制成棉手套发给大家。以往，无论日伪时期还是国民党时期，哪个头头这么关心过"臭苦力"啊？大家干得更欢了。

修复炭化室又是个难题。空间狭小，宽度不足一尺五，穿着棉袄进去根本转不开身，更甭说干活了。老工人高满堂第一个甩下棉袄冲了进去，霎时间，地上棉袄成了堆，工人们接二连三冲了进去，炭化室又长又窄，穿堂风呼呼作响，工人们却挥汗如雨。

1949年4月21日，石钢推焦机在工人们的欢呼声中推出了共和国第一炉焦炭。

7

铁路运输是钢铁生产的先行官和大动脉。石钢的机车修理,以往都是送长辛店机车修理厂,工人们也自己干了起来。4月28日,105号机车修复完毕,工人们像给新娘化妆一样,把车身喷上亮晶晶的黑漆,车头披上彩带,扎上青翠的松树枝,正前面嵌上一块亮闪闪的铜镜,上面镌刻着"英勇号"三个大字,上方挂了一副毛泽东像,第二天的庆功大会上,军代表在雷鸣般的掌声中,把北京市军管会赠送的"劳动创造世界"和"发扬火车头精神英勇前进"两面锦旗授给机务段。随后,火车司机拉响雄壮的汽笛,沿着厂内铁道线绕厂一周,所到之处锣鼓喧天,欢声四起。

同时展开的是修复一号高炉的战斗。

解放前夕,经安朝俊细心安排,一号炉内的铁水被放尽后,又装进200多吨烧红的焦炭然后封了炉,避免了高炉铸死。抢修开始时,炉内捂着一肚子未熄的焦炭和其他矿料,犹如一座没有爆发的火山。只有先把焦炭放尽,才能开始全面维修和开始新的生产。但焦炭不像铁水可以自动流出,必须采取措施把这些烧红的焦炭扒出来。安朝俊等一些炼铁技师和工人们商量出一个办法:在炉腹底部切开一个洞口,洞口处安装一个大漏斗,漏斗下面放渣铁锅,这样扒出的焦炭可以顺着溜槽直接泻入渣铁锅。

炉腹钢板很快被焊工切开了,红如岩浆、喷着火舌的焦炭顿时倾泻而出,工人们手执钢钎,冒着逼人的高温一批批轮番上阵,冲到切口处扒料。

大部分红炭泻出后,就可等待炉内残余的红炭慢慢冷却下来,再入内维修。但石钢人等不得!新生的共和国正在展开大规模国家建设,到处都需要钢铁;志愿军正在朝鲜前线浴血奋战,更需要咱们炼出的机枪炮筒子。钢铁就是希望,钢铁就是生命,一分一秒也不能等!工人们主动要求:我们可钻进炉内,扒尽残留的红渣。

炉内可是近千度的高温啊!为抢时间,工人们架起几台大风机,呼呼往里吹风,再用高压水管向炉内喷水降温,然后在炉内的工作面铺上几张大钢板,以防红炭烧透鞋底。工人们如狼似虎,喊着叫着轮番往里冲,一个人最多也就能坚持几分钟,脚下的钢板被炭火烤得滚烫,工作鞋一挪地方就粘掉一层。经过数昼夜连续奋战,二百多吨残余红炭终于全部清出。

1949年6月26日。

这是共和国值得永远铭记的一天。为了迎接她的诞生,黎明时分,炉前工王利元等人操起钢钎,冲开出铁口的封泥,红亮的铁水像一条飞天的金色长龙,从一号炉奔腾而出,飞溅的铁花犹如缤纷的礼花,照亮了共和国钢铁业的第一个黎明。

这是首钢第一个光辉的纪录:他们炼出了新中国第一炉铁水!

7月1日，石钢举行庆功大会。朱德总司令亲临祝贺，他挥动着有力的手势说，毛主席和我已经向解放军发出向全国进军的动员令，全中国解放的伟大时刻已经不远了！他还说："多炼一吨铁，就是给国家多增加一份家当，革命的家当越多越好！"

历史剪影

1949年4月21日，毛泽东和朱德发出了《向全国进军的命令》，百万雄师在千里长江渡江作战。24日凌晨，解放军先遣部队直奔总统府，把胜利的红旗插上总统府的门楼。捷报传到北京，毛泽东豪情万丈，挥毫写下《人民解放军占领南京》的著名诗篇。有意思的是，时任美联社驻南京分社记者西蒙·托平（后为《纽约时报》执行主编及美国普利策奖主管）以掷硬币的方式，第一个向全世界发出"南京解放"的报道。

24日凌晨3时20分，托平和比尔开车去电报局准备向社里发稿。因为只有一条通讯线路，托平和比尔决定以投掷硬币的方式来决定谁先发稿。比尔赢了，他向法新社巴黎总部迅速发出只有一句话的快电。托平随后发出一篇66字的消息稿。法新社收到比尔的快电后，以为那只是一个标题，就搁下等候后续的详讯。这一耽搁反而让托平的消息通过美联社发稿系统，第一个把中共军队解放南京的消息传遍了全世界。

8

美国人帮助陆宗舆建造的一号高炉容积为398立方米，设计日产250吨，但在日伪占领和国民党统治时期，日产一直徘徊在百吨左右。新中国诞生后，国家主人翁的地位和意识，让石钢科技人员和工人们焕发出极大的想象力和创造力。

一号高炉的进料口原来没有筛选设备，每天稀里哗啦倒进去的矿料大小不一，小如米粒，大如西瓜，致使高炉"消化不良"。一个设计方案提出来了：进料口安装6个四米见方的大漏斗，使合适的矿料能够均匀地进入炉内。为尽快安装大漏斗，工人张祥和郭茂林向全厂发出倡议："每天义务加班3小时，自带干粮，劳动报酬全部支援南下部队！"

自此高炉吃上"可口的粮食"，产量日见提高，1949年完成当年计划产量的133%。

1950 年，苏联专家日米诺夫来到石钢，他性情幽默，走到哪里都是笑声一片。一天他带着技术员刘正五检查完高炉设备后，忽然把皮鞋脱下来，朝高炉风口扇风。刘正五莫名其妙，说："日米诺夫同志，你这是什么意思？"

日米诺夫笑了："我看你们的风力不够，我替它扇扇风。"

一句话提醒了刘正五，他立即向安朝俊提出建议：加大鼓风机的转速以提高鼓风量。

1950 年 4 月 27 日，当一号高炉吐尽最后一炉铁水后，一个新记录也是特大喜讯传遍了全厂：今天一号炉日产铁 376.4 吨，远远超过高炉原设计 250 吨的生产能力！

在旧时代的死气沉沉和新时代不断刷新的记录中间，横着一个伟大的历史加速器——从"苦力"向"主人"的革命！

二、轰天大锤——北京的心跳

——"2248 辆自行车"和钢铁厂的"草绳王"

1

1943 年从日本拆运来的二号高炉有数十米高，日本投降时被铸死，国民党接管后一直是一座钢铁废墟，炉体锈迹斑斑，炉顶杂草丛生，麻雀成群，犹如一个巨大的黑色幽灵，伫立在凄风苦雨之中。那时曾有美国冶炼专家来访，他绕了一圈看看炉体，说："炉子已经铸成铁疙瘩，不能用了，还是到美国去买新的吧。"

石钢人不信邪，他们决定让二号炉起死回生，并提出一个响亮的口号："工厂变战场，机器当武器，前方猛杀敌，后方多产铁。"军代表振臂一呼，全厂山呼海啸，决心书、请战书、挑战书雪片般贴到墙上。

"蚂蚁啃骨头"的车轮大战开始了，工人们切开炉体，爬到炉内铸死的十多米高的"铁山"上，轮番用大锤、钢钎一块块往下敲，汗透征衣，血染满掌，不过辛苦的劳作很见效，大块的矿渣凝铁纷纷掉落，"铁山"一天天见矮见小，看来二号炉起死回生指日可待了，大家都很兴奋，干劲也越来越高。

"铁山"还剩四五米高时，人们突然发现，再也啃不动了，上面的矿渣敲掉了，下部含铁量越来越高，最后剩下一块 300 多吨重的大铁墩子，凭手工耍力气，再也敲不碎了。当初安朝俊清理一号炉时采用的小量炸药办法，对二号炉也不适用，一号炉内铁水遗留少，多是矿渣，炸起来比较容易。

工程被迫停止，所有人都犯了难。这时，厂里最有经验的老起重工宋德禄向厂领导和安朝俊提出一个极富想象力的建议：靠人力是不行了，那就围着几十米高的炉体建一个大三角架，再打开炉顶，在上空吊一个大锤，把铁墩一块块砸掉。

高高的三角架搭起来了，足有半吨重的大铁锤悬挂中央，远远望去，煞为壮观。指挥员的哨音一响，重重的大铁锤从 20 米高空处轰然落下，巨雷似的一声暴响，天哪，周围几百号人都捂住耳朵！附近十几里之外的村民都听到这声巨响，还以为铁厂高炉发生意外爆炸了。

巨锤砸铁山，而数十米之高的炉体又是个巨大的共鸣箱！

大铁锤连连砸下，每次都弹起一米多高，火星四溅，可"铁山"纹丝不动，刘正五无奈地笑笑说："真是撼泰山易，撼铁山难哪。"不过他灵光一闪，"大锤落点太正，铁块就不容易撼动，起锤前是不是先让大锤晃一晃，不断改变落点，效果会好一些？"

照这个办法试了几下，一块三吨多重的铁疙瘩轰隆隆滚下了铁山，现场腾起一阵欢呼。厂领导跳上一个铁台子高兴地喊："铁山就是压在咱工人阶级头上的三座大山，砸掉它就是咱石钢工人支援抗美援朝的实际行动，不砸掉它决不收兵！"

全场喊声如雷。

轰天大锤牵动着全体石钢工人的心跳，就这样一天天响彻京西大地。最后，铁山砸得剩下一个几十吨重的又圆又尖的纯铁窝窝头，大锤落下去就打滑，使不上劲了。工人们钻进去，再抡起大锤，用钢钎把"窝窝头"铲平，轰天大锤最后几声惊雷般的巨响，"铁山"终于粉身碎骨了！

1950 年 12 月 25 日，沉寂了五年多、曾被美国专家和日本人判了死刑的二号高炉喷涌出第一炉铁水，灿烂的火花照亮了炉前工黑乎乎、汗汪汪的笑脸……

不久，又修复了 3 座日产 20 吨的小高炉。

石景山烟筒林立，浓烟滚滚，火光冲天，一片繁荣景象——那时还没有环境污染的概念——石钢的生产实力不断大幅跃升，1952 年产铁 34 万余吨，比日伪统治时期和国民党统治时期总计 12 年的全部产量还多 5.4 万吨。还是那些老工人，还是那些老设备，只不过多了几个贴心的共产党干部、一些青年大学生和新招收的工人。

时势造英雄，时代造奇迹。

2

时光过去太久了，建国初期的许多英雄模范人物早已被人们淡忘。当年那些无私奉献的老工人，无疑是今日首钢伟业的基石，今天，我们从基石上走过的时候，请不要忘记他们曾经的热血与脉动。

机械室老修理工郭少田，劳动模范，被誉为"利废专家"，五十年代在北京声名远播，今天如果不翻翻历史资料，首钢人也没几个人知道他了。那些年，只要一有空闲时间，郭少田就像个乞丐，钻到厂内各废品堆里东翻西拣，把他认为凡是能回收利用的都拣回来，一一登记造册，放进自建的"百宝库"。有的修理项目突然发现缺一个齿轮或阀门，大都能在他的"百宝库"里找得到。一次高炉维修中，只因缺几个弹簧不能点火生产，大家急得跳脚，郭少田回到自己的百宝库中一翻，燃眉之急立解。仅在 1953 年，郭少田就从废料堆里拣回几百吨能用的器材零件，几次高炉大修中用八十多吨。到年底一算，他的"百宝库"提供给各生产设备上的回用件达三百六十多吨，这些"废品"折算成钱，当时能买炙手可热的名牌"飞鸽"自行车 2248 辆。

记者给他算完账，郭少田笑着说："我一人能骑得了那么多的自行车吗！"

"草绳还家"更是当时石钢盛传北京的佳话。供应科提运员王海潮看到厂子买来的耐火砖为防破损，都缠着草绳，全厂一年进砖 50 多吨，草绳拆下来不是烧掉就是扔进大沟，于是王海潮倡议让"废草绳还家"。工人们积极响应，把拆下来的草绳存好，用纺车缠成盘再卖给耐火材料厂，一年下来回收资金 3288 元，王海潮由此得了个绰号"草绳王"。烧结车间学习"草绳王"的精神，把车间用于添锅燃烧的稻草也回收了不少。生铁场和铸铁机车间地上经年累月，积存了厚厚的一层铁末子，工人们一起动手，仅 3 个月就回收600 多吨。

由工人变为技术革新专家的侯德成，是 50 年代北京市有名的劳动模范。

1953 年 4 月，二号高炉发生"挂料事故"（即由于温度过低，炉料没能充分熔解，结成瘤状粘结于炉壁）。刚刚由热风炉工人提拔为高炉值班工长的侯德成，听说事故主要是因为操作人员对炉内情况掌握不准造成的，他就想，要是能有个随时反映炉内运行情况的仪表多好啊！灵光一闪，他决心试验搞出个"高炉料线料层自动记录器"。侯德成找来青年技术员于更山，两人先用马粪纸做了个高炉模型，周边糊上透明的玻璃纸，然后把电路通进去，琢磨着怎么利用电的感应，把炉内矿料燃烧熔解情况反映出来。后来老工长李茂、老机械师黄松亭也加入进来，一个自发的"机械化自动化设备技术研究小组"成立起来。厂领导给予大力支持，还专门拨了一间房子给他们做试验室。那真是废寝忘食的几个月，实在困得不行，就用冷水浇头，用别针扎大腿……这个小组就这样接连搞成了十几项重大技术革新。

三、"我要是服从命令，早给拉出去毙了！"

——活下来的周冠五闪亮登场

历史剪影

1956 年，中国全面完成了对城市工商业的"社会主义改造"，农村"合作化运动"也进入高潮，以苏联援助的 156 个大型建设项目为中心，中国开足马力向工业化前进。

7 月 13 日，第一辆国产解放牌载重汽车下线。

不久，第一架国产喷气式歼击机在沈阳试飞。

本年度中国钢产量 447 万吨，铁产量 483 万吨。

1

1956 年秋，副厂长周冠五继第一任厂长周家华（后为本溪钢铁厂厂长）、第二任厂长黄墨滨（后为武汉钢铁厂厂长）之后，出任石景山钢铁厂厂长，党委书记为肖平。一场由周冠五担任导演、延续了数十年的首钢腾飞壮剧，自此拉开了序幕。

就任的第一个周末，他提着一瓶陈年茅台酒，风风火火跑到安朝俊家，进门就扯着硬邦邦的山东腔叫："老安，今晚我管酒，你管菜，咱哥俩一醉方休！"

安朝俊笑着起身迎他入座："你知道我是不喝酒的。"

周冠五哈哈大笑说："所以今天晚上我是特意来占你便宜的！"他那高大的身躯砸在一张吱嘎作响的破椅子上，撸胳膊挽袖子叫，"嫂子，快上菜！"然后把头转向年长他 7 岁的安朝俊，诚恳地说，"说实话，老安，上任这几天我一直没睡好觉，觉得压力大呀！今晚，我就是来找你这位好兄长借东风的。石钢是咱北京市的宠儿，天子脚下，只能办好，我就这个脾气，不干则已，干就得干个满堂彩！这个班子领着全厂到底怎么往前走？你这位大专家得搭把手啊……"

灯影之下，周冠五一脸小学生的表情，可举手投足依然是大将风度，两人长谈至深夜。

2

周冠五，上世纪中国改革开放声名赫赫的开路先锋和代表性人物之一，晚期又成为众说纷纭、颇具争议的人物。

周冠五的一生，堪称一部传奇。

1918 年 2 月，周冠五生于山东金山县一个富足之家，原名周自艺，排行老二，前面有一个大他十岁的同父异母的哥哥。哥哥玉面长身，文质彬彬，毕业于日本东京帝国大学，1931 年加入中共，秘密从事抗日活动，有一次被鬼子抓获关在牢房里，那天押他去接受审讯，一抬眼，他和那个负责审讯的日本军官都一愣，两人恰好是帝国大学的同学。念在同窗之谊，那位同学网开一面，以"查无实据"之由把他放了。解放后，这段遭遇没有"旁证"，无法查实，哥哥因而终生不得信用。

周冠五的父亲是爱国人士、开明士绅、县商会会长。仰仗父亲在全县的地位和影响，"二少爷"周冠五从小就是天不怕地不怕的"虎羔子"，显现出仗义、豪爽、热情的鲜明个性。只要他出现在一群同学和朋友中间，不论岁数大小，他一定是当首领、拿主意的。1935 年，少年周冠五在山东省府济南就读寄宿中学，恰逢"一二九"抗日救亡运动爆发，他毅然站到这个热血沸腾的行列里，跟着大学生撒传单，喊口号，一群中学同学也跟了进来，周冠五自然成了这所中学领导学生救亡运动的小头头，校方大为不满，觉得这个学生总是"带头闹事"，是个不安分的"刺儿头"。校长大笔一挥，把他开除了，并把他的情况报告了警察局。

入夜，警察们荷枪实弹气势汹汹赶来，准备把周冠五带走。一个小破孩儿，拿他还不是一碟小菜啊！他们哪知道，周冠五何等的机智勇敢，胆大心细，聪敏过人。得知自己被校方开除，就打点行装准备第二天早起返回老家，同时他深知校方和警方不会善罢甘休，于是时刻绷紧了神经，密切关注着校园里的动静，还请几位要好的同学四处走走，帮他观风。

不出所料，夜幕刚刚降临，同学飞来密报："警察来了！"

风高月黑天，周冠五翻墙而逃，警察们扑了空。

周冠五后来回忆说，"一二九"运动决定了他"一生的走向"。年底，他返回家乡参加了"抗敌后援会"并加入中共领导的"民族抗日先锋队"，1937 年5 月秘密加入中共。"七七"事变后，抗日怒潮在中华大地上汹涌澎湃，周冠五成为苏鲁豫边区义勇军的战士，因作战勇敢、机智多谋，很快从班长、排长、连长、金山县县大队队长一路升到独立营营长。

3

周冠五身材高大，在学校酷爱打篮球，没想到这个本事居然在抗战初期派上了用场。1938年初，山东大军阀韩复榘的军队被鬼子打散了，一个排的败兵约二十多人逃到金山县徐油坊暂住下来，跟日本人打仗时他们丢盔卸甲，溃不成军，在老百姓面前却耀武扬威，天天喊着"老子抗战有功"，逼着村民杀猪宰羊，给他们准备好吃好喝的。周冠五带领的一支抗日小分队恰好隐蔽在这里，他们决定先教训一下这帮兵痞，再考虑是否动员他们一起投身抗战。周冠五伪装成进步学生模样，找到他们的住处说："咱们都是中国人，祖坟都埋在山东。日本鬼子要灭掉我中华民族，县里有不少青年正在组织抗日队伍，咱们一起干吧。"

排长和几个老兵痞东倒西歪躺在地铺上，斜着眼睛瞅瞅周冠五，不屑搭理地说："你个嘴上没毛的小孩伢子，还敢来教训老子？你们知道日本人的厉害吗？人家是什么枪什么炮！咱们手里的，比烧火棍强不了多少。看你年纪轻轻的，赶紧滚吧，趁鬼子没来逃命去吧。"

来来去去和他们混熟了，周冠五约他们和县里小青年打一场篮球，闲极无聊的兵痞们很高兴。那天比赛开打，大兵们不上场的也跑到场边看热闹，枪械弹药都扔在住处。周冠五上场龙腾虎跃秀了一会儿球技，然后假装脚扭伤了换人下场。比赛继续进行，周冠五带上几个战友悄悄摸到兵痞老窝，18支长枪和弹药全部扫荡一空。等球赛结束，兵痞们回到住处，才发现老窝被抄了，一个个目瞪口呆。

"不许动！我们是抗日游击队，你们不到前线打鬼子，躲到这里坑害老百姓，现在被俘了！念你们都是山东老乡，我们不想伤害你们，愿意留下参加抗日的跟我们走，不愿留下的，发三块大洋回老家种地去吧！"

周冠五在家乡一带英名远播，并有许多传奇故事。他是"二少爷"出身，家里不缺子弹，所以练就一手"百步穿杨"的好枪法，他领导的县大队更是作战英勇、神出鬼没。当地伪军和汉奸一听周冠五的大名，无不闻风丧胆。周冠五后来回忆说，当年他双手使枪，子弹就跟长了眼睛似的，指哪打哪，"打电线，我还没到那个功夫，但打电杆上的磁瓶，一枪一个，百发百中！"

一米八几的大高个儿，他的酒量也吓人，周冠五曾笑着回忆说，有时喝酒也是抗日任务啊！

当时日伪占领区和八路军根据地之间有一片游击区，当地的保长白天假装应付日本人，夜里真心实意帮八路军。有一天，保长的儿子过生日，白天日本人带着厚礼去了。夜里，周冠五带上卫兵，骑上快马登门表示祝贺，保长搬出一坛高粱烧，两人称兄道弟开怀畅饮较上了劲，一直喝到第二天早晨，一坛酒喝得精光光。回到宿营地，他一气睡了三十多个小时，县大队也扔下不管了。

大将风度，不拘小节。

4

解放战争期间，周冠五成了杨勇麾下的特务团团长，跟着"二野"南征北战，身上却没什么大伤。有时回忆起当年过五关斩六将的惊险故事，周冠五常说："还是老天留了我一条命，让我在首钢干一番事业。为了对得起老天爷，我也得鞠躬尽瘁、死而后已啊！"

不过，有一次周冠五差点被自己人杀掉。那阵子他在家乡金山县当军事部长兼县大队队长，中共湖西区委正在大搞"肃反"，他们不知从哪里得到消息，说属下各县中共地下组织的领导里隐藏了几个叛徒与"托派"，于是立即开始对各县干部轮番进行"严格审查"和"大清洗"，他们一个县一个县地通知领导干部到区委"开会"，人到了就抓起来，连轴转的逼供、上刑，吊房梁上拿皮带抽，凡是"说不清楚"，稍有令人怀疑之处的，不由分说拉出去就枪毙，有些人为求自保，胡说乱扯，"检举揭发"别人，"大清洗"愈演愈烈，上百个干部和共产党员人头落地。

湖西区委很快把"大清洗"的枪口指向了周冠五，下令要他带领金山县武装排以上干部前往"集训"。

周冠五是何等样聪明机智的人物，他的耳朵像兔子一样时刻竖着，他的鼻子像狗一样永远嗅着，他的眼睛像鹰一样永远亮着，何况他手下的县大队就有一支情报灵通的特务排。对湖西区委以"肃反"之名滥杀基层干部，周冠五已有耳闻。接到湖西区委的"集训通知"后，周冠五劝县委书记不要去。书记说，上级来了命令，不去不好，我先去打探一下情况吧。结果书记到达区委的第二天就被毙了。

周冠五得到密报，迅速下令县大队，"就地解散，各自回家隐蔽，藏枪待命！"

什么原因，没说。

接着，他匆匆收拾了随身物品藏避到老家，继续当他的"二少爷"。过了不久，中央派罗荣桓到湖西区检查工作，采取果断手段制止了这种滥杀无辜的行为，抓了几个主持工作的头儿，周冠五才召集队伍，重现江湖。

他救了自己，也救了一大批干部。

5

"二少爷"的家庭环境和战争年代出生入死的经历，养成了周冠五敢作敢当、桀骜不驯的性格。后来首钢搞改革，有时上级下来一道什么"政令"拦路，周冠五把红头文件往桌上一甩，不理不睬。他说："当年我要是服从命令，早给拉出去毙了。"

解放战争中，周冠五的家乡解放了，土改斗争搞得如火如荼，声势浩大，各地斗死了不少地主。周冠五听说家乡要斗自己的父亲，心急如焚，立即带上警卫员，各骑一匹快马星夜兼程赶回老家。斗争大会开始了，父亲被五花大绑，戴上高帽，押上大会的土台子。周冠五和警卫员各拎一把驳壳枪，虎视眈眈站在土台两侧，一声不吭。那意思是，你们开批斗大会可以，谁要敢上来动我老父亲一根毫毛，别怪我不客气！

老子的枪是长眼睛的！

瞧着周冠五要吃人的样子，那些贫下中农谁都不敢上台，农会干部领着喊了几声口号，斗争会就草草收场了。

历史证明，批斗周老爷子完全是土改中过激的、错误的举动。周老爷子是全县有名的爱国士绅，五个孩子全部是共产党。日本人请他出山当"县商务会长"，老先生拒绝了。为避免招风惹事，他把自家的店铺关掉，逃到解放区。布匹店关门之后，库存所有布匹全部捐给了八路军，据说足够解决一个师的军衣。

但周冠五当时提枪保护老父亲，肯定是个"政治立场错误"，周冠五受了处分，降级使用。

周冠五是一员虎将，人高马大，足智多谋，战功累累，但因为不时发生一些不遵军令的事情，也受过处分和降级。他曾自谦地说："仗打得多了，就有了点儿小名气"，自然颇得二野首长赏识。不过他又一身傲骨，个性鲜明，一副天马行空的派头，他认准的事情，别说九头牛拉不回来，天皇老子也说不动他。人们开玩笑说他，"胜仗不断地打，战功不断地立，可错误也不断地犯"，不然官会做得更大。

6

1950 年，周冠五在"二野"属下的江西省贵溪军分区任副参谋长，但上面没有司令员、副司令员和参谋长，实际上是周冠五坐镇一方，大权独揽，足见上级对他的信任。那年深入山区带队剿匪时，他的鼻窦炎犯了，山里没药治，病愈演愈烈，脸肿得老高，他就坐在担架上指挥做战。战事停息，入秋，周冠五到武汉看病，大夫说必须动手术，眼下我们的条件不行，你还是去北京吧。

周冠五到了北京。没想到这成了他人生历史的一个重要拐点。

他完全不知道，中组部已经相中了他。

住院期间，中组部副部长安子文来看他，聊了一会儿，安子文突然问他，想不想到地方搞经济建设？

周冠五爽快地说，当然愿意！仗打完了，不搞搞经济我们就没用了，不过二野能放吗？

咱们工人

铁血记忆·首钢九十年

安子文笑说，这你就不用问了。

他显然已经断定，办事果决、激情飞扬的周冠五肯定能成为领导经济建设的人才。二野那边早就打了招呼。

让我干什么？周冠五问。

去水利部当办公厅主任怎么样？

周冠五迟疑地说，我想想吧。

让一个血性军人脱下军装是十分痛苦的事情。周冠五辗转反侧，好几天睡不着觉。最终他想定了，新中国建立了，国家要开展大规模的经济建设，出生入死枪林弹雨打了十几年，不就是为了建设新国家吗！

他找到安子文讨价还价："要干，我就干工业！将来打仗还靠小米加步枪肯定不行了……"

实践证明，中国共产党选准了一个杰出的企业家。

带着一纸任命，32岁的周冠五穿着黄呢军大衣，足登黄皮鞋，屁股后面跟着肩挎冲锋枪的警卫员小耿，风风火火，气宇轩昂，抵达北京石景山炼铁厂。

主角登台，好戏开场。

周冠五激越慷慨、奋发蹈厉的后半生开始了。

周冠五最初担任人事室主任，人们说他有三勤：手勤、脚勤、嘴勤。刚从部队到企业，什么都不懂，他就到处走到处看，到炉前看出铁就和工人一块干，弄得脸上和炉前工一样黑，看不明白的地方就虚心请教工程技术人员和老工人。当时厂里有七百多名各级管理干部，其中一半以上是专家和工程师。每天早上6点，周冠五准时出现在办公室里，请专家给他上课，一直到8点。专家连说带画。周冠五瞪着一双小学生似的眼睛，边听边记。专家的专长各有不同，从炼铁到炼焦，从机械到工艺，后来他回忆说，"我一个部门、一个部门地学，给我上过课的专家有五六十个。"

那时上级领导到厂里视察，常常关切地问周冠五："怎么样，能站住脚吗？"

周冠五的回答相当坦率："有点难，人家说的我都不懂。"

到第三年，周冠五就颇为自信了："我想我能站住脚了。"

确实，周冠五喜欢读书是全厂有名的。到石钢不久，大本大本有关冶炼技术、企业管理之类的书籍就摆满他的办公室，中间还杂有中外文学名著、名人传记什么的，读专业书累了就拿起文学书当休息，时不时还摘抄几段名言警句。

7

周冠五一生始终不改战士本色，他最爱看的是各国军事名人的传记和武侠小说,改革开放后最爱看的是战争片、武打片、侦探片和恐怖片。

看周冠五天天熬夜办公,红楼的"首席大厨"刘庆很敬佩,每天下班主动留下来,给他做点夜宵什么的,这个习惯一直持续到七八十年代。谈及此,刘庆相当自豪,他说:"从周冠五1950年到厂报到,我和他相处近五十年,堪称莫逆之交。他进厂时我是个小勤务员,他离休时我不过在红楼迎宾馆管点杂事,其实本色还是大厨,周冠五就吃好了我这口儿,我一生没跟他提过任何个人要求,他后期批评人特别狠,但从来没跟我红过脸……"

进厂不过三四年工夫,周冠五成了公认的懂行的领导,会上会下,各种数据和技术名词张口就来,有时甚至把专家也问得张口结舌,下不来台。

1955年11月,中共中央书记处任命周冠五为石景山钢铁厂厂长。

8

登上行政一把手的厂长大位,周冠五摩拳擦掌,豪情万丈,他决心把石钢做强做大,蓬勃发展的新中国多么需要一个规模更大、产量更高、产品更多、实力更强的石钢啊!

"咱们厂只有铁没有钢,有什么颜面叫石景山钢铁厂?"他在全厂干部大会上大声疾呼,"有足够的钢筋铁骨,石钢才能顶天立地,新中国才能顶天立地,帝国主义才不敢欺负咱们!"

他请安朝俊召集一批懂行的、有雄心壮志的人,拿出个石钢扩建的方案,一定要以最快的速度,把石钢搞成一个在全国叫得响的钢铁联合企业,散会后立即办!"

1956年9月,中共八大召开。上任不到一年的周冠五作为八大代表,在大会上发了言。那时,各省市为自身发展都在争资金争上新项目,周冠五却独辟蹊径,创造性地提出,现在国家实力有限,大家都上新项目有困难,中央应当拿出有限的资金,支持老企业进行改造、革新和扩建。

同在北京代表团里的几位老朋友,发现那些天周冠五的脸色不好看,发言好像带着火气。原来,"第二个五年计划"纲要草案中本已把石钢扩建立了项,后来大概因为资金短缺,又取消了。周冠五立即组织秀才班子起草了一份给毛泽东和中央书记处的报告,告主管部门的御状,说他们是"小脚女人走路",对石钢广大工人群众高涨的积极性创造性"估计严重不足"。会议期间,乘方便时候,周冠五把一份"状子"直接递交到朱德手里。八届一中全会闭幕的第二天总司令就来到石钢视察,听取周冠五和班子的详细汇报。周冠五滔滔不绝讲了一个多小时,最后朱德表了态:"投资不成问题。"

1957年12月31日,国务院批复同意石钢扩建方案。

历史剪影

1957年的中国呈现了极端的反差图景：一方面工人农民建设社会主义新国家的热情持续高涨，一方面是令广大干部知识分子不寒而栗的反右派斗争，这一年，全国划定右派55万余人。

1958年，总路线、人民公社、大跃进"三面红旗"高高飘扬在中国大地。党的领袖和全国人民一样，热情猛涨到发高烧的程度。一首传遍全国的民歌这样咏唱热气腾腾、干劲冲天的中国：

天上没有玉皇，

地上没有龙王。

我就是玉皇，

我就是龙王，

喝令三山五岳开道，我来了！

毛泽东说："一个粮食，一个钢铁，有这样两样东西，什么事情都好办了。"于是，"大跃进"中，一句惊天口号响彻全中国："人有多大胆，地有多大产！"各地方争着吹牛皮、撒大谎、"放卫星"。

这一年，农村人民公社遍地开花，实行军事化管理，男女劳力编成班排连和战斗团，食堂吃饭不要钱，没几天全国粮库就吃得空空如也。

8月，中共中央政治局会议发出一个超英赶美的激情号召："全党全民为生产1070万吨钢而奋斗"，全国各地闻声而动，建大小土高炉近100万座，参与大炼钢铁的男女老少近亿人。

中南海也升起滚滚浓烟。满脸黑灰的秘书和干部们支起一座小土高炉，把所有能拆包括能用的铁器都扔了进去。毛泽东兴致勃勃前往参观，不过炼出来的像蜂窝煤一样的"土钢"令他有点失望。不久，毛泽东到刚刚建成的武钢视察，流出的第一炉铁水竟然装不满一个沟槽，他安慰自己也安慰在场的干部工人说："会多的，以后会多的。"

一位伟人，对于共和国的钢铁充满渴望与梦想。

为烧制炼钢用的焦炭，大江南北的树木被砍伐殆尽，到处是光秃秃的山头和遗留的树根，中国森林覆盖率锐减。

这一年，石景山钢铁厂改名为石景山钢铁公司。

本年度中国钢产量为 1073 万吨，但实际成材的不足 800 万吨，铁产量 1369 万吨。

1958 年，在急于"超英赶美"、"跑步进入共产主义"的中国，"钢铁元帅"轰轰烈烈地升帐了。1958 年 8 月北戴河会议之后，北京市委给石钢下达一项铁令：必须在年内生产 2 万吨钢。

天哪，几十年来石景山钢铁厂徒有虚名，只有产铁设备，炼钢的家什一样没有，生生要炼出 2 万吨钢来，而且距离年底只有四个月时间了，这不是要人命吗！

放下电话，周冠五的嗓子立刻哑了，他和几位厂领导风风火火赶到会议室。话头一提，会议室立刻开锅了，"能行吗？""这么短时间，就是拿大腿骨当立柱也支不起一个车间啊！"会场上一片置疑声。

这时候，周冠五反倒冷静下来，他的声音也像钢铁一样冷峻、坚定和不容置疑："我们天天喊着要把咱厂变成真正的钢铁厂，现在机会来了，怎么打起退堂鼓了？"

他把拳头往桌上一砸："关键时候，军令如山，要脑袋咱们也得给！现在咱们就按倒计时安排各项任务，每个'山头'都盯死一个负责人。谁要是干不了，完不成，立即说话，我们换个能干的上去！"

战争年代过来的周冠五，一向把攻克重大任务、重大项目叫"拿山头"。

1953 年 9 月二高炉大修后正在畅流铁水

他拿着一把当年特别时髦的计算尺，和带着数千大军前来支援石钢扩建工程的鞍钢副厂长白良玉，以及安朝俊等一些工程技术人员熬了整整一通宵。占地面积达 1386 平方米、年产 10 万吨钢的炼钢厂主厂房和 103 平方米风机房的设计方案拿出来了，方案中还包括近时期的一些规划：制造安装 4 座固定式 3 吨转炉；建造 4 座 16 米高的大烟筒；铺设 570 米长的铁路线和 1100 米上下水道；架设 1100 米高低压电源线路；安装 2 台大吊车、2 台鼓风机和 1 台空气压缩机等所有配套设施建设项目。

——从傍晚到凌晨，这一定是世界冶金史上最快的设计速度！

——方案要求，按倒计时计算进度，这一切必须在 15 天内全部竣工，这一定是世界冶金史上最快的建设速度！

第二天即 8 月 23 日，石钢沸腾了。从各个方面抽调的近千名精兵强将潮水般涌上建设工地——当时那还是一片绿油油的庄稼地啊，茂密的玉米正在灌浆，长势喜人，农民兄弟的好收成眼瞅着快到手了，基建一上去就得推平剃光，虽说石钢要给予必要的补偿，工人们瞅着还是心痛，有点儿下不了手。农民们闻讯赶来了，听说要建钢厂，他们说，钢厂总比我们这点庄稼地重要得多，我们自己割！

何等感人的一幕：农民们在前面收割着未成熟的玉米，马车紧跟着开进场地，后面就是运送材料和施工设备的汽车，施工队伍也浩浩荡荡涌了上来。仅仅一个夜晚，就完成了开工前的"三通一平"（即通路、通水、通电，平整场地）。早晨六时，转炉炼钢车间正式破土动工。

这是今天的年轻人完全不知晓的一种"大跃进"、"大会战"方式，叫做"边准备、边设计、边施工"——草创时期的共和国犹如初生牛犊不怕虎，什么都敢想敢干。

工地上临时支起几顶帐篷算是"战地指挥部"，周冠五、白良玉和所有厂领导坐镇督战，早晚碰头会上是指挥员，没会的时候就是现场施工员，和工人们一样汗巴流水，满身尘土……

从领导到工人几乎都是昼夜连轴转，实在困得累得不行，裹着大衣躺工棚里睡两三个小时，起身又投入战斗……

福利科把锅灶搬到工地上现场做饭，医务人员驻在工地为工人送医送药……

工程要求一天一夜内完成 300 米长的地下管道安装，开会落实这项任务时，施工队副队长觉得工时太紧，说话有点犹豫含糊，周冠五大发雷霆地说，"你干不了就滚吧，让队长来！"那人灰着脸跑出去找到队长刁祥，说："大事不好了，周经理发大火了，你赶紧去接任务吧！"

刁祥一溜烟儿跑到指挥部，周冠五的脸冷得能掉下冰渣子，目光像刀子，他说："刁祥，你拿大跃进开玩笑啊？！"

刁祥立马表态:"完不成任务,拿我的脑袋是问!"

主厂房的钢架结构蓝图晒出来要等五六个小时,工人们记下草图上的有关数据,边干边等;转炉两个直径一米多的大齿轮,刚从浇铸的砂型里扒出来还冒烟烫手呢,就立即被架到机床上加工……

北京市政府大楼的电话也响个不停,为石钢紧急调拨急需材料 100 多吨;周口店为解决炼钢所需的白云石,立即组织 500 人上山开采,第二天就送到 40 吨;百货公司和供销社在工地上设了三个小卖部,昼夜供应各种食品和日用品;北京各大学和机关干部纷纷前来参加义务劳动。为支援石钢三大扩建工程,国家决定从鞍钢调五千人大军赴京参战,领队为鞍钢副经理白良玉。

白良玉,也是一位传奇人物,一米八多的大个头儿,威风凛凛,他是来自山东的抗战勇士。据说当过铁道游击队的政委。他的老婆李春是农村姑娘,曾救过他一命。一次侦察活动中,他被鬼子发现了,鬼子在后面穷追不舍,逃到一个村子边上,白良玉纵身跃起准备翻墙而过时,两个鬼子已经紧紧追到身后,端起刺刀朝他的屁股猛刺过去。这时。村里的妇救会主任李春正在墙下做活儿,她认识白良玉。见事不好,李春奋不顾身扑上去,紧紧抱住一个鬼子的大腿,鬼子的刺刀刺空了,深深扎进土墙里。白良玉迅速逃进墙外的高粱地。另一个鬼子见八路逃了,气得嗷嗷叫,端起刺刀朝李春捅过来,刀尖从李春的右颊捅进去,从左颊穿出来,她当场昏倒。后经老乡抢救,李春活了过来,脸上却留下一道横贯刀疤。李春本是一个漂亮姑娘,一双大眼睛水汪汪的,这下破相了,没法嫁人了。为感念李春的救命之恩,经组织特别批准,白良玉把李春娶进家门。

白良玉率五千人大军到北京支援石钢建设,李春带孩子也跟了过来留在石钢工作了。惜乎两位老人早已去世,我无法详尽采写他们的传奇故事了。

1958 年,白良玉率五千人大军到北京支援石钢建设,石景山下如此热火朝天、声势浩大的团结大奋战,在今天我们已经很难看到了。"边设计边施工"的大会战,是特殊年代的特殊产物,但石钢老同志们回顾起那场惊心动魄又热火朝天的战斗,至今激动不已!

1958 年 9 月 6 日,比计划的 15 天提前一天,一座投资 450 万元、年产 10 万吨的崭新转炉炼钢车间胜利竣工。7 日深夜,外面下着飘泼大雨,时近秋天,寒意渐浓,忙累了整整 14 个昼夜的厂领导和工人们一个个筋疲力尽、人困马乏,可他们谁都不肯离去,谁都不肯睡觉,一双双血红的眼睛睁得溜圆——因为今天夜里第一座 3 吨转炉就要炼出第一炉钢了,那些在石钢干了几十年的老工人还从来没见过钢水哩。大家屏息静气,注目等待。不久,转炉里的钢水沸腾了,炉口喷出橘红色的火焰,一朵朵耀眼的火花四溅飞射。随后,火焰由红色渐渐变成一束白色的光柱。又过了一会儿,灿烂的钢花从炉口喷涌而出。人们兴奋地大叫："快了！快了！"

凌晨 1 时，转炉炉口霍然打开，石钢历史上第一炉钢水终于奔流而出！

夜空一片灿烂。石景山钢铁厂终于名副其实，结束了有铁无钢的历史，许多年来干部工人"恨铁不成钢"的心结也终于了结。

周冠五，这位刚强的汉子悄悄抹去眼角的泪花。

欢呼声、锣鼓声、爆竹声响彻石钢。

到年底，产钢 2.4 万吨，超额完成北京市下达的任务指标。

10

对于国人和历史来说，"大跃进"是一个惨痛的记忆，全民"大炼钢铁"的结果是，树被砍光了，土地荒芜了，大江南北到处遗弃着不能用的残钢废铁和遍地狼藉、空寂无人、鸟雀成群的土高炉，还有土石裸露、植被遭到严重破坏的山头。

唯独石钢，不仅有着"我就是玉皇，我就是龙王"的雄伟气魄，更有着一批严格按科学规律和科学精神办事的国家精英，堪称"风景这边独好"。他们"孤军深入"，独辟蹊径，创造了"大跃进"历史中也许是全中国唯一的亮色。

那时，超声波被吹成"万能高产剂"，无论钢油粮棉，只要加上超声波，产量就会翻着跟斗往上涨。石钢请来所谓"超声波专家"，在二号高炉按上一个能产生超声波的蜗牛式弯头。投入运作后，生铁产量不见增长，反而给生产带来很多麻烦，渣铁时常发生堵塞。炼铁厂干部职工强烈要求停用这种弯头，石钢领导有点担心，说这件事已经吹出去了，国外也有报道，拆下来不好交待啊！副经理、总工程师安朝俊可不是跟风就转的人，他指挥炼铁厂进行了多次"反试验"，证明这种蜗牛式弯头根本不能产生超声波，更不能提高生铁产量。在铁的事实面前，石钢还是拆除了这个骗人的把戏。

安朝俊不顾强大的政治压力，多次在会上说："发展钢铁应当实事求是，按科学办事，应当把有限的资金集中起来搞钢铁基地，不能搞遍地开花！"

幸而那时首钢班子团结得像一个人，没人检举安朝俊的"反动言论"。其实他们都是钢铁专家，都同意安朝俊的看法。

第七章 春雷只响了一声，春天就过去了

一、红楼长夜：刘少奇孤寂的身影

—— 一辆轿车和一间没有电扇的客房

1

那时北京的汽车很少，大街显得疏朗而宽阔。

宁静的早晨，清风送爽，夏日的暑热还没上来，一辆苏联造的黑色吉姆轿车开出中南海南门，由东向西，沿着西长安街疾驰而去，约半个小时后驶进石景山钢铁厂的东大门。厂内铁道线恰有运送铁水的火车缓缓开过，轿车停下了。等火车过去，轿车又开动起来，沿着厂内落满黑红粉尘的砂石路向右，再向左，行驶了近两公里，停在山坡上小白楼招待所（后改称"红楼招待所"，即现在的红楼迎宾馆）门前。

前面的车门打开了，下来一个秘书模样的小干部。

后面的车门也打开了，下来的是中共中央副主席刘少奇和夫人王光美。

党委书记肖平出差在外，厂长周冠五带着办公室几位随从人员在门口迎接，刘庆陪同在侧后。

这是 1958 年 7 月 1 日。上午，天很快热起来，太阳明晃晃地高悬在蓝天之上，可在石钢厂区很少能感觉到蓝天丽日，几十根大烟筒冒出的滚滚浓烟，还有红色矿料和黑色焦炭的粉尘，涂抹着这里的天空和大地——那时，这样的景观是国家繁荣、经济发展、工业兴旺的标志。

刘少奇很瘦，头发已有些花白，进厂时戴着一顶礼帽式的小草帽，穿着丹士林衣料的浅灰色中山装，脚上是黑色三接头皮鞋。年轻漂亮、丰采照人的王光美戴着一顶大草帽，身穿浅蓝色大翻领列宁服，脚上是扣带黑布鞋，显得干练而清雅。

刘少奇主席和石钢工人在一起

前一天，中共中央办公厅来电话通知石钢，说刘少奇副主席要去你们那里搞调研，准备住七天左右。少奇同志提出要住职工宿舍，和工人一起吃食堂，请你们安排好。

少奇和光美进了招待所一号房间落座之后，秘书帮着放好公文包和简单的行装，就带车走了。

少奇提出的要求让周冠五很为难。那时粉尘毒烟虽然稍有治理，但工人仍然满身满脸的黑灰红尘，他们又是一帮干粗活、出大力、流大汗的汉子，宿舍的黑脏乱差是可想而知的：一排大通铺，几张硬席子，靠墙堆着一排黑乎乎的行李卷，地中间歪着几个铁腿凳子和一张木桌，脏黑的桌面堆着掉了瓷的大茶缸、走了形的铝皮饭盒和装咸菜大酱的玻璃罐头瓶，茶缸里面的茶垢和外面的手印一样黑。

无论如何不能让少奇和光美同志住到这种地方。食堂也同样，摇摇晃晃的长木条桌，吱嘎作响的铁椅子，洒着汤水的又黑又粘的地面，大呼小叫、笑闹震天的场面，怎么能让少奇和光美到那里吃饭？

周冠五劝了半天，少奇和光美算是勉强同意住在小白楼。

我非常吃惊，那时候党和国家领导人下基层搞调研怎么如此轻车简从？基层的人也没见前呼后拥，党委书记肖平出差在外，只有周冠五在门口等着迎接。建国八九年了，不是延安时代了，国家元首级人物来了，无论如何总得有点规矩和规模吧？

不，就是那样简单。

刘庆还向我回忆起1957年大鸣大放期间，刘少奇和王光美来看工人大字报的一幕。两人带着一个警卫员来的，期间只有石钢党委副书记谷受民陪同，肖平和周冠五不知跑哪儿去了。少奇和光美站在毒日头底下看大字报，看了一下午，累了，说找个房间休息一下吧。陪同人员就把少奇和光美引到小白楼办公室，刘庆倒了两碗白开水放到桌上就算接待了。少奇吸烟很重，他与石钢几位同志谈到大鸣大放的情况和意义，并要求谷受民把厂里贴出的4675张大字报全部抄录一份给他。不多时，少奇的"大前门"抽没了，摸摸口袋，没带多余的烟。

刘庆立马拿出自己廉价的"光荣花"牌香烟递给刘少奇说，我这"光荣花"您能抽吗？

少奇说，来，抽一支。

谈完，少奇和光美要去附近的石景山发电厂去看看，于是刘庆负责带路，把少奇和光美送到发电厂，时任厂长的李锡铭（后为北京市委书记、全国人大副委员长）正等在厂门口。刘庆回到石钢这边，已经是晚上九时许了。

就这么简单，国家领导人来视察，简直就像一般客人来访。

一方面是那时国家草创不久，规章制度还不健全，领袖们还保留着延安时代的老八路作风，说走抬腿就走，没那么多讲究。另一方面大概也因为石钢人太牛，国家领导人来得太多，来得很勤，司空见惯了。

看看1957年：

9月6日，刘少奇视察；

9月8日，周恩来视察；

9月10日，朱德视察；

9月13日，时任政治局委员、北京市委第一书记彭真视察；

10月22日，周恩来陪同蒙古艺术团到石钢演出。

2

话题回到1958年7月1日的石钢。秘书回去了，少奇和光美下榻在小白楼招待所客房。房间里摆着一张双人硬板床、一个小写字桌、两张藤椅和一个大衣柜，剩下就没有多少空间了。

厂领导派刘庆和党委秘书徐炳忠住在少奇隔壁的客房，让刘庆全程照料少奇和光美的生活，徐炳忠负责记录少奇在厂内的活动和讲话。少奇对周冠五说，我在这里要住几天，搞些调研，你们都有自己的工作，不必都陪着我，派个同志招呼一下就行了。

刘庆问王光美，少奇同志平时吃什么顺口？

少奇说，不要另外安排，你们吃什么我们吃什么。

时值盛夏，北京白天骄阳灼人，夜晚暑气难消，少奇和光美的房间里没电扇，那热度可想而知，细心的刘庆找来两把大蒲扇送给少奇和光美。晚上，少奇找干部开座谈会，房间里实在太热，他便穿一件短袖亚麻的白衬衫，和干部们上到小白楼房顶的露天平台开会。有一次，王光美发现菜炒得好了一点，就找到刘庆问，伙食标准是不是高了？还是要再简单一些。

早晨，服务员每次进来打扫房间，都发现少奇和光美同志早就把卧室收拾得整整齐齐、干干净净了。

白天，少奇到厂内各地方搞调研和参加劳动，夜晚就伏在写字台前批阅文件或整理调研笔记，房间的灯光常常亮到深夜。光美很勤快，常常到走廊对面的公共洗手间为少奇洗洗衬衣、线袜什么的。那几天，少奇和光美戴着柳条帽，视察了高炉生产、焦化厂和建设工地。在机声震耳欲聋的噪音和漫天飞扬的粉尘中，他同满脸黑灰、大汗淋漓的炉前工一一握手表示慰问，并大声喊着问了几个有关日产量、铁水温度劳动保护等方面的问题。7月3日下午，少奇和光美来到彩旗飘飘的炼钢建设工地，抄起铁锹就干了起来，一筐土装满了，接着装下一筐土。工地大喇叭广播了刘少奇和王光美同志来工地参加劳动的消息，工人们干得更欢了。骄阳似火，汗流浃背的少奇索性把中山服上装脱了，直到广播站喇叭传出收工的消息，少奇和光美才和大家一起收了工。有个聪明的水泥工王国刚，见少奇刚刚直起腰，立即飞跑过去把少奇用过的铁锹擦干净收了起来。

这把铁锹成了王国刚的传家之宝。

少奇来调研的这几天，肖平和周冠五向少奇汇报了在石钢大规模扩建和基

咱们工人

铁血记忆·首钢九十年

建中实行资金"大包干"的构想与方案。

周冠五说，根据以往的经验，国家投资下来以后，由于设计、基建、安装、生产等分属不同的系统和单位管辖，各有各的"婆婆"、生产计划及算盘，很少有全局概念，相互间扯皮、摩擦大量发生，即耽误工期又浪费资金。周冠五说，国家把石钢扩建的 2.4 亿元资金全部拨给石钢，由石钢实行"大包干"，自主使用自主建设，我们一定会把国家资金效能发挥到最大限度，使石钢达到年产铁 140 万吨、钢 60 万吨的中大型国企的规模。

"大包干"，那时不啻为一个惊天动地的改革性创意。在天罗地网般严密的"计划经济"体制中，在老百姓用的一针一线一碗一碟一个顶针儿都由国家按计划生产、调拨的时代，石钢人决意冲开一条血路，当自己的家，做自己的主，利用国家提供的有限资金发展和壮大自己！

石钢提出的"大包干"设想，是对当时以苏联为首的社会主义阵营统一实行的计划经济体制的勇敢挑战与突破，犹如万里云空缝隙中迸射出一道阳光，令人眼前一亮。

建议提出之日，正是在残酷的"反右派斗争"以后，百花萧杀，万马齐喑，人人噤口。看得出来，战争时期打仗不要命的周冠五，搞建设也不要命。

听了周冠五的汇报，少奇很振奋，他同肖平、周冠五等公司领导详细讨论了"大包干"的实施办法，并鼓励石钢要有雄心壮志，把自己搞成钢铁托拉斯。

时任党委秘书的徐炳忠详细记录了少奇的讲话。

听了基层包干情况的汇报后，少奇说，这是一个发现。这也怪，包给你们就多搞点，不包给你们就少搞点，这是什么道理？这也是一个生产关系问题……你包生产力就高些，你不包就低些，可见不包干这个办法阻碍生产力的发展。

刘少奇说，这两亿四交给你周冠五了，如何用？如何当这个家？你们叫当家，实际上是权力下放。别人不当这个家，毛主席不当这个家，周总理不当这个家，王鹤寿（冶金工业部长）不当了，市委也不当。

他还说，越包越先进，越包越负责，越包心越亮……是不是还有很多事情可以这样放？可以想一想。

刘少奇点出一个石破天惊的主题："大包干"能够解放发展生产力。今天我们完全可以想见，在当时的政治背景和计划经济体制下，少奇率先表态予以支持是十分困难的，显示了他实事求是的科学精神、高屋建瓴的眼光、非凡的胆略和超人的勇气。

刘庆一直陪同左右，负责照料少奇和光美的生活起居。据他回忆，那几天少奇同志的心情似乎有些沉郁，话很少，笑得更少，饭后的傍晚时分，常常独自一人或者与光美一起，在石景山下的绿荫中漫步沉思。刘庆当然什么都不知道，有时望着在晚风中默默散步的少奇同志瘦削的背影，他想，当个国家领导人真不易，压力好大呀！

不久，朱德到石钢视察，对扩建实行"大包干"的想法也表示支持，他甚至赞成搞一点"先斩后奏"："扩建工程一定要加快，不要等，冶金部一批，就可以先动手干起来。"

<h1 style="text-align:center">3</h1>

1958年5月28日，石景山下像过节一样热闹非凡。

石钢的三大扩建工程（三号高炉、三号焦炉、烧结厂）在烧结厂建设工地举行了万人誓师大会，会场上彩旗翻飞，锣鼓震天，歌声嘹亮。

朱德亲自前来剪彩。

朱德委员长为扩建工程开工剪彩

后来，经中央批准，在共和国铁板一块的计划经济体制中突围而出的一次罕见特例——石钢"大包干"为三大扩建工程掀起冲天热潮。

老工人们回忆说，那些日子，领导班子在工棚里开现场办公会，相互坐得特别近，说话吵架也脸对脸，"显得特团结"。因为党委书记肖平、厂长周冠五、总工兼副厂长安朝俊等厂领导都和工人一样，每天参加劳动，熬得眼睛血红，满脸满身尘土臭汗。工人干完活儿还可以找地方打个盹儿，领导们却要继续开会，总结前段工程，布置下段任务。几位头头的嗓子全喊哑了，声音要使劲从血肿的嗓子缝里挤出来，小得像蚊子的嗡嗡声，所以开会说话只好坐紧点。

制度和政策可以压抑生产力和创造力，也可以解放生产力和创造力。石钢推行的"大包干"新政策，给石钢人带来了科技创新的巨大勇气。

安朝俊率领石钢科技人员勇敢攻关，不仅结束了石钢"有名无实"、"有铁无钢"的历史，而且出手就把石钢的炼钢技术带到中国第一和世界先进水平的行列！

在无数个不眠之夜和挥汗如雨的白天，他们创造了一个个让国内外同行啧啧赞叹的奇迹。

其中最重要的奇迹就是"氧气顶吹转炉"。

20世纪50年代以前，世界各国炼钢普遍使用平炉，平炉的形状像一条船，固定不动，由两头向炉内喷油，费时费料费电，而且需要投入大量人工。转炉是可以旋转的，喂料和出钢时，通过控制室把炉口自动旋转过来，进行自动化操作。与平炉比较，转炉效率高、钢质好、成本低、投资少。如果加上氧气顶吹的新技术，可以迅速提升炉内温度，加快冶炼速度。平炉炼一炉钢需要七八个小时，转炉只需要 40 分钟左右。1953 年，奥地利人首先建成了氧气顶吹转炉，事后他们派人到世界各国推销转炉技术，期间也来过中国，冶金部为此召开了一个小型会议，听取奥地利人介绍情况，商讨应对意见。安朝俊参加了这个会。经冶金部讨论，最后敲定的结论是：拒绝购买这项技术，理由一是对方"出价太高"，二是这项技术刚刚问世，很不成熟，有发生事故的种种风险，"资本家对工人生命毫不在乎，他们才这样蛮干"。三是"资本主义的东西不可靠，我们的基本方针是自力更生"，还是走自己的路。

散会后，安朝俊回到石钢连连叹气说，部里做了个错误的决定，"太可惜了，这么先进的技术为什么不要？"

奥地利人离开北京后又到日本东京推销，思路开放、思维敏锐的日本立即决定购买这项技术并在全国广泛推广，使日本在短短数年迅速跃升为世界产钢大国。

事实上，从那次会议之后，安朝俊及其领导下的石钢科技人员，根据奥地利人对有关氧气顶吹转炉技术的粗略介绍（其核心技术当然是严格保密的），默默开始了对这项技术的深入研究，并且在完全独立自主和十分封闭的情况下进行了氧气顶吹转炉的试验并逐步完善设计，其中许多局部和细部的技术是独创性的，这是石钢人对中国黑色冶金工业发展的一项历史性贡献。

当时，世界许多国家包括苏联在内，还在用平炉炼钢。石钢筹建炼钢车间之初，冶金部为求保险，依然要求石钢建平炉。但安朝俊大胆提出，要上就上新技术，建造中国还没有的、世界上最先进的氧气顶吹转炉。他预言不久的将来，氧气顶吹转炉一定会逐步取代平炉而成为世界炼钢业的主流，"我们起步已经晚了，不能再跟在后面爬行了！"

党委书记肖平和厂长周冠五毅然拍板，决定支持安朝俊的动议——而这项新技术是曾被冶金部否定过的！为此，周冠五和厂里同志几十次跑部里申请申诉，周冠五轰雷般的山东腔把冶金部大楼的走廊喊得震天价响，甚至找各种机会直接向中央领导面陈寻求支持，冶金部的人私下发牢骚说，这个周大胆儿，纯粹是挟天子以令诸侯。

进行氧气顶吹试验时，大家提心吊胆，救护车、消防车都守在现场严阵以待，生怕发生爆炸事故。

石钢建成的氧气顶吹转炉是中国第一座。与此同时上马兴建的武汉钢铁厂，建造的全部是已经落后于世界先进水平的平炉。不久，因"大跃进"和兴办"人民公社"时期的天灾人祸，给国家带来无尽的灾难，国家经济形势急转直下，石钢氧气顶吹转炉技术没能得到全面应用并被迫下马，直至 1964 年，一座 30 万吨氧气顶吹转炉才在石钢正式投产，中国炼钢业的发展因此滞后了许多年。鞍钢是在改革开放时期逐渐改平炉为转炉的。地处内蒙古的包头钢铁厂在首钢专家的帮助下，迟至 2001 年才把中国最后一座平炉拆掉，搞起顶吹转炉，从而彻底结束了中国的平炉时代。

此时距石钢第一次使用氧气顶吹转炉已经过去了 37 年。

石钢三座年产 30 万吨的氧气顶吹转炉进入高速运转后，最高年产曾达到 222 万吨，是设计能力的 3.7 倍。前来参观的外国专家称赞石钢，"你们的转炉是世界上最快的转炉"。

二、"大包干"："大跃进"狂潮中的另类风景

——它比小岗村经验早了整整二十年

1

借助于"大跃进"的热狂气氛和"超英赶美"的勃勃雄心，森严壁垒的中国计划经济大门，被石钢人挤开一条缝隙。

"大包干"的奋战热潮中，石钢党委喊出了"层层包干、人人包干、人人做主、大家当家"的口号，这是新中国渴望高速发展经济、渴望解放人民群众积极性创造性的第一声报春号角，可惜它只回响在北京西部狭小的一方热土、十里钢城。

石钢扩建的"三大战役"，即建设三号高炉、三号炼焦炉和烧结厂，工程浩大，土方量达 43 万立方米，浇灌混凝土 4.6 万立方米，砖砌 2.4 万立方米，安装机械设备和金属结构 1.8 万吨，新建厂区铁路 45 公里以上，上下水道 26 万米，工业管道 19 万米以上，电缆 22 万米以上，电动机 496 台……

面对如此艰巨繁重的扩建任务，工期要求紧迫，技术力量不足，施工机械不够，2.4 亿元的包干资金怎么精打细算也还有 4000 万元的缺口……

2

是否真正当家做主，人的积极性创造性就是大不一样。仅仅两周时间，全公司员工就提出 1697 条节约建设资金的合理化建议并全面推开。下面所列举的点点滴滴的小事对于今天习惯于一掷千金、大手大脚办事的人们来说，简直是难以想象的：

基建队伍把破旧房子稍加修缮当了施工宿舍；工程运输部搬进防空洞办

公；出差的一律不坐卧铺坐硬板；考虑到木材价格昂贵，工人就跑到四川砍竹子搭脚手架，为节省运费，运竹子的职工乘竹排沿长江顺流而下，7天7夜漂到武汉再运回北京；外买保温渣棉180元一吨，工人现学现做，一个月自制渣棉200吨，工程用不完还外销了一部分；更为惊人的一件小事是：那时每买一吨水泥需预付10元水泥袋的押金，工程时间紧，工人们在使用水泥时，常常在牛皮纸袋上戳个窟窿就倒，好端端的水泥袋一下子就报废了。老水泥工赵德义看在眼里疼在心里，因此主动承担起水泥工最脏最累的倒灰工作。每拆一袋水泥他都小心翼翼地把水泥袋完好无损地保存下来。缝水泥袋的线不足1米，价值不到一分钱。赵德义拆纸袋时一直坚持把线完整的抽出来挂到墙上，两年间竟然攒下210公斤小线，可缝制25万个水泥袋。

五十多公里新建铁路的任务本来是准备外包的，工务段老工人党金明建议石钢成立铁路施工队自建，可节省资金50余万元。全部家当只有20把镐、12把道锤和15根撬棍的铁道施工队成立了，石子靠人抬，枕木用肩扛，边施工边自制土设备，需要什么造什么，一年多时间竟造出2600多件机械设备，比正规的铁路施工队伍装备还齐，任务胜利完工，这支铁道施工队已经把自己"武装到牙齿了"！

参与大会战的老人们回忆起那些激动人心的日子，至今心潮难平：

当时管技术的刘正五说："会战搞了将近两年的时间啊！人都累惨了，休息时候倒地就睡，也不管是泥是水，比睡现在的沙发床还香。"

"那场面真壮观，"当时负责管道建设的刁祥回忆说，"工地上人山人海，红旗招展，不仅工人，连家属老人孩子都上来了，送水的做饭的，帮助擦汗的，到了夜里，更是一片灯火辉煌……"

当时任生产处长的高伯聪说："大会战时石钢人艰苦奋斗、团结互助的精神，堪称惊天地泣鬼神，是石钢历史上最宝贵的精神财富……"

原计划三年完成的三大扩建目标，石钢人一年半就大功告成，其建设速度比号称"世界建设速度第一"的韩国浦项钢铁厂还快。2.4亿的投资分文未增，石钢却增添了许多计划外的新建设项目。当时全国"大炼钢铁"、到处大搞"小、土、群"闹得正欢，从中央到地方，头脑都在发"高烧"，"假大空"风气蔓延全国，石钢也不断加快建设速度，期望多放几个"卫星"。1959年5月，时任北京市长的彭真先后两次前来视察，一反当时的浮夸风，兜头给石钢浇了一盆冷水。今天重温彭真的讲话，不能不钦佩他的真知灼见和敢于坚持实事求是思想路线的巨大勇气。

彭真告诫石钢领导"不要吹"，要切实保证各项工程的高质量。他说，质量问题，小问题也要注意。黄河决堤，就是由蚂蚁扒的小洞引起的。不要急着搞破破烂烂的，要搞就搞好的。我和王鹤寿（时任冶金工业部部长）同志说过，你们石钢不要搞破破烂烂的，把地方占了，高标准的东西就没地方放了。有些人搞工业化搞急了，见着东西就抓，将来可就过不去关了……不要只是一股劲地上，一会儿这里出事，一会儿那里出事，搞得心惊胆战。出了事再镇静，那就是表面的了。

彭真到工地上视察，听说工人们一直没黑没白地"连轴转"，十分心疼，说战争年代打仗还要休整呢。他当即指示周冠五，立即给工人放假三天，休整一下再干！

那时周冠五天天泡在工地上指挥作战、参加劳动，累了也不肯走，搬一只凳子坐旁边看。有一次午饭的馒头不够分了，周冠五顺手把自己的两个馒头塞到工人手里。

扩建工程竣工，朱德来视察时高兴地说："我们在工业上不能再被动落后了，美国英国先进，他们不也是两个肩膀扛一个脑袋吗？没啥子了不起！你们的行动证明，我们中国人不比他们笨！"

3

正是在彭真等领导同志的殷殷告诫下，尽管处于全国"大跃进"、到处"放卫星"的狂热气氛中，在石钢，以肖平、周冠五、白良玉、安朝俊等人为首的一批精英始终保持着冷静、清醒的头脑，并严格按科学精神、科学准则办事，绝不容许扩建工程有一丝一毫的假大空和粗制滥造的事情出现。新建三号炼焦炉需用的耐火砖达1.3万吨、300多个规格型号，施工完成后，经严格检验所有砖缝都合乎规定，一丝空气都不透。4.3米高的炭化室大墙要求垂直度不超过正负3毫米，建成后测量人员惊呼，简直就像吊线一样笔直！事后证明，这座在"大跃进"中建设的炼焦炉由于质量超高而出乎意料地"健康长寿"。当时世界上的炼焦炉炉龄一般限定为15年，全国各地同期投产的大型炼焦炉，10年内进行大修的占47%，其余的也不过挺了十几年。而石钢的三号炼焦炉竟然连续服役34年，直至1992年才停炉大修！

新建三号高炉的综合质量之高也是惊人的，刚刚开炉的阶段虽然有些这样那样的调整与修补，但它一直安全运行了11年才进行大修，成为石钢高炉大修期首破10年大关的"英雄高炉"，大修拆炉时人们发现，炉底的12层粘土砖、高铝砖、碳素砖，经11年的炽烈铁水侵蚀，下面四层仍然完好无损，没有丝毫的渗铁现象，这在世界高炉冶炼史上也是罕见的。

又是奇迹！

1959年5月22日，三号炼焦炉炼出了第一炉焦炭。第二天，容积达963立方米、石钢最大的新建三号高炉炼出了第一炉铁。家属孩子都没见过这么高这么大的高炉，点火那天都跑来看热闹。6月7日下午，石钢员工代表和各兄弟单位代表共计两千余人在厂内的五一剧场隆重集会，庆祝"三大战役"取得圆满成功。时任北京市委书记处书记、副市长的万里到会发表了热情洋溢的讲话。

1961 年，石钢又建成一座设计能力 30 万吨的小型轧钢厂，结束了石钢"有钢无材"的历史，不过，这里面也有一段令人倍感耻辱的故事。

轧钢厂的唯一一条线材生产线是中方花重金从苏联引进的，连车间地板都是以设备价格买进的。设备《说明书》上称年生产能力为 30 万吨，每秒射出线材 16 米（当时国内其他厂家每秒最多射出线材两三米），大家最初都挺高兴，打心眼里感谢"苏联老大哥"。可是，1960 年苏联方面撕毁协议，撤走全部专家，石钢的轧钢厂建设突然陷于停顿，线材设备搞了一半就扔那儿了。石钢人憋了一肚子火，那就自己干起来！

轧钢厂草草建成投产了，但因设备先天不足，生产极不稳定，事故频发，射出的线材闪电似的乱飞乱卷，打得稀巴烂，人不敢靠前，有一次烫人的钢条嗖地从一位工人的腿肚子穿过去了。

石钢技术人员犯了难，只好把全国同行业的专家请来共同商量怎么调整修好这条生产线。可面对这台野马似的设备，谁都束手无策。工人火大了，说它就像"喝醉了的老毛子，沙皇和列宁都管不好！"

到年底一统计，设计能力 30 万吨，实际生产不到 3 万吨，而且多是废品。石钢一气之下把生产线停了，由自家人组织力量攻关，历经数年改造革新，这条生产线几乎完全成了"中国制造"，年生产能力达到 96 万吨。

改革开放以后有俄罗斯专家前来参观，首钢陪同人员说起这条生产线的来历和故事，俄罗斯专家耸耸肩膀，面带尴尬，半开玩笑说，就因为苏共对不起中国兄弟，他们才下台了。

三、石破天惊："大跃进"失败了，"大包干"成功了

——"石景山原来是一座火山！"

1

行走于首钢九十年的风雨历程，我发现，1958 年对于全国人民来说，是充满惨痛记忆的一年。在首钢，这一年却成为光芒四射、具有标识性意义的一年。

这一年首钢实行的"大包干"和全面展开的扩建工程"三大战役"，使首钢人的想象力、创造力、意志力像火山一样喷发出来。他们第一次认识到自己能够改天换地的伟大力量，第一次意识到自己可以掌握自己的命运，第一次知道凭借雄心与人才、科技与苦干，完全可以闯到中国甚至世界钢铁业的最前列去！

这种发现把他们自己都吓了一跳。

这一年，是首钢精神的大发现、大锻造、大爆发。

这一年，让首钢人雄心陡长，壮志凌云。

这一年，成为首钢历史进入超常规、跨越式发展的重要拐点。

这一年，他们发现，石景山原来是一座火山！

1958年在全国展开的"大跃进"狂潮，包括"人民公社"和"大炼钢铁"运动在内，是一次脱离实际、不讲科学、好高骛远、好大喜功、假大空和浮夸风盛行的既愚昧而又肮脏的运动，是共和国历史上不堪回首的一页，最终以失败告终，并直接导致了"三年困难时期"的大饥荒和上千万人的死亡。

令人感佩和惊叹的是，首钢人和他们争来的"大包干"，从思想到观念，从机制到实施，都与这次悲剧性的"国家行动"拉开了距离！

尽管也有局部和少数的蛮干和失策，但总体上他们以严谨的科学态度和敢想敢干的勇气，创造出首钢历史上第一次大规模、全方位、跨越式的发展奇迹，培育了不屈不挠、艰苦奋斗、勇争第一的首钢精神。

共和国的"大跃进"失败了，而首钢的"大包干"成功了。

在蔓延全国、遗害深重的"大跃进"狂潮中，首钢犹如凌霜傲雪的一枝红梅，"风景这边独好"。

2

上世纪六十年代，西方一些发达国家为节省焦炭、降低成本，开始研究高炉喷吹附加燃料技术，主攻方向是喷吹重油、天然气和煤粉。1963年，冶金部召集有关部门和单位研究高炉喷吹附加燃料新技术，安朝俊从我国国情出发，提出应选用无烟煤粉作为喷吹附加燃料。冶金部深表赞同，并批准在首钢进行试验。

安朝俊立即组织起一个精干的科研小组开始攻关。

鞍钢一向被视为中国钢铁业老大、有"钢都"之称的鞍钢自然不甘落后。他们大概太急于求成了，诸多安全措施没有考虑进去，进行高炉喷吹试验时，煤粉罐发生大爆炸，两位工程师当场牺牲，事情震动北京，冶金部对这一重大事故通报批评并对这项试验紧急叫停。一些专家认为，依中国冶金业目前的科技水平和科研能力，这个试验是搞不下去了。

性情温文尔雅的安朝俊在科学问题上，却有一身铮铮作响的硬骨头。作为首任总工程师，在石钢所有突破性、创新性的重大科研项目上，他都抱定"我不下地狱谁下地狱"的决心与恒心，率先垂范，领头往前走。鞍钢在试验中死了人，他仍不死心。时任炼铁厂厂长的丁书慎也不死心，他与安朝俊商量，能不能到鞍钢搞搞调研，查明什么原因导致爆炸，以便改进。随后，安朝俊委派丁书慎、工程师杨春山、濮存蕙前往鞍钢考察。归来后，安朝俊与一批科研人员细心研究了鞍钢试验的失误之处，在喷煤粉系统施加了喷吹管的"回火自动闭锁装置"等三道"保险阀"。

经反复调试，一举成功，世界领先！

又是奇迹。

上世纪80年代，由工程师魏升明、仲德贵牵头，对喷煤粉技术进行再度创新，进一步补充了使用烟煤和粉碎、输运、喷吹"一条龙"化的成套技术。

3

石钢人向中央要来的"大包干"政策，是对中国铁板一块的计划经济体制的一次大突破，是社会生产力和人民群众创造力一次火山喷发式的大解放。

这个伟大的超越性的尝试和实践，比改革开放的第一声春雷——小岗村包产到户经验——早了整整20年。石钢的东大门正对着长安街，石钢热气腾腾、锐意改革创新的勇敢实践，对长安街是完全敞开的，石钢距离中南海并不遥远，只有17公里。假如毛泽东能够充分注意到石钢"大包干"的成功尝试，假如我们国家能够及时推广石钢经验，当代中国的历史就可能改写了。

可惜历史不能假设。

那时，党中央在武汉召开了一次会议，会上毛泽东谈到石钢大包干的成就时曾大为赞赏，说看来"在基本建设中，投资包干是个好办法"，但只是说说就过去了。

春雷只响了一声，春天就过去了。

石钢的"大包干"与共和国擦肩而过，犹如茫茫夜空中划过的一道闪电，转瞬即逝，只是在历史记忆中刻下那难忘的耀眼光芒，并给人们留下无尽的遗憾。

以农业立国的中国，也许命定了革命与改革必须从农村开始。

四、丁书慎骑驴找矿：愚公移山的壮举

——火车来了："这么大黑家伙，站起来得多大劲啊！"

1

那个年代，石景山上空一直飘浮着滚滚黑烟，用当时中国诗人和中小学生作文中普遍使用的一句话来形容，就像"一朵朵盛开的黑牡丹"。为了"打倒美帝国主义和一切反动派"，为了"解放世界上三分之二的劳苦大众"，为了"十五年内赶英超美，跑步进入共产主义"，石钢工人的脸越来越黑了，地面上飘落的黑红粉尘越来越厚了。

当时的口号是虚妄和可笑的，石钢的发展却是实在和跨越性的。随着雄心越来越大，石钢先天不足的两大短处越来越成为制约发展空间的瓶颈：前无矿，后无钢。1958年"大包干"的"三大扩建工程"解决了"恨铁不成钢"的下游发展问题，但上游问题日渐尖锐：产铁的能力越高，意味着吞吃矿石的"饭量"也越来越大，三座大高炉日夜吞云吐雾，龙烟公司原来据有的那点赤铁矿显然不够吃了，那就到处买吧。

运送铁矿的"专列"轰轰隆隆从全国各地向石景山昼夜开进，最远处竟来自海南岛！吃"杂粮"的结果，一是矿石品种多了，质量很难保证；二是饥不择食，品位低了；三是贵了，当时每吨矿石价格60元，仅运费就占43元；四是到货不及时，高炉不得求食八方，难得一饱。

周冠五急得寝食难安，坐不住凳子，隔三差五就跑国家有关部委，吼着粗硬的山东腔要矿石——计划经济时代，一切都得靠国家调拨啊。时任冶金部部长助理的袁宝华（后任国家经委主任）问周冠五"这些天怎么瘦了"？周冠五没好气地说："你们吃大米白面，我吃石头还不给呀！"

1959年初，河北迁安县几位衣衫褴褛、面黄肌瘦的老百姓找到石钢，说我们县有铁矿砂，你们要不要？

要，当然要啊！时任石钢中心试验组（首钢技术研究院前身）主任的丁书慎听说了，立即找到周冠五建议，听说迁安老百姓来卖铁矿砂，应当去看看，说不定能找到大矿。

2月初，正是冰封千里的严冬，丁书慎和时任石钢副总经理的胡兆坤坐上一辆老式吉普，冒着大雪向迁安进发了。

2

胡兆坤是共产党的"接收大员"，来自解放区的一位老工人，他的一生一定有许多传奇故事，惜乎人已经不在了。

丁书慎，值得我们记住的首钢事业奠基者之一。老人今年91岁，比首钢还大一岁，浓眉雪白，身体削瘦，但精神矍铄，思维敏捷，记忆力很好，行动也不见迟缓。采访中他告诉我："去年我还能爬树呢。"

1918年，丁书慎出生于山东威海地区一个地主家庭，家里有三四十亩地。父亲很开明，是孙中山时期的国民党员，参与和资助过同盟会推翻帝制的斗争，还带头号召村里男人剪辫子、女人放足。他期望六个孩子都学有所成，不管你们参加哪个党派，只要能为国家复兴出一份力就行。结果书慎的大哥参加了国民党，曾任青岛市法院首席法官，后来当了国民党军中的军法处长，1957年被镇压。丁书慎的妹妹参加了共产党，跟着百万雄师过大江，后来到国防大学医院任职，今年82岁。

1934年，丁书慎到北平读高中，1937年毕业时报考了北平大学地质系，

咱们工人

铁血记忆·首钢九十年

体检都过了，再过十几天就要进故宫三大殿参加全国统考。正在租用的民房里昏天黑地背书解题呢，7月7日，"卢沟桥事变"爆发，战争开始了。那天夜里他听到郊外传来隆隆炮声，第二天一早赶紧爬到房盖上观察动静，只见天上日本的飞机一阵阵飞过去。3天后，就看到日本的坦克车在长安街和西单一带巡逻了。大学统考就此烟消云散，万般失望的丁书慎只好坐火车返回山东老家，路过廊坊时，从火车窗口看到许多日本兵嘻嘻哈哈打闹着在河边光屁股洗澡。

回到家乡不久，山东沦陷，国民党一个保安司令带兵撤到威海一带开展敌后斗争，满怀报国壮志的丁书慎报名入伍，当了文书，每天任务就是从收音机中收听新闻和中日交战态势，然后刻印成战报下发到部队。不过，丁书慎一直想读大学，将来为复兴国家做一番事业。后经山东国民政府教育厅"地下厅长"推荐，丁书慎千里迢迢绕道越南，准备去昆明就读西南联大。

一路千辛万苦走了两个月，到了昆明，西南联大因早已开学，拒收迟到的学生。丁书慎傻眼了。流浪了一些日子，又听说贵阳那边有一所大学，是撤到大后方的上海交大、北京铁路学院和唐山工学院合办的，他立即跑去报考入了学。

1944年大学毕业，丁书慎辗转到兰州一家小煤矿当了技术员。在国统区流亡挣扎多年，与沦陷区的家断了联系，家人都以为他命丧天涯了。得知他在兰州落脚，未婚妻丁秀英，一个从未出过远门的农家姑娘，冒着战火硝烟，穿过道道封锁线，勇敢演了一出现代"千里寻夫"的壮剧找到兰州，丁书慎惊喜万分，两人把铺盖一合就算结了婚。

抗战胜利后，国民政府派出大量"接收大员"飞到全国各地接收日伪工矿企业。丁书慎以"工务员"身份（就算"接收小员"吧），飞回山东分管一个地方小煤矿。没多长时间，国共两军的大战蔓延到山东，著名的孟良崮战役就在他分管的小矿不远处打响，工人们四散奔逃，丁书慎没什么事情可做，又带上妻子和两个孩子，越海跑到台湾基隆一家大铜矿公司作技术员，一年多后回到青岛一家橡胶厂当工程师。建国后，他很想回到自己的本行，经军代表同意，转到石景山钢铁厂工作。

3

1959年初，为了给嗷嗷待哺的石钢寻找矿源，丁书慎和胡兆坤坐着一辆吉普车，顶风冒雪向迁安进发了。

迁安是一片历史文化积淀相当深厚的地方，春秋时期，这里名叫"孤竹"，是一个小诸侯国。史载，齐桓公带着大军远征到此迷路了，宰相管仲找来一匹老马，信马由缰，让大军跟在它屁股后面走，"老马识途"的典故就是从这儿来的。

胡兆坤说，战争年代他曾在冀东打过游击，对这一带地形情况很熟悉。

到了滦河边，站在高高的堤岸上，见当地老百姓足有上千人，蚂蚁般在河滩地上涌动，他们一个个裹着破棉袄，挑着箩筐，在地上凿冰扒雪挖黑砂子（即含铁矿砂），挑回家以后用锅炒热以去掉水分，再用磁铁把含铁量高的铁砂沾出来，汇集成堆卖给收购站，以此赚取一点生活费用。

丁书慎感慨地说，那时老百姓太穷了，在迁安县城和山区里，能看到很多颈部鼓着大包的大粗脖走来走去，那是缺碘造成的。不少老乡家除了一口破铁锅、一套破棉絮，连炕席都没有，孩子饿得哇哇哭。有的人家连铁锅都没了，一问，说是拿去砸碎大炼钢铁了。听了这些话，丁书慎心里十分难过，国家太缺钢铁了，得赶紧找矿啊！

丁书慎和胡兆坤找了个向导，沿着滦河一路寻找矿脉，夜里就住在老乡家。那天夜里走到大石河地区二郎庙村附近，刚啃了两个糠菜窝头，那里的老乡听说他们是来找矿的，就说隔着一个山头，那边就有打钻的，肯定是勘探队。丁书慎大为兴奋，立即向老乡租借了一头毛驴并请老乡带路，冒着严寒披星带月翻山越岭赶过去。果然，那里有个隶属冶金部地质局的"503勘探队"，总部设在滦县。经介绍，丁书慎了解到，这是一片巨大的磁铁矿区，绵延上百里，虽然含铁量较低（约为30%），但储量达20多亿吨，而且覆盖层薄，易于开采。丁书慎大喜过望，回程路上，骑在毛驴背上竟然哼起了家乡小调。那时，天已经快亮了。

4

春风吹拂的日子，石钢数千人大军和天津铁路学院一批大学生，高举红旗，浩浩荡荡开进迁安。隆隆的轰山炮声，宣布矿区建设大会战打响了。

矿区建设之初，必须先搞路通、水通、电通，首要的是路通。那里是山区，山高林密谷深，人烟稀少，从矿区到最近的卑家店火车站有30多公里，经考察，建一条铁道线要修筑30多处桥梁和涵洞。而且必须抢在洪水期到来之前完成所有底部基础工程，否则石钢人的雄心和今年的计划就会泡汤，而此时距洪水期只有两个多月时间了。数千人住的是草棚马架帐篷，吃的是露天五尺开口的超大型铁锅做出的窝头玉米粥和咸菜，那时没有多少筑路机械，就是有也运不进去，只能靠人海战术，拼意志体力。这里已经不用再细述石钢人大会战的拼搏精神了，仅用半年时间，他们硬是靠镐、锹、钎、锤和抬筐，先后削掉了十几座山头，填平20多条沟谷，修筑37座大小桥涵，挖运土方300万立方米。1959年11月23日上午，矿区举行了隆重的通车典礼，当司机开着火车高鸣汽笛，从铺着树干当枕木的铁道线开过来时，人们心惊肉跳地看到火车头和车厢直摇晃……

当地老百姓从来没见过火车，看它呼哧呼哧喘着粗气，拉着十几车厢矿石轰轰隆隆开过来，有人惊叹说："这大黑家伙趴着拉这么多东西，站起来得多大劲儿啊！"

1960 年 4 月，三条通往采矿场的铁道线也宣告通车，第一台采矿电铲坐着火车上了山。

为节约选矿厂用水并重复利用，同年 5 月，石钢人又建成了一个容积为 3600 万立方米的大水库和长 570 米、高 14 米、基础宽 68 米的大坝。9 月，使用混凝土近 7 万吨、安装设备总重 1300 万吨的一座选矿厂也拔地而起，到年底即生产精矿粉 6395 吨，工人们笑称，石钢第一次吃上了自己的"精白粉"。

高炉有"精粉"吃了，工人们却没粮吃了。那时中国已经进入"大跃进"之后的"三年困难时期"，土地荒芜，饿殍遍野，石钢以及迁安会战大军饿着肚子拼体力，所有建设项目都提前完成，庆功表彰大会一个接一个，这是何等难能可贵的精神啊！

回顾那段历史，只有两个字可以概括：悲壮。

骑着毛驴找矿的丁书慎，后来的命运则更为悲壮。

迁安大会战期间，他一直坚守在工地上和工人们一块拼命，住工棚啃窝头。改革开放以后的宣传材料上，都标注他是迁安矿区大会战的"副总指挥"，丁书慎苦笑着对我说，其实那时我啥也不是了，仅仅就个工程师，连厂部中心试验组主任的职务也没人提了。

为什么？你是找矿的大功臣啊！我惊问。

丁书慎说，因为我哥哥前两年（1957 年）刚刚被枪毙，我的家庭出身是地主，父亲是国民党员，亲戚关系复杂，解放前我还在国民党管辖的企业里干过，又到过台湾，一直背着"历史不清楚"的政治包袱，这样的家庭背景和经历，能用我吗？那时我也就像个农民工吧。

1960 年，周冠五紧急电令丁书慎速返北京，任命他为炼铁厂厂长。

丁书慎回忆说，我是个喜欢做事的人，闲不住，愿意啃硬骨头，周冠五给了我干事的平台，为此我感谢他。但我也知道，我是临危受命，去管"大跃进"造成的乱摊子。那几年高炉带病作业，过度消耗，已经千疮百孔，弱不禁风，事故频发。我是一屁股坐到火山口上了。上任之后，我开始一道道工序的整顿、修复，恢复科学生产和科学管理。在炼铁厂的那几年，是我在首钢最受苦的日子，累得几乎爬不起来，还饿得浑身浮肿，几次晕倒被送进医院里。

现在他右颊上还有一块青斑，那是他从高处跌落下来脸部着地摔的，铁沫子扎进去了，所以几十年来一直是青的。我开玩笑说："也许因此您体内的含铁量比较高，才这么结实吧？"

老人哈哈大笑，声震屋瓦。

1977 年，丁书慎出任迁安矿山公司经理，时年 59 岁的他干得生龙活虎，豪情万丈。他当过炼铁厂厂长，还管过矿山，两头都懂，于是他能够从炼铁的实际需要和"节能减排"的要求，不断对选矿技术进行自主创新。

中国铁矿储藏大多为贫矿，因此，对含铁量低的矿石进行冶炼前的初加工，去除矿渣，集中铁粉，再提供给高炉，就成为中国冶炼业节能、减排、提高生产效率和高炉寿命的一道重要工序。那时，丁书慎的妻子已经瘫痪在床（整整20年，1993年去世），可他长年远离北京的家，全身心投入到迁安矿区建设中，从技术、设备、工艺各个方面，创造出"细磨、水洗、分级、再磨"等一整套选矿系统，使精矿粉含铁量达到近70%。

冶金部一位专家跟丁书慎开玩笑说，你把精矿粉含铁量搞那么高，高炉就没用了！

5

丁书慎的一生似乎总不太顺利，命运总是不肯眷顾他：想考北大，七七事变发生；想进西南联大，因路途辗转被拒收；战乱中跑到台湾谋生，回到大陆又不算离休干部；1965年，中央决定调首钢党委副书记白良玉去建设攀枝花钢铁厂，调总经理周冠五去建设酒泉钢铁厂，其时北京市委书记处书记郑天翔已找丁书慎谈话，准备让他出任首钢领导，"文革"很快爆发，他被关进"牛棚"……

在首钢，丁书慎当了多年劳模，被誉为屡战屡捷的一员虎将。但进入改革开放时期以后，因周冠五对他在矿山的某些工作不太满意，1978年丁书慎被免去矿山公司党委书记一职，那时他还挂着首钢副总工程师的虚职，矿山不能干了，那就回总公司做点杂务吧，可周冠五让他继续以首钢副总工程师的名义，管管矿山的事情。

不在其位，不谋其政。丁书慎说，事实上我什么事也管不了，也没什么事情干，我住在矿山招待所里，整整坐了四年冷板凳，读了四年书。1982年，丁书慎办了退休手续，那时他连高级工程师的名分都没得到，老人黯然离去。

丁书慎是身体和脑子都闲不住的人，他的生命始终是一座熊熊燃烧的高炉。退下来以后，他还办了两件"中国第一"的大事。

无事乱翻书是他的习惯。有一天，在国内一本专业期刊上，他读到四川某研究所的一篇论文，说是在磁力作用下，经过粉碎的磁铁粉有聚合成团的现象。老人坐不住了，当即坐飞机跑到四川找到这家研究所，而这时，这家研究所觉得此项试验没什么开发前景，早已停了，设备都拆了。丁书慎激励他们继续搞下去，并让他们与首钢矿山公司联手进行试验。紧接着他和大家一起昼夜攻关，依据自己丰富的炼铁经验，他对这家研究所试验中原先采用的添加剂提出置疑，认为这会给炼铁增加一道工序，因加大成本而无法推广。他建议对添加剂采取隔离办法。

一个"磁团聚"选矿新工艺诞生了！

但在向国家申报科技创新奖时，项目主持人丁书慎的名字就是不许写上去，有关部门只好换了当时矿山公司书记的名字。直到现任的首钢党委书记朱

咱们工人

铁血记忆·首钢九十年

继民到任，这件冤案才得以昭雪，给丁书慎补发了 5000 元奖金。

另一件大事是，首钢不能干了，丁书慎就自己办了一个冶炼技术咨询公司，高伯聪等许多退下来的首钢专家都跑到他的公司来"发挥余热"。正值中国钢铁大发展的黄金时期，他和他的老朋友们又都是知名专家，他们忙得全国飞来飞去，无论到哪里，那些国企头头或私营老板对丁书慎都像见了老祖宗一样敬重，一言九鼎。听说安朝俊离休在家写了本书无钱出版，腰包鼓起来的丁书慎当即解囊相助。

一直干到 80 岁，累出一场大病，丁书慎不得不金盆洗手，退出江湖。我猜想，丁书慎大概是当时中国年龄最大的私企老板。

老人一生不顺，却活得坚强、挺拔、豁达、乐观。

这几年，老人还在干一件不大不小的事情，那天他读到一本《苏东坡传》，书中写道，苏氏两兄弟的父亲晚年曾带着诸多子孙，上山种了一万棵树，以求"绿荫常庇后人"，丁书慎大受启发和震动，古人能这么干，我为什么不能干呢。喜爱爬山的他一直酷爱在风雪中挺立长青的雪松。于是他到处打听，哪里能找到雪松的种籽。原来，入冬以后，雪松种籽落地，在树下就可拣到。老人冒着风雪严寒上山了，拣到的不多，干脆就登到树上敲松塔，后来又跑到北京植物园拣。拣够了，就悄悄栽到植物园一处坡下的空地里。那里的工作人员见一位老人来来去去，也不知他干什么，以为他是来消闲溜弯儿的，不管他。春天，一大片雪松绿芽旺盛地钻出地面。"他们不知道我在栽雪松，要是知道了肯定不让。等绿芽长出来了，他们也不好意思管了。"91 岁的老人大笑不止。这以后隔三差五，丁书慎就去浇水、施肥、除草。

现在，雪松成活了 500 余棵，大部分在植物园，少部分在他家的小区里，绿油油的一片，青翠喜人，已长到齐胸高。它们成了老人晚年的宝贝和最大乐趣，不过听说昌平要建老年公寓，他捐了 30 棵。

丁书慎说，我忙累了一辈子，现在只剩下一个心愿了，就是给后人留下一片绿荫。

典型的首钢人和首钢精神。

第八章 "首钢的历史钢浇铁铸，谁都推不倒！"

- 黑云压城城欲摧：一切都乱套了

- 十年寒冬：共和国经济"破冰而行"

- 铁血记忆：万里的亲情与朱德的告别

一、黑云压城城欲摧：一切都乱套了

——周冠五：“我打鬼子时，你们还尿炕呢！”

历史剪影

1965 年 11 月 10 日，上海《文汇报》发表了姚文元的《评新编历史剧
<海瑞罢官>》，揭开了“文化大革命”的序幕。

1966 年 5 月 16 日，中共中央政治局扩大会议通过“五·一六通知》，标
明“文化大革命”全面爆发，中国大难临头。

6 月 1 日，《人民日报》发表社论《横扫一切牛鬼蛇神》，2 日发表社论《触
及人们灵魂的大革命》，中国自此陷入全面动乱。

1966 年度，中国钢产量 1532 万吨，铁产量 1334 万吨。

1968 年度，钢产量骤降至 904 万吨，铁产量降至 857 万吨。

灯光血红，烟雾血红，眼睛血红，因为记忆是血红的。

墙上刷着“油炸大走资派周冠五！”“绞死大地主狗崽子周冠五！”而且名
字用红墨水血淋淋地打了叉。几个戴红袖章的造反派挥舞着铜扣皮带，疯狂地
抽打着周冠五的脊背。

周冠五头朝下，趴在一条长凳上，两个人死死按住他的双手，不许他动。

“老实交待！你是不是反党反社会主义分子？”

“不是！”接着皮带一阵猛抽。

“1965 年那会儿，你为什么带队去日本访问？搞了什么秘密勾当？把什么
情报交给日本人了？”

“那是正常访问。抗战期间我参加救亡运动，打了八年鬼子，怎么可能搞
什么秘密勾当？那时你们还尿炕呢。”

“老实交待！首钢是不是让你搞成了封资修的老窝？”

“首钢是社会主义的，首钢的历史钢浇铁铸，谁都推不倒！”

“死不改悔的走资派，今天就叫你见阎王爷去！”

皮带、镐把都上了，脊背上鲜血淋漓。

周冠五晕过去了。

"装什么死！"一只穿着翻毛皮鞋的脚猛踹过去，周冠五从长凳上滚落到地上，嘴角流着血，一动不动。又一只脚朝他的胸部踢过去，周冠五哇的一声惨叫，右胸第 8 根肋骨断了。送到首钢医院，造反派强逼医生把诊断书改为"陈旧性骨折"。

那真是死去活来的日子。

高伯聪也被押在牛棚里，听说周冠五的肋骨被踢折了，一次批斗会上，两人同时被押送到会场后台，乘打手们不注意，高伯聪小声关切地问他："怎么样了？"

满脸伤痕的周冠五，嘴角微微一翘，笑了，摇摇头，意思是没事。这一笑给高伯聪留下极深的印象，这家伙不愧是从战场上杀出来的，一个铮铮作响的铁汉子！

"文革"中，首钢被迫害致死的干部职工共计 57 人。

1970 年 4 月 29 日，周冠五从牛棚中被"解放"出来。无权做事，只能一边参加劳动，一边阴沉着脸东走西看。这是他倾注满腔心血干了 20 年的地方啊！现在被文革折腾得满目疮痍，大字报大标语的破纸到处乱飞，高音喇叭天天刺耳地叫喊着"打倒"、"批斗"、"千刀万剐"之类的口号，山头林立的造反派组织隔三差五血战一场，图书馆和档案室被抄，大量书籍和历史

四炉开炉典礼

档案遭焚烧，工人上下班迟到早退，高炉设备带病作业，大小生产事故不断，批斗会一个接一个，首钢造反派甚至杀到社会上，先后参与冲击北京市委、砸烂北京公检法、火烧英国代办处、围困中南海、揪斗刘少奇等重大犯罪活动。

周冠五从牛棚中放出不久，首钢连续几天出了几次大事故，断电、着火、爆炸、停产……1970年，首钢全年发生事故2920件，其中大事故35件，死亡5人，重伤47人，住院276人，烧毁电机105台，损失近340万元。迁安矿区因事故停产6天，少产精矿粉18000多吨。厂里乱成这个样子，回到家里，周冠五吃不下饭睡不着觉，老伴让他上床休息，他躺着躺着，常常忽地腾身坐起，呆呆坐了一会儿又躺下，躺下再坐起。老伴问他怎么啦？

周冠五长叹一声，再这么折腾下去，厂子就毁了。

1971年5月连续几天，首钢又爆出四起大事故，事故惊动中南海，周恩来大为震怒，在有关报告上批示："只讲修复，不讲损失多大，更不谈事故原因，应即总结经验，在全厂动员，加强必要的操作规程的管理和群众监督。如属政治事故，更有动员全厂加强警惕的必要。"主管工业的副总理余秋里曾多次来过首钢，接到总理批示，他知道，要想有效扭转首钢的混乱局面，必须起用原来的领导干部，驻厂的军代表让他们带带兵、搞搞军训还行，搞生产还得找懂行的。炼铁炼钢是高危行当，首钢又坐落在首都，"文革"搞得天下大乱，"老和尚打伞——无法无天"。首钢一旦出大事，毛泽东问罪下来，谁都承担不了。

余秋里专程到首钢做了一番调查研究，并私下同驻厂军代表打了招呼。正是在这样的背景下，周冠五以"革命领导干部"的身份重新出山，进入"三结合"（即由造反派、老工人、革命领导干部三部分代表组成）的首钢革命委员会，任主管生产的副主任。

虎虎生威的"魔鬼"一旦从瓶子里放出来，就再也收不回去了。周冠五那高大的身躯自有一种威镇四方的气势，一上台，造反派头头们立刻成了缩头乌龟。大会小会，周冠五大声疾呼，毛主席说了，要"抓革命促生产"，我们首钢成年累月守着几个"大炸弹"过日子，必须迅速恢复生产秩序，保证安全，提高产量。老谋深算的他借用"文革"吓人的大帽子吓唬那些造反派头头儿："无论你是哪个山头的，谁破坏生产，谁把高炉搞炸了，谁就是想炸中南海，就是想炸伟大领袖毛主席，就是反革命！首钢革命群众就一定把你打翻在地，再踏上一万只脚！"

他在牛棚里没白学，会上甩起这些词就像当年在战场上甩手榴弹，比造反派还熟。

各项规章制度重新发威，生产秩序得到有效恢复。

二、十年寒冬，共和国经济"破冰而行"

——新四号炉与首钢的"茶壶风暴"

对于当代青年来说，"文革"已经如同"恐龙时代"一样遥远了，以我的亲身经历做些背景介绍是必要的。

那时我是一个出身不好的"红卫兵"，根红苗正的"革命造反力量"不太需要我。大串连风潮骤起之际（1966年夏），我从哈尔滨出发，坐火车乘汽车一路南下，沿途各大城市都下车游玩一番。火车被红卫兵们挤得水泄不通，我从车窗爬进爬出，睡过车厢上的行李架，睡过车座下肮脏的地板。每到一个城市，按照毛泽东的命令都设有专门的"红卫兵接待站"，管吃管住不花钱。我曾在北京颐和园的长椅上发思古之幽情，曾在天津"狗不理"包子铺吞下一斤香喷喷的包子，曾在武汉东湖沉醉于花红柳绿、碧波万顷的美景，曾从杭州西湖岸边刷的大标语"游山逛水的狗崽子们滚回家去闹革命"上面，昂首阔步踏过去，呼叫船娘，于细雨霏霏中畅游三潭印月，曾在上海一所中学校园里打过一场标准的"全国中学生篮球大赛"——因为上场的是来自全国各地的红卫兵，曾在广州越秀山公园的露天游泳池里奋臂击水……

出门时是1966年盛夏，家里给了20元人民币，周游半个中国后，回到家里已近深冬，我的口袋里还剩8.4元。期间毛泽东8次在天安门广场接见红卫兵，我一直在祖国各地忙着游山玩水——因此这辈子除了电影电视，就再无缘见到他老人家。

我所以回顾这段历史，是要提出我曾久思不得其解的一个疑问：中国乱到那种程度，数千万无法无天的红卫兵到处乱窜，煽风点火，还免费乘车，免费吃住；几乎所有的领导干部被打倒并被戴上高帽游街批斗，各级党政机关全部瘫痪；武斗的枪炮声震撼大江南北；大学关门，中学停课，难以计数的知识分子和科技人员被关进牛棚或送到五七干校；数千万中学生被驱赶到边疆农村上山下乡……这种祸及全社会的大动乱放在任何一个国家，肯定早就垮掉了，可中国经济虽然已经"接近崩溃的边缘"，竟然摇摇晃晃一直挺着，挺了整整10年，终于挺到"拨乱反正"，迎来改革开放的历史新时期。

这简直是人类文明史上最另类、最不可思议的一个奇迹！

什么原因？！

此番来首钢采访，我终于看到藏在那个时代深处的"谜底"：

十年"文革"动乱期间，中国亿万工人和农民依然在辛勤劳作，首钢的转炉高炉一直在熊熊燃烧，钢铁的洪流一直在滚滚奔泻。腥风血雨之中，首钢的干部、知识分子和工人尽管饱受摧折、饱经凌辱，首钢尽管已经成了泥足巨人，它依然在不屈不挠地艰难前行。

共和国的钢铁心脏，仍在顽强地跳动！

进入上世纪60年代中后期，首钢已经形成年产铁130万吨、钢近100万吨、轧钢38万吨的生产能力。但由于没有初轧机（现在因技术全面进步，已取消"初轧"这道工序），首钢生产出来的钢坯不能直接用于轧材，只好分别发往山西、湖北、辽宁、广东等地加工，而首钢需要的钢坯还得从鞍钢调入，这是计划经济体制造成的最典型的恶性循环，致使国家运输压力大增，生产成本大增，这让首钢人大为苦恼。

于是你闹你的"革命"，我搞我的会战。首钢人掀起一场十里钢城之内的"茶壶风暴"——"850"初轧工程大会战。这是与厂墙之外、遍及全国的"文革风暴"完全背道而驰的、罕见的、抓科研促生产的"风暴"。

1968年12月，大雪纷飞，冻云欲裂，冻土如铁，一镐抢下去，地面直冒火星，只刨出一个白点儿。9万立方米的土方量就这样硬啃下来了。短短数天，又完成了3万立方米的混凝土浇灌。进入安装阶段，近3000立方米的混凝土预制构件，1300吨的金属结构，4000吨的机械设备，靠人拉肩扛，在工人们的震天呼吼中一步步到位。在那样混乱不堪、无法无天的年代，首钢人创造了无法想象的奇迹：密布如网的数千条地脚螺栓，丝丝入扣；电气设备走管数千米，上万个接头无一接错，一次送电成功；4公里长的输水管道，所有焊口无一漏水，一次试压成功；数百台设备安装到位后，全部一次试车成功。

1969年，建国二十周年大庆前夕，北京火车站挤满了上山下乡的知青和哭哭啼啼的家长，街头巷尾到处飘飞着大字报大标语的纸屑和肮脏的尘灰，而在十里钢城，正在召开庆祝初轧厂胜利竣工和喜迎国庆的万人大会……

与此同时，1969年2月，迁安矿区大规模续建工程也打响了。四千多人的誓师大会之后，工人们爬冰卧雪，移山填谷，以"蚂蚁啃骨头"的精神和人海战术，多次战胜山崩和塌方的危险，新开辟了二马矿、水厂矿等多个易于开采、储量丰富的矿区。1979年，在荒山野岭中昂然崛起的首钢迁安矿区，共有22个选矿系列建成投产，全年采矿量1200万吨，生产321万吨精铁粉，品位达到68%。首钢的迁安矿区一举跃居全国黑色冶金矿山的首位。首钢不仅实现了矿石自给，还开始支援其他钢铁企业。

"文革"前的首钢只有三座高炉：一号炉是创办人陆宗舆从美国买来的，二号炉是日本人从国内拆运过来的，三号炉是"大跃进"中实行大包干期间建的。1970年6月破土动工的四号炉于1972年10月15日点火开炉，容积1200立方米，年产铁85万吨。"文革"10年，首钢还有十多项重大科研创新成果问世，后来先后获得国家发明奖。

大灾大难之中，首钢人顽强坚守着自己的阵地。

三、铁血记忆：万里的亲情与朱德的告别

——"离去时，总司令的眼角闪着泪光"

早晨，烟熏火燎、热气逼人的首钢机械厂铸铁车间，班前会开始了。五大三粗的班长一声吼："站直喽！"

二十几个身穿"麻袋呢"工作服的工人刷地站得笔直——而班长自己横歪着膀子斜叉着腿，永远站不直。接着，他背转身举起红宝书，向贴在墙上被烟火薰得黑乎乎的毛主席像带头鞠躬："首先，敬祝伟大领袖毛主席万寿无疆！"

仪式搞完，班长回过身开始布置今天的生产任务：谁谁干什么，谁谁干什么。然后他转过头对一位老工人说："老万，你年龄大了，就帮老李他们打打下手吧。大家也多照顾照顾老万，走资派也是人嘛。"

"是，谢谢班长！"个子高高的、同样身穿"麻袋呢"工作服的老万闻声立正。

这位"老万"就是万里。1969年12月4日，时任北京市委书记处书记、副市长的万里被发配到首钢机械厂铸铁车间"劳动改造"——铸造工是机械行业各类工种中最苦最累的活计之一，足见"劳改"强度之大。

劳动开始了，撮砂子、搬芯子、打芯子、刷铅粉、抬砂箱，样样都是要命的累活儿，56岁的万里样样都不肯落后。下班时大家都浑身臭汗、满脸黑灰，万里和小伙子们成一个模样了，工人互相逗："这时候老婆要来找咱，都分不清谁是她老公了。""我这没老婆的可就占便宜了！"万里和大家一起哈哈大笑。

下班了，他和工人们一起脱得精光，滑进热烫的、几乎像泥汤子一样的澡塘里洗澡。老工人孟庆具是个热心肠人，他怕万里受不了这样的苦，心情又不好，便热情邀请万里到家里做客散散心，招待的饭菜无非是散装二锅头加豆芽、白菜、土豆、窝头什么的。过些日子，万里特意买了两瓶好酒和一只烧鸡，专程前往孟庆具家答谢。短短几个月，万里和工人结下深厚的感情，每周六他乘坐37路公共汽车回家，家住城里的青年工人李德生都主动跟他一起走，暗中保护他的安全。

那时万里虽然是"下台干部"，但余热犹在，余威尚存。复员军人杨文会在为妻子和两个孩子办理户口手续时，正碰上造反派组织夺权，手续遗失，一

家 4 口吃一个人的定量口粮，穿一个人的布票，全家陷于饥寒交迫的境地。万里闻听，亲自到杨文会家看望并给予尽可能的资助。不久万里回到市里工作，他亲自领着工作人员跑市革委会、工交组、政法组，直到户口簿交到杨文会手上。事隔数十年，杨文会仍然感激万分，说万里"救了我一家人的命"。

万里恢复工作后，与机械厂领导约定，有什么困难就去找他，最好在星期一上午他集中看文件的时间，没人打扰。万里还多次回首钢看望他的那些工人朋友，见了王树元依然亲亲热热地叫"老班长"，他也多次请工人到家里做客，一家人和首钢工人都成了朋友。后来，万里得知自己要调往南方工作，专程到老工人孟庆具家告别，并留下自己的电话号码，说有什么事情就打电话给他，他会尽力的。

万里的车开出老远，孟庆具还痴痴地站在家门口流眼泪。

和首钢工人们在一起，是万里"文革"中最开心的日子。

首钢也是朱老总心中最深的牵挂。1949 年 7 月 1 日，为庆祝当时的石钢全面恢复生产，刚刚从西柏坡迁入北京的朱总司令就专程赶到会场表示祝贺。从那以后，朱老总就同首钢结下不解之缘。1955 年，朱老总到石钢搞调研时，得知两位老工人家庭生活十分困难，事后派秘书专门给这两位老工人送来了个人拿的资助金。

1972 年初，正值"文革"动乱之际，年近九旬的朱老总在康克清的陪同下，第十九次也是最后一次到首钢视察。他顶着寒风，拄着拐杖，颤颤巍巍步行着视察了炼铁厂、炼钢厂、轧钢厂、电焊钢管厂和机械厂，见到工人，他动情地说："好几年不见了，好想你们啊，今天来看看你们！"老人或许知道自己以后很难再来了，他拖着抱病的身躯，不顾大家劝阻，恋恋不舍地走了一厂又一厂，看了一个又一个车间，每到一处都同那里的干部工人紧紧握手，关切地问大家工作和生活有什么困难，鼓励大家排除干扰，把生产搞上去。有的老工人曾多次见过朱老总，这次见老人身体已经那样衰弱，还拄着拐杖来看望大家，禁不住躲到后面悄悄抹开了眼泪。

周冠五等公司领导把朱老总一直送到厂东大门，人们发现，老总同送行干部紧紧握手告别时，眼角闪着泪光。

4 年后，朱老总与世长辞。

1991 年 11 月 22 日，由首钢出资兴建的朱德元帅铜像，在他的故乡——四川省仪陇县落成揭幕，把首钢人对朱老总的绵绵深情铸成永恒的怀念。

第三部

变革时代（1979—2009）

从泥足巨人到钢铁巨人

历史剪影

1977 年 8 月 12 日，中共中央主席、国务院总理华国锋宣布，以粉碎"四人帮"为标志，历时 10 年的"文化大革命"结束了。

1978 年 2 月 7 日，华国锋到首钢视察，并为首都钢铁公司和《首钢报》题写了厂名、报名。

30 年后出任中共中央政治局常委、国务院副总理的李克强，此时正在安徽省定远县插队，他在这一年考入北京大学法律系。与此同时，华南理工大学无线电专业招进几十个学生，其中有 3 个学生李东升、陈伟荣、黄宏生，十多年以后，他们分别创办了著名企业 TCL、康佳和创维。极盛时期，这 3 家公司的彩电产量占全国总产量的 40%。

1978 年 5 月 11 日，《光明日报》刊登了题为《实践是检验真理的唯一标准》的特约评论员文章。12 月，安徽凤阳县小岗村，18 位农民秘密签下了分田到户的"生死状"并按下血红指印。安徽省委书记万里到小岗村调研后，批准他们"包产到户干三年"。

自此，"要吃米，找万里"的民谣传遍全国。

1978 年 12 月 16 日，中共十一届三中全会召开。那是一个宁静如水的冬夜，邓小平坐在沙发里，一根接一根点燃指间的熊猫牌香烟，目光深沉地思考着中国的未来。他拿起铅笔，简略地记下一些讲话要点——譬如，关于"解放思想"，关于"实践是检验真理的唯一标准"，关于"以经济建设为中心"等等。所有这些要点后来都成为响彻中华大地的隆隆春雷，自此这个东方古国就不再沉睡。

1979 年更是大事连连。

1 月 1 日，全国人大常委会发表《告台湾同胞书》，宣布从即日起，停止自 1958 年以来长达 21 年对大小金门等台湾岛屿的炮击，同日，中美正式建交。

城市文化生活在迅速改变。

日本电影《追捕》、《生死恋》，南斯拉夫电影《瓦尔特保卫萨拉热窝》、墨西哥电影《叶塞尼亚》迷倒整个中国，冷硬的高仓健、洒脱的真由美、美艳的栗原小卷，打不死的瓦尔特，一夜之间成为青年一代的偶像。

邓丽君灌满整个中国的音箱，她甜美的歌声第一次在大陆唱响了人类之爱，并全面摧毁了中国的"阶级斗争文化"。

街头，姑娘们的裙子越来越短。港式喇叭裤和美国牛仔裤则把男青年曾经热爱的军裤横扫一空。

戴着不揭镜片商标的麦克蛤蟆镜，穿着喇叭裤，拎着录音机，播着邓丽君，是那个年月最酷的青春造型，虽然遭到媒体广泛的口诛笔伐，青年们仍毫不在乎地大行其道，满街横晃。

1978 年，中国钢产量 3178 万吨，铁产量 3479 万吨。

第九章 "经济责任承包制"：敢向潮头立大旗

- "三个百分百"的魔鬼训练：铁腕镇压"文革"遗风

- 记者暗访：7 时 50 分，"十万军团"瞬间消失

- "太子换狸猫"：绕过红头文件

- "历史就是一座高炉！"

一、"三个百分百"的魔鬼训练：铁腕镇压"文革"遗风

——为什么处罚救险英雄：铁律造就铁军

1

中国是善于制造口号的。

历史悠久的首钢像是口号的"博物馆"。

上世纪 70 年代末的十里钢城，在高高耸立的大烟筒、高炉、炼焦炉以及所有高大的建筑上，在每一根巨大的锈迹斑斑的钢柱和管道上，在街头巷尾、车间、办公室的墙壁上，到处残留着白灰或红油刷写的建国以来各个时期的口号。历经岁月磨洗、风雨侵蚀，所有的口号已经灰暗、模糊和破损了，犹如历史的碎屑与残梦。

有大量的"毛主席语录"；

有林彪题写的"大海航行靠舵手，干革命靠的是毛泽东思想"；

有"打倒党内一小撮走资本主义道路当权派"、"以阶级斗争为纲"、"抓革命促生产"、"狠斗私字一闪念"、"批林批孔"之类的"文革"口号；

有"人民公社是桥梁，共产主义是天堂"、"鼓足干劲，力争上游，多快好省地建设社会主义"、"以粮为纲、以钢为纲"的大跃进时期的口号；

在一些陈年老设备、老更衣室上，甚至还有"听毛主席话，跟共产党走"、"抗美援朝、保家卫国"之类的建国初期的口号。

1976 年秋，粉碎"四人帮"的消息还没公开，政治嗅觉极为敏锐的周冠五已经从报纸广播的缝隙中意识到政局的突变，并很快从中共高层得到消息。

他欣喜若狂，但不露声色，满脸还是吓人的黑峻表情。一天，他在厂区走了走，突然下达一个死令："三天之内，把厂区里所有的口号给我刷掉！"

"天哪，这个'周大胆儿'发疯了？想当反革命啊？"工人们边刷边铲边议论。

2

历史的长河、生活的流水不可能一刀两断。

历时十年的"文革"结束了，但"文革"遗风仍然在全国各地延续着。"造反有理"、"打倒走资本主义道路当权派"、批判"资产阶级的关卡压"，使得整个中国的国家机器和管理体系、法律和纪律全面土崩瓦解，中国又成了一盘散沙。

首钢东大门就像历史的写照，路过此地的人们几乎分不清首钢的上下班时间，十几万工人潮水般涌来又涌去，然后又像小河一样不断流进流出。

一个车间，一个部门的人，"文革"中分成好多造反组织派系，你抄过我家，我打过你一耳光，他贴过我大字报，甚至相互间动过刀动过枪。"文革"刚刚过去，派性犹存，人们还记着血海深仇，不服管、不配合、红着眼睛骂娘吵架、互相抢铁锹、拍板砖的斗殴事件时有发生，规章制度形同虚设，生产管理一塌糊涂。

灾难深重的中国，刚从"文革"动乱中苏醒过来，序曲初奏，余音犹存，旧的威权垮台了。新的秩序尚未建立起来，曾经是恐怖的混乱，现在是惯性的混乱。整肃纪律，严格制度，恢复正常秩序，成为中国百业待兴的当务之急。

周冠五对无法无天的混乱与纷争早已深恶痛绝。更何况，天天守着高温高压的炼铁炉、炼钢炉，就等于守着大炸弹过日子，已在首钢工作了近三十年的他，目睹了太多的事故与无谓的伤亡。工作之余，"文革"后即出任首钢党委书记的周冠五常在首钢院子里转，晾晒的衣服在风中飘荡，像五彩缤纷的"万国旗"，青年工人们东一堆西一伙戏耍逗谈，厂门口成群的迟到早退者涌来涌去，生产过程中大小事故时有发生……

十几万大军竟然像散兵游勇，怎么打仗？

周冠五眉头紧锁。他知道，婆婆妈妈的一般性说教，不痛不痒的举措，很难根治蔓延了长达十年的"文革"遗风，很难迅速有效地恢复制度和纪律，必须重拳出击，铁壁合围，严丝合缝，严到让大家吓一大跳、出一身冷汗的程度。

1980 年，周冠五在全公司干部大会上首次提出震动全厂、后来又震动全国的铁律："三个百分百"——

"每个职工都必须百分之百地执行规章制度；出现违规违纪，都必须百分之百地登记上报；不管是否造成损失，对违规者都必须百分之百地扣除当月奖金并给予处罚。"

建国以后，工人阶级当家作主了，还从来没有人敢这样"残酷无情"地整治"国家主人翁"，党委会上意见纷争，全厂职工代表大会也为此吵翻了天。

"三个百分百太绝对化了，连一点余地都不留。谁知道平时生活和工作里会出现什么意外啊？万一厂里厂外有什么事耽搁了怎么办？"

"犯了大罪判死刑还有个缓期执行呢，三个百分百一下子就把人打入十八层地狱了！"

"量罪判刑也得看后果，三个百分百不论是否造成损失就扣除当月全部奖金，太不讲理了吧？"

"扣本人奖金还不算，还要扣各级主管领导的，这不是打击一大片吗？"

国家部委里也有人认为"三个百分百"太过分了，他们在宣传首钢"承包制经验"材料上删去了最后一个"百分百"。还有省一级的地方领导在谈到首钢的"三个百分百"时，说首钢搞的是"阎王殿"，说那是"资本家对付工人的办法"。

3

周冠五冷着眼，坐在老板椅上纹丝不动。

所有这些反对意见，早在他的预料之中。他就是不动摇。动摇从来不属于他。有好心人建议说，周头儿啊，你得听听群众意见啊。

周冠五斩钉截铁地说，对不起，在这个问题上，我拒绝走群众路线！

他像一尊黑煞神，铁青着脸在大会上说：

"企业不可一日无制度。钢铁厂的一切都是钢浇铁铸的，规章制度也得是钢铁的！"

"有人认为三个百分百不讲理，我周冠五就是不讲理！在规章制度面前无理可讲。"

"有人认为三个百分百太过分，我看还远远不够，搞四个现代化，这仅仅是企业管理的一般性要求，是'文革'以后拨乱反正、恢复正常化秩序的必要措施。在执行三个百分之百的问题上，让我借用林彪的一句名言：理解的要执行，不理解的也要执行！谁敢不执行三个百分百，我就让你成为第四个百分之百：撤职查办！"

铁腕一出，杀气腾腾，高压之下，万马齐喑，人们都缩头不敢吭气了。

不久，焦化厂发生一桩严重事故，像是给周冠五的"三个百分百"做了个验证，让所有怀疑者不得不噤声了。死者是一个瓦工，38 岁。当时他正站在 4 米多高的焦化炉顶全神贯注地搞维修，下面就是拦焦机行驶的铁轨线（焦化炉形态如一栋楼，上部有机车灌煤，炉子的一侧是推焦机，负责把炼成的焦炭从炉内推出，另一侧是拦焦机，负责把推出的焦炭拦到料车里运走）。正在维修的瓦工没注意到拦焦机吭当吭当开过来了，司机也没发现他，结果拦焦机把他刮碰下来，眨眼工夫瓦工就被卷进铁轮之下，颅骨碎裂，肢体也四分五裂，鲜血流了一地。

工人在高处作业必须系安全带；在当时的技术设备条件下，拦焦机司机必须在有人瞭望的情况下才可开车……这些安全规定都明明白白写在纸上贴在墙上，可是，双双违规操作！

瓦工一家老少三代相拥痛哭，一窝蜂跑到焦化厂里"要人"，办公楼里哭叫声一片，大家都没法办公了。目睹这悲惨的一幕，"严是爱，松是害，出了事故害三代"，首钢人突然从中意识到"三个百分百"中蕴含的关爱与温暖了。

时任生产技术处处长的高伯聪注意到，厂区铁道线的守线栏杆与信号形同虚设，常有成群的员工钻杆抢道，历史上因此曾多次发生撞人撞车事故。1963年在厂小东门，火车就把环厂区而行的 81 路公共汽车撞出几十米远，十余个乘客受伤，高伯聪也曾目睹过火车撞死人的惨剧。贯彻"三个百分百"期间，高伯聪建议安全处长冯云龙带人到铁道线去抓那些钻杆抢道的人，"此风不刹，后患无穷。"第一次，一个小时抓到一百二十多人。厂务会上，高伯聪说，咱们不能"不教而诛"，请各分厂厂长把违纪名单领回去进行教育。

第二周，钻杆的人见了检查员就四散疯跑，检查员只好拿照相机把他们拍下来，但还是抓了近九十人，每人给予警告，并宣布"再犯者严罚不贷"。

第三周，又抓了七十余人，除全厂通报批评外，全部扣除当月奖金。消息传开，再无人敢闯铁道线了。文明习惯是长时间培育的，至今时近三十年，我到首钢采访住了半年多，铁道线每有火车将要通过，横杆一放，两侧行人车辆总是秩序井然。

4

首钢最初贯彻"三个百分百"期间，还发生了一个引起社会许多争议的故事。

周冠五把救险英雄罚了！一时间舆论大哗。

那天，炼铁厂修理车间起重班为二号高炉更换热风阀，巨大的吊车把 12 吨重的热风阀吊起并向一旁移动时，热风阀突然在空中旋转起来，一圈一圈不停地转，而且越转越快，眼瞅着粗大的钢丝绳拧出一个个麻花，一旦麻花拧断，热风阀掉落下来，后果不堪设想！正在地面上工作的老工人张德勤见状，飞步跑上二十多米高的平台，把身子探出铁栏杆，使出浑身气力一点点控制住热风阀的旋转，一场可能发生的重大事故避免了。可是，在万分紧急的情况下，他忘了系上安全带。

按规定，张德勤被扣除了当月奖金。这件事情被刊登在《工人日报》上，编辑部还配发了短评，高度赞扬首钢的严格管理。没想到在以后的一个多月时间里，编辑部、作者以及张德勤本人接到来自全国各地的六十多封读者来信，纷纷为张德勤鸣不平，认为张德勤在紧要关头冲上高台救险，是英雄行为，"做了好事还受罚，那以后谁还去学雷锋啊？"

为回答读者置疑，《工人日报》对张德勤进行了一次采访，问他本人作何感想。张德勤的回答显示了他对"三个百分百"和安全生产第一的深刻体认，他认为厂里对他的处罚是正确的："假如我为争分夺秒排除故障，一下子从高空掉下来，摔不死也得落个重残，那时恐怕同志们又该为我惋惜了！我们小组有个同志，在1979年一次高空作业时，因为没有拴好安全带被摔成粉碎性骨折，厂里家里都花了不少钱，至今卧床不起，全家人的美好生活被一条没系好的安全带给破坏了……"

读者信服了，争论就此结束。

还有一个有趣的小故事。星期天，焦化厂某车间一部分工人加班检修炉台，车间主任不放心，按党的要求，当头儿总得"吃苦在先、享受在后"嘛，于是放弃休息骑自行车赶到车间，和工人一起热火朝天干了起来。这时，安全员突然出现了，他发现炉台上的电源没有关掉。带电作业是违反规定的，他立即要求工人停止检修，关掉电闸再投入工作。安全员一脸严肃，拿出了违章违规登记表，谁应当对此事负责呢？当然是在场最大的官——车间主任。工人们一窝蜂涌上来为主任求情，"人家牺牲了休息日跑来参加义务劳动，还落了个罚，你就当特殊情况，高抬贵手吧。"事情反映到厂领导那里，结论是：按规定办，罚！

那个时代，每到清晨上班时间，北京长安街上就涌出广阔而密集的骑自行车的人潮。

贯彻"三个百分百"的结果其实不用再细述了。

首钢十多万人上班，海潮般涌来涌去，没有一个迟到早退的，不可思议。焦化厂、炼铁厂的职工休息室一向是最黑最脏最乱的，那里不仅窗明几净了，窗台摆上盆花，厕所还点了香。

可以说，"文革"结束初期，中国各地各级机关企事业单位普遍存在的一盘散沙和无政府状态，在首钢是以最早、最快、最彻底的速度结束的。"三个百分百"的铁律造就了首钢的铁军。打仗出身的周冠五以铁腕统治，使首钢成为"复活的军团"！

贯彻执行中的严苛程度令人不寒而栗：

每个工作岗位都印有一厚本子的"规程制度大全"，不仅要求干部工人百分百地会做，还要百分百地会背。每个干部还发有一本工作日记，规定每人每天要详细记录自己的工作，比如每周下了几次基层，开了几次会，做了几个人的思想工作等等。对这种严苛的要求，十几万首钢人的文化修养及个人素质千差万别，不可能百分百地做到，更不可能百分百地会背。可"百分百"检查人员像"宪兵队"一样，说不定哪天就神出鬼没出现在你身边，立马检查你的工作日记，或者当场让你背诵"操作规范"的"第三条第五款是什么内容"？

吓人不吓人？

时在迁安矿区工作、现为首钢总经理助理的刘全寿回忆说，那时迁安矿区工人捧着自己岗位的"操作规范"，许多老工人摇头叹气愁眉苦脸。矿区工人大都是农村来的，只会开山采矿，都是大老粗，斗大的字认不满一筐，让他们背下来等于要他们的命。后来只要一听说上边来了"三个百分百"检验员，工人们吓得满山遍野疯跑，到处躲。

当时有媒体报道说，工人对三个百分百"爱恨交加"。

也有工人偷偷跑到周冠五家的巷子口贴纸条，骂他是"老地主周扒皮"。

执行不执行三个百分百，或者三个百分百执行得到不到位，更严重的在于后果：

如果检查三个百分百落实不合格，一枪五个"眼儿"：不许提级，不许挂率，不许评先进，不许分房子，不许拿年终奖，干部一撸到底等等。

二、记者暗访：7时50分，"十万军团"瞬间消失

——"6·22"大停电：生死时速的决战

历史剪影

二十世纪下半叶，世界上活跃着两位"名记"：一位是意大利的火辣女人、记者兼作家法拉奇，她的采访提问以富有挑衅性闻名于世。《纽约时报》评论她是"善于解剖权威的采访者，一个善于打碎偶像却让自己成为偶像的记者"。另一位是美国哥伦比亚广播公司电视主播迈克·华莱士，他的采访提问以刁难性闻名于世。

邓小平先后欣然接受了这两位"名记"的采访。

1986年9月，一个秋高气爽的日子，邓小平接受了华莱士的采访。结果，华莱士成了两条重要信息的传播者，一是中苏和解。二是邓小平决定："我明年在党的十三大时就退下来"。

领导干部终身制在中国宣告结束。

"中国硅谷"的梦想在中关村升起。

这一年，恰逢比基尼泳装问世40周年，中国电视上第一次出现健美比赛中的比基尼姑娘，遭到媒体和社会贤达人士的痛批。

1

"三个百分百"以极其残酷的方式，在首钢全面、彻底、坚决地推行起来，制度和纪律至高无上的权威迅速恢复了。

今天看来，这也是一场伟大的拨乱反正。

当时北京有几家媒体对首钢能否全面推行如此严酷的三个百分百有所怀疑。几个记者约好，到首钢东大门暗访。

一天早晨，他们早早到了东大门，像特务一样在那里观风。

首钢制度规定，早8时前必须到岗。

7时20分，近十万的首钢人骑着自行车，车把上挂着饭盒，浩浩荡荡从四面八方赶来，潮水般涌进厂东门。时间一分分地过去，蓝色的工装浪潮在继续澎湃涌进。

7时50分，东大门空无一人了！

"特务"们继续守着，看有没有迟到者。

8时30分左右，果然有一些穿着蓝工装的工人，骑着自行车陆陆续续进了厂东门。记者如获至宝，立即冲上去拦住工人，亮出记者证，问你们是干什么职业的？什么原因迟到了？厂里会不会处罚你们？

工人说，我们是搞基建的，单位虽属首钢，但办公地点在外面。我们在单位刚刚开完会，领导布置了今天的任务，我们现在是赶到首钢院里的基建工地干活，没迟到。

记者们深为感佩，把这次暗访结果公布在报纸上，称首钢的"三个百分百的铁律打造了一支铁军"。

2

电，是人类代替上帝创造的光明与动力。

1986年6月22日的夜晚，十里钢城一如往常，向辽阔夜空展示着它的绚丽与辉煌，隆隆的机声中，铁水如红河奔流，钢花如礼花绽放……

上半夜刚刚下了一场蒙蒙细雨，云层依然很厚。

凌晨1时52分，源源不绝向首钢输送强大电力的两条电缆突然断电！

刹那间，十里钢城陷入一片黑暗。

一切高速运行的，一切急速旋转的，都发出一阵刺耳的尖叫，然后归于可怕的死寂与停顿。高炉、转炉、热风炉；风机、轧机、制氧机；水泵、油泵、压缩泵……所有机械设备顿时沦为一座座沉默的钢山铁丘，而内部积存的不再畅通的巨大热能和动能发疯似的膨胀着怒吼着奔突着，以秒的速度准备撕开一切束缚……

首钢成了一只脆薄的小瓶子，里面迅速膨胀的魔兽正在向玻璃壁激烈冲撞。

厂内自动电话系统中断，指挥系统中断，自动控制系统中断，所有的信号都熄灭了，运载钢锭铁水矿料的火车紧急刹闸，轮子在钢轨上擦出耀眼的火花……

此前的一切都是令人振奋的。

午夜刚过，钢城的中枢神经、指挥中心总调度室里一片繁忙，电话响个不停：

"炼铁厂报告，昨天产铁 9330 吨，超产 330 吨，高炉顺行……"

"炼钢正常，昨天产量 6682 吨，超产 132 吨……"

"初轧 6077 吨，超 277 吨……"

突然，一切都中断了。9402 台电动机全部停转，748 台机械设备全部瘫痪。

那一刻，入厂三十年的总调度员梁占春冲出总调度室，疯狂大叫："停电了吗？停电了吗？"走廊里不见人影，全是人声："停电了！怎么会停电？！"

梁占春脑袋嗡的一声，像爆炸了一样。

——必须迅速切断煤气，否则一个火星就会顺着管道引起连环爆炸，十里钢城和附近居民区就会陷入一片火海！

——必须保证高炉冷却水，否则高炉一旦烧塌，铁水涌出，遇水爆炸，后果同样不堪设想！

——必须防止误操作，全公司十几个厂矿，数千个夜班岗位，只要有一个人慌乱之中操作失误，就会造成难以想象的后果！

——必须迅速通知所有单位领导在第一时间赶到现场！

要做的事情太多了，但仅有两部拨号电话全部占线。

漆黑一片的总调度室里，梁占春急得两眼血红直跺脚，他不能离开，又什么也做不了。天哪，一切只能听天由命，一切要看所有现场人员的临机行动了。

炼铁厂三高炉工长李天印正在值班室指挥生产，熊熊的炉火中，一炉铁水正在滚沸翻腾，还有 41 分钟就该出铁了。突然间灯光熄灭，计算机终端显示消失。

李天印几乎本能地冲出值班室大叫："立即出铁！"只有迅速把炉内铁水排出，才能最大限度地防止爆炸和避免损失。

出铁钟声急促地敲响，十一名炉前工已经飞跑到位，黑暗中一切动作都闪电般进行着，没有电，一切设备都陷于瘫痪，炉前工们迅速抓起钢钎大锤，下渣工打开压缩风阀，仅仅两分钟，136 吨铁水喷溅着飞天火花，沿着铁水沟驯服地流入铁水罐……

停电的一刹那，二高炉热风操作工田全弟立即意识到，必须迅速切断全厂几十里长的煤气系统，他抓起一只手电，带上青年工人小苏，在黑暗中飞一般向液压楼跑去。有电的时候，关煤气闸门一按电钮就齐活了，现在必须放掉液压油缸里的油，让它自动失效。两人用大扳子卡住卸油孔螺栓一阵猛拧，滋的一声，液压油喷泉般直射出来，两人从头到脚洗了个"油水澡"——热风阀自动关停了……

管道班青年工人庞文亮摸黑爬到十多米的管道上匍匐前进，开通了一个个蒸汽阀，让蒸汽充满管道，煤气爆炸的危险彻底避免了……

停电的一刹那，在失去统一指挥的情况下，四座高炉同时打开了放风阀，切断了煤气阀。

水是高炉的生命线。一旦失去循环水的冷却，高炉很快就会被一千多度高温的铁水烧塌。而此刻，动力厂供水车间的80台水泵全部停转。

下了零点班，老工人孙梦海正在楼上休息。半睡半醒之中，他忽然听到水泵声音不对，一个鲤鱼打挺，他跳下床飞跑到楼下一看，所有高炉的水压全部到了零点！

"截断各处用水！全力保住高炉！"他和所有在场人几乎同时发出了同样的呼喊。两名看水员飞速赶到分水总截门，直径60多厘米的大截门平时开关需要三个棒小伙，两人不知哪儿来了一股神力，疯了一样猛劲转动着沉重的手柄，大截门关死了，两人累得瘫倒在地，直喘粗气……

炼钢厂，三座转炉正在冶炼。

停电使氧气喷枪不能自动提出炉膛，那将造成设备的重大损失，炉前工冒着灼人高温，上前用手搬动氧枪手柄。

浇注平台上，两炉焊条钢正在浇注。焊条钢是一种优质钢，容不得半点杂质，停电使吊着钢包的天车突然停车，稍有停顿，浮在钢包上的碴子如果流入中注管，这炉钢就报废了。副组长李智龙抄起一根撬棍，在黑暗中登上十几米高的钢梁向天车上爬去，值班主任和另一名青年工人也爬了上去，他们齐心协力把撬棍插入操纵天车的小车辘辘下拼力撬着推着，下面仅4米之遥就是盛着上千度钢水的钢包，灼烫的热浪烤得人头晕目眩。三人硬是用撬棍把小车撬离了一米多远，保住了40多吨优质钢……

轧钢厂，轧机突然停止转动，一根根红钢僵躺在辊道上，憋在轧辊里，为来电后尽快恢复生产，工人们争分夺秒，借助红钢自身的光源迅速用气焊割断红钢，再抡起大锤一截一截打出……

铸造厂，工人们为保住化铁炉，排队从水坑里提上一桶桶水泼在炉体上为之降温……

危机时刻，同一时间，同一行动，首钢人各自为战、岗自为战，以最快速度、最佳方式，最大限度地降低了损失，减少了危害，防止了重大事故的发生。成千上万名职工，没有一个人操作失误，没有一个人脱离岗位，没有一个人忘记自己的职责！

28分钟之后，供电恢复。动力厂超大型工业锅炉3分钟内就送出高压蒸汽，奇迹！

1小时58分，一号高炉恢复生产，奇迹！

二号高炉受灾最严重，通红的炉渣把22个弯头和风口全部灌死，二百多工人用肩膀扛、大锤砸、撬棍撬，第二天中午12时57分，炼铁厂最后一座高炉也投入运行。

经过三个百分百极限训练的首钢工人，以整齐划一的闪电行动，高唱了一曲"用我们的血肉筑成新的长城"！

三、"太子换狸猫"：绕过红头文件

——新二号高炉的"秘密行动"

1

一辆运送铁水的老式蒸汽火车吭哧吭哧开到炼铁厂，停下了。正在厂内参观的英国专家团一阵欢呼，纷纷跑到火车头前面拍照留念。负责陪同接待的高伯聪诧异地看着他们，心想火车头有什么好看的？热闹了好一阵的老外过后对高伯聪说："贵厂简直就是一部冶金业的发展史，这样的火车头在我们那里已经看不到了，听说博物馆里还存着一台……"

高伯聪的脸一阵泛红。对方并无恶意，他却深感耻辱。

德国专家来厂参观，发现二号高炉使用的一号发电机竟然还是西门子公司1901年的产品，不禁大为震惊，说"这可是老古董了，应该把它放进我们国家的博物馆好好供起来！"于是问首钢要多少钱？"我们希望把它买回去做纪念。"

首钢当然婉拒。周冠五丢不起这个面子。

这是1978年。放眼那时的首钢，真的像一座冶金历史博物馆，不仅堆砌着近代中国工业起步的各种机器设备，20世纪前半叶西方各国各个时期的产品几乎也一应俱全。工人也会给自己找乐子："过去我们是老外的儿子，现在我们是老外的老子了！"

历经建国30年的苦战奋斗，首钢已经发展壮大成为中国钢铁业中的巨人，但设备陈旧、效率低下的它，与国际同行相比，其实不过是个泥足巨人。泥足巨人加老牛破车，吱嘎作响，从暮色沉沉的20世纪初一直艰难行进到改革开放之初。厂区里到处是"电老虎"、"油老虎"、"料老虎"、"水老虎"、"煤老虎"，而且老虎屁股摸不得，薄脆得像鸡蛋壳，一碰就出事。车间里工人的更衣室更是惨不忍睹，黑黢黢的天棚底下，一张大通铺，几张破炕席，夏天滚着一炕赤身裸体的汉子，冬天烧着通红的炉子……

建国以来那些傲人的成就，全是靠首钢拼体力、拼干劲、拼智慧干出来的。那时已兼任冶金部副部长的周冠五坐不住了。他深刻地指出："计划经济、阶级斗争时代，是生产关系说了算，改革开放必须让生产力说了算。首钢要旧貌换新颜，发展壮大生产力，必须从改造高炉做起！"

1978 年，体弱多病的二号炉该大修了。

这座高炉是日本人于 1929 年设计制造的，迄今已有近半个世纪的炉龄。原设计日产生铁为 380 吨。1943 年侵华期间，为掠夺中国矿产资源，日本人把它从国内拆下来运到石景山铁厂，投入生产后一直"带病运行"，平均日产只有 60 吨左右。建国后它重焕青春，日产量很快超过设计能力，但现在它真的老了，工人形容它像农村的旧草房，"弯着腰拄着棍，披头散发掉眼泪"。

更新换代，势在必行。

首钢人在大修问题上动了心眼。领导班子闭门谢客，开了一天的"秘密会议"。大修历来是提升高炉品质和效率的机会，利用大修机会再造个更大更好更现代的炉子行不行？当然不行！按当时体制要求，首钢自己搞点修修补补还行，资金也容易批。可是要上马任何一个新的建设项目，必须经冶金部等国家各个相关部委严格审查、论证、立项，投资大了，最后还要经过主管工业的副总理大笔一挥画个圈才能落实。红头文件不知要加盖多少个大印，不知要在国务院各部委中间"旅行"几个月，最后能不能搞定还是未知数。

周冠五另起炉灶搞个新高炉的想法，很快被否定了，看来二号炉只能做些修修补补了，会议气氛有些低落。这时安朝俊提出，今年的任务很重，为不耽误生产并加快大修进度，能不能搞个"易地大修"？

周冠五立马来了兴趣，问："什么叫易地大修？"

安朝俊笑了："这仅仅是个说法而已。办法是，老二号炉继续维持生产，咱们在旁边搞个新炉子，新设计新技术能用的尽量用上去，对外我们还叫大修……"

周冠五一下子从转椅中蹦起来："哈，老安你可真比我狡猾多了！就这么干，给上头的报告就叫'易地大修'，正常大修嘛，谁也管不着。在旁边咱们可以另起炉灶，盖一个更大更新的超国际水平的大炉子。过去有一出戏叫'狸猫换太子'，这回咱们给倒过来，叫'太子换狸猫'，哈哈哈，好办法好办法……"

2

一场引人注目的"群英会"在大东门办公厅的礼堂召开了，上百名各路精英被集中到一起，分组讨论，群策群力，研讨新二号炉上什么水平？上什么技术？上什么革新？

周冠五大声疾呼："要求很简单，就是瞄准国际国内先进水平，外国有的，我们要有；外国没有的，我们也要有！"

珍爱人才、重视科技，是周冠五的一贯作风。

首钢科技人员至今念念不忘，"文革"一结束，在全国大型企业中大规模提拔重用知识分子和科技人员，做事一向有胆有识、大刀阔斧的周冠五是开先河的。

现在，人才用上了。

应召而来的个个是满腹经纶、怀珠抱玉之士，有一线督战的首钢副经理徐永起，两位副总工程师高润芝、里桂馥，设计负责人谢有润，设计无料钟炉顶的曾纪奋，设计顶燃式热风炉的张伯鹏、黄晋，设计上料系统的鲍春光，负责自动化的金小芜、王成明等等。正在鞍钢开会、被周冠五紧急召回的高伯聪也进入前线指挥。在周冠五、白良玉、安朝俊等人领导下，大小会开了几十次，建议纷纭，争论不休，灵光四射，俊彩星驰，个个都瞄准了当时世界冶炼业的一流水准。那是思想与才华的大碰撞，知识与智慧的大涌动，激情与意志的大融合，科学与民主的大汇流！当时参与讨论的一些科研人员回忆起那些难忘的日子，至今激动不已。

终于，37 项大小新技术、新工艺、新设备的创意脱颖而出。

这是中国改革开放初期，首钢进行的第一场科学大会战，也是全国钢铁企业中的第一场革新大会战。

以精英和项目负责人为核心，上千人的设计大军浩荡而来，连冶金设计总院、北京钢铁学院等几家兄弟单位也卷进来了，那真是呵气成云，一呼百应！

"太子换狸猫"的动作如此之大，不能不惊动冶金部的领导、专家和权威们。一次会上，部里一位负责人很不高兴地对首钢与会同志说："首钢要注意了，不要在新二号炉上出洋相！"

周冠五一笑置之。

人们说，打倒"四人帮"以后，人心大振，大家都想大干一场，现在机会来了，那时首钢设计院各个办公室的灯光都亮到深夜乃至凌晨，大家都不知道饿也不知道困，一趴到桌案上就亢奋不已，眼睛瞪得溜圆……

人们说，那时不知道为什么，大家都不愿意回家，觉得回家好像特别庸俗，特别没意思。见到家人都没表情，冷冷的，不是变心了，其实满脑子还飞旋着图纸上的线条和数据……

人们说，那时候同志们为一点点技术分歧，吵架最凶，唾沫横飞，面红耳赤，眼珠子瞪得溜圆，急眼了甚至把图纸撕了，可第二天想通了，或者有一个更出色的方案了，大家又头碰头凑到一起，关系好得就像兄弟姐妹……

人们说，那时汗流得多，眼泪也流得多，看到别人那样废寝忘食，睡办公桌上的，拔掉针头来上班的，老爹老妈病重不回去的，把孩子托付给邻居照看的，你能不掉眼泪吗……

负责设计顶燃式热风炉的黄晋后来当了首钢设计院总工程师兼第一副院长，他已经说不清自己在办公桌上睡了多少天。

黄晋生于 1940 年，戴一副宽大的近视镜，文质彬彬，学者风度。他是家庭背景极为"复杂"的知识分子，极左时期心情的晦暗与压抑可想而知。父亲黄伦芳是清王朝最后一批官费留学生，日本东京帝国大学经济学研究生毕业。那批去日本的除了黄伦芳都没回来。黄伦芳学富五车，会英、德、日三国语言，归国后曾任北洋政府时代的北平铁路局副局长，抗战胜利后先在东北运输总局任专员。后到北平辅仁大学当教授。老人一生所好只在做学问、教学生，别无它求，在邻里中威望极高，傍晚出来散步，晚辈们都向他鞠躬问好。"文革"风暴初来时，当地派出所警察主动找到家里说："老人家，运动又来了，找个地方躲躲吧。"

黄晋于 1963 年毕业于北京钢铁学院，到首钢先干了一年的炉前工，那是在火里烟里粉尘里摸爬滚打的一年，让他对炼铁环境的恶劣和工人们的艰苦有了终生难忘的印象，也激励他把全部聪明才智都投入到首钢的一次次技术革新。新二号炉易地大修中，他和全小组同志设计的顶燃式热风炉达到国际领先水平。后来卢森堡一家著名钢铁企业的专家莱吉尔到首钢访问，面对崭新的顶燃式热风炉，他大为震惊，赞赏不已，并提出用他本人发明的高炉无钟布料技术交换首钢的顶燃式热风炉技术。

周冠五当然不干，因为这种无钟布料技术，首钢已经靠自己的力量独立研究完成并用于新二号炉了，负责此项科研项目的是首钢设计院炼铁组组长曾纪奋。

1938 年，曾纪奋出生于广东潮安县的一个小镇上，抗战时期，母亲带上他投奔在南洋打工谋生的父亲，后来全家辗转漂泊到柬埔寨，曾纪奋进入当地一所华侨学校学习。那时柬埔寨王国还与蒋介石统治下的台湾当局保持着"外交关系"，但有关新中国的消息不断传来，让年轻的曾纪奋大为振奋，他决意返回祖国报效国家，于是开始四处打工攒钱准备路费。1956 年，为了不连累父母，他假称去曼谷、香港旅游，还特意买了往返的全程机票，取道澳门，终于回到魂牵梦绕的祖国大地。1964 年，曾纪奋毕业于北京钢铁学院，来到首钢工作。

1975 年，曾纪奋去日本参观工业博览会时，第一次看到宣传无料钟炉顶专利技术节能、高效等种种优长之处的说明书，还有一个简单的小模型，曾纪奋兴奋得无已复加，围着它看来看去，不知转了多少圈。他知道，中国现有的高炉都戴着一顶重达几十吨的"大铁帽子"，形如大钟，专业上称之为"料钟"，炼铁时上料工人开车把矿料倾倒进料钟，料钟再通过漏斗式的出口，把料"吐"入高炉内，其最大的问题是布料不匀，影响炉况顺行。而无料钟的炉顶采用溜槽式旋转布料方式，对提升铁水质量、实现高效节能，都有极大的好处。日本博览会上，当曾纪奋向工作人员问到有关无料钟炉顶的一些技术问题时，对方冷冰冰地说："对不起，恕不奉告，这属于专利范围。"

备受刺激的曾纪奋回国后立即开始了对这项技术的独立研究。经在小型炉上反复试验成功后，终于搬上了新二号炉。发明这项技术的卢森堡专家莱吉尔参观后不得不承认："全世界现在有 50 多座无钟布料高炉，使用的都是卢森堡的专利技术，只有你们的高炉是自己独立设计制造完成的。"不过，因为周冠五不肯用首钢的顶燃式热风炉技术交换卢森堡的无钟布料技术，半年后莱吉尔还是把首钢告上国际法庭，声言首钢的新二号炉侵犯了他的专利。

周冠五的一句话，首钢赔了 10 万美金。

今天想来，当然不必苛责，那时封闭了 30 年的中国大梦初醒，"专利"对许多人来说还是个陌生的字眼。数十年来首钢有几十项发明创造，大都无偿地贡献给全国钢铁业了。

3

1979 年 12 月 15 日上午 11 时，时任国务院副总理的康世恩为新二号炉开炉典礼剪彩，现场一片欢腾。

"太子换狸猫"大功告成。它的高容积（1327 立方米）、高效能显示出巨大的威力，投产 19 个月就收回全部投资 8029 万元。

高高崛起在首钢大地上的新二号炉创造了当时十多项"全国高炉之最"，最主要的有：

——无料钟炉顶：中国第一、世界先进；

——顶燃式热风炉技术：世界第一；

——喷吹煤粉技术（当时日本炼 1 吨铁只能喷几十公斤煤粉，首钢已经能喷 130 公斤以上，可节省大量焦炭）：国际领先；

——上料系统自动化与皮带化（以往是人工开车上炉顶送料，因污染严重，工人需带防毒面具作业。新技术用封闭式大型输送带运送矿料，消灭了扬尘）：全国第一；

——炉体水冷却技术：每小时节水 1200 吨，全国第一，达到国际先进水平；

——生产流程实现了计算机自动控制：全国第一，首钢成为中国第一艘用计算机控制高炉冶炼的钢铁航母；

——消音、消烟和除尘装置：全国第一，世界先进。

1981 年，首钢副总工黄晋到钢铁业高度发达的卢森堡参观，发现他们的高炉生产环境还不如首钢的新二号炉干净，问他们为什么？老板笑答："我国的环保法还没管到这儿呢。"

朝霞满天，旭日初升，巍峨矗立在蓝天下的新二号炉闪闪发光。它在中国现代冶金史上树起一座具有里程碑意义的丰碑，开启了改革开放初期全国钢铁企业进行大规模技术改造的先河，使首钢大踏步跃上国际先进的行列。

用最新技术和工艺"武装到牙齿"的新二号炉震动了世界钢铁业。那时，冶金部属下的中国金属学会聘请了一位日本高级冶炼专家藤木，来中国做发展钢铁事业的顾问。藤木先生一头白发，瘦瘦的矮矮的，永远西装革履、不苟言笑，他曾为发展日本冶炼业做出过重大贡献，威望很高。当了中国的顾问，藤木常在东京和北京之间来回飞。新二号炉建设期间，冶金部人士多次陪他到首钢参观，并到新二号炉工地上上下下考察一番，首钢恭请他"发表高见"。藤木是研究钢铁的，性格也跟钢铁一样，话很少，从不虚言奉承。每问到他对新二号炉的看法，藤木都双唇紧闭，一言不发，或者王顾左右而言他，就是不表态。

新二号炉成功投产后，首钢一位副经理去东京访问，在中国驻日大使馆举行的招待会上，应邀出席的藤木先生特意举着高脚杯过来敬酒，祝贺新二号炉开炉成功。他直率地说："当初，我一直认为，就你们的技术装备而言，新二号炉是搞不成的，看来，首钢是个能创造奇迹的地方。"

1982年1月，时任副总工程师的高伯聪去美国参加一个科技年会，顺道访问了著名的伯利恒钢铁公司，那里一位炼铁厂厂长从未来过中国，考察路上，他却忽然问起首钢二号炉的运行情况，并对二号炉的一些新技术如数家珍，娓娓道来。

足见首钢新二号炉冲上国际先进水平，一炮打响。

1985年，首钢新二号炉获得国家科技成果一等奖。

4

新二号炉以丰碑姿态矗立于首钢大地的同时，烧结厂也发生了巨变（烧结作用和工艺为：将铁精粉或富铁矿粉加上一定比例的熔剂、燃料和水，烧结成块，投入高炉，可有效提高冶炼效率）。

首钢烧结厂是1958年"大跃进"期间实行"大包干"的三大工程之一。以往不重视环保，长年被污水粉尘包围，工人说，"机头机尾一打转，增加体重二两半"，5个大烟囱昼夜不停地喷吐着滚滚浓烟，每天外排粉尘约40吨。附近居民不敢开窗户，不敢到外面乘凉溜弯儿，不敢在外面晾晒衣服。

烧结厂改造期间，生产不能停，双重任务，双重压力，只能争分夺秒。

整个施工工程完全是在高空、高温、高粉尘的旧厂房内进行的，每拆除一个部件，寸把厚的积尘就如同沙暴一样漫空飞扬，尘雾中上千瓦的施工照明灯也变成一个个昏黄的小亮点。拆除和安装烧结机大烟道时，下面还在不停地输送着通红的烧结矿，炙人的热浪升腾而起，工人如同骑在一条大火龙上作业。

1983年9月，第一烧结车间改造工程竣工。改造后的首钢烧结厂安装了先进的消烟除尘设备，以往最大的污染源，变成国内外堪称一流的环保、清洁、优美的烧结厂。

文革前夕，周冠五曾到日本新日铁参观访问，看到那里清静整洁，到处是鲜花绿树，他才凛然意识到，啊，钢铁企业原来不是命定了"傻大黑粗脏乱差"，完全可以打扮得漂漂亮亮啊。

惜乎"文革"狂潮骤来,一切都来不及做了。

在全世界,钢铁产业与化工、造纸等产业一样,历来是环境污染最重的罪魁祸首。改革开放,时机已到,1978年首钢就组建了一个相当专业、有千人之多的绿化公司,后来还搞了个绿化研究所。多年来,人们一直指责首钢是首都"最大的污染源",周冠五雄心勃勃要为首钢翻这个案:"首钢在首都,首钢决不能再给首都脸上抹灰,我们一定要建一个花园式的工厂给世人看看,让首钢成为世界上最漂亮的钢城!"

周冠五说过:"要求不严格,当年打仗的时候就得多死多少人"——厂区要"黄土不见天,四季有鲜花"。听来这有点太过分太霸气了吧?周冠五管理着十里钢城,还能管天管地吗?冰封雪飘的大冬天,地面怎么可能有鲜花开放?

首钢就是有奇人。时为绿化公司科研科助理工程师的熊佑清毕业于湖南农学院,他觉得周冠五这个想法很刺激,很异想天开,能不能办到,关键在于能不能找到在冬天盛开的花。经多方查询,他发现哈尔滨有一种野生、多年生的宿根花卉名为"冰凉花",在东北露地生长,3月下旬开花,可抗零下8度的低温。它在冰城哈尔滨的大冬天能尽情绽放,在北京更不成问题了。经熊佑清四处奔波,冰凉花被引入首钢,1987年2月26日,瑞雪飘飘的严冬,娇嫩的第一朵冰凉花闪耀着淡蓝色光泽,在首钢大地傲然盛开了……

1979年12月21日现代化新二炉投产

历经 10 年奋斗，到上世纪 80 年代后期，中国最大的一座钢铁"花园"横空出世，厂区内遍布大小两千多个花坛，放眼四望，到处绿草如茵，绿树掩映，鲜花怒放，利用高炉循环冷却水造成的人工湖曲桥蜿蜒，碧波荡漾，红鲤翻花。如此诗意的山水景观与巍然屹立、栉比相连的钢铁建筑错落相交，相互辉映，别有一番妙趣。

首钢荣获北京市绿化先进单位

最令人流连忘返的，还是占地七公顷的月季园，那里育有各类品种的月季花四万余株，每到 5 月放花之际，如烟如雾，如云如霞。那里还悠然漫步着放养的许多梅花鹿和孔雀，每当孔雀开屏，总会引起围观人群的啧啧赞叹。

秋风轻轻的来了，春雨淡淡地下了，水波荡漾的人工湖上，时有南北迁徙的候鸟和野鸭收翅落脚，戏水而歌。

诗与画进入首钢。也因此，每年月季怒放的花期，首钢都举办一次大型月季花会，请北京文化界及各方友朋来此赏花并吟诗作画，这已经成为首钢延续至今的传统节日。

首钢怀抱着从古至今名流荟萃、文化景观层出不穷的石景山。所有古建筑如子孙殿、回香殿、元君殿、南天门、东天门等都描金画银，重塑神像，修缮一新。五千年泱泱大观的中华民间文化传统，重在这里流光溢彩，香火传续。

今天，历经 90 年历史风云洗礼的首钢，如此恢宏博大又如此风姿绰约，想来创办人陆宗舆当初无论如何是想象不到的。

四、"历史就是一座高炉！"

——承包制："进门者请放弃一切自治"

1

解放——永远是人类文明发展史上最伟大的字眼儿。

自十一届三中全会以后，石景山下炉火熊熊，浓烟滚滚，钢花飞溅，红光映天。各分厂生产报表、总部财务报表的数字真像是芝麻开花节节高，首钢领导班子的会议上总是充满了开心和豪气的笑声。但是，临到1981年4月上旬的几天，会议室的气氛突然哑火了，除了沉重还是沉重，烟灰缸里插满了烟蒂……

周冠五的脸色很难看。他和战友们做出一个极不情愿的决定：让首钢产量最高的新二号炉停产熄火。

用诸多独创技术和世界先进技术武装起来的新二号炉，可是首钢的宝贝啊！

在周冠五的人生词典里，似乎就没有"退却"这两个字。正如战争中的他是猛打猛冲的一员虎将，搞生产搞建设他也喜欢往前冲，往大做。眼下，国家却逼着他往后退。

"经验证明，革命、改革都是逼上梁山的结果。"他说，"机不可失，时不再来。看来这时候首钢要往前走，得绕道而行了。"

确实，此刻首钢需要找到一条突围的道路。

1979年5月，改革之风大盛，国家经委、财政部等8个部委联合发文，决定在京津沪三市的8家国企进行企业改革试点，首钢位列首位——这当然是周冠五力争的结果。不过，承载着计划经济的老马破车已经在艰难沉重的岁月中走了几十年旧路，让它拐弯或者卸载都得费些气力。何况这次试点，松绑不多，放权有限，周冠五说话一向特别冲，特别尖刻，用他的话说，这次试点就是："我终于有权可以批准首钢盖一个厕所了"。

计划经济时代，领导着几万员工大厂的周冠五，手里只有800元的批准权限，盖个厕所也要向上级打报告。

没想到，1981年4月，国家突然来了个急刹车。原因是改革以来的3年，国家百业齐兴，憋屈和耽误了几十年的所有地方、所有企业、所有人都想抓住机遇，乘势而上，深圳最先喊出的口号"时间就是金钱"响彻全国。能源、交通、原料远远跟不上形势发展的需要了，国家财政赤字也直线上升，频频告急——一切都卡脖子了！

国务院被迫决定，对重工业实行限产，首钢首当其冲：必须减产9%。减就减吧——那时以权力为中心的计划经济体制如同一位濒临破产的老绅士，还在貌若庄严地行走，以往减产或增产，利弊都是国家的，与企业和工人的腰包没有太大的关系。这回不同了，国家在要求北京对重工业进行限产的同时，还要北京超计划上缴利润1亿元。

在上海召开的全国工交会议上，一位副总理大声疾呼："总理口袋里没钱了，拜托大家救救急吧！"

参加会议的北京市副市长张彭一下火车，急匆匆直奔首钢，首钢是北京市上缴利润的首户。

大家在红楼招待所会议室坐下了。张彭开门见山，并且想把气氛搞得轻松一些："我是无事不登三宝殿，黄鼠狼给鸡拜年没安好心。国家财政吃紧，要求北京市今年多缴一个亿，首钢一向是北京缴利首户，你们能多缴多少，给个说法吧。"他停顿一下，他知道周冠五不好对付，干脆就把底盘端了出来，"比原计划多缴百分之九怎么样？"

周冠五满脸不高兴，张口话就很不好听："看来首钢就是挨宰的首户。让我们减产百分之九，利润还要多上缴百分之九，天下哪有这个道理？首钢又不是印钞机！"

他拿起红蓝铅笔给张彭算了一笔账，说明这个硬任务是万万完不成的。

班子其他成员都不说话，心里想，周冠五一向眼界很宽，对国家经济发展相当关注，也很重大局，很能为国家分忧，今天他发什么邪火了？跟吃了枪药似的这么冲？

大家都不知道他葫芦里卖的什么药。谈着谈着明白了，周冠五这个老狐狸实际上是虚晃一枪，跟市里讨价还价要权哩！

最后的"口头协议"露出了周冠五的勃勃"野心"：首钢可以立个军令状，年底上缴利润2.7亿，不过前提是"大包干"：超额部分留给首钢，亏损自负。

张彭当然大喜过望，当场表示同意。有首钢这碗"酒"垫底，北京可以高枕无忧，什么"酒"都能对付了！送走张彭，老谋深算的周冠五也笑了，他对班子说："其实最重要的不在于我们上缴多少利润，在于我们要冲开体制束缚，逼着上面给首钢松绑，这样首钢就可以甩开膀子大干一场了！"

可班子成员还是担心，减产9%，上缴利润反而要增加9%以上，这不是要首钢的血命吗！

2

首钢的历史就是一座烈火熊熊的高炉，不经过千锤百炼，有什么资格叫"首钢"！

石钢更名为首钢之后，周恩来就曾激励首钢人说："首钢就应当为首嘛！"

周冠五与班子连开了几天的会，周密分析了当前的各种困难以及各种潜力。他说，这个"包"字太伟大了，"包"字就是生产力创造力，不搞承包，工人就像机器人，吃的是大锅饭，端的是铁饭碗，只知道按计划指标干活，干多干少与己无关。一旦把国家、企业、员工三者的利益都"包"进来，这个积极性能把天捅破！

他还专门撰文，提出一个前所未有的创新理论：国家要"藏富于企业"。他说，企业富了，职工才能富；职工富了，国家才能富。

班子讨论的结果是，1981年的利润要干到3.12亿，除上缴2.7亿以外，其余都是咱首钢的，首钢起码就有近5000万元的自留资金，用以扩大再生产和提高职工福利了。5000万元——历史上首钢手里从来没掌握过这么庞大的、属于自己的巨款啊！周冠五开玩笑说："金钱不是万能的，但没有金钱是万万不行的。"

后来，周冠五逐渐形成了他的"经济责任承包制"的全套思路，其核心就是：以1981年上缴利润2.7亿为基数，每年按一定比例递增，逐步增加对国家的贡献，一包几年或十几年不变。包干后，国家不再给首钢投资，企业扩大再生产的资金以及职工的工资、福利，全部由企业自行解决。简单概括起来就是一头包死，一头放开，即："包死基数，确保上缴，超包全留，亏损自负。"

为从理论上建构他的思想系统，首钢专门成立了一个"研开公司"，这个公司不管赚钱，只管研究经济理论、思想创新和写作，有点类似高层机关的"政策研究室"，里面集中了一批学养深厚、熟读马列的秀才。秀才们很少给周冠五写讲话稿，顶多给他提供一点从哪里看来的新思想、新观念。周冠五讲话从来不用讲稿，桌上永远是一张纸的简要提纲，他讲起来却广征博引，势如长江大河，滔滔不绝。那个时期，在首钢党校的干部学习班上，周冠五曾就"经济责任承包制"的思想、理论、政策、实践等重大课题讲了"十讲"，每讲三四个小时，桌上还是一张纸。"研开公司"的秀才们每次把他的讲话录下来，再进一步整理，形成文章，在《首钢报》和国家级各大报刊发表，对首钢人解放思想、推进改革起到了极大的作用。那时周冠五提出的如"让生产力说了算"、"国家要藏富于企业"等一系列观点，确实振聋发聩，令人耳目一新，在学术界引起相当大的反响。

随着时代的进步和改革的深化，特别是社会主义市场经济体制和"利改税"制度的确立，"经济责任承包制"逐渐退出历史舞台。但在"摸着石头过河"的改革开放之初，"承包制"无疑是从僵化的、以政府权力为中心的计划经济体制突围出来的必然之举、必由之路。

任务、目标分解下达，令人眼花缭乱的各项新规章新制度纷纷出台，首钢的海面风起云涌了。

是风驰电掣、夜以继日的高速度，是一切陈规旧习、僵化观念的大变革。

厂区立起鲜红夺目的巨大标语牌："承包为本"、"人民为本"。这些新鲜的理念和提法震动了全国。

恩格斯写在《论权威》一文中的名言："在工厂的大门上应当写上这样一句话：进门者请放弃一切自治。"成为首钢员工津津乐道的话题。

——首钢对国家承包的经济责任，分解为27项包干目标、283个保证目标，落实到各个厂矿和机关处室；

——指标继续分解为10773项中指标，落实到车间、科室；

——再分解为 38730 个小指标，落实到各个班组；

——再细化为 60417 个任务指标，落实到当时全公司 71731 个工作岗位。

"吃着大锅饭，各扫门前雪"、生产中上游不管下游的现象迅速扭转，首钢通过指标任务，环环相扣，结构成一艘统一指挥、全面协调、高速运转的航母，乘风破浪驶上大时代的航线。

改革之前，绝大多数国有企业如同人民公社一样，呈一盘散沙、纪律松弛、制度虚设的状态："所有人都负责，实际没有人负责"；"国外有个加拿大，国企就是大家拿。""党是我的妈，厂是我的家，没钱朝妈要，没东西从家拿。"很多人由此丧失了对社会主义道路和公有制的信心，特别是苏联解体、东欧垮台之后，全世界包括很多国人在内，普遍认为"社会主义已经敲了自己的丧钟"，"20 世纪是国际共产主义运动寿终正寝之日"，怀疑"中国的红旗还能举多久"？

在那些迷雾重重、疑问重重、忧虑重重的时日，首钢的承包制，使工人的主人翁精神得到空前的焕发高扬。承包制实行后，"不包不操心，谁包谁操心。层层包下去，人人都操心。操心变动力，动力变黄金！"这就是当时首钢人贯彻实行经济责任承包制的心态变化。1982 年 5 月，万里到首钢视察时颇有感触地讲了一段话，他说："首钢人人都是财政部长"，"在首钢这么大企业，每把扫帚怎样节约使用，每根轧棍怎么延长寿命，都有人计算。全国都像首钢这么办，多少个亿的赤字就不存在了。"

首钢还坚决、彻底、完全地实行了"干部能上能下、收入能高能低、人员能进能出"的人事制度。这件事情，自改革开放以来嚷嚷了 30 年，时至今天还是"只听楼梯响，不见人下来"，浮夸口号一大堆，没几个人敢动真格的，只有响当当的周冠五做到了。他坚决取消了"干部"、"工人"之类的称谓和待遇差别，全部称之为"首钢工作者"。干部工人上上下下，走马灯似的变动不居。

王小军，当时年仅 25 岁的青年轧钢工，进厂 5 年就成了 9 级工，月收入跃居全厂工人之首，因为他已经成为全公司最熟练的轧钢工，创造了每小时轧钢 68 块的傲人记录，国外专家前来参观，连声惊呼首钢的轧机是"世界上速度最快的轧机"！

一个单位如果连续 3 个月完不成承包任务或半年打不开局面，那里的领导就被降职降薪，另调别处。有一段时间炼铁厂完不成承包指标，正副厂长都免了职，调到高炉上当了一般工程师。

这个制度刚开始推行时，人们还大惊小怪，一听说"谁谁谁被撤了，当工人去了"，都目瞪口呆，不敢相信。过了几年，当官的今天上去、明天下来已经成了家常便饭，人们司空见惯，再没谁当新闻传了。按当时的干部管理体制和制度，首钢司局级干部归中央组织部管，处级干部归北京市委组织部管。后来"首钢工作者"们上下变化太多太频繁，潮汐一样涨涨落落，审查报批很麻烦，北京市委组织部忙不过来，干脆"放权"了，行了，你们首钢用干部、撤干部不用报批了，你们想用谁就用谁、想怎么办就怎么办吧。

这被视为"松绑放权"的一项重大改革成果。

1981年12月3日，首钢财会人员把一张标有1103万元的支票送交石景山银行，标志着首钢全部完成了当年应上缴国库的2.7亿元利润指标，到年底全公司实现利润3.16亿元。

首钢人拥有了雄厚的自有资金，胆气大增，雄心陡涨，简直敢把月亮摘下来当灯泡使。

3

周冠五掌握了"承包制"，就像手上有了"点金术"。

1982年初，国企普遍亏损的沉重压力压得北京市喘不过气来，看首钢实力大增，承包制又灵，为加强管理、提高效益，北京市决定撤消市冶金局，将该局所属的21个黑色冶金企事业单位（近4万人）并入首钢，包括北京市钢厂、特殊钢厂、带钢厂、冶金机械厂、炭素厂、耐火材料厂、北京冶金研究所、北京钢铁学院一分校等。

那个年代，"承包制"确实灵。

——特殊钢厂引入承包制后，厂风大变，生产指标、利润指标、节排指标等连年大幅递增，连年在全国同行业中夺冠，该厂所属的冶金研究所团结一心、群策群力，科研水平直线上升，1990年我国"长征二号"捆绑式火箭发射成功，其控制系统采用的105项冶金新产品中，这个小小的首钢冶金研究所就占26项。

——原北京第一轧钢厂（后更名为首钢第一线材厂）已有70多年历史，坐落在北京西北角，是有名的污染扰民大户。并入首钢后，到1990年利润增长了22倍，环境也得到迅速有效的治理，后来部分车间迁入首钢厂区，部分搬到昌平，北京市一个老大难的污染源，没花北京市一分钱，就彻底消失在历史记忆中。

——镀锌钢管厂合并之初，亏损达2400万元。改革之初国家花巨资从日本引进的现代化设备，工人看了直眼晕，会用的人没几个，几个月之后就折腾得趴了窝。事情就是这样奇妙，并入首钢的第一年该厂就创利389万元，产品质量迅速提升到"部优"、"国优"，反腐蚀能力极强，很快畅销海内外。中南海机关曾写信表扬他们："几年前在中南海安装的各种水和煤气管道至今还像新的一样，比国外进口的管子要好上许多倍！"

部分并入首钢的企业，仿佛被注入神奇的魔力，一夜之间焕发出巨大的创造力，年年月月不断刷新着记录。人还是那些人，设备还是那些设备，历史却从那时改写了。

　　周冠五并不是常胜将军，历史上没有常胜将军，承包制的"点金术"也不是万能的，并入首钢的企业肯定也有"扶不起来的天子"，最后安排好诸项"后事"，或者肢解或者解散，就像被扔进高炉一样烟消云散了。

第十章　范奈斯特为什么跳进"地下室"？

- "中国龙"第一次张开大口

- 伤心比利时："中国把我们的上装和领带买走了！"

- 吴明水为老外签"生死状"："中国人没有不可能！"

- "他们不开门，就用船把墙撞开一扇门！"

- 升官的何巍懵了："一切没有常规！"

- 打扑克玩赖的邱世中：八年中的第 20 任厂长

一、"中国龙"第一次张开大口

——高伯聪：一语道破天机

历史剪影

1984年1月，邓小平第一次到南方视察，看了许多天，他一直没有表态，27日，广东省负责同志请他题词，邓小平欣然挥毫，题写了"珠海经济特区好"。自此，有关特区姓"资"姓"社"的争论大体上尘埃落定。

10月1日，首都隆重召开庆祝国庆35周年集会，天安门广场举行了盛大的阅兵仪式，中央军委主席邓小平检阅了威武雄壮的受阅队伍。接下来，在浩浩荡荡的群众游行队伍中，北京大学学生忽然打出自制的"小平您好"的横幅，在全国引起轰动性的热烈反应，人民日报打破陈规戒律，破天荒地刊登了这幅照片。

本年度钢产量4348万吨，铁产量4001万吨。

1

1984年10月的一天，一架银灰色的客机轰鸣着腾空而起，从北京飞往欧洲大陆。

周冠五率领的首钢考察团到达比利时王国的列日市，列日市处于与荷兰交界的东部丘陵地带，气候宜人，风景如画，放眼望去如同一片起伏的绿海。比利时著名的赛兰钢厂就坐落在这里。

行前，在办公室拟定的行程表上，列有巴黎、伦敦、布鲁塞尔、罗马、波恩、维也纳等诸多欧洲名城，周冠五当着工作人员的面大笔一挥，把与考察无关的城市全部勾掉。

工作人员的脸涨得通红。

上世纪80年代中期，欧洲经济正处于衰退和大调整时期，年产两亿吨的生产能力被迫压缩到一亿吨，许多钢铁企业处于半停产状态，大量设备闲置下来。这一状况早就引起周冠五的高度注意并大大激发了他"借他山之石"以振兴首钢的雄心。世界市场就像大海，总有波峰浪谷，此消彼长。他预感到，欧美钢铁业萧条下来了，正是中国钢铁业乘势而起的良机。眼下，首钢的铁产量达 300 万吨左右，而钢产量仅为 200 万吨，国家大发展时期，正是需要钢的时候。钢少，就意味着效益低、收益少，他对同行的党委副书记高伯聪说，奋斗了这么多年，咱们还是恨铁不成钢啊，得出去看看，乘老外经济萧条，搞它一批设备回来！

首钢曾经设想过再建一个新钢厂。与上海的建设单位一商量，对方张口就要 3 个亿，从开建到投产要四五年时间。

否！周冠五用红蓝铅笔大大地划了个叉。

从国外引进新设备呢？需投资 10 亿以上，工期也要三四年左右。

否！周冠五又用红蓝铅笔重重地划了个叉。

首钢等不起。这从来不是首钢的速度，也不是当下中国的速度了。

都否了，首钢"恨铁不成钢"的痼症怎么解决啊？

周冠五说，首钢要站在巨人肩膀上前进，与其跟在人家屁股后面爬行，学着搞现代化，不如花个便宜价买个现代化回来，一步到位！

此次考察到比利时，目标原来仅仅是购买坐落在比利时王国列日市的瓦尔费尔线材厂。该厂建成于 1982 年，投资 1 亿美元，到周冠五他们前往考察之际，刚刚投产两年。站在高台上观看他们的四线高速轧机生产，只见通红的线材在轧机上闪电般射出，急掠而过，每秒达 85 米，而五十年代初首钢从苏联买来的轧机每秒才 18 米。周冠五、高伯聪等人看得惊心动魄、欣喜若狂可又眼神散淡，不露声色。

装深沉呗。做生意，让对方看透心思可不行。

双方坐到谈判桌上，价格初步议定并草签了意向协议，履行合同的最后期限定为 1985 年 1 月 31 日晚 7 时。

谈判由首钢引进办公室人员进行，周冠五、高伯聪等人没参加，他们去参观坐落在线材厂旁边的赛兰钢厂——真正让他们眼热的，正是这个钢厂！

何等雄伟开阔的大钢厂啊，纵横近千米，巨大的各个车间全部为钢结构，错落排列，厂区绿树成荫，鲜花盛开，成群的鸽子在上空盘旋，如同一个花园。这座赛兰钢厂，隶属比利时考克利尔公司，在公司负责人的陪同下，周冠五和高伯聪仔细考察了钢厂生产的每个环节每道工序，最后，周冠五又要求到钢厂最高的房顶上看看。陪同人员觉得登梯攀高有些危险，劝他别上去了。周冠五执意要上，他说，中国有句古诗说，欲穷千里目，更上一层楼。我登到最高处，才能看到你们钢厂最美丽的风景啊！

一句话把陪同人员说开心了。

登到高高的厂房平台上，蓝天丽日、青山绿水和厂区美景尽收眼底。周冠五深深地吸了几口新鲜而芬芳的空气，他扭头对高伯聪说，你看，咱们的工厂还像个粗黑大汉，人家的工厂已经打扮得像漂亮的姑娘了。不过他们厂区后面还冒着黄烟，说明他们对废气处理的还不到位，这方面我们已经超过他们了。将来我们一定要把首钢建设得比他们还漂亮！老高，你看这个厂子怎么样？有点意思吧……

高伯聪会意地说，看来，你是想把这个漂亮的洋姑娘娶进北京吧？

天机不可泄露，周冠五神秘地眨眨眼说。

他特意嘱咐随身的中国翻译，不要翻译这些话。

回国后，周冠五先后派出富有经验的炼钢厂厂长的马瑞卿、首钢副总工程师里桂馥等人，前往列日市，对赛兰钢厂的状况做全面考察，他的目的是"查清底牌，以备谈判"。

2

但是，如此重大的收购行动必须向冶金部及国务院各相关部委汇报。

这里插叙一段真实的故事。

1986 年 12 月 8 日，首钢突然接到北京市财政局某分局的一份红头文件：《关于催缴欠缴上缴利润递增包干基数的通知》，通知称，由于首钢上缴利润递增包干基数变大，必须限期补交利润 10899 万元。

首钢实行承包制，是经中央批准的，1984 年推行第二次利改税时，中央明确首钢是国企改革开放的试点，是个特例，仍实行原来的改革方案。按这份财政局这家分局的"红头文件"办，就意味"特例"取消，首钢承包制寿终正寝。

首钢的一份紧急报告交到国务院。上层责成国务院副秘书长陈俊生出面调解，几次调解会上，两军对垒，剑拔弩张，互不相让。财政部门坚持认为，首钢福利太高了，工资太高了，国家机关的一个司局长还不如首钢一个处长拿得多，因此首钢包干基数必须改变。

首钢认为，我们挣钱多是我们流血流汗干出来的，你财政部门患了"红眼病"，是在鞭打快牛，搞"一大二公"、平均主义。

调解尚未结束，这个财政分局就通过银行强行查扣了首钢账上的 2500 万元，只留下区区 80 万元，而首钢一天的流动资金就需要三四百万元。

首钢被扼住了喉咙。

1987 年 6 月 9 日，首钢一份 2500 余字的紧急报告放到邓小平的办公桌上，报告写道："小平同志：首钢是您一直关心的改革试点。在全国大中型企业实行多种形式承包经营责任制的时候，有关部门却要改变首钢的包干办法，我们不得不向您报告……"几天之后，邓小平的批示下来了，一锤定音："首钢的承包办法一切不变。"8 月 28 日，国务院办公厅复函首钢："经国务院领导同志批准，同意对首钢包干作为特殊情况对待……其他企业不得攀比。"

财政部门偃旗息鼓，黯然退款。

在"摸着石头过河"的年代，首钢敢于冲决一切罗网的勇气和独创精神是极为可贵的，当然应当予以支持。

话题重回比利时。

无论"周大胆儿"有多大的胆，但手里没硬通货肯定是玩不转的。首钢要购买瓦尔费尔线材厂和赛兰钢厂，在当时的计划经济体制下，必须经国家有关部门审查批准，他们必须进行实地考察论证，等考察归来，批准下来，再到国家各相关部委跑完手续，资金才能到手。

一晃 120 天过去了。

按照当初首钢与比利时考克利尔公司草签的有关协议，首钢已经严重违约。与此同时，美国一家公司听说中国首钢要购买瓦尔费尔线材厂并因超期违约，乘机混水摸鱼，企图先把线材厂以低价抢到手，再高价转卖给中国（你不得不佩服老美的精明）。

万分紧急！眼瞅快要到嘴的肥肉就要落入他人之口。

1985 年 1 月 19 日，距离签署正式合同的最后期限（1 月 31 日）还有 12 天，周冠五派高伯聪亲往比利时列日市"救火"，挽救濒临破裂的谈判。这是挽狂澜于即倒的大事啊，周冠五既有气吞万里如虎的胆魄，也有心细如发的周密，他亲自送高伯聪到机场——这在首钢是十分罕见的礼遇——一路上他说天气说风景说北京城区变化，有关谈判的事情却只字未提。

大将风度。一切都在不言中。

3

这里该介绍一下高伯聪其人其事了。他是首钢继安朝俊之后的第二任总工程师。

1928 年，高伯聪出生于江苏省常州市，父亲高敏学是电力专家，在电厂做工程师。抗战爆发后，父亲随国民政府一路后撤，母亲则带着几个孩子从常州避居乡下，后转入上海租界。父亲撤到昆明后，写信要母亲带着孩子赶到昆明与他会合。母亲便带上高伯聪等 6 个孩子从上海出发，取道香港，进入越南海防市，再从现在的友谊关进入国内。一路目睹了沦陷区太多的战乱与破败、眼泪与鲜血，历经数月辗转流离，那天迈过友谊关，一抬头望见当时的中国国旗"青天白日旗"时，11 岁的高伯聪不禁泪如雨下。

高伯聪在昆明上了中学，后来跟父亲转赴桂林。日军逼近桂林时，枪炮声震天撼地，遭到日机轰炸的城区燃起冲天大火。此时父亲从容镇静，指挥工人把设备装上最后一辆卡车，才带着全家登车撤离。当时的汽车是烧木炭的，走走停停，坐在车上的工人不时下车帮着推车前进。驶出不远，回头一看，桂林全城已陷入一片火海，"桂林山水甲天下"的美景不复存在。

全家撤到贵阳，高伯聪以优异成绩考入贵州大学，读采矿冶金专业。后来他参军数月，主要任务是给进入中国国境支援我抗战的美军当翻译。抗战胜利了，父亲作为接收大员奉命调到北平，出任华北电力公司"五大高管"之一，全家也跟到北平。那时父亲每月开500多块大洋，家里住一座四合院，有车有服务员，日子过得很舒心。建国前夕，父亲本来是可以跟蒋介石政府撤退到台湾的，但父亲决意留下，他说，国民党需要电，共产党也需要电，大陆的天地宽，共产党的作风也远比国民党好，留下可以做更大的事情。1948年9月1日，北平解放前夕，20岁的高伯聪到石钢报到，开始了他为共和国钢铁事业奋斗的一生，他见到的第一位主管领导就是炼铁厂厂长安朝俊。安朝俊领他在荒草萋萋的厂区走了走，到浓烟滚滚的一号炉看了看，一路向他介绍了一些情况，态度和蔼可亲，像接待一位朋友。

五十年代初，石钢选出的第一届7位劳模中，就有高伯聪。

父亲高敏学一生兢兢业业、精诚报国，别无所求，活得淡泊而宁静，97岁高龄时去世，母亲95岁去世。

4

在我看来，数千年来伟大的中华民族精神和中华文明所以绵延不绝、源远流长，其中有一个基因式的重要传承元素，那就是家风与家教的传承（我奇怪的是，历史学家似乎对此少有研究）。高敏学一生呕心沥血为国家建设服务，很少有时间管家里和孩子的事情。但是，满怀一腔爱国热忱又如此优秀、博学、敬业的父亲，自然会成为孩子的楷模。他的7位子女后来都成为我们国家的高级专家：

长子高伯聪：首钢党委副书记兼副总经理、总工程师；

次子高仲权：曾参加抗美援朝，后为首钢环保工程师、航运公司副经理，57岁时因工伤及劳累过度去世；

长女高淑能：北大医院原骨科主任、教授；

三子高季遂：湖南桃源锰矿总工程师，省劳动模范；

四子高幼良：原包头市某兵工厂总工程师，后为兵器科学研究院党委书记兼院长，享受国务院特殊津贴专家；

五子高稚允：北京理工大学教授、博士生导师；

六子高小昆：他需要做些特别的介绍，小昆从小患上脊柱结核，卧床不起，经长期治疗后，挂着双拐勉强可以移动，他的全部知识学养都是躺在床上通过自学得到的。成年以后的他不想让自己成为爹妈的负担和"寄生虫"，开始努力寻找一条自食其力的道路。改革开放后，出版业兴旺红火起来，高小昆想到，自己虽然行动不便，但凭借文化知识可以为出版社做些校对工作啊。他挂着双拐走了好多家出版社，果真揽到许多校对活儿。赚了钱，他又买了一辆三轮摩托，这样接活送活都方便多了。残疾人都有许多残疾朋友，高小昆想，我可以自食其力，其他残疾人也可以这样做啊。于是他先后联络了二十几位残疾朋友，为此他专门登记成立了一个"博彩校对服务部"，以企业形式开展社会服务。高小昆一方面要完成自己的劳动任务，还负责为每位残疾朋友找活、接活、送活。东到定福庄，西到万寿路，南到永定门，北到亚运村，无论怎样恶劣的天气，他都按时上门，一年时间，他的摩托车跑了 8000 多公里。在高小昆的主持下，博彩服务部不仅是个经济实体，还是个温暖的大家庭。对许多重残人来说，自从加入服务部，才有了人生无数的首次体验：第一次有了工作，第一次有了收入，第一次坐上轮椅，第一次走进课堂，第一次有了朋友、组织和关爱……

博彩服务部感动了北京出版界，名声也越来越大，各媒体纷纷给予热情报道。高小昆今年（2009）67 岁了，依然在为服务部忙碌着。

高氏家族，同样一门精英。

二、伤心比利时："中国人把我们的上装和领带买走了！"

——"地下室"里的握手言欢

历史剪影

1985 年，经中央军委决定，"百万大裁军"开始实施。

6 月，美籍阿根廷旅游者阿斯克莫西纳晕倒在八达岭长城上，后不治身亡。经北京协和医院医生诊断并与其家人联系，确定其死于艾滋病。他来中国旅游并登上长城，是他早有准备的"绝命之旅"。中国人说："不到长城非好汉"，他也算一条另类的"好汉"。阿斯克莫西纳之死，宣布中国结束了"无艾"历史，并为中国敲响了艾滋病的第一声警钟。

9 月 10 日，全国老师们过上第一个"教师节"。

本年度中国钢产量 4679 万吨，铁产量 4384 万吨。

1

1985 年 1 月 23 日，高伯聪和随行人员的时差还没倒过来，便坐到比利时考克利尔公司总部的谈判桌边，对面是考克利尔公司副总裁范奈斯特及其助手。

双方就首钢收购瓦尔费尔线材厂举行正式谈判。

谈判桌的另一端还坐着考克利尔公司请来的律师，目光深沉，表情严肃，满脸"阶级斗争"。

范奈斯特身材高大，相貌堂堂，头发花白，微带卷曲，巨大的鼻子上架着一副眼镜，模样很像美国前国务卿基辛格博士。一上桌，他企图先声夺人：首钢已经违约在先，我不知道我们还有没有继续谈判的必要？

高伯聪笑了，他说，贵公司既然同意我来到这里，显然你们也认为我们继续进行谈判是必要的，同时也表明贵公司对双方达成最终协议是抱有期望的。

范奈斯特笑了，不过他继续施压：我们是信守承诺的，但首钢在长达120多天的时间里没能给我们准确的答复，期间美国一家公司已经表示出购买瓦尔费尔线材厂的意愿，出价也比你们高，我们不能不考虑做出新的选择。

高伯聪说，中国是有中国国情的，这样一件大事情，我们需要取得政府的批准。此前中国政府已经派员到贵公司对项目进行了考察，范奈斯特先生想必已经有所了解，这证明我们对购买瓦尔费尔线材厂这件事是认真的，有诚意的。而且现在距离意向协议终止日期还有几天时间，如果贵公司中止我们双方的谈判，另寻买家，那就是贵公司撕毁协议、背弃承诺了，这对贵公司在中国的良好形象将带来极大的伤害，中国可是个大市场啊！

范奈斯特当然还是想把生意做成，他开价2700万美元，高伯聪死守底价1700万，其中包括对方负责拆解并运到港口的费用。范奈斯特不甘心，想继续讨价还价。这时，高伯聪使出兵法上的"围魏救赵"之计，把新底牌亮了出来：同时我还想表达另一个意愿，首钢准备出资一并收购贵公司的赛兰钢厂。

这无疑给了范奈斯特一个意外的惊喜。线材厂的售价就这样了，可以放下不谈了。正值世界钢铁业萎缩萧条之际，面临停产的赛兰钢厂已成为考克利尔公司巨大的经济包袱，以合适的价格尽快出手，对于公司来说是莫大的幸运。

范奈斯特开价2500万美元。

高伯聪出价800万美元。

范奈斯特满面涨得通红，一下从沙发椅中跳了起来，嚷道，听说中国人把地狱分成十八层，我现在站在高楼大厦的房顶上，您非要把我拉到十八层地狱，这能谈得拢吗？

高伯聪不慌不忙，微笑着说，您再下几层楼，我再上几层楼，咱们总能找到见面握手言欢的地方吗。

范奈斯特说，中国人都像您这样狡猾吗？

高伯聪说，我是中国人里面最傻的。

头两天，谈判气氛还不错，双方在一条条合同条款上争论着，但毕竟在不断接拢。第三天，范奈斯特突然翻脸了，说美国一家公司和中国另一家钢铁企业愿意出更高的价格收购赛兰钢厂，不谈了。

高伯聪据理力争，并请中国大使馆出面做工作，设法制止国内企业互相拆台、恶性竞争。

唇枪舌剑，你来我往，经过数天激烈的讨价还价，高伯聪再也不肯让步了。范奈斯特见实在榨不出什么油水，双方最终达成一致。高伯聪精明地要求律师在起草合文时必须注明：赛兰钢厂在"由不动产转为动产以后，所有权归属中国首钢"——这就为首钢省下了100多万美元的税金（如果按"不动产"运走，必须向比利时缴纳不动产购置税）。合同还规定：整个赛兰钢厂由首钢派人拆迁，赛兰钢厂的全部技术装备图纸和软件也交给首钢。

艰难的谈判终于在1月30日结束，当时既无手机也无传真，中国大使馆只有落后的电传。高伯聪连夜起草了一份很长的谈判情况汇报，交给大使馆，连同合同文本一起打成铅字文，31日凌晨2时许电传到首钢。幸亏中国和比利时有6个小时时差。31日早8时，周冠五拿到电传件，立即召集党委常委会议，念了高伯聪的情况汇报及合同文本。无须讨论，大家一致叫好，要求办公室赶快回电，立即签字！

31日下午，首钢的电话过来了，一直急切等着回信的高伯聪长舒一口气，心中一块石头落了地。此时距原合同规定的最后签字期限——31日下午7时——仅仅剩数小时，如果答复不能及时到达，瓦尔塞尔线材厂很可能就是美国佬的啦！

2

1985年1月31日晚6时，签字仪式在考克利尔公司总部隆重举行，该公司董事长、副董事长及公司要员全部出席。

高伯聪就座之后，在镁光灯的频频闪耀下开始签字。别以为那是薄薄的一个文件，在末尾处大笔一挥就完事。那是一尺多高的文本啊，而且按照老外要求，每一页上都要签上名字，一个多小时，高伯聪的胳膊都累酸了。

仪式过后是酒会，桌上的茅台酒是比利时人准备的，足见他们也很高兴和满意。公司副总裁范奈斯特一身笔挺的银灰色西服，气宇轩昂，满面红光，端着高脚杯走过来向高伯聪敬酒，他开玩笑说，高先生，我本来是站在高楼大厦顶部的，谈判的结果，您虽然没让我下到十八层地狱，可也让我跳进了地下室，为此我向您表示敬意！

高伯聪说，我也在地下室啊！

双方哈哈大笑。

第二天，高伯聪代表首钢，请董事长一家到中国大使馆吃了一顿美味的中餐。数月之后，这位董事长专程到首钢回访，双方建立了长期友好的合作关系。

为考克利尔公司立下首功的范奈斯特也很得意，开着自家车拉上高伯聪一

高伯聪在比利时谈判

行到海边风景区、附近的滑铁卢参观了一番。他笑着说，拿破仑在滑铁卢吃了败仗，我们在首钢人面前吃了败仗，所以特意请你们到这里看看。

高伯聪说，你们不想要的，我们买走了，等于为你们排扰解难，你们甩掉一个大包袱，也是打了个大胜仗啊！

回程路上，两人都很高兴，共同用英语唱了一首二战时期流行全世界的歌曲，高伯聪是在给美军当翻译时学会的，歌词大意是：

> 这是一条很长的路，
> 一头是战场，一头是家乡，
> 让我们沿着这条小路回到家乡，
> 回到亲爱的姑娘身旁……

3

1250万美元，收购规模巨大的赛兰钢厂，是什么概念呢？

这家钢厂的全部建筑装备，建厂报表上标明总吨位为49000多吨，实际为62000多吨（这是拆迁总指挥吴明水的权威统计。看来经济比较发达的比利时人也大手大脚惯了）。当时钢材价格约300美元一吨，平均算来，首钢收购整个赛兰钢厂，是以高于废钢价格、低于钢材价格买进的！

何况还包括它的一整套现代化管理和生产技术资料！

赛兰钢厂有国有股，因此它被中国人收购在比利时引起很大震动。一位记者用辛辣的笔调写道："中国人以非常便宜的价格，把我们的西服上装和领带买走了，我们身上还剩下什么呢？"

非凡的周冠五，智慧的首钢人，为改革中奋起的共和国买回一个小小的珍贵的现代化！

在全国首开收购成套二手设备、改建新工厂的先河，它具有国家行动的象征意义。

周冠五的勃勃雄心并没有仅限于此，他命令高伯聪立即转赴法国，去著名的雷诺汽车公司考察，他要买生产线，上汽车！

咱们工人
铁血记忆·首钢九十年

高伯聪到雷诺公司考察了一番，刚进厂区就被那全部现代化生产的巨大气势深深震撼了。他认为，首钢既没这个能力，也没有专门的人才，我们只能量力而行，以钢为主。

他把周冠五的意见否了。那时的周冠五意气飞扬，雄心万丈，什么都想上。他稍稍有些不高兴。

三、吴明水为老外签"生死状"："中国人没有不可能！"

——"洋姑娘"坐上首钢"大花轿"

1

瘦瘦的吴明水应声出列，被指定为赛兰钢厂拆迁队的总指挥。

吴明水身材不高，步履轻快，肤色黝黑，瘦削，眉骨略高，眼窝微陷，像南海一带的人，脸上总挂着和善的微笑。

一问，是上世纪50年代归国的印尼华侨。

仿佛上帝撒落了一把晶莹的翡翠，东太平洋蔚蓝色的海面上，闪耀着一个风光明丽的"千岛之国"——印度尼西亚。在苏腊维锡岛的北部小城，一幢蓝色的小楼紧靠海岸，1933年，吴明水就出生在这里。

父亲吴继赏本是福建泉州一带的贫苦农民，家里过着半年粮半年菜的日子，长到十几岁，吴继贵还没穿过一双鞋，无拘无束的10个黑脚趾扎撒着，脚掌下一层老厚茧，火烫上去都没感觉，跑起路来健步如飞，能撵上兔子，有点"神行太保"的本事。乡里都说南洋的日子好过，遍地黄金，17岁那年，春节快到了，家里卖了两口猪准备过年，吴继赏偷出10块大洋，漂洋过海到了印度尼西亚。哪里是什么遍地黄金啊？土著们身上挂的布片比老家人还少，小孩子一年四季光屁股，女人们胸前晃晃悠悠的双峰就那么挺着，看得吴继贵眼晕。没出路没本钱，吴继贵就跑到深山老林里打蛇，一双飞毛腿派上了用场。蛇皮晒干以后，或者卖给药商，或者卖给皮商。在大山里一钻几个月，出来时皮肤黝黑，头发老长，身上挂着碎布片，模样跟"北京猿人"差不多。

南洋确实好活，热带山林物产丰富，野果漫山遍野，野猪兔子山鸡乱飞乱窜，种子扔进地就疯长，怎么也饿不死。吴明水说，南洋一带的人都比较懒，勤劳智慧的华人只要有机缘有本事，很快就能干起来。

父亲渐渐发达了，开了店，盖了楼，成了岛上很活跃的商人。由于华人普遍比较富有，当地人仇富心理很重，打劫绑票的不时发生，社会每有动乱，跟着就是疯狂的排华浪潮。因此华人轻易不露富。吴明水家的那幢蓝色小楼，看着不很大，门面也不阔绰，走进去才发现里面富丽堂皇，铺着地毯的走廊就有几十米长，现代化摆设应有尽有。

吴明水在那里读的是华人学校，进入高中，恰逢共和国成立，吴明水一边读书一边做兼职记者，来自祖国的一条条新闻振奋人心，爱国情潮在他心中涌动不息，他渴望回到新中国做一番事业。父母生下8个孩子，吴明水排行老三，大哥天生口吃，父亲本想把家业传给明水，可他回归祖国的心已经无法平静了。1952年，高中尚未毕业的吴明水带着一个弟弟一个妹妹，乘坐"精义万号"客轮，由雅加达取道新加坡，再到香港，从深圳入境。铁丝网的那边是英国警察，这边就是五星红旗飘扬的祖国大陆。

吴明水手中的皮箱里，装了不少干海参等海产品，还有1万元人民币——这在当时算是一笔巨款了。第二年，吴明水考入北京钢铁学院，1957年毕业后分配到首钢修理厂。修理厂主要负责高炉的大中小检修，干的全是最脏最累最危险的活儿，粉尘多，煤气重，有时要戴上防毒面具，钻进数百度高温的高炉里抢修，人一出来，明显小了一圈——体内水分快蒸发干了。

一个少年时期锦衣绣食的富侨之子，烟里火里竟然什么都挺下来了，因为敢打敢冲、吃苦耐劳，并且带头搞了三十多项技术革新，多次被评选为北京市劳模、优秀党员、四化尖兵，奖状证章多得数不过来。1964年，吴明水出任修理厂副厂长。

吴明水对国家爱得如此赤诚。他归国不久，就把父母大人和几个兄弟姐妹也动员回来了，他根本不知道，由于自己特殊的身份背景，在很长一段时间里是被"监督使用"的人员。"文革"中一切丑陋都暴露出来，挂牌子、剃鬼头、遭毒打等等一切苦头不必说了，下放农村劳改时，虫咬满身，大便时猪饿得直拱屁股。父母很伤心，挺不住了，带上几个弟妹又离国远去。现在吴明水的几十位亲人遍布欧美亚大陆。父母行前，再三劝吴明水也跟着走吧，他却坚定不移，他说，目前的混乱局面是暂时现象，将来会好起来的，那时更需要人来搞国家建设，我不走！

高炉大修时，上千人的动员大会，造反派头子让吴明水站台上，"不许乱说乱动"，先抽他耳光，大批一通他的"资产阶级反动技术权威"，然后让他低头认罪，最后再让他讲讲大修工程的各项工作安排和技术要求。

没办法，造反派头子讲不明白啊。

1984年，吴明水出任修理厂厂长。那时首钢正在大干快上，而"文革"中建的四号炉已经千疮百孔，必须停炉进行大修，周冠五急得跳脚。按正常规程，高炉大修一般需要150天至200天，吴明水数十天不回家不下火线，日夜滚在工地上，结果只用64天就完成任务，冶金部特别发来了贺信。党委副书记、副总经理、总工程师的高伯聪当时任大修前线总指挥，开炉点火那天，听说除尘器里有脏东西，吴明水扭头就钻了进去，出来时已成"黑人"了。高伯聪笑着对他说："你是三军之将，不能什么事都自己干。"不过吴明水的"拼命三郎"精神给他留下极深的印象。

要以最快的速度、最短的时间把赛兰钢厂从比利时拆运回来，非吴明水这员虎将莫属！

2

一场大战开始了。

1985 年春节刚过，指挥吴明水、副指挥陈鸿伟带领 289 名年轻的精兵强将，"杀气腾腾"到达比利时列日市。各分队队长都是他亲自挑选的，下面的工人也都是队长们挨个挑的，个个身强力壮，精神抖擞，吼声如雷，走起路来地面都颤。

工人们都是第一次出国，行前当然要进行政策纪律教育——那是资本主义的"花花世界"么，比如"出门要请假"，"不得单独行动"，"上街要三人以上同行"，"不准去红灯区"，"要防止资本家的腐蚀拉拢"等等，吓得工人手心直冒汗，以为那里到处是洪水猛兽、糖衣炮弹和美女蛇。

飞机一落地，大家差点儿欢呼起来，但都憋在心里没敢出声——怕冒出什么"反动言论"——这个可怕的花花世界太美了！街道安静整洁，人人彬彬有礼，到处是草坪、鲜花和绿树，早晨市场、街头有不少卖花的人，傍晚时花就卖光了，足见这里的人们都爱花。问路时所有的行人都很热情，如果指错方向了，他会急急地赶上来再三道歉，再告诉你正确的方向甚至自愿当一段向导。

生活了一段时间以后，工人们惊叹，人家个个是活雷锋啊！

出发时首钢规定，每人每天报酬加食宿和放假旅游费用为 10.5 美元，省下的都是工人自己的，这在当时是十分可观的一笔收入了，工人们憋足了劲要把活儿干得漂漂亮亮，还要节吃俭用攒下一笔"巨款"买上新"三大件"，回家好让老婆孩子高兴高兴。

周冠五的钱可不是白给的，工期开始说定一年，后来改为 10 个月——这就够紧了，吴明水迅速制定了一个倒计时的工期工序计划，风风火火干了一段时间以后，周冠五又来电话，要求八个月内必须完工，否则提着脑袋来见我！

赛兰钢厂主管工程的副经理马尔腾斯一听，笑着说，贵国以为我们赛兰钢厂是用纸牌搭成的吧？按我们的经验，最少要 350 人和一年半的工期才能完工，而且还需要我们的全力配合，你们的计划，NO，一定会泡汤的！

双方都必须按一定的工期来安排合作日程和相关工作，需要签订协议，其中有一项：如中方不能按时按计划拆解完毕，比方将按小时收取罚金。马尔腾斯大笔一挥签了名，然后半开玩笑地说，你们输定了！尽管我们不愿意看到工程拖期的后果，但能够收取一笔巨大的罚金，我们还是很高兴的。

吴明水说，如果贵公司收不到这笔巨款，我相信您会更高兴，因为这证明了您的中国朋友很出色！

工人们集体住进了一座仓库，为节省企业费用，工人的翻毛皮鞋、工作服、手套等劳动保护用品，包括棉被、枕头等都是从国内空运过来的。吴明水住在仓库上方一间6平方米的小屋里，除了一张行军床和一张小办公桌，什么都没有。

寂静的赛兰钢厂热闹起来了！

7个炊事员在仓库一角改装出一个伙房，分三班轮流作业，把饭菜送到现场。他们既要保证营养，又要一分一分节省着花，可难死他们了。比利时人不吃猪下水，一般都扔掉了，炊事员就联系当地屠宰厂，这些洋"雷锋"后来把下水留存在冷库里，全部白送给我们。

3

大战打响，吴明水要求所有建筑和设备的零部件拆装都必须严丝合缝，一个小螺栓也不得丢失、切割、损坏，回国安装时哪个螺栓对哪个眼儿，都要编号制册，不允许出丝毫的差错，他的口号是："能拆就能装，能装就能用！"周冠五也再三来电嘱咐，据说厂房的钢柱埋在地下有两三米深，要连根拔出，不得锯断，否则会影响我们再建厂房的高度和稳定性。

时值深冬，气候湿润的比利时雪花纷飞。

工期太紧了，一个月只放两天假，工人们顶风冒雪，几乎天天连班作业，天亮就起床，天黑才收工，一气干十七八个小时是常事。

这是一场地道的蚂蚁啃骨头的"战斗"。

工人们的呼吼震天动地，起重设备东吊西卸，经过数月紧张劳作，钢厂暗绿色的外壳全部拆解下来，巨大的内部钢结构裸露在青天化日之下了。

赛兰钢厂主厂房为金属结构，长305米，宽116米，建筑面积2.6万平方米，设备总重量49000吨，主要有两座210吨的大转炉、大型吊车11台、总容量近3万千瓦的电机和300多吨的电线电缆，这还不包括厂房和车间的金属墙壁与间隔。总之，放眼四望，周围全是黑沉沉或光闪闪的巨大钢构件，其中最主要的厂房构件为6根钢梁，重量在140吨以上，其中最长的一根是天车吊梁，长36米，横高4米，重270吨，比法国捐赠给美国的225吨的自由女神像还重。

天啊！这样的庞然大物怎样往下拆卸啊？

吴明水、陈鸿伟和几位富有实践经验的工人商量，决定给巨梁焊上8个鼻子（吊环），再穿进钢丝绳吊下来。

两台超大的300吨吊车和直径达10厘米粗的钢丝绳租来了。

两位比利时司机一听吴明水的方案，吓得直往后缩，连说吴先生，钢梁这么重，按您的方法，我们肯定机毁人亡，就得到上帝那儿报到去了！家里还有太太孩子呢，万一我们砸死了，家里谁管啊！

他们要求把钢梁切断，一截一截往下吊。吴明水当然严辞拒绝，锯断就成废钢了，以后怎么用？何况周冠五要求连一根螺栓都不得切断。

司机又提出，用钢丝绳把钢梁从两头捆住，再往下吊。

吴明水说，我们已经租来的钢丝绳没有这样的长度，现去订货，这种比碗口还粗的钢丝绳，比利时市场上和厂家根本没有。再说，拦腰拴绳，这么粗重的钢丝绳人拿不动，需要吊车配合，这么长的钢梁，很难保证拴在重心。如果偏离重心，两台吊车同时起吊，钢丝绳打滑，很可能造成机毁人亡的重大事故……总之，所有办法我们事先都想过了，都经过充分论证，只有我们现在选用的办法——焊接吊环，是最好、最快、最安全的！

两位司机还是不干，找来了一直在现场监督的比利时国家一线安全员。这是西方国家法制完备、安全制度严密的表现，建筑和施工现场总有国家安全员实行全程监督。

安全员口若悬河，当场背诵了许多条比利时有关安全生产、安全施工的诸多法律条款，拒绝了吴明水的方案。

吴明水向安全员详细介绍了他的方案，指出他的吊环办法以及每个环节都经过反复的科学计算。

比利时安全员把双手插在皮夹克口袋里，一言不发，一副拒人于千里之外的漠然态度。

站立在风雪之中的艰苦"谈判"进行了两个多小时。

僵持。

陪在一边的赛兰钢厂副经理、主管工程的马尔腾斯表态了，他理解中方的心情，一个多月来，他也目睹了中国这支施工队伍的强大、勇敢和一丝不苟的科学精神。

安全员当然很信任马尔腾斯，他终于松口了。他问吴明水，考虑到可能发生的严重后果，你敢签一份担保书吗？如果发生事故，中方要对一切后果承担全部责任！

担保书就是生死状啊！

纷飞的雪花中，胆气冲天、豪气冲天的吴明水大笔一挥。

采访中，吴明水回忆起这段艰苦的谈判还心有余悸，他说，那时候胆子真够大的，万一发生事故，机毁人亡，我被抓进去了，工程也报销了，想起来真有些后怕。

焊接8个吊环鼻子是安全的关键之关键。吴明水派了两个焊工，一个八级工王少玉，一个七级工吴纯才。他拍拍这两个家伙的肩膀，操一口印尼风味的普通话说，上去吧，抓紧时间，好好干！

他信任自己的工人。首钢工人个个是钢浇铁打的硬汉，尤其技术高超的焊工和起重工，1959年国家十年大庆，北京搞"十大建设工程"时一举成名，威震全国。周冠五一提起这些"拿山头"的骄傲，眼睛就笑成一条缝。

两个虎虎生威的家伙全副武装，登上数十米高的钢梁，高天之下，大雪纷飞，昼夜不停，焊花四射……

伟大的中国工人在比利时王国面前演出了一场惊天动地、激动人心的壮剧！

王少玉和吴纯才蹲在冰雪覆盖的钢梁上，整整32小时连续作业没下战场，饭菜都派人送到钢梁上。为了增加强度，每道焊口焊了五遍。

吴明水在下面几乎也站了整整32个小时，他的眼泪不断地流。

两位工人被扶下来时，已经不会走路了。

比利时人说，他们太令人钦佩了，有额外的报酬吗？

吴明水说，没有。

比利时人说，他们走遍全世界，"没见过这样的工人"。

轰鸣声中，比利时两位司机操纵着两台超大履带式吊车，开进起吊位置。担任指挥的中国指吊工吹响尖利哨音，手中的红绿小旗不断摇动，在风中翻飞。

所有站在下面观看的人都屏住呼吸，如凝固的雕塑，只有脸前还飘逸着白色的冷气。上百双眼睛顺着吊车大仰角的擎天长臂，紧张地盯着大钢梁两头的吊环和钢丝绳。

碗口粗的钢丝绳渐渐拉直了，绷紧了，人们的心跳骤然加速。

起吊的一刹那，钢丝绳和吊环突然发出一阵剧烈的摩擦声，人们的心又一下停止了跳动！

哨音长啸，小旗挥舞，270吨重的钢梁缓缓吊离基座，放置在立柱和钢梁之间的垫片哗啦啦从高空掉落下来，人们的心又骤然紧缩。

巨大的钢梁颤动着，腾起一阵阵粉红色矿灰，在急促的哨音中缓缓下降，终于落地！

欢呼声响彻云天。马尔腾斯、安全员纷纷与吴明水、陈鸿伟热烈拥抱，祝贺中国的成功。两位比利时吊车司机满脸汗水，几乎同时跳下座舱，兴奋地挥动着拳头边跑边用法语喊："了不起！了不起！"与周围所有的人击掌、拥抱。

接下来的难题是两座210吨重的转炉，国内提出的方案是解体拆运并发来了一个指导性文案。转炉一旦解体，不仅给重新安装带来很多麻烦，而且很可能使转炉质量受到影响。

"将在外，君命有所不受"，吴明水决定整体拆运。

转炉高近11米，直径10米，装上车足有一座3层楼高。吊卸成功，可从工地运出要经过赛兰钢厂一条斜拉运料皮带桥。好吧，什么都难不倒足智多谋的吴明水和他的战友——那就用巨型吊车把210吨的转炉从斜拉桥上空吊过去！

数千名比利时工人和行人站在旁边观看着这一壮举，眼睛瞪得老大，惊叹声赞叹声风一样在人潮中掠过……

运往港口的路上，要用船通过河运，穿过四座桥。桥洞不够高，总不能把人家比利时的桥给拆了吧。好吧，听说比利时有一种可以半潜入水的运输船。所有的桥洞都安然通过！

周冠五规定工期从一年缩减为 10 个月，又缩减为 8 个月。吴明水带着他的 289 人"突击队"，用了 7 个月 22 天、提前 8 天完成了全部拆卸任务，1986 年 4 月 29 日下午 5 时，谢枫华、刘京利、张伟、苏宇林等几位工人放倒了赛兰钢厂最后一根钢柱。

那一刻，比利时人的赛兰钢厂被中国人从地球上抹去了。

全厂装备总重 62000 多吨，2.8 亿多个零部件，全部完好无损，登记入册。

比利时方面对中国工人赞不绝口：

我们对吴先生的指挥才能和中国工人的奋斗精神深表钦佩！

我们原来担心贵国来这么多人，工期又如此之长，有可能给列日市带来麻烦，没想到贵国工人纪律严明，作风良好，这里的人民对中国人民都留下美好的印象。

你们的工作效率和工作精神是惊人的，你们创造了我们想都不敢想的奇迹！

4

拆卸工作接近尾声时，一个令工人们十分焦急的消息传到比利时，首钢那边普遍提升了工资，不知什么原因，在比利时工作的 289 人包括吴明水，工资全部"冻结"。不久厂部又来了一份急电，令吴明水立即回京"诉职"，同时新任总指挥张继文紧急飞往比利时赴任。工人们莫名其妙，意识到家里那边可能发生了什么意想不到的"飞天横祸"。工程大功告成之际，大家提心吊胆，归心似箭，一个个愁苦着汗水淋漓的脸，欢声笑语全没了。

吴明水愤怒了。他意识到可能有人告了刁状。

中国这地方历来有"枪打出头鸟"的传统和习性，你是高山，别人不就成了洼地了吗！

吴明水准备了详尽的汇报材料和许多现场照片，准备回京"找个说理的地方"。星期六到家，刚端起饭碗，高伯聪的电话进来了，他忧心重重地说，我相信你们是干得好的。不过有干部从你那里回来以后，在周头儿面前吹了冷风，告了你们的状，还说你什么也不干，整天在房间里看黄色电视……

吴明水愤怒地说，我那个 6 平方米的小房间连台电视机也装不下，去哪里看黄色电视？

"反正周头儿大发雷霆了，"高伯聪说。他建议，明天是星期日，上午一般情况下周冠五不出门，在家看电视，你应当到他家去，把真实情况跟他说清楚……

吴明水深知，周冠五在首钢威高权重、一言九鼎，靠别人是说不动他的。

星期日上午9时，吴明水夹着一个厚厚的材料袋闯到周冠五家。家人把吴明水请进客厅，周冠五阴沉着脸，靠在沙发里一动没动。

吴明水说，我来跟您汇报一下拆迁队的工作情况和进度，您要求我们八个月完工，现在看可以提前完成了。

接着他打开材料袋，把一张张现场照片摆开给他看，然后讲起那些感人的事迹和工人创造的一桩桩奇迹，以及比利时人对中国工人的良好评价等等。

周冠五把茶杯推到一边，俯身仔细看着那些照片，听着听着，他的脸色渐渐缓和了，明朗了，不时还问问钢梁是怎么吊装下来的，220吨重的大转炉是怎么整体卸下来的？

周冠五去过赛兰钢厂，他明白那里的情况和任务艰巨的程度，看了照片，听了数据，知道吴明水讲的都是真的。高伯聪曾在电话里提醒吴明水，你讲四五十分钟就行。可吴明水一气讲了一个多小时，告别时，周冠五面带微笑，起身一直送到家门口。跟出来的任秘书诧异地悄悄跟吴明水说，周头儿送你到家门口，这可是少有的礼遇啊！

星期一上午，照例是首钢党委的常委会。高伯聪走进会议室时，他见靠在皮转椅上的周冠五阴沉着脸，一副若有所思的样子，手指不停敲击着桌面——那是他内心不平静或怒涛澎湃时的标志性动作。果然，周冠五在会上大发脾气，不过不是冲着吴明水，是冲着告刁状的那个人的："人家吴明水领着工人干得那么好那么快，你怎么把人家说得那么坏？是什么用心？撤职查办！"

那个告刁状的处级干部一撸到底，灰溜溜去当了工人。

289位工人的工资立即提升，还给部分人发了奖金。

不久，吴明水提升为首钢总经理助理。两年后，在3万立方米制氧设备安装工程中，面对前期工程的混乱状态，吴明水又临危受命，把已经准备中途撤出的德国和瑞士专家稳定住，工程按期完工，"大胡子"纷纷向他翘起大姆指……

海外富商之子，瘦瘦小小，说话平和，却是一员干将。

5

1986年7月12日，从比利时安特维普港起航的"摩士曼星"号5万吨巨型货轮，载运着赛兰钢厂的两座转炉和全部装备，经过51昼夜的漫长航行，停靠在天津新港。站在指挥舱里的德籍船长汤姆森用望远镜巡看了一番港口风景，然后抹抹金黄的唇须，下令手下："立即发报：摩士曼星号已如期抵达中国天津新港。"此刻，他的嘴角露出一丝不易觉察的笑意。

按照协议，货主必须在 15 天内完成卸货，如果在限期内提前完成，船主将付给货主每小时 75000 美元的速遣费。如果逾期不能卸货，货主将按小时付给船主加倍的滞留金。

汤姆森暗自得意，事先他对天津新港装卸能力进行了周密调查，认为该港完全不具备接运赛兰钢厂大件设备的能力。在他看来，这笔滞留金一定会拿到手了。

首钢设备处驻港接运组组长崔乃林和天津港务局人士顺着舷梯攀上甲板，放眼一看不禁惊住了。所有那些超大超重超限的部件全部放置在深达 20 多米的货舱里，而这艘巨型货轮只配备了 80 吨的吊车，汤姆森嘴角衔着粗大的雪茄，耸耸肩膀说，我不得不遗憾地告诉各位，我们的吊车坏掉了，无法使用……

用周冠五的话说，"首钢人没有拿不下来的山头！"

天津港没有吊装能力，听说在附近沿海作业的渤海石油公司有一台日本造的 900 吨巨型浮吊，一经求援，对方说，都是咱国家自己的事，随叫随到！

大件落地又成了问题，天津港码头每平方米承重仅为 3 至 5 吨，无法承受每平米 65 吨以上，体积相对集中的货物。怎么办？有人恰在几天前的报纸上看到一则新闻，说香港人士建议中国应建造浮海码头，以扩大吞吐能力。崔乃林眼前一亮，可以先把大件设备吊运到浮海码头上，再倒运到坚实的地面上吗！

那几天，"摩士曼星"号货轮的船长汤姆森已经给全体船员放了假，此刻他正半倚在豪华考究的船长室里惬意地品着法国白兰地和哈瓦那雪茄，一心一意等着收取中方大笔的滞留金。译电员匆匆跑进船长室："中方通知，请于 7 月 17 日进港卸货！"

汤姆森大吃一惊。他立即登上甲板，眼前的景观让他惊呆了，一台巨大的乳白色 900 吨浮吊主举着红白相间的长长铁臂，在石油部的急令之下，连续航行 19 小时，已抵达天津港口。与此同时，1500 吨的巨型甲板驳船也拖入港口待命！

万事俱备，只欠东风。汤姆森不得不紧急下令，让所有船员迅速归队。

仅用 12 天，卸船全部完成。按照协议，"摩士曼星"号货轮向中方支付了 22.5 万美元的速遣费。

如此庞大的转炉、全套设备和部件，从天津通过陆路运到首钢，更是险阻重重、声势浩大、震动八方的壮行。时任副总理的李鹏亲自过问，北京市副市长李润五出面，多次协调沿途所经京津冀各方路段铺路、架桥、让道、拆房、砍树，一个漂亮的"洋姑娘"嫁进国门，总得欢迎回家啊！

不必细述其中的麻烦、困难与争执了，看看下面的数字就知道了：

协调会议开了 268 次，参与其事的各地有关单位、部门 75 家；

沿途改造桥梁 12 座；

加固加宽公路 9.6 公里;

砍树和移树 30000 余棵;

250 多公里的路途,整整走了 7 天;

为处理运输善后事宜,首钢付出 1500 万元,其中仅天津收费就达 763 万元。

这是一次壮丽的凯旋。首钢工人把白毛巾扎在头上,腰间系上红绸带,一路把锣鼓敲得震天价响。前方由警车开道,一辆辆超大型平板卡车装载着巨大的转炉和钢铁构件,运输车队浩浩荡荡驶过西长安街时,沿途观看的人潮前呼后拥,摄影摄像的记者们举着相机扛着机器,前堵后追,满头是汗。

后来,首钢设计院院长何巍对我说,当时用多大的平板卡车,每辆车需多少个轮胎,每个轮胎承重多少,事先都经过严密而科学的计算。他说,当时中国焊接技术水平有限,只能整体拆运。如果现在来办,完全可以把大件切割开来装运了,那会省多少运费啊!

1986 年 9 月 21 日,比利时赛兰钢厂全部构件、设备运抵首钢,周冠五面带傲然而欢欣的微笑,站在厂东门前的街口。

他身后是沸腾的人群和彩旗的海洋……

迎娶比利时"钢姑娘"的洞房早已准备好了。

1985 年 3 月,比利时那边的拆卸工程刚刚开始,这边的基础建设工程已经热火朝天地展开。周冠五明确要求:

一个螺栓都不许错位!

每块锈斑都必须清除后再刷漆!

凡是变形的钢板都必须整平再安装!

一根根巨大的钢柱森林般站立起来,常来"散步"的周冠五时常拿起一根螺栓敲敲那些钢结构,含笑倾听那清脆悦耳而绵长的回响,那是他的心跳,也是首钢的脉动。

当然,首钢对迎娶进门的赛兰钢厂并没有照搬照用,那边还在拆卸过程中,这边已经组织起大批科技精英对它进行了全面的更为现代化的技术改造和提升:计算机自动控制系统上去了,能源回收再利用系统上去了,环保系统上去了,连铸上去了,大量新工艺新技术上去了,其中许多配套设备和生产流程都是世界一流的。

赛兰钢厂成为比利时王国历史上的一个"灰姑娘"。她登上红舞鞋,穿上白婚纱,摇身一变成为首钢光艳照人的"新嫁娘"。1987 年 8 月,银灰色的首钢新"第二炼钢厂"高高崛起在十里钢城。

两座转炉设计年产量为 300 万吨,它又创造了一个"中国第一"。准确地说,是周冠五买回个"中国第一"。从产量看,当时国家举倾国之财力,建起的宝钢,其年产 300 万吨的转炉是从日本新日铁公司购进的,价格昂贵,而首钢则以低于钢材的价格买了一座年产 300 万吨的钢厂,无疑是开创性的大手笔。

首钢人从来没玩过这样的庞然大物，头两年不太顺手，但很快成为"世界上转得最快的转炉"，最高年产达 520 万吨。

1992 年 5 月 22 日，刚刚南巡归来的邓小平到首钢视察，听了周冠五有关第二炼钢厂来历和生产指标不断冲高的汇报，他高兴地说："这是条捷径，水平也不低。"

四、"他们不开门，就用船把墙撞开一扇门！"

——怒吼的周冠五：大陆第一个船王

当邓小平决定开启改革开放新时代的时候，国人突然发现，关闭太久的国门推开时嘎嘎作响，实在太沉重了。

1979 年，首钢副总工程师范冠海去美国考察，得知那里的一家钢铁企业要甩掉一批闲置的鱼雷罐（灌装铁水的工具，因形如鱼雷而得名），每台售价仅为 14000 余美元，而一台新车则要 40 万美元。周冠五当即拍板买回 29 台。

运到秦皇岛港口，经海关商检查验，他们认为，首钢买回的是一堆废铁，是洋垃圾，全部查扣，不得靠岸！

周冠五笑了，他对范冠海说，海关是外行，你带一支修理队上去，把鱼雷罐新上油刷漆，保准过关。

果然。被扣压了整整一个月的 29 台鱼雷罐终于运进首钢。

1985 年 3 月，就在吴明水率领的拆迁队伍刚刚抵达比利时的日子，《首钢报》发布了这样一条消息："在这春暖花开的时节，辽阔的太平洋、大西洋航域，出现了三艘带有首钢'SG'标志的万吨远洋货轮。那飘扬在货轮上的五星红旗告诉全世界人民：首都钢铁总公司又开拓出企业经营的新领域——航海运输业……"

这又是周冠五的创意。国门大开之后，中国以及首钢进出口业务猛增，"自己没有航运力量，全靠雇船，花费太多，首钢应该有一支自己的远洋船队！"

首钢的第一家合资企业——与香港亨达船务有限公司联手创办的"爱思济船务有限公司"就此宣告成立。鉴于当时钢铁业和运输业的繁荣，周冠五决心搞一个世界最大的远洋船队，除了上述三艘万吨轮之外，先后又在日本、韩国等地定购了九艘超大型矿石运输船。1996 年，周冠五已解甲归田，由首钢新任党委书记、董事长毕群专程去日本接回第一条船。

从比利时引进设备抵达首钢

《首钢日报》记者韩基宪曾登上过一条船，那是他一生看到过的最大的船，长300米，高近80米……

《首钢报》的新闻发出后，国家海洋局大发雷霆，说你们就搞你们的钢铁算了，还异想天开搞什么航运？没经我们批准，你们的船队是违法的！而此刻，飘扬着五星红旗的"钢城"号、"新基"号、"飞腾"号三艘远洋货轮已经驶出英国港口，满载着新购入的二手设备和客户货物，正乘风破浪横越大西洋和太平洋，向中国海岸隆隆挺进。

没想到，3艘万吨巨轮成了"黑船"。

事情惊动了中南海，总书记胡耀邦作了批示："积极进行，愈快愈好。不可犹犹豫豫，贻误时日。"国家海洋局的领导这才思路大开，真正领会了改革开放的治国方略，一表态就是最开放最新锐的："有水大家走，个人、集体一起上！"

中国航运就此全面放开。

别以为那道千年古墙轻易就会撞开。1985年10月19日，"飞腾"号首先抵达秦皇岛港，它装载着16台矿用120吨电动轮汽车、17立方功力的大型电铲车1台以及许多其他大型矿用机械设备，总计2100多吨。

虽然高压之下批准你的船队"合法"了，但没发通行证，仍属"违法经营"。

秦皇岛港不许靠岸！

绕道天津新港，不许靠岸！

再绕道大连港，仍不许靠岸！

"八路军"遇上了"共产党"，"游击队"遇上了"正规军"。

改革开放之初，"周大胆儿"几乎成了"上访专业户"，又一份紧急报告打到国务院，一个多月过去了，没有回音。

身处改革开放前沿的大连人看不过去了。市长魏富海现场办公，他把港务局几位负责人叫来，当着首钢人的面问，你们听不听我魏富海的指挥？

坚决服从！

那好，你们还算懂得"县官不如现管"的道理。给你们五天期限，必须让

咱们工人 铁血记忆·首钢九十年

首钢的货轮靠岸卸货！

在大海里整整泡了35天的"飞腾"号，终于靠上祖国海岸。

五、升官的何巍懵了："一切没有常规！"

——救命妙计："饿死上家，撑死下家，拖垮对家"

1

天天埋头在首钢设计院的图纸堆里，何巍很少注意过天气。那天早晨上班前突然感觉有点凉，往窗外一看，树上的叶子黄了一半，啊，秋天了。妻子说，你把那件夹克衫穿上吧。何巍问，衣服在哪儿？家的一切杂务都不过问，他只忙工作。采访中我笑说，还不如我呢，我每年还能在三八节洗一次碗，常把太太感动得热泪盈眶。

何巍骑上自行车，提前20分钟进了距厂东门不远的首钢设计院大楼，开始一天的工作。

这是1994年10月上旬的一天。

下午四时左右，设计院组织部忽然通知他，下午5时准时到首钢办公厅会议室开会，不得请假，不得有误。何巍问，啥会呀？设计院组织部的人说，我们也不知道，公司点名让我们通知你，而且不许请假，务必到会。

何巍一头雾水，设计院还有谁参加？

没有，就你一个。

更加莫名其妙。院领导们都不去，我一个毛头小子，开哪门子会？他莫名地有点紧张，怕是出了什么事吧？可我没干过什么坏事啊。

下午4时50分，何巍骑上他那辆破自行车，来到了办公厅大院会议室时，他发现里面已经坐了几十人，少数是认识的，多数是不认识的。会议室中心是个长圆桌，他找了角落坐下，问旁边的人，今天开什么会？

那人摇摇头说，我也不太清楚，听说要成立什么"保铁"、"保钢"的"服务团"。

五点整，首钢党委副书记、副总经理杜如明等几位副老总进来了，其中一位叫徐和谊，原为首钢设计院院长（现为北京汽车集团董事长），是何巍的前任领导。他进了会议室就东张西望，一见何巍坐在角落里，就抬手招呼他，你过来坐，坐到前面来。

何巍赶紧摆手说，不了，不了，我坐这里行。

徐和谊一脸认真，叫你坐前面你就坐前面嘛！

何巍只好勉强坐到长圆桌前。

会议开始了，总公司党委副书记、副总经理杜如明讲话，他开门见山说，经首钢党委会研究决定，由何巍同志担任第二炼钢厂党委书记，明天八点开始交接工作，上午必须完成。下午，二炼钢的一切生产工作由以何巍为首的新领导班子全面主持负责。

何巍懵了，眼睛瞪得溜圆瞅着杜老总，大脑一片空白，这是哪儿跟哪儿啊？他怀疑老总是不是说错了。可老总并不更正，他接着说，今天我们决定抽调各方人马干将，就是在座的各位，分别成立"保铁服务团"和"保钢服务团"。党委已经定了，今年首钢钢产量一定要超过鞍钢，冲上全国第一，在这个基础上明年坚决拿下一千万吨的山头，为确保实现这个目标，"服务团"的任务就是：组织一切力量，调动一切积极因素，创造一切必要条件，协调有关各部门各单位，不惜一切代价，为保证铁产量和钢产量保驾护航！期望以何巍为首的二炼钢新班子，一定要为年底实现"全国钢产量第一"的目标努力奋斗！

杜老总还讲了许多雄心壮志的话，可何巍什么都没听进去，他还是懵头转向，没有一点兴奋感或使命感，脑袋嗡嗡直响。首钢二十多万人，年富力强、经验丰富的人才干将一抓一大把，这事儿怎么摊在我头上了？

会议只开了不到30分钟，散了。何巍又骑上他那辆破自行车，一时间不知往哪儿骑了，找不着北了。骑了一会儿，他还是想不明白，于是下了车给设计院组织部长打了个电话，他想问问清楚，理理头绪。电话中他问，怎么想起要我来当二炼钢的党委书记啊？

院组织部长大惊，我们不知道啊？

天哪！现任的书记厂长撤职处分了，新书记厂长已经宣布了，而他的现管——设计院组织部竟然还不知道！

这就是战将出身的周冠五的作风。时间就是效率，时间就是生命，他敢于把官本位的僵化体制和一切条条杠杠废掉，雷厉风行，说干就干，为了实现作战目标，不要一切常规，不走一切过场，不惜一切代价。

2

这一天，阳光灿烂。

首钢设计院院长的办公室极为宏阔，U字型的写字台也极为宏阔，我和院长何巍相对而座。谈到1994年10月26日这一天，他当时的感觉和感受记忆太深了，一切细节都历历在目。

45岁的何巍戴一副眼镜，身材颀长，面容清俊，嗓音响亮，举止干练，一望而知是有管理才能的学者。

其思维非常敏捷。落座之后，我笑说："咱们倒数是一家子呢（名字都是巍字）！"他立即回说："正数也是一家子嘛。"——套瓷的本事显然高我一筹。

1994 年 10 月，周冠五亲自点将，由刚刚 30 岁的何巍出任二炼钢党委书记，把年底钢产量冲"全国第一"的大任交给他，虽是出乎意料、超乎常规之举，其实是有道理的。

1964 年，何巍生于石家庄一个知识分子家庭。父亲是市机械研究所高级工程师，母亲是省环保局总工程师。旧时代，何巍的祖父是"为人清正、学富五车"的社会名望，当过北京郊县通州的县太爷。家学渊源深厚，几个子女也都成为饱学之士。1957 年，父亲因在技术上坚持科学意见，反对那些浮夸作法，被打成"右派"，母亲也多次受到政治运动冲击，但父母始终以科学精神为自己做人做事的核心理念。父亲平时不多言，无事乱翻书，但必要时讲出的任何一句话都能把搞假大空的人顶到墙上。性格刚强的母亲遵从的唯一一条原则就是："我藐视一切权威，只服从真理"。父母的人生态度给了何巍深深的影响。中国刚刚进入改革开放新时期的 1981 年，他考入西安冶金建筑学院机电系（现为西安建筑科技大学）。在大学，他是出了名的活跃分子，入了党，当了班长和学生会的体育部长，1985 年毕业时因品学兼优，被学校保送到北京——那时外地学生被分配到北京是相当光荣、令人羡慕的事情。当时有三个单位可以选择，父亲的建议是，实践出真知，要选择能够做实际事情、能在基层劳动的地方。

《钢铁是怎样炼成的》让何巍选择了首钢。

他本想直接到车间去，没想到一步迈进设计院的炼钢组。

首钢正处于"大承包"、大发展的奋战年代，事事需要科技人员拿构想、拿设计、拿图纸，缺人啊！周冠五要求设计院"打造三千子弟兵"，所有的山头必须拿下！

回忆起那个百舸争流、万马奔腾的沸腾年代，何巍至今激情澎湃，感慨万千。他说，年轻人如果没事干，一天天混下来，以为占了便宜，偷得了清闲，其实是误了一生。那个"大会战"时代把山一样重的紧急任务一件接一件压给你，很多东西你不懂，逼着你没黑没白地学和干，累得吃饭吃着就睡着了，裹着大衣睡长椅叫都叫不醒，拿办公室当家了，其实那是人生最难得的平台，让你施展聪明才智，你的知识本领就这样增长了。现在回想那个时期，我都不理解自己胆儿怎么那么大？什么任务都敢接，什么活儿都敢干，不知道什么叫难题！

是命运使然，也是时机使然，年纪轻轻的何巍迅速投身到首钢的"三大战役"，也是他自身的"三大战役"——

第一战役：

进院之初，恰逢比利时的二手设备大批运到，首钢正热火朝天地建设第二炼钢厂，并组织各方力量对原设备进行大规模的、更加现代化和中国化的"修配改"，何巍立刻被分配到炼钢组搞机械设计。如此庞大的转炉重达 1000 吨，让它运转起来吃铁水吐钢水，并适应首钢上马的各项新技术新工艺，纵横行动于天花板下的天车系统改造是最重要的环节之一。

设计院主管工程的梁张翼副院长竟让年仅 21 岁的何巍当了主设计！

二手设备机械系统中有几百个大型钢辊和上百个大轴承，有的发现裂纹，有的出现变形，为节省资金不能全部废弃，那么哪个能用不能用，都由何巍按照实际操作的安全标准进行科学鉴定，什么国际标准国内标准，何巍就是"标准"！白天要上工地跟着施工队伍搞技术服务，出了机械方面的难点叫他拿主意，设计任务全靠晚上加班加点，黑白连轴转是常事，"幸亏那时我没成家呢，一个人吃饱了全家不饿，冬天裹上一件大衣，睡哪儿哪儿是床"。

第二战役：

二炼钢投产后，紧接着又转战第三炼钢厂，原来那里只有一座六十年代建起来的小转炉，也是中国第一座转炉，本是为试验各项新技术、新工艺建造的实验性转炉建造的，首钢创造的氧气顶吹技术就是率先在那儿试验成功的。经过大规模扩容改造，第三炼钢厂又高高崛起了。接着又回到二炼钢，增建第三号转炉。

在这里，何巍搞了个大发明。

当时世界各国包括西方发达国家在内，因钢水的剧烈冲涮，转炉炉龄普遍不高，平均 2 到 3 个月就得停产搞一次炉役，从拆炉到砌炉，工期一般需要 8 天，首钢在全国用时是最短的，也要 6 天外加一个班。这样运转下来，一座转炉的炉龄大约是炼一千多炉钢，这显然大大影响了生产效率。建设改造三炼钢时，首钢得到一个信息，说德国为了提高转炉生产效率，搞了一个备用炉子，一个炉子需要维修了，用机械装置迅速换上备用的，等于两个炉子轮班操作，保证生产不中断。雄心勃勃要拿"全国第一"的周冠五毫不迟疑，要求立即上马。何巍他们没有任何技术资料，只看到国外杂志上刊有一张照片。何巍拿着这张照片左看右看，不明白"这是什么东西"。

就凭着这张照片，自主设计一套机械装置，把两个重达千吨的炉子像健身球一样换来换去，对于一个二十多岁的年轻技术人员来说，显见是一个巨大的挑战。

他作为主设计，和诸多同仁居然拿出一套完美的设计方案，一次试车成功！周冠五大为振奋，年轻有为的何巍自此在他脑海中留下深刻印象。

这种可换式转炉后来获得国家发明专利，可惜又可喜的是这项专利很快废弃了，因为西方一家钢铁企业发明出一种大大提高炉龄的办法，即把氮气吹入转炉，再配以别的材料，使炉渣均匀地平铺在炉内壁上，迅速转化为新的炉衬以保护炉体，转炉炉龄由平均 2 到 3 个月一跃升至将近一年，由一个炉役炼 1000 多炉钢一跃升至上万炉。运用这项新技术，首钢第三炼钢厂曾达到过三万炉。

可换式转炉专利技术自然被新技术淘汰了。

不过二十几岁的何巍自主搞出这样的大设计，不能不令人惊叹。

第三战役：

他又奉命转战第二炼钢厂，参与设计和建设三号转炉（前两座转炉是比利时买来的洋货）。

三大战役打完了，何巍也脱颖而出了。

机遇属于有准备的人，二炼钢是首钢的产钢大户，周冠五在冲"全国第一"的关键时刻，想到了何巍这个有冲劲、有学问、有胆识的年轻人。

有意思的是，1994年春，何巍刚刚由炼钢科设备组组长提拔为科长，8月，设计院搞各学科部副部长的民主推荐和自由竞岗，何巍是刚刚提拔起来的，自然闷在屋子搞自己的业务，对这件事想也没想——科长的椅子还没坐热呢。但领导们很欣赏他，再三动员他参加竞聘，结果一举中的，何巍坐上冶炼部副主任的交椅。

万万没想到，两个月后，周冠五亲自点将又点到他头上，出任第二炼钢厂党委书记——一年内连升三级。

30岁的何巍成为当时首钢最年轻的厂处级干部。

巨大的挑战提供了巨大的平台，巨大的压力成就了巨大的机遇。那时雄心勃发、目标宏伟、大战连连、压力空前的首钢，在"三个百分百"的铁律催化之下，锤炼出一大批精英干才，这是首钢最可宝贵的、可持续发展的伟大财富。

3

1994年10月上旬，接受任命的第二天早晨7时40分，何巍骑自行车到二炼钢上任。做噩梦做了半宿，死睡了半宿，早晨起床脑袋还是一片茫然，上班不知干什么也不知怎么干。大活人能叫尿憋死吗？车到山前必有路——虽然他骑的是自行车——去看看再说吧。

二炼钢足足有四千人马，算一个有模有样的中型企业了！

进了二炼钢，第一步是该找被撤职处分的原党委书记许春明交接，可我也不能主动找人家说这事儿啊，那不是明摆着"逼宫"吗，咱可不能干这样的损事儿。他在门口蹭蹭鞋底，好像挺讲卫生的样子，其实是心里没底儿，找不着进门干啥说啥的门道儿。

无事闲走吧，他懵懵懂懂往四楼走，走到三楼，劈面碰上原党委书记许春明和原班人马下楼。何巍一阵心跳，不知该说什么，脸色也有些泛红。许春明还和和气气打了个招呼："小何，你来干嘛？"

"哦，没啥事儿，就来看看。"何巍说。

看许春明的意思，他赶情还不知道何巍来干嘛呢。

8时，新旧班子准时开会，副总经理杜如明到场宣布，许春明和原厂长撤职处分，等待另行分配工作，由何巍担任新党委书记，原一位副厂长任代厂长，中午 12 点之前完成全部交接。

许春明瞅了何巍一眼——他这才明白何巍大老早来二炼钢干嘛。

说完散会，杜老总扔下新旧班子走人。

何巍和许春明面对面坐着，许春明脸色很平静，何巍却有些尴尬，像偷了人家东西似的，有点局促不安，毕竟他还太年轻，从未见过这阵式啊。

直至今天，何巍仍然很敬佩许春明，那真是大将风度，遭此大难，从容镇静，平和如常。当然，那也是因为周冠五治下的首钢，提干部就像"翠花上酸菜"，撤干部就像"翠花撤盘子"，来去匆匆，潮水般地上上下下，太稀松平常了。

交接会上，许春明没讲一句消极话泄气话，他耐心细致地向何巍交待了全厂情况、人员组成包括党员多少，团员多少，还有当前应抓紧的几项工作，特别是生产和设备上应注意的问题。

何巍很感动，越听越觉得撤许春明的职有点儿冤。

过后，许春明一撸到底，连降五级，被分配到首钢木材厂当了一名工人，天天拿电锯破木头做家具。

后来这件冤案当然得到纠正，现在许春明仍然担任着第二炼钢厂的党委书记，干得很出色。

4

许春明被撤职确实冤。

那时中国炼钢还普遍处于落后的平炉时代，只有宝钢有日本进口的大型转炉，国内虽有一些少量转炉，但都是几吨、十几吨，最多才三十吨的小打小闹的小摆设，首钢也只有两座大跃进时期建成的小转炉。1984 年，首钢从比利时一下子搞进两座 210 吨大型转炉，这里的人都没玩过，建成之后，看着这么吓人的庞然大物，就像老虎吃天不知从哪儿下口。1987 年投产之后，三天两头出事故，产量一直上不去。周冠五就是敢吃天的老虎，他一心一意要把钢产量搞成全国第一，当然对二炼钢的管理很不高兴。他认为，我搞进来的是西方国家的现代化设备，产量上不去，总出事故，肯定是人的问题，是管理低能的问题。不高兴，急眼了，就换干部。到何巍上台，投产 7 年来总共换了 17 任班子。搞得首钢人人怕到二炼钢，人们开玩笑说，二炼钢不出钢，专出"末代皇帝"。

交接完成了，何巍召集新班子开会。别的大道理还不会说，但眼看许春明他们黯然离去，他明白了一个眼见的危险。他对新班子成员说："我们面前只有华山一条路，必须把产量搞上去！否则，许书记的今天就是我们的明天！"

说得座中人汗毛耸立，心砰砰跳，手心湿着一把凉汗，好像明天就得跳楼了。

屋漏偏逢连夜雨。上任第三天，二炼钢又出一场大事故，把何巍惊出一身冷汗。350吨的大天车因电线短路着了大火，铁水进不来，钢水出不去，被迫停产。

周冠五勃然大怒。他认为很可能是二炼钢的人不满意班子调整，故意搞的名堂。他把何巍一班人找到月季园会议室，亲自出马讲了一番话。他靠在宽大的沙发皮椅里，表情严肃，目光威严，说话慢条斯理，却句句敲得人心里砰砰跳。

这是何巍第一次近距离"聆听"周大老板的指示——当然就是首钢的"最高指示"，他分明感觉到周冠五的气场寒气逼人，充满整个会议室。他低着头刷刷猛记，生怕漏掉一个字。

周冠五说，改革开放以来，我们不再提阶级斗争了，但阶级斗争现象还是有的，二炼钢这场火，我们就必须提到这样的高度来认识。你们是新班子，组织上信任你们，希望你们意志坚定，不受干扰，稳坐钓鱼台，一心一意把产量搞上去。然后，他花了很长时间讲怎么争第一，其中最重要的就是做好基础工作，强化日考核，管理上去了，产量自然就上去了，等等。

周冠五绝不是讲讲话就完事大吉的人。第二天，二炼钢所有现任车间主任、党支部全部调离，换了一大批新人。

二炼钢"大换血"了。

5

何巍毕竟是搞技术出身，二炼钢所有机械系统他都主持或参与过设计，九年来在首钢摸爬滚打，风来雨去，炼钢技术也懂了不少。他很快理清了二炼钢问题所在：

其一，二炼钢初建的几年，工人们不熟悉这两个现代化的大家伙，现在都成熟练工种了，但四千人技术水平参差不齐，操作不够规范。因此，二炼钢产量上不去，不是人的问题、责任心问题和班子管理不用心问题，而是技术水平问题；

其二，由于上级天天心急火燎地要产量、催产量，二炼钢全面处于拼设备、拼人力的疲惫状态，不仅人困马乏，转炉也一直带病运行，事故难免频频发生，产量反而得不到保障；

其三，首钢要求年底钢产量超过800万吨，二炼钢是主力厂，经过计算，这里的三座转炉日产总量必须达到1.2万吨，全首钢才能完成冲"全国第一"的目标。眼下由于种种主客观原因，日产只在8000吨左右徘徊，因此新班子面临的当务之急，就是如何确保日产1.2万吨。

事情搞清楚了，何巍心中豁然开朗。

问题是如何找到突围之路。

而突围的关键在于，必须尽快解决人困马乏、设备带病作业的中心症结。任务如此紧迫，一刻也停不得，时间就是产量，时间就是荣誉，时间就是生命——何巍这时候才真正体味到这句话的要命之处了——哪里去找歇人养马、设备维修的时间？

俄罗斯作家高尔基说，时间就像海绵里的水，要是挤总会有的，可转炉一刻也不能停产，停产就意味着减产，减产就意味着周冠五要摘你的脑袋当球踢，时间从哪里挤？

何巍是何等聪明之人！

脑子一转，他很快想出三条"锦囊妙计"。

我听了以后哈哈大笑，我想要是换了别人，很难想出这等令人称绝的高招儿！我没问他会不会打麻将，但他所用之计可以概括为"饿死上家，撑死下家，拖垮对家"。

他对班子和班组长们说——

我们要挤出休整的时间，必须采取以下办法：

一是"饿死上家"，即上游的炼铁厂。我们必须尽最大努力，把他的铁水吃光，他的铁水供不上了，我们才会有休整的时间。

二是"撑死下家"，即下游的轧钢厂，我们给他的钢锭让他干不完，堆成山了，我们也就有喘口气的时间了。

三是"拖垮对家"，即运送钢锭的部门，我们的产量多了，让他运不完，累惨了，我们也能歇会儿了。

说完，全班子大笑不止。有人问，何书记，你老祖宗真姓"何"吗？是不是和诸葛亮有啥关系吧？

何巍一脸严肃，等死不如拼死，实施这三条缓兵之计的关键是，我们一定要拼命把二炼钢日产量搞到一万两千吨以上，如果能坚持一周以上的时间，那三家就吃不消了，我们修整的时间就有了。现在看，夜班产量还有潜力可挖，我们必须下力气把夜班产量抓上去。

全体官兵誓师出征，就像吞了枪药一样，个个如机枪连发射出去了！

那时，一个作业班一般出钢都在 20 炉以下。何巍不回家了，没黑没白跟班轮番作业，常常忘了洗脸，黑得像鬼，实在困了，就在办公室打个盹儿。

石破天惊！1994 年 10 月 26 日，这是何巍永远不会忘记的一天，二炼钢日产量终于达到史无前例的 1.2 万吨！

钢产量的历史记录一破，所有相关生产记纪录全破。这不仅是二炼钢的记录，而是首钢的纪录啊！

周冠五和首钢领导们闻之大喜。第二天二炼钢厂门口敲锣打鼓，副总经理杜如明亲自带了一帮干部，前来向二炼钢干部工人表示亲切慰问和祝贺，并当场兑现奖金。《首钢日报》也当作"特大喜讯"放在报纸的头条。

何巍和二炼钢"四千子弟兵"来劲了，第二天又破了纪录。

领导们又来了，厚厚的小红包又发下来了。

连续奋战一周多，几乎天天破纪录，日产量最高冲到 1.4 万吨！

首钢领导几乎天天来慰问祝贺，小红包越发越多，《首钢日报》记者韩基宪说，那些日子二炼钢把领导折腾苦了，把我们记者也折腾苦了，每个班我们都得有人跟着，好及时报道"特大喜讯"，如果漏报了消息，周头儿就得摘我们的脑袋。

冲记录连续冲了一周多时间。

果然如何巍所料，钢产量一上来，上游的铁水供不上了，中间的运输力量跟不上了，下游的轧钢吃不完了，矛盾、批评和督战的目光都转移到其他三家，急得他们嗷嗷叫。

首钢有个著名的大嗓门儿老劳模郭新民，是运输部的调度。在应用电子通讯设备之前的几十年，他的大嗓门儿全厂尽知。那时首钢厂区各处都挂着高音大喇叭，他当班的时候，白天晚上通过高音喇叭指挥着厂内运钢运铁运材料的小火车和其他运输设备，几点几分到什么位置，呜哩哇喇，说得全是行话"鸟语"，地球人没几个能听懂的，只有司机明白是什么意思。我记得，上世纪五六十年代，全国各地火车站的调度也都通过大喇叭用这类"鸟语"指挥调度。

首钢南区的运输系统在郭新民指挥下，运输卡点准确及时，井然有序。何巍率领二炼钢冲记录的那些日子，一下子把郭新民急坏了——以往的惯例和时序全打破了，他天天对着大喇叭催调运送铁水、运送钢材的小火车，嗓子都哑了。

郭新民是一位令人感动的老劳模，他的女儿 9 岁时下河游泳，不慎着凉得了肾病，几十年一直靠打激素维持生命，智力受到严重影响，老人一头忙女儿的病，一头忙工作，但总是把工作放在首位，几十年兢兢业业，没迟过到，没误过工。老人退休多年，至今老首钢们还记得这位响彻全厂的"郭大喇叭"。

何巍的记录一破再破，炼铁厂供不上炼钢了，周冠五当然不能轻饶了他们。老帅在月季园下了死令：限令炼铁厂 72 小时满足二炼钢需要，否则……

这个"否则"当然不必说了，72 小时之后，铁水仍然供不应求，炼铁厂班子换人了。

何巍笑说，以往一开调度会，我们灰头土脸，穿件破棉袄，像个受气包似的干等着挨批，炼铁厂领导们则趾高气扬。这回变了，我们水光溜滑，他们穿破棉袄了。

何巍说，当然，二炼钢和其他三家都是一个锅里吃饭，我们本意并不是要拖垮他们，而是为自己争取一个喘息时间，能够赶紧抢修和保养设备，以利再战。

"那阵子，拼得太苦了！"他说。

周冠五时代的"三个百分百"和"高压政策"虽然有点不讲理，很伤人，确实也压出奇迹般的高管理、高效能、高智慧和高生产率。

1994 年年末最后一天,首钢钢产量一举达到 824 万吨,超过龙头老大鞍钢,实现了"全国第一"的目标,《首钢报》用大字号报道了这一消息,全厂欢欣鼓舞,周冠五笑逐颜开。

他对同事们说,我们可以告慰周总理了,拼了几十年,首钢终于为"首"了。

1995 年春节,首钢分布在全国各地的二十几万员工同时举行声势浩大的大会餐,仅总部文馆内就摆下 200 多桌。何巍的名签被摆到周冠五坐的首桌上,那年他 31 岁,文质彬彬戴副小眼镜,坐在周冠五旁边,老老实实,不言不语,嫩着呢。

今天成了已实行股份制的首钢国际工程公司的大老板。

6

1992 年邓小平南巡谈话发表以后,第二轮改革开放热潮排山倒海,拍天而起。那是全国大兴土木、钢材价格疯涨的年代,炼铁炉、炼钢炉和轧钢设备简直就像印钞机,吐出来的全是滚滚滔滔、花花绿绿的"大团结"。首钢的眼珠子都红了,为冲上全国第一,从上到下只抓产量、不问品种,只拼人力设备、不讲科学管理,尽管何巍率领他的四千炼钢人连破记录,二炼钢的根本症结和带病作业实质上并没有解决。

黑洞洞的巨大厂房像一头张着巨口的猛兽,吞噬着所有敢于向它挑战的人。二炼钢的员工还是过着"笑一天、哭三天"的日子,何巍最终也没能逃掉"末代皇帝"的命运。

1995 年夏初的一天,二炼钢转炉突然发生了大喷溅事故。或许因为杀气腾腾的周冠五下野了,脑袋里紧绷了许多年的那根弦一下松弛下来,或许因为连续倒班太累了,反正操作工的脑子好像成了浆糊,反应明显迟钝了。那天,转炉维修后,氧枪开关没有全部打开就投入生产。控制室里的工长和操作工都发现,有迹象表明,氧枪给氧不足,导致炉温急剧升高。其实这时候有人上去检查一下氧枪就可以避免事故的发生。但工长和操作工为了抢时间,都没能提高警觉,而是反复把氧枪探入炉中检测反应,以为试两下就会恢复正常。

轰的一声巨响,超高到两千多度的数百吨钢水终于像火山一样从炉中喷发出来,通红的巨浪裹挟着熊熊火焰,掠过天花板,飞落到地面上!

千钧一发之际,人们惊呆了百分之一秒或千分之一秒,所有在车间和炉台上工作的炼钢工人都闪电般逃窜!一般而言,冶金业化工业等领域的大事故都可能伴生大爆炸,是不能奋勇抢险的,只能迅速逃命。二炼钢的工人熟悉逃生之路,刹那间就没影了。但是,当时首钢安装公司的一批工人正在转炉上方搞维修,他们不熟悉路,只好拼命踹开一块厂房铝板,蜂拥而上从那个窟窿往下跳,下面是另一个建筑物的屋顶,足有七米多高,差不多是两层楼的高度了,几十个安装工人像锅里下饺子一样纷纷跳下来,一个砸一个,砸得底下的人喊爹叫妈，最底下的那位只觉得胸部一阵剧痛，但他还是挣扎着从人堆里钻出来，又顺着二十多米高的天梯一级级下到地面，速度比刘翔跨栏破世界纪录还快。跑到安全地带，他才一屁股坐地上，站不起来了。去医院一查，断了三根肋骨，他至今不理解自己怎么能健步如飞从现场跳下爬上逃出来的！

那一刻，一位年轻女工堪称"命悬一线，死里逃生"。她从那个窟窿里钻出来，往下瞅瞅，不敢跳，只好顺着车间的铝板房盖找出路，没想到钢水大喷溅的高温迅速熔化了部分铝板，她没走几步，身子扑通一声从熔化的铝板掉了下去，她本能地用胳膊一架，整个人就挂在那个窟窿上，上半身架在铝板房盖上面，下半身悬吊在烈焰熊熊、高温灼烤的窟窿下面，眼见周围的铝板还在迅速变软、熔化，她大喊救命，几位正准备往下跳的工人回身冲过来，趴在不断软化、塌陷的铝板上，七手八脚把她拉了上来。人刚过来，那几块软软的铝板就哗啦啦掉下去了，好悬！

事故发生正碰上大热天，那位女工穿了一条厚厚的工装裤，因此下身幸免于难，可上身是一件薄薄的花色化纤衫，高温灼烤中，胸部以下部分眨眼间化成灰烬，造成表皮大面积烫伤。

这场事故伤了十多人。

时至今日，何巍说起这个事故仍胆战心惊，不寒而栗。

他说，真是不幸中的万幸，看来我是一员"福将"，大概老天爷看我是个好人，做了很多好事，所以很照应我。

万幸在于：

一是那天正好是星期日，车间工人不多。

二是发生事故的当口儿，转炉正处于运转中的一个特别的倾斜角度，岩浆般喷溅出来的钢水巨浪，恰好从铝制天花板和天车大梁之间穿过。

三是钢水落地之处，恰好没有工人在场。

四是早十几秒或晚十几秒，动转中的转炉角度如果往上再偏几度，天花板就会被钢水洞穿，二炼钢将陷入一片火海；往下再偏几度，厂房钢梁就会被冲断，数百吨重的天车从天而降，二炼钢就将房倒屋塌，毁于一旦，当班作业的员工不知会有多少人死于非命。

多年来二炼钢生产不顺，事故频发，一个重要原因就是从未玩过现代化的工人一直掌握不好转炉吃铁水、吐钢水的角度，设备和技术都不过硬，不是铁水洒出来了，就是钢水洒出来了。真是人算不如天算，千钧一发，转炉恰恰就转到那个天造地设、做梦也想不到的"最佳角度"，一场厂毁人亡的大灾难避免了，只有十几人烫伤。

倘若大灾大难发生，第一责任人何巍肯定倒大霉，撤职查办、蹲班房啃窝头是必然的，大概一辈子都难抬头了，今天更不会坐在无比宏阔的老板台后面同我谈笑风生、侃侃而谈了。

说他是个"福将"，也还因为"杀人如麻"的"周魔王"那时刚刚解甲归田，一副菩萨心肠的毕群成为首钢第二位掌门人，上任伊始即斩大将是不吉祥的，也不是毕群做人做事的风格。

从轻发落。何巍回到他热爱的工程技术设计的老本行，也成就了他的今天和首钢设计院兴旺发达、前程似锦的今天。

何巍说，那场事故当然是他一生中最深刻的教训，但他依然很怀念从大学校门进入首钢大门那段岁月。周冠五策划和指挥的大会战一个接一个，燃烧的激情，繁重的任务，巨大的压力，造就了他的如火青春和钢铁意志。

何巍说，朱继民时代的首钢能够在重重困境和易地建设中冲杀出来并大放异彩，与周冠五时代打造了一支铁军，铸就了自强不息、敢创一流的首钢精神，有很大的关系。

六、打扑克玩赖的邱世中：八年中的第20任厂长

——"如果有来生，我再也不干这一行了！"

1

说话像闷雷，动作像打架，紫黑的长方脸膛透着刚毅和钢灰，嘴角衔着辛辣的雪茄烟，一双不大的眼睛闪着狡黠的光芒，对话时经常管不住自己，动不动冒出个"他妈的"或者"靠"！

典型的钢铁人。

这就是刚刚归隐山林的邱世中，第二炼钢厂的第20任厂长。

借天时地利之便，二炼钢在他手上彻底改变了自己的命运。

"比利时那帮王八蛋算是把我们折腾苦了！"邱世中这样开场。接着他狡黠地一笑，话锋一转说，其实不怪比利时人，怪我们自己。

他说，二炼钢到我手上，八年中换了十九任"末代皇帝"，我算是勉强挺住了。为什么？我总结，不是人的问题，其实前十九任书记厂长都是好人，都是干将，都能吃大苦耐大劳，一心一意想把二炼钢搞上去，问题不在他们，问题在领导，在首钢的指导思想。那时周头儿下决心买进比利时二手设备，就想扩大首钢生产规模，在钢产量上迅速冲上全国第一，首钢也确实获得突飞猛进的大发展。但是，发展也要靠科学精神办事，要讲科学发展么。幸亏那时候是为了拼产量，要是战争年代打仗，死的人得一片摞一片的，肯定尸横遍野，血流成河！我前面的十九任书记厂长全成烈士了……

邱世中哈哈大笑。

2

1987 年，比利时赛兰钢厂经过首钢人的全面"修配改"，在石景山下高高矗立起来。当时有一位冶炼专家来二炼钢考察后，说了一句意味深长的话："二炼钢要么创造出奇迹，要么让首钢背上永久性的包袱。"

他的弦外之音是："土八路"用东拼西凑的"土办法"玩现代化，搞不好二炼钢就会成为一堆废铜烂铁。

对于首钢买进来的"二炼钢"，那位冶炼专家的话说对了八年，但不是"永久"。

邱世中说，投产后的前八年，二炼钢创造了四个灾难性的"绝无仅有"：一是大马拉小车：即大转炉配小方坯铸机的生产方式在全国绝无仅有；二是高炉温、高耗能和效能低下绝无仅有；三是设备型号杂乱绝无仅有，2000 多台套设备来自 12 个国家，许多部件是"独生子"，坏了只能停产维修；四是走马换将频繁绝无仅有，到邱世中为止，八年间不仅换了二十任厂长，平均任期只有五个月，人员调进调出也达 9500 余人次，等于全厂每位员工被换了两三次，受处分的员工达 412 人次，平均每 6 人中就有一个挨过处分。

风雨飘摇中的二炼钢哀鸿遍野，人称二炼钢是"扶不起来的洋垃圾"。

为了自己的光荣与使命，首钢人靠的是自己的血肉之躯，生生扛起了它昙花一现式的几度短暂辉煌。但在长达八年的时间里，二炼钢一直像是一匹脱缰的野马，踏碎了太多人的前程与梦想。

邱世中是炼钢业的行家里手，他一眼就看透了症结所在："二炼钢过去是靠人治，为了抢高产把一切规章制度都当耳旁风，现在当务之急是恢复法治，恢复科学管理。从今以后，在二炼钢，我说了不算，天皇老子来了说了不算，列宁来了也说了不算，一切由规章制度说了算！"

邱世中上任正逢其时。习惯于用大会战方式推进生产、只要求"大干快上"的"高压时代"结束了，新上任的毕群不再一味追求简单的扩大再生产，而把对质量、品种和科学管理的要求提到更高的位置，这为邱世中全面恢复科学管理、落实规章制度，大力提升员工和设备效能提供了从容的空间和良机。

头两年，邱世中没黑没白地钻在车间里，几天不脱工作服不洗脸，几十天不进家门是常事，进办公室摘下安全帽就算他休息了。为此，邱世中的口袋里整天装着个玻璃水杯，开会，出差，办公，下车间，走哪儿带哪儿，要不他连水都喝不上。

3

新铸机相继投产了，大马拉小车的生产方式改变了……被废弃在办公室角落里、落满灰尘的成堆的规章制度重新改定并全力贯彻执行了……随着全厂科学管理、岗位责任的到位，生产事故大为减少，生产成本大大降低……

二炼钢终于焕发出现代化的勃勃生机！

邱世中的所作所为让人们突然意识到，买回的"现代化"硬件其实不是真正的现代化，现代化的本质和核心是科学思想、科学发展和科学管理！

二炼钢的工人们发现，厂长邱世中不是只懂炼钢、就会骂"靠"的粗人，他其实是个大玩家。转炉进入稳定高效的良性运转之后，邱世中和员工们伙成一堆，打球、游泳、玩牌，样样是高手。不过牌桌上谁要是偷牌玩赖，他照样黑着脸扔你一个"靠"。其实邱世中更玩赖，但手笨，偷牌时经常让弟兄们抓个"现行"，这时候他脸不红不白的，嘿嘿一傻笑，嘴里还是蹦出一个"靠"，也不知谁"靠"谁。

第二年的员工联欢会上，一身轻松的邱世中竟然还亮了一嗓子有板有眼的"借东风"，到高腔时，那张紫黑脸憋得既像关公又像张飞。

咱们工人 铁血记忆·首钢九十年

工人们对我说，老邱管厂子特有办法，特会"借东风"，没资金他能挤出资金，没人才他能找来人才，颇有点诸葛亮的本事。对那些调皮捣蛋的家伙，他整治起来满脑子鬼点子，又像曹操。

轰轰烈烈的"三国演义"，差不多让他一个人演完了。

二炼钢在邱世中手上，彻底结束了"洋垃圾"的历史。

谢幕之际，老大难的二炼钢成了首钢的样板，邱世中胸前也挂上首钢劳动模范、北京市"五一"劳动奖章。

登台领奖那天，他把脸洗得干干净净，又像年过半百的"常山赵子龙"了。

我问他，你忙了大半辈子钢铁，到哪儿哪儿出成绩，累不累呀？他说："要是有来生，我再也不干这行了！"

不过这辈子他注定离不开炼钢。后来首钢搬迁，邱世中又成了新建的迁钢公司经理、首钢副总工程师。

永远的一张黑脸。

钢铁的火与灰注定伴随他的终生。

第十一章 聪明的"愚公"不移山而是买山了

- "中国修正主义"：从"输出革命"到"输出私有化"

- 震动秘鲁：起死回生的"点金术"

- 王平生：带着"三字经"进了"南美第一门"

一、"中国修正主义"：从"输出革命"到"输出私有化"

——"红色资本家"遭遇罢工

历史剪影

1992 年 2 月 3 日，邓小平在上海过了第五个春节，接着他一路南下，视察了武昌、深圳、珠海，并发表了著名的"南巡谈话"，全国掀起了新一轮解放思想、改革开放的热潮。

这件事后来被艺术家歌咏为"春天的故事"，被文学家称为"老人与海"的故事。

"要挣钱，去海南"，无数的人怀着一夜暴富的梦想，潮水般涌向海南，那里由此兴起空前规模和高度泡沫化的"房地产热"。

同年，深圳兴起股票热。

4 月，全国人大以 1767 票赞成、177 票反对、664 票弃权，通过了《关于兴建长江三峡工程的决议》。

本年度，我国钢产量 8093 万吨，铁 7589 万吨。

1

历史常常会出现刹那间的定格与停顿——大都是恐怖之时。

仿佛是给刘全寿一个下马威，在他到达秘鲁一个多月以后。那天，秘鲁首都利马大使馆区突然一声巨响，停放在中国大使馆院墙边的一辆汽车爆炸了，大使馆烟火冲空，瓦砾四飞。

时间在 1992 年 12 月 26 日，毛泽东诞辰日。

是秘鲁著名的反政府武装组织"光辉道路"干的。这个组织一直把毛泽东奉为自己的精神领袖，他们却把毛泽东故乡的大使馆炸了。

2

地处南美的秘鲁，约 3000 万人口，首都利马 800 万人。

秘鲁铁矿

利马是世界著名的"无雨之都"和"多云之都"。纵贯南美大陆的安第斯山脉如同一道高高的屏障，阻隔了来自大西洋的暖湿气流，因此位于东海岸的秘鲁冬天不刮风，夏天不下雨，秘鲁人世世代代不知雨伞为何物。首都利马的花草树木全是人工栽培、人工浇水，因为没有天上水，只有地下水。

遇事爱琢磨、好思考的刘全寿发现，秘鲁人一向不大在乎什么奋斗进取、升官发财、光宗耀祖之类（那是中国儒家的主张），他们活得轻松自在，无忧无虑，总是把吃饱、喝足、睡好，当作人生最重要的事情。所有去过秘鲁的中国人对此都有深刻的感触，觉得秘鲁人快乐指数相当高，而自己活得太累。

秘鲁人的人生哲学是享受人生，追求乐活；中国人的人生哲学是打拼人生，讲究苦干。甚至，秘鲁的乞丐与中国乞丐也大不相同，秘鲁的乞丐讨饭讨到够吃一天的，就决不再讨，玩去了。员工下了班，老板想加班加点，给多少钱工人都不干。而且秘鲁法律规定，不经特许严禁加班，因为那会导致"不公平竞争"（许多西方国家都是如此）。每逢周末，利马街头空空荡荡，商店也关门大吉，无论贫富，人们都到海边度假去了，没一个为爱国爱家继续奋斗的。

这个国家、这个民族能够生存下来，靠的不是吃苦耐劳，顽强奋斗，而是无忧无虑、知足常乐、随遇而安。快乐的日子像无所不在的空气和风，世世代代在秘鲁的每条街巷上飘动。

最重要的是，秘鲁人的快乐是有法律保障的，任何人都不得破坏秘鲁人的快乐生活。刘全寿和首钢人为此大为苦恼——他们一味享受快乐，我们怎么办啊？

3

1992年11月的一天，以首钢海外矿业公司董事长、党委书记刘全寿为首的一行18人，号称"18棵青松"，从北京起飞，绕过大半个地球，飞抵秘鲁首都利马。刘全寿身材颀长，肤色白皙，穿一身笔挺的银灰西服，看起来潇洒利落，那一年他刚刚41岁，正是年富力强、大展宏图的好年华。

驱车进入利马市区，眺望着车窗外的异国风情，第一次出国远行的刘全寿心潮起伏，浮想连翩。几个月来，他真像突然进入人生的快车道，命运变化之速，场景变换之大，几乎让他有一种目不暇接、头晕目眩的感觉。

1951年，刘全寿生于河北开滦一个煤矿工人之家，父亲是井下电工，成年累月在矿井里，回家的时候，浑身上下从头发丝到指甲缝都是黑黑的煤尘。日子艰辛困苦，加上"文革"动乱连年，刘全寿也就从没有读大学的奢望。1970年，19岁的他到首钢迁安矿区当了一名工人。煤矿上长大的孩子能吃苦，懂事早，特自立，有爆发的潜能。冷的时候像一块煤，热的时候像一团火，执行规章纪律时一丝不苟，投入劳作时又充满巨大的热情。

苦孩子刘全寿的生存方式就是奋斗——因为他从小就知道，不奋斗就生存不下来。

而且他喜好读书，历史、哲学、名人传记、古今中外文学名著乃至儒释道各家经典无所不读，如此渊博的学养，加上思维敏捷，博闻强记和口若悬河的表达能力，使他很快从青年工人中间脱颖而出，步步高升，34岁就进入迁安矿区领导班子，掌管着25000人的工人队伍。

1992年6月，高速发展的首钢为解决"炼铁大提升、矿料不够吃"的瓶颈难题，党委一纸调令，把刘全寿调入新成立的首钢海外矿业公司，出任党委书记兼董事长。多次去河北迁安矿区考察工作的周冠五认识了刘全寿之后，对他的能力与才华颇为欣赏，认为他是不可多得的青年才俊，后来刘全寿因此成为迁安矿区历史上奉调入京的第一人。

刘全寿是苦水里熬出来的、汗水里泡出来的、书本里钻出来的机灵鬼，好动脑，感觉和反应相当敏锐。与他对谈，畅快而淋漓，偶尔我会发现他的眼神有点偏移，有点停留，有点专注——那肯定因为有什么话、什么事情触动了他，他在思考了。

刘全寿非常尊崇周冠五敢想、敢干、敢于决定自己命运的勇气，同时深知这位老领导在首钢一言九鼎的权威地位，了解他在重大决策上，在对人对事的一般性决策上，敢拍正确的板也敢拍错误的板，该出手时就出手，不该出手时也出手。

采访中刘全寿笑着对我说："我在迁安接待过前来视察的国家领导人，也接待过周冠五。接待国家领导人我非常小心，因为那关系到国家安危；接待周冠五我更加小心，因为那关系到我个人安危。"

我哈哈大笑，概括得太准确太精彩了。

这天，周冠五端坐在藤椅上对他说，现在是首钢历史发展的最好时期，钢铁产量节节上升，在全国名列前茅，"我们狮子大开口，矿石吃不饱，国内铁矿品位普遍比较低，而且供不应求，唯一的出路就是到海外找矿买矿，凡是能吃到的，全吃进来！"

咱们工人 铁血记忆·首钢九十年

照例是他气吞万里、雄心万丈的口气。

刘全寿新官上任，当然满腔热血，一身干劲。他立刻广布耳目，密切关注全世界各国铁矿业的动态。不久，一条重要信息传来，称秘鲁一家国有大铁矿公司因经营不善，正在招标出售，来自美国、日本等国的十多家买主纷纷抢前争购投标，据说已经快封标了。

周冠五立即命令首钢一位副总经理火速飞往秘鲁，给他的指令是：不惜一切代价，不论多少钱，必须买下来！

拍卖现场，你争我夺，首钢最后亮出令人瞠目的出价：1.2亿美元——据说高出底价很多。

现场的空气凝固了，参与竞价的各国买主目瞪口呆，就像一头撞到墙上。

首钢把秘鲁铁矿公司一口吞进肚里。

在二十世纪九十年代初，这是超乎想象的天价啊！

按当时经济发展水平和市场情况，首钢出价确实高了——周冠五想吞进的东西是不论价的——但今天看来，能源危机、资源短缺的幽灵已经徘徊在世界上空，钢铁产量居全球首位的中国，进口铁矿达三分之二之多，当年首钢一举买下秘鲁这个最大的铁矿区，无疑意味着在全球化的资源争夺战中，中国抢占了一片具有长远利益和战略意义的"滩头阵地"。

整整670平方公里的临海矿区，首钢拥有完全的开采权和永久使用权，如同中国在南美有了一块"飞地"。

秘鲁铁矿有限股份公司位于马尔克纳地区，占地670平方公里，相当于新加坡的国土面积，已探明储量达16亿吨（按目前首钢用矿量，可供使用100年以上），矿石品位均在50%以上，事实上秘铁包括三个公司，即矿产公司、电力公司和一个从事商务和船务运输的贸易公司，还有一个20万吨位的深水海运码头，全部员工3500人。这个矿区最早是由美国人开采建设的，一直办得红红火火，每年都有数千万美金滚滚滔滔流进老板的腰包里。1975年，民族主义风潮和反殖民主义斗争在全球如火如荼，秘鲁也开展了国有化运动，把美国佬赶出国门，马尔克纳铁矿自此收归国有。周冠五一锤定音，买下这片占地670平方公里、储量丰富、品位优良的矿区全部矿产所有权和永久使用权。

<h1 style="text-align:center">4</h1>

令人深思的是，原来僵化的公有制经济在中国不灵，被国有化的马尔克纳矿业公司在秘鲁也不灵。

美国老板和专家被赶走了，第二年就亏得一塌糊涂，此后经营管理一片混乱，连年亏损，至1992年累计亏损已达1.75亿美金，近乎资不抵债，濒临破产，仅 1992 年一年就亏损 3500 万美金。上世纪 50 年代，秘鲁曾是南美最富有的国家，国有化运动之后，经济越搞越糟，急剧倒退，大大落后于乘势而上的巴西、智利等国，通货膨胀率最高曾达到 1:7000。

有着日本血统的藤森原为一介书生，曾担任 10 年的秘鲁大学校长联合会主席。1990 年，藤森竞选总统上台后，猛开"历史的倒车"，全力推进私有化运动以重振秘鲁经济活力，正是在这样的背景下，藤森总统决定拍卖秘铁公司。

这在秘鲁是震动全国的一件大事，从总统到总理、议长都高度重视秘铁的出售。藤森决定：一是请国际资产评估公司进行评估，实际需要员工 1714 人，原有的 3500 余人立即进行裁员，费用由国家负担，以便拍卖后的秘铁能"轻装上阵"；二是把秘铁一切债权债务一笔勾消，不留尾巴，净身出户，便于后来者经营。

周冠五一举拿下。这是中国钢铁巨人的一次战略行动，它拉开了中国资本走向世界和全球化经济的序幕。

5

首钢以大动作、快速度，全资购买了秘铁的所有权和永久使用权，是中国海外收购的第一家。当年从高层到相关行业的专家，非议和指责甚多，外交部一位要员甚至亲自打电话给周冠五劝阻，但周冠五一意孤行，雄视阔步，不以为意。

今天看来，这一行动所具有的前瞻意识和战略意义是难以估量的，这些年中国在海外收购屡屡遭受重挫就是证明。最新的例证是：2009 年 6 月 4 日，中国铝业公司与澳大利亚力拓达成的中方注资 195 亿美元的方案宣告"流产"，力拓在付给中铝 1% 手续费之后，撕毁协议，转而与澳方另一家大矿业公司必和必拓合作。业内专家普遍认为，在全球经济危机之中，力拓陷于困境，中方注资 195 亿美元相救的利好消息，使得力拓迅速"咸鱼翻身"。善良的中国人没想到，力拓过河拆桥，卸磨杀驴，市场转机一出现，立即翻脸不认人。

6

1992 年年底，刘全寿带着"18 棵青松"飞赴秘鲁的任务，就是接收秘鲁铁矿公司——从收购之日起更名为"首钢秘铁公司"——出任首任董事长。

让他至今不解的是，如此重大的行动，又是他本人的第一次出国，周冠五或其他首钢领导行前居然没人找他谈话，有关部门一个电话通知，他就带了

18 位下属启程了，而且随身携带了 20 多万美元现钞。刘全寿是"小户人家"出身，这么多的美钞，可从来没见过啊！行前一捆一捆花花绿绿摆到桌面上，刘全寿看着直眼晕，他要大家分别携带，并再三嘱咐不可丢失。他本人则在腰间缠了一条当时颇为风行的"神功带"，里面装了 3 万美金，腰围一下粗了好多，颇有点资本家的风度气质了。

7

作为首钢秘铁公司首任董事长，刘全寿一到任，受秘鲁国家警察局指派，立即有 16 位全副武装、精悍强壮的特警轮流值勤，全天候守卫他和公司总部的安全。特警还坚持要求他上下班不得固定时间、路线，不可个人随便上街散步购物，时刻注意身边是否有可疑人物或可疑迹象等等。刘全寿有点紧张，也觉得有点儿好笑——他在社会生活中的地位似乎从来没这样显要过。

不过天天过着命悬一线的生活并不好受。

还有上层人士提醒他，西方社会的价值观同中国是不一样的，要注意保持董事长的高贵身份和形象，不要和雇员搞得过于亲密，不要到雇员家串门访问，不要与下级建立个人关系，不要上街买菜，不要进入西山一带的贫民区，不要在外人面前做家务，那是佣人的事情，等等。

刘全寿

在秘鲁工作了一段时间以后，刘全寿觉得西方资本主义国家把城市分成富人区和贫民区是有道理的，可以避免仇富心理的发作与蔓延，双方相安无事，"你要把一辆凯迪拉克夜夜停放在贫民区，那里的人非把车子搞得遍体鳞伤。"

交接工作正在紧张进行中，1992 年 12 月 27 日晚 10 时，秘方有人密报，第二天秘铁本地部分员工要闹罢工，与此同时，公司各级管理骨干和技术人员共计一百多人提出辞职，其中包括三位副经理。他们反对总统藤森搞的"私有化"运动，反对中国人接管。他们怎么也不能理解，社会主义的中国怎么跑到秘鲁来搞私有化？中国企业官员怎么成了资本家？他们不相信同属第三世界的中国能管好企业，他们认为日本人有钱，管理企业有经验也有本事，原本期望

第十一章 聪明的『愚公』不移山而是买山了

223

日本三菱公司能够在投标中获胜。

秘铁是全国声名赫赫的企业，据说历史上是秘鲁工人运动的发祥地，在矿区居民区中心至今立着一座雕像，是当年最早发起秘铁工人运动的领袖人物，领导过全国大罢工，后被当时的军政府处决。也因此秘铁工人素有罢工的"光荣传统"，近 10 年平均每年罢工 16 天，最长的一年罢工 34 天。

在当地工会的组织和策动下，第二天早 6 时 5 分，全厂汽笛突然拉响，凄厉的声音响彻整个矿区，秘方员工通勤的 13 辆大客车呼啸而来，团团包围了中方人员下榻的招待所，数百员工举着标语旗帜，设起路障，大呼小叫喊着"中国佬滚回去"、"不许中国资本家吸我们的血汗"、"革命烈士的鲜血不能白流"之类的口号，辞职者则要求发给数万美金的"补偿费"，几位前来上班的中方人员遭到秘方工人的起哄围攻，搞得中秘双方管理人员无法正常上班，公司一片大乱。

紧急之中，中方三位领导人董事长刘全寿、副董事长邱宝森、总经理刘永涛进行了多次秘密磋商，怎么办？

有一种意见是：这样一副烂摊子，工会又带头作对闹事，我们人生地不熟，当地管理人员还走了不少，今后很难正常管理，干脆以工人罢工风潮为借口，不要了，走人。

反对的意见是：我们已经打来 1200 万美金，这样一走了之，这笔巨款就等于白扔了。

争论不休，莫衷一是，刘全寿和他的副手们急得像热锅上的蚂蚁，只能紧急请示北京首钢总部。

总部传来的意见是：

1. 罢工属该公司遗留问题，期间应延缓交接，责任不在我方。

2. 辞职者要求发给数万美金"补偿费"是无理的，被我们主动辞退的可视情况予以发放，但他们都是自己决定辞职的，与我方无关，理应拒绝其要求。

但违约责任归谁可不是由北京说了算，有关辞职者的要求也不是中国态度能决定的，必须按秘鲁法律办。首钢总部显然不了解秘鲁国情，错以为自己真像首钢口号所说的，当了"天下主人"。

刘全寿请北京首钢总部找人把秘鲁"劳动法"翻译过来，一条条细读，竟把他吓了一跳，其"劳动法"有关保护工人利益的条款，远比社会主义还社会主义，甚至快到共产主义阶段了！法律规定：

——每个工作岗位和工种工资有固定指数，不得随意降低；

——每年开十五六个月的工资；

——职工包括其妻子、儿女、父母、岳父母，均享受公费医疗，百分之百报销；

——住房、水电费均由雇用单位承担；

——每年有一个月的带薪假期；

——职工子女上小学、中学的书本费由雇用单位承担，上大学也要承担部分费用；

——免费提供午餐；

——职工去世，雇用单位负责给买一块墓地；

——职工没有退休年龄的限制；

——无论被辞或主动辞退者，雇用单位必须发给数量可观的补偿费。

等等。

看起来这是相当"共产主义"的法律条文，核心意思是"不管资本家死活，必须无条件保障工人阶级的利益"。

8

到底要不要如期完成交接，成了新问题。

无奈之中，中方在谈判桌上不断寻找各种"强词夺理"的托词和"没理咬三分"的理由，以强硬的口气指责对方种种不是以及交接做法上的种种技术问题，以便为自己或全身而退、或延缓交接寻求合法空间。

决不能给首钢造成严重损失，是刘全寿唯一的宗旨。

毫无疑问，1.2亿美金远远高出秘方的底价和所有投标方，秘方无法抵御它的巨大诱惑。如果说刘全寿他们内心急得如热锅上的蚂蚁，表面却装得"坚强如钢"，那么秘方人员则急得像在红铁板上跳脚的蚂蚁，满头冒烟，眼睛里全是乞求的神色，生怕中方中途撤退，已经到了嘴边的1.2亿美金没影儿了，藤森总统怪罪下来，事儿就闹大了。

无论中方提出怎样"无理"的指责，他们都点头哈腰，面带讨好的微笑，一一称是并表示"坚决改正"，期望立即签署交接的正式文本。

他们不知道，随着签署交接文本的最后期限愈来愈近，刘全寿内心也急得冒火，他正在焦急等待首钢总部的最后意见：要不要进行交接？完成收购还是寻机撤退？

他似乎能听到自己的心跳！

午夜之后，翘首以盼的最后也是最权威的总部决定传真件终于来了。

刘全寿长舒了一口气，真个是运筹帷幄之中，决胜千里之外！

1992年12月30日早8时，双方交接仪式如期举行。一身西装革履的刘全寿端坐在签字台的一边，桌角立着鲜艳的小五星红旗，让他深深感到落笔的沉重与责任。

藤森总统托人来电表示祝贺，欣喜之情溢于言表。

不过，周冠五也有"瞎指挥"的时候。他得知秘鲁工人工资很高且不断滋事，他曾向刘全寿提出，甩掉那些爱闹事的秘鲁人，由首钢派出 300 名自己的工人过去。

这当然是不切实际的想法，远在异国他乡，语言文字都不通，工人犹如"瞎子、聋子、哑吧"，怎么工作和生活？长年居住，外交和管理上也是问题，何况一年各种费用计算下来，总额也高达 600 万美金。但是再给刘全寿几个胆子，他也不敢公然驳回周冠五的意见。他亲自起草了一份传真件，由他和总经理刘永涛共同署名发回总部，文中对周冠五的提议充分肯定，大加赞美，称其为"有利于秘铁发展的战略之举"，接着"根据秘鲁国情"，提出选派工人的三项建议标准，首当其冲是"必须精通西班牙语"（秘鲁使用西班牙语）。

刘全寿笑着对我说："当时首钢有 26 万多人，就是扩大 10 倍，有 260 万人，也找不出几个符合我这三项条件的！"

打过日本鬼子的周冠五还有一个奇想，他想起日本人当年侵占中国时曾提出一个"大东亚共荣圈"的虚伪口号，觉得可以参照这个办法，成立一个"中秘人民友好促进会"组织或搞个"共荣圈"，通过给秘鲁人洗洗脑，培养一批诚心诚意为中国服务的"秘鲁人"，以此办法来缓解劳资关系。

把中国古代皇帝们"以夷制夷"的办法搬到今天，搬到秘鲁，当然更是瞎指挥。秘鲁在藤森总统的领导下，正在全力剿灭共产党和"光辉道路"组织，全面清除"毛泽东思想"的影响，你还敢用共产党的办法给秘鲁人洗脑？

不过，刘全寿不敢不办。他挖空心思、若有其事地起草了"促进会"的组织办法和行动纲领，总纲为四句话："发展生产，改善生活，以矿为家，共存共荣。"

一份有模有样的"纲领性文件"发回总部了。然后他把原件往抽屉里一扔，完事大吉，什么事也没办，整个儿一"阳奉阴违"。

还是那句话，"将在外，君命有所不受"。

不过，刘全寿还是比较敢说话，他在发出那份"纲领性文件"之后，又发出一份个人思想汇报：

到今天我离开北京整三个月了。在利马，思想和观念发生了一些变化，对一些事情有了初步认识。我们经营秘铁的一个基本事实就是：这里是西方社会，我们是私人企业，是业主（资本家），秘铁职工都是雇员。我们和他们之间是主人和雇员的关系。全部关系归结到一点就是经济关系。在资本主义社会，人和人的关系就是金钱关系，这是马克思一百多年前就说过的话。处理好劳资关系最关键的是把利益关系调整好，有理、有利、有节地同工会进行斗争……工会要求是无止境的，我们的让步是有限的，每年工资增长的幅度，实际上是劳资双方力量斗争、妥协、再斗争、再妥协的最终结果。

他的"画外音"实际上是说明，在秘鲁只能按秘鲁国情办事，把"中国特色社会主义"那一套拿来是不好使的。在中国搞"全盘西化"不对，在西方体制的国家搞"全盘中化"也不对。

10

交接 10 天之后，即 1993 年 1 月 10 日，刘全寿带上总经理刘永涛、副董事长邱宝森，以及秘方总经理、公关部长与秘铁工会头目们举行了谈判。刘全寿说，那几人个个长得歪瓜裂枣，狰眉狞目，面带凶相，一看就不是善良之辈，如果划定阶级的话，他们肯定属于流氓无产者之类。

完全不像谈判，对方一直在挥动手臂，唾沫横飞地大喊大叫。他们公开诋毁秘方管理人员，声称他们出卖了秘鲁国家和工人利益，要求中方罢免他们，同时要求中方大幅提高工资，否则就进行无限期罢工。

完全是讹诈。

刘全寿针锋相对，唇枪舌剑对攻过去。

总经理刘永涛是东北人，长得虎背熊腰，威风八面，生气时能把一对铜铃大眼瞪出去，吓死个人。他干了一辈子矿山，业务精通，处事果断，早年因为有工伤，把肺切掉一半，喘粗气时呼呼响，像拉风箱一样震人。他哪受得了这批流氓无产者的胡搅，发火时紫红着一张大磨盘脸，吼声如雷。

他毕竟是即将上任的大老板，小流氓们有点惧。

一个红脸一个白脸。刘永涛来硬的，刘全寿就来软的，好言好语劝工会与中方友好合作，秘铁扭亏了，办好了，赚钱了，大家的日子都好过。

他还讲了一段有意思的传说。秘鲁人主要由三部分构成：白种人、混血儿和印第安原住民。印地安人都是黑头发黑眼睛，与我国藏族人十分相像。传说在中国的殷国时代，尚无白令海峡，欧美大陆板块还连着（也有说坐木筏或独木舟过去的），不少藏民相继漂泊到南美洲并在那里留居下来，老一代见到新来者，不免关切地询问中国老家的情况，答曰"殷地平安"。这句话渐渐演变成了"印第安"，成为当地土著的称谓。

火爆气氛降了一点温，但谈判吵到半夜，还是无果而终。

二、震动秘鲁：起死回生的"点金术"

——刘全寿"该出手时就出手"

历史剪影

1993 年，领导着号称"天下第一庄"——大邱庄的"北霸天"禹作敏，在央视"春晚"上还露了一面，4 月即被拘捕。

全国各省纷纷宣布废除揣在国人腰包里几十年的"粮票"，节衣缩食的票证时代结束了。

这一年，北京第一次申奥功败垂成，令国人伤心不已。

"选美"活动首次在中国展开，全国妇联发表声明，宣布"不赞成，不参与"。

本年度，中国钢产量 8954 万吨，铁产量 8738 万吨。

1

你闹你的，我干我的。

走出困境的当务之急就是恢复生产。交接之前，人心惶惶，再加上罢工和辞职风潮一闹，生产已经处于涣散状态。

秘铁总部在首都利马，距矿区 510 公里。按照惯例，老板都是乘公司专用直升飞机来来去去。"红色资本家"刘全寿上台之后，全身心投入矿区生产指挥，他曾领导过 25000 人的首钢迁安矿区，经验、本事还是有的。

矿区各级指挥员放羊了，要求立即到位，否则按秘鲁劳动法予以追究！

矿区拥有 25 台载重 120 吨的大型矿车，当时只有四五台能运行——立即全面维修！同时迅速通过有关渠道，在美国以仅为原价十分之一的价格，购买了十几台二手大型矿车和一批电铲、钻机等专用设备。

从矿区直通码头的一条长达 15.3 公里的运料传输带（世界第三长），由于使用过久，接管没多久就断了。矿区没有粘接皮带的胶，买一桶要 10 万美元，而且从日本进口最快也要等一个月。刘全寿和副总亲临现场，找来剩下的一桶胶把皮带粘接后，经反复调试，决定从源头那边减少上料，运输皮带终于能够正常运转了。

生产恢复了，矿石源源送到码头，几位"红色资本家"利用各自关系，亲自多方联络销售，首钢本部当然要吃掉一大块。

在管理上，"红色资本家"接连又亮出几手高招：

——为更有效、更内行地管理秘铁，"红色资本家"们专门设置了一个"顾问委员会"，不在秘铁编制，只对董事会负责，其主要任务是监督秘铁官员工作，并为董事会决策提供咨询。凡是公司重要文件一律先经顾问委员会审签，刘全寿他们才签发。顾问委员会主任伦栋先生是秘鲁共产党前领导人，曾十多次访问中国，受到毛泽东、刘少奇、周恩来的接见。他的妻子是华裔，全家对中国有很深的感情。苏联解体、东欧剧变之后，秘鲁共产党烟消云散，伦栋摇身一变，转行当了律师。刘全寿第一次到他家里做客不免吃了一惊，全然是"中国特色社会主义"！天花板吊着宫灯，墙上是中国山水画，还有徐悲鸿的一幅奔马图，是胡耀邦送给他的真迹。还有一个房间专门陈列着各种各样的中国瓷器、牙雕、玉雕，以及他访问中国时收到的各种礼品，最让伦栋引以自豪的是，墙上挂着的他与毛泽东、陈毅等中国领导人的合影。有这样的背景与渊源，伦栋出任顾问委员会主任自然尽心尽力，能够按秘鲁法律行事，又充分保护中方利益，尤其在处理劳资纠纷方面起到很大作用。

——为对付工会的缠斗，他们专门设立了一个"不罢工保证金"（这真是史无前例的奇招，充分显示了中国人的狡猾与智慧），公司同每个职工签订合同，如果全年不参与罢工，年终可以得到一笔数目不小的奖金，更聪明之处在于这笔奖金是按季发放，有点"肉包子引狗"的意思，工人们渐渐都不听工会指挥了。这项"中国特色"的举措和"马克思主义"的创造性发明，对罢工起到很大抑制作用，很快被秘鲁很多企业采用。

——世界上所有矿区都远离城市，给职工生活带来极大不便。以往都是小商小贩每周到矿区两次，价格昂贵。刘全寿他们借鉴首钢经验，在矿区开办了一个超市，所有商品直接从厂家和产地进货，以平价出售，不以盈利为目的。职工使用购物卡，电脑记账，每周从工资中扣除。价格平均低于城市市场25%左右，此举大受职工欢迎，连工会也不得不承认中方为矿工们办了一件大好事，说你们虽然搞起了"资本主义"，不过共产党"为人民服务的本色还没变"。每逢中小学开学，公司还举行仪式，向工人孩子们赠书赠本，气氛搞得相当热烈友好。

1975年国有化以来一直亏损的秘铁公司经济状况迅速好转，中方正式接管的1993年成为秘铁历史的重大拐点，产量比前一年提高185%，当年盈利1160万美元，与1992年亏损3500万美元形成强烈反差，秘鲁各大媒体和社会各界惊呼这是"中国的奇迹"。中国的威望与影响在秘鲁民众中间大幅提升，搞竞选时，许多议员和地方官员为了拉选票，纷纷自称是"华裔"。

2

日本三菱公司驻秘鲁的总裁到秘铁参观，前一年在与首钢竞争收购秘铁时，他就与刘全寿认识了。中方接管一年就发生如此巨大变化，令他大感惊讶和敬佩。他说："如果我们接手，原计划是准备三年亏损期的，没想到你们一年就扭转局面，奇迹！奇迹！"翻译有事出门了，刘全寿便与他用笔"交谈"，你写下"刘邦"，他就写个"项羽"，你写"北京"，他就写"东京"，两人相对大笑。刘全寿想起徐福是日本人的老祖宗，便提笔写下"徐福"两个字，日本总裁却摇摇头，不知其意。刘全寿又详细写出"秦始皇——徐福——福建——日本"，对方恍然大悟，当即给刘全寿写了一个日本名字，原来徐福的名字在日本不是直译的。

3

1993年国庆节，中国首钢秘铁公司在矿区举行了隆重的国庆招待会，道路两侧鲜花盛开，彩旗飘扬，秘鲁国会议长乘坐专机从利马飞来参加招待会，他们的能源矿业部、工业部、劳工部、内务部部长以及陆海空三军高级将领，各大媒体记者，共计七十余人出席了招待会。

正在联合国开会的藤森特别让秘书打来电话表示祝贺。

上午9时举行升国旗仪式，在六名秘鲁海军士兵的护卫下，在雄壮的中华人民共和国国歌乐曲声中，五星红旗冉冉升起，在场所有贵宾起立，向我们的国旗行崇高的注目礼。

议长在会上发表了激情洋溢的讲话，高度评价秘铁一年来发生的巨大变化，称赞秘铁是"秘鲁私有化的典范"，"以杰出的成绩影响和推动了秘鲁私有化的进程"。他还表示，在秘鲁，"上至总统，下至平民，都将一如既往地支持和帮助中国秘铁公司的发展，这是中国的光荣，也是秘鲁的光荣。"

1993年10月1日成为秘铁会永远记住的日子——建矿33年来第一次迎来如此众多的国家领导人和高级贵宾，使这里成为秘鲁全国瞩目和聚焦的地方。

让我们意想不到的是，远在南美的刘全寿竟然为北京申办奥运拉了一票！利马市副市长原是运动员，曾在秘鲁体育比赛中夺得五项冠军，现为国家奥林匹克成员，其家族开了个氧气厂，同秘铁做了三十多年生意。一天，这位副市长带着自己的亲戚突然来访，谈话中只介绍了自己家族的背景，绝口不提做生意之事，聪明过人的刘全寿当然明白他的意思，表示"中国人是最重友谊的，我们古代大哲学家孔子就说过，'有朋自远方来，不亦乐乎'。中方接管后的秘铁将继续维持并发展与老客户的关系和友谊，我们从来不会对不起老朋友！"副市长大为高兴。刘全寿借机提出，中国举国上下正在为申奥积极努力，希望市长先生在奥委会上能投中国一票。副市长立即表示："没问题！"

不久，国家体委副主任何振梁为游说申奥之事到了秘鲁，宴请之际，这位副市长特意点名请刘全寿做陪，并信誓旦旦地表示，秘鲁这一票，"我只圈定一个国家，那就是中国！"

何振梁老爷子笑得满脸开花。

遗憾的是在不久后召开的奥委会上，北京第一次申奥功败垂成。

4

为迎接国庆，刘全寿在这块"中国飞地"的入口处建起一座中国特色的颇有气势的大牌坊，号称"南美第一门"。他电传北京总部，恭请周冠五撰写一副楹联。周冠五对刘全寿半年多时间就扭转了秘铁连年亏损局面十分高兴，深表嘉许，也证明自己看人很准，用才得当——虽然有时候不太听话。数天后，周冠五亲笔题写的一副联传过来了，他巧借刘邦创立的汉帝国之典，古为今用，气魄很大，对仗工整：

> 汉刘四百载
> 秘铁亿万吨

刘全寿一看，不禁头皮有点发麻，他思忖再三，觉得自己乃一平头百姓，这样刻上有点承受不了，虽然联中之意是歌颂祖国和秘铁功勋，但字面上与他刘全寿联系起来，倘在古代，绝对有"犯上之嫌"。他对同事们笑说，此联他实在担当不起，把"汉刘四百载"改成"汉刘四百天"吧。

简直就是天意，刘全寿的命运竟然被自己不幸言中！

完全不知道什么原因，秘铁一路发达兴旺地干下来，产量和利润节节攀升，没有任何不妥之处，1994年6月，先是总经理刘永涛突遭免职，即令归国，刘全寿即感到大事不妙。当时刘全寿曾对同事说："一颗红心，两种准备。让我干我就继续为国争光，不让干，那就回家夫妻团圆"。

这话据说传到周冠五耳朵里了。

果然，9月底，刘全寿接到免职令，奉命回国。

究竟是什么人在背后捣鬼？导致刘全寿离职下台，采访中他始终含糊其词，未做说明。

当初奉命去秘鲁上任之时，以刘全寿为首的"18棵青松"接收团队腰揣20万美金，人人西装革履，雄纠纠气昂昂地登机而行，何等的风光何等的气派！此番归国，他已被免官革职，纯属民间一布衣了，下飞机的时候，首钢连个接机的人和车都没派，遥望苍天大地，人流来去，形影相吊的刘全寿不免生出无限的感慨。幸亏妻子单位有车来北京办事，妻子顺路接机，总算没让他像农民工似的扛着行包回家。

5

这里插一段趣笔，以说明刘全寿人生命运的戏剧性变化，让他自己也目瞪口呆，丈二和尚摸不着头脑。

人回国了，按常理和人事程序，组织上总得委派个领导或管事之人找他谈谈话，说明革职原因，指出缺点错误，鼓励洗心革面，然后再给他找个干活儿的地方吧。不，没有，首钢好像根本就不曾存在过这个人。刘全寿苦苦等了5天、10天、15天，一直没人理他。看来我刚刚43岁就得赋闲在家了，刘全寿整日呆在家里，能做的事情就是延续多年以来的爱好：读书与写作。

旧日的一些朋友很同情他，不时拉他一起出去吃饭。有一次桌上一位对易经之类颇有研究的同事说起阴阳之学、测字之说，讲得活灵活现，犹如虎入笼中、处于困境的刘全寿正不知道自己将来会是怎样的命运呢，他兴之所至，就说你给我测测吧，我现在是"武大郎玩吊环——上不着天、下不着地"，你看我将来命运如何？

那人说，你随便选个字吧。

恰好对面坐的一位朋友名字中有个"斌"字，刘全寿说，你就测测"斌"字吧。

那人左看右看，撮着指头捏算了一会儿，忽然大叫，你不仅不会被免职，还会升官！

刘全寿莫名其妙，说我已经革官去职成了平头百姓了，怎么还可能升官？你肯定测的不准，瞎说一气！

那人神秘兮兮地说，且听我慢慢道来。"斌"字拆开来是一"文"一"武"，你在秘鲁当党委书记是"文官"，那位总经理刘永涛是"武将"，此字说的正是你们二位。再看"武"字，拆开来就是"止戈"，意思是确实有人对你们下了毒手，但肯定会被终止。再看"文"字，拆开来上边是数学中除法的符号，不过下边少了一点，"文"字下边是乘法的符号，很完整，这证明在你人生的这个当口儿，除法没有完成，乘法反而大行其道。你就放宽心等着吧，肯定有好消息，到时候可要请客哟！

刘全寿根本不信。这位朋友肯定是想安慰他，免得他患上抑郁症跳楼抹脖子。

不可思议的是，几天之后，组织部派人找他谈了话，重新委任他为迁安矿业公司副经理，等于官复原职。

刘全寿暗暗称奇，那个测字的家伙算得够准的！不过，"除法"没完成，可"乘法"也没见着，他只测对了一半。

接下来又没动静了，10天，20天，一个多月过去了，没有任何消息。

一直等到11月25日，党委把他找到总部谈话，新的任命下来了：升任迁安矿区党委书记。

天哪，"乘法"果真完成了！

60天之内，从革官去职到官复原职再到升官提职，这戏剧性的闪电般的变化以及测字先生之准，让刘全寿目瞪口呆！

现在，他担任首钢总经理助理。

我把这件趣事写在这里，并非要宣传迷信之说。读者读我的书读累了，看到这类文字也算一种放松和休息，不必字里行间全是英雄的奋斗、钢铁的轰响。

此外，也有请读者珍爱我们的汉字的意思。在我看来，世界四大古文明除中华文明之外，其余都湮没于历史云烟之中，而中华文明所以源远流长、生生不息，盖因我们拥有代代相传、人人能懂的汉字，汉字就是中华文明的"龙脉"和"DNA"。进入计算机时代，青少年普遍用鼠标代替了书写，网络写作出现了大量符号和英文字母以替代汉字。从长远看，这是非常危险的。

三、老知青王平生：带着"三字经"进了"南美第一门"

——这个"不作为"的家伙是怎么治理烂摊子的？

历史剪影

1999 年 12 月 31 日午夜，整个地球举行了有史以来规模最大的世纪狂欢。二十一世纪在全人类的欢呼声中到来了。

不过，有一批表情冰冷的呆鸟，对人类在千禧之夜的狂欢嗤之以鼻。他们是一些卓越的科学家，他们坚持认为，公元五二五年，罗马僧侣兼天文学家小狄奥尼西将"基督降生"的年份定为公元元年，即公元 1 年，依此计算，第二十一世纪和新千年的起始时刻应为 2001 年 1 月 1 日零点，正是在这里，科学的逻辑思维与艺术的形象思维发生了激烈对抗。无论如何，公元 2000 年——一个激动人心的时间概念和历史单位！

北京。新落成的中华世纪坛成为中国千年盛典的主会场，那个巨大的旋转盘就是首钢人承建的。倒计时开始，广场上喊声如雷。在新千年新世纪开始的第一秒钟，江泽民按下电钮，世纪圣火冲天而起。

与此同时，万里长城上，一万名群众手持火炬，排成一条象征中华民族腾飞的蜿蜒巨龙。在北京奥体中心，伴随着悠扬的《婚礼进行曲》，来自全国各地的两千对新婚佳偶深情地拥吻在一起。千禧年正逢中国龙年，据有关方面统计，期望"龙年生龙子"的年轻夫妇把这一年的生育率提高了 10%以上。

2000 年，中国钢产量 12850 万吨，铁产量 13101 万吨。

1

这家伙走到哪里都虎虎生风。

虎头虎脑，虎背熊腰，英眉朗目，声若洪钟，帅呆了，怪不得他能找个漂亮的才女当老婆。

无论到什么场合，只要他一开口，肯定是个引人瞩目的人物。

王平生有"背景"——国民党老军医的儿子。父亲家在北平，少年家贫，为谋出路跑到天津一家医院做杂工，擦地板换床铺倒垃圾，眼快手勤，大家都以为小伙子专心致志干活儿呢，其实他斜着眼睛耳朵，偷偷看医生如何瞧病呢，然后回家翻书自学，几年下来竟然成了有模有样的"二把刀"医生。后来父亲应征入伍当了国军军医。

平津战役中，北平虽然和平解放，但在远郊近城处还是打了几场硬仗，双方死伤惨重。四野武器装备不行但士气高昂，打起来不要命地往前冲。而傅作义数十万大军龟缩于狭小空间，过于密集，解放军一个炮弹飞过来就死伤一堆一片。城内缺医少药，麻醉药早早用光了，父亲就拿葡萄酒当麻醉药给伤员镇静。大兵们胳膊腿受伤了，腐烂了，痛得喊爹叫娘，医疗工具不够用，父亲就拿木匠用的锯子把他们的胳膊腿锯下来。

父亲老了，常常跟儿子回忆自己的经历，末了总会讲一句历史性的结语："我曾被共军抓住又放回来，那时我就知道，共产党的政策好，得人心，将来坐天下者，必共产党也！"

王平生因此从小就热爱党。

2

王平生

王平生生于1950年，初中毕业后，跟着北京大批同学上山下乡，开往风雪弥漫的北大荒，那地方在宝泉岭一带，被称为"黑龙江生产建设兵团二师十七团"，与我下乡的"独立一团"同属一个师。临行前，历尽沧桑的老父亲嘱咐他，一不要抽烟喝酒；二不要交哥们儿弟兄，因为讲江湖义气会不明是非，坏大事；三要学一门手艺，木匠铁匠都行，一招鲜，吃遍天，可以养家糊口中。

可这个虎头虎脑的家伙"生在新中国，长在红旗下"，天生就是毛主席他老人家的"好学生"，是专门跟"国民党"老爸对着干的。下乡不久，父亲的"约法三章"就扔在脑后了，喝起当地跟酒精一样浓烈的"高粱烧"像灌凉水，喝高了就唱就吼，声震苍天大地。后来到秘鲁工作累出胃溃疡，酒才歇了。

现在他当了首钢国际贸易工程公司的党委书记、副董事长，常和老外打交道，需要装点绅士风度，宴会上只喝红白葡萄酒了。不过在吸烟和交朋友方面，继续与老爸对着干。

王平生身体倍儿棒，人又豪爽，深受北大荒乡亲们的喜爱，很快就当上拖拉机手——我知道，那是北大荒知青中最牛最令人羡慕的工种，就像现今开宝马大奔一样。七十年代，各大学到北大荒招收"工农兵学员"，连队里经民主协商，选送了国民党军医的儿子王平生——要不是干得非常优秀，贫下中农们一律叫好，这等好事是万万轮不上他的。

可王平生牛得很，一听几个前来招生的大学，直摇头。

大连海产学院是种海带的，没意思！

海运学院是开船的，没意思！

北京钢铁学院，哦，这还不错，地处北京离家近，何况拖拉机手玩的就是钢铁！

回北京了，没想到好运连连，又让他擒获了一位天上掉下来的才女。母亲曾与一位老同事聊天，那位同事说起自家侄女在福建军区文工团当演员，人长得漂亮，嗓音也动听。老同事说，这个侄女一心想回北京，不肯在外地找男友，家里挺着急。

母亲大喜过望，说我儿子还没对象呢，你给搭搭桥呗。

老太太知道王平生是一只俊鸟，两家老人一联络，王平生与天外飞来的才女见了面。哇，那容貌那气质那声音，看头一眼听第一句话，就把王平生整晕了。一对俊男才女，搭上话就情意绵绵分不开了。

3

王平生的模样虎头虎脑，做人做事也虎虎生威。进了首钢之后，很快成了一员敢打敢拼的战将。

从比利时买回的第二炼钢厂建成后，工人们普遍不熟悉这种大型现代化炼钢设备的性能与操作，以往首钢人只在1958年"大跃进"中建成的小转炉上玩过手艺，面对新崛起的庞然大物，工人们有点手忙脚乱，大小事故不断发生，产量一直上不去。"山头"拿不下来只好换厂长，前后走马灯似地换了十多任，状况还是时好时差，产量时高时低。1990年，王平生出任第二炼钢厂主管生产的副厂长，打那以后，他的大嗓门吼得满车间轰轰响，要求全部生产流程必须按规章制度办，二炼钢的局面很快有了起色，产量逐月提高。两年后，王平生被提升为首钢总经理助理。

1996 年，首钢又派王平生打了一场攻坚战，出任首钢环保处长。本书前面说过，首钢污染之严重，堪称"民怨沸腾"。尤其高炉一上料的时候，满天乌烟瘴气、尘雾腾腾，工人睁不开眼睛，对面见不着人影儿，地面落一层厚厚的红铁石末子，周围的老百姓不敢晒衣服，不敢出门散步，告状信雪片似的飞往中南海，前来曝光的记者也络绎不绝。

周冠五为此尽了极大努力，"花园工厂"的美誉获得社会广泛好评，但问题尚未根本解决，北京各界关于"要首都，还是要首钢"的争论依然沸沸扬扬。

这时周冠五已经离休，首钢进入毕群与罗冰生前后主政的时代。他们都忙于"打扫战场"，努力收缩无限扩张的战线，在压下钢铁产量的同时试图寻找振兴首钢的新出路。随着时代的发展进步，人们对环保问题愈来愈重视，中央和北京市委的要求，周围民众的呼声，媒体的批评，都促使首钢下决心让环保工作再登上几个大台阶。选赫赫有名的战将王平生当环保处长，大概就是这个意思。

在与一家环保公司谈判一套三千多万元的环保设备项目时，双方还差几十万元，怎么也谈不拢。

王平生火了，前倾着身子，像老虎吃人的样子，瞪圆一双虎眼告诉对方："今天我把话放这儿，一是一分钱回扣不要，二是这个项目是总承包交钥匙工程，验收合格后保证一分钱不少付款！你们给个明话，合同到底签不签？不签老子就走人，天下并不是只有你们一家搞环保！"

对方立马老老实实签了字。

到 2001 年，王平生当了五年环保处长，首钢污染情况大为改善，环保各项指标在全国钢铁企业中名列前茅。

4

战将又有了新任务。

首钢秘铁公司经营不力，连年亏损，人心涣散，秘鲁工人不断示威闹事，那儿成了烂摊子和首钢的老大难。

2001 年，王平生奉命出任首钢秘鲁铁矿公司第六任董事长兼首钢驻南美办事处主任。下了飞机，他吓了一跳，32 名中方工作人员按秘鲁惯例，一律西装革履，手持鲜花，到机场列队迎接董事长的到来——这个习惯一直坚持到现在。

王平生到了首都利马的首钢秘铁公司总部，第二天早晨驱车 500 公里，到了海边的矿区，走过第一任董事长刘全寿建起的中国风格"南美第一门"。我忘了问王平生，当初由周冠五亲笔题写、刘全寿又把"年"改成"天"的那幅楹联："汉刘四百天，秘铁亿万吨"，事隔八年还在不在了？

毕竟，江山依旧，人事已非。

驻足矿区，王平生又吓了一大跳，举目四望，从脚下到地平线那边寸草不生，没有一丝绿色，全是光秃秃的石头和尘土，恍然间王平生觉得自己好像站在月球表面。一年四季不下雨，哪来的草？

临行前，首钢党委书记、董事长罗冰生，副总经理王青海向王平生交待了几项任务和原则，同时给了一条好政策：

一是连年亏损的秘铁成了首钢的烫手山芋，你去了要把局面稳定住，只能搞活不能搞死。

二是不要指望首钢再往秘铁投钱，你必须背水一战，自我滚动，自我发展。

三是盈利 100 万美金以上，秘铁中方员工可以提成分配。

最重要的是，时任总经理的朱继民以他惯常的平和、从容、简洁的话风，送了王平生一句箴言："到那里不要搞'中国化'，要搞'属地化'。"

到秘铁工作五年，王平生对这句话体会愈来愈深。细细想来，这句话真是深刻又很有趣。解读起来是这样：不要把中国的马克思主义搬到那个资本主义国家去，这恰恰是马克思主义的大道理和辩证法。

"属地化"，这句"三字经箴言"来源于朱继民的实地考察。

2000 年 7 月，罗冰生刚刚接任首钢党委书记、董事长，朱继民接任总经理，王青海任副总经理主管秘铁。考虑到秘铁连续数年陷于困境，那里的干部叫苦连天，内斗不断，成了首钢班子十分操心的"大包袱"，罗冰生对朱继民说，你去秘铁看看吧，看有什么办法能从根本上解决问题？

朱继民到秘鲁铁矿考察了几天，白天调研，晚上找人谈话，两天时间他就得出一个最基本也最切中要害的结论：秘铁所以没办好，就因为把中国的"社会主义优越性"搬到了南美，用中国办企业的模式去管理外国企业，后来他回忆说："你把所谓社会主义优越性带过去了，外国企业职工不仅不领情，还给你闹罢工。我听说我们最多的时候派了三百多人过去，我去的时候大概还有三十多人，这些人老板不像老板，打工不像打工，管理者不像管理者，人一多了，没有事情干，进入不了角色，肯定闹事！你告我，我告你，我去了一听，脑袋都痛。""首钢其他各个产业，包括向外地发展、兼并、重组，我们都犯一个病：把一个模式全部搬到另一个地方，没有不失败的。"

第一任董事长刘全寿被莫名其妙革职后，后来秘铁经营时好时坏，客观原因是矿产市场波动大，主观原因是中国人自己把自己搞乱了。一是照搬国内体制，二是内部不团结。在秘铁的中国人最高时达三百多人，王平生上任时还有三十多人，相互间勾心斗角，开会坐不到一起，见面就吵架，寄往北京总部的告状信一封封飞来，矛盾愈演愈烈愈闹愈深。人心散了，简单的事情也复杂化了，公司管理水平和矿石产量急剧下降，运营状况日见恶化，每年财务费用上千万美元，大量资产被抵押给银行，好端端的秘铁几乎成了空壳。

这是中国人自古以来传下来的老毛病，有点"DNA"化了，首钢党委书记朱继民创造性地把它概括为中国文化的"内斗性"。有人说，一个中国人能打败三个美国人，三个中国人打不过一个美国人——就因为我们总是尿不到一个壶里。

王平生带上朱继民给的"三字经"——"属地化"上任了。

一查账，他不禁大吃一惊：秘铁现有的资金少得可怜，而且其中有50万美元是铁打不能动的——如果因客观环境或其他原因，秘铁一旦出了问题办不下去，这笔钱就是中方员工准备逃难的路费。

已经积累了丰富领导经验的王平生经过一番调查研究，心中有数了。他还挺奇怪，事情挺简单啊，解决起来挺好办啊，怎么会成了老大难？

"新官上任三把火"，不多不少，正好解决问题：

第一把火："清内哄"。

虎虎生威的家伙，使用"高压政策"是手到擒来的："都给我老实干活儿，少告状，不愿意在这儿挣美元的，立即打报告送你走人！"

中国人闹内哄，主要是工作方式和争利益引起的。于是他借鉴西方资本家的办法，实行工资保密制，多少钱往卡里一打，谁多谁少不知道，只要你自己满意就行，有人问打死也不说，大家也不好意思问，争高争低的风波立即烟消云散。

第二把火："求生存"。

这几年产量所以上不去，很简单，因为公司没钱，设备无法更新，矿区无法剥离岩层，矿石挖不出来。王平生下决心通过融资租赁的办法，搞设备更新，并把采矿剥岩化整为零，先小步启动，再大步发展。岩层哗哗剥离掉了，巨大的矿藏露天了，矿石卖到中国、美国、日本、韩国、墨西哥等地，"轮船一响，黄金万两"，财源滚滚而来。

第三把火："不作为"。

临行前，总经理朱继民赠送的箴言"不要搞中国化，要搞属地化"，堪称一条锦囊妙计。

秘铁是美国佬办的老企业，规章制度都是现成的。

王平生仔细研究了美国佬留下的全部操作规程和管理制度，厚厚的几大本子，他不禁感慨万千。从"总纲"到"细则"，从每个工人岗位的职责到每台设备的操作规范，美国人制订得极其科学、严谨和周密，"连一枚螺丝钉放在哪儿都有规定"，一个轮胎何时购入，何人领走，用于何车，何时废弃，管理制度能全线跟踪，这就是资本家对于私有财产的态度和精细管理。

王平生对中方管理人员说，你什么都不用操心，更不要把"中国特色社会主义"和马克思主义那一套搬到秘鲁来，就按美国佬制定的这个大本子操作，搞"属地化"，一切天下太平，再折腾什么都是无事生非，这才叫真马克思主义。

于是，他用了汉代"萧规曹随、无为而治"之策，一切按美国佬的规章制度办，违犯就罚，完成任务就奖。

万事大吉。

他严格实行"不作为"政策，不出任何馊点子。两年后，秘铁经营生产基本稳定。工作之余，王平生潇潇洒洒，住着花园式别墅，乘专用商务飞机在利马总部和矿区之间来来去去，健身时在别墅游泳池里转两圈，打打壁球，累了喝杯咖啡，品品法国葡萄酒。漂亮的妻子也接来了，夫妻两个不时打扮得犹如中国的"大资本家"或绅士名媛，应邀出席秘鲁上层社会的什么招待会或友情派对，整个儿一"资产阶级化"的"红色大老板"——他真把自己彻底"属地化"了。

王平生笑说，我在秘鲁一年只做三件事：一是指导检查生产经营，编制第二年的经营生产预算和发展规划；二是遇到罢工、闹事，我出面去找秘鲁的劳工部长和内务部长解决问题；三是对秘铁的伴生铜矿搞搞综合开发利用。

"不作为"成就了大作为。

产量和利润节节攀升，2001年他去时，秘铁亏损31万美元，年产量仅为420万吨，第二年一举扭亏为盈。

朱继民高兴地说："秘铁就交给你了，我们五年内不再研究秘铁具体经营生产问题。"

五年后，即2006年，王平生奉命调回国内升任中国首钢国际贸易工程公司党委书记、副董事长。那一年秘铁年产矿粉680多万吨，获利9000万美元，银行贷款全部清还，抵押给银行的资产也全部收回。三十位中国工作人员工资翻了几番，每人配给了一辆轿车，秘铁风调雨顺，蒸蒸日上了。不过王平生谦虚地补了一句，那几年秘铁日子好过了，除了大家的努力，矿石市场也见好，价格涨了。

这家伙不仅是虎将，还是福将。离任时在秘铁公司欢送会上，王平生以极其自傲又相当谦虚的口气说了一句很哲学的话："我在秘铁的五年什么事情也没干，但你们干出的所有事情和业绩都是在我任期内干的，是你们解决了秘铁的生存问题！"

首任董事长刘全寿及后边的几任董事长，因周冠五当政期间犹如老虎把门，大家谁都不敢"讲价钱"，操心费力，无私奉献，穷馊馊地去了，又穷馊馊地回来了，只有王平生赶上好时候又给了提成的好政策。他做出大贡献，估计也发了一点小财。不过我当然不会问他究竟赚了多少，人家赚了是因为人家有本事。

这个本事就叫"无为而治"。

第十二章 热胀冷缩:"首钢兔子"PK"钢壳海龟"们

- 辉煌之日:邓小平在首钢月季园

- "中国之最"周冠五:一个时代的结束

- 强伟的追忆:走在信息化时代的前列

- 老爷子不高兴,后果很严重:"你不过来,就让你过去!"

一、辉煌之日：邓小平在首钢月季园

——老人进入"中国最大钢牌坊"

1

事前没有任何迹象。周冠五也不露声色。

在飞溅的钢花和挥洒的汗雨中，石景山下的十里钢城日复一日沸腾着机器的轰鸣声，一切生产流程都在紧张有序地推进。在以"三个百分百"为代表的铁律之下，从办公室到车间，从仓库到矿料场，首钢的一切都打理得井井有条。高效的领导就是"无领导运行"，领导只关心技术创新与目标突破，只过问例外事件和突发事件。

1992 年 5 月 5 日，首钢第二炼钢厂。中国钢铁业一个重要的突破性行动、创纪录事件正在这里紧张进行。

高大宽阔的炼钢车间里热浪灼人，气氛高度紧张，安全帽下绷着一张张黝黑的脸，一双双眼珠子瞪得溜圆。随着操控台的指令，两座缓缓转动的巨大转炉，炉口喷吐着耀眼火花，在同一时间，把钢水注入一个地下砂模，炽红的钢水奔泻而下，绚丽的钢花腾空而起，车间里的气温急剧上升。此时，首钢机械厂党委书记张文喆头戴安全帽，率一干人马站在车间平台上，密切观察着整个浇铸过程。

总计 400 多吨的钢水洪流滚滚，喷吐着热浪与火花，顺利注入地下砂模，中国最大的铸钢件成型了。

还好，一切安全。张文喆长长舒了一口气。

张文喆一身书卷气，面孔白净，一双大眼睛瞪起来凶得吓人。他头脑清楚，办事沉稳，说话像写文章一样字斟句酌、慢条斯理。在首钢，张文喆能文能武，算是崭露头角、发展很快的年轻人，1970 年进入首钢，32 岁升任机械厂党委书记，成为主掌大任的一方诸侯，现任首钢宣传部长。

浇铸完毕，铸件合箱，需要进行长达一个月的冷却阶段。平时总是面带"和谐"微笑的张文喆，凶神般黑着脸，再三警告机械厂的部下特别是秀才们：这个铸件是"中国最大"，这件事是"首钢最大"，出了事就是天大的事，"开箱检验合格之前，你们都把嘴给我闭上！只做不讲不宣传，不许惊动领导，尤其不能惊动周老爷子，谁要让我下不来台，我就让他下台！"

张文喆从来没说过这种狠话，吓得机械厂两千人马恨不得把嘴缝上。不过大家很纳闷，咱们正在干一件惊天动地的大好事，怎么还偷偷摸摸不敢见人啊？

许多年来，首钢出产的钢材，一直被自己人嘲笑为"面条、裤腰带"，即建筑上使用的螺纹钢和线材，都是附加值不高的低等产品，这类玩艺儿连乡镇企业和个体户都能干了，这让名震全国的周冠五和首钢人很没面子，也制约了首钢的市场攻击力和未来发展。为此，周冠五一直急着上板材，将来工业大发展，汽车大发展，家电大发展，最需要最紧缺最赚钱的就是板材啊！

周冠五是习惯翻江倒海的人，要干就干"世界最大"，小了也得是"中国最大"。他决定，首钢自己建一个轧板厂，自力更生造一个当时世界上领先、中国最大的2160大轧机（即板材宽度达2.16米）。这个目标一提出来，震动和振奋了全首钢，又一个"拿山头"的大会战轰轰烈烈地展开了。

2160轧机最大也最关键的构件，就是这个重达200多吨的"门"字型巨形机架，首钢人叫它"大牌坊"。当时中国任何一家重型机械厂和大钢铁企业都干不了，因为浇铸这个大机架的毛坯，需要一次性向砂模注入400多吨钢水——各重型机械厂无法一次性搞来这么多钢水，各钢铁企业也不可能有这么大的铸钢车间。

浇铸大机架的任务，落实到张文喆领导下的首钢机械厂和首钢的第二炼钢厂。这是首钢、也是中国第一次浇铸如此巨大的钢构件，危险性极大：

一是高温钢水遇上横亘在地表下面的低温砂模，有可能发生大爆炸；

二是400多吨的钢水洪流般涌进砂模，有可能把砂模冲垮冲毁，钢废了，整个车间也完蛋了；

三是这个巨大机架的整体浇铸工艺要求极高，钢水的质量好坏，注入砂模是否均匀，砂模是否能够顶住400吨钢水的压力，冷却过程是否能够保证质量……任何一个环节出了问题，机架出现变形、中空、裂缝，就废了。

这是首钢的"一号工程"。事关重大，年轻的机械厂党委书记张文喆提心吊胆，天天做噩梦，为确保万无一失，他和厂长带上一批专家，昼夜不回家，亲临前线设计方案，坐镇指挥，还特别请来几位俄罗斯铸造专家。那时苏联刚刚轰然倒塌，全国一片茫然失措，科学家和工程师们都没事干了，甚至工资都没得发了，一个个穷得尿血，眼珠子发绿，茫然不知所措。当时国内大批精英和许多共产党干部还在目瞪口呆、哀叹连连、并且重提"卫星上天、红旗落地"的阶级斗争老调时，高瞻远瞩、洞若观火、一向善于出奇兵的周冠五，却立马想起《三国演义》里"草船借箭"之计，迅速派人去了俄罗斯，以最便宜的报酬招兵买马，请来一批高精尖的俄罗斯专家。

回忆起1992年的5月5日，张文喆心有余悸，他说那天是他一生出汗最多的日子，因为一次性出钢400多吨，车间温度空前之高，再加上心情紧张，浑身汗水小河似的淌下来，顺着裤筒子灌进鞋壳，全身都湿透了。"如果发生大爆炸，我和所有在场干部、专家、工人都将出师未捷身先死，完活了。"

为确保这个中国最大钢铸件能够不鸣则已，一鸣惊人，横空出世，办事沉稳的张文喆再三要求下属，一切都悄悄进行，不得惊动首钢领导特别是周冠五，万一质量出了问题，对上对外都不好交待。干成了再说。按照工艺要求，400吨钢水整体彻底冷却，大约需要近一个月的时间。

张文喆一心想的是浇铸这个中国最大钢铸件的安全与质量问题，他完全不知道，周冠五想的是另一件大事，天大的事。

2

浇铸完成一周以后，周冠五的秘书突然打来电话问张文喆，这个大机架现在可不可以开箱？周书记想亲自到现场看看。张文喆坚决地说，不行！按工艺要求，一个月以后才能开箱验查。

又过了一周，秘书又来电话，让张文喆跟有关专家商量一下，能不能提前开箱？周书记一定要看看。

张文喆很纳闷，再等个十天半月就可以正常开箱了，周老爷子为什么急得火上房似的，一定要提前看？这背后肯定有文章，有大动作。他同专家一商量，说十多天了，开箱看看是可以的。

5月19日，周冠五亲自到第二炼钢厂，看了看那个躺在巨大门字型地槽中的铁青色的2160轧机机架毛坯。他很高兴，说立起来足有三四层楼高吧，真像个"大牌坊"，应当给机械厂记上一功。这个"大牌坊"就是机械厂也是首钢的功劳坊。从此首钢人管这个大机架都叫"大牌坊"。时间过去18年了，迄今，它依然巍然屹立在首钢迁安钢铁基地2160轧机生产线上，日夜轧制着长长的钢板，像一台巨大的高速印钞机……

周冠五为什么再三要求提前开箱，看看这个中国第一钢铁"大牌坊"，谜底很快揭开——他从中央办公厅得知了一条重要信息。

3

5月22日大清早，周冠五到红楼招待所吃早点，头发梳得一丝不苟，领带系得整整齐齐，"皮鞋锃亮，走路带风"，红楼首席大厨刘庆就知道有大喜事。

正是春风拂面、月季花盛开的日子。7时过后，周冠五和首钢公司其他领导，或前或后，谈笑风生，出现在总部大楼附近的月季园。

园中，数万余株月季迎风怒放，云蒸霞蔚，芬芳四溢，望去令人心旷神怡。周冠五那黑油油的头发向后梳理得整整齐齐，一丝不乱。他信步踱入月季园，不时嗅嗅这朵花，用指尖触触那朵花。

今天这副闲庭信步、悠闲怡然的样子，是非常少见的。

在首钢，周冠五所有的行动都是重大的。

他在恭候邓小平。

4

8时20分，一支小型车队从东长安街疾驰而来，进入首钢东大门，在总部大楼之畔的月季园门口停下，随行人员拉开一辆白色面包车的车门，已届88岁高龄的邓小平面带微笑下了车。

这是他发表重要的南巡讲话以来，第一次在公众场合露面。老人的南巡讲话如惊天春雷，震动整个中国，大江南北掀起又一轮解放思想、深化改革的热潮。

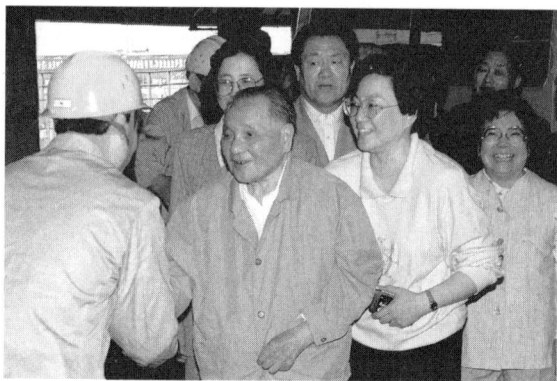

1992 年 5 月 22 日中国改革开放的总设计师
邓小平来到首钢

恭迎在车门处的周冠五驱步上前，双手握住小平的手说，首钢职工早就盼望您来视察指导了。

邓小平笑着说，我一直想来。

老人纵目四望，高兴地说，首钢不小啊。

出身于比利时王国的第二炼钢厂，银白色的巍峨厂房矗立在月季园的左边，周冠五兴致勃勃地汇报了它的来历。

邓小平点头说，这是条捷径，水平并不低。

步入月季园，和风习习，花香袭人，小平赞叹说，真漂亮。

进入迎宾厅，小平在一张藤椅上落座。

周冠五说，1960 年您来过首钢。

小平说，那个时候主要企业差不多都看过，你们这里和那时候的面貌完全不一样了。

接着，周冠五简要汇报了首钢实行大承包以来高速发展的情况。他说，改革开放以来，首钢以改革为动力，钢产量从全国八大钢厂老末跃升至第二位，事业发展横跨钢铁、机械、电子、建筑、航运、金融、外经外贸、社会服务等十几个行业，数十项技术改造达到国内国际先进水平，职工生活得到显著改善。他特别提到，首钢刚刚浇铸成功 2160 大轧机的超大机架毛坯，浇铸钢水总计400 多吨重，是中国第一，事实证明首钢人、中国人是可以自力更生办大事的，希望中央对首钢承包制多支持，多放权，我们完全可以放手大干一场，为国家争光。

小平高兴地说，我赞成你们。他又抬手指指自己的头说，主要是解放思想，换个脑筋就行了。脑筋不换啊，怎么也推不动。脑筋一活了，想的面就宽了，路子也就多了，就更好了。

接着他说，路啊，历来是明摆在那里的，是走得快，还是走得慢；是走得好，还是走得坏，那就看你走的路，第一是对不对，方向对不对；第二是走得好不好。你们两条都走对了。

接着，小平乘车去炼铁厂四号高炉参观并看望那里的炉前工。路上，他特意嘱咐司机放慢速度，把车门打开，他要和站在路边欢迎他的工人们见见面。

"小平同志，我们想念您！""祝小平同志健康长寿！"闻讯涌来的工人们挤在道旁热烈欢呼着，面包车在欢呼声和掌声的浪潮中缓缓而行，小平微笑着不断向工人们挥手致意。

在第二炼钢厂主控室，小平透过玻璃，专注地观察了转炉炼钢的壮丽场面。随后，他说，要使大中企业不要有自卑感，可以自己干，这是一个机会，一个扬眉吐气的机会。为什么别人能干出来，我们自己干不出来？我们完全有能力依靠自己的力量干。要利用好这个机会，不要抬不起头来，完全可以搞，科技没有国界，只要对我们有利。社会主义是干出来的。

邓小平兴致很高，思维灵动敏锐，一路视察一路讲，发表了许多高屋建瓴的重要谈话。

10时20分，邓小平结束了首钢之行。

不久，李鹏、朱镕基先后带上一批国家部委领导，到首钢现场办公，研究落实小平重要指示精神的具体政策和举措，正式确定给予首钢投资立项权、外贸自主权、资金融通权。

事实上，这是中国经济体制改革和大型国企改革又一次重大突破，突破口就是敢为人先、敢于担当的首钢。

正是因为手中有了这"三权"，数月之后，气吞万里的"周大胆儿"胆更大了，他张开如鲸大口，一举吞下秘鲁铁矿，拉开中国收购海外矿产资源的序幕。这时候的许多中国企业家还懵里懵懂，沉睡在中国"地大物博"的梦想里，没有意识到争夺资源的"世界大战"即将到来！

不久，首钢又大举进入金融界，创办了华夏银行，李鹏总理亲来剪彩致贺。

周冠五的办公室就在首钢月季园二楼，海拔并不高，但立在窗前，这位横跨战争、建设、改革三个大时代的战将，日夜把首钢振兴、国家复兴系于心怀，先天下之忧而忧，后天下之乐而乐，他那深沉的眼光望得越来越远，他阔大的

1992 年 12 月 22 日李鹏总理为华夏银行开业剪彩

胸怀汇聚着八面来风，在他和一群首钢精英的领导下，首钢航母以越来越快的速度，向着五洲四海破浪前进。

二、"中国之最"周冠五：一个时代的结束

——"发展是硬道理"与"老子天下第一"

┃历史剪影

1995 年，第二次世界大战结束 50 年，俄罗斯等国举行了隆重的纪念仪式。

中国抗日战争胜利 50 周年，8 月 15 日，南京、沈阳等城市拉响震撼人心的长笛。

山西省盂县 68 岁的老人郭喜翠勇敢地打破沉默，就慰安妇问题向日本东京法院提起诉讼，要求日本政府谢罪并给予赔偿。她是中国个人要求日本给予

战争赔偿的第一人。

这一年，互联网初出茅庐，其巨大威力首次被国人认知。清华大学化学系一位女学生患了一种怪病，头发脱落，饮食不振，明显消瘦，面肌瘫痪，到各大医院求治，无人能知其病。于是，北大学生贝志诚用一台486电脑在互联网发出一份求助帖子，数小时之后收到来自全球的一千多份回帖，国外一位富有化学知识的医生断言，这个女孩患的是一种稀有金属引起的"铊中毒"。

果然，迅速治愈。

本年度中国钢产量9536万吨，铁产量110529万吨，首次过亿吨大关。

1

事情来得非常突然。

此前，首钢这艘钢铁航母的一切景象都是捷报频传，喜气洋洋，在舰长周冠五的指挥下，继续乘长风破万里浪，向着世界钢铁市场"公海"高歌猛进的架式。

1995年1月5日，新年刚过，《首钢报》宣布，1994年首钢钢产量达到823.71万吨，跃居全国钢铁企业首位，报道说："1979年，首钢钢产量仅为179万吨，位于全国八大钢厂之末"。1993年为702万吨，名列全国第二。1994年，首钢在全国钢铁业的"八大金刚"中，真正姓"首"了！

周冠五终于实现了又一个勃勃雄心，他大为振奋，办公室经常传出他的朗朗笑声。距离年底还有一些天，已经胜券在握的他要宣传部筹备一个规模隆重的表彰大会，"要给那些功臣戴大红花，披绶带，请他们好好喝一顿"，庆功会准备在1995年春节前后召开。

别以为周冠五志满意得了，他是永不满足的人，他不断提出新的雄大目标和宏伟构想，那非凡的气势既让首钢人意气风发斗志昂扬，又把首钢人压得几乎没有喘气的工夫。1994年年底，铁水奔流，钢花四溅，眼瞅着首钢将要成为全国钢铁业的龙头老大，他又提出一个惊天动地的目标："一千万吨万岁"！

他用习颜的笔意，题写了这几个大字，刊登在《首钢报》上。显然，1995年的大幕刚刚拉开，周冠五就摩拳擦掌、雄姿英发，奔着这个更加宏伟、更加伟大的目标来了。

事情突然起了变化。

1995年2月14日，是首钢历史上一个特殊的日子。一个拐点，一个辉煌章节的休止符，也是一个艰难章节的开篇之日。

那天早晨上班，首钢人打开当天的《首钢报》，头条是激动人心的社论：《一千万吨钢的目标一定要实现》，报眼上是周冠五的题词"一千万吨万岁"，底下的说明是："重温题词，振奋精神，坚定信心，奋勇前闯"。

周冠五一向不愿意说"前进"，愿意说"前闯"。"闯"是他的性格更是他的思想。

"一千万吨万岁"这个口号和《首钢报》这篇社论，使整个厂区激动不已，议论风生。工人和干部拿着报纸说，瞧，明年又够咱们累的了，准备再扒几层皮吧！

可说这话时，他们脸上都挂着骄傲的笑容。

时针在悄悄移动。就在这天，即 1995 年 2 月 14 日下午五时前，厂部大会议厅里，三百多名厂处以上干部接到"紧急会议通知"后，纷纷聚集到这里。坐在会场上，他们交头接耳，悄悄打探着这次会议的内容。他们都很纳闷。这个"紧急会议"来得很奇怪很突然，通知所有干部必须到场，不许请假，有病的只要能走，在外出差的只要能赶回来，都不得缺席。

什么内容？不知道。

更为奇怪的是，首钢开会一向相当准时，从领导到工人都分秒不差，"三个百分百"嘛。可今天，领导们都迟到了，说五时准时开会，过了 5 分钟、10 分钟、20 分钟……主席台上还是空空荡荡。

东大门内的广场上停了许多辆高级领导人的轿车，还有两辆警车。一些警察表情严肃，远远地站在那里，一言不发，默默注视着干部们络绎而来，鱼贯而入。

气氛有点异常。

会议主持者宣布，经北京市委和冶金部党组共同研究决定，并报中央批准，考虑到周冠五同志年事已高，根据国家有关干部政策规定和首钢发展需要，周冠五同志不再担任首钢公司党委书记、董事长，由冶金部副部长、党组成员毕群同志接任。

全场大为惊愕，每个人的表情都凝住了，会场一片寂静。

周冠五的企业家生涯，就此戛然而止。他和首钢——这个他为之沥血奋斗了 45 年并一手带大、名闻遐迩的国有大企业，从 1995 年 2 月 14 日起，宣布告别。

刘淇接着讲话，对周冠五领导首钢以来特别是改革开放以来的业绩与贡献给予充分肯定。

然后是周冠五表态，他说，我完全拥护中央、冶金部党组和北京市委的决定，这是工作的需要，也是发展首钢事业的需要。当然，上级也考虑到我本人的愿望。

他说，屈指算算，我在首钢工作了 45 年，快半个世纪了，我与首钢和首钢二十多万职工建立了深厚的感情。改革开放以来，首钢事业取得了很大发展，功劳都是大家的，我向同志们表示真诚的感谢。

他说，我这人脾气不好，这些年工作得罪了一些同志，有做得不对的地方，在这里我跟大家道个歉，请大家原谅。

会场中很多人擦起了眼泪，毕竟是朝夕相处45年的感情啊！

毕群接着讲话，他对周冠五的工作给予很高评价，然后表达了到首钢工作以后，一定和大家搞好团结，带领广大员工继续奋进的决心。

会议结束了，周冠五默默从座位上站起来，台下的人们发现，他那一向挺拔的、充满力量和朝气的高大身躯突然稍稍有些弯曲，行动也有些迟缓。

他真的够累了。

2

周冠五在首钢工作45年，作为企业主要负责人领导首钢39年，在时间跨度上无疑是中国大型国企领导人之最。晚年他曾颇为自傲地回忆说："在一个地方待这么久不离窝儿，我可能是第一个吧。"

毫无疑问，他也是最后一个。

可以断言，周冠五将成为中国国企发展史——包括世界各国"国有企业"史上CEO之职永远无法打破的吉尼斯世界记录。

除了私营企业，不可能再有这么长的任期。

前无古人，后无来者，中国唯一。

3

建国后，周冠五作为共和国第一代企业家，他迅速并成功完成了由军人向企业家的转型，他说过："数学我曾学到微积分，实际上做领导的不应该学得太细，否则就没时间考虑大事了。"在大干快上的几十年里，一向主张高产的周冠五，给首钢高炉生产制定了著名的"八字方针"："大风、高温、顺行、精料"，虽然有点儿"拿山头"、"拼设备"的意思，却也是打高产的内行之言。

周冠五似乎天生就是一位冲在最前线的斗士和改革者。他从不甘心平庸，从不安于现状，从不肯落在他人后面当"老二"。他以战争年代锤炼出来的大无畏精神和超人胆魄，在1958年"大跃进"期间，在铁板一块的苏联式计划经济体制中，石破天惊地争取并实行了"大包干"，硬是在僵化的社会经济铁网上撕开一道突围的口子，这是周冠五在中国钢铁发展史和经济发展史上一个伟大的贡献。首钢"大包干"比1978年的安徽小岗村经验早了整整20年，惜乎毛泽东后来忙于抓"阶级斗争"，共和国与这个极其宝贵的"大包干"经验擦肩而过。

结束"文革"、拨乱反正和改革开放之初，敏锐而果决的周冠五迅速祭起"三板斧"，显示了他极具超越性的前瞻意识和战略眼光，并在首钢历史上产生意义非凡的长远影响：

其一，他果断实施了令人不寒而栗的"三个百分百"的铁腕和铁律，尽管过于严苛，但对结束"文革"遗留的混乱局面，恢复生产的正常秩序和科学管理，起到泰山压顶、迅速有效的作用，并打造了一支无往不胜的钢铁大军。首钢许多干部、许多技艺超绝的老技术能手谈起自己的成长史，都说自己是"周老爷子搞三个百分百时训练出来的"。

其二，他敏锐地意识到，随着"文革"寒冬的过去，一个高举科学文化旗帜的春天即将到来。首钢工人中，老一辈多是旧社会过来的"大老粗"，新一代大都是"文革"动乱中没能好好读书、上山下乡的返城知青。他多次强调指出，低文化、低素质的工人队伍不可能打造新时代的新首钢。因此，他以铁的纪律、铁的要求把首钢职工带进空前高涨、持续多年的学文化、学科学、学外语的大热潮，首钢相继办起了中学、中专和大专学校，还办了个"万人培训中心"。周冠五组织的"大会战"一个接一个，首钢人累得晕天黑地，他却坚决要求干部工人必须轮流脱产参加学习，毕业者要经过严格考试，不能过关者不升级、不重用。学文化学科学的热潮在首钢坚持多年，干部工人科学文化素质得到普遍而明显的提高，一大批科技和管理人才迅速成长起来。周冠五还办起一个首钢大学，发大本文凭，许多教授和高级人才都高薪聘请到任了，不过继任者毕群觉得首钢办个大学没必要，还麻烦，"各大学的学生我们都可以收嘛"，大本文凭的首钢大学被"坚壁清野"，礼送给教育系统完事。

其三，周冠五领导首钢，率先在全国大型国企中实行了"经济责任承包制"，把国家、企业、职工三者利益有机地结合起来，极大的解放和调动了首钢人的创造力，在全国工业改革浪潮中起到一马当先、振聋发聩的示范和激励作用。1978 年到 1994 年的 16 年间，首钢的生铁产量从 244.9 万吨跃升至 719.7 万吨，钢产量从 179 万吨跃升至 824 万吨，钢材产量从 117.7 万吨跃升至 665.6 万吨，工业总产值从 36.09 亿元跃升至 134.39 亿元，固定资产从 16.89 亿元跃升至 320.5 亿元，首钢各项生产指标从国家八大钢铁企业老末位移至首位或前列，这种发展速度在全国也是罕见的。后来周冠五不断推出大创意、大动作，首钢发展蒸蒸日上，首钢姓"首"，终成正果。

首钢由此成为在中国领衔出演、名震世界的钢铁巨人。

改革开放三十年，中国钢铁业风起云涌，龙争虎斗，终于合力登顶世界钢铁大国首位，这与周冠五雄视阔步、勇立潮头、笑傲江湖有极大的关系。

改革给首钢巨人注入无限的活力。他们的行动与创新之举，常常震动全国乃至世界钢铁业同行。他们在全国率先实现了钢铁生产和经营管理的计算机控制；率先对钢铁生产实行了大规模技术改造，数十项发明创造在全国和世界上居于领先地位；率先闯入金融业和远洋运输业，创办了华夏银行和首钢船队；率先以大动作收购海外企业和兼并国内企业，首钢员工从 1978 年的 8 万多人跃升到 1995 年的 26 万多人；率先在全球化的资源争夺战中抢占重要阵地，并拉开了中国资金走向世界的序幕。

朱继民那时还在鞍钢工作，他回忆说，那些年不时从媒体上看到，"首钢一会儿从比利时采购了多少二手设备，一会儿从美国采购了多少设备，后来又听说买了秘鲁铁矿，成立了世界最大的船队，那时候给我的感觉，首钢是一个充满活力又具有开放性思维的企业"，"我们简直被搞得眼花缭乱"。

4

周冠五全身心地、深情地热爱着首钢，热爱着这里的广大工人。这种深厚的感情置根于战争年代那些难忘的记忆。早在二十多年前的 1987 年 7 月 10 日，在首钢干部会议上，他就党和人民的关系作了一个重要讲话，读来发人深省，摘要如下：

人民是胜利之本。经过革命战争年代的人，回忆往事，最难忘怀的就是党和人民之间那种水乳交融的关系。人民的子弟兵是在人民中成长壮大的，他们在无数的战斗中舍生忘死，冲锋陷阵，一批烈士牺牲了，根据地的人民又把一批自己的亲人送上前线。就这样一批批前仆后继，支持壮大着自己的军队。战争中的后勤补给是由人民组织起来承担的。他们靠肩挑、人扛运送伤员、军粮和弹药。解放战争中我们打的是运动战，往往一个夜晚转移一百多里，我们的军队转移到哪里，他们就跟到哪里。在战斗中，我们军队组织的尖刀班、排、连，在激烈的炮火下，像楔子一样插入敌人的阵地，人民群众组织的担架队紧紧跟随在战士的身后。在敌人的前沿阵地上，在突破口处，战士倒下了，他们立即抬下来，手榴弹打光了，他们立即送上去。突破了敌人的阵地，军队进去了，他们也随之而进。在战争年代里人民群众能够舍生忘死、英勇奋斗，根本原因就在于党代表了人民，紧紧依靠人民，革命战争真正成为人民自己的事业。

在这篇讲话中，他语重心长地指出：

依靠人民群众夺取政权，我们党是有极为丰富的经验的，但是在进行社会主义现代化建设中怎样依靠人民群众这个问题，我们还没有完全解决。

5

实行"承包制"的 17 年里，首钢生产规模不仅有了超常规的大发展，职工生活也有了极大改善，收入随着企业利润增加不断提升，新建职工住宅144.98 万平方米，人均达到 6.44 平方米，为当时全国国企员工住房之最。

周冠五多次说，现在首钢有钱了，一定要让职工不仅吃得饱，还要吃得好、住得好。他说，广大职工一天二十四小时把全身心都扑在工作上，我们就要把后勤工作做好，把群众生活全管起来。这位老战士还打了个形象的比喻：首钢工人好比冲锋的士兵，一声令下，你就一往无前地往前冲，给我拿山头。后面的事情你不用想也不用管，那是后勤的任务。即使背后有人插你一刀，你也是英雄。

工人们把生产干到一流，首钢的后勤也要干到一流，这就是周冠五的要求。首钢从意大利等国购进面包、面条、香肠等食品加工机械，相继建起面包、挂面、糕点、饮料、冰淇凌等17条机械化食品生产线，建起了肉猪基地、蔬菜基地和桔园，并在厂区内建起一个那个时代还非常罕见的超级大商场（即现在的办公大楼），从肉菜蛋禽到黄金首饰，都按进价卖给职工，价格普遍低于厂外市场，一个甜面包卖一角多钱，两盒羊肉片只卖一元多钱，员工们欢天喜地，石景山一带的居民也拉关系走后门，成群结队伪装成"首钢职工"，涌入首钢商场购物，搞得首钢周边商店说不清欢喜还是恼怒，欢喜的是每逢首钢发工薪，腰包鼓鼓的工人和家属出外疯狂购物，把整个石景山地区商业带动得红红火火；恼怒的是首钢商场价格普遍低于外部市场，又把周边实力不济的小业主们挤兑得叫苦不迭。

那年月，首钢几乎把职工生活全包了下来，各家属区设有食堂，洗衣房，成衣铺，家电、抽烟机维修部，价格便宜得惊人，连房屋装修都管了，只要你在公司领到一张票，人工费全免。

周冠五把战争年代后勤保障的概念和经验全部应用于首钢。在市场经济体制还不完备、计划经济体制还未退场、群众生活还不够富足的年代，首钢的这套办法无疑给广大工人带来巨大的福祉。

那几年首钢工人在偌大的北京市骄傲得很，牛得很。下班时候，他们骑着自行车，潮水般涌出巍峨高大、气派雄伟的厂东门，车后座上时常捆着大大的纸箱或布兜，里面都是单位发的好吃好喝好东西，回家到门口卸货的时候，喊老婆孩子搬东西，嗓门儿也跟打雷似的分外大，意思是叫邻居们都听着，俺们首钢，那真叫一牛！

北京地区的首钢各单位各部门集中了十几万干部工人，一人分一只鸡就是十几万只，一人分几斤菜就是几十万斤，每搞一次福利不知能救活北京市多少食品加工企业和菜农。周冠五爱吃涮羊肉，他就觉得全厂职工肯定都爱吃，逢年过节就给职工成盒成盒分羊肉片，他操心那么多"天下大事"，可羊肉片的厚薄大小他也规定得死死的，必须是五花肉，必须与他吃的一模一样，如果被他发现不一样，主管干部的乌纱帽就甭想戴了。

有一年，西北地区几个个体户合资搞到十二车皮白兰瓜，准备运到南方贩卖，车到京城，南方突遭台风袭击，交通中断，眼瞅着瓜要烂在车里，几个个体户抱头痛哭，死的心都有了。不知谁给他们出了个主意，让他们找首钢的周冠五帮帮忙。周冠五十分同情这几个农民，一声令下，以适当价格买下全部十二车皮的白兰瓜，首钢工人每人分了三个。几个农民欢天喜地，进了首钢厂东门就到处问周老板在哪里办公？他们要给周冠五磕头谢救命之恩。

周冠五时代最热闹红火的举动，要算每年春节前的全体员工"年终庆功大会餐",人数最高时达 26 万人——这肯定也是一项吉尼斯世界记录。总部的文馆楼内一次曾摆下 120 张大圆桌,1200 人同时涮羊肉,一顿吃下五六吨羊肉。全首钢吃的羊肉,肯定是几车皮了。

6

当然,周冠五也留下不少壮志未酬的遗憾。

一是"一千万吨"的宏大目标。早在上世纪八十年代中期,"一千万吨"这个理想就在周冠五的胸中熊熊燃烧。为此,他提出,利用迁安矿区的地理优势和矿源,扩建一个年产 300 万吨至 500 万吨的冀东钢铁大厂,为此首钢于1984 年春向中央写了报告。周冠五的雄心获得胡耀邦的高度赞赏,耀邦在首钢报告上批示:"我认为这是一件极大的好事,我主张积极进行,越快越好。"1984 年 8 月 24 日,胡耀邦亲自到迁安视察并听取了首钢领导班子的汇报。在这年的首钢九届四次职代会上,周冠五作了一个激动人心的大报告:《加快改革步伐,努力扩大翻番成果,为 1995 年再扩建一个年产钢三百万吨至五百万吨的钢铁基地而奋斗》。

但是,迁安在河北的地盘上,河北历来是中国的钢铁大省,他们也要发展自己的钢铁业,两大巨头发生激烈竞争。国务院从华北经济发展战略和钢铁全面布局考虑,建议两家联合办厂。

周冠五是吃人的老虎,他不想与人分羹。

河北虎也不是吃素的。

二虎相争,山呼海啸。冀东大厂的设想不得不搁置了。

此处不养爷,自有养爷处。周冠五又把目光投向自己的家乡山东,准备在那里建一个齐鲁钢铁大厂。1990 年春,由国家计委和冶金部牵头的"齐鲁钢铁公司项目论证会"在首钢召开,二百多高层人士和高端专家参加。

事实上,要不要在山东建厂?在山东建厂是否符合当代钢铁业的发展趋势?这里面是不是有过于浓重的"家乡情结"?首钢内部是有争议和非议的,但是周冠五一言九鼎。

1993 年,李鹏总理主持国务院总理办公会,批准了建设齐鲁钢铁厂的项目,不过建厂地址改到地理条件和工业基础较为优越的济宁。

建厂地址确定了,誓师动员大会召开了,首钢全体员工给邓小平的决心书发出去了,从美国加州收购的一家大钢厂 210 万吨转炉和大批二手设备运来了,但到了 1995 年,国家实行宏观调控,周冠五又已下野,无人再力争上项,首钢也步入"收缩战线、清理战场"的历史阶段。出身包钢的毕群考虑到老家的钢厂规模太小技术落后,转手把这座 210 万吨的大转炉和大批二手配套设备以相当低的价格卖给了包钢,由首钢设计院完成的齐鲁大厂设计蓝图也全部拿了过去。

设备是首钢人从美国加州拆回来的，蓝图是首钢人设计的，设备运到包钢后，是首钢派去一支队伍帮助包钢建起来的。包钢自此有了一座 210 万吨的大转炉，并取代了那里最后一座、也是中国最后一座平炉——首钢，为中国的平炉时代划上最后一个句号。

7

周冠五的另一个遗憾，是他没能在任期内改变首钢在钢材生产上只有"面条、裤腰带"的落后局面。所谓"面条"与"腰带"是指建筑上大量使用的螺纹钢和线材。而汽车、家电、船舶、军工、航天等领域所需要的高科技含量和附加值极高的板材，我国还需要大量进口。

板材水平象征着一个钢铁企业、一个国家钢铁业的地位。因此，改革开放的中国一跃成为世界头号钢铁大国，但远称不上是钢铁强国。首钢的钢铁产量即使搞到一千万吨，它生产的"面条腰带"也只能埋在砖头瓦块水泥里做"无名英雄"，汽车家电上那些闪闪发光、绚丽多彩的东西，还是老外和别人的。

这件事情一直让周冠五寝食不安，坐卧不宁。首钢先后结束了有铁无钢、有钢无材的历史，但此后长达三十多年的时间里，首钢一直处于有材无板的窘境之中。在这方面，宝钢、鞍钢、武钢，甚至毫不起眼的攀钢都走到了前面。1989 年，宝钢的 2050 热带轧机投产，一举跨到全国钢铁业的前头。

板材上不去，对于极富责任感和光荣感的周冠五来说，显然是一块挥之不去的心病。

要干就干一流的。他决定购买在世界钢铁业和板材生产技术设计中赫赫有名的美国麦斯塔有限公司的核心技术，上更为先进、世界一流的 2160 热带轧机，它可以生产出厚度从 1.5 毫米到 19 毫米、宽度从 750 毫米到 2130 毫米、总重达 38 吨的钢卷，可以用于汽车、船舶、锅炉、家电、各种压力容器的制造业。2160 项目如果成功上马，将标志着首钢在板材生产上也站到全国领先的位置，首钢姓"首"就更加堂堂正正、名副其实！

1992 年 5 月 5 日，二十多米高的 2160 大型轧机的巨大机架在首钢浇铸成功。1993 年，二百多吨重的大立辊机架浇铸成功。总结会上，周冠五以他惯常的胸怀全球的口吻说："2160 热带轧机建成之后，可以说，资本主义高我们一头的时代就结束了！"

这句话充满爱国热忱，不过讲得有点早也有点大，这就是周冠五。他总是把自己和首钢的责任感与光荣感提升到最高点，总想一战定乾坤。

不过，到 1995 年他解甲归田之际，2160 工程还处于紧张的筹备与建设阶段。退下来之后，老人还一直关切着这个项目。

三、强伟的追忆：走在信息化时代的前列

——周冠五怒摔电子表

强伟，1955年出生，现任首钢总经理助理，黑脸膛，一身钢铁工人的气派，举止干练，声若洪钟。一问，果然是钳工出身。1978年考入大学，学自动化专业，毕业后回到首钢。1985年，首钢从比利时买回赛兰钢厂的二手设备后筹建第二炼钢厂，周冠五力主上计算机，搞自动化、信息化。强伟表现出色，因为干活不要命，想计算机和攻关的事儿能撞到电线杆子上，多次当选劳模和"四化尖兵"什么的，人送外号"强傻子"，后来出任自动化研究所所长。现在他是博士，教授级高级工程师，在首钢主抓自动化、信息化建设。

他回忆说，改革开放初期，首钢大力推行自动化、信息化建设，在全国钢铁企业中冲锋在前，遥遥领先，并培育出一大批专业人才，周冠五功不可没。

上计算机管理之前，高炉车间控制室摆着一大堆仪表盘，指针晃来晃去，炉内捉摸不定，工人全靠老经验判断炉内情况，组织生产。周冠五从国外参观回来深有感触地说，老外炼铁炼钢，桌上摆的都是显示屏和键盘，红红绿绿的，炉子情况反映得特别清楚，我们必须上计算机，走现代化、自动化、信息化的路！

好些老同志没见过那些洋玩艺儿，纷纷起而反对，说高炉就是个大炸弹，工人靠计算机搞生产，万一摆弄不明白出事了，后果不堪设想啊！

纷争好久，事情久拖未办。有一次周冠五火了，摘下腕上的电子表（当时是很时髦的东西），砰地往桌上一摔，然后拿起来给大家看，说怕什么怕？要是老机械表，早零碎了，这就是现代的电子技术！

那是1983年，286还没出现呢，首钢上的是一种笨重的584型电脑，周冠五下了死令："立即上计算机，在全厂全面推广自动化、信息化技术，把桌上的仪表盘都扔掉，一个不许有！"

开始，工人们都担心计算机那玩艺儿不好使，领导来检查，就把仪表盘偷偷藏起来，领导一走再把仪表安上，计算机成了聋子耳朵——摆设。后来发现计算机确实灵便，各种仪表才彻底退出舞台，寿终正寝。

与此同时，周冠五下令，把首钢分散在各厂各部门所有学计算机、搞自

动化的人才和大学生集中起来，搞一个自动化研究所，全力攻关。那些人分到首钢后，因为没事情做，只好丢掉专业，有的当钳工车工炼钢工，有的当小秘书给领导写写先进经验和讲话稿什么的。自动化研究所成立后，又不断壮大力量，最高峰时达两千人，在全国国企中首屈一指，整个钢铁冶金业为之震动。

以往，生产流程上传下达，都靠电话通知、大喇叭喊叫，上了计算机很快联网了。接着，全公司的指挥和管理也联网了。各生产厂、各单位、各部门当天生产相关数字和工作进程，一点鼠标，就出现在老总的电脑屏幕上。

在全国大型钢铁企业中，首钢犹如率先冲上全球信息高速公路的第一辆战车，最先站到信息化、自动化的大时代平台上。

四、老爷子不高兴，后果很严重："你不过来，就让你过去！"

——"硬发展没道理"和中国头号"巨无霸"

1

遗憾的是，伟人和英雄都有犯糊涂的时候，周冠五时代的晚期有时并不十分令人愉快。

改革开放之初，他大胆起用了一大批德才兼备的知识分子和能干事敢干事的杰出人才，由此造就了首钢的辉煌局面。后来，他也任用了个别热衷于阿谀奉承和打"小报告"的人并且偏听偏信，搞得班子和干部人人自危，不能很好地齐心合力工作了。在"文革"中给过他一些关心、哪怕给他送过一盘饺子的人，即使是文化不高、能力很差的大老粗，他也委以重任。有的人主掌一方，工作毫无章法，只会绷着一脸横肉乱骂。一说要出门，秘书立即飞跑出去叫司机，司机也像火烧屁股似的赶紧把车开到门口，他本人披着大衣耀武扬威、一脸牛哄哄地走出来，随从人员战战兢兢捧着水杯跟在后面，整个儿一黑社会老大模样。

早期，周冠五非常尊重班子成员和技术专家，决策相当民主，总能虚心听取他人的意见，择其善者而从之。他曾深有感触地同总工程师高伯聪讲过唐太宗的故事：有一天唐太宗下朝后，怒气冲冲背着手一边在后花园乱走一边大骂，说朕非杀魏征这个老家伙不可！跟在身后的皇后问怎么回事？唐太宗说，我乃堂堂一国之君，可上朝议事，魏征总是让朕下不来台，让朕很没面子。皇后当即跪倒，连声道喜。唐太宗很奇怪，说朕正气得不行，何喜之有？皇后说，国有诤臣，乃国家社稷之大幸也！

这是周冠五经常讲的故事。

后期，首钢事业发展了，名声在外了，周冠五的个人感觉也膨胀起来并渐渐形成个人的绝对权威，一言九鼎，一手遮天，听到不同意见总是不大高兴，并且一意孤行。他把"时间就是金钱，效率就是生命"的企业运作准则放在至高无上的位置上，这无疑是正确的，但有时他又把党委应当贯彻执行的民主集中制弃置一旁，一切个人说了算。

曾担任过机关党委副书记的李钧在自己印的《回忆录》中，高度肯定了周冠五的主流和贡献，但对他晚期偏听偏信、致使"小报告"成风表示了强烈不满，说那几个跟在周冠五屁股后面整天"打小报告的人"到处窜来窜去，探头探脑，有点像"特务"。

2

在干部人事问题上，周冠五坚决彻底地推进了干部职工"能上能下、能进能出"的改革新思路，并宣布废除"干部""工人"的称谓和政策界限，所有首钢人都称"首钢工作者"，在政治上、经济上享受同样的权利，工资奖金实行统一序列。有能力的工人调到管理岗位上，干得不好的干部去从事生产劳动，都不存在工转干、干转工的问题。而且，不管原来是干什么的，通过考试考核能够胜任领导工作的，都可以提拔上来。

周冠五到施工现场与工人在一起

周冠五说："提倡干部能上能下，能官能民，实际上主要指的是能下。能上比较容易，关键在能下。如果只能上不能下，我们的干部队伍就没有生气。一个庸才稳坐铁交椅，使得一串英才都得靠边站。""战争年代，在一个战役里，没有完成任务，责任者立即撤职。因此，必须坚持干得好的就上，干不好的就下，使干部队伍成为一潭活水。"

这是挑战"官本位、铁交椅"的"中国特色"的一大创举。改革开放三十年过去了，中国干部人事制度虽有小改小革，基本还是老体制老样子老办法，监督机制形同虚设，坏人可以一路高升，庸才可以稳坐交椅。周冠五当年的壮举至今还是"创举",还是只响了一声的春雷,春天就过去了。或者说春雷不断地响,春天却始终没有来。

周冠五推进的优胜劣汰、成王败寇的高压政策,极大地激励和焕发了首钢人的积极性和创造性。一纸任命书下来,有人连升三级,有人连撤五级,有的工人变干部,有的干部变工人,有的大干部小用,有的小干部大用,这类不合常规的事情比比皆是。

周冠五用人有个特点:高度重视"实践"和"实用"。一个关键或要害岗位缺人了,那么看看手中的干部人才谁适合?一旦选中,不管你的级别是高三级还是低五级,调过来就干——级别观念完全被打破了。周冠五时代的首钢能够快速发展,与他大胆用人是有极大关系的。

不过,首钢工人的地位特稳定。全首钢二十几万工人各个行业,不分南北,不分高低,无论效益好坏,同舟共济,都吃"钢铁"这碗大锅饭,工资收入年年见长,皆大欢喜。

后期,周冠五在干部任用和使用上渐渐有些情绪化和随意化了,处级以上的干部潮水般地上上下下,所属各单位负责人走马灯似换来换去,几乎到了令人目不暇接的程度。刘全寿从秘鲁铁矿归国后的一个月内,从撤职、复职再到提职的戏剧性变化就是典型的例证。首钢人公认的实干家、现任副总经理的徐凝也有过两下三上的传奇经历。

北京市委组织部后来把首钢干部管理权限全部放给首钢,本意其实不是支持什么"首钢改革",而是连考核、审查、填表都来不及了,甚至没等你填完表,这个干部又上去或下来了。北京市委组织部的脑袋都大了,就是改名叫"首钢第二组织部",活儿也干不过来。

周冠五自有一套用人"理论"。他说,人总是有高潮低潮,"低潮时候你就下来凉快凉快,反省反省",反省好了再上来。这种作法自然是过于随意了,周冠五的好恶以及干部一个小小的过失或说了一句不中听的话,就可能决定他的命运。但采访中我发现,这种负面效应中也产生了一个出乎意料的好结果:随着大批干部不断被撤换,逼着首钢必须发现和培养更多的青年人才来取代,因此首钢的青年干部成长的特别快,也特别多。

周冠五常说一句名言:"百步之内必有芳草"。至今首钢的各大要员、各方诸侯、各类精英、各级骨干,都是在那时候脱颖而出的。

3

首钢司机张兴军常在首钢的绥中疗养院服务,每逢盛夏,周冠五总到那里休息一段时间,期间他并不闲着,不时把各厂矿的负责人召去汇报工作和生产进度。

张兴军亲眼看到这样的场景:周冠五傲然而悠闲地坐在一张宽大的藤椅

里，"那架式气势，跟皇上一样"，各厂矿负责人绕着会议室墙边坐了一圈，轮流上前汇报工作，屁股后面即使备了一把椅子，他们也不敢坐，都规规矩矩站着汇报。其实周冠五对各单位情况和生产进度了如指掌，"一门儿灵"，谁搞假大空都骗不过他。任务完成好的，周冠五就让头头留下玩两天，休息休息。任务完成不好或没达标的，他黑着脸挥挥手，让头头"立即赶下午的火车，回去抓生产"，不高兴了，就地免职，换一个新人上去。

现任首钢副总经理的王毅说，有一次老爷子突然点名要他迅即赶到绥中疗养院，他不知是福是祸，坐在车上一夜没阖眼。第二天去见周冠五，哇，身材高大的老爷子穿一身雪白的绸睡衣，足登千层白底黑布鞋，威风八面、飘飘洒洒徐步而进，身后紧跟着一个女服务员，为他举着阳伞。

这做派，不说话都有一股泰山压顶的气势！

在总经理办公室当副主任的吴福来说，周冠五在任的几十年，手里一直习惯性地拿着一个计算器——五十年代拿的是计算尺，改革后拿是的计算器——"我当主任期间，不知给他换了多少个，搞得我现在也一直揣着个计算器，离不开了。"

各单位头头一见周冠五和他手中的计算器，"都像老鼠见了猫，猫手里还拿个核武器"，个个如履薄冰，不敢说一句假话，不敢说错一个数字。吴福来曾看到，许多干部在开汇报会之前，手拿着汇报材料在月季园里走来走去，嘴里不停地叨叨咕咕。吴福来开他们的玩笑说，你又不是和尚，大早起来念什么经！

他们都在背数字和材料呢。

周冠五听部下汇报时有一个不成文的规定，你可以讲"不知道"，但绝不允许讲"大概"、"可能"、"也许"——他手里正把玩着一个精美的计算器呢。

威高权重、个性鲜明的周冠五，有时连首钢副总一级干部都不给留面子。一次他在绥中疗养院听汇报，生产上的一个环节出了点问题，周冠五不高兴了，脸色一沉，当面批评一位负责指挥生产的副总说："生产上出了问题，你为什么不抓？刀子嘴，豆腐心！"

批评另一位副书记说："你发挥什么作用了？抹稀泥！"

批评另一位老总说："你不懂生产，怎么抓工作？一群外行！"

厂处级领导班子成员，按当时体制应当归北京市委管，周冠五独断专行，召之即来，挥之则去，只要发现有毛病或者计划中的指标没打上去，说把谁放下去就放下去，一撸到底，长期打入"冷宫"。

4

后期，周冠五要"做天下主人、创世界第一"的感觉和愿望实在太强烈了，手伸得老长，四处兼并，到处投资，极度扩张，多元发展，大江南北、国内国外遍地开花，首钢横跨十几个行业，拥有168家公司和规模企业，1993年在册职工人数达到峰值的262253人，正好相当于美国的百年大厂、著名的通用汽车公司高峰期的员工总数。

加上首钢名下的家属，足有百万人之多。周冠五就是这支百万大军的统帅。比如，1988年6月，首钢兼并了13家军工企业，吸收员工45000余人，计有：吉林柴油机厂（吉林）、岷山机械厂（甘肃）、胜利机械厂（甘肃）、前进机械厂（甘肃）、跃进机械厂（甘肃）、清河机械厂（宁夏）、东华机械厂（辽宁）、风光机械厂（辽宁）、北方机械厂（辽宁）、红光机械厂（辽宁）、长白机械厂（吉林）、松南机械厂（吉林）、庆华工具厂（黑龙江）。在此前后，还有秦皇岛机械厂（河北）、开封联合收割机厂（河南）、锦州计算机厂（辽宁）、镇江船舶工业公司（江苏）并入首钢。

当然，必须指出，有些兼并是上峰交待下来的，有些是相关部门想甩"包袱"压下来的，有点"拉郎配"的意思。不过周冠五也欣然接纳，他知道军工企业设备好，人才多，他想借助这股力量上齐鲁大厂和汽车等其他项目。

兼并进来的绝大部分是严重亏损甚至资不抵债的企业，为便于统一指挥，所有企业法人都被取消，庞大的首钢集团法人代表只有一个：周冠五。这意味着所有兼并企业的债务都压到周冠五和首钢的肩上。

发展是硬道理，硬发展没道理。高速、极度的扩张让首钢不得不背上沉重的经济包袱。全国各地兼并企业来电话来人要求还债、发工资、发退休金、报销这费那费的，潮涌而来，一场空前的"蚂蚁啃骨头"的战事打响了。那以后，首钢像一个泥足巨人，拖着过度膨胀、疲惫不堪的躯体，进入长期低迷不振的阶段。

但高视阔步的周冠五对于这样的超级扩张志满意得。对此他讲过一段生动的豪言壮语，那是在收购了美国钢铁业的麦斯塔公司之后，他在全厂干部大会说：

现在，我们公司处在一个划时代的新阶段，公司所属的企业或合资办的工厂不仅在国内遍布东南西北，而且要在国际上合办公司或工厂，也将遍布各大洲、各发达国家。我们要在世界各地建立五十到一百个企业点。这个任务是非常艰巨的。从现在开始，我们就要研究怎样迎接这个新阶段和新任务……

那一时期，周冠五成了中国企业家中的"巨无霸"：一是事业超大，二是威望超高，三是一言九鼎。

老爷子不高兴，后果很严重。刘全寿讲了这样一件趣事，周冠五是山东金山县人，那里的方言把"过去"叫"过来"，于是首钢上上下下许多人都顺着周冠五，讲话时把"过去"说成"过来"。《首钢报》上刊登周冠五的讲话，也都照原样写成"过来"。

一位新进首钢工作的大学生觉得很奇怪，听不惯，觉得这"不合语法"，于是投书《首钢报》对此提出异议和批评——足见那时首钢人说"过来"者不在少数。据说大学生等了好长时间，《首钢报》毫无动静，他不甘心也不服气，找到《首钢报》要"理论"一番。出面接待的一位主任笑着跟他幽了一默，主任说，你不"过来"，就让你"过去"！

我大笑。

刘全寿说，我不愿意说"过来"，也不敢说"过去"，所以向周冠五汇报工作时，我就说"从前"。

我喘不过气来了。

习惯养成很难改，前几年好多首钢干部还在说"过来"，足见周冠五影响之深。这两年渐渐少了。

5

周冠五具有极其丰富的想象力和令人惊叹的超前意识，八十年代初就想上汽车，造大船，建深水码头，铺设纵横中国的高速公路，此后一直念念不忘，谁反对他不高兴谁。他曾在干部大会上富于激情地说："以后我们首钢生产汽车了，要保证首钢工人每人一辆小轿车，地面放不下，就把厂东门下面改成地下停车场"。

那时中国汽车还很少，他已经想到未来需要地下停车场了。

当时很多首钢人私下认为："老爷子吃错药了。"老爷子坚定不移："什么是现代化？现代化就是汽车大普及。美国、欧洲、日本都成了'汽车上的国家'，有了汽车的速度，他们才成了现代化的国家。发展汽车业，是中国搞现代化的必然选择，首钢一定要先走一步！"

为此他迅速采取行动，并与美国通用汽车公司达成合作协议——这是中国最早的与国外企业联合开发生产汽车的协议。首钢兼并的吉林柴油机厂过去是生产坦克发动机的军工厂，他要求该厂尽快设计开发汽车发动机。很快，美国通用汽车公司的汽车生产线进来了，样车大张旗鼓地摆出来了，厂址选定了——就在长春一汽公司的旁边——周冠五的意思很明白：他就想与中国汽车业的"老大"长春一汽公司叫叫板，部分厂房也迅速盖起来了。

历史发展总是有节奏的，搞建设也有其阶段性。当时计划经济条块分割的体制尚未打破，经济社会发展状况以及首钢的人才设备还有诸多的先天不足，上汽车的条件显然不成熟。不过，"有条件要上，没条件创造条件也要上"是著名的"大庆精神"，其实也是首钢人的精神。历史不能假设，如果真让周冠五憋足一股子虎劲干下去，我相信汽车项目肯定能干成——今天的首钢一定是中国名列前茅的汽车生产大厂了。

周冠五下野之后，汽车项目随之叫停，与美国通用汽车公司的协议就此作废——因首钢"失信"和"悔约"，还赔了通用公司不少钱。1999年，《首钢日报》记者韩基宪出差到长春，顺便到长春看看胎死腹中的首钢汽车厂的"遗址"，一幢很漂亮的大楼已经残旧不堪，破产的吉林柴油机厂下岗工人在那里养起了兔子。

今天首钢人提起这件事，有些人还是觉得相当遗憾，"当时要是下决心把汽车上去，现在能挣多少钱啊！"

九十年代初，大多数国人还不知道什么叫"高速公路"，极富想象力的周冠五已经断言，未来中国肯定要大规模兴建高速公路，他提议首钢带头，修建两条纵横中国的高速公路"大动脉"：一条从北京向南直达深圳，一条从北京向西直达昆仑山。为此，他指派首钢设计院调查了国外建设高速公路的情况和经验，领导班子专门听取了有关部门的汇报。

不过，周冠五把建设高速公路的事情想得太简单了。他以为建高速公路不过是钢筋加水泥的事情，首钢出人出钱出力就行，完全不了解其中迁移、征地、工程要地方政府配合，建设要穿山越谷等诸多问题的复杂性。

不过他要把高速公路通到昆仑山去，也太有想象力了！

首钢设计院院长何巍说，那时候把设计院忙坏了，整幢大楼天天灯火通明，人人挑灯夜战，有设计汽车流水线的，有设计高速公路的，有设计地下停车场的，有设计"五洲四海"的港口、造船的，有设计齐鲁大厂的，一个个累得喊爹叫妈，几十天回一次家，孩子小的，都不认识爹妈了。

周冠五时代的首钢还包了北京市的一支足球队和一支篮球队。"首钢篮球队"至今还在全国联赛中英勇征战。周冠五给"首钢足球队"定下的目标是：四年内拿全国冠军，八年内冲进世界杯前三甲，为此首钢足球队还组建了二队，并招了不少足球少年。

6

就像曾经统治地球数十万年的恐龙终于消失了一样，周冠五这个中国钢铁业和中国企业家中的"巨无霸"，建国以后在首钢工作45年，领导首钢39年，改革开放年代威风八面、南征北战了17年之后，终于下野了。

历史的发展规律总是指向它的必然结果。进入九十年代，中国开始全面推进分税制、股份化等一系列现代企业制度，"承包制"不能不结束它的历史使命了。

但是，周冠五对"承包制"恋恋不舍。从情感上他难以适应新形势新要求，他变得有些固执了。1995年1月19日，中共中央政治局委员、副总理吴邦国在冶金部部长刘淇、北京市副市长李润五的陪同下，来首钢视察和调研。吴邦国充分肯定了首钢改革开放以来推行"承包制"所取得的历史性进步，同时也指出，随着市场经济体制的确立，中国必须全面推行现代企业制度，实行利改税。现在，全国十几家大型钢铁企业都开始搞股份制试点，大势所趋，不深化改革，不与时俱进是没有出路的。北京市委市政府原定首钢承包制搞到1995年，现在时间到了，首钢经营管理模式应当改变了。

吴邦国讲得很客气，当时在场的姜兴宏（现为首钢党委副书记）回忆说，邦国同志很大度，讲话和声细雨，但主旨是明确和坚定的：即首钢实行了十多年的"承包制"应当结束了。

吴邦国是代表党中央、国务院来的。但一直对"承包制"情有独钟的周冠五想不通，执意要沿老路走下去，这位老军人的犟脾气上来了，不同意。

会议室的气氛有点僵，有点不愉快。但告别时，吴邦国还是面带微笑，同周冠五紧紧握了握手。

周冠五喜欢金庸的武侠小说，喜欢好莱坞的枪战片、香港的武打片，那里面独霸江湖、叱咤风云、所向无敌的硬汉让他沉醉不已。但在经济全球化、发展现代化、生产集约化的背景之下，英雄行走江湖、独霸一方、包打天下的时代已经过去了。

或许还有一个隐在背景深处的原因。

通过媒体报道，首钢人后来才知道，国家有关部门和北京市检察院早就接到举报，开始对周冠五的公子周北方秘密立案侦察。1995年2月14日宣布首钢调整领导班子的前一天，即13日夜，国家有关部门和北京市检察院以迅雷不及掩耳的速度拘捕了周北方。经查明，周北方因犯有经济罪，被判处死刑缓期二年执行，剥夺政治权利终身，没收个人全部财产。

周冠五对自己的儿子显然过于纵容了。周北方从北大荒返城后进入首钢，并无多少显著业绩，却凭借老子的地位与权力火箭式地直线上升，被拘捕时已升任首钢"助理总经理"——一个专设的奇怪而特殊的"职称"——并兼任首钢国际贸易工程公司副董事长（董事长为周冠五）、总经理，在首钢堪称"一人之下，万人之上"。

周冠五如此重用周北方，显然是他晚年的一个败笔。

7

完美的苍蝇还是苍蝇，有缺点的雄鹰还是雄鹰。

周冠五和首钢决策者，以及首钢产业工人团队的创造精神和杰出贡献，是不可磨灭的：

——在计划经济体制下，在1958年"大跃进"狂潮中争取并敢于实行"大包干"，是伟大的；

——在十一届三中全会之后率先在大型国企中推行"经济责任承包制"，使首钢获得奇迹般的超常规发展，是伟大的；

——为迅速扭转"文革"后的混乱局面，扫清十年动乱留下的污泥浊水，果断推行"三个百分百"的严酷铁律，是伟大的；

——彻底取消干部工人的体制区别和铁饭碗大锅饭，统一称之为"首钢工作者"，全员能上能下、能进能出，是伟大的；

——第一个走出国门，以大手笔大动作收购海外矿业资源和西方二手设备，为中国现代化闯出一条捷径，是伟大的；

——组织和领导首钢科技人员创造了许多世界和中国第一，钢产量最终也冲上全国第一，是伟大的；

——最早重视保护生态环境，把绿化工作提到"首钢发展，一靠承包，二靠绿化"的高度，是伟大的；

——他的一些未能实现的创造性的天才构想，是伟大的……

离休以后，这位传奇般的人物生活平静下来了，天气晴好的傍晚，巷子里的街坊们常能看到他那高大的身影和从容悠然的步态。他微笑着向熟悉的邻居们颔首致意，邻居们也向他问好。

逢年过节，后来出任首钢党委常委、组织部长的刘全寿时常去看望周冠五，聊天时，他对周冠五说："拿破仑说过，一头狮子率领一群绵羊部队，能打败一只绵羊率领的狮子部队，您就是一头雄狮，率领一批绵羊打了大胜仗！"

周冠五欣欣然。

周冠五一向主张"自己决定自己的命运"，周北方出事，看不出老人家精神有什么重创，依然一如既往，平静安详地过着自己的生活。

8

2007年4月20日3时39分，周冠五富于激情和传奇的一生走到终点，时年89岁。26日，举行了隆重肃穆的告别仪式，首钢、社会各界人士及海内外友好人士数千人出席，那一刻，八宝山人山人海，一片黑服白花，周冠五身上覆盖着鲜红的党旗，神情安详，静卧在青松翠柏和鲜花丛中，当首钢人排着长队，轮番向周冠五的遗体鞠躬致意并缓缓绕行向他行注目礼时，无不热泪横流，啜泣不止。

工人的眼泪都是金子。

《首钢日报》发出如下报道：

深情送别周冠五同志
中国共产党的优秀党员，冶金工业战线的杰出领导者，全国优秀企业家，中共八大、十大、十二大代表；第六、七、八届全国人大代表及七届全国人大常委会外事委员会委员，原冶金工业部常务副部长、党组副书记，首钢总公司原党委书记、董事长、工厂委员会主任周冠五同志遗体告别仪式，于昨天上午10点在北京八宝山革命公墓举行。

周冠五同志因病医治无效，于2007年4月20日3时39分逝世，享年89岁。

26日上午的八宝山革命公墓礼堂庄严肃穆，哀乐低回。正厅上方悬挂着黑底白字的横幅"沉痛悼念周冠五同志"，横幅下方是周冠五同志的遗像。周冠五同志的遗体安卧在鲜花翠柏丛中，身上覆盖着鲜红的中国共产党党旗。

周冠五同志逝世后，送来花圈或发来唁电的有：中共中央政治局常委、国务院总理温家宝，中共中央政治局常委、全国政协主席贾庆林，中共中央政治局委员、北京市委书记刘淇，中共中央政治局委员、国务院副总理吴仪，国务委员兼国务院秘书长华建敏，全国政协副主席徐匡迪及李鹏、乔石、田纪云、邹家华、迟浩田、王光英、彭佩云等同志。

北京市委副书记、市长王岐山，市委副书记、市人大常委会主任杜德印，市政协主席阳安江，市人大常委会副主任金生官、索连生，市委常委、组织部长赵家骐及部分离退休老领导。

中国钢铁协会党委书记刘振江，常务副会长罗冰生，顾问吴溪淳及原冶金部、钢铁协会部分离退休老领导。

北京军区原司令员周衣冰，军区装备部部长刘培训，重庆警备区司令员杨冀平，三十八军及有关部队或部队领导。

宝钢、鞍钢、武钢、马钢、太钢、唐钢、酒钢、水钢、邯钢及南京、南昌、海南、福建、天津、长治等40余家钢铁企业。

国家及北京市有关部委办、协会、有关企业领导及周冠五同志生前好友。

山东省、金乡县有关领导及周冠五同志家乡的亲朋好友。

石景山区委、区政府，秦皇岛市委、市政府等地区。

香港长江实业集团有限公司董事长李嘉诚，韩国浦项制铁名誉会长朴泰俊，浦项中国投资有限公司董事长金东震，德意志银行、正大集团、新日本制铁株式会社北京代表处中国总代表小谷胜彦，美国熊猫快餐董事长程正昌。

首钢党委、首钢总公司、首钢董事会及首钢集团机关部厅、基层各单位也送了花圈。

上午10时，北京市委副书记、市人大常委会主任杜德印，北京市政协主席阳安江，国家发改委副主任张茅，北京市委常委、组织部部长赵家骐，北京市副市长丁向阳，北京市政府秘书长黎晓宏，原最高人民法院院长郑天翔，原

咱们工人

铁血记忆·首钢九十年

北京市政协主席程世峨，原北京市检察院检察长许海峰等同志及周冠五同志生前好友，首钢总公司领导朱继民、王青海、霍光来、姜兴宏、徐凝、王毅、郑章石、方建一、毛武、张功焰、孙伟伟、刘全寿、曹忠、强伟、钱凯及首钢离退休的老领导等，在哀乐声中缓步来到周冠五同志的遗体前肃立默哀，向周冠五同志的遗体三鞠躬，并与家属一一握手，表示慰问。

周冠五同志的家乡代表，以及3000多名首钢干部职工也前往送别。

第十三章　首钢不姓"首"，不叫"钢"，还剩什么？

- 毕群一身儒风：撤退有时比冲锋陷阵更难

- 罗冰生激情四射：为"北京情结"寻找突围之路

一、毕群一身儒风：撤退有时比冲锋陷阵更难

——一次意外的"拨乱反正"运动

1

接替周冠五走马上任的首钢新首脑毕群，一生走完了迄今为止的钢铁发展史的全过程——他是从炉前工起家的。

1939 年，毕群生于河北省河间县。 1962 年毕业于包头钢铁学院冶金专业，1982 年出任包钢副经理，1993 年任冶金部副部长，1995 年 2 月 14 日，以冶金部副部长身份兼任首钢党委书记、公司董事长。

面对这头跨世纪的超大而又负重如山的钢铁"恐龙"，毕群头晕目眩，不要说上万干部的名字记不住，连一百六十多家子公司和下属企业的名字都很难记住。

整个儿一"新华大词典"，谁背得下来啊！

有人用毛泽东的诗句"四海翻腾云水怒，五洲震荡风雷激"来形容当时首钢的规模——还不包括海外事业——相当准确和生动。河北作家王立新在《首钢大搬迁》一书中对此做了详实的介绍：所谓"四海"，就是筹建曹妃甸深水大港的渤海，筹建齐鲁钢铁厂的黄海，筹建石臼深水港的东海和筹建广西深水港的南海。所谓"五洲"，就是曹妃甸所在的滦州，齐鲁钢铁厂所在的兖州，柳州钢厂所在的柳州，钦州港所在的钦州，徐州钢厂所在的徐州。

毕群面临的历史任务，就是与时俱进，完成由承包制向现代企业制度的全面转型，"建设更有活力的首钢"。实现这一目标的前提是，必须精兵简政，收缩规模，"坚壁清野"，"打扫战场"，把铺得太大的摊子压下来。

空前激烈的国际竞争有如经济领域的"世

1996 年 11 月 8 日首钢集团成立

咱们工人

铁血记忆·首钢九十年

界大战"，弱肉强食，优胜劣汰，只能进不能退。但是，逆水行舟的毕群和首钢负载过于沉重，只能撤退。

撤退有时比冲锋陷阵更难。

2

毕群在端正企业发展方向和指导方针，整肃队伍，改变机制，改善企业上下左右关系等方面，做了很多可贵的努力。

一味"打高产、冲第一"的粗放式的、简单扩大再生产的经营思想被纠正过来了，拼人力、拼设备的野蛮操作被制止了，"恢复实事求是作风、提高产品质量、扩大产品品种、加强科学管理"的主导理念贯彻下去了。

工资制度改革了，住房制度改革了，单一法人制的公司改为集团化的母子公司多级法人制了，地方上那些不该管也管不了的许多兼并企业"礼送出境"、"挥手泪别"了。首钢集团分立为

毕群在铁厂调研

二十七个子公司，职工精简到十七万人，这为首钢后来轻装前进、重振雄风，奠定了坚实的基础。

历史车轮的前进，有时需要用眼泪和鲜血做润滑剂。或许是命运不济，毕群赶上了一些不那么得人心的改革。比如北京刚刚推开住房制度改革之际，周冠五认为，实行"承包制"以来，首钢以留成的福利经费建设了大批职工住房，这些房子既然并非国家投资建设，自然应归首钢职工"集体所有"，用不着再卖给职工，因此他一直拒不执行北京房改政策。毕群上任后，承包制结束了，推行统一的住房制度改革也势在必行。而这时候北京住房价格已经上涨了百分之二十左右。人们说，在中国，"上帝欲叫人灭亡，必先使他疯狂；上帝欲使人疯狂，必先叫他买房。"首钢工人不得不纷纷"大吐血"，掏出自己多年积攒的血汗钱，随行就市花高价买房子——还不如房改之初、房价比较低时就了结此事——工人们自然怨声载道，这使得上任之初的毕群蒙受了一些"不白之冤"，威望受到很大影响，有的家属区甚至贴出了"打倒毕群"的标语。

文质彬彬、性情和善、颇有儒家之风的毕群一改过去的霸气作风，到处"烧

香拜佛"，主张"和气生财"，周边环境大为改善。

重大决策的民主集中制得到恢复。

受到周冠五错误处理的许多干部迅速官复原职，这是毕群在任期间的最大亮色，现任总经理王青海，常务副总经理徐凝等首钢一些重量级人物，迄今仍然十分感怀毕群给予的关怀与温暖。

周冠五时代，他们必须战战兢兢，如履薄冰，一步不慎就可能"一失足成千古恨"，"一世英名毁于一旦"。

毕群时代，他们可以放心大胆地工作，一展雄风了。

但是，首钢人普遍认为，毕群受时代和使命所限，忙于收缩战线，打扫战场，坚壁清野，处理诸多遗留问题，但没能拿出足够的精力、时间和胆魄在"发展是硬道理"上想出更多的办法。中国改革开放三十年的实践证明，用改革和发展的办法解决前进中的问题，才是人间正道。

3

周冠五刚刚离去，他那巨大的身影不见了，可几十年间形成的影响与威望还在。他后期在干部管理和使用上出了不少问题，伤了许多干部和专家，但在政策措施上，周冠五始终向工人利益倾斜，始终对首钢工人怀有深深的感情，始终把改善和提高群众生活水平放在心上。二十多万工人不分行业盈亏，共同吃"钢铁"的大锅饭，从基建工到采矿工，从卫生清洁员到宾馆服务员，大家的工资都差距不大。大家都姓"首"，全是一家人。区别仅仅在于，承包指标完成好的，多拿一点"挂率"奖金，多涨几级工资。今天看来，这似乎不大符合市场经济的要求——各企业独立核算，自主经营，盈亏自负，才能逼出积极性和创造性，才能解放和发展生产力。但是，这个"钢铁"大锅饭还是让工人们对周冠五感恩戴德，念念不忘。

我们应当尊重所有的战士，哪怕是有缺点的战士。

我们应当敬重所有的先驱，哪怕是有缺点的先驱。

朱继民主政不久，亲自登门把已经年老体衰的周冠五请来，同广大首钢工人见了一面，本书将在后面加以介绍。这是周冠五在首钢工人面前出现的最后一次，也是他同他深深爱着的首钢工人的深情诀别。

毕群主政五年，由于他还兼着冶金部副部长一职，首钢人认为，那间部长办公室牵扯了他太多的时间和精力，首钢常常许多天见不到他的身影。两头跑两头忙。这对毕群来说，大概是极为辛苦的事情，但或许两头都不讨好。

或许这应被视为历史原因、客观原因而非个人原因。

主政的核心人物不在，一切行动都得等着，一切都处于维持简单再生产的状态，首钢自然难有开拓、突进、发展的大举动。眼见首钢发展无望，难以作为，几年来引进的大批高文化、高技能人才，包括为数不少的"海龟派"纷纷出走。工人们普遍认为，那几年是首钢"水土流失"最为严重的年代。

必须充分肯定，毕群在工作中还是尽其所能了：一批干部的"冤假错案"被纠正了，"清理战场、坚壁清野"了，臃肿庞大的首钢终于实现了初步的"美容瘦身"，算是有点亭亭玉立的"现代企业风采"了，内部的经营管理和指导思想，也从单纯强调产量转向质量、品种和效益，走上更为科学规范的道路。但是，与勇夺"山头"、冲锋陷阵相比，撤退和原地踏步总是有些令人失望和沮丧。

从 1995 年到 2000 年的五年期间，首钢停滞不前，基本没有发展，同时间的全国各大钢铁企业抓住机遇，乘势而起，突飞猛进，一夜醒来，首钢不姓"首"了。

包钢期间的毕群年富力强，曾有过令人称道的作为和辉煌的业绩，但年逾六旬再来做首钢的掌门人，身体又不大好，再拉着这辆中国"天字第一号"的沉重大车，他实在太累了，似乎有些吃不消。2000 年 7 月，他调任北京市政协副主席，2005 年 8 月 9 日因病去世，年仅 65 岁。

二、罗冰生激情四射：为"北京情结"寻找突围之路

——钢铁人跳起"华尔兹"：绊自己一个跟头

历史剪影

2001 年 7 月 13 日，北京时间 22 时 10 分，以杰出贡献名垂青史的萨马兰奇主席稳步走上讲台，缓缓打开一张纸。然后，他以深藏不露的微笑代表国际奥委会第 112 次全会，宣布了一个同样名垂青史的决定：北京——2008 年奥运会！

这辉煌一刻成为中国的凯旋门。

9 月 11 日，一群视死如归的狂暴灵魂以"圣战"的名义升上天空，一场不宣而战的恐怖袭击突然降临在新世纪的黎明。堪称"金元帝国"标志性建筑

的纽约世贸中心——两座高耸入云的摩天大楼倾刻间轰然倒塌。当从电视屏幕上目睹到这惊心动魄的一幕时，全世界一下子从床上、沙发上或办公桌后面蹦起来了！

据民调显示，"9·11"事件发生以后，美国人的不安全感提升到二战以来的最高点。一个幽默的说法是：在每个街区，三分之一的人正在考虑是否搬家，三分之一的人刚刚搬走，三分之一的人正在搬来。

12月，中国正式加入WTO。

本年度中国钢产量15163万吨，铁产量15554万吨。

1

毕群之后，富于激情的罗冰生接任党委书记、董事长，朱继民接任总经理。

罗冰生与首钢似乎很有"天缘"。1941年，他出生于四川省壁山县，幼时随家迁往贵阳，1963年毕业于贵州工学院冶金专业，被分配到首钢，实习第一年，也是披挂上阵，先从炉火熊熊的炼钢炉前干起。接着从车间技术员起步，37年后，成为首钢掌门人。

他笑说："拿破仑说，不想当元帅的士兵肯定不是好士兵，我可没想过当元帅，可我还是好士兵。"

罗冰生与职工亲切握手

新世纪到来，还是由他挂帅出征了。

历史对人的评价是公正的，给予人的机遇却往往是不公平的。时势造英雄，英雄才能推时势。历史有时给人开前门，有时给人开后门，人的角色和作用也就大不一样。当然，人的气质、个性也会起很大的作用，从这个意义上说，性格就是命运，性格就是历史。

有点不幸。有点令人哭笑不得。历史给毕群和罗冰生开的是"后门"，让他们不得不承受"忍辱负重"的巨大压力。

如果说毕群的历史使命是"清理战场，坚壁清野"，那么罗冰生的历史使命就是"顽强固守，寻机突围"。

2

罗冰生刚刚上任，迎面就刮来十二级"台风"——"要首都还是要首钢"的争议惊雷乍响，要求首钢涉钢系统迁出首都的呼声震耳欲聋。山雨已来风满楼，震得全国人大、政协和首钢总部的玻璃窗嗡嗡直响！

2000年9月，国务院发展研究中心组织一批专家对北京未来经济社会发展进行了论证，首钢是北京天字第一号国企，自然是他们研究的重点。他们手下留情，要求首钢压产200万吨，背后的意思是：首钢还可以留在首都。

方案未获批准。

2001年，北京申奥成功，举国沸腾。长安街成了欢乐的海洋，人们挥舞着五星红旗，风涌潮起，彻夜狂欢。可是从这一刻起，北京环境治理也迎来国际国内空前的压力，北京头上罩着的"污染大锅盖"必须加快摘掉了！

人大政协，国家相关部委，北京市委市政府，每逢开会讨论这个挠头的问题，都把沉重而忧虑的目光投向北京西郊——那里矗立着首钢顶天立地的大烟囱，很多人大声抱怨，北京"暗无天日"，头上罩着灰色"大锅盖"，首钢就是"首犯"！

为共和国贡献了第一炉铁水的伟大而光荣的首钢，一时间好像沦落为"过街老鼠，人人喊打"。

首钢人痛心疾首，心里不服气。那些人怎么这样"薄情寡义"呢？雄伟壮观的共和国大厦有多少根钢梁钢柱是首钢打造的啊，远的不说，就连你们开会的人民大会堂，都矗立着首钢的钢筋铁骨，首钢的起重工和焊接工也一战名闻天下。首钢有污染不假，可我们已经连续多年投入巨资进行治理，正全力向绿色钢铁企业迈进，而且已经建成全国闻名的"花园式工厂"，厂区绿树成荫，湖波荡漾，草坪连片，花开似锦，为什么一定要撵我们走啊！

罗冰生思维敏捷，能言善辩，他又是在十里钢城烟里火里成长起来的领导者，深知首钢人的心。2002年，中国工程院院长徐匡迪率领二十余名院士和顶级专家莅临首钢，举行为期一个月的"首钢技术创新院士行"活动。罗冰生意识到这是向国内舆论广泛传播首钢意愿和心声的绝佳舞台。经过精心准备，他在开幕式上发表了一个重要讲话，后来被人们戏称为首钢"固守山头、拒绝投降"的"宣言书"。他说：

——首钢迁出首都，等于新建一个钢铁企业，所需搬迁费用达400亿元以上，"企业自身无法解决，需要国家给予安排"。

——首钢在北京地区的销售收入每年在250亿元左右，首钢迁走后"将会影响北京市工业经济总量，减少市财政收入"。

——首钢迁出，将造成约10万富余人员，影响与首钢有关的几十万群众的生活，"会给首都社会稳定发展带来不利影响"。

他还宣布，为适应北京综合治理环境的要求，2003 年首钢压产 200 万吨，停掉第一炼钢厂。

罗冰生讲话使用的是"哀兵之策"，而且颇有点向国家和北京施压的意思。全场首钢人报以热烈的掌声。

院士们都是中国顶尖科学家，最好的科学家总是心地最柔软最善良的人。他们理解首钢人的心。院士们提出一个方案：首钢可以留守北京，但年产要从 800 万吨压到 400 万吨，同时大力进行环境治理和结构调整，向其他领域转移生产力。

天哪！首钢吃的就是钢铁这碗饭，压产一半就等于口粮减少一半，怎么活呀？但为了留在首都，首钢人也认了，别人吃全饱我们吃半饱，别人吃肉我们喝汤，节衣缩食吧。

这个折中方案仍然未获通过。

<h2 style="text-align:center">3</h2>

首都"不要"首钢了。

身穿蓝工装的首钢人有点像热锅上的蚂蚁——十里钢城机声隆隆，铁水奔流，钢花四溅，忙碌着十多万勤劳勇敢、可敬可爱的"蓝蚂蚁"啊——他们惶惶不可终日，开始四面奔突，寻找"坐镇首都、发展自己"的生存之路。

不是说首钢是污染大户吗？那好，外柔内刚的罗冰生以极大的努力和热情，下令一部分首钢人脱下蓝工装，换上白工服，带领他们投入"非钢产业"的开发，试图在镁光灯的照耀下，在新时代的舞池展现华丽转身，寻找一条"首钢不叫钢"的新出路。

干了几十年炼钢炼铁、曾经满脸满身粉尘钢灰的首钢汉子们，不得不穿上白服，沐浴净身，走进一尘不染的场地，粗手粗脚、笨笨磕磕跳起了充满"高新技术"的华尔兹宫廷舞，一不小心就自己踩了自己的脚，自己把自己绊个跟头的事儿。

八九十年代，世界电子信息技术突飞猛进，火爆一时。

早在周冠五时代，首钢就瞄准了芯片产业，并决定与日本 NEC 公司合作成立"首钢 NEC"，时任总理的李鹏出席了 1990 年 9 月 20 日举行的签字仪式。1991 年 12 月 12 日，注册资金两亿多美元的首钢日电电子有限公司举行奠基仪式。1996 年，16 兆位动态存储器批量生产，1998 年，64 兆位动态存储器批量生产。形势所迫，突围所需，首钢玩惯了钢钎的汉子们过去一向以"万吨"为计算单位，现在竟然拿起"绣花针"，玩起了以"微米"为计算单位的精密高科技，真是难为了他们。

首钢决意把自己重塑为深受人们喜爱的"变形金刚"。最初他们玩得真不错，头两年产品十分畅销，利润丰厚。没想到此后接连二三的灾难降临亚洲，波及世界。

1997 年 7 月 1 日，香港举行了回归祖国的隆重仪式。

第二天，蜂拥到香港的各国记者还没撤下来，不少累得屁滚尿流的家伙正躺在宾馆里呼呼大睡。那天早晨，泰国政府宣布"实行浮动汇率制"，当天，泰铢贬值四分之一，很快又贬到二分之一，大批企业宣布破产，泰国和许多东南亚国家的经济迅速沉没，接着是日本、韩国。韩国大批国民甚至自发向国库捐献金银首饰，以挽救濒于崩溃的国家经济……

亚洲金融危机爆发。

"金钱无国籍，谁赢跟谁走"——这条真理再次得到印证。

首钢在 IT 业的"突围行动"也遭遇寒冬，投资没有得到理想回报，钢铁销售也急剧下降。

但是，罗冰生主政期间在非钢产业上的努力，为今天首钢实现多元化、集团化生产经营，特别是提升科研和生产的高科技含量，奠定了一定的基础。

罗冰生是极为敬业的人，主政首钢期间，他几乎没有什么节假日，深夜，他的办公室的灯总是亮着。下夜班的工人们望见那扇明亮的窗口，就知道"罗头儿"还在那儿办公，还在苦思冥想着首钢的新出路。

首钢在首都的立足之地遭到空前挤压的日子里，罗冰生为寻求首钢"非钢"发展的突围之路，殚精竭虑，用心良苦，付出极大的努力。在钢铁生产的看家本业上，已有的山头都岌岌可危，朝不保夕，遑论拿什么新山头？即使罗冰生有许多宏大的设想，他都来不及做了。

2002 年 12 月 31 日，中共北京市委宣布，罗冰生不再担任首钢党委书记、董事长。冶金部取消后，由他出任中国钢铁协会副会长。

4

从大发展、大扩张的周冠五时代，到大清理、大整顿和寻求非钢产业突围的毕、罗时代，首钢人经历了反差鲜明的"热胀冷缩"的阵痛。

从 1995 年毕群主政到 2002 年罗冰生离职，整整八年时间，中国钢铁界山呼海啸，群雄并起，万马奔腾，而首钢停滞不前，发展空间受到极大挤压，生产规模被迫收缩，战略定位、治厂方略、发展大计在艰难而痛苦的探索中左右摇摆，游移不定。首钢地位从"八大金刚"的龙头老大迅速跌落到后面，宝钢、鞍钢、武钢冲进前三甲，几家新崛起的大型钢铁私企也咄咄逼人，奋起直追。纵观这个时期的天下大势，让我们想起家喻户晓的"龟兔赛跑"的故事。它不再是有趣的寓言，而是让首钢人备感失落的严酷现实：首钢曾经是中国钢铁界跑得最快的兔子，这八年它打了个盹儿，其他那些钢铁海龟默然不语，以坚忍不拔的努力乘机赶了上来，并远远超过了兔子。

1994 年的首钢产钢 824 万吨，位居全国第一。

到 2002 年，经过八年徘徊期，首钢产钢仍为 800 万吨左右，而宝钢产钢已跃升至 1948 万吨，位居世界钢企第五名，鞍钢产钢 1005 万吨，世界排名第十七位。

首钢一直停在原地不动，好像兔子躺在树下睡大觉。

首钢人说，这八年首钢不姓"首"、不叫"钢"了，我们究竟是谁？叫什么？从哪里来？到哪里去？一切都变得模糊不清和捉摸不定了。

这八年被公认为是首钢的"徘徊期"。茫茫云雾，重重关山，永定河在身边日夜奔流。习惯了天天大会战、天天大吼大叫、天天出一身热汗的首钢人突然在河边停了下来，好像无事可干了，他们的身体和心情骤然凉了下来，他们不能不感觉到阵阵寒意。他们张望前程，茫然不知所措。从九十年代逐年引进的六千多名大学毕业生及硕士、博士和"海龟派"，原本都是奔着首钢的赫赫威名来的，可眼见自己在苦苦挣扎于困境的首钢难有发展和作为，到新世纪之初，这些青年人才流失了近一半，首钢技术研究院的六位博士也走了。

难道兔子尾巴真的长不了？

2003 年 1 月 1 日，关山重重、雾障重重的时节，朱继民接掌首钢大权。

2002 年年底宣布任命的那一天，前额光亮的他走上主席台，表情轻松，脸上挂着惯常的"老好人"似的朴实微笑，既没有周冠五的威严与气势，也没有毕群的平和与淡泊，更看不出罗冰生式的灵动与激情。

只有亲切朴实的微笑和从容的举止。如果不是坐在主席台上，他就像走惯了首钢东大门的一位老工人。

他拿着讲稿表了表决心，没说任何惊人之语。

挽狂澜于即倒，扶大厦之将倾，他能行么？

十几万首钢人，数十万首钢家属，八十多年首钢历史，都在拭目以待。

第十四章　朱继民：骨头硬还是钢铁硬？

- "潜伏"首钢：一个盖"千家被"的苦娃子

- 临危受命：出了名的"定海神针"

- 铁树开花："外来的和尚会念经"

- 以人为本与"老好人"式的微笑

一、"潜伏"首钢：一个盖"千家被"的苦娃子

——鞍钢岁月：不怕软不怕硬，就怕遇上"犟眼子"

历史剪影

2002 年 11 月 15 日，中共十六大闭幕。11 时 30 分，新当选的中共中央总书记胡锦涛和新一届中央政治局常委出现在全世界面前。

十六大闭幕二十天之后即 12 月 5 日，胡锦涛率领中央书记处的同志冒雪到西柏坡学习考察。这天雪花纷飞，漫天皆白。西柏坡纪念馆的讲解员唱起了当年的一首支前小调：

最后一尺布用来做军装，

最后一碗饭用来做军粮，

最后的老棉被盖在担架上，

最后的亲骨肉送儿上战场……

歌声中，胡锦涛的眼睛湿润了。

他感慨万千地对站在身边的中央书记处同志们说："正是依靠人民的支持，我们党的事业才获得了不断胜利的基础。""我们一定要牢记毛泽东同志倡导的'两个务必'，首先要从自身做起，从每一位领导干部做起！"

12 月 3 日，上海赢得 2010 年世界博览会主办权。

12 月 7 日，世人瞩目的"南水北调"工程开工典礼举行。

1

那是朱继民抵达首钢的第一天。

2000 年 1 月 10 日上午，寒风从首钢厂区掠过，地面和路边到处是积雪，一辆黑色奥迪悄悄驶入东大门，拐了几个弯之后，在红楼迎宾馆门前停下。

车上，吴福来扯着粗大的嗓门儿，一路介绍着首钢的情况和沿革。吴福来，时任首钢总经理办公室副主任，一个黑壮的汉子，性情豪爽，行走如风，待人热情周到。从当年的周冠五到今天的朱继民，他是专门协助老总办事的"四朝元老"了。那天，他以首钢办公厅副主任的身份，把新上任的首钢副总经理朱

朱继民到炼铁厂检查工作

继民接到红楼迎宾馆。朱继民脱下棉大衣，里面穿了一套藏蓝色西装，还系了一条红色领带，模样特正规。后来他说，那是为了向声名显赫的首钢表示敬意才特意换上的。年轻时在工人堆里混惯了，他最愿意穿的还是蓝工装。蓝工装随便、亲切、不怕脏，哪儿都能坐，和工人不分彼此。

朱继民进了客房四下看看，对吴福来说，我不能总住在这里，住这里就像客人了，还是尽快在家属区给我找间房子。

吴福来有点为难，说眼下没有宽敞房子。

朱继民说，不要什么条件了，能住就行。

傍晚，朔风徐吹，薄云淡抹，残阳如血，朱继民踏着厚厚的积雪，信步登上石景山，纵目眺望厂房林立、管道纵横、机声隆隆的十里钢城。

朱继民颇有点诗人的情怀和想象力，每逢年节搞联欢会，兴之所致，他就会提笔写上几句很适合朗诵的现代诗。此刻，在他眼中，首钢就像石景山下卧着的一头老雄狮。这头曾经名震中外的雄狮似乎因征战过久，有些累了，而且老了，它百无聊赖地卧在石景山的南天门下，眺望着大江南北、长城内外。入夜，它似乎能看到中国大地上铁水如千江万河，钢花似流星飞雨，万里夜空一片灿烂。老雄狮有些伤感，有些惆怅，这壮观的景致似乎勾起了它对自己青春年华、独霸一方时代的深情回忆。它重新感觉到周身血液的热度，它的目光饱含泪水。

伫立在夕阳晚风之中，朱继民久久不能平静，同时心情也有些沉重。

这就是他仰慕已久的首钢啊！

这就是他仰慕已久的首钢吗？

2

2000 年初，中国钢铁产量双双突破一亿吨大关，这对首钢人来说，既是骄傲，也是痛苦与尴尬。自周冠五下野之后，徘徊多年的首钢，早已不再是中国钢铁舞台上光芒四射、叱咤风云的领衔主演了。首钢成了二流甚至三流角色，雄狮的王国愈来愈小，它的钢铁牙齿在一颗颗脱落。

这不仅仅是排名问题，也不仅仅是企业的形象与影响问题，它意味着企业生命的生机与活力停滞了，标志着首钢不姓"首"了，意味着首钢工人曾经引以为傲的餐桌和腰包不再丰足了。

新官上任的朱继民心情并不好。

3

1998年，刘淇从冶金部部长的位置上转为北京市委常委、常务副市长。首钢作为北京市的利税大户和经济发展的重头企业，仍然是他关注的重点。那时，首钢进入毕群主政的第三年，敏锐的刘淇注意到，曾经风驰电掣、雷鸣风吼的首钢渐渐沉默了，一夜之间，这位钢铁巨人好像萎缩成一个埋头苦干、安居乐业的农民，一门心思在自家的田园里春种秋收"过小日子"，今天修修篱笆，明天推推磨盘。忙于"收拾家什、洒扫庭院"的首钢是干净多了，可它那惊天动地的钢铁巨响呢？那冲云破雾的勃勃雄心呢？那领衔主演的无限风光呢？

硬发展没道理，不发展更没道理。不发展就意味着危机已经临近。何况，现任首钢领导班子有些老化了，毕群年过六旬，其他几位在六十左右，年轻的刚刚四十几岁，还缺少主掌这艘钢铁航母的历练、胆略和全面经验。

在忧患到来的时候才忧患，那不叫忧患意识。忧患意识，是在阳光灿烂的日子备好出门远行的雨具，在风平浪静的航道上做好迎接急风暴雨的一切准备。

刘淇是钢铁专家出身，又担任多年的冶金部部长。他深切地感到，首钢正处于战略调整期的前夜，如果调整得不好或不及时，危机和困难就会吞噬、击倒这位钢铁巨人。全球化时代，竞争之激烈和优胜劣汰之速度是前所未有的。首钢太大，其兴衰成败，影响遍及海内外，必须尽快为它挑选和储备一个能够主掌大印的人，一个目光远大又脚踏实地、敢于决策又尊重科学、经验丰富又勇于开拓的"帅才"。

刘淇对全国钢铁业的情况了如指掌。在一个极小的范围内，在听取钢铁业几位老专家的建议之后，刘淇圈定了一个名字："朱继民"。

1999年底，即毕群主政四年之后，时任贵州水城钢铁公司党委书记兼总经理的朱继民，奉命到首钢报到——今天看来似乎有点"潜伏"的意思——出任首钢副总经理。

朱继民到任半年之后，即2000年夏，毕群调离，罗冰生接任首钢党委书记，朱继民接任总经理。

2003年，罗冰生调离，朱继民成为首钢第四代掌门人。

水到渠成，瓜熟蒂落，历史的大门打开了。

每临大战思良将。尽管没有官方提供的权威根据，但在钢铁界中奋斗了大半辈子的朱继民，其波澜起伏的经历和前进轨迹，决定了他的人生路径最终必然指向危机四伏的首钢。

4

雨季来了，天地间一片苍茫。一个饿着肚子的光脚孩子，冒雨走在烟雨弥漫的江淮大地上。他弯腰低头，紧紧搂护着贴在胸前的书包，他什么都不在乎，只在乎自己的课本，他本能地意识到，那几册薄薄的课本决定着自己的未来和一生。

每个星期六的下午，他都走上三十多里的路，从县中学赶回家。无论路途怎样乏累，他都跑到生产队的地里帮父母挣一点工分。星期日的晚上，再走三十几里的路回到学校。母亲千针万线给他做的布鞋，其实不是为了走路的，而是为了给别人看的。所以跋涉在乡间土路上，他总是把布鞋小心翼翼塞在书包里，临近学校的时候，才把鞋穿上。

少年时代的朱继民，一个对饥饿与贫苦有着疼痛记忆的孩子。

安徽宿县，一个以"要饭"出名的地方。他的家是藏在大平原深处的一个贫穷的村落，1946 年，朱继民出生在世代为农的穷苦之家，他是老大，后来又有了五个弟妹。

穷人家的老大都是能当半个家的。

小时候怎么苦怎么饿，朱继民一生也感谢共产党和共和国，因为这个党和这个新国家虽然很穷很落后，却把课本郑重地放在他泥黑的小手上，把红领巾庄严地系在他细瘦的颈项上，然后告诉他："时刻准备着！"否则，他会与爷爷的爷爷、爸爸的爸爸一样，一生是个睁眼瞎，生在泥土里，活在泥土里，死在泥土里，一辈子跨不过村前的那条小河。

天灾人祸接连不断。1958 年"大跃进"期间，当周冠五率领着石钢人为"大包干"而战的时候，"人有多大胆，地有多大产"的浮夸风和人民公社吃饭不要钱的"大食堂"，把中国农村仅存的最后一点活力和生产力彻底摧垮了。安徽宿县大片大片地区断了炊烟，饿殍遍野。野菜树叶吃光以后，面黄肌瘦、衣衫褴褛的妇女儿童，成群结队踏上逃荒要饭的路。可是从河南、从周边各省各县，蝗虫般向安徽、向宿县涌来更多的逃荒要饭的乞丐。

母亲少女时代跟着家人，曾多次跑到很远很远的地方要过饭，饱尝过漂泊四方、乞讨为生的酸辛。现在她有了家，有了孩子，不能再出去讨饭。野菜吃光了，就挖草根。树叶吃光了，就扒树皮。每到周末下午，饿得摇摇晃晃的母亲依在茅屋门口，守望着远远的小路尽头，等着盼着儿子朱继民归家的瘦小身影。

母亲担心儿子饿死在学校或路上。

当今的乞丐，可以从垃圾堆里拣出个百万富翁、千万富翁。

那时的乞丐，讨不到残汤剩饭就得横尸他乡。

母亲老了以后，一提起当年要饭的经历就泪水涟涟。

那时的家不过是几间茅草屋，家里老少三辈，六个小饿狼似的孩子，还要有一间屋给牛住。牛是穷人的命根子，人可以饿着，牛一定要吃饱。如此狭小的空间，母亲还是隔出一个小堂屋，中间摆了一张破木桌，像是随时准备招待客人的样子。少年的朱继民不懂，问母亲，咱家这么窄巴，干嘛还要隔出一间堂屋？

母亲说，那是给上门要饭的人预备的。

这句话让朱继民记了一辈子。

母亲一生都是这样，只要家里有点吃的，有上门要饭的，母亲总会分出一些给要饭的人。

同病相怜。母亲的心好软。

每当忆起这些，朱继民的眼圈就红。都说男儿有泪不轻弹，朱继民不，他经历过太多的苦难。首钢人说，朱继民心软，好动感情，每每举办首钢工人事迹报告会，每听到首钢工人无私奉献的动人事迹，他就禁不住流泪。

父母成年累月劳苦在饥荒连连的土地上，肚子都填不饱，哪里有钱供孩子上学？

朱继民完全是国家养大的学生——

小学六年，每学期享受助学金4元，小学收费恰好是4元。

在宿县中学六年，每学期享受助学金6元，学校伙食费也恰好是6元。

大学每学期享受助学金16元，伙食费为14.5元，还剩1.5元。朱继民说，正是因为这样的经历，他"一生都在报恩"，报父母的养育之恩，报党和国家的培养之恩。从小学到中学，他的学习成绩也一直名列前茅。

1965年，该报考大学了，从来没出过宿县县境的乡间孩子朱继民哪儿知道天多广地多远啊！那时宿县一直在建设一个煤矿，乡亲们都盼着煤矿尽快投产，好去挖煤赚点儿活命钱。可因为资金和技术力量上不去，煤矿一直没能开起来。朱继民想，自己上大学就好好学学采矿技术，毕业以后回老家把煤矿搞起来，让父老乡亲们有个盼头。填报考志愿时，他的首选就是东北工学院矿建系。这个农家孩子不大懂规矩，同时也想求个保险系数，就把复旦大学、南京大学之类的好学校填在后面了。

其实他的高考成绩完全可以进入一类大学，不过——那肯定是另外一条人生之路，今天就不是朱继民而是另外一个什么人坐在我面前侃侃而谈了。

19岁的朱继民开创了那个贫穷远村的"新纪元"，成了村里历史上第一位大学生。村民们奔走相告，欣喜若狂，都想为这个给全村争光的孩子做点儿什么，表表心意。

全村都穷，拿不出什么像样东西。母亲说，孩子去东北上大学了，那边天冷，听说三九腊月尿尿都能冻成棍，给孩子做套新棉被吧。

乡亲们闻风而动，纷纷从家里破破烂烂的脏黑棉絮里扯出一大团黑棉花，颠儿颠儿送到朱家。母亲漂洗干净后，拿一部分纺成线，织成两块布，一块拿染料染红当被面，一块当被里。再把剩下的棉絮铺在里面，一床"新棉被"就这样做成了，不过再没有棉花可以做褥子了。

朱继民背着这床全村乡亲凑成的"千家被"，登上母亲做的新布鞋上了路。

父母、弟妹和乡亲们一直送他到河对岸，又送出好远好远，一路上不住声地千叮万嘱，要好好做学问，听党和毛主席的话，别忘了有空常回家看看，别忘了穷乡亲。

弯弯曲曲的乡间土路上，泪珠子叭哒叭哒落地响，送别之路一生难忘。

大学五年，朱继民一直盖着这床"千家被"，身下是硬硬的冷铺草垫子，没有褥子。数十年风霜雨雪，他一路走来到今天，这床"千家被"一直温暖着他的生命，还有灵魂。

5

上大学一年后，"文革"大动乱开始了。那是些滴水成冰、寒风刺骨的日子，这位农家青年从来没见过这样的"大世面"，跟着喊了一阵子口号，然后就溜回宿舍看书去了，技术书外面包上"红宝书"的封皮儿，装出一副一心想当"无产阶级革命家"的模样，"造反有理"的理论讲得头头是道，不时还吟几首"反帝反修"、"解放全人类"的革命诗，激情澎湃，怒焰熊熊，拒人于千里之外，那气势挺吓人——免得大家发现他走的是"白专道路"——看的是技术书。

1970 年，朱继民毕业了，和几十位同学被集体分配到鞍钢。

一帮小"臭老九"。

现在的年轻人已经不懂得"臭老九"的意思和来由了——共和国这段悲情历史是不该被遗忘的，看来有必要为"文革"专门出一部词典——"文革"中，被打倒和指斥为"反动阶层"的共有九类人：即地主、富农、反革命分子、坏分子、右派、叛徒、特务、走资本主义道路当权派，最后一类是知识分子，因此被称为"臭老九"。"四人帮"被清除，"文革"宣布结束，样板戏《智取威虎山》中一句著名的台词"老九不能走"，也就成了改革开放初期对知识分子的热烈呼唤。

朱继民这帮小"臭老九"一到鞍钢，立即遭遇下马威："造反派"当政的鞍钢完全不考虑他们的所学专业和专长，把他们一律分配到最偏远、最艰苦的底层去干力气活儿，以接受"工人阶级的再教育"。

学矿建的朱继民被分配到铁道线上当养路工。那时他年轻，活泼好动，不知愁，走在长长的铁路线上，他总愿意踩着钢轨向前快速移动，考验自己能走多远，最初不过十几步几十步就掉下来，后来越走越快越走越远，最长一次走出四五十米远。没想到，走钢轨如同走钢丝，成了他一生的姿态和象征，一生都要"如临深渊"、"临危受命"。不过后来接掌首钢，他不是走钢丝更不是走钢轨，而是走在首钢的"面条""裤腰带"上了。这是后话。

下放基层"劳动改造"的大学校友们怨声载道，于是共同推举一向敢说话、敢冒炮的朱继民当代表，找鞍钢政治部领导说理。朱继民穿一身脏兮兮的劳动服，举着一脸的天真，径直闯进政治部主任办公室说，我们同意到基层接受工人阶级再教育，但也应当结合各自所学的专业，实行对口"再教育"，否则大学白念了，国家白培养我们了！

领导大为震怒，桌子拍得山响。你们都是修正主义教育路线培养出来的黑苗子，接受"再教育"还讲什么价钱？

朱继民也火了，桌子拍得比领导还响。他吼道：你受教育比我们还早，我们是黑苗子，那你就是比我们还修正主义的黑木头、黑大树！

两人当面锣、对面鼓斗了近两个小时，领导气得火冒三丈，直翻白眼，差点晕过去。后来这位领导一见他，就管他叫"犟眼子"——东北人有句老话说："不怕软不怕硬，就怕遇上犟眼子"。

"犟眼子"的下场可想而知。这批大学生被重新分配到更加艰苦、更加危险的工作岗位上，朱继民则被打发到矿山当了爆破工，负责掌钎、抡锤、打炮眼儿。炸药一响，万山轰鸣，震得细瘦的朱继民能从地上弹起老高。

晚上盖着温暖的"千家被"，白天朱继民干什么都敬业，吃大苦耐大劳，和工友们打成一片，身上的汗水灰尘和老工人一样多，"蛤蟆烟"卷得比矿上的老烟枪还快，卷完赶紧给师傅递上去。老师傅们都喜欢他，说这小子干活"不藏奸"，有"眼里见儿"。后来矿山进了采矿新设备"电铲车"，全体"工人阶级"一致推举朱继民当了电铲车驾驶员。那天早晨蓝天如洗，霞光万道，朱继民换上新洗的蓝工装，攀上电铲车高高的驾驶楼，觉得自己的目光一下子延伸得好远好远，好像能看到家乡的江淮大地，能看到父母的苍苍白发和欣慰的笑容。

那时他想，这辈子能开上电铲车，知足了。

二、临危受命：出了名的"定海神针"

——"看来我这辈子的命运就是堵枪眼了！"

1

从年轻到现在，周围亲友同事们最熟悉的，是朱继民脸上那种农民式的"老好人"的微笑。

谁都不怕他，但谁都可能被他感动和征服。

周冠五是典型的战将，靠的是威风凛凛、气势逼人的硬实力。朱继民则是典型的儒将，靠的是"千家被"的情结和文化学养孕育出来的软实力。

朱继民一生做任何事情，想任何问题，不愿意重复别人。他说："按政治经济学的说法，重复别人就是简单再生产，没出息。"他喜读书，爱文学，文笔畅达老到，讲话广征博引，古今中外的各种史料、故事和信息信手拈来。他的讲话经常冒出的新观念、新创意、新思路，常让听众们觉得耳目一新。

"老好人"极少发火，因此发起火来愈发吓人。

2

"文革"过去，中国的春天来了。

朱继民一路飚升，靠业务精通，靠做事勤快，靠思想解放，靠文笔畅达，很快当上鞍钢总部秘书组组长，成为鞍钢有名的秀才和总经理信赖的"大笔杆子"。

那时鞍钢有套嗑儿："天不怕，地不怕，就怕矿渣厂来电话。"可总部办公室的电话天天响个不停：矿渣厂打起来了！矿渣厂又打起来了！矿渣厂乱套了！

总经理压不住火，冲着话筒那边的矿渣厂头头儿直吼，你干不了就别干了！

矿渣厂头头的火比总经理的火还大，他回答说：我他妈早就不想干了！

电话摔了。

矿渣厂一茬茬厂长经理就这么走马灯式的换来换去，年年人事已非，江山依旧，巨亏连连，照打不误。鞍钢人戏称本部地区是"红区"，矿渣厂那边是"白区"或"匪区"。

总经理万般无奈，不知怎么瞄上了朱继民，说以往调去的领导都是硬汉，看来硬碰硬不管用，派个白面书生去怎么样？

别的领导挺爱护朱继民，跟头儿说，得得得，秀才遇见兵，有理说不清，你把朱继民派过去，就让他把小命搁那儿吧。总经理万般无奈说，"蜀中无大将，廖化做先锋"，就让朱继民先去顶顶吧。

没谁看好朱继民。

1983 年，37 岁的白面书生走马上任。

矿渣开发公司距离总部很远，号称鞍钢的"小西伯利亚"。鞍钢出铁出钢后产生的铁渣钢渣，全部运到这里，以进行再开发再利用。如此粗重的力气活儿，自然集中了一大批粗犷的东北汉子。东北自古是发配之地，除了茹毛饮血、飞刀走马的少数民族，来的都是乱臣贼子、江洋大盗、乱世枭雄、烈男浪女乃至鸡鸣狗盗之徒，再就是不肯在老家安分守己、闯关东来的外省移民。可以想见，鞍钢矿渣公司四千多人的大军，个个是三碗不醉、四肢发达、万事万物都能九九归一的"小老爷们儿"和血性汉子，个个想当草莽英雄，一听说打架，后脑勺都能乐开花。再加上矿渣公司经营不善，酒钱都付不起了，"爷"们儿心情不好，三天两头动刀动枪，血染沙场，鬼哭狼嚎。鞍钢人普遍认为，矿渣厂是"活人待不住，死人不想去"的地方，"列宁去了都领导不了"。凡被调到这里的领导干部，大都有被"沙皇"发配到"西伯利亚"的失落感和沉重感，再加上火烧火燎的责任感，开会就发火骂娘，吼声如雷，企图靠声势和权力震住那些年轻的混世魔王。

东风吹，战鼓擂，现在世界上究竟谁怕谁？

换一茬领导，办公桌的玻璃板就拍碎几次。

朱继民上任了，仓库保管员跑过来请示说，玻璃板要不要换个新的？

朱继民笑着说，别换了，反正已经碎了，我就不拍了。

整整五年，矿渣公司经理干下来，朱继民没拍过一次桌子，顶多那张"老好人"式的笑脸有时变得严肃一些，口气重一些，讲话深沉一些。这位棉里藏针的"犟眼子"，青年时代挨过整受过气，他知道应当跟青年多讲道理，尤其在企业困难的时候，更应当多讲些暖心窝子的话，多办些关爱群众、凝聚人心的事情。这位年轻的"老好人"对中层干部和班组长们说，世界上任何力量都有"兵来将挡、水来土掩"的办法，只有一种力量是不可阻挡的，那就是爱的力量。

过去摔碟砸碗的破烂食堂，像煤窑矿井一样脏黑的宿舍，面貌很快改观了。桌凳码得整整齐齐。小青年觉得领导真拿他们当人看了，渐渐温顺下来。鞍钢开职工运动会，过去一盘散沙的矿渣公司，组织起男女两个代表队，朱继民特批给每位参赛队员增加营养、加餐牛肉。比赛场上，矿渣公司的队员们果真吼声震天、气壮如牛，最终男队获亚军，女队得冠军。捧起奖状奖杯，大家搂在一起，那个跳啊喊啊笑啊，这是他们从未有过的光荣感与自豪感！

心齐了，气顺了，一切按规章制度办就行了。

朱继民治理矿渣厂的许多高招不必细述了。此前，鞍钢总部每年为矿渣公司这个"老大难"的无底洞投入几千万元。在朱继民治下，他不吼不叫却妙手回春，每年赚回几千万元。一反一正，天地之差。

自此朱继民如同过河卒子，走上"临危受命"的不归路。他笑着说，看来我一辈子就是"堵枪眼"的命了。

接下来，鞍钢供销公司告急，朱继民拍马出征，两年多就"情通三江，钱来四海"。进出口公司告急，朱继民又接掌大印，三年多就捷报频传。国贸公司告急，朱继民又上去"堵枪眼"，不到三年，留下创汇 3.7 亿美金的历史最高记录。

朱继民成了鞍钢有名的"治乱能手"，人称"定海神针"。

在号称"中国钢都"的鞍钢度过 27 年春秋，从 24 岁干到 51 岁，朱继民炼出一身铮铮作响的钢筋铁骨，还有宏阔的思维和"撒豆成兵"的管理能力，只有脸上那"老好人"似的微笑始终不变。他说，一团乱麻怕什么？两个办法就可以解决掉，一是找出绳头，二是用亚力山大大帝"快刀斩乱麻"的办法，一刀劈下去，一分两半。

他认为，没有不好的员工，只有差劲的领导。

3

人生有个发人深省的现象：人的活动半径，总是与他的才干成正比，国家级人才，就得准备全国游走。

朱继民在鞍钢干得顺风顺水，亮亮堂堂，把下半辈子交给鞍钢，然后在那里退休养老、浇花弄草是他的心愿，也是顺理成章的事情。他完全没想到，年过五旬，命运突变，1997 年 2 月 14 日，正月初八那天，他奉命一头钻进云海茫茫的贵州十万大山。

因为坐落在六盘水市的贵州水城钢铁公司频频告急！

又是临危受命。不过这回是冶金部部长刘淇亲自点将。

4

朱继民奉命到水钢，说到根儿上，都是鞍钢惹的"祸"。

六盘水市，隐藏在著名的乌蒙山区深处，距省会贵阳 274 公里，红军长征时在这里辗转而过，故毛泽东留有"乌蒙磅礴走泥丸"的豪迈诗句。

二十世纪后半叶，毛泽东为应对可能发生的"第三次世界大战"和"苏修"、"美帝"丢原子弹，提出在西南地区建设"大三线"的战略构想。老人家说，三线建设搞不上去，我睡不着觉。中南海一声令下，大三线各项秘密工程全面铺开，鞍钢受命派出数千人马，深入到贵州大山深处，筹建代号为"603 工程"的水钢。为实施统一管理，国家有关部门从贵州原六枝、盘县、水城各取一字，取名六盘水地区，作为水钢建设基地，今天贵州版图上的六盘水市，即由此而来。

我去水钢采访，车在高山深谷中蜿蜒而行，耳边林涛阵阵，时而入云，时而临水。稍有常识的人都知道，这里完全不该是搞钢铁的地方。但是，当年鞍钢创业者遇山开道，遇水架桥，完全凭着肩扛马拉，硬是在人迹罕至的深山老林里建起一个大型钢铁厂，这肯定是世界工业史上没有先例的奇迹。

只有中国工人阶级能够创造这样的奇迹——尽管这个奇迹带有那个时代决策失误的悲剧性色彩，但它还是悲壮地诞生了！

远离交通干线，远离矿源，远离海岸，藏在大山深处的水钢，凭着建设者血染的肩膀和铁打的骨头，历时四年，终于高高矗立起来。1970 年 10 月 1 日，水钢流出艰难的第一炉铁水。庆功会开得热热闹闹，可干部职工硬挤出来的笑容后面都隐藏着深深的愁容。明眼人看得明明白白：夹在大山缝隙中的水钢先天不足，像没奶吃的孩子，"文革"又闹得天下大乱，以后的日子怎么过呀？

改革开放的春风浩荡而来，百业待兴，百废待举，全国到处喊着要钢煤油木。水钢抓住时机乘势而起，成了西部的"宝贝疙瘩"，前来买钢材的人排起了长龙。1993 年，水钢利润首超亿元。

资本的目光和本性永远是贪婪的，什么地方利润越高，它就向什么地方汇聚。钢材市场的紧俏与红火，召唤来无数眼珠子血红的投资人和成千上万亿资金。中国钢铁产能过剩，产量年年猛涨，市场由"吃不饱"到"吃不完"，本来就不具备地理、资源、技术、交通优势的水钢，忽然门可罗雀、无人问津了。

效益没了，人气泄了，管理散了，1996年水钢年产不到40万吨钢，亏损近三亿元，负债率近百分百。自建厂以来，水钢人辛辛苦苦干了三十年，献了青春献终生，献了终生献子孙，正好赔进去一个水钢。

水钢归零了。水钢崩盘了。三万多名员工数月开不出工资，揭不开锅了。贵州省委省政府多次动员各方力量和社会资源来抢救水钢，但毫无起色。面对全省第一号"无底洞"，省领导们唉声叹气，一筹莫展。

水钢人自嘲，我们是黔驴技穷，死定了。

三、铁树开花："外来的和尚会念经"

——花溪之畔：一位"流亡者"的回忆

历史剪影

1997年2月19日，中国改革开放的总设计师邓小平在北京逝世，享年93岁。

131天以后，五星红旗在"东方之珠"的上空高高升起，香港长达142年的殖民地生涯宣告终结，以独具特色的"一国两制"方式回归祖国怀抱。世界舆论公认，"一国两制"显示了中国共产党是"极富想象力和创造性的政党"。

9月，党的十五大召开。

11月8日，长江三峡工程截流成功。

1

水钢命悬一线，危在旦夕，濒临破产；贵州省被迫向冶金部发出"SOS"式的求救信号，其中最紧要的一条是：我们贵州缺少人才，请在全国范围冶金行业挑选一位强有力的懂生产、会管理、善经营的一把手来主掌水钢。

当年水钢就是鞍钢筹建的，水钢就像鞍钢的"儿子"，"儿子"有事还得麻烦"老子"。经过调研，刘淇和冶金部的目光自然锁定了鞍钢总经理助理、有名的治乱能手、"定海神针"朱继民。

1997年2月4日，农历腊月二十四，正是立春之日，"二十四，写大字"，鞍钢家家户户忙着写春联贴春联，十里钢城瑞雪飞花，流光溢彩，到处都沉浸在迎春的喜庆气氛中。

冶金部副部长王万宾悄悄飞抵鞍钢，找时任鞍钢总经理助理的朱继民谈话。他开门见山，说冶金部党组经过广泛调查和慎重研究，准备调他到贵州水城钢铁公司担任总经理，那里情况比较困难，因此要求朱继民尽快上任，过完春节就走。

朱继民在鞍钢打拼了半辈子，现今已年过半百，按理不再是南征北战的年龄，该过几天"三十亩地一头牛，老婆孩子热炕头"的温馨日子了。而且，他在鞍钢已经干了整整27年，从身家性命到情感都深深扎根在鞍钢，这时候受命到贵州大山窝里玩命，实在出乎朱继民的意料。

脸上还是那副"老好人"式的微笑，笑里透着轻松、幽默、乐观，就是看不出一丝丝的沉重。

"部里让我去救火啊？"

"是。"

"部里这么看重我，我谢了。"朱继民客客气气地说，"不过，连我自己都不明白，部里怎么就认为我一定能干好呢？"

王万宾笑了："我们要是不相信你，刘淇部长就不会大过年的派我来请你挂帅出征了！"

朱继民绝对狡猾，他当然不愿意离开鞍钢，不过作为一名党员也不能跟党"讲价钱"啊。他试探地说："你是准备让我'出师未捷身先死，常使英雄泪满襟'呢，还是让我'风潇潇兮易水寒，壮士一去不复还'呢？"

王万宾比朱继民还老奸巨滑，当然听出了朱继民的意思。他哈哈大笑，说："别吓唬我，刘淇部长和我都相信你会活得有声有色。只要你把水钢变个样，让水钢翻了身，想什么时候回鞍钢都可以。"

"一言为定！"

"不过，"王万宾又开始试探朱继民，"你如果不从鞍钢彻底拔根，背水一战，以'临时工'的身份去水钢，人家能信任你，能死心塌地跟你干吗？"

朱继民云淡风轻地一笑："人不重要，观念最重要。观念搞对头了，谁干都一样。"

其实，朱继民在家过了一个有生以来最不平静的春节。鞍钢老人都知道水钢的底细。可想而知，家里人的心情都不会太愉快，都为他捏把汗。所有亲朋好友劝他把这件事"辞掉算了"，"水钢先天不足，生下来就是畸形儿，不是靠吃大苦流大汗就能扭转局面的。"

朱继民笑笑，不吭声。

2

2月13日,正月初七,朱继民带上鞍钢的秘书小韩飞抵北京。小韩是重感情的人,他跟随朱继民工作多年,十分敬重朱总的为人。听说冶金部要把朱总派到条件十分艰苦的水钢,他主动要求跟朱继民一块到水钢,他说:"朱总只身一人到水钢工作,我虽然做不了什么大事,总能照顾照顾他的生活吧。"

在冶金部小食堂吃饭时,朱继民对刘淇说:"部长,您对我越是这么信任,我的心理负担越重啊。要是扭亏扭不了,事情没做好,我可就无颜见江东父老,连鞍钢都没脸回去了!"

刘淇大笑说:"兵书上说,这叫'置之死地而后生',所以我相信你一定能干好,当然,到那儿以后有什么解决不了的困难尽管说,部里会全力支持你!"

3

刘淇善用兵。为避免在水钢造成太大的震动,冶金部决定暂不暴露朱继民的新任命,让他先"潜伏"在冶金部赴水钢的"调研组"里,做做前期的调研摸底。

月光,星河,巨涛般连绵起伏的山影,遮蔽了半个夜空。

一辆大吉普在盘山路上曲折前行。此刻,近四万名灰心丧气、嗷嗷待哺的水钢职工和他们的家属,正躺在深山密林中的宿舍里死睡。拖累贵州经济数年的水钢,像一头疲惫不堪的巨兽,瘫在浓重的夜色里。

1997年2月14日,正月初八午夜时分,朱继民和冶金部调研组组长董贻正等人驱车进入水钢大门——不,水钢没有门,穿过一片杂乱的市场,过了一个黑灰色的铁路桥洞,就进入水钢地界。

时年66岁的董贻正满头白发,人很瘦,举止和他的思维一样敏捷灵动,一身书卷气。1931年,董贻正生于上海,1952年清华大学毕业后,他与上千名大学生乘一列火车,被集体分配到东北工业局工作。欢迎大会上,董贻正和另一位大学生作为学生代表,登台发表感言。几十年过去,董贻正整理日记资料时才发现,当时登台的另一位学生代表,就是曾任国务院副总理的李岚清。

董贻正,现今是我国冶金领域的著名专家和智囊人物。他从冶金部政策法规司司长的位置退下来以后,依然奔走于全国各地钢铁企业,深入调研思考,不时就国家经济和钢铁业的发展问题向中央有关方面提出建议,颇得嘉许。1997年,他与朱继民同赴水钢,其身份是"冶金部水钢调研组组长"。

朱继民到水钢赴任,事先已经同冶金部讲好"条件":工资由鞍钢发(显见他想"把根留住"),在水钢只领奖金——朱继民等于幽了自己一默——那时水钢连职工工资都发不出去,哪里还有什么奖金!

朱继民无疑成了被刘淇放在水钢最高位置上的"临时工",成败都走人,等于"干了白干，死了白死"。在中国现代工业史上，大概还没有请"临时工"来当总裁的先例——刘淇也等于走了一招颇具风险的险棋。

到达水钢的第二天，朱继民和董贻正就下到各基层单位搞调研，找工人干部座谈，到职工家里访贫问苦，和工人一起就餐。走进食堂的时候，他们发现很多工人不进食堂，三三两两散坐自己的工作岗位上吃自家的盒饭，走近一看，大都是一勺糙米饭，外加一点盐巴或几根辣椒，看不到菜更看不到肉。还有许多饭盒里只有几颗洋芋（土豆）。

工人的日子显见过得太清苦了。回总部的路上，说起工人的饭盒，两人的眼圈都红了，三十年来，工人们住草棚、喝山水，拼死拼活硬是用血染的肩膀给国家扛起一个大钢厂，改革开放二十年了，现在水钢工人竟然吃不饱饭，吃不上肉菜，我们对得起这些工人吗？对得起他们的家人和孩子吗？

朱继民和董贻正的心火辣辣地痛。

2月18日，董贻正以冶金部调研组组长身份，召集水钢领导班子开"调研结论通报会"。他尖锐指出，水钢处于如此艰难被动的局面，这几天你们一直强调客观原因，很少反省自己，"今天我要打开天窗说亮话，请你们对号入座，想想自己的问题。"

中国不乏刚正猛烈之士，董贻正就是一个。他目光凛冽，言词锋利，讲话直击水钢问题的要害。他说，水钢亏损这么严重，尽管有外部因素，但班子自身的责任是不能推卸的：

一是决策失误，丢了一块。

二是管理混乱，漏了一块。他举例说，仅1996年，价值几千万元的4万多吨废钢就无影无踪了，究竟是谁的责任？谁从中得到好处了？

三是挥霍浪费，吃了一块。企业亏成这样，职工生活朝不保夕，你们班子的招待费花了多少钱？吃的是山珍海味，喝的是国酒茅台。1993年刚刚盈利一个亿，你们一下子就买进七十多台小轿车，好些干部还搞了一次集体"新马泰旅游"，你们挥霍的是职工的血汗钱、吃饭钱，难道不脸红吗？

四是大小蛀虫，吞了一块。你们上马的各个新项目，从来不招标，都是领导说了算，所以水钢才有"四大公子"、"十大巨富"之说，水钢中学不经校方领导同意，上面就决定加盖一幢新楼，师生没搬进去呢，地面已开始倾斜，这里面究竟有没有黑箱操作？不用我明说，你们心里应当是有数的！

中国官场上，不到"双规"和银铛入狱之时，很少听到如此尖锐、刚正的揭露与批评。座中干部，个个面红耳赤，大汗淋漓。

第二天凌晨1时许，水钢的一个处长跳楼自杀。

20日，刘淇和贵州省省长吴亦侠抵达水钢，董贻正和朱继民汇报调研情况时，谈到水钢工人的饭盒和艰难生活，两人又一次哽咽难言，说不出话了。

朱继民并不缺少责任感，只要是上级交下来的担子，他一定会勇敢地挑起来，但这一刻他动感情了。下决心彻底改变水钢的落后面貌，陡然升华为他做人的标准！他经过、看过太多的苦难，不能再看着水钢工人在改革开放的大好年代受苦受难。

2月22日，水钢召开副科级以上干部大会。不过，这时有关朱继民留任水钢的风声已经传出，"无组织无纪律"的水钢工人都听说冶金部给水钢派来个总经理，都想看看这位"钦差大臣"的模样，于是自发把它开成了"干部职工扩大会"，水钢俱乐部呼啦啦挤进不少站着看热闹的工人，开会一向来不全、坐不满的会场一时间水泄不通，连过道都堵死了。

现任水钢宣传部部长的袁国雄当时是党委办公室秘书，他连续熬了两个晚上，一边听朱继民口授，一边进行文字梳理，协助朱总完成了这次大会的讲话稿。

大会由省长吴亦侠主持，他宣布原总经理调离，另行分配工作，朱继民接任水钢总经理。接着，轮到朱继民讲话。朱继民穿着一件很休闲的格纹夹克，足见他神定气闲，心情相当轻松。他先说了几句开场白："贵州开门见山，我今天的讲话也就开门见山，水钢工人盼了很久了，盼着自己的企业能够尽快进入一个上升的拐点，盼着自己的日子过得好一点，因此我的主题词很简单也很明确：求真务实，扭亏增效！"

大实话。而且开门见山就敢讲"扭亏增效"，更是有胆量的大实话。时在现场的袁雄国统计过，朱继民的讲话不长，却引发全场13次雷鸣般的掌声。袁国雄对我说，他9岁就随父母到了水钢，创业之初，读初中的他为家里买一块豆腐，要翻几个山头，跑五六个小时的山路。学校缺教室，就号召学生们每天上学在路上拣砖头，砖拣够了，厂里才派人把教室建起来。袁雄国说："水钢人把身家性命都交给厂子了，眼瞅着水钢快活不下去了，我们能不心痛吗！说实话，那天我在后台听朱总讲话，听台下工人的掌声，我说不清是伤心还是感动，哭得不行了……"

史上，这次干部大会因为确实成了决定水钢生死存亡的拐点，被水钢人简称为"2·22会议"，直到今天仍为人们津津乐道。会议的大照片作为永恒的纪念，现今就挂在水钢创业馆里。

4

张希平，一位老工人，水钢的"流亡者"。

老人坐在我面前，白发苍苍，黝黑精瘦，颏下留了短短的胡须，身上穿着皱巴巴的老式中山装，裤腿习惯性地卷着。2009年我去贵州采访时，在贵阳市花溪区街心花园遇上了他，一问是水钢退休老工人，便坐在那里聊了起来。

老人的二女儿、贵阳市花溪区团委书记张红梅也闻讯赶来。

提起朱继民，老人第一句话就让我深深震动了："我们水钢人都怀念朱总，他把水钢救了！他来之前，水钢几个月发不出工资，家里吃不饱饭，有的工人

搬到花溪前，陪父亲在工作地留影

上班时都饿昏了。"

接着，老人目光转向远处，良久无言。我猜他眼里有了泪。

我问，你怎么跑到贵阳来了？

老人骄傲地指指女儿："她头脑灵，看水钢不行了，凭本事奋斗出来，我办了提前退休，跑到她这儿躲清静来了。"

当了区团委书记的张红梅端庄，大气，沉静。她笑着说，我老爸是逃离水钢的"流亡者"。

父亲不善言词，红梅回忆了家里那些艰辛而悲凉的年月。

爷爷老家在黔西县，他一生在民办小学教书，1958年大办"人民公社"以后，奶奶饿死了。1966年开始建水钢，那时招工的人把水钢前景说得无限美好，小学刚刚毕业的父亲就报了名，光脚登上大卡车再转火车到了工地上。

父母工作的地方叫白云石矿，任务就是把山上的石头炸开，敲碎，再打成沙，练钢时用。矿都是露天开采，几十年来就看见一座大山慢慢小去。记得很小的时候，家里住的是一种叫牛毛毡的房子，几十户人家排成一个U形，旁边有一个很大的水塘，听父亲说，他们刚来时，塘里鱼多得成群成团，抬一盆水里面都会有鱼，后来钓的人多了，还有人用炸药炸，渐渐就很少了。牛毛毡房很容易着火，记得有一次别人家着火，母亲抱着还小的我们姐妹俩只会哭，父亲满头大汗地抢搬东西，我和姐姐也吓哭了。我4岁时候，家搬到了真正的房子里，那是两层楼，没有厕所、厨房。我们家住一楼，门前有很多不知名的花。水城没有什么土特产，就是盛产土豆，我们叫洋芋，我们这一代就是吃着洋芋长大的。那时很多工人还开荒，种地喂猪，我父母也在山下开了一片土，种些蔬菜苞谷什么的。

今年清明节我回去了一次，父母这一辈能搬走的都搬走了，年轻的家庭条件好的人也都在市区买了房子，每天往返上下班。说实话，我庆幸自己闯了出来。

水钢藏在深山老林里，教育水平上不去。父母吃了一辈子没有文化的苦，让我和姐姐一定要好好读书，并先后把我们送到黔西县的姨妈家。姨妈很爱我们，但管教我们也是很严的，考试必须要上90分以上，否则就要被打，跪搓衣板，还用一种有刺的叶子打我们，浑身好疼啊！

看书只许看教科书，其余一律不准看。记得当时我借了同学的一本《济公活佛》，被姨妈发现了，不仅挨了顿暴打，书还被姨妈撕了。姐姐偷偷看琼瑶的书，更被说成是"不务正业"，"学着谈恋爱"。上中学了，我们回到父母家，我和姐姐把一些文学书包上教科书的封皮偷偷放在抽屉里看，桌上假装做作业。母亲是文盲，只管看书皮对不对。尽管如此，我们课外书的阅读量还是太少太少，家里没有一本藏书，也就是一年一本日历。

（我被深深震撼了！）

1991年，还是水钢很兴旺的时候，姐姐考进水钢的技校。当时我们全家最大的愿望就是让我们姐妹早点儿参加工作，早点儿上班挣钱。妈妈一讲起邻居里李家王家什么的，全家人都在领工资，眼睛里就充满羡慕的光亮。姐姐终于考上技校，全家看到了一半的希望，母亲眼巴巴盼望着第二年我也能考进技校。

我的学习成绩比姐姐好，第二年我报考水钢职工中专，全水钢考了第二名，父母好高兴，走路身板儿都特别地直，一副趾高气扬的样子。同时我也考取了高中，老师们目光远大，都主张我继续读高中。

我当然还想继续读书，最终选择了高中。没有理由，没有远大的理想。只是因为从小生活在水钢，看到太多的贫穷、苦难和愚昧，觉得自己过一辈子那样的日子很可怕。书籍和知识向我展开的是大山外面的世界，是童话，不过能不能走出去？能走多远？我不知道，我只想读书。与其像父母那样在山窝窝里砸石头，做书本的奴隶其实是一件快乐的事，书是可以创造和改变历史的，因此书和我的生命一样重要。

那时厂矿工人子弟都眼巴巴地要考技校和职工中专，农村来的学生考不上，补习了一年又一年，非要进技校，就像"范进中举"那劲头儿。当然，读高中费用也太贵，农村的孩子普遍读不起，家里也养不起。

说实话，是水钢兴衰决定了我们一家的命运。

水钢陷入严重经济困难的时候，姐姐决定到外面寻出路、闯世界去，她把水钢欠发的三个月工资卖了500元，我也把身上仅有的100元掏给了姐姐。姐姐一个女孩家，只身闯到广州。

1995年，我考取了贵州工业大学化工系环境工程专业。我所以选择这个专业，也是因为水钢的影响，那里的污染太严重了，环境太差了。1999年我大学毕业，当时就业压力很大，水钢有个环境监测处同意接收我，但我毫不犹豫地拒绝了。主要是怕。想起1996年几个月没有工资领的父母，想起因为生活艰难被迫外出打工的姐姐，我要是再进水钢，一辈子就毁在这儿了！

后来从报上看到贵阳花溪区从大学生中招考乡镇干部，经过一道道笔试、面试的难关，我还真考上了。我是在水钢长大的，初下农村工作，萝卜白菜都分不清，难死了。

成家以后，听说水钢在朱总治理下经济形势已经好转，可又听说朱继民待不长，很快会调走。我就跟父母说，你们别在水钢吃辛苦了，跟我过来一起生活吧。

姐姐在广州开了一家礼品店，后来嫁了个香港老板，日子过得也不错。我们的一切努力都是水钢逼出来的，水钢的兴衰就这样决定和影响了我们一家两代人的命运。

父亲张希平又说起朱继民：

"他来了没多久，全厂就传开了，说上头派来个'临时工'，工资不在水钢领，是到水钢镀金的，待两年就走，回去升大官，我们的心都灰了，觉得水钢没救了。后来朱总到了我们白云石矿检查工作，东看西看，主动跟工人打招呼，握手，我们都远远地看着，气氛很冷。他还钻到工人的工棚里看了看，坐在地铺上同工人聊了聊，没想到几天后工资就发下来了。再后来，工人发现各厂矿头头都不坐小轿车，改坐公交车上下班——听说是朱继民下了死令，而且把很多小轿车拍卖了！我们当工人的心一下子暖和起来，觉得照这样搞下去，水钢兴许真有救了……"

5

单枪匹马、深入虎穴的"临时工"朱继民究竟有多大本事？有什么高招？能让先天不足、濒临破产、尾大不掉的水钢起死回生？全中国除了冶金部部长刘淇等少数几个人，大概没谁相信他，连太太和孩子都不信，所以朱继民赴任前，一家老小拼命"扯后腿"，说"在鞍钢的日子过得好好的，年过五十了，干嘛去拼那个老命，累坏了怎么整？"

三万两千多名水钢员工，也没几个人相信。书记经理走马灯似的换了一茬又一茬，各有各的人马刀枪，旧问题没解决多少，新问题倒是越积越多，亏损越闹越大，人事关系也搞得盘根错节，工人都认为朱继民是来镀金的，"家没搬来，关系没调来，白天坐办公室，晚上睡招待所，水钢'招待'他几天就走人了，能剩下心为水钢着想吗？扯淡！"

领导层中间也有不少抵触情绪：我们都是孬种，就你行？南拳北腿我们都见识过，你谁呀你？以为自己列宁啊？两三年就走人，还想翻天覆地？

初来的那些日子，朱继民那张办公桌上有两种东西增长最快、堆积最高，一是下属各单位要工资、要各类生产费用的报告雪片似地飞来，二是有关各种大小事故的报告和干部不痛不痒的检查，很快就堆成高高的一叠。再加上报纸和其他文件，朱继民的脑袋几乎被埋在高高的纸堆里面了。朱继民很有幽默感，他说，有人进来请示工作，他得使劲伸长脖子，才能让人看到他的脑袋。

入夜，总经理办公室的灯光总是亮得很久很久。开完大小会议，处理完各种文件，他常常坐在那张吱嘎作响、转动困难的破转椅上陷入凝思，一根接一根吸烟。时近午夜，走回招待所的小二层楼，高高耸立的炼钢厂炼铁厂与嵯峨的乌蒙山影凝为一体，横空而立，孤身一人、形影相吊的朱继民有时觉得自己那样渺小，那样孤独和势单力薄。林涛山风和隆隆机声远近回响，听来就像四面楚歌。

朱继民陷入"八面埋伏"。

鞍钢有名的"定海神针"，在水钢会不会变成"烧火棍"？

朱继民说："说实话，我刚到水钢时，有不少人抱着怀疑态度，也有人等着看我的笑话。"那时他就像刚刚插上水钢楼顶的避雷针，工人们积累多年的怨气怒火，在困境中挣扎多年的重重危机，犹如万钧雷霆，都要从他身上通过！

不过水钢人特奇怪，这个朱继民好像没感觉，他脸上总挂着那"老好人"式的微笑。

没过多久，水钢人就认识到，朱继民是一只"笑面虎"。

6

朱继民一旦行动起来，身边有八面埋伏，他就有八面来风！

——水钢的设备都是老弱病残了，动起来吱嘎作响，事故频发。因外债过多过重，所有流通管道都打了死节，运转不灵的水钢本身几乎成了一堆废铜烂铁。朱继民请求冶金部和省里紧急拨一笔维修费和生产资金，无论如何，必须让高炉转炉运转下去。

运转下去就一定会有转机。

——炼钢炼铁是高危产业，必须有一支制度严格、纪律严明的钢铁大军。各项规章制度建立健全了，凡屡教不改者，严惩不贷。迟到早退、打牌闹事的现象不见了，干部乱花钱、吃回扣、坐小轿车耍威风、玩忽职守的歪风邪气刹住了，跑冒滴漏的漏洞堵死了，人人都战战兢兢守着自己的岗位尽心尽力了。

——朱继民举起"解放思想、深化改革"的大旗，连办了几期干部学习班，连搞了几次"解放思想大讨论"。他在会上大声疾呼："对不起，水钢已经危在旦夕，穷到尿血了，那就原谅我说一句大实话，我也不想给水钢人留面子。诸位一直窝在大山里，殊不知'洞中方七日，世上已千年'，跟经济发达地区的钢铁企业相比，大家有点像小脚婆娘，观念跟不上，管理跟不上，技术跟不上，工艺跟不上，一切都跟不上！从现在起，我们应当打开眼界，把水钢变成一座大学校，请'外来的和尚'念念解放思想和现代企业管理的真经！"

经贵州省长吴亦侠向刘淇提请，邯钢派出几位管理干部和技术精英，出任水钢炼钢厂领导。

这无疑是中国工业发展史上史无前例的创举！很快，邯钢来几位炼钢专家和管理人员，为首的高级工程师马春林年仅 40 岁，他们接掌水钢炼钢厂的领导大权，原班子成员一律后撤二线，或担任副职，或调出使用。

短短数月，炼钢厂的局面就有了明显好转。

水钢炼铁厂、轧钢厂的干部工人们见这一招很灵，又主动提出，是不是也从外面请些高人来帮帮我们？

曾任首钢炼铁厂厂长、后来出任首钢副总工程师的杨立宗和几位炼铁和轧钢方面的专家接到命令，相继火速赶到水钢。

7

水钢人突然有了一种新鲜感。

他们发现，朱继民和这批"外来的和尚"不是"土八路"，打的不是老套的"地道战"，不是一味"埋头苦干抓生产，身先士卒流大汗"，而是搞"攻心战"，念的都是"以人为本"的真经。

一群目光炯炯、血沸千度、心肠很热的人。

上世纪六十年代，水钢一上马，走的是"先生产、后生活，先治坡、后治窝"的创业路，革命目标、生产计划远比群众生活甚至人的生命更重要。进入九十年代了，水钢的思维方式、管理理念仍是老套路，大小会上，领导声嘶力竭喊的都是计划、生产、目标、任务。

可是，企业已经成了老牛破车，千疮百孔，职工生活艰难多多，甚至连温饱都成了问题，还谈什么劳动效率、远大目标？带着父母逃出水钢的贵阳花溪区团干部张红梅忆起当年的艰难，说："都说当工人比当农民好，其实面对身无分文、饥寒交迫的困境，农民有地种粮，总能对付着活命，而水钢工人只有一堆破铜烂铁，几个月不发工资，他们就没活路了！"

面对面黄肌瘦、嗷嗷待哺的工人，面对他们家徒四壁、空空荡荡的破家，面对饭盒里的二两糙米、一点盐巴和几根辣椒，朱继民的眼睛不知红了多少次，湿了多少次。他要求水钢各级领导干部摒弃"先生产后生活"的旧思维，把解决群众生活困难提到第一位的大事来抓。

来自邯钢的马春林等人，上任第二天就派人修好了工人澡堂，第三天买回七个保温桶，让工人喝上了热水，第七天把外包的食堂收了回来，正式对职工开放。一个月内清运出厂区堆积如山的垃圾，厂风厂貌像个温暖的家了，工人们的心热了……

朱继民的一个举动，则改变了"水钢缺水"的历史。

5月，伴随着一天一夜的特大暴雨，一场山洪倾泄而下，六盘水市大面积停电，坐落在乌蒙山下的炼铁厂成了一片泽国，朱继民闻讯赶到现场，洪水迅速退去，留下足踝深的一层厚厚黄泥。

朱继民一路走过去，一次次从黄泥中拔出脚。一场山洪带下这么多黄泥，让朱继民大为震惊。调研中他得知，水钢其实名不副实，生产用水的含沙量、生活用水的含氟量都很高，从地下抽上来的水有一股刺鼻的腥臭味，水钢人长年喝的就是这种水。

他问，有山就有泉，贵州到处是山，附近有没有泉水啊？

水钢人说，距水钢十五公里的扒瓦河一带就有好几个流量很大的泉眼，水很清。

为什么不引过来？

水钢人说，过去的领导曾经张罗过一阵，输水管都买进来了，后来不知为什么停了，据说是工程费用不够。

朱继民沉下脸说，笑话！水钢没水喝，那还是人待的地方吗？就是卖血也要把这个工程拿下来，立即上马！

水钢副经理王黎明是个激情汉子，他主动请缨，带上施工大军誓师出征。朱继民在誓师大会上动了感情，他说："我到水钢一百多天了，常听人说水钢先天不足，后天失调，没有希望了。我不同意这个看法。我一向认为，事在人为，历史是人创造的，有人就有希望！我看水钢是'万事俱备，只欠东风'。这个东风就是水钢人的信心、智慧和力量。只要全体水钢人团结一心，众志成城，我相信水钢一定会有光明灿烂的未来！"

"大河引水工程是水钢突破困境、开拓未来的第一战！这是一项很有象征意义的工程，'问渠何得清如许，为有源头活水来'，从今天开始，我们要让所有关心水钢的人看一看，我们是怎样创造新生活、新奇迹的！同志们有没有信心？"

山呼海啸，响遏云天。

"地无三尺平"的贵州处处是高山深谷，架管道需要凿峭壁、攀高坡、跨深谷，极为艰难。

朱继民下了死令，十五公里距离，十五天工期。

自建厂以来，水钢人很多年没看到、没经历过如此红火沸腾的场面了，工地上彩旗飘飘，机声隆隆，施工队伍在前方鏖战，全水钢男女老少都成了"后勤"。朱继民前后来了四次，要和工人们一起挖土抬石。工人们不让，刚拿在手里的工具总是被大家抢走。

十五天工期，十三天完成。通水剪彩的那一天，当清亮亮的泉水从厂区水龙头喷涌而出的时候，水钢人的狂欢节到来了！

不仅仅是引水工程的胜利，更是凝聚人心的胜利！

外来的和尚果然会念经，朱继民一炮打响。

我到水钢采访的第一天，驱车直奔距离总部近 20 公里的大河车间。时隔多年，院子里仍然挂着当年大河通水工程和朱继民在现场的许多大照片，现任大河车间主任李明泉，就是当年在誓师大会上发言的青年突击队队长。时值星期六的下午，水钢宣传部的干部倾巢出动，到这里与工人们举行周末联欢会和厨艺大赛，一盘做得最差的菜居然敢叫"四大美人"，我提议说，这盘菜就给

咱们工人

铁血记忆·首钢九十年

个"敢斗奖"吧，逗得工人们哈哈大笑。

8

刘淇出手也够狠，他给朱继民定的指标是"三年扭亏"。

朱继民对自己比刘淇还狠，他给自己定的指标是"三年扭亏，两年实现"。

1997 年 2 月 14 日，朱继民进入水钢。到 1998 年底，即不足两年时间，在以朱继民为首的一批"外来和尚"的带领下，连年亏损、一盘散沙的水钢从思想观念到管理水平，从经营理念到生产指挥，都发生了深刻变化，钢产量和其他各项开源节流指标全线大幅跃升。

奇迹发生了：水钢年底盈利近一千万元。

工资涨了，奖金多了，工人们的餐桌有菜有肉又有酒了。

朱继民又开始大规模展开"安居工程"，一幢幢新住宅楼拔地而起，一批批工人携老带幼，喜迁新居。

几乎令人目不暇接：厂区又出现了崭新的文化广场、足球场、篮球场，厂外的笔架山也改造成风景秀丽的山林公园。

朱继民简直像魔术大师，水钢说变就变了。

贵州省委意识到，朱继民是不可多得的人才，经济欠发达的贵州急需这样的人才主掌帅印，推动全省经济社会的发展。他们再三向国家冶金局提议，让朱继民留下来，出任主管工业的副省长。

没想到国家冶金局的一纸调令来得更快：朱继民赴首钢，出任副总经理。

他的命真苦，又是"堵枪眼"的使命。

朱继民在水钢的三年，为水钢发展奠定了坚实的基础，最重要的是在水钢培育和发现了一大批年富力强或年轻有为的人才。他们成梯队、成批次地迅速成长起来，继续领导水钢，在山高路远的大西南一年跃上一个台阶，在全国工业五百强和冶金行业排名中的座次不断提升。他们应对的艰辛困苦和付出的心血汗水可想而知，他们每走出一步，都要比沿海和东部地区的同类企业多付出十倍百倍的努力。

情感是可以跨越千山万水的。水钢人一直深深怀念着朱继民，朱继民也一直深深惦念着水钢。在钢铁业竞争愈演愈烈的严峻形势下，各省钢铁企业都面临优胜劣汰、资源整合的挑战。一旦形势不利或操作不慎，水钢地处偏远、先天不足的劣势就会再次显现出来。

面对新一轮的激烈竞争，朱继民在任时的优秀助手、后来出任贵州国资委主任的王黎明提出一个大胆创意：水钢与首钢进行资产重组。贵州省委省政府更加思想解放，他们进一步提出，将省国资委持有的 85% 的水钢股份，无偿划转给首钢。

贵州省委书记钱运录很大度，看得开也想得远，他说，我们不求拥有，只求发展。

2005 年 4 月 19 日，《水钢股权划转协议》签字仪式在贵阳举行。7 月，水钢召开股东大会，朱继民当选为董事长。

朱继民又到水钢走了走，看望那里的工人兄弟和父老乡亲。无论在厂区，在宿舍，在文化广场，水钢男女老少一见朱继民，说得最多的一句话就是："朱总，我们大家都想你啊！"焦化厂的工人则自发在工厂大墙写下四个大字："朱总，您好！"

一句句深情的话语，撞得朱继民眼窝子一次次泪湿，心窝子火烫！

四、以人为本与"老好人"式的微笑

——历史记住了三件小事

1

朱继民初到首钢，没几个人认识他。

作为领导班子里的副职干部，朱继民也很低调，不显山不露水，脸上总是挂着"老好人"式的微笑，不多讲话，更多的是从容观察与深入思考。

他来了好几个月，首钢纤尘不动，微澜不惊。

2002 年 12 月 30 日，中共中央政治局委员、北京市委书记贾庆林约朱继民谈话，宣布由他接任首钢党委书记、董事长。

时年 56 岁，这肯定是他人生最后的、最广阔也最重要的大舞台了。

恩格斯说，思维是地球上最美丽的花朵。

思想是伟大的，而情感是博大的。情感是推动历史与人生前进的原动力。没有情感的燃烧与投入，思想必然是苍白的，行动必然是无力的。从情感，我们可以看出一个人的品质和境界，看出他的灵魂是冷的还是热的。

采访中，从朱继民的讲述和首钢工人干部的介绍中，首先让我记住并感动的是三件小事。

2

那是在鞍钢矿渣公司工作的时候。

烟雾腾腾、破烂不堪的大食堂。

三十六条精壮汉子歪戴帽斜瞪眼，嘴角吊着烟屁股，一个个横晃着膀子踱进来，身子往凳子上一砸，噼叭山响。然后大呼小叫地相互打着招呼。

哥们儿，这几天你死哪去了？

我在小酒馆吃饭，把一个犯贱的家伙脑袋开了，蹲了十五天风眼，刚放出来，遭老罪了。

黑八，你他妈的还欠我一顿酒呢！

哎，老歪，前几天半夜有人把我家玻璃砸了，估计是前街孟三他们干的，你得伸把手啊，帮我收拾收拾这帮王八蛋……

三十六条汉子没一个好东西，都是矿渣公司没人敢惹的"事主儿"，他们一到哪儿，不是鲜血横流皮开肉绽，就是酒气薰天恶骂不绝。

把他们召集到一起，简直就是"黑社会"大集会。

奇了，由新上任的党委书记朱继民主持会议。

秀才遇见兵，有理说不清。刚从鞍钢总经理秘书室下来的纯秀才朱继民更糟，他遇见的不是兵，而是一群胆大包天、目无法纪、恶狗见了都溜的地痞街霸，几天不打一架，浑身的肌肉块子就不知往哪儿摆。

他们很少参加公司的会。不给钱开什么鸟会？不过，新上任的书记特意召集他们来开会，让这帮家伙感觉挺新鲜。是骡子是马上来蹓蹓，想镇压我们，没门儿！

朱继民先让秘书给每人发了一张纸，最上面印着"责任状"三个大字。

朱继民说话了："我知道你们都是矿渣公司惹不起的主儿，三天两头进笆篱子（东北话：拘留所），今天我就想见见各位，说几句心里话。"

他说，你们都还年轻，人生道路还很长，人不能稀里糊涂过一辈子，总得想想到老了，对父母、对自己、对老婆孩子有个交待。你们想怎么交待？就这么胡打胡闹地过一辈子吗？

全场闷住了，没有大道理，都是心碰心的话。

他说，亲人邻居同事都不拿正眼瞅你们，遇见你们都躲着走，你们觉得这样光彩吗？人一辈子做的事情有大小，但绝不能让人瞧不起！我听说，你们在座的，有父母为你们急病的，有老婆正在打离婚的，有记了几大过，公司打算开除的，这么混下去，你们将来怎么办啊？

他说，我今天不讲爱祖国爱鞍钢爱人民的大道理，你们什么都不爱，总得爱自己吧！你们说说，这样活法，能叫爱自己吗？你们不爱自己，父母老婆孩子能爱你们吗？

坏小子们低下头，座中一片沉默。

朱继民说，今天我把大家找来，只有一个意思，只有四个字，就叫"从头再来"！各位把"责任状"的条款好好看看，想想。如果大家想好了，从今以后下决心遵守纪律，好好工作，就在"责任状"上签个名。

他说，打架斗殴需要胆量，签这个名更需要胆量，那就是你有没有勇气、有没有决心保证从此改邪归正，重新做人，做一个让人尊重的人！如果你们签了，并且一个月内做到了，我保证把你们档案中的处分全部取消，让你们干干净净、堂堂正正走上人生的光明大道。

这帮"姥姥不亲、舅舅不爱"的家伙很多年没听到这么暖心的话了，很多人眼睛湿了。

一个黑小子突然站起来，泪流满面地说，书记，说实话，因为我前些天打了一架，蹲了拘留，受了处分，老婆正在跟我打离婚，还要把我两岁的儿子带走，我真舍不得啊！

他抹抹眼泪又说，书记，我提个要求，能不能三天内把我的处分取消，我回去跟老婆表个态，以后一定好好做人，好好过日子，如果你同意，我现在就签字……

三十六条汉子深为朱继民的热诚和爱心所感动，全部郑重其事签了名。

多年以后，朱继民已经不在矿渣公司工作了。一天夜里，突然有人重重地敲门。朱继民开了门，来人有点眼熟，是矿渣公司的工人，但记不清名字了。

来人说，朱总，我是来问问你和嫂子、孩子鞋码的，孩子也快结婚了吧？我想给你们全家每人做一双皮鞋。

朱继民有点丈二和尚摸不着头脑。

来人说，我就是你在矿渣公司让我们签"责任状"的一个。有一阵子我改得挺好了，老婆也不离婚了，可有一次刚发工资，几个朋友拉我去喝酒，然后又赌上了，一个月工资全输光了，老婆跟我大哭大闹，骂我没志气，软骨头，又要离婚，第二天抱着孩子回了娘家。我悔恨万分，跑到厨房，拿起菜刀就把我的小手指剁了。我想，我要再不改就不是人了。

说罢，他举起左手，果然，小手指没了半截。

来人说，那以后我想离开那些狐朋狗友，就下海做生意了，现在开了一家鞋厂，生活好多了。我和老婆常常提起你对我的帮助教育，我们全家一直记着你的大恩大德，所以特意来问问你全家的鞋码，也算我们全家的心意……

朱继民也为这位工人的纯朴感情感动了，他再三辞谢，说你的日子过得好，全家和美，比送我一打皮鞋还高兴。他拉开里屋的房门，指指床上睡觉的孩子说，你看我孩子还小，离结婚日子还早着呢，用不着特意给他做皮鞋。

月色里，朱继民把这位工人送出老远。

3

2004年，前任首钢党委书记、后来调任北京市政协副主席的毕群发现患有恶性脑瘤，病重住院。朱继民前往医院探望，得知毕群的太太身体不大好，因丈夫突患重病，精神倍受打击，毕群的孩子又忙于工作，家里连个做饭的人也没有了。

朱继民立即通知红楼迎宾馆，以后每天给毕群和陪护的家人"送早午晚三顿饭"。

毕群已经调离首钢，到北京市政协工作四年了。按理，他病中遇到的一些生活上的困难应当由北京市政协机关来管。但是，朱继民还是把这件事情主动接了下来。

首钢司机辛文超告诉我，他和另一位司机为住院的毕群和陪护家属一天送三顿饭，过年过节都不休息，整整送了近一年。2005 年 8 月毕群逝世后，考虑到家属一年来照料病人的拖累和伤痛，辛文超继续为毕群家里送饭，又坚持送了一个多月。

4

2004 年金秋，首钢举行了盛大的建厂 85 周年庆典活动。首钢篮球中心会场人潮涌动，欢声笑语，一派喜庆气氛，宽阔的迎宾大厅摆满祝福的花篮。庆典会议开始前，篮球馆内，身着红、黄、蓝、白、黑五色服装的首钢工人组成整齐的方队，随着指挥刚劲有力的手势，一曲曲放声高歌，澎湃的歌声此伏彼起，如涛如浪，感动和震撼着所有人的心。

下午 2 时 30 分，庆祝大会在热烈的掌声和雄壮的国歌声中隆重开始，在党委书记、董事长朱继民和首钢领导班子成员的陪同下，国家钢铁协会、北京市各方面领导以及社会各界嘉宾 140 余人鱼贯入座。

这时，一个激动人心的时刻出现了。

周冠五那高大魁伟的身影出乎意料地出现在首钢人面前，全场顿时响起经久不息的暴风雨般的掌声。自从 1995 年国庆歌咏大会，周冠五的出场引起分外热烈的掌声之后，他再没有在首钢大型群众活动中露过面。

没人请他。整整八年。

周冠五在首钢工作了 45 年，从战火纷飞的年代走进解放的日子，首钢就成了他生命与爱的全部，钢铁的音响就成了他的心跳与脉动。逢年过节、大喜大庆的日子，应当把他和首钢的老前辈们请来同大家和青年一代见见面，让老人们高兴高兴。这是中华民族的传统美德，也是我们对历史的传承与尊重。

被遗忘和被冷落，我们完全能够体味出这位老战士内心的寂寥与痛楚。

他爱首钢，他忘不了首钢啊！

老人的眼睛里泪光闪闪。

掌声证明，历史没有遗忘他，首钢人没有遗忘他。

周冠五不可能被遗忘。他爱首钢；首钢人也爱他，尊敬他。

86 岁的周冠五老多了，头发稀薄了许多，腰也有些弯了，走路有些蹒跚，说话声音也不像过去那样洪亮。坐在贵宾休息室时，许多记者蜂拥而上采访他，请他发表感想。

周冠五动情地说："我在首钢工作了 45 年，大半辈子交给首钢了，能在85 周年厂庆时来看看老朋友和首钢工人，我很高兴，也很激动，就像回老家一样……"

后来人们知道了，此次周冠五能够出席 85 周年厂庆活动，是朱继民亲自带车到家里，把老人恭请到场的。

三年后，即 2007 年，周冠五溘然长逝。

朱继民对周冠五充满感情和深深的敬意。他多次对同事和部下真诚地说："我和周冠五同志不能比，冠五同志是从血与火的年代走过来的老革命，对首钢发展做出了历史性贡献。首钢有今天，冠五同志功莫大焉。"

充分肯定周冠五的贡献——类似的一些话，朱继民也对周冠五多次讲过，老人的欣慰可想而知。

朱继民一直严格要求办公室的同志，要悉心照顾好周冠五的晚年生活。周冠五去世后，他继续要求照顾好周冠五的家属，要车给车，要人给人，不得有误。

写到这里，我们终于可以理解朱继民那"老好人"式的微笑了。他确实是个好人，热心肠的人。

第十五章 "海是龙世界 云是鹤家乡"

- "要首都还是要首钢":"冷战"该结束了

- 王青海放豪言:"让渤海变成地中海!"

- 发现曹妃甸:美女与和尚的美丽传奇

一、"要首都还是要首钢"："冷战"该结束了

——朱继民拍板砖："那不在我的思考范畴之内！"

历史剪影

2003 年，危机、困难、挑战接踵而来。

初春时节，非典型肺炎即"SARS"风暴自广东省爆发，最初由于官员没有经验，缺少必要的警惕、疫情没能得到有效控制。更有些官员不作为，玩忽职守，甚至有意隐瞒疫情，世界舆论一片哗然，中国的形象和声誉受到严重损害。

胡锦涛等党和国家领导人雷霆震怒，卫生部和北京市两位高级官员被问责下台。

党中央国务院采取了果断措施，全国总动员，非典风暴终于烟消云散。

3 月 17 日，在广州打工的湖北青年孙志刚因没有随身携带证件，被派出所无理收容，两天后被殴打至死，全国媒体和网络上怒火熊熊，一片声讨之声。孙志刚的死亡，直接导致了国家关于"收容遣送"旧法的废止和"救助管理"新法的诞生。

一个公民的非正常死亡，改变了国家法律，在中国史无前例，足见高举"以人为本"旗帜的新一届党中央行动之快。

3 月，第十次全国人大召开，选举出新一届国家领导人，国家主席胡锦涛、人大委员长吴邦国、总理温家宝履任。

6 月，国家审计署审计长李金华，以空前透明、空前激烈的言词，公开点名批评了财政部等多家中央部门，在全国掀起了"审计风暴"。

10 月 15 日，宇宙飞船"神舟"五号升空，杨利伟成为中国第一位"太空人"。

10 月 24 日，去重庆视察工作的温家宝路过云阳县时中途下车，走进一户农民的家。42 岁的家庭主妇熊德明向总理坦率陈情，家里日子过得很艰难，因为她丈夫出外打工的工资计 2300 元"一直被拖欠，要不回来"。

温家宝愤怒了，他说："欠农民工的工钱是不行的，我一定帮你要回工钱！"总理一诺千金，催生了全国范围的"清欠风暴"。

本年度中国钢产量为 22234 万吨，铁产量为 21367 万吨，两者都是第一次突破两亿吨大关。

<h1 style="text-align:center">1</h1>

车窗外，飘着纷纷扬扬的雪花。

入夜，华灯似海、巨厦林立的北京显得分外璀璨晶莹。朱继民的座车驰出厂东门，驰上车流滚滚的西长安街，他默默眺望着窗外流光溢彩的风景线，目光中透着凝重而深沉的情感。

朱继民和所有首钢人一样，成年累月在石景山下陪着高炉转炉，一直过着"早五晚八，星期天白搭"的日子，更没有逛街的概念。他们对北京城区日新月异的变化并不很熟悉——以往对此没什么感觉——可新世纪以来，关于首钢搬迁的话题被屡屡提起，首钢人再出厂区，每看一眼熟悉而又新鲜的北京，都会生出别样的更加炽烈也更加深沉的感情。

要离别的总是最留恋的。北京，是首都也是首钢的家啊！

新世纪的序幕拉开了，徘徊了整整八年的首钢向何处去？这个历经风雨沧桑的中国钢铁巨人站在命运的十字路口，必须做出选择和回答。这是十几万首钢人和几十万家属沉甸甸的期盼和等待，也是北京的期盼和等待。

在全国人大开会时，一群男女记者把他堵在走廊，纷纷问他对首钢未来有什么设想？他们多数赞成把首钢撵出北京。

陷入困境的朱继民说了几句心里话：

首钢领导干部解放思想研讨

说什么也要把战略调整和结构调整搞上去，否则只有死路一条，没有别的出路。再过一两年首钢支撑不了的时候，我们就是罪人。与其那时候当罪人不如现在当罪人，我们也想开了，反正也是死，先突破一下可能活着，等企业真的垮掉了，我还得挨宰，那时就一点出路也没有了。

2

高炉出铁、火花四溅的景观，是工业化时代的图腾。

2002年最后一个夜晚，按照惯例，朱继民到炼铁厂、炼钢厂看望了坚守生产岗位的干部工人，握手寒暄，祝贺元旦，嘱咐安全的一些话说过之后，正赶上高炉出铁，红亮的铁水奔泻而出，火星纷飞喷溅，犹如缤纷的礼花在夜色中竞放，映得炉前工和朱继民脸上红光闪闪。

搞了一辈子钢铁的朱继民太熟悉这样的场景了。要在以往，他的脑际闪过的都是有关产量、质量、品种、市场之类的数字，但今晚突然有些异样。他突然感觉，这奔流的铁水和飞溅的钢花有点像他的人生命运，在鞍钢，在水钢，几十年的青春热血不就是这样流走的吗？如今，在号称中国钢铁业"御林军"的首钢，也许是他最后的激情与生命，将在这里日夜奔流。

是辉煌还是暗淡，他不知道。

脸上惯常的微笑消失了，朱继民久久伫立在平台上，目光深沉凝重，脑子有点走神儿。从汹涌奔腾的铁流中，他恍若看到首钢也看到自己的过去、现在和未来。

犹如长河奔腾。

从这个元旦前夜开始，在相当大的程度上，首钢的未来就沉甸甸地压在他的肩上。泰山压顶的感觉。他是企业人，习惯了一切不靠拍胸脯，而是靠科学而周密的计算。他算过首钢的份量和惯力，算过全国钢铁业的"前三甲"和"八大金刚"，算过国内外的市场与资源，甚至还计算了自己的年龄……

计算的结果只有一个字：难。

没有欣喜，没有亢奋，没有骄傲，只有忧思与沉重。就在元旦前一天，即2002年12月30日，北京市委书记贾庆林找他谈话，说市委决定由他出任首钢新一届党委书记、董事长，问他有什么意见想法？

朱继民在工人堆里滚了一辈子，相当纯粹，相当执着，相当本色，对于"官位"和"级别"之类的事情，他没有太深的概念和感觉。他深知，企业不看级别，只看效率、利润和发展。哪怕你是农民工，把企业做好了也是英雄好汉，万人敬仰。给你个部长，把企业搞砸了，也是孬种熊蛋一个，工人会骂你的八辈儿祖宗。但朱继民就是愿意搞经济、做企业，干硬碰硬的活儿，他是个"犟眼子"。

3

朱继民对我说，上任之初，他头上压着三座大山。

第一座大山：曾经做到"全国老大"的首钢一泻千里，沦为钢铁界的"后排议员"了。

曾经的钢铁巨人似乎成了泥足巨人，曾经的意气飞扬变成了灰头土脸。小破企业也就算了，干不好破产散伙走人，这可是首钢啊！一举一动都会震动中国。他向贾庆林坦诚直言：这事太难了，首钢的责任太大了，不想接。

贾庆林说，继民同志，党把这个担子交给你了，组织上把这个希望交给你了，你就别说别的了。

后来朱继民回忆说："那时我是真不愿接这个岗，这个压力太大了，搞不好首钢这个国企在我手上倒掉了，那简直是不可设想的。因为今年我已经57岁了，这个风险可不是闹着玩的，某种意义上是拿政治命运做赌注，干不好我这一辈子是失败的，我无法向几十万首钢人交待，我实在难以承担这个负担。"

一招不慎，全盘皆输，一世英名毁于一旦。

天降大任于斯人。年夜饭的餐桌上，深知朱继民复杂心情的太太一边给丈夫夹菜一边开玩笑说，你就准备"苦其心志，劳其筋骨"吧，多给自己搞点营养，别让担子压垮喽。

孩子却说，大过年的升了官，多好的事儿啊！爸爸你怎么还愁眉苦脸，像杨白劳似的？

朱继民凛然一惊，"白劳"就是白干一场啊！

我会白干一场吗？跨年之夜，他久久难以入眠。

效率是企业的生命，速度是企业的生机。在中国的钢铁竞技场上，曾经领跑群雄的首钢整整八年东张西望，徘徊不前，而宝钢、鞍钢、武钢和一些民营钢铁企业抓住战略机遇期，乘势而上，增容扩产，把首钢远远甩在后面，首钢已然落到"第二集团"甚至以下了。当年那些富足而嚣张的日子成了记忆的碎片：首钢人成天大呼小叫成箱往家抬"福利"的镜头成"黑白片"了，餐桌上摆满了"首钢特制"的面包香肠的风光不再了，上街溜弯儿挺着胸前"SG"标志，"做天下主人，创世界第一"的牛劲儿泄气了，腰包里的"大团结"也团结不起来了……

4

压在朱继民头上的第二座大山是：钢铁业和制造业已经沦为"夕阳产业"的舆论甚嚣尘上。

那几年伴随着电子信息技术和互联网的高速发展，再加上号称"美国经济

第十五章 『海是龙世界 云是鹤家乡』

311

之父"的格林斯潘极力鼓吹，虚拟经济、金融经济的泡沫光怪陆离，蒸蒸日上，于是中国冒出一批故作高深、超前思维的专家，跟着老外一起喊，钢铁业和制造业已经沦为"夕阳产业"，没搞头，没发展前途。还有人出版宏论，声称低智商的人才搞制造业，中国沦为"世界生产车间"是得不偿失的，高智商和具有前瞻意识的人，应当玩金融，用钱生钱，搞利滚利，打"货币战争"，说到底，就是要学会"空手套白狼"。

这股冷风吹得很盛，搞得首钢人灰心丧气。

朱继民大为震怒，他多次在首钢大会上说，有些所谓专家大概骨头比较软，缺钙，只会鹦鹉学舌，跟着老外一个腔调说话，不像我们炼钢炼铁的，骨头比钢铁还硬。中国改革开放刚搞了二十九年，工业化、现代化的路还远着呢，怎么能说我们的钢铁业就成了"夕阳产业"呢？屁话！美国人均年消费钢材 500 至 600 公斤，即使我们不搞得像美国人那样奢华浪费，到本世纪中叶初步搞成现代化，全国起码也要有四五亿吨钢，更不必说在实现工业化、建设现代化的过程中对钢铁的大量需求了。还有人说制造业没搞头了，不搞钢铁，不搞制造，你那个专家光屁股睡野地炒股啊？要是听信那些专家不合国情的屁话，中国钢铁业只有等死一条路了。现在汽车业方兴未艾，手机花样翻新，家电层出不穷，搞现代化，哪样不需要钢铁的支撑？我看在中国，钢铁还是"早晨八九点钟的太阳"，是地道的"朝阳产业"，尤其在钢材的质量、品种以及特殊钢的研发生产方面，中国还有巨大的发展空间，钢铁还是一个"甜蜜的事业"，首钢是完全能够大有作为的。

首钢的主业就是钢铁，坚定不移！

5

压在朱继民头上的第三座大山是最重的，也是让首钢人最憋气窝火的：从社会各界到媒体，几乎天天有人指责首钢是北京环境污染的"首犯"，嚷嚷着要尽快把首钢搬出北京。

首钢一直号称中国钢铁大军中侍卫首都的"御林军"，转眼之间，竟成了首都污染的"首犯"，这日子还能过吗！

这是一场没有硝烟却火药味十足的"冷战"。

关于"要首钢还是要首都"的争论已延续多年。行内行外的人们普遍认为，"北京上空盖着个灰色大锅盖，罪魁祸首就是首钢"。以环保专家学者为首的声讨者气势汹汹，以首钢人为核心的申辩者据理力争。双方在各种场合公开叫阵，吵得面红耳赤、肝火大动。各有各的根据和数据，各有各的后援和粉丝。争论的怒火从全国及北京的人大政协会场、党政机关的会议室，一直延烧到首都各大媒体乃至胡同里的百姓餐桌上。媒体的言论空前一律：都期望首钢"滚出首都"。

6

这场"冷战"首先是几个以环保为宗旨的民间学术团体挑起来的。

据说，首位发难者是石景山区环保学会秘书长牛淑珍，一位性格坚强、伶牙利齿、又能深察民情的女性。作为一直工作在石景山区的学者，几十年来目睹这里老百姓饱受首钢污染之苦，九十年代初，在一次名为"首都环境与首钢发展"的学术研讨会上，牛淑珍率先发难，开门见山提出，为维护和改善首都发展环境，"首钢必须搬离首都"。

如雷炸顶，语惊四座。

瓶盖打开了，"魔鬼"被放出来了，自此关于首钢搬迁的争论和议论不绝于耳，听得首钢人心惊肉跳。不过，当时还在位的周冠五毫不在意。关于保护环境、治理污染，他认识得比谁都早，行动也快。在首钢"大承包"刚刚开始的时候，周冠五就提出："首钢发展，一靠承包，二靠绿化。"当时遭到很多人的抵抗和非议，认为在绿化上花那么多钱不值当，不如多给工人发点奖金。具有超人战略眼光的周冠五说："首钢要在首都站住脚，必须摘掉傻大黑粗的帽子！""我们把环境治理好了，工人身体好了，多活几年，他们创造的价值会远远超过我们投在绿化上的钱！"

首钢姓"首"的远见卓识又一次展现出来：拥有上千人马的绿化公司成立起来，周冠五要求首钢环境必须达到"一清二绿三美四精"，"黄土不见天，三季有花草"。

为此，首钢率先在厂区试种成功南方特有的树种大叶黄杨，这一成果后来获得北京科技进步三等奖，并惠及全市人民和全国全球游客：现在北京沿街成矮墙型的长绿化带，都是大叶黄杨。

该树种引入之功当归首钢。

1978 年，首钢绿化面积不足 7%。到九十年代，首钢已被评为中国大型钢铁企业中环境最优美的"花园式工厂"。与此同时，周冠五一门心思争分夺秒、大干快上，把中央一再要求压产的招呼当耳旁风，非把首钢做大做强，做到一千万吨，心里大概也有个小九九——一定要把首钢搞到"谁也搬不动"的程度。

"首钢应当搬出首都"的舆论一出，一个个重量级大佬也纷纷出马放言：

首先是著名学者梁从诫。他出身于"谈笑有鸿儒，来往无白丁"的钟鸣鼎食之家，祖父是清末民初的大斗士、大学者梁启超，父亲是历史学、建筑学巨匠梁思成，母亲是民国时期有名的大美人、大才女林徽因，都是中国现当代史上名闻全国的风流人物。上世纪五十年代，梁从诫毕业于北大历史系研究生班，他秉承了家族的铮铮硬骨，以不惧权贵、敢于直言闻名遐迩。

一家子爱真理爱祖国爱北京，爱到不惜粉身碎骨的程度。

1997 年，身为全国政协常委、人口资源环境委员会委员的梁从诫，在全国政协会议上递交了关于首钢搬迁的第一份提案，他给首钢提出的出路是："用十五年至二十年的时间，将首钢的炼铁、炼钢、炼焦、烧结和轧钢这几个污染、耗能、耗水最严重的上游企业，逐步迁往被称为京唐港的曹妃甸港区。"

高层没有回音（其原因将在后面解读）。

梁从诫有些动怒，又上书北京市一位负责同志，重申自己的意见："关于首钢搬迁问题，几年来已有许多专家提出过，1997年2月，我也曾在全国政协八届五次会议上提出建议首钢逐步迁出北京的议案，但未被采纳。今年初，作为北京申奥生态环保顾问，我又在有关会议上重提此事……然而我注意到，9月6日，您在政协论坛闭幕式上演讲'绿色奥运生态'，谈到首钢时，仍然只提限产，不提搬迁……解决首钢对大气和水的污染（还有交通负荷）问题的唯一办法，是把首钢有污染的项目全部搬迁出去！"

接着，大科学家钱伟长上书北京市和中央领导说，北京"主要的污染源是像首钢这样的重工业企业。首钢处于北京的上风处，它的炼铁高炉排放出来的东西很脏……现在北京市上空有个黑盖，黑盖中心就是石景山，到了晚上就往市里移，往下沉……解决这一问题的唯一办法，就是把首钢有污染的项目全部搬出去。"

然后是大学者、社会学家费孝通："我们应当早一点儿把首都搞得比较干净，把首钢移出来。"

学者铮言，媒体争说，名家放话，一时间舆论沸腾。2003年春，国家环保总局也正式表态："应当下决心逐步搬迁首钢涉钢产业，从现在起，不在北京再建涉钢项目"。

对十几万首钢人来说，这个春天好冷啊！

上任伊始的朱继民压力重重，确实有"如坐针毡，芒刺在背"、"走投无路，内外交困"的感觉。

7

从周冠五，到毕群，再到罗冰生，首钢前后三任巨头一直在"负隅顽抗"。

周冠五是"任凭风浪起，稳坐钓鱼台"，老子就是要做强做大，做到中国巨无霸，搞得谁都搬不动。

毕群是"两耳不闻窗外事，一心只读圣贤书"，你说你的，我干我的，假装没听着，潇洒走一回。

罗冰生是怒发冲冠，慷慨陈词，把"人难搬、厂难搬、利税难搬"的三座大山统统压在北京市头上，看你敢不敢搬？

十几万首钢人也发出"抗争的吼声"。

他们说，首钢是首都经济发展、城市建设的顶梁柱，你们把北京市所有的高楼大厦、包括五十年代建设的人民大会堂等著名十大建筑，包括正在建设中的"鸟巢"、"鸟蛋"，都拆开来看看，哪一座没有首钢人奉献的钢筋铁骨？你们搞起了现代化，就要把首钢抛弃掉，把首钢撵出北京，也太忘恩负义了吧！

他们说，首钢在北京已经有八十多年的历史，首钢人许多家庭三代同堂甚至四代同堂都是首钢人，他们的根在北京、心在北京、情在北京，爱在北京，企业搬出去，会有多少人背井离乡？多少家庭分崩离析？多少孩子会成为"留守儿童"？多少老人得不到家人照料？所有这些人情债，你替我们想过吗？

他们说，历史上的首钢污染严重，不假。可是改革开放二十多年来我们已经投入数十亿，进行了大规模和卓有成效的治理，周冠五早就说过："首钢发展一靠承包，二靠绿化。"对环境治理有这样高度的认识，在全国也是最早的。如今，首钢已经改造成花红柳红、空气清新的"花园式工厂"，成为全国钢铁企业的学习榜样，而且我们会继续加大投入、加大治理，你们为什么总拿老眼光看首钢呢？

他们说，我们坚决不同意首钢是北京最大污染源的说法，你们怎么不看看北京有多少汽车在大量排放尾气？怎么不看看灰色海洋一般的四合院里还有多少蜂窝炉子在冒烟？怎么不看看北京市排污放污比首钢还严重的其他大中小企业？为什么一定要我们搬，他们为什么不搬？

首钢人都是宁折不弯的性子和火暴脾气。1992年，在石景山区召开的一次环保工作座谈会上，与会者群起声讨首钢污染的"滔天罪行"，并强烈要求首钢搬出首都，发言者情绪激动，言词激烈，好些居住在首钢附近的人甚至像是"痛说家史"了。

首钢安全环保处一位与会的女工程师杨崇琛听得火冒三丈，举手要求发言。没人理她。她不得不抢过麦克风抗议说："我认为，会上有些同志讲得不够客观公正。你们所说的那些严重污染的情况，已经是老皇历了，甚至是旧社会发生的事情！改革开放以来，首钢投入巨额资金，以科技为先导，采取了果断有力的多方位、多层次措施、全流程的治污措施。不要说在石景山区，就是在全北京、全中国，首钢也是最美的工厂！今后……"

刚说到这儿，她手中的麦克风被人抢走了。

好像周身的血液全部涌到脸上，杨崇琛满脸通红，怒目喷火，大声抗议："你不能剥夺我讲话的权力！"

她站起来，继续大声陈述自己的观点。

会场乱套了，最后不欢而散。

杨崇琛成了捍卫首钢名誉的"英雄"，有点像"黄继光奋不顾身堵枪眼，董存瑞舍生忘死炸碉堡"。周冠五就是有性格，没过多久，他就奖给杨崇琛一个意外的礼物：出任首钢安全环保处副处长。他说，首钢就是需要这样关键时刻敢说话、敢挺身而出的人。

让首钢"净身出户"，我们万万不答应！这是大多数首钢人坚定不移的决心、态度和立场。首钢人里，谁敢说个"搬"字，肯定失人心、伤民意。

不能责怪首钢人，不能说首钢人觉悟低。故土难离，他们老老少少在北京生活了八十多年，根太深、意太重、情太浓了，"月是故乡圆"，他们不愿意过"举头望明月，低头思故乡"的苍凉日子，不愿意过"慈母手中线，游子身上衣，临行密密缝，意恐迟迟归"的伤感日子。离开北京到蛮荒一片的大山里大海边，那不就是新一轮"上山下乡"吗？他们愿意继续治理首钢剩下的那点污染，把首钢收拾得干干净净、漂漂亮亮，在北京好好过自己的和美日子。

首钢第四代掌门人、在鞍钢和水钢有着"定海神针"之誉的朱继民上任了，首钢人和北京人都在等他的态度、看他的态度。

8

千钧重担压下来了，朱继民不接也得接，谁叫他天生就是堵枪眼的命呢。

一旦接了，他的态度就是活着干，死了算。朱继民说过，他的人生哲学一向是："我可以被打败，但我绝不会服输。"

劈头遇上的最尖锐最激烈的矛盾纷争就是：首钢搬不搬？

朱继民鬼着呢，他摇起了羽毛扇，脸上挂着神秘的微笑，迟迟不表态。他深知首钢搬迁不是简单的工程，一声令下就万事大吉，而是复杂而又敏感的人文工程、人心工程和庞大的系统工程，是牵动首钢人情感的大事情，搞不好人心就散了，甚至会出乱子。这件事绝不是一个简单的"搬"字就完了，而是关系到首钢生存战略、发展前景和整体布局的大事情，是新世纪如何建设"新首钢"的问题。

每次对干部或公众发表谈话，朱继民总是在打"擦边球"，讲"画外音"，给首钢人"挠痒痒"——实际上是在造舆论，是"随风潜入夜，润物细无声"。

上任一个月内，他多次在干部大会上讲："我们正处在决定首钢生死存亡的战略机遇期，有一次一个年轻人问我，现在国际国内钢铁市场竞争这么激烈，首钢还能活多少年？我说，叫我活三年就够了，能活过三年我就可能活五年，能活过五年我就可能活十年，能活十年我就能活二十年。为什么呢？因为头三年对我们是至关重要的，这三年的机遇抓不住，我们一切全完蛋了。"

关于争论多年的首钢战略定位，他说："首钢姓首叫钢，我们必须坚定不移地把钢确立为我们的主业，非钢产业也要依托主业来发展，皮之不存，毛将焉附？当然，主业是西瓜，非钢产业是芝麻，西瓜要吃，芝麻也要拣。"

"我们要在北京以外地区建设新的钢铁基地，取得更大、更有利的生存发展空间"。

"要超前制定大的战略决策，大的战略要有定位，大的项目要紧紧抓住，各种合作、开放的发展可能性要尽可能争取到手。"

他的战略思考和定位赢得首钢人一片喝彩，首钢人都是喝钢水长大的啊！

人们普遍注意到，朱继民唱的最响亮最高亢的主调就是——解放思想！

他要求首钢人把思想和观念从小小的石景山下解放出来，解放到更高远、更阔大的空间去。

他说，首钢的大承包时期创造了辉煌的业绩，但时代在发展，历史在进步，"洞中方七日，世上已千年"，我们不能像九斤老太，总靠回忆过日子。他激昂地说："邓小平说过，中国不搞改革开放，死路一条；首钢不解放思想，也是死路一条。把改革仅仅理解为'大承包'，总停止在'大承包'这个层次上，首钢必死无疑。小小的石景山才 183 米高，把发展空间总是局限在石景山，我们能站多高看多远？这句话我重复过多次，目的就是拿'板砖'把那些还在睡大觉的人敲醒，当然不是敲死。但是如果始终敲不醒，那就是等死。"

人们说，别看朱继民脸上挂着"老好人"式的微笑，实际上他一上任就杀气腾腾，"抡起了板砖，拍得首钢人脑袋砰砰响"。

这块"板砖"就是"解放思想"。

中国共产党人一向是主张思想领先的。他们相信，思维是地球上最美丽的花朵，精神的力量可以转化为强大的物质力量。朱继民对此深有体会，他对班子成员说过，当代的竞争，归根结底是头脑的竞争，我们就是首钢的头头脑脑儿么，在一个大企业，各方事情有各路诸侯去办，班子最重要的责任，就是能够在思想和观念上给大家搞搞"地震"，发挥引领作用。

首钢党委在全公司迅速展开"八破八立八做到"的新一轮思想解放运动，"破"、"立"、"做"都有明确的指向，同时提出一个响亮的口号："苦干三年，扎扎实实打好四个基础"，即打好思想文化基础、制度创新基础、经济技术基础、人才建设基础。

新思想新观念的浪潮呼啸而起，生命的光能电能热能喷薄而出，陈规旧习被冲破了，思想的围墙被推倒了，关于国企的形式与内容，关于发展的内含与外延，关于思想的解放与创新，人们有了新的体会和认识……

2003 年 7 月 4 日，在党委书记例会上，朱继民做了一个颇有感触的坦诚的讲话。这里摘录几段，读来颇有兴味：

第三件事，与大家沟通一下思想，想了想没什么题目。去年国家有关部门的朋友给我介绍了一个小孩（即年轻人），他告诉我，他 16 岁就离开家了，我问你那么小为什么离开家呢？他说，在我们浙江一带，如果你 16 岁不能离开家乡做事的话，连老婆都找不到，没人瞧得起你。我问，你在外面干这么多年，搞到多少钱了？他说，不瞒你说，赚了千八百万吧。我说，赚了这么多，应当回家盖房子了吧？他说不行啊，这点钱，在我们那一带太小了，太少了。中国人做事情总是有很大的追求，不像老外，钱挣得差不多了，旅游去了，中国对钱的追求，简直就像追求命一样，所以江浙一带的人能创业，永不满足。我问，你在外面做事靠什么呀？他说，咱就靠真诚，求一次不行，求几次，他看我这么真诚，早晚得给我点机会。

我看小孩很有思维，上半年就签了两千多万元的合同，我忽然想起来问他，首钢准备上马一种波纹式的PCC的管子，你看有没有销路？他说，我看有销路，北京又上奥运又建地铁，肯定有销路。我说我们图纸都有了，轻易不敢开工，就是担心销售不行。他说我给你代理吧，我说首钢一搞就是大量的，你一个人消化不了啊。小孩说，我可以找几个代理能力强的朋友一块干吗！我说，这是个好主意，将来我生产，你照开你的公司，照做你的经理，但我可以聘你和你的朋友当首钢的销售副经理，十个八个都可以。

小孩有点不相信，说朱总你能办到吗？我说当然能办到。他说，我们都是民企的人，怎么能当你这个国企的销售副经理呢？我说，只要你愿意干怎么不行啊，你也不拿我的工资，人事关系也不在我这儿，只要能销售我的产品就行。小孩很振奋，说你这个想法好，你要真给我这个牌子那我打市场可就比现在强多了，我借着首钢这块牌子推销产品，可比我民企的牌子强多了。

我给大家举这个例子想说什么呢？就是我们大家的思想怎么解放。我们共产党的干部，绝不能像过去解放战争年代和建国初那样，列宁服，四个兜，搞的清一色，共产党的干部应当是最有活力的干部，最有形象的干部……

从这里我想到一个问题，我们首钢人的思维必须发生一个根本性的转变，不要遇事就感到不行，不可能，我不具备条件，我办不到。你首先是思路开阔，眼界开阔，研究怎么才能办到，围绕怎么才能办到下功夫。我常见有的干部说这不行那不行，这事难那事难的，我一听这话就像心脏病要犯了似的，一听到没有志气的人我就烦。但是将来不是说不允许大家说不行，但你首先要说不行在哪儿，咱们研究怎么不行，是不是换个思路就可以行，所以说我们的思维方式确实得改变。

……给大家讲个笑话，不是批评谁，《京华时报》登了咱们周边偷盗的现象，大照片上写的是"偷盗的人太多了"，大字眼儿，看了以后心里很不舒服。后来我带人到下边检查，看看容易被盗的地方和一些设施，甚至到了岗位、班组搞调查，但随行的人和有些管理者说，这是多少年的事情了，现在好多了，挺有成效的，这事没办法解决，庞村、白庙一万多人就靠偷首钢生活，你怎么抓也抓不尽。我听后得出一个结论：'这事解决不了，怎么抓也抓不好'。我非常失望。过了三天，我开了个专题会议，又听大家的意见，听完后还是很失望，等大家把"高明的见解"都说完了，我再也沉默不了了，再也忍耐不住了，真就爆发了。

我最近也在反思我自己，用什么办法来解决首钢的问题？我这个人觉得我做事情还是挺有人情味的，我的基点是相信大家，我永远相信人民群众能够创造历史，只要把积极性调动起来，无须扬鞭自奋蹄，我始终坚信这个观点。我走了几十年路程，也管理过几个企业，我都没拿生杀大权来吓唬大家，我要创造一个氛围，就是人人争先、万马奔腾。现在很多同志劝我，朱总你就太软，你把周冠五的两下子学半个，学百分之五十，首钢什么问题都解决了。但我还是坚持苦口婆心，还是坚持启发诱导，抓积极因素，克服消极因素。

……首钢企业精神最重要的一条是自尊自信自强，上来也快，在全世界都有影响，首钢人上哪儿都很骄傲。我们这几年搞得灰溜溜的，现在我们要把自尊自信自强的精神重新振作起来，形成一个首钢新时期的新型企业文化，坦诚、融合、和谐、奋进、互勉，咱这个团队就会无往而不胜。我想，如果我们把中国文化中的'互斗性'解决了，别搞大内耗，就能围绕发展这个主题干事了。

这次讲话，朱继民给出一个深刻的结论：

"用落后的思维，解决在落后状态下反复出现的问题，我们就永远在落后状态下不能自拔。"

从改革开放初期到八九十年代，首钢是个奇妙而又奇怪的混合体，带有周冠五个性风格的鲜明印记。在全国钢企中，首钢曾经一马当先，改革搞得大刀阔斧，轰轰烈烈。到了周冠五晚期，在思想和企业文化领域，又逐渐形成了他的绝对权威和封闭的"家长式统治"，老子天下第一，很少眼光向外，与时俱进，虚心学习。总经理王青海包括我采访过的许多首钢资深人士说，那时，从新日铁引进的宝钢，在企业理念、市场意识、管理水平、精密操作等方面都走在全国前列，鞍钢、武钢、邯钢等兄弟企业也都创造出许多新鲜经验，但在周冠五面前，"不能提宝钢"，不能说别人先进。换句话说，只能说石景山是天下最高的山，"承包制"是放之四海而皆准的"真理"。

7月中旬，在首钢党委扩大会议上，主掌帅印半年的朱继民针对首钢要进一步解放思想、转变观念，作了一个正式讲话，他旗帜鲜明、一针见血地指出：

从现在看，我们的确落后了。必须正视差距，不能躺在过去的辉煌上裹足不前……由于首钢地处北京的特殊情况，政府部门不同意我们上新的钢铁项目，但我们没有以此为契机，及时向北京以外扩展发展空间……同行无同利，市场无限大也无限小，关键看企业的决策思路，看思想解放的程度，看产品是否对路，看是否具有质量和成本优势。将来中国的钢铁业会重新洗牌，但只要坚持解放思想，追求卓越，坚持高速度、超常规、跨越式发展，就不会落败。事实证明了经济学家的一句名言：当今世界不存在没有竞争的行业，只有竞争失败的企业。

对于我们首钢来说，要冲破狭隘的视野，首先要冲出首钢，走向全国，在此基础上走向世界。如果你只满足于在首钢这块地盘上打转转，你就永远达不到国内顶尖水平。如果你只拘泥于中国的先进水平，没有世界层面的眼光，你就永远适应不了全球化条件下的市场竞争……我刚到首钢的时候，听说首钢不少单位的领导没有到过宝钢、鞍钢、武钢等兄弟企业，这简直不可思议！你没有登过高山，就不会领略高山的广阔，没有去过大海，也不会领略大海的胸怀……我们必须用开放的眼光重新审视自己，向高标准、高水平看齐，迎头赶上去！

9

2004 年，距离 2008 北京奥运仅有四年时间了。

纯属巧合，正逢 8 月 1 日建军节，决定这支钢铁"御林军"命运的历史时刻到来了——延烧多年的关于"要首都还是要首钢"的"冷战"之火不能再烧了，必须尽快熄灭，必须给定一个结论和结果。

最后一垒烽火是在北京新大都饭店点燃的。

装饰现代、宽敞明亮的高级会议室里，争论双方在最高层面上第一次、也是最后一次两军对垒，正面相向。

会议由北京市副市长陆昊主持。

首钢出席的阵容前所未有的强大，朱继民率领他的班子成员总经理王青海、副总徐凝、王毅、总会计师方建一等诸位大将出席。对垒的一方同样强大，他们是来自国家发改委、国家环保总局、国务院发展中心、北京市政府各有关局委办要员，以及中国国际工程咨询公司和有关冶金、生态、环保方面的高级专家，还有河北省和唐山市的发改委负责人。

会议名称为"首钢涉钢系统搬迁评估会"。

名为"评估"，听着很委婉，实际上山雨欲来风满楼，拍板定案的时刻到了。

朱继民第一次站到争锋的前台。

这是一场决战，会场气氛非常严肃，所有专家的脸都绷得紧紧的，像法庭上的"陪审团"。

首钢总经理王青海首先介绍了首钢从 2004 年到 2008 年实行限产压产、加大环境治理的总体方案。他的讲话以首钢一要保吃饭、二要保稳定、三要保持续发展为依托点，讲得周密而详尽。

但专家都听明白了：首钢现有的 800 万吨生产能力，到 2007 年转移到河北 400 万吨，北京暂时保留 400 万吨生产能力，以后向哪里转移，留待 2010 年以后再行解决。

核心意思是犹抱琵琶半遮面："走一半，留一半"。

在座钢铁业的专家都是从炉火中走出来的，都有着烈焰般的情感。他们对首钢决策者深表理解，十几万首钢人世世代代扎根在石景山下，他们的生命与那里的一草一木，与北京的一砖一瓦息息相关，他们的钢筋铁骨心血汗水铸在首都的每一栋大厦、每一幢建筑、每一条长街上，让首钢人拔根远迁人走家搬，实在太难了。他们说，全国钢铁企业中，首钢在解决污染问题上认识最早，动手最快，力度最大，相信随着科技的发展，污染是可以彻底解决的。首钢搬走的一半到外地去"改"，留下的一半在北京"治"，这个限产压产的方案是可行的。

环保方面的专家却铁面无私。出于天职，他们必须坚决捍卫中国的荣誉和名声，捍卫北京的蓝天碧水。他们必须禁止自己的理性在情感之弦上发生一丝丝颤动。为这次决战性的会议，他们早就用各种数据、事例、证据、图表"把自己武装到牙齿"。他们一个个明确表态，首钢作为首都的主要污染源，不是限产压产问题，对此我们不感兴趣，唯一选择是，首钢所有涉钢系统必须全部搬迁，"净身出户，越早越好，不留后患"。

他们的言词激烈，尖锐，不容置疑，不留情面。

首钢人坐不住了。不仅仅是因为搬不搬的问题。他们要维护的是自己用心血汗水创造出来的首钢的荣誉和尊严。

他们说：我们是全国钢铁业中有名的花园式工厂！

专家反驳：你们说的是地面，我们说的是空中！

首钢反对：我们是国家有关部门认定并多次表扬的环保达标企业！

专家反驳：达标并不意味着没有污染。北京有许多达标企业，把这些所谓达标企业的污染加起来，等于你加一块补丁，我加一块补丁，北京穿的就是一件"百纳衣"。一个企业的污染是有限的，许多企业的有限污染加起来就是无限的，这就是北京污染严重的症结所在！

首钢反对：我们认为北京最大的污染是汽车尾气和难以计数的蜂窝煤炉子。

专家反驳：那是另外的问题，不在本次会议讨论的范围之内。何况老百姓吃饭问题不能采取强制性措施，总要一步步解决。

首钢反对：我们也不能不考虑十几万首钢人的吃饭和稳定问题！

专家反驳：首钢重要，还是首都重要？奥运重要？国家现在有能力了，完全可以帮助首钢解决搬迁中的困难和问题。

首钢反对：日本东京举办奥运会时，附近的新日铁等三家大型钢铁企业就没搬，为什么中国一定要搬？

专家反驳：日本是个岛国，海洋季风可以迅速吹散他们的污染。重要的是，首钢距北京中心17公里，而东京附近的钢铁企业最近的也有几十公里，两者完全不可同日而语！

首钢反对：我们不同意专家还拿僵化的、陈旧的、固定的观念和观点来评价首钢。改革开放二十多年来我们已经对污染进行了全面治理。现在距离北京奥运还有四年时间，我们完全可以加大加速治理力度。你们应该相信首钢人有能力有办法，解决自己的问题！何况，北京污染是个普遍性问题，并非首钢一家。

专家反驳：首钢是首都的主要污染源，必须首先解决！

首钢反对：恰恰相反，我们是首都发展的主要贡献者！

专家反驳：现在不是讨论贡献的时候，环保必须维护"一票否决"的权力！

为国家贡献了八十多年心血汗水、为北京打造了无数钢筋铁骨的首钢人冒火了，他们怒发冲冠，双目圆睁，奋起抗击……

双方较上了劲。激烈交锋，唇枪舌剑，电闪雷鸣，火花四溅，多年的"冷战"变成了热战。用曾经风靡中国的南斯拉夫电影《萨拉热窝保卫战》中的一句著名台词来形容会场的气氛，就是："空气在颤抖，仿佛天空在燃烧。"

火山终于在这一刻爆发了。

朱继民一直默默听着双方的意见，偶尔拿起笔记下几句什么，脸上没有任何表情，目光淡定，静如止水，特深沉，偶尔还递给发言激烈的环保专家一个"老好人"式的微笑。

没人知道他在想什么。

没人知道他将如何亮剑。

其实，他内心正沸腾着广阔而深远的风暴。他意识到，在这艰难的历史性关头，首钢必须做出历史性的抉择了。

第一天会程在激辩中休会。

吃晚饭时，首钢人和环保专家吵得有点动感情了，除了老早的朋友关系还强做笑颜逗逗乐子，以缓解一下紧张气氛，双方大多数人各坐一边，谁也不理谁。

10

饭后，央视新闻联播以后，朱继民和王青海召集与会的首钢人，说"临时开个小会"。

大家进来了，一个个脸上铁青，眉峰紧皱，心情还没有平静下来，有的眼瞳深处还激荡着忿忿的怒火。

朱继民深深吸了几口烟，沉默了一会儿。

大家发现他的目光深处隐含着痛楚。

他动情地作了一个即兴讲话。这是首钢掌门人第一个做出历史性的表态。座中一些人回忆说，朱总的这个讲话一下子把首钢的"北京情结"解开了，从那一刻开始，首钢人开始跳出石景山去思考发展和未来了。

朱继民的讲话要点是：

——我知道，今天的会议大家的心情很不好，我也一样。

——说实话，大家在争论搬迁不搬迁的问题时，我的脑子有点走神儿了，我想的不是这个问题。可以说，搬迁不搬迁已经不在我的思考范畴之内！

——其实，从上任那一天我就在想这个问题，不过刀不架在脖子上我是不会表态的，这不是软弱，而是在思考和寻求多种可能，我不能不考虑首钢人的情感。但是，首钢向何处去？这个问题必须解决了，早解决比晚解决好，不解决就是坐以待毙，自我消亡。我刚到首钢时就讲过，现在的首钢大而不强，有点像《红楼梦》里的大观园，表面富丽堂皇，风花雪月，其实内囊已经空了，再这么挺下去，我们就得演一出林黛玉葬花，贾宝玉出走。

——在座都是当头头儿的，我们最大的责任就是"谋势"，就是让自己、让企业站在对生存最有利的位置上，站在发展的制高点上。"势"是一种能量，也是一种定位。现在，我们应当冷静、明智地意识到，同时也应当站在更高的层次上看到，从大的外部环境讲，中国已经走到历史的这一刻，从我们自身的发展需要讲，首钢也走到历史的这一刻：贯彻落实科学发展观，寻求人与自然和谐相处的可持续发展，是压倒一切的指导方针和战略选择。识时务者为俊杰，为了全国的大局，为了北京的大局，为了奥运的大局，我们别无选择：只有一条路，就是涉钢系统全部搬出北京！

——为什么说搬迁已经不在我的思考范畴之内？我认为这个争论已经没有意义了！在座各位都是首钢决策层面的同志，除了我在首钢的历史短一点，各位大半辈子都交给首钢了，首钢就是我们的家，我们都对首钢怀有深深的感情。历史、责任、感情，都要求我们的思考和选择只能围着一个核心转，那就是首钢的生存与发展！

——作为首钢人，我也期望首钢能留在北京，"月是故乡明"，北京就是我们的故乡啊！但是有句话我一直没挑明，今天也请各位想一想：石景山那块巴掌大的地方，还有没有首钢的发展空间？石景山只有183米高，石景山大还是外面的世界大？

——同志们，无论从情感上还是从理性上，我都拒绝"搬迁"这个词，时至今日，那不该是首钢人思考的层次了！我选择的词是"机遇"和"发展"，明确一点说，就是首钢升级换代的时机到了。电脑从最初的286、386已经到了"奔三"、"奔四"的阶段，我看首钢八年徘徊，现在还停留在386时代。小孩子现在嘲笑一个人的智商不够，就说你真386！孙猴子被如来佛的五指山压了五百年，跳出来才成了齐天大圣。首钢在石景山下压了八十多年，靠首钢人顽强拼搏曾经创造了历史的辉煌，现在必须跳出来了。我看，现在首钢打翻身仗的日子到了，首钢的一个新时代开始了！北京不是撵我们走，而是给了我们一个大发展、大飞跃、大创新的历史性机遇。什么污染啊，徘徊啊，落后啊，他妈的（一不小心溜出了嘴，钢铁人都这样），这些皮毛问题都会在新的历史机遇面前获得彻底的解决！我们不仅不应该埋怨北京，反而应当感谢北京。

——我读过一位青年诗人的诗，名字我忘记了，听说他后来自杀了（笔者按：海子），其中有一句是"面朝大海，春暖花开"。我这人记数字还行，一些古典诗词还是小时候记的。我所以记住了这句诗，是因为它一下点中了我的思考，也点中了首钢的穴位。世界上许多发达国家都把钢铁厂建在沿海，中国还没有，宝钢顶多是靠海近一点，这是全球化时代的需要。我们也必须跳出石景山，跳出北京，走向大海，那才是新首钢创造新辉煌的新天地！

——至于十几万首钢人的情绪和下岗分流的安置问题，工作要过细的做，中央和北京也会给我们巨大的支持。但我看不用担心，我相信不会出乱子的。几十年来，首钢的命运一直和国家的发展、北京的发展紧紧联系在一起，地处首都的特殊地理条件和政治环境，给了首钢人一个最大的优点，就是有大局观，有责任感。历史证明，首钢人是经得住考验的，是有觉悟的，只要我们的决策是从首都和首钢根本和长远利益出发的，首钢工人是会拥护的，我坚信这一点！

黑云压城、空气颤抖、精神紧绷之际，蓦然间晴空万里，云淡风轻，海阔天高。

第二天早九时复会，严阵以待的对垒一方大概还准备着来一场更为激烈的交锋与论战。可他们惊异地发现，首钢的钢铁汉子们怎么一个个表情轻松、眉开眼笑地进来了？难道这帮家伙找到什么对付我们的"武林秘笈"了？

朱继民落座之后，先来了一句幽默，我看会议可以到此结束了。

全场愕然，不知他葫芦里卖的什么药。

副市长陆昊也不解地瞅瞅他，不明白他是什么意思。

会议开始，朱继民讲话，他代表首钢从容宣布："我们同意搬迁"。

专家们一时没有反应过来，会场静了一小会儿，然后突然爆发出长时间的热烈掌声。

好几位环保专家被首钢人如此顾全大局、如此富于牺牲精神感动得眼睛湿了。其实他们不知道，大中国、大首都、大首钢培育出来的这帮家伙鬼着呢，心胸开阔着呢。首钢人从来不会白白牺牲自己的，他们付出的每一滴血汗都没有白流，都收获了足够丰硕的回报。今天，对于这位钢铁巨人来说，北京已经成了"小地方"。他们瞄准了"海阔凭鱼跃，天高任鸟飞"的更高远的发展空间。

他们决定：走向大海。

11

仔细审视和查阅有关"要首钢还是要首都"这场多年"冷战"的全部过程和资料，我发现一个有趣的、令人深思的"内幕"。我注意到，关于首钢何去何从的问题，从罗冰生时代到朱继民上任伊始，再到2004年8月1日新大都饭店的评估会，首钢提出和报上去的所有"坚守阵地、转向突围、限产压产、治理污染"的计划，所有"犹抱琵琶半遮面"的设想，所有"走一半留一半"的方案，都未能获得批准，都被中央和北京市退了回来。他们只说不行。

为什么不行？没有给出理由。

就像著名学者梁从诫上书，高层也始终没有回音。

现在可以断言，中央高层和北京市委其实早就想定了敲定了：为了解决北京污染，还给老百姓更多的"蓝天碧水"，为了申报和举行一个"绿色奥运"，首钢所有涉钢系统必须离开北京，另寻出路。在这件事情上，中央和北京市的态度早就是坚定不移、毫不含糊的。

那么，中央和北京领导人完全可以一声令下，发下一道红头文件，明确态度，给明出路。首钢也绝不会有二话，立马卷铺盖走人。中央让哪个省哪个地方接着，那里也得敲锣打鼓，彩旗飘扬，排出两列手执小旗的群众队伍高喊："欢迎——欢迎！欢迎——欢迎！"

有意思的是，长久以来，中央高层和北京领导人就是不说这个话，就是不明确表态，就是不直接下命令，任由民间、媒体、学术团体和首钢人自己讨论和争论去。

最后，由首钢人自己表态，自己决定，自己找出路。

这是以胡锦涛为总书记的党中央践行以人为本和科学发展观的又一例证。他们十分理解首钢人的情感。他们高度尊重首钢人数十年来为国家和北京做出的重大贡献。他们深知事关十几万首钢人的前途和命运，光靠一纸命令是容易伤害群众感情的，需要给首钢人一个思考、讨论和理解的过程。最重要的是，他们相信首钢人最终会做出正确的选择。

在这样的背景下，最终做出选择和决定的首钢掌门人，必须有头脑，有勇气，有胆略，敢于承担这个历史责任。

从冶金业走出来的刘淇是一位伯乐，他选择了鞍钢有名的"定海神针"朱继民。

命运也选择了朱继民。后来钢铁业老专家董贻正开玩笑对朱继民说，看来是命中注定，你这个"定海神针"终于定在海上了。

12

2005 年，首钢被评为"北京影响力十大企业"，朱继民同时获"北京影响力十大人物奖"。

对首钢的颁奖词是："这里流出了新中国的第一炉铁水，这里诞生了新中国最大的钢铁基地，这里养育了 12 万钢铁子民，这里又把蓝天奉献给北京。"

对朱继民的颁奖词是："一个国家的决断，一个城市的剧痛，一个群体的未来，一个企业的转型，他义无反顾地扛起了重任，为了一个梦想——北京2008。"

二、王青海放豪言："让渤海变成地中海！"

——将门虎子："你开车还是坐车？"

1

朱继民和首钢领导班子终于做出一个历史性的战略决策：跳出北京，面向大海，实行"搬迁调整、一业多地"战略，在河北省临海的迁安县、秦皇岛和渤海湾的曹妃甸岛，建设三座新的钢铁基地。

首钢班子精诚团结如一人，开会像朋友，饭桌上像亲兄弟，干活像疯子，骂人像吃家常便饭，爱首钢像爱孩子，而且个个是在熊熊炉火中锤炼了几十年的钢铁汉子，新的战略构想一经提出，首钢未来雄阔而壮丽的发展蓝图霍然明晰起来。

总经理王青海迅即脱下西装，换上他喜爱的老北京软底布鞋，率领设计、建设、制造、冶炼等各路精英人物，到曹妃甸、迁安、秦皇岛三地进行调研论证，落实首钢"面向大海、再造辉煌"的战略大格局。

那天从秦皇岛首秦公司建筑工地出来，王青海颇动感情地说，咱们到北戴河看看，毛主席在这里写过："秦皇岛外打渔船，一片汪洋都不见，知向谁边？"现在首钢已经闯过"一片汪洋""知向谁边"的迷茫阶段，我们的前进方向和战略定位终于明确下来了，可以大干一场了。

站在波涛万顷的渤海边，面对海天一色、群鸟高翔、"大风起兮云飞扬"的壮丽景色，那一刻，性情沉稳的王青海突然冒出一句豪言："让渤海变成地中海！"

他讲的还是很聪明很谨慎很适度，没说是谁的地中海，更没说是"首钢的地中海"。

王青海，身材高大，肤色黝黑，戴一副近视镜。他在首钢经历了周冠五时代、毕群时代、罗冰生时代和朱继民时代，今年51岁，堪称年轻的"四朝元老"。首钢历史波澜壮阔、跌宕起伏，他又是从战火中走过来的军人的后代，把出生入死当好玩，完全不习惯守着家业小打小闹算小钱过小日子。想大事、冒大险、发大火、干大事情，才是他的生命本色。

这是有来由的。

2

估计王青海小时候，军人出身的老父亲铁巴掌没少拍他。

1958年，中国"大跃进"，父亲也"大跃进"，有了家里的老疙瘩、大胖小子王青海。

爷爷那辈儿是山东省文登县的农民，扛活出身，奶奶是小脚，生有两个儿子。最小的儿子两岁时，爷爷因病去世了，自此守寡的年轻奶奶移动着一双小脚，忙地里忙家里忙孩子，风里雨里，早起晚睡，含辛茹苦，一直把儿子带大，然后又带孙子辈儿的王青海他们。王青海这辈儿有了孩子，四代同堂，奶奶又帮着带重孙子辈儿的小崽子们。24岁就守了寡的奶奶大字不识，但性格坚强，胸襟宽阔，仗义疏财，为人和善，一辈子有好东西先想着别人，有好吃的先给孩子，自己清汤寡水过了一辈子。解放后奶奶跟儿子搬进青岛市，困难年代，凡是山东文登老家来了穷乡亲，奶奶总是毫无保留地把家里好吃的端出来招待乡亲，走时再尽可能大包小裹地给乡亲们准备些礼物带回去。

王青海说，天下婆媳关系最难处，我们家却过得和和美美，关键在于我们这些晚辈儿，我们是奶奶一手带大的，奶奶的为人我们看得清清楚楚，家里每有分歧争执，我们宁可挨老爸老妈的巴掌，永远坚定地站在奶奶一边。

1985年，奶奶去世了。王青海说，奶奶是一个伟大的典型的中国优秀女性，她的言传身教，影响了我的一生。说到这儿，他的声音暗哑下来，沉默良久。奶奶去世已经近二十年了，一提到奶奶，他依然难免热泪盈眶。

3

1945年春，父亲和叔叔一起当了八路军，赶上抗日战争的尾巴。训练打仗没几个月，兄弟两个天天睡不着觉，想家里的娘，为抗日救亡，咱们出来打鬼子是对的，可把守寡的小脚娘扔在家里谁照顾啊？一提娘，两人就泪流满面。父亲是老大，AB血型，脾气又特又横，一顿臭骂硬是让弟弟退了伍，回老家照顾娘。真是阴差阳错，父亲没上过学，两眼一抹黑，在部队上扫了几年盲，算是能勉强看看书读读报了。而叔叔是上过私塾的，后来在生产大队当了会计，足见文化数学什么的是有功底的。王青海笑着说，父亲不讲理，硬把叔叔撵回家，结果叔叔在乡间当了一辈子农民，要是留在部队上，官升得肯定比我老爸还快还大，后来叔叔没少埋怨我老爸。

抗美援朝打响，斯大林送给中国四艘驱逐舰，中国就此组建了海军。父亲进了北海舰队最好的203号战舰，一不怕苦二不怕死，生龙活虎一直干到政委一级。1972年，父亲奉命调入北京，全家也跟到北京。父亲文化不高，但脑瓜灵，好学，动手能力超强，就靠向别人问问学学，再翻翻工具书，竟然搞了一身娴熟的木匠本事和裁缝本事。八十年代，父亲特意买了一架缝纫机和一套木匠工具，看着一员能征惯战的虎将伏身在缝纫机前哗哗蹬踏着做衣服，那镜头一定很有意思。1984年王青海结婚，老爸给他打了一套沙发，给新入门的儿媳妇做了一套呢子大衣，还给王青海做了一套半衬西服，手艺相当了得，把邻居和战友们惊翻了。

解甲归田之后，老人住在海军香山干休所，过上吟花弄草的休闲日子，还在院子里种了几棵柿子树。入秋，黄澄澄的柿子熟了，七十多岁的老人爬到树上摘柿子，一不小心从树上摔下来，他起身拍拍身上的土一笑，啥事儿没有，身体倍棒！有时还约上几位老战友，骑着那年代很有名的金鹿牌自行车，跑到老远的地方去钓鱼，迄今日子过得欢着呢。

晚年，老人的脾气好多了，可有一样不能碰，那就是绝对不许儿孙们说中国不好，说共产党、社会主义不好。逢年过节，儿孙们都集到老人家里，饭桌上聊天，有时会说到社会风气了，腐败现象了，整治不严了，老人一怒之下能把桌子掀了，把儿孙们赶出门，吓得小孙子们哇哇哭。这事发生过好几次。后来大家上门看老人，一律成了"歌德派"，老人也眉开眼笑了。

老人生于1927年九月，农历记不清了，于是一辈子就把八一建军节当成自己的生日，年年过得热热闹闹，红红火火——其实是为自己无比热爱的军队。

典型的爱国志士，过去就叫忠臣。

4

王青海不愧将门虎子，身高一米八以上，往那儿一站威风凛凛。如果不是工作场合或外事场合需要，他在首钢总是穿着一双黑帮白边千层底的布鞋，老北京人的习惯。

王青海从奶奶那里继承了一副热血柔肠，从老爸那里继承了一副铮铮铁骨。

在中学和大学相当长的一段时间，王青海是稀里胡涂混过来的，球类运动和看闲书是他唯一的喜好，大学八点上课，他常常十点才揉着惺忪的眼睛出现在课堂上。每到考试前，他才临时抱佛脚，"突击大会战"。

其实，王青海并不是一个玩主。初高中时代就显现出很强的思维能力和组织能力，学校让他当了校团委书记。但高二时发生的一件事情，让他对"政治进步"完全失去了兴趣。有一天，老师找他谈话，先是热情洋溢地对他在学校的表现、学习和工作能力大加肯定，夸得青海几乎合不上嘴了，然后老师又建议他写入党申请书，这让王青海更为振奋，恨不得立马飞跑回家，把特大喜讯告诉奶奶和爹妈。谈到末了，老师突然话题一转，提出一个条件，就是毕业后去延安插队。

兜头一盆冷水浇下来！王青海傻了，而且很搓火。原来老师前面讲的那些鼓励话、漂亮话都是铺垫，核心是以给个党票为条件，让他带头去延安插队。我够不够入党条件，是以我在学校中的表现为考察标准的，不是说我承诺以后一定在战场上光荣牺牲，死不了也故意找死，才让我入党。非让我当个插队典型、宣传工具，这不是玩虚的吗！入党是挺神圣挺光彩的事情，老师的一席话一下子把光彩的包装撕开了，里面装的原来是一种丑恶的东西，一种赤裸裸的"政治交换"！

青海的哥哥、姐姐已经下乡了，他是家里的老三，他不想离开奶奶和爸妈。尤其，他憎恶这种交换。青海跟老爸一样，是宁折不弯的倔脾气，他霍然起身，斩钉截铁地告诉老师，我不去延安插队，党也不入。然后，门砰的一响，他走了。

下学期开学了，青海向老师宣布，他决定退出学生会，不干了，从此青海在学校的政治生活中成了"逍遥派"，天天在球场上疯玩，晒得跟黑猴一样，曾经的团委书记就这样变成彻底的玩主。他以另类的方式在跟丑恶的政治对抗。

有两个同学答应了学校的条件，入了党，成了学校隆重推出的"先进典型"，到处搞演讲、做报告、表决心，一时间红得发紫。结果毕业后两个人脚板下抹油一走了之，都没去延安，等于把学校耍了，还白拣了个党员。

王青海会玩各种球类运动，但不会玩这套。

1978年，恢复高考的第二年，整天在篮球场、足球场上混日子的王青海，距离高校录取分数线只差几分落榜，被分配到首汽公司学习驾驶技术，将来当司机。那时北京市市长是林乎加，一位民望很高的老革命家。正值拨乱反正、改革开放之初，北京有多少大事要他操心啊，他却想到一件极为特殊的事情，并且办了一件空前绝后的事情。

凭此一事，他就是伟人。

林乎加想，"文革"中正规化的学校教育撂荒了整整十年，现今国家恢复高考刚刚进入第二年，许多学生在校学习期间正值"文革"混乱时期，教学秩序和教学质量也不好，学生对恢复高考显然准备不足，因此那些只差几分的"高考漏子"实际上都是好学生，都是可贵的苗子。他要有关部门统计了一下，全北京大概有一万多名"高考漏子"。林乎加觉得，改革开放刚刚开始，国家百废待兴，未来的现代化建设急需大批青年人才，这一万多名"大学漏子"应当再给他们一次深造机会。于是林乎加下令，动员北京市各院校创办分校，或与大企业厂矿联办，把符合条件的"大学漏子"们全部送进去。

这真是具有战略眼光的伟大创举！

20岁的"高考漏子"王青海被林乎加拣回去了——他考取了北京钢铁学院二分院，即现在的北京科技大学分院。

5

那时的青海依然对政治一片灰心丧气，更谈不上什么报效祖国、远大理想，"手握方向盘"当年可是叫人眼红的职业，能拉着女友到处显摆，能顺便搞点外快，能运点私货，休假时能拉着奶奶到处逛逛，蛮不错吗！

接到北京钢铁学院的录取通知书，王青海有点犹豫，是继续学开车还是上大学?

一天，他和师傅们进澡堂子洗澡，脱得光溜溜泡在混汤热水池子里，十分的惬意。蒸腾的热气中，大家聊起王青海考上大学的事，青海说，他不想去，还想学开车。一位老师傅说了一句让他记一辈子的、特有工人特色的大实话："学开车，你一辈子顶多就是个开车的，上大学读书，你说不定将来就是个坐车的！"

一句大真理，让王青海如醍醐灌顶，茅塞顿开！

王青海说，那时年轻，好玩，不懂事，政治上也消沉了，师傅的一句话把我震醒了，师傅的话虽然是从个人发展角度讲的，但从积极方面说，就是年轻人不要只想过"小家家"日子，应当有远大理想、远大志向，将来应该大有作为。

1983年，25岁的青海大学毕业了。这时长于思考的他对自己已经有了较为清醒和准确的认识，他好玩好动，总能组织一帮哥们儿搞活动，对那些高深的技术理论，他不大感兴趣，将来枯坐板凳搞技术搞学问，肯定不适合自己。没办法，还是下基层下车间，干点实在的力气活。青海找到管分配的人事干部，要求下基层到车间。

这位姓李的人事干部惊讶得把眼睛瞪得老大，瞅着王青海，好像他是外星人。李干部说，全校八百多毕业生，凡是找他来的都要求进机关、进科室、进研究部门，主动来要求下基层下车间的，青海是"蝎子巴巴独一份"。

李干部很高兴，很赏识王青海的选择。他大度地表态说，首钢范围你随便挑，想去哪个厂我都答应你！

那时首钢在周冠五领导下，"承包制"搞得热火朝天，钢铁产量节节攀升，但有一个"瓶颈"关口就是初轧厂。钢水多了，钢锭就多，巨大的钢锭必须经过初轧厂开坯、变小，才能进入下游加工变成钢材（后来世界上的炼钢轧钢技术工艺大为进步，钢水从转炉出来可以直接进入连铸，因此"初轧"这道工艺已经废弃）。当时全首钢热气腾腾创高产，初轧厂加工能力跟不上，初轧厂院子里钢锭堆得像第二座石景山，工人们累得屁滚尿流，干出了当时的中国和世界的初轧纪录。前来参观的老外啧啧惊叹，称首钢的初轧机是"世界上最快的轧机"。

但初轧仍然是首钢发展的瓶颈。

王青海穿上蓝工装，开始是"混入"、后来是融入"工人阶级队伍"了。他学会了"他妈的"、抽烟、蹲墙根侃大山、一身汗泥满街横晃，更学会了出大力流大汗，和工人们称兄道弟。

三年后，即1987年，王青海升任生产科科长，时年29岁。青海说，这三年在初轧厂吃大苦流大汗的经历和经验让他一生受用无穷，也是他走上领导岗位的第一块基石。这三年让他真正了解了产业工人，懂得了工人的爱憎、情怀、语言和习性，也让他在后来做出各种决策时总想到工人会怎么看，凡事要站在工人立场上想一想。跟工人们来粗的硬的横的，工人谁怕谁？不吃这一套。来文的软的，用书生气的办法管工人，工人更瞧不上眼，不拿你当盘菜。管理工人有一套独特的办法和艺术，必须通过和工人们朝夕相处、摸爬滚打在一起，交成哥们儿朋友才能悟出来。

脱离实际的知识分子一旦到了基层很容易露出马脚来。

青海讲了个笑话：一位刚毕业的大学生到了首钢，见载重60吨的车皮拉来平铺在厢底的一层钢锭，说这多浪费啊，怎么不装满啊？工人们哄笑不止，这个大学生没法干了。

知识分子最怕遭到工人的哄笑。"座山雕"三笑就要杀人，工人一笑你就完了。

6

青海升任生产科长不久，周冠五根据首钢未来发展和人才储备需要，提出一个非凡的建议：要求在位的首钢中高级领导干部，每人选拔一个年轻的接班人，带在身边亲自训练、重点培养——中国空前的一大创举！

时任首钢总经理助理的一位领导，选中崭露头角的王青海。青海被调到首钢生产部任部长助理。

周冠五又一个创举跟着来了：经他提议和亲自操办，首钢成立了一所"卢沟工校"——因地处卢沟桥而得名，该校明确以培训首钢青年干部和接班人为宗旨，教学大纲、课程内容、授课老师、学员名单等，都是周冠五出思想、出方案、出题目，亲自把关圈定的。他本人以及请来的国家有关方面专家，首钢领导和各路诸侯都出面授课。这实际上是"扩大思想解放成果、传播当代先进科学技术、学习企业现代管理"的高级学习班，可惜工校只办了两三期，后来因时局变化，工校渐渐散伙了。第一期学员集中了首钢青年精英108人，号称"一百单八将"，许多学员都是定向培训，按各厂矿领导班子搭配的。毕业后只要一声令下，几个学员就可以全面接管一个厂矿。这批学员脱产学习了9个月，毕业后百分之八十的人直接提升为处级干部，现任首钢党委副书记霍光来是"卢沟工校"一期学员，副总经理王毅是二期学员。时至今日，凡是参加过那期培训班的人，都被称为首钢"黄埔一期"学生，而且大都走上重要领导岗位。

王青海当然必须参加了——他不仅参加了，出人意料的是，刚刚29岁的他不是以学员身份参加培训的，而是鲤鱼跳龙门，直接就任"首钢卢沟工校教长"！

1992年5月，王青海出任专家办公室主任。多年来蓝工装一直不离身的王青海，终于换上笔挺的西装革履，第一次同洋鬼子们侃侃而谈，第一次用上自己绊绊磕磕的英语，第一次不是同小哥们儿泡在胡同小饭铺里胡吃海喝一醉方休，而是坐到首钢红楼迎宾馆灯红酒绿的宴席上同老外频频举杯，第一次学着搞协议、签合同，第一次实现了当年他那位老师傅的预言：坐车而不是开车了……

历史再次显示出周冠五的战略意识和超前目光。那时苏联刚刚解体，全世界都在惊呼"克林姆林宫的红星熄灭了"，"国际共产主义运动瓦解了"，举国上下目瞪口呆，党内诸多"左派"和高层人士重新大讲"卫星上天、红旗落地"的阶级斗争理论，并对改革开放政策大加挞伐，可这时，周冠五却坚持"发展是硬道理"不动摇，叮嘱王青海说："苏联解体了，他们有一大批世界水平的专家，现在没用场了，大概也没人管饭了，要千方百计把他们挖到首钢来。"

王青海施展浑身解数，一下子引进124位前苏联专家，一时间首钢各厂矿到处响彻"哈拉少"（俄语："好"）。

前苏联专家可比西方发达国家的专家便宜多了，如果西方人月报酬是3000美金，前苏联专家就是3000人民币，这些老毛子还对"中国同志"在他们处于艰难窘境之际出手救援感动得要命。

在青海引进的前苏联专家中，还包括一个国家级足球教练谢尔盖，后来他当了首钢足球队总教头，是中国体育界引进的第一个外籍教练，开了中国体育史的先河。

这件事是周冠五提出干的，王青海具体办的。

7

青海记得很清楚，那天就在陪老毛子谢尔盖吃饭的当口儿，组织部突然来了电话，要王青海赶快到部里谈话——上头决定调他到生产处当副处长，主管炼铁和进料。

王青海慰问一线职工

青海大吃一惊，他现任专家办公室主任，正处级，去生产处当副处长，这不是降级使用吗？他心惊肉跳地反省自己，是不是什么地方什么事情做错了，把周老爷子惹毛了？

后来他才知道内情，首钢党委原准备提拔他当总经理助理，可周冠五一看简历，觉得青海还缺少炼铁方面的知识和经验。

炼铁是首钢"第一要冲",炉前工是工业化时代第一道"门坎儿",不懂炼铁是万万不行的。于是周冠五决定要他到生产处管管炼铁业务,锻炼锻炼。

那以后,人们很少能在生产处的办公室找到王青海,他重新换上蓝工装,跟着炼铁工人三班倒,工人身上有多少汗多少灰,他身上就有多少汗多少灰,凝结的汗碱同样能让厚工装铁板似的站着。他真心实意跟工人泡在一起,从首钢工人的大嗓门里,他能听到钢铁的声音,火焰的声音,热血肝胆的声音,那才是首钢的伟大脉动。

很快,王青海升任首钢下属的北钢公司副总经理。

应当说,到这一步,王青海在首钢各个领域、各个方面操练得差不多了,知识准备、经验准备、能力准备都到了基本成熟的境界。没想到,1995年春首钢突然改朝换代,周冠五离休,毕群上台。更没想到,不久王青海的职级直线下降,被派到中厚板厂当厂长。他嘴上没说,可心里觉得,这肯定是中国官场上"一朝天子一朝臣"的潜规则起了作用。

没办法,谁叫"咱是党的一块坯,东西南北任党踢",党叫干啥就干啥吧。政治经验、生产经验、企业管理等等都已经相当丰富的王青海不再是个乱讲话、闹个性的毛头小伙子了,他毫无怨言,默默在自己的工作岗位上努力着。

三年后,即1998年,王青海升任首钢总经理助理兼任首钢总调度长,后又升为首钢副总经理。这时候他才知道,毕群初到首钢时,听人介绍了后备干部王青海的情况并看了他的简历。毕群说,在首钢这个大国企,他还缺少当厂长、独立主持和管理一方面生产的经验,给他找个厂,让他当一段厂长吧。青海听到这段内情,深为感动。

2001年,罗冰生主政,王青海进入首钢党委常委班子,成为核心领导成员之一。

2003年5月22日,由王歧山签署的任命书下达,45岁的王青海出任首钢集团总经理。

一个曾经对政治进步灰心丧气的青年,一个玩主,一个"大学漏子",就这样一步步成长为首钢巨头之一。

回顾自己的成长史,王青海说,除了我个人努力,我一生深深感谢许多老领导、老同志,是他们代表党组织,一步步精心培养了我。

中国共产党确实是一个伟大的、有长远目光和历史责任感、有战略意识和雄阔襟怀的大党。

2004年,朱继民、王青海和首钢领导者们为首钢"面向大海、再造辉煌"的新世纪伟业,为了"让渤海变成地中海",开始了光荣而又艰苦卓绝的奋斗。

三、发现曹妃甸：美女与和尚的美丽传奇

——首钢与唐钢联姻的一枚"蓝宝石钻戒"

1

曾经一片荒芜、渺无人迹的孤岛曹妃甸，如今已经成为渤海湾一颗耀眼的明珠。

曹妃甸距河北省唐海县最近的南堡镇 19 公里，落潮时面积 22 平方公里，涨潮时 16 平方公里。关于"曹妃甸"一名的来历，当地有两种传说。一个版本是：贞观十九年（公元 645 年），唐太宗李世民率大军东征"高丽"，随军侍驾有一个后宫贵妃名叫曹娴，她出身大家闺秀，博览诗书，据说是汉代名相曹参的后裔，长得花容月貌，娇媚可人，肯定比《满城尽戴黄金甲》的巩俐漂亮百倍。自李世民的"贤内助"长孙皇后病逝后，曹娴深得李世民宠爱，南征北战一直带在身边。曹娴脑瓜机灵，才貌双全，还懂点孙子兵法什么的，大仗之前、卧榻之侧有时吹吹枕边风，妙计百出，一路协助唐太宗打了不少胜仗。远征高丽，得胜凯旋，大军回到河北唐山一带，时值初冬，气温骤降，大雪飘飘，天寒地冻，很多将士病倒了。唐太宗到军营中慰问将士，轻衣薄裳的曹妃也跟在身边，不幸美人偶感风寒，数日后香消玉殒，病故于军帐之中。李世民大悲，下旨命人为爱姬曹妃找一块"远避世俗，不得惊扰"的净土宝地。随从很快找到这个距陆岸十九公里的海上沙洲，不久，岛上建起一座富丽堂皇的三重大殿，唐太宗将曹妃厚葬于此并赐名"曹妃殿"以为纪念，后来民间渐渐传成了"曹妃甸"。

另一个版本是：唐太宗东征高丽率军到此，不少将士不习水土，纷纷病倒，兵员大减。正当皇上忧心重重、无计可施之际，那天军帐中来了一位貌若天仙的渔家姑娘，自称曹娴，她说奉老父之命，特来献上祖传秘方，只要熬成汤水，一日三碗，将士之疾立解。果然，药到病除。唐太宗大喜，又见这个小女子亮丽非凡，娇媚可人，于是下旨将曹氏收入后宫，赐号"曹妃"，并为她在家乡小岛上兴建了一座宫殿以资奖掖。曹妃此后随驾一路东征，征服高丽之后，又一路打到现黑龙江省境内的渤海国（牡丹江一带），随后跟着去了京城长安，不知所终。

浪漫的首钢人选择了后一种传说，特别在他们兴建的曹妃甸"渤海国际会议中心"大堂立起一座神采奕奕、花容月貌的曹妃雕像，旁边立碑铭文作了如上说明。

历经岁月沧桑，传说中的曹妃殿早已灰飞烟灭，踪迹全无，不过唐山一带

有关曹妃的民间故事可以收集几大箩筐，足够拍一部电视连续剧了。尽管我怀疑这都是子虚乌有、空穴来风的民间故事，因为河北省和首钢联合对曹妃甸进行开发之后，挖地数米或十数米，也没见一块有来历的碎砖断瓦。但我宁愿信其有，我前后到曹妃甸走了三次，在岛上日夜奋战的大都是汗巴流水儿的钢铁汉子，身边有个传说中的美女曹妃陪伴，也算一道让光棍们儿做做美梦的别样风景。

京唐钢铁大厂落成之际，路上我遇见两位青工，一个叫单文宽，一个叫冯国箭，都是保定电力职业技术学校的毕业生。我问他们在岛上生活什么感觉？单文宽脱口而出："就是憋得慌！"

他们说，其实公司把青工生活搞得很好很现代了，伙食好，宿舍好，文娱体育设施要啥有啥，业余生活丰富多彩，厂区也像个大花园，但还是"憋得慌"——这是没办法的事情，岛上毕竟没有流光溢彩的王府井，也没有风花雪月的什刹海酒吧街，更没有成群结队的美眉招摇过市——小伙子们找对象有点难。

唐山市市委书记赵勇是共青团干部出身，极富想象力，做事富有激情，演讲口若悬河，在一次干部会上，他讲了一则关于"唐山"地名的来历和趣闻，不知是不是他瞎编的。他先问大家，唐山市区地处平原，境内无山，为什么叫唐山？然后他自问自答说，当年唐太宗东征高丽打了胜仗，得胜凯旋，有一天路过这一带，他骑在马上眺望着自己的壮美河山，得意非凡地把手一挥，指着大片疆土说："从今以后，这都是我大唐江山了！"后来人们就把这一带简称为"唐山"。

全场哗然，大笑不止。

关于美人的传说是可疑的，关于和尚的传说倒是真的。

2

曹妃甸南端水深三十多米，是进出天津新港的主航道，因海上风急浪高，尤其夜航时不辨方向，入港商船渔船常有海难发生。清王朝道光年间，一位年轻渔民郭醇成随家人和村民出海打渔，归途遭遇风暴，全船只有他幸免于难。由此他剃度出家，法名"法本"，发誓要在曹妃甸建一座导航灯，为归航的渔船指导回家的方向。法本和尚托钵云游四方，到处募捐，历经数年，终于建起一座简陋的灯楼，白天摇旗，入夜燃灯。但是，那个年代只有燃油灯可用，遇有风暴，风雨飘摇的灯楼火灭灯熄，海难仍然难以避免。不久，法本和尚听说天津道台衙门府有一盏遇风不熄、日夜长明的水晶灯，便前往求捐，吝啬的道台大人一口回绝。法本和尚矢志不移，连夜把求捐之意写在一块白布上，第二天他赶到衙门口，把白布铺在地上，然后把蘸了油的棉花缠在小拇指上，点燃之后，他盘腿打坐，诵经念佛。眼见火焰已经燃去半个小拇指，法本和尚依然面不改色，纹丝不动，声若朗钟。一时间观者如堵，民怨沸腾，不少人掩面而泣，市民们纷纷谴责道台大人不仁不义，铁石心肠，太吝啬。衙役急急把情况报进府中，道台大人只好把水晶灯忍痛捐出。

不过，这个水晶灯到底是个什么东西，我一直没想明白，估计也是来自民间的丰富想象力吧。

此后随着社会演进，曹妃甸导航灯不断更新。1998年，唐山市建起一座现代化的圆塔型太阳能导航灯塔，塔顶开有观察周围海域情况的窗口，塔周设有工作平台，塔内有休息室。这座灯塔成为曹妃甸地标性建筑，上岛游人常到塔前摄影留念。

3

沧海茫茫，云卷云舒，曹妃甸一直被滔滔不息的大海潮汐遮蔽着，过着与世隔绝的孤岛日子。旱天风起，黄沙弥空，雨暴袭来，巨浪拍天，严冬一到，厚厚的海冰一直绵延到近二十公里之外的唐海县陆岸。

有传闻说，孙中山早在1917年编撰他的《建国方略》时就发现了曹妃甸是理想的深水大港，并写进他的宏大设想里。我一直对此抱有怀疑。孙中山早年奔走革命，晚年忙于应付军阀混乱，他本人不曾来过曹妃甸，上世纪二十年代末，国民政府才派人登岛做了简单观测，这位国父怎么会知道曹妃甸是天然的深水港？仔细一查，才知道这个传闻是不准确的，孙中山为北方大港所选的位置在乐亭县南部沿海的胡林湾一带，距唐海县的曹妃甸还有五十公里之遥。《建国方略》所绘制的简图上，曹妃甸不过是作为北方大港附近一个岛名被标识出来的。

真正发现曹妃甸价值的，当归改革开放的新时代，当归雄心勃勃的交通部和河北省。

曹妃甸从最初建设"兰宝港"的设想，最终成为首钢易地发展的首选之地，创意之功当归周冠五。

1985年，即国家宣布开放十四个沿海城市的第二年，交通部考虑到改革开放和国家发展需要，决定会同地方政府，对我国海岸线具有港口建设前景的地方进行一次全面普查。正是这次普查，发现这个不起眼的曹妃甸竟然是深水大港的天赐宝岛，它前伸500米处，水深达26米。再往前伸，水深28米，最深处达30米以上。相关报告中说，"曹妃甸水深条件好，30米以上水深的水域面积，长13公里，宽4公里，其余水域水深都在20米以上。""在岛的南端及西南侧，可开发利用岸线约15公里，可建5万吨至10万吨级或更大泊位深水码头。"报告同时指出，"曹妃甸港址无掩护条件，风浪较大，无陆域，建港条件全靠吹填，且土源缺乏。""因港址处在沙岛上，交通、施工及管理都不便。"

当时国力有限，陆域经济忙得正欢，外向型经济刚刚起步，港口需要还不那么迫切，来自大唐王朝的美女"曹妃"只好继续藏在海天之间，"待字闺中，

咱们工人 铁血记忆·首钢九十年

独守空房"了。

1992年，首钢一举买下储藏量达 16 亿吨的秘鲁铁矿。心中一直轰响着"做天下主人，创世界第一"口号的周冠五，做事情出手不仅是大动作，而且万事不求人，什么都想自己干。买下秘鲁矿山之后，首先要解决的一个大问题就是，20 万吨级以上的远洋货轮把秘鲁铁矿运抵中国海岸以后，从哪个港口运过来？

当然陆路最近的地方最好。

周冠五说，我们找个就近的地方，只要条件具备，首钢自己动手建个大港口。

党委副书记杜如明奉命带队沿海岸线考察探访，寻找最佳港址。那时首钢在全国威名赫赫，所到之处，都受到当地政府的欢迎和支持。从北到南，几个可能的地方看了一遍，距北京仅二百多公里的渤海湾曹妃甸，自然成了首选之地。回去向周冠五汇报考察结果，周冠五大为振奋，建设深水大港的宏伟理想立时把他激动得浑身热血沸腾——打仗出身的人都愿意打大战役么。

"咱们得给这个大港起个好听的名字，"周冠五问考察团的人，"曹妃甸距离陆地最近的地方叫什么？"

有人答："唐海县南堡镇。"

此人把"堡"（拼音为"pu"）读成"保"。

周冠五来了幽默感，他说，什么"男宝"，多难听！

他想了想说，起个谐音名字，就叫蓝宝港吧。蓝宝石是宝石里顶尖的宝贝，这个名字才是最美的。

当时记录的人也有笔误，把"蓝"字习惯性地写成"兰"。兰宝港就这样以讹传讹，一直叫下来。

不过后来曹妃甸开发建设搞起来以后，并没有采用这个名字。

周冠五一锤定音，建设兰宝港在首钢正式立项。1993年，首钢地质勘察院担负起了先期勘探任务。那年 10 月 3 日，首钢地质勘查院助理韩秀清、队长靳会文、副队长顾运来等人租了一条渔船，穿过层层海浪向荒无人烟的曹妃甸岛进发。临近岛岸，他们站在齐腰深的海水里，把几百斤重的油桶推滚上岸，十几吨重的勘探物资设备靠人抬肩扛卸到岸上，再搬运到施工现场。在一无海上施工经验、二无海上施工设备、三无海上施工条件的情况下，他们搭起帐篷，又将高高的钻机立在岛上。从 11 月 4 日开钻到 12 月 8 日停钻，这支勘探队历经险难，用坚忍不拔的毅力，为后来开发建设曹妃甸提供了权威的勘察资料，从而揭开了首钢人开发曹妃甸的序幕。

首钢设计院院长何巍说，那时设计院忙得热火朝天，昼夜兼程，人困马乏，论证和设计兰宝港建设就是他们忙碌的大项目之一。

4

周冠五离休之后，接任首钢党委书记的毕群和总经理罗冰生曾专程到唐山拜会了市委市政府负责人，双方一致认为，在曹妃甸建个深水大港是"双赢"的大好事，决定联合开发建设曹妃甸。1995 年 10 月，双方在人民大会堂签署了相关协议，仪式相当热闹隆重，媒体纷纷报道，好像万人大会战明天就会在曹妃甸轰轰烈烈展开了。

名不见经传的小小荒岛曹妃甸，自此渐渐引起国人的关注。

但是，冷静下来仔细一算账，马上启动曹妃甸的大开发大建设，似乎有点过于"乌托邦"了。一是国力有限，双方财力更有限，巨额投资到哪里去找？最重要的是，当时京津冀钢铁生产能力还不是很高，对海外铁矿石的需求不是很急迫，再加上北方几个著名大港如大连、天津都在努力扩大港口规模和吞吐量，曹妃甸新港建设不仅投资过大，承受不起，其紧迫性也不是很足，因此国家有关部门迟迟没有为曹妃甸开发建设开绿灯。

"曹妃新嫁"的历史时机尚未到来。

此后，毕群忙于"整肃队伍，坚壁清野"，罗冰生忙于"非钢产业，转向突围"，建设齐鲁大厂、曹妃甸大港、汽车大厂、首钢大学等诸多宏大项目自然付诸东流，不了了之。

对曹妃甸的开发建设，首钢难以倾力相向，积极性似乎不是很高了。

一直高举"发展是硬道理"大旗的河北省和唐山市却心急如火，期望赶快把曹妃甸大港建设起来，那毕竟是通向大世界的横天长虹，有了这个深水大港，被山东半岛和辽东半岛夹在里面的渤海才真正与太平洋结为一体，河北才有了一扇可以向世界敞开胸怀、可以迎八面来风的大门！

时任河北省委书记的白克明曾经说，很奇怪，河北实际是个沿海大省，许多年来却对大海熟视无睹，一直把自己视为内陆省份，一直在自己的一亩三分地上"过家家"。现在，我们要通过大海把河北和世界联系起来。

他把曹妃甸开发建设定为"河北省一号工程"。

燕赵多慷慨悲歌之士，河北人一直不死心，一直人不歇脚、马不解鞍，为开发建设曹妃甸奔走呼号。

来自大唐帝国的美女曹妃整整苦等了一千三百多年，曹妃殿已然风化成沙，她依然寂寂守着灯塔张望着远方来客。从 1992 年到 2002 年，河北人整整喊了十年，嗓子都哑了，曹妃甸依然还是水天茫茫，风吹草低，黄沙一片，只有纷飞的海鸟在上面成群起落，发出嘎嘎的鸣叫，还有渔舟唱晚、渔姑织网的一道风景线，远近横在残阳如血的霞光里。

5

2003 年 2 月 2 日，大年初二，正是春节长假期间，朱继民风风火火赶到迁安矿区，考察调研建设 200 万吨钢铁生产基地的可行性问题。

他的结论是：刻不容缓，势在必行！何况河北方面已决定给予大力支持，这无疑是首钢重振雄风、寻找突围之路的重要契机。

动作极为迅速。3 月 25 日，迁安矿区举行 200 万吨钢铁基地的开工仪式。朱继民前往参加，河北省委书记白克明、唐山市长张和等地方负责人也到了。时值非典疫情袭来，仪式布置得简单而庄严，各方面领导人在迁安的荒山坡上挖开第一锹土，朱继民说，首钢面对北京限产压产的巨大压力，这一锹土对首钢人来说意义重大、命运攸关啊。我们能在迁安另谋出路和发展空间，十分感谢河北方面的大力支持。

白克明说，还有个曹妃甸呢，希望我们能继续推进以前的协议，把曹妃甸的开发建设重新搞起来。

2003 年 5 月，非典疫情刚过，应河北省方面盛情邀请，朱继民和副总经理徐凝带上五十多人的浩荡队伍，第二次登上曹妃甸考察。此前的 2000 年，朱继民作为刚刚履任的总经理，和党委书记罗冰生曾来过曹妃甸，就建设深水大港进行考察。那以后，因主客观条件尚不完备，这件事就撂下了。

这是朱继民第二次登岛。

苦等了一千多年的曹妃大概有点不高兴了，那天时而天朗气清，丽日高照，时而狂风大作，扬尘弥天。

陪同前来的河北和唐山人士详细介绍了曹妃甸作为优良的天然深水大港的种种地理和岸线结构优势，朱继民和徐凝赞不绝口，连说曹妃甸是渤海湾深藏的一颗天然珍珠，以前条件不成熟，国家难立项，开发的事情只好从长计议。现在时机已到，首钢在北京受到限产压产的巨大压力，有点活不下去了，必须另寻出路。我们完全可以强强联手，继续履行以前的合作协议，齐心合力把曹妃甸这颗大海明珠"捞出来"，让它大放异彩。

末了他又幽了一默，他把手一挥，指指空阔荒寂的曹妃甸岛说，我们首钢在首都可是"御林军"、"锦衣卫"啊，到这儿就成乡巴佬了，不过我就是乡巴佬出身，如果我们在曹妃甸支起自己的一摊事业，就等于回家了！

"家"——多么温暖多么亲切的一个词儿啊……

那一刻，朱继民和徐凝站在曹妃甸岛南端的深水岸边，脚下激浪汹涌，惊涛拍岸，卷起千堆雪。极目处水天一色，云霞流飞，白帆点点，鸥群高翔，劲风吹得他们的衣襟猎猎作响。朱继民深深吸了几口清新而清冽的空气。

他是"老烟枪"，烟民对清新的空气是相当敏感的。

站在浩瀚无边的大海边，人们总是思潮涌动、遐想万千。"家"的感觉，让朱继民突然萌生出一种莫名的激动，一种朦胧的感觉，一种热切的期望，一种影影绰绰的宏大设想，他的想象力在风驰电掣……

想象力是人类最伟大的品质。朱继民对徐凝说，在大陆上很难找到一块没人占的净土了，这真是一块好地方，首钢完全可以在这里安个家！

徐凝是从首钢成长起来的，几十年摸爬滚打、"两下三上"、流血流汗，砸出个"实干家"的好名声。人们说,他坐在山珍海味前无动于衷,却能从钢铁里闻出香味来。他玩钢铁玩得太熟太轻松了,就像娃娃堆积木。

徐凝大概也想象出一片钢铁大厦面对大海、昂然矗立的壮丽图景。他会意地说,你是说我们在这里,不仅仅要搞一个首钢进出口的大港,而是支个家?

朱继民挥动手臂向下一劈,激情而又果决地说:是,首钢应当在这里搞个家!

世界几乎所有的钢铁大厂,徐凝都参观过。他点点头说,如果北京没有首钢的立足之地了,这里就是我们的新天地,世界上许多大钢铁企业都是临海而建的,吃全世界的矿石,给全世界送钢材,原料和产品在港口直进直出,这就是曹妃甸的最大优势!

骤然间,浩荡天风把层层叠叠的历史记忆向朱继民急速推进:

——周冠五一心要在曹妃甸建设兰宝港,是为了解决首钢原料产品直进直出问题。

——位于秦皇岛的首钢首秦公司,原先只有板材生产线,后来上了钢铁冶炼,是为了解决轧材上游的坯料供给问题。

——此前一个多月,即 2003 年 3 月 25 日,朱继民前往迁安矿区参加了迁安钢铁公司的开工仪式,当初首钢决定在迁安建钢铁厂,是为了解决首钢在北京限产压产、适时转移生产力问题,同时也能就近形成产业链,以节省迁安矿石运往北京的长途运输费用。

前几届领导者的这些构想和决策都是正确的、超前的,但又都是局部的、分散的、常规性的、头痛医头、脚痛医脚的。

毛泽东说过,一张白纸,好画最新最美的图画。面对广阔的大海和一张白纸似的曹妃甸,电光石火之间,朱继民和徐凝,和身边的工作人员激情交谈着,碰撞着,想象着。

集体的智慧火花,让他的脑海里跳出好几个"如果":

——如果首钢离开北京仅仅是量的转移,而不是质的飞升,那只能叫"仓惶逃窜"……

——如果首钢下决心跳出石景山,跳出北京,面对大海,在曹妃甸另建一个现代化、高水平的钢铁大厂……

——如果把迁安钢铁公司、首秦公司的生产能力、管理水平、产品、品种和工艺技术大大地提升和拓展起来,再加上曹妃甸,首钢浴火重生、再造辉煌的新格局就可以形成……

——如果把迁钢和首秦的建设与生产当做试验场和培训基地,通过高技能训练,打造出一支具有现代化素质和水准的钢铁队伍,就可以为建设世界一流、中国领先的曹妃甸钢铁大厂,做好人才和素质准备……

——这就是新世纪新首钢的追求、形象和姿态!

朱继民热血沸腾了。

2004 年 8 月 1 日，在北京新大都饭店召开的"首钢搬迁调整评估会"上，朱继民第一次正式表态——首钢同意搬迁——正是基于这个"面朝大海，春暖花开"的蓝色梦想。

6

十年了，河北人一直急切等待着首钢的行动。

朱继民一表态，河北方面大为惊喜。省委书记白克明雄心勃勃说，有了曹妃甸，河北 GDP 从计划中的翻两番跃升到翻三番都大有希望了。

双方一拍即合，签署了一份意义重大、决定曹妃甸未来也决定首钢未来的"座谈纪要"。河北人说，我们真诚欢迎首钢来曹妃甸落地生根，河北方面会倾全省之力，把曹妃甸的基础工程做好。首钢人说，有河北的大力支持，曹妃甸就是我们的新嫁房了！

曹妃甸开发建设工程迅速提上日程，与河北省半路杀出个程咬金也有重要关系。

这位"程咬金"就是唐山钢铁公司总经理王天义，河北钢铁业有名的猛将。

唐钢的"底子"有点潮，是日本侵略者为掠夺冀东钢铁资源于 1943 年兴建的，光复后收归国有。新中国成立后，唐钢不断扩大生产规模，成为中国十大钢铁基地之一。到 2003 年，唐钢形成了年产 600 万吨的生产能力，并全面构建起"板、棒、线、型、管"的多样化产品格局。但是，颇具战略眼光的王天义已经意识到，随着钢铁业竞争的加剧，唐钢原有的资源优势、地域优势正逐步丧失，而设备老化、技术落后、品种多而不精、长达 20 公里的生产布局导致物流不畅、成本加高等等，都是制约唐钢可持续发展的瓶颈，唯一的出路就是"改造老厂，扩建新厂，为唐钢寻找新的发展空间"。

曹妃甸近在咫尺，王天义也把贪婪而急切的目光投向这片荒岛，投向准备在曹妃甸二次创业的首钢。

他开玩笑说，英雄难过美人关，曹妃甸有个大唐江山的美女曹妃，谁不爱呀！

唐钢与首钢的联合，其实国家早有酝酿。1996 年，国务院总理朱镕基来唐钢视察，在听取了王天义关于新增 500 万吨钢铁生产能力的设想时，他说，我不反对你们上新项目，但唐山有一百多个小钢厂，怎么调整，怎么重组，需要通盘考虑。我认为生产总量不能增长，现在的关键是要重新研究华北地区钢铁产业的布局，我看首先要促进首钢与唐钢的联合。

在友好坦诚的气氛中，王天义与朱继民、唐钢与首钢举行了多次会商。

"那不像是谈判，或者是天下少有的谈判"，几位参加过会商的同志笑着跟我说，"倒像是一群志向远大的五四青年在纵论天下大势"。双方很少谈条件谈利益，谈的最多的是形势与危机：钢铁国企的群雄争霸，钢铁民营的异军突起，全球化时代的挑战和机遇，狗撵兔子似的技术升级换代，世界性的资源紧缺和资源控制……

同舟共济，结成"命运共同体"，既创造一个新首钢，也创造一个新唐钢，共同的忧患意识和紧迫的责任感、使命感，令双方顺利达成协议。

不过，新的联合企业到底起个什么名字，双方原来都有各自的考虑，河北开始主张叫"河北北京钢铁联合有限责任公司"，不过仔细一推敲，把河北放在北京前面确有不妥，那可出大事了，后来又建议改称"京唐钢铁联合有限责任公司"。

但是，首钢人希望还是保留"首钢"这两个字。

首钢已走过八十多年的风雨历程，改革开放以来在全国威名远播，"首钢"不仅是名称，更是民族工业的历史、品牌、文化和精魂。首钢虽然迁离北京，但"首钢"这个名字不能丢。

谁把"首钢"这个名字搞丢了，抹掉了，搞砸了，谁就是历史的罪人。朱继民当初不肯接这个担子，正是出乎这样的心理。

何况，对大量三代同堂、四代同堂的首钢之家来说，对十几万首钢人和几十万首钢家属来说，"首钢"就是他们的情感所系、血脉所系、希望所系、命运所系啊！

为此，朱继民专门致信白克明，表达了首钢人的愿望。河北人就是襟怀开阔大度，他们十分理解首钢人的情感。白克明迅速表态：河北不搞小肚鸡肠，不搞亲亲疏疏，不搞地方保护，"首钢"就是很好的品牌资源嘛，名字就叫"首钢京唐钢铁联合责任有限公司"！

曾培炎副总理为首钢京唐公司揭牌

一锤定音。

首钢和唐钢正式联姻，共同戴上一枚闪闪发光的"蓝宝石钻戒"，它的名字叫"曹妃甸"。

河北方面还同意，京唐公司由首钢控股 51%，唐钢占 49%。

河北人的脑袋绝非 386，他们当然会算大账。京唐公司落户河北，不管叫什么名字，利税大部分要缴纳给地方，何乐而不为！

2005 年 2 月，首钢历史上一个痛并快乐的拐点：国务院终于正面表明态度：正式批准了《关于首钢实施搬迁、结构调整和环境治理的方案》，批复要求，"按照循环经济的理念，结合首钢搬迁和唐山地区钢铁工业调整，在曹妃甸建设一个具有国际先进水平的钢铁企业"。

关于"要首都还是要首钢"，关于"首钢向何处去"——这一纷争多年、引起社会广泛关注的历史性决策，终于拍板定案，尘埃落定。

这标志着曹妃甸开发建设项目也正式立项。

中央电视台新闻联播报道了这一消息。

十几万首钢人感慨万千，心情难以名状。

自此，曹妃甸的名字不胫而走，飞遍全国。这颗珍藏大海亿万斯年的深海明珠，终于浮出水面，即将光耀中国。

苦等千年的大唐美女曹妃，也将一洗岁月风尘，重整花容月貌，期待惊艳人间。

7

河北终于招来首钢这只"不飞则已、一飞冲天"的金凤凰，等于白捡了GDP 的几个百分点，他们意识到，曹妃甸必须尽快栽下"梧桐树"了。

基础工程"三通一平"，即通水通电通路和吹沙填海造地，成为曹妃甸开发建设前期的当务之急。连站脚的地方都没有，谈什么开发建设？

唐山人意识到，迅速搞定曹妃甸的"三通一平"是它经济大发展的"三级跳"和"撑竿跳"。雷厉风行，说干就干，招标工作迅速完成，各类专业施工队伍蜂拥而上。

美丽的曹妃还"藏在深闺无人识"呢，通往她的宫殿闺阁的三通之战很快全面展开。从陆路通到岛上，有 19 公里长的浅滩泄潮区，筑路方式采用专家提出的"构筑引堤，全封闭作业"方案。筑路大军成纵队一字排开，工人们涉水作战。

渤海沸腾了，不是怒涛澎湃，巨浪排空，而是旌旗如云，人浪连天。一年多以后，即 2004 年 7 月，通岛公路全线贯通。

路通了，千军万马就可以呐喊着往曹妃甸上冲了。

吹沙填海造地，是曹妃甸工程的第二大战役。

2004 年 10 月 1 日，由首钢、唐钢和唐山建设投资公司三家组成的唐山曹妃甸钢铁围海造地有限责任公司正式挂牌，出任董事长的是首钢的苑湘涛，总经理是唐钢的杨春华。两人的姓加一起，谐音正好是"鸳鸯"，意味着哥俩是好战友、好同事。两人第一次登岛，望着黄沙一片、荒草凄凄、芦苇丛生的蛮荒景象，不禁倒抽一口冷气。趟着没膝深的芦苇荡走过去，草丛中爬满了晒太阳的褐色螃蟹。它们横着眼睛看着来人，觉得很纳闷——这里是它们的世界，怎么来了一种奇怪的两条腿的"稀有动物"？

首钢京唐钢铁大厂一期用地 12 平方公里，围堤总长近 20 公里，吹填量5468 万立方米，形成陆地标高 4.5 米，要求工期 18 个月。2005 年 1 月 28 日，围海造地有限责任公司举行施工合同签约仪式，长江武汉航通局、天津航道局、上海航通局和中国水利水电局第十三工程局为施工单位。

早春三月，寒潮已去，海冰开始悄悄融化，但陆地仍是冰天雪地，冷风呼啸。四家施工单位利用大风间隙，齐头并进，开始在茫茫海滩中艰难地铺设长长软体排泥管道，进行围堤施工。吹填的四个标段内，庞大的船体呼啸着，黄色的泥沙通过粗大管道直接喷向围海大地，如同条条彩带腾空而起，蔚为壮观，仿佛期待新嫁的曹妃一梦醒来，迎着春风翩翩起舞了。

2006 年年底，12 平方公里的海面填平——这意味着中国版图少了 12 平方公里海域，多了 12 平方公里陆域。

西侧堤全线贯通前夕，全国政协副主席李贵鲜，全国政协副主席、中国工程院院士徐匡迪等一批高层专家学者，顶着炎炎烈日视察了围海造地施工现场。他们兴致勃勃地踏上沧海变桑田的"新大陆"，称赞这是当代精卫填海的壮举。

徐匡迪激情满怀地对建设者们说："上世纪七十年代，世界的钢铁看日本，八九十年代看韩国，二十一世纪就看中国的曹妃甸！我们一定要把它建成中国一流和世界一流，中国由钢铁大国迈向钢铁强国，正是在曹妃甸起步，正在我们勤劳、勇敢的双手上起步！"最后他提高声音激动地说，"同志们，我们这些老专家、老院士就拜托你们啦！拜—托—啦！"

在场的院士们无不激动得老泪纵横，泪水湿润了这片充满梦想的"新大陆"。

8

这是中国北方钢铁业一次声势浩大的"诺曼底登陆"。吹沙填海造地的，平整土地的，运送材料的，铺设管道的，搞建筑设计测量的，风起云涌，汗雨飞天，人欢马叫。

上万人和上千台机械设备把小小的曹妃甸挤了个满满登登。不同的作业队伍紧紧挤在一起，大师傅炒菜做饭时候一不小心就会把大勺伸进别人锅里。

全国各地的农民工闻风而至。

来自河南固始县的工头宋俊看模样不到40岁，脸孔紫黑，一看就是风里雨里走惯了的。我闯进那间叠架着二层铺的破板房时，他正埋头算账呢。宋俊告诉我，他兄弟姐妹八个，他排行老六，和弟弟是双胞胎。家里孩子多，以往吃不饱肚子是常事，"见了粮食就像狼见了羊一样"。改革开放以后，可以出来打工了，近二十年来，他先后去过辽宁、安徽、甘肃、上海、浙江等地，一年收入多时有十多万，少时四五万（旁边有人笑着插话说，别信他的，他肯定打了埋伏）。

我说，我也不跟你借钱，实话实说！

宋俊笑说，真的，经济形势不好的时候，有时一年忙下来还不挣钱呢。

不过，他告诉我，家里已经盖起一幢120平米的小二楼，彩电洗衣机样样有，日子好多了。

他漂泊四方，住了近二十年的窝棚板房，给家里人备了舒适的小二楼，这就是我们的农民工。

我问，村里出来打工的人多吗？

宋俊说，青壮年劳力全出来了！

我问，你们兄弟姐妹都出来了，家里承包的土地怎么办了？

交给别人代种了，以前还要交皇粮，所以我们得付费给代种的人，这几年不用交皇粮了，土地就给别人白种了。

我问，你怎么跑到曹妃甸来的？

宋俊说，我们农民工常年在外打工，很多人成了朋友。什么地方有工程，缺人手，互相之间通个电话，人马就齐了。不过，别看我们埋头干活，我们也挺注意看报纸听新闻的，哪个省哪个地方有大工程，我们知道了，就约好了赶过去。

潮水般涌上曹妃甸的上万民工，就是这样集中起来的。

9

还有一件趣事。通岛筑路大军干了许多日子，唐山市长张和迟迟没搞开工仪式，这有点儿违反常规。有人问他为什么？张和一脸神秘地笑笑，说曹妃甸号称河北省"一号工程"，意义重大，河北史上怎么也得写上一笔，给我个豹子胆我也不敢宣布开工啊，等时机吧。

2003年3月21日，白克明到唐山考察曹妃甸工程。

时机已到。脑瓜灵动的张和立即组织人力临时在唐海县林雀堡拉起横幅，搞了个开工仪式现场。白克明一下车，张和就请他上台宣布开工。

白克明笑着说，你都干上了还让我宣布什么开工，这不是马后炮吗？

张和说，棋书上说"马后炮"是有名的高招，您就上吧。

白克明纵目四望，他不能不为施工现场热火朝天的局面和它所象征的曹妃甸的辉煌未来而内心激动。他快步登上"主席台"，走到麦克风前，背朝"唐山曹妃甸通岛公路工程开工典礼"的大红横幅，面向彩旗飘飘、机声隆隆的工地和广阔的大海，稍稍静了一会儿，然后倾尽全身心的热血激情，高喊了一声："现在，我宣布，曹妃甸通岛公路工程开工！"

　　这一刻，被定格在历史的记忆之中。

第十六章 钢铁御林军的"胜利大逃亡"

- 热泪滚滚的一刻：告别北京

- "复活的军团"："我们也燃着了自己的手指！"

一、热泪滚滚的一刻：告别北京

——“我的一辈子都扔炉子里了！”

历史剪影

2006 年 1 月 1 日，自 1958 年开始实施的《中华人民共和国农业税条例》宣告废止，这是值得中华民族值得铭记的一天，它标志着延续了 2600 年的“交皇粮”的历史终止了。

5 月，举世瞩目的三峡大坝建成。

7 月，青藏铁路全线通车，它是世界上海拔最高、线路最长、施工条件最艰难的高原铁路。

本年度中国钢产量为 41878 万吨，铁产量为 40417 万吨。

1

首钢人不习惯静，在家里看电视也把声音开得老大。发出轰天的雷响那才叫钢铁，一旦静下来，不是事故就是停产。轰鸣是他们的快乐、他们的脉搏、他们的生命乐章。

2008 年 1 月 5 日刘淇亲切看望炼铁厂四高炉干部职工

那一刻，历史突然沉寂下来。

仿佛阳光落地、泪水落地的声音都能听得见。

只有首钢人的心跳与脉动，还有白发苍苍的老工人的啜泣声。

2005 年 6 月 30 日，巍然矗立在石景山下的五号高炉，倾吐出最后一炉铁水，灿烂四射的火花升空绽放之后，又像流星雨一样坠落。当班工人们望着沉寂下来的"老战友"，感慨万千，久久不愿离去。

自此，五号高炉悄然熄火，停产退役。

那是它最后的辉煌与壮丽。

其实它的生命和热血还在，它的力量和梦想还在。它依然雄伟和强壮。只要给它喂足料，给它送上风、电、水，轻轻一按电钮，它就会立刻沸腾起来燃烧起来呼啸起来，敞开阔大的胸怀，为共和国喷涌出热血般炽诚、长河般奔腾的滚滚铁流，它奉献的钢筋铁骨还可以支撑无数的高楼大厦道路桥梁，它创造的金戈铁马、战鹰军舰，依然可以驰骋高翔于疆场和天海之间。

再说一句俗话，它就是一座巨大的印钞机，它流出的一炉炉铁水，就是一叠叠的人民币啊！

但是，它和它的历史必须结束了。它必须"安乐死"。因为北京不需要它了，首钢不需要它了。为首都的蓝天丽日、清水长流和2008奥运会，它选择了死亡。

以此为标志，首钢的"胜利大逃亡"正式拉开序幕。

以此为标志，首钢"面朝大海，春暖花开"的新时代也拉开序幕，五号高炉将成为石景山下一座永久的钢铁纪念碑。

它毕竟是首钢人一手带大的孩子啊！

2

首钢文化的特色之一是非常珍重自己的历史。首钢人知道，他们的血脉和他们的精神魂魄都珍藏于历史之中。

2005年7月8日上午9时30分，首钢为五号高炉举行了告别仪式，许多退休在家的老工人特意赶来，向自己的"孩子"和"老伙计"告别，他们久久凝望着它，深情抚摸着它，个个老泪纵横。

五号高炉是首钢在1958年"超英赶美"时代，在著名的"大包干"三大工程战役中建起来的，当时叫三号高炉。本书前面介绍过，首钢一号高炉是创办人陆宗舆从美国买来的，二号高炉是日本占领期间从日本本土拆过来的。三号高炉是真正意义的"中国制造"，是首钢人亲手养育的"长子"。后来随着首钢事业发展，经过历次大修后改称五号高炉，容积为1036立方米。

47年风雨历程，五号高炉累计产铁2967.5万吨，足够打造三千座巴黎的埃菲尔铁塔或者六万个纽约的自由女神像，而它以朴实、坚强、铮铮作响、风雨斑驳的本体，成为中华民族和首钢人钢铁精神的伟大塑像。

五号炉退役的规格够高，仪式由首钢副总经理刘水洋主持，总经理王青海宣布："首钢炼铁厂五号高炉已于2005年6月30日上午8时正式停产，光荣退役！"

会场一片庄严肃穆，没有掌声。所有与会者都知道，这不是鼓掌的事情。

朱继民发表了动情的讲话，他说：

参加今天的仪式，我的心情十分复杂，既有自豪与激动，也有感慨与依恋。就像五号高炉的职工们说的那样，对这个为首钢发展做出巨大贡献的"老伙计"，怀着难舍难分的深厚感情。五号高炉投产于1959年5月，是新中国成立后首钢建设的第一座大型高炉，老一辈革命家刘少奇、朱德等领导都曾经来这里视察。改革开放以后，首钢对五号高炉进行了数次技术改造，使其工艺水平和生产能力大幅度提高。到停产为止，五号高炉累计产铁近3000万吨，为首钢和北京市的经济发展做出了重要贡献。迄今，五号高炉的设备性能和技术经济指标仍处于国内同级高炉先进行列，具有很强的创效能力和生命力。在这种情况下，为了切实贯彻国务院批准的搬迁调整方案，服从服务于首都经济发展的总体要求和举办2008年奥运会，首钢人以宽广的胸怀，再次做出了无私奉献和巨大牺牲，坚决按计划实施了五号高炉停产。

在此之前，为改善北京市的环境质量，首钢已经先后将特钢公司电炉、第一炼钢厂、初轧厂、冷轧带钢厂全部停产，并陆续停止了铁合金厂11座电炉、重型机械厂3座电炉和2座平炉、焦化厂洗煤工序、特钢白灰窑的生产。在6月20日北京召开的市政府工作会议上，王岐山市长反复强调，首钢为了北京的经济建设和2008年奥运会做出了巨大的贡献和牺牲，我们永远不能忘记他们。这些话使首钢广大职工深受感动，也鞭策着我们更加努力地做好各项工作。五号高炉虽然停下来了，但创新开拓、追求卓越的思想不能丢，"炼优质铁、做优秀人"的企业精神不能丢，今天我们一定要割舍这种难舍难离的感情，今天的舍弃是为了明天的更加美好，我们一定要把多年形成的优良传统和时代精神结合起来，发扬下去！

炼铁厂厂长王自亭深情地说：

五号高炉采用了一大批先进的工艺技术，装配水平到目前为止仍不算落后。目前，国内容积1000立方米以上大型高炉共有57座，像五号高炉这样的高炉在很多地区、很多钢铁企业目前都是骨干高炉。炼铁厂干部、职工看着与自己有47年历史情结、朝夕相处、四季为伴的高炉将不复存在，依依不舍的心情可想而知。很多同志在五号高炉停炉留言簿上写下了自己的肺腑之言。有人说："五高炉永远矗立在我们心中！"有人说："五高炉，我日日夜夜守护着你，永远难忘！"还有人说："老朋友，别了，为了更美好的明天！"在感情难以割舍的同时，广大职工深知，首钢牺牲企业整体利益，炼铁厂职工失去工作岗位，换来的是北京国际大都市的崭新面貌，换来的是难以估量的社会效益，为了首都经济发展大局，为首都的天更蓝、水更清，为了2008年奥运会，我们甘愿做出奉献和牺牲！

五号高炉第一任炉长刘万元激动地说：

我今年 79 周岁了，1938 年到首钢，1985 年退休，四十多年间始终在炼铁厂工作，我目睹了首钢和炼铁厂的发展变化，见证了不同历史时期高炉生产的变迁，是一个地地道道的老炼铁。

1958 年，厂里任命我为五号高炉首任炉长。当时大家的想法一致，目标明确，就是迅速改变我国钢铁工业落后状况，超英赶美，建设钢铁强国。为了早日建成五号高炉，同志们舍家舍业，夜以继日奋战在炉台上，我曾经连续 33 天没回过家，工友们经常 24 小时连轴转，确保工程提前完工。

我与五号高炉结下了深厚的历史感情，听到要停炉的消息，我心情久久不能平静。为建设北京国际化大都市的需要，为了首都的碧水蓝天，为了办好 2008 年奥运会，停五号高炉，算算社会效益账和政治影响账——值得！

3

停产仪式的以后许多天，前来看望五号高炉的首钢人络绎不绝，尤其是那些白发苍苍的老工人，或者在儿孙的扶持下，或者拄着拐杖、坐着轮椅来了，老人们蹒跚着脚步，登上一级级台阶，颤颤巍巍站到宽阔的炉台上。这里不再有往日工人忙碌的身影，不再有轰鸣的风机声，整个炉台显得格外安静。沿着炉台，整齐摆放着一块块图文并茂的展板，每块展板都记载着五号高炉近半个世纪光荣而自豪的风雨历程。老人们流连徜徉在展板前，时而仔细阅读，时而驻足沉思，时而与儿孙或当年的老战友低声细语，仿佛怕惊扰了高炉的梦境。许多老人抚摸着炉台的扶栏，眼中含泪，久久无语。

一位老工人的儿子担心老人太累，想扶老人早点儿回家休息，老人执拗地不肯走，泣不成声地说："五号炉是陪了我几十年的老伙计，让我多待一会儿吧……"

王朗静，第三炼钢厂连铸一车间职工。他说，二十多年前，他作为试验厂小高炉的炉前班长，曾到五高炉实习。那段时间是他人生起步的基石。如今"老朋友"光荣退役了，王师傅的心情很复杂，"五高炉为首钢做了那么多的贡献，在不该退役的时候退役了，从感情上来说，我真难以接受……"王朗静的眼眶潮湿了，停顿了好久，他才喃喃地说，为了北京，为了奥运，退役也是值得的。

身着首钢第二炼钢厂厂服的几个年轻人来了，他们是张运芳、卢春生、李勇，都是从国内各大学钢铁冶金专业毕业的研究生，2005 年 4 月刚刚进入首钢。他们说，我们进首钢不久，就听老同志们言谈之间常说五号高炉要退役了，都有点伤感，有点舍不得的意思。开始我们对这份情感还不大理解，停产仪式之后，那些老同志的眼泪才真正震动了我们，于是我们相约，一定来看看，它是首钢历史和首钢人生命肌体的一部分啊！

炉台上，一位中年人久久停留在介绍全国劳动模范程德贵事迹的展板前。他叫程国庆，是第三炼钢厂行政科的员工，程德贵的儿子。程德贵于1939年来到炼铁厂，1956年当了全国劳模，从入厂到1979年退休，他一直在五号高炉的热风岗位工作，整整四十年的朝夕相伴，老人对五号炉的深厚感情已经融入他的生命之中。2003年，已届八十高龄的老人仿佛有什么预感，不顾年老体衰，和老伴一起再次来到五高炉，他站在炉台久久凝望，老伴劝他也不走。这是程德贵老人在五高炉留下的最后足迹。程国庆说，那次来厂里看五高炉回家，我就埋怨老人，这么大岁数还跑去看啥！老人喃喃说，我的一辈子都扔炉子里了，到老了，能不去看看吗。不久，父亲和母亲就相继过世了。

7日那天，程国庆从报上知道五高炉停产退役的消息，专门来看看父亲深爱的这座高炉，他说，"这也是父亲母亲的愿望啊。"

停产后的五高炉主控室内，明亮宽敞的操作台上，所有的计算机屏幕都停留在出完最后一炉铁水的那一刻。一块方方正正的铁锭摆在那里，凝结在历史的记忆中，背面印着五号高炉的伟岸身影，正面镌刻着一行字："2005年6月30日，五号高炉停产纪念"。

一座钢铁铸成的历史丰碑。

一个永恒的时刻。

4

告别了高炉，也就告别了熟悉的厂区和东大门，告别了繁华的北京、温馨的家园和相濡以沫的亲人。这是一个安居乐业的时代，而首钢多少家庭却在重演当年送儿送郎上战场的一幕。与亲人分手的那一刻，他们依依难舍、心潮难平、泪水难止。

不知道北京和中国是否看到了这些钢铁儿女的眼泪？

炼钢厂青年女工、两岁孩子的妈妈海红写下这样一篇动情的文章：

不眠的秋夜

去年（2008）10月6日，正是北方深秋的季节。告别家人准备来京唐的那个晚上，是我二十多年人生经历中第一个不眠之夜。

"海红，你再好好想想……"丈夫艳坡一直握着我的手，两眼紧盯着我，目光充满爱惜、依恋。

"艳坡，请你原谅，我在首钢这么久了，习惯了那种环境，习惯了那种生活方式。我可以离开家，离开亲人，但我离不开首钢，真的离不开呀……"

"可辰辰才两岁，孩子离不开妈呀！"

"我会说服他的……"

以往，吃完晚饭这段时间是家里最热闹、温馨的时候。有时，我们带着孩子，陪着老人在小区散步；赶上有好电视，一家五口围在屏幕前有说有笑……，今天，爷爷奶奶老早就哄着孙孙出去了，家里只剩下我们夫妻俩。

我们依偎在一起，彼此能听到对方的心跳，想说的那么多，我们却不知道该说什么，也不想说什么，好像回到热恋的时光。

这种漫长又短暂的感觉，被辰辰的欢笑声冲散了。

辰辰一手举着玩具，一手举着零食，扑到我怀里："妈妈不走，妈妈不走。辰辰以后听妈妈的话，辰辰把玩具、薯条都给妈妈……"

"辰辰乖，妈妈要去的新钢厂，在大海边儿，有大厂房，有大机械，有天车、吊车，还能看见大轮船，还能挣好多钱，等辰辰想妈妈了，就坐着首钢京唐的大班车，带着辰辰爱吃的爱玩的东西回来了；等辰辰长大了，妈妈带你去曹妃甸钢厂玩，辰辰最听妈妈话……"

收拾完行李，辰辰被艳坡哄着睡着了，长长的睫毛上挂着泪珠儿。望着相依而睡的父子，我心潮起伏，如烟往事涌上心头……

我初中毕业，考入首钢技校，毕业后分到炼钢厂当了一名维修工。这种工作接触的人较多，去过的地方较多。在首钢学习、工作十多年，我从一个稚气未脱的小女生，成长为有家有子的幸福的女人。钢城的一切都是那么熟悉，无法割舍。

我和艳坡是在一次朋友聚会上一见钟情的，我被他的帅气、阳光、真诚所打动。记得我们认识不久，有一次，我随口说了一句，晚上宿舍里挺冷的。第二天，他顶风冒雪来给我送被子，还帮我细心地铺好。一再叮嘱我爱惜身体。那一刻，我的心融化了。女孩儿的直觉告诉我：这是一个可以托付终身的男人。真的，这些年他像一个宽容、体贴的大哥哥，处处让着我。结婚五年多，我们从未红过脸。现在，他在一家知名的时装公司从事业务工作，结识的朋友很多。听说首钢要搬迁，他帮我设计了好几条道：在原厂"留守"；重新找工作；当"全职太太"……可我偏偏做出令他吃惊的选择。

我有一个幸福和谐的家庭。公公婆婆都是勤劳善良的退休老人。我们小两口忙，他们老两口更忙，洗衣、做饭、带孩子、买东西……每天一进家门，迎接我们的都是可口的饭菜。

我自小生长在有着"桃源仙谷"美称的京郊平谷。娘家是一个热闹的大家庭。我们兄弟姐妹四个。我眷恋着故乡，常常想起过去一家人欢聚一堂的快乐时光。可是，这些年数我回娘家的次数最少。好几次，都是家里人带着自己种的土特产来看我，一再叮嘱我照顾好自己，不用惦记家。我是一个真诚善良，懂得感恩的人，可是我欠那些关爱自己的亲人、朋友太多太多了……

这天，一家人老早就起床了。连一贯贪睡的辰辰都忙东忙西地帮我拿东西。

艳坡提着大包小包走在前头，爷爷奶奶抱着辰辰跟在身后，一家老小送了一程又一程。

就在我要坐进汽车的时候，辰辰突然哇地大哭起来："要妈妈，要妈妈，我要妈妈……"

我不敢回头，我知道，如果一回头，我的心就会融化，再也无法走开了。我"狠心"地关上车门，告诉司机快开车。

透过泪眼，我从反光镜里看到了终生难忘的一幕：辰辰大声哭喊着，两只小手拼命向前伸，两条小腿狠狠地踢打着抱着他的爷爷……

汽车拐上公路，朝着首钢设计院职工集结的地点奔驰。艳坡拢着我的肩膀，我靠在他怀里，任眼泪肆意流淌，滴在我俩的手上身上。我在心里说：亲人呀，谢谢你们。为了心爱的事业，为了我亲爱的人，我选择了远方。有了你们的支持，有了你们的爱，我会战胜一切困难，我们会有美好的明天。

二、"复活"的军团："我们也燃着了自己的手指！"

——"两地书"和牛郎织女的新故事

1

为了在曹妃甸树起航标灯，给归来的渔舟照亮航道，法本和尚盘腿打坐在道台府门前，不惜燃着自己的手指。

首钢人说，为了中国的钢铁事业，为了在曹妃甸建成新世纪的新首钢，"我们也燃着了自己的手指！"

无论他们和她们在北京、在家里扮演怎样体贴、贤淑、温柔的角色，当首钢吹响集结号的时候，他们就变成一支意志坚定、步履铿锵的"复活的军团"。

大海的浪潮急剧退却，钢铁的浪潮呐喊而来。这不仅仅是一场大会战，他们中间的很多人，将以"窗前明月光，疑是地上霜，举头望明月，低头思故乡"的惆怅心境和"是七尺男儿生能舍己，做千秋雄鬼死不还家"的热血情怀，把自己的青春、激情和下半辈子，长留在那个孤悬大海的小岛上。

挥挥手，咬住泪，告别繁华京都，走向荒滩野岛，开创共和国新的钢铁基业，这就是首钢人的选择。

2008年7月，当我踏

在首钢京唐公司建设工地，建设者战高温、斗酷暑

上曹妃甸的那一刻，仿佛觉得自己置身于一个巨大的音箱。到处是隆隆的机器声和鼎沸的人声，车挤车，人撞人，风中涌来的海潮不时溅起澎湃的浪花，惊慌的鸥鸟在天空中乱射。面对沸腾的曹妃甸，我的心情也不禁沸腾起来。

京唐自动化电信项目部的李保平对我说：

我们部里五个人，四个是今年刚毕业的大学生，上岛一年多都没回过家。刚来时我们几个人住在帐篷里，工程很累，昼夜兼程，可运到岛上的水不够喝，只有咬牙忍着，嘴唇裂得天天冒血。岛中人太多，各单位各部门都是自己做饭。满岛的黄沙，大风一来，嘴里饭里衣服口袋里全是沙子，漱口漱了十几次也不管用，吃起饭来满嘴照样嘎嘣响，于是也不嚼了，干脆囫囵着往肚里吞。去年秋天，连刮了三天八级大风，岸边巨浪滔天，如悬崖陡立排空而来，吓死个人！岛上的帐篷、板房、好些工程保护设施，被刮得像纸牌一样分崩离析，七零八落，漫天狂舞。人要是顺风走路能飞起来，逆风就只能倒退。许多刚完成的施工道路，眨眼间被流动的沙丘掩埋了，车陷在里面不能动。就是这样恶劣的天气和环境，我们全戴着风镜，在施工现场背风处蹲着守着，只要风稍稍小下来，我们立即开始干活。夏天，烈日高照，岛上连棵树都没有，我们只能顶着毒日头干活。最要命的是蚊子，曹妃甸的蚊子比北京的大两倍，晚上到帐篷外面解手，解开裤子刚蹲下来，蚊子就滚成团往脸上、身上、屁股上扑，一糊一片，一拍一手血。我们男生还好说，那些女生可惨了，屁股上一排排大包，还不好意思诉苦，有的女孩竟让蚊子咬哭了。冬天，我在陆地上从未见过那么猛那么凶的风，真像是刀子鞭子，最冷的时候，凡是露出来的皮肤，风一抽一道白，硬了！

会战最紧张的那些日子，我们就知道埋头苦干，既不记得是几号星期几，更不记得哪天是休息日，反正是"五加二，白加黑"，连轴转，整个转晕菜了。

2

我瞄准了首钢日报驻曹妃甸记者站的几位记者。

我当过记者，知道记者站的地方永远是前线，记者总是睁着一只眼睛睡觉，记者都是满肚子的故事。但是聊起来，眼睛布满血丝的李宝山，坐着聊天也挎着摄影包，好像随时准备出发的王京广，总是笑眯眯的大学毕业生范海，却让我深深感动了。

——不知不觉，我们上曹妃甸已经一年了。这一年，我们经历了一段难忘的岁月，目睹了广大建设者艰苦创业的艰辛，记录了这个伟大工程的点点滴滴，亲眼看到了京唐钢铁大厂从地平线上一点生长起来，长成钢铁的森林，我们每个人都感到由衷的自豪。我们这个团队共写出新闻报导300多篇、20多万字，拍摄照片5万多张。回顾走过的路程，我们有收获有付出，但每个人都无悔这段经历。记录这个伟大工程就是在记录一段伟大的历史，它将成为我们人生中最美好、最难忘的一段岁月。

——身在外地，远离亲人，在这个时刻，来自领导、同事、家人的关切和关爱，都让我们倍加激动，久久难忘。每次回京，报社的老总们都给予热情真诚的慰问，说辛苦我们了。每次出发，同事们都再三叮嘱安全。有一次宣传部张文哲部长上岛慰问我们，电话里说中午要陪我们吃顿饭，那天正赶上新建的焦炉落成出焦，当我们一身汗水从现场下来时，已经是下午两点多了。张部长跟着我们到了宿舍，看到我们没有床，就睡在床垫子上，看到我们泡方便面就用那个总也烧不开的饮水机，他的眼睛湿了，马上要有关方面给我们买棉褥子、电磁炉。五天之后，他又打电话来，问我们的棉褥子和电磁炉解决没解决？

有一天晚上九点多，我们刚从现场撤下来正在吃饭，首钢党委副书记姜兴宏的电话突然打了进来，问我们的工作、生活有什么困难没有？我们非常意外也非常激动。这个还没说完，那个就伸手等着抢电话了，每个人都与姜书记聊了半天进行了电话交流。虽然我们远在大海孤岛之上，却时时感到有人在牵挂着我们，关心着我们。

——见证伟大的工程，是我们一生的荣耀。记得刚到这里时，眼前是一片沙漠，风刮起来几米内看不见人。范海、王京广眼睛都得了结膜炎。每天回到宿舍，鞋里、衣服里都是沙子。由于车辆不足我们大都是步行上工地采访，在沙地上走半天是很费劲儿的，为了采访来自全国各地的民工，我们在工地上一个帐篷一个帐篷地钻，与民工同吃一锅饭。那段时间，无论是京唐公司的最高点——240米高的大烟囱，还是地下最深点——42米深的漩流井，我们都去过；无论雨天、风天、晴天、雾天，我们都留下珍贵的影像资料。

参加建设的单位最多时达到320多家，4万多人。摄影记者王京广，保存有一张给五万块钱都不卖的珍贵照片——建设中的京唐大厂全景照。为了拍摄这张照片，他连续三个早晨爬到京唐公司的240米大烟囱上，都是凌晨三点钟、天还黑的时候开车去工地，然后抱着机器，坐在烟囱上等候黎明到来。前两次因为天气不好，拍得不理想，第三次终于成功了。回来后他感慨地说："给我开升降车的是一个江苏农民工老邸，为了我，这老哥不到三点钟冒黑从住地往这边走。在升降车上升的过程中，我们在漆黑的铁笼子里脸对脸地站着，连对方的心跳似乎都能听到。"

再有，当我们得知42米深的漩流井里边有一对夫妻，他们把孩子放在家里，都来参加京唐钢铁大厂的建设，为找到这对夫妻，我们贴着漩流井的跳板往下走，周围的景象真是令人毛骨悚然，漩流井底部绑扎的钢筋根根冲上，如果不慎掉下去，那就是"万剑穿身"啊！

——王京广去曹妃甸的时候，他的儿子不不到一岁。每天晚上，京广都会给儿子打一个电话，最初儿子总是抢着接电话，嫩嫩的声音从电话的那头传来，京广也会把外话筒打开，让我们一起分享这份快乐。那头传来的总是"爸爸回家，爸爸回家。""好的，爸爸回家，爸爸回家"京广总是这样回答。后来儿子不接他的电话了，因为儿子觉得老爸总骗他。9月4日，我们去高炉采访，高炉引桥上信号比较好，京广掏出手机给儿子打了一个电话。电话是爱人接的，京广让他儿子接，儿子说什么都不接，最后只好挂断。京广对我说，今天是儿子2周岁生日，本想回京给他办一办的。京广说，最难受的是从北京往曹妃甸返的时候，一背起包来，那小家伙就拉住我的衣襟不放："爸爸不走，爸爸不走！"

没办法，一咬牙还得走。

晚上没事的时候，京广最大的乐趣就是满脸甜情蜜意地整理儿子的照片，不同角度，不同坐姿，一版一版地排好，而那时他就像祥林嫂似的不断自言自语：小家伙又长大点了，小家伙又长大点儿了，而我在他身后已经站了好一会儿了，他都不知道。

——亲身参与曹妃甸火热的建设工程，确实是我们的自豪。有一次，我们报社的记者梁树斌到了曹妃甸，现场采访时工人正在砌高炉耐火砖，梁树斌钻进去，拿起瓦刀砌了两块砖，当了一把"两块砖"建设者，然后跟工人说，质量是百年大计啊，看我砌的行不行？不行再扒下来。出来后，他兴奋地说："亚洲最大的高炉有我砌的两块砖，这辈子值了！"

3

宗言新，京唐公司自动化部的技术人员，一看职业就知道满脑子数字和编程的符号，和浪漫抒情的"小资"文学不搭边，顶多青少年时代当过"三天打渔两天晒网"的读者。他说，和工业相比，文学那玩艺儿太虚，工业就像大海，文学就像大海的泡沫。

我笑说，你的话就很文学啊。

宗言新没想到，蛮荒而沸腾的曹妃甸让他变成"见花荡泪、见月伤心"的柔肠百转的"小资"，工作之余，趴在电脑前码字、抒情上了瘾。宗言新说，文学就像鸦片，吸上就上瘾。

这家伙好话也不会好好说。

是曹妃甸的集体生活改造了他。以往在单位里，白天上班，晚上回家，同事相互间见的都是装严肃的一面。上了曹妃甸，开始大家都住帐篷、板房，后来住集体公寓了，亲人都在远方，真假光棍们没事儿就凑一起喝小酒侃大山，朝夕相处，冷暖互知，都成哥们儿了。宗言新渐渐和首钢日报记者站的几位记者交上了朋友，茶余饭后，大家在一起聊天，宗言新常常说起自己上曹妃甸的感受，讲得很动情。记者朋友们就鼓励他写出来，说写出来给报纸发发，给亲人看看，也算留个人生纪念，何况赚了稿费我们就有酒钱了嘛。

宗言新心动了，就这样，他开始了"小资作家"的历程。下面是他的一篇小散文：

心中有爱不孤独

　　除夕，辛苦一年的人们不顾顶风冒雪，不远万里辗转跋涉，哪怕一票难求也要在大年夜之前赶回家里，为的是举家团圆，为的是释放浓浓的亲情和思念。

　　今年的除夕夜，我要在首钢京唐钢铁厂建设工地坚守岗位。四十载春秋第一次离家过年，依依不舍间，眼前幻化着多年除夕之夜家里的温馨、幸福、其乐融融和欢声笑语，一年的奔波与忙碌，在那一刻都化作五彩的烟花飞腾闪烁。

　　母亲知道我不能在家过年，老人家早就准备好我所有爱吃的饭菜。母亲的腿还是一瘸一拐的，她是去了几趟超市才把这些鱼肉菜买齐的我不清楚。而眼前，她亲自掌勺的色香味俱全的菜摆满餐桌，让我的心涌动着热泪。母亲给我倒了一杯热气腾腾的露露说："你要去曹妃甸了，咱家今天就是年三十儿！到岛上别想家，好好工作，一会儿坐车你胃不好，喝点露露，多吃点菜。"母亲慈祥的目光满含着疼爱，"儿子，以后这样的班多着呢，既来之则安之，习惯就好了。"

　　儿子拍拍我的肩膀，风趣地说："老爸，你的曹妃甸之行让我们提前品尝了年三十儿的美味，我这里给你鞠躬了，老爸辛苦了！"儿子弯腰深深地鞠了一躬。

　　我的心里热乎乎的。儿子懂事了。

　　妻给我买了一锅羊蝎子和各式的菜，让我带到曹妃甸去，嘱咐我大过年的和同事们吃好喝好。儿子还从屋里拿出几挂鞭炮，"爸，带上这个，到曹妃甸响一响咱北京的鞭炮。吃着妈带的羊蝎子，放着儿子带的鞭炮，就跟在家一样。"

　　我背过脸去假装做点别的事情，因为我的眼泪快流出来了。

　　坐上去京唐的大巴，京城心急的鞭炮声已经此起彼伏，震耳欲聋。车厢里没了往日的人满为患和欢声笑语，冷清和沉闷弥漫在整个车厢。我知道，这冷清里蕴含着多少遥相思念，沉闷里浸透着多少离愁别绪。我们中华民族，每逢佳节倍思亲的情怀浓厚深切，"遍插茱萸少一人"的孤独总使旅人游子不忍离去。是的，母亲的慈祥让我倍感家的温馨，母亲的淡定却让我感悟了人生的真谛。想着母亲的话，沐浴着从车窗照进来的暖阳，我像平日一样睡着了。

　　岛上的除夕夜没有北京的灯火辉煌、火树银花，鞭炮齐鸣的不夜天。只有稀疏暗淡的灯光和零星遥远的鞭炮声。那是从隔海相望的唐海县城里传来的。此时此刻，我守在自己的工作岗位上，没有孤独，没有寂寞。我想，只要心中有爱，孤独寂寞也是别样的幸福。

因为，在孤独中能够静静品味思念的温馨，在寂寞中能够细细感悟人生的真谛。

哦，手机响了，我得给家人报平安了。

4

面对如此艰难困苦的创业生活，置身风沙弥天的海中疆场，人们突然发现，曾经在北京厂区挥汗如雨、匆匆来去的首钢人，原来有着那么深情那么温暖那么诗意的情怀。沧海茫茫，黄沙一片，他们的心中却铺展着无边的绿色……

钢花儿娇艳亦铿锵

赵海红

物以稀为贵。钢铁企业本来就是男人的世界，曹妃甸远离市区，男女比例更是悬殊。我们炼钢作业部有近800名"罗汉"，女同胞不到40个，绝对堪称"稀有"，被大家亲昵的称为"钢花儿"。

钢花儿娇艳但不娇柔。我们不是"花瓶"。钢花儿们都有一种巾帼不让须眉的气质。我的室友赵春艳，一米七三的模特般的身材，却是有着十多年驾龄的"王牌空姐"——驾驶着首钢最大、最先进的480吨天车，在蓝天飞翔。新来的女大学生李勤、王婷、何道娟操作着采用了23项先进技术的大型高速连铸机。我的老乡王桂芹大姐，是主管脱硫工艺的技术员。大家经常在车间现场看到王垦忙碌的身影……我们和男同胞一起，为首钢京唐钢厂日夜奔忙。钢花儿虽少耀眼红。

钢花儿同中有异，各显芳菲。我们年龄不同，经历不同，相貌不同，性格不同，然而我们常常一见如故，亲如姐妹。因为我们都是女性，很容易找到共同的话题，产生心灵的共鸣。我们是感生的，高兴了就笑，笑声朗朗，如泉水叮咚，像银铃摇荡；委屈了就哭，梨花带雨，玫瑰经霜。我们是善良的，看不得别人受伤害。那些粗心的男人们碰破了手，流出了血，最疼的反而是我们。我们是爱美的，那些邋里邋遢的"臭男人"，经常受到我们娇嗔的训斥。我们是灵巧的，那些笨手笨脚的男人们，经常红着脸求我们帮着缝衣裳、钉扣子。别看他们嘴硬，嘲笑女人头发长见识短，挖苦我们没结婚时嘻嘻哈哈，结婚以后拖拖拉拉，有了孩子婆婆妈妈，可是每逢有了力气活儿，他们又向钢花儿们大献殷勤……

钢花儿可爱又可敬。因为有我们"女警察"，男同胞们变得文质彬彬，衣服整洁了，头脸干净了，粗话糙话少了。美女爱英雄，因为我们这些漂亮美眉，男人各个想逞英豪，干起活儿来生龙活虎。钢花儿是温柔的，因为有了我们，钢铁的世界充满了生机，新生的海岛才会多姿多彩，充满欢笑。

世上赞美女性、形容女性的词句有千种百种。我们觉得用"钢花儿"来形容我们钢城的女职工最贴切。从转炉飞溅而出的钢花儿既柔软又坚韧，既热情又纯净，是我们火红的青春写照。也许，作为女儿，作为妻子，作为母亲，作为姐妹，我们有愧于自己的父母、爱人、儿女、家人，然而作为有幸参与京唐钢厂建设的女工，我们无愧于时代，无愧于企业，也无愧于女人最美好的青春年华。

钢花儿开在钢城中，钢城钢花儿绽新容。

3

我们赞美和歌颂首钢"走向大海"的壮举，因为它英勇、果决，犹如壮士断腕洒血远行，凤凰涅槃浴火重生，并为北京的碧水蓝天做出重大贡献。

那以后，人们注意到，在北京的首钢各个职工家属社区，傍晚散步的独行老人多了，缺少丈夫或妻子的"单亲家庭"多了，牵着宠物遛弯儿的多了……

在北京，在曹妃甸，在迁钢，在首秦，首钢人最想听又不敢听《常回家看看》这首歌，一听就哭，哭了还想听。

这几年，逢年过节，首钢各地的职工文艺晚会总有一个最受欢迎的保留节目：一个关于手机短信的真实故事……

罗立，2004年9月从北京总部调到迁钢，担任质检员，五年了，工程和工作太忙，很少回家，手机短信成了一家人互通信息、倾诉牵挂的唯一方式。

罗立发给妻子佟景莉："我在迁钢工作的这些日子，爸妈和女儿都靠你一人来照顾，真是太辛苦你了。过去在家里我特不愿意做家务活，现在想想，只要在你身边，哪怕是擦擦桌子洗洗碗，同你一起照顾老人，哪怕是沏杯茶倒杯水也好啊。辛苦你了，我这一辈子都感谢你。"

罗立的父母与他们住在一起，父亲身患重病时住院需要她照看，母亲患有糖尿病和白内障也离不开人。女儿的学习不用操心，但面临高考的关键时刻，佟景莉在一家民营企业上班，家里的事，班上的事，一天到晚让她忙得不可开交。这两年，她的父母从病重到相继去世，也让她操了不少心，可这些，她都没告诉丈夫。

佟景莉发给丈夫："离家的人最需要亲人的关怀，最需要家的温暖，想家的时候，就发个信息，打个电话，就不会感到寂寞和孤单了。"

"咱爸咱妈的身体都挺好，就是总惦记着你，时常念叨你。我会把二位老人照顾好，你就放心吧。"

"女儿上大学后，功课没有念高中时那么多了，一个星期能有两天在家陪我，女儿越来越懂事，经常帮我做家务，还下厨房帮我做饭，她做的鸡蛋炒木耳，还得到爷爷奶奶的夸奖呢！"

读着，罗立落泪了。

罗立发给妻子："最近有两件事最让我高兴，一是迁钢 2160 胜利投产，轧出了首钢发展史上第一卷板卷产品，圆了首钢人几十年的梦。二是女儿考上了大学，实现了咱们全家人的心愿。你说女儿已经学会做饭了，菜炒得特香，我馋得直咽口水，等我抽空回家的时候，一定要好好品尝。"

妻子发给罗立："虽说我们已经过了缠缠绵绵的年龄，可是自打你到迁钢工作以后，我真的很想你，想我们风雨同舟经历的痛苦与欢乐，想我们为培养女儿付出的心血，想我生病的时候你无微不至的关爱。自打你到迁钢，每天我都认真看《首钢日报》，看有关迁钢的消息，我为迁钢的每一项成绩由衷高兴，因为那里面有你。"

女儿罗萧闻，正在北京读大学。五年来，父女之间的手机短信不计其数。

罗立："在外地工作的人们，最大的快乐，莫过于收到亲人的来信。这是因为我们时时刻刻想念着亲人的缘故。"

女儿："您就像乘风远去的风筝，而我们把一份长长的牵挂，记在心里。"

罗立："星星离得再远，却在同一个天空；心儿离得再远，却在一同跳动；月亮就像一面镜子，你看我看，那里面有亲人思念的笑容。"

女儿："没事的时候，爷爷奶奶总爱坐在电话机旁，相互算计着您又几天没来电话了，可是，一旦我们要给您打电话，爷爷奶奶总是赶忙拦住说，家里都挺好的，让他好好工作，别分心。"

罗立："百善孝为先，但爸爸现在忠孝不能两全，女儿长大了，懂事了，就请你替我照顾好爷爷奶奶，照顾好你的妈妈。我亏欠你们的太多了！"

女儿："开学我就上高三了，您常说：在外地最放心不下的就是我的学习。是啊，我多希望在这人生的关键时刻您能够陪伴在我身边，哪怕是冬日里的一杯热水，炎炎夏日里您用扇子送上的一份清凉。"

罗立："是的，最让我放心不下的就是你的学习。你正处于高考的关键时刻，我是多么想多照顾和关心你呀！但是条件不允许。你是懂事和追求上进的孩子，我相信你可以闯过这一关，记住，毅力和勤奋一定会换来圆满的成功！"

女儿："我已经在您不知不觉间长大。以前，是您的大手拉着我的小手，现在我正学着和您携手共同面对生活中的困难，将来有一天，当您退休了我会用手搀扶着您走过幸福的晚年。"

罗立："女儿是长大了，现在我和我的同事正在用勤劳和智慧建设一座现代化的新钢城，等你考上大学后，来我们钢城看看吧，相信你会更加了解和理解我们。"

深深怀念着父亲的女儿读高三时，把这些短信写进了一篇作文，老师被深深感动了，同学被深深感动了，北京一家报纸全文刊发了这篇作文，更多的读者被首钢人深深感动了。

首钢人把这篇作文改编成一个文艺节目："两地书，父女情"。每次演出都引起首钢人的强烈共鸣。

座中的钢铁汉子无不热泪横流。

第十七章　朱继民：“干事业需要一批疯子！”

- “五加二，白加黑，天天夜总会”：“曹妃殿”惊艳人间

- 徐凝撞上南墙不回头：“我只懂逻辑！”

- 张功焰：“你小子有种儿！”

- 苏显华：光屁股的书法家和京胡“战鼓”

- 韩庆：当年的“二十八星宿”剩下几个？

- 靳伟：“第八个是铜像”

一、"五加二，白加黑，天天夜总会"："曹妃殿"惊艳人间

——王青海在车上玩魔术："立即变！"

1

首钢人在钢铁的声音里泡惯了走惯了，个个高声大嗓，轰轰响。他们自嘲说，我们谈恋爱像开会，开会像吵架，吵架像打雷。

2007年3月12日，首钢京唐钢铁项目的开工仪式，在北京的首钢篮球中心隆重举行，现场声像通过互联网直传曹妃甸。随着副总理曾培炎一声令下，远在曹妃甸现场的千军万马顿时山呼海啸，旌旗飞飘，几百台推土机、挖掘机、土方车、水泥罐车和各种大型设备同时发动，雷鸣般的声浪席卷全岛，在渤海上空久久回荡。脚步奔腾，雪尘飞扬，机器轰鸣，大地震抖。

曹妃甸的春天，早早来了！

人迹罕见、蒿蓬丛生、黄沙满天的曹妃甸岛，一夜之间像冒出无数色彩斑斓的大蘑菇，数千座五颜六色的帐篷、简易板房和热气腾腾的锅灶搭起来了，到处响彻来自全国各地的方言，从东北那嘎达的"翠花上酸菜"，到"阿拉上海尼"，从四川的麻辣方言再到广东打死也听不懂的乡间"鸟语"，齐了。

首钢大搬迁中最重要的"渤海战役"打响了。高峰时，小小的曹妃甸岛集中了五六万人的建设大军。那时，河北省唐海县财政局刚刚迁入新居，便把原用的三层小楼借给京唐公司三年，分文不要。

首钢副总经理王毅、唐钢董事长王天义等几位总指挥、副总指挥，在这里铺开岛域地图和设计图纸，拿着红蓝铅笔、手机和计算器——显然比毛泽东、朱德当总指挥时高级多了——开始策划大大小小几百个"战役"，周围聚集了一大帮身穿蓝工装的"幕僚"、"副官"、"作战参谋"和"女机要员"，就是少个"情报处长"。

指挥部里烟雾腾腾，呛得女孩子睁不开眼睛。因为昼夜加班、连续熬夜，每个人的眼睛都红鲜鲜的，像一群与海龟赛跑、绝不睡大觉的兔子。

原来曹妃甸落潮时4平方公里，涨潮时不足2平方公里。到2007年，首钢京唐公司已完成围海造地21.05平方公里。根据合同，来自全国各地各行业的施工队伍，分专业、分批次、分梯队、分阶段往里进，工期以小时计算。从奠基之日起，唐海县财政局那栋小楼不分日夜，成了"噪音污染重灾区"，楼外大小车辆和摩托川流不息，楼里响彻震天动地的"打雷声"，闹腾得唐海县四邻不安。可县城人没一个因为晚上被吵得睡不着觉来告状的，见了这帮野汉

子反而个个喜笑颜开，因为他们知道，曹妃甸钢铁工程上马了，唐海县作为距离最近的桥头堡和后援基地，发展本地经济，借鸡生蛋、借势生财、出大名、赚大钱的机会也就到了。

唐海县 1985 年国务院批准建县，交通不便，信息隔绝，放眼一看，苍凉的平原上全是风雨飘摇的破泥草房和满脸菜黄、心情沉重的"劳改犯"，幸亏靠海吃海，日子还能支撑下去。改革开放后，县城在原农场场部的基础上逐渐发展起来，老百姓形容说，早先的县城是"一个厕所一个楼，一个警察一街牛，一泡尿走到头"。来自首钢及全国各地的建筑大军涌进曹妃甸以后，这个小县城就成了上万大军唯一可选的"王府井"或"南京路"，穿着蓝工装的工人和民工们像飞天蝗虫一样扑向每个小店铺、小饭店、小旅社，几天时间就风卷残云，把县城的吃食和商品扫荡一空，小老板们乐得屁颠儿屁颠儿，日夜忙着招工、进货和数钱。全县 GDP 数字像北京盛夏时节的温度计，眼瞅着水银柱猛涨，县委书记和县长的脸上光鲜多了，出门走路，步子都跨得格外雄伟。2009 年 5月，我驱车专门到唐海县逛了一圈，县城车流滚滚，市场繁荣，各类商铺栉比相连，只有三张破木桌的小饭店也挂着五星级的巨大招牌。唐海县就像藏在深山无人识、多年闭门不出的小寡妇，终于喜气洋洋重披婚纱，改嫁新人。

那几年，唐海县成了蓝工装和大嗓门的世界。

曹妃甸工程指挥部的三层小楼里，叫喊得最凶的是两位总指挥，一个是首钢副总经理王毅，一个是唐钢董事长王天义，两个家伙都是高炉烈火里炼出来的铮铮铁汉，人高马大，气壮如牛，嗓音如雷，皮肤肌纹里全是洗不掉的钢灰。不过两个王总各有特点，王毅是天然卷曲的头发，每天不必梳，一个月不洗头乍一看也够潇洒。王天义是直发，发质很软，不听招呼，几天不梳头，工作人员就嘲笑他"怎么把北京的鸟巢搬到自家脑袋上了"。王天义不好意思地笑笑，拿五指钢叉挼挼，结果反倒像乱草窝了。

两位老总喊得凶，传递指令的"副官"和小指挥们喊得更凶。那些日子你就听吧，那栋小楼一天 24 小时，开会的嚷嚷声，说话的打雷声，一波接一波的手机电话铃声，因为工作工程出了什么问题凶巴巴的吵架声，"他妈的"或"操你八辈儿祖宗"的国骂声，汇成巨大的声浪，犹如渤海湾的海潮，日夜澎湃不息，震耳欲聋。

"老赵，明天早 6 点必须完工！交不了工耽误下一步工期，你就跳大海吧！"

"老钱，你赶快把人马刀枪召齐，明天凌晨 3 点进场！"

"老孙，你他妈的是小脚老娘们儿的缠脚布啊？活儿干得又臭又长，提前 5 天必须搞定！否则回家给老婆洗脚去吧！"

"老李，操你个血祖宗！赶快把场地给我腾出来，你不出来我怎么进去？"

"老周，你是新媳妇咋的？进了洞房还不知道干啥！脑袋让大皮鞋踢了？赶快上！缺吊车就跟别的施工队借，这个屁事就能耽误生孩子啊！"

工期如此之紧，又都是干活不要命的家伙，人人眼珠子红得冒血。三四万人挤在一起，摔盆砸碗、勺子碰锅的冲突常有发生，有时施工人和验收人，上游施工和下游施工的人，中国人和指导进口设备安装的外国人，会吵得惊天动地，一塌糊涂。

"你小日本摆什么臭架子，要是抗战八年那会儿，早把你灭了！"

"你奥地利小破国牛 B 啥？打开地图都找不着你们！"

幸亏老外听不懂。中国人也贼，骂"他妈"时也面带微笑，好像说"您好谢谢，请多关照。"

其实，曹妃甸上的建筑大军是一个纪律严谨、精诚团结的集体，为保证质量、多抢工期，冲突常有发生，但骂得越狠，感情越好，干活越痛快，完工了在一起抱着膀子喝大酒，跟亲兄弟一样，除了细皮嫩肉的宝贝老婆是自己的，别人不能碰，其余啥都是哥们儿的。

唐钢人特有人情味，特理解首钢人。曹妃甸大会战展开后，唐钢人中间有一个不成文的约定："休假要多考虑首钢人，值班要多考虑自己人。"唐钢人说："人家首钢人离开北京那么好的地方，离开老婆孩子，跑到这么艰苦的地方和咱们一块创业，咱们唐钢人要多担待、多辛苦点。"

别看王天义是一员虎虎生威的猛将，其实粗中有细，特有心眼儿，他再三要求唐钢人要与首钢人精诚合作，提出人人皆知的"三以原则"："以大局为重，以团结为重，以事业为重。"他对唐钢人再三强调说，曹妃甸在咱河北地界儿，首钢人等于在帮咱们发展，是咱的财神爷，"谁把关系搞砸了，别怪老子砸他的饭碗！"

朱继民也对首钢人提出了"三不原则"："不分彼此，不计名利，不辱使命。""三以"加"三不"，正好等于大团结。

以小时为计算单位，曹妃甸这座海上孤岛，奇迹般生长起钢铁的森林。这不是文学的夸张，这是真实的记录。一个小时之内，两米高的墙砖码起来了，数米高、百吨重的设备大件吊装上去了，几十个工地、上百块水泥预制板搭上去了……哪个工人感冒发烧打针吃药休息一天，第二天跑到自家工地上，仅仅过去 24 小时，没房的地方忽然有房了，铺展着黄沙的地方堆起山高的设备和各种建筑材料，他找不着北了……

2

2007 年 11 月 30 日，晚 8 时许，一辆轿车从曹妃甸向北京方向急驰。首钢总经理王青海靠在后座上迷迷糊糊打着磕睡，不时冒出高高低低的鼾声，鼾声一响，又把自己惊醒了。他个头太高，腿太长，只好斜倚着车座半躺半倚地睡。

上岛两天，白天在工地上转，主要是督战，看质量，看有什么难点需要上面统筹解决，下一步战役有什么事情需要提前准备。夜里，和王毅、王天义两位现场总指挥再领着"参谋干事"开会，两宿加一起只睡了五个小时，实在太困了。

突然，手机响了。指挥部的一位副指挥打来的，他说，他白天参加了唐山市委的一个会，市委书记赵勇在会上说，希望首钢把原定在唐海县岸边建的"外国专家公寓"方案废掉，改建一个大型的现代化五星级国际会议中心。赵勇说，2008年9月，北京奥运会结束之后，唐山准备在这个国际会议中心举办一个"环渤海经济发展战略高级论坛"，邀请几十个外国市长以及新加坡前总统李光耀等多位国外政要，借出席观看奥运之便，参加这个论坛并发表演讲。因此，赵勇希望首钢不要搞那个外国专家公寓了，没啥大意思，应当着眼曹妃甸未来的发展远景，搞一个大型国际会议中心。而且，赵勇强调说，这个五星级必须在2008年8月奥运会期间竣工，交付使用。

共青团干部出身的赵勇脑瓜鬼机灵，他讲了这个设想和要求之后，满面含笑，客客气气对首钢副总指挥说，工期只有200天，确实短了点儿，你回去跟首钢朱总、王总打个招呼，投资由首钢方面解决，工程如果首钢干不了，就由我们唐山干。

这话也太咽人了！

副总指挥心急火燎赶回指挥部，会议的晚餐都没吃。

曹妃甸钢铁大厂因为要引进一些国外材料、设备和技术，建设过程中有大批外国专家上岛，首钢原计划在唐海县岸边建一栋海员俱乐部和一栋外国专家楼，全称为"唐海国际专家服务中心"，以方便老外工作和生活。现在海员俱乐部主体工程已接近完工，专家楼的设计图纸也已完成，正在积极筹建中。

现在，设想和目标突然变了！200天工期，要建一个大型的五星级国际会议中心，这不是天方夜谭吗？年轻的市委书记也太生猛海鲜了吧？

不过，王青海心里一动，赵勇的提议未尝不是个好想法。他曾放豪言说，将来要把渤海变成"地中海"，曹妃甸将要立起一个中国一流、世界领先的钢铁大厂，这个"地中海"沿岸没个国际化的大宾馆怎么行！

王青海在车上拨通了朱继民的手机，他把唐山市的新想法新计划说了一遍，又复述了赵勇的话："首钢如果干不了，就由我们唐山干！"

手机传来朱继民爽朗的大笑声。

他说，赵勇跟咱们玩"激将法"，胆儿够大的！不过，我觉得这个想法不错。咱们在河北寄人篱下，有些事情还得听地方官的，干活不由东，累死白搭工。何况，河北对首钢易地搬迁给予极大支持，咱们也得知恩图报，给河北办点好事。再说，建一个大型的五星级宾馆，从长远看对曹妃甸基地的发展和形象也有好处。一步干到现代化么！既然赵勇激咱们的将，首钢也就给河北做个样板工程看看，我看这事值得干！朱继民接着说，王毅现在是曹妃甸的总指挥，天天在岛上，这个五星级工程就让他捎带着一块干了吧。

首钢人讲话就这个口气，说捎带着建一个大型五星级宾馆，就像去菜市场买菜，捎带着买块烤红薯一样轻松。

王青海说，工期只有 200 天，够紧的。

朱继民说，这个工程是首钢在河北全盘棋上具有象征意义的一步奇招，围棋上的说法叫"手筋"，也是关系到首钢在河北能不能打出威风气势的"争气工程"、"面子工程"，只能成功，不能失败，有唐山鼎力支持，我相信王毅能拿下来。

朱继民和王青海想到一起了。他们都是一个秉性，不愿意小打小闹干无精打采的活儿，就像他们说话不习惯细声细语一样，一听说有大动作、大工程、大战役，立刻血沸千度，干劲猛增，后脑勺都乐开花。

王青海立即拨通曹妃甸工程总指挥王毅的手机说，又一件要命的大事来了，计划变了。

王毅莫名其妙，问什么计划变了？

王青海笑着说，你就等着在曹妃甸累死，陪着大唐美女曹妃过日子吧。不搞那个小破专家楼了，唐山的赵勇书记要咱们在原设计位置上改建一个五星级国际会议中心，等北京奥运开幕以后，他要搞来几十个总统、总理，给咱们剪彩！

王毅兴奋得声音高了八度，好事好事！什么时间完工？

200 天工期！不，200 天后，场净人出，交付使用！

王毅傻了，指挥过首钢许多大工程的他深知，搞一个五星级、国际化的大宾馆起码要三年时间，尽管首钢人能征惯战，但问题是：曹妃甸上还忙着一个国家级的大工程。建一个五星级的大型国际会议中心，只给 200 天工期，而且是在荒郊野地的海边，材料奇缺，交通不便，眼下马上进入冬季，这简直是不可能的事情，天上掉馅饼也不能这么快！

他脱口冒出一句：赵勇真是个急性子啊！

王青海笑着说，那咱们就给河北人看看，看谁的脾气更火爆！朱总说了，这是首钢在河北省第一个"面子工程"、"争气工程"，要不惜一切代价，集中一支铁军，宁可岛上钢铁基地的工程往后拖，这个五星级也要坚决拿下来！

在这辆向京城飞驰的轿车上，王青海就像玩魔术，一声"变"，那个专家公寓楼就"胎死腹中"，一座横亘在渤海岸边的现代化艺术建筑航母，将在 200 天后轰然而起！

第三天，首钢人给赵勇书记回了话：我们同意建一个五星级国际会议中心，我们将集首钢之力，保证按期完工！

赵勇其实也担心着呢，工程大，要求高，工期短，而且明年八九月间就要在里面搞国际性的高峰会议，真是有点急了。首钢的精神和决心让他很激动也很感动。他慨然表示，既然首钢集全公司之力，我们也要倾唐山全市之力，支援这个"一号工程"，首钢要什么给什么，做好一切后勤保障工作！

3

2008 年 1 月，大雪纷飞，寒风刺骨，来自首钢的数千建筑大军浩浩荡荡，踏着厚厚的积雪到达工地。

这里是一片无边无际的临海湿地，每到春天，海风送爽，碧波荡漾，莺飞草长，无数的候鸟起起落落，在此路过栖息。如此诗意的自然景观，再加上一个与自然友好相处的人文景观，该是何等令人沉醉流连的一道海滨风景线啊。

大哲学家海德格尔畅想的"诗意栖居在地球上"，这里就是一个钻石级的典范。

没办法，逼上梁山，又得靠老作风老传统："边设计边施工"。首钢设计院院长何巍说，我们忙首钢"搬迁调整、一业多地"，忙曹妃甸工程、迁安工程、首秦工程就累得脚打后脑勺了，平地又冒出个五星级大酒店工程，我都快疯了。十天半个月回家一次，眼睛傻呆呆看着老婆孩子，脑子里的映象其实全是图纸，好像老婆孩子成了铸件预制板，心里还琢磨着往哪儿放。

湿地上搞大建筑，基础最重要。夯机轰鸣，大地震抖，为会议中心一层楼打基础的 4800 根巨大钢桩（全部建筑共计 6000 余根钢桩），在惊天动地的轰鸣声中，被砸进地下十几米几十米深，接着是三通工程、主体砌铸工程、管道安装工程……

4

采访中，朱继民跟我说过一句话："干事业需要一批疯子！"

首钢"搬迁调整、一业多地"的三大工程（曹妃甸、秦皇岛、迁安）先后启动开工，再加上渤海国际会议中心这个五星级工程，首钢人忙疯了。

2008 年春节，首钢班子成员朱继民、王青海、霍光来、姜兴宏、徐凝、王毅、刘水洋、强伟、总工程师张功焰，包括总会计师方建一等，都在工地上。这个五星级工地也残酷到"五星级"，所有工人都没过春节。大年夜，十三亿人其乐陶陶，都守在电视机前看"春晚"，但首钢起码有两万人在各个工地上挥汗如雨。

100 天，主体结构封顶！

现任渤海国际会议中心经理董利献，风度翩翩，气宇轩昂，举止干练，是北京市大酒店行业的行家里手，书记芦力杰肤色黝黑，一脸忠厚。大会战期间，他们和工人一起日夜奋战在工地上。董利献对我说，那时我们总结了一套顺口溜，叫"五加二，白加黑，天天夜总会。"前两句好理解：五个工作日加上两个休息日，白天加夜晚，"天天夜总会"呢？董利献说，白天干部们都在现场指挥、督战、检查，一块参加劳动，没时间开碰头会，于是就挪到夜里开，有时甚至挪到下半夜，"夜总会就是这么来的"。

芦力杰话不多，不过他用了一个在工程建设中很少听说的词儿，来形容这场大会战的艰苦卓绝："惨烈"！

工程进程出奇的快，大型吊装设备一时没进来，便把附近一带青壮年村民找来，请他们往楼顶背建筑材料，一天工钱100元，农民呼哧呼哧背到晚上，当场点钱。背了两三天，民工少了一半，工钱每天涨到150元，过几天人又少了一半。农民兄弟苦着脸说："给多少钱都不干了，晚上回家上炕都爬不上去，老婆以为我们残废了！"

200天之后，即2008年8月，北京奥运会召开之际，占地33公顷、建筑面积达12万平方米，铺设了18万平方米草坪、拥有30套高级别墅小区和一系列配套的文娱体育设施的"渤海国际会议中心"以无比壮美的身姿拔地而起，按期交付使用！

这是唐山市第一家五星级大酒店，是曹妃甸钢铁基地"钻石级"的配套工程。

真是紧张到家了，客房的窗帘还来不及挂上呢，房盖和周边绿地上还有工人忙着清理呢，客人就入住了。

剪彩仪式上，赵勇动情地说，首钢不愧是我们国家的钢铁御林军，通过这个钻石级工程，首钢人捍卫了自己的荣誉，在河北打出了自己的威风，为唐山人做出了表率！

可惜，根据国家在奥运期间不得召开国际性会议的要求，赵勇设想的那个"环渤海经济发展战略国际论坛"没开成。但是，唐山借机拣了个超豪华的"五星级"名片，还备了总统套房，赵勇就是接待奥巴马也能趾高气扬了。

够机灵的。

5

2009年5月，我第三次去曹妃甸采访，便下榻在渤海国际会议中心。中心大门外的广场上，立着数十根光秃秃的钢制旗杆。晚餐桌上，我开玩笑问快人快语的经理董利献和一脸老实巴交的书记芦力杰：楼外立着那么多旗杆干什么，旗杆多了才敢叫"国际会议中心"啊？

董经理说，世界上有五十多个国家及地区和首钢有经贸往来，明天我把他们的国旗都挂上，让你看看首钢国际交往的气势和水平！

第二天一早，步出会议中心大门，门前广场上成半月型排列的五十多根精钢打造的旗杆上，果然迎风飘扬着五彩缤纷的各国国旗。

从2004年首钢与河北签署联合发展曹妃甸《座谈纪要》之日起，不过五年时间，这个荒无人烟、黄沙漫漫的孤岛已经"全球化"了，风华绝代的大唐美人曹妃，仿佛一夜之间成了国际T台上的名模！

坐落在唐海县临海北岸的"渤海国际会议中心"雄丽壮阔，由八个建筑组成，即渤海国际大酒店、商务办公楼、海员俱乐部、体育馆、休闲中心、专家公寓楼、临海别墅群和中心办公楼。整个建筑群以洁白优美的身姿，坐落在一大片绿地毯般柔软的草坪之上，犹如停靠在岸边的一艘航母。它的东边是一片波光粼粼的人工湖，西部紧临着国际标准的高尔夫球场、一望无垠的浅海湿地和鸟类自然保护区，纵目远望，成群的鸥鸟不时一飞冲天，在空中划出美丽的弧形，然后又纷然而落，清亮的鸟鸣仿佛来自天堂深处的天籁之声，响彻云海之间。

位于大酒店一层的中心会议厅被命名为"金色大厅"，大厅高阔宽敞，金碧辉煌，华灯如玉，精美绝伦。漫步其中，仿佛置身于一座辉煌的皇家宫殿——我不能不惊叹，传说中的"曹妃殿"，终于以现代风姿重现人间！

渤海国际会议中心和贝壳状的体育馆、休闲中心，再加上错落有致、造型优美的30个别墅小楼，巧妙结构出一幅宏大的立体现代派图景，与曹妃甸岛隔水相望，一条平整宽阔、两侧立有防浪大堤的通岛高速公路把两者连接起来。于是在我的想象中，出现了如此令人惊艳的画面：

每天清晨，在万道霞光、如雪浪花的簇拥下，盛装而出的曹妃迈着猫步、冷着酷脸，姗姗步过犹如长长T型台的高速公路到岛上闪亮登场，向世界尽情展示自己的美貌与华彩，然后姗姗而归，回到这座华丽壮美的白色建筑群，休息一下或换一套更现代更迷人的新装。

"渤海国际会议中心"就是曹妃的梳妆室！

怪不得首钢人把她的美丽雕像立在大堂中心。

晚霞中的渤海会议中心

二、徐凝撞上南墙不回头："我只懂逻辑！"

——科学加民主：副总经理"玩抓阄"的瞬间反应

1

徐凝从身材到形象再到那宽大的前额，活脱就像一头公牛，他干活做事像牛，个性脾气也像牛。所以周冠五时代徐凝"两下三上"的传奇经历，至今还是首钢人津津乐道的话题。

首钢"面朝大海，再造辉煌"的战略转移，都是围着渤海湾展开的，一是曹妃甸，二是秦皇岛，三是迁安矿区，即上世纪五十年代末，丁书慎骑毛驴找到的那个地方。新世纪初，首钢搬迁的呼声日盛，建设迁安钢铁基地的想法便确定下来。时任首钢党委书记的罗冰生，觉得继续在钢铁产业下大气力意思不大了。那时北京要求首钢压产 200 万吨，他说，在迁安搞个 200 万吨钢厂就可以填平补齐了。副总经理徐凝心有不甘，他主张要干就干个大家伙，起码搞个 400 万吨的厂子，班子讨论的结果还是 200 万吨。既然你徐凝主张"搞大家伙"，你就来担任迁安钢厂的董事长，主抓这个工程吧。

2002 年 12 月，冰天雪地之中，举行了开工剪彩仪式。徐凝亮开嗓子在现场吼了一声"开工"，接着讲了一番激动人心的话。其实他心里远没那么激动，甚至有点无精打采。全国钢铁业已成万马奔腾、百舸争流之势，在迁安搞个 200 万吨产能的小破厂，算个什么事儿啊？

要干就干大的！徐凝不死心，牛脑袋里悄悄琢磨着怎么能顶顶牛。古人言，"将在外，君命有所不受"，于是筹备工程的前期，徐凝就打下一个"埋伏"：按年产 400 万吨一次完成征地。以后倘若有机会扩建，再征地的费用不知会涨到多少倍。后来的事实证明他顶牛确实顶对了，棋高一招而且先走一步，否则迁钢就很难有今天的发展空间和宏大规模了。

那是多雪的冬天。建筑队伍和大型设备都进去了，迁安工地机声隆隆，雪尘飞扬，工人们冒着严寒作业，有点伸不开手脚打不起精神。徐凝的心境也和那个冬天一样，有点凉。

问题在于，他天生不是惟命是从、随波逐流的人。

2

在首钢，徐凝是一位奇人。周冠五时代，他犹如一颗新星脱颖而出，闪亮登场，然后屡遭打击，两次被撤职，三次再使用，五次杀入首钢总部，堪称一

条打不倒、砸不烂、摧不
垮的硬汉。首钢当然也有
个别的孬种软蛋，但这种
硬汉遍地都是。

徐凝是从工人堆里起
家的，他中等身材，方脸
宽额，站在那儿敦敦实实
像一块大钢坯。1970 年，
初中毕业的他一进首钢就
穿上蓝工装，开上大马力
的推土机，整天在料场上
冒着蔽空的滚滚烟尘，把

徐凝在迁钢施工现场

如山的铁矿、煤炭推来推去，那排山倒海的架式让他颇感得意，英武非凡。

"文革"毕业的初中生能有多少文化底子？可能是祖上的基因和家风起了
作用，父母都是辅仁大学学中文的高材生，建国后毕业的第一届新中国青年知
识分子。

家徒四壁，最多的"财富"就是塞满四壁的书架和几乎要倒流下来的成堆
的书。徐凝好动，可玩够了就把看书当休息。开了三年推土机之后，供销处办
公室缺一个管工资表的办事员，领导们说，那个开推土机的小青年不错，干活
扎实，平时又挺看书的，临时借过来用用吧，不过不知道他会不会打算盘？把
徐凝找来一问，他老老实实说："加减乘法还行，除法差点儿。"

好在小子聪明，算盘很快打得流星四溅，一用就舍不得放手了，19 岁的
徐凝成了有模有样的小干部——其实是"以工代干"，从内里本色到不离身的
蓝工装，都是工人模样工人气质。那时工资低，零头以 1 分、2 分为单位，开
推土机轰轰烈烈的徐凝，在账面上居然把零星钢蹦儿标得一清二楚。

1974 年调到原料科。计划经济时代，每年国家有关方面都召开一两次定
货会，听取各企业的生产计划，然后把国家有限的"米"熬成"坚硬的稀粥"，
平摊给各企业。小徐凝第一次坐上硬板火车到烟台参加全国定货会，相当兴奋，
眼里掠过的风景远比推土机上看的壮丽多了，起码没有烟尘。这是青年徐凝第
一次看到大海。他觉得那连天波涛一下子涌进胸中，无比的壮阔。

小办事员只能列席，他住在会议外面的小破旅社里，每天徒步赶到会场，
帮着领导弄材料、记笔记。会后回到北京，再跑国家各部委，落实矿、煤、
油等各种原料调拨计划，陪着笑脸央求追加定额。原料科的这段经历，让他
全面了解了首钢生产的原料供求情况和相关知识，为他后来的发展奠定了坚
实基础。

小徐凝屡屡出现在"优秀"、"劳模"、"先进"的名单中。

敏锐的周冠五注意到他。1980 年，首钢党校办了一个后备干部学习班，徐凝成为第一批学员，半年后毕业，二三百名学员中，只有两位直接提升到副处级，26 岁的徐凝是一个，原准备安排他到团委当书记，"委任状"已经打出来了，组织部一翻档案，才发现他不是党员，那就当"临时负责人"吧——足见周冠五爱才之心，他竟然开了中国共青团干部"非党负责人"的先河，并且空前绝后。

那时高考制度已经恢复，徐凝渴望读书深造的热望被极大地激发起来，他不安心，连续两年申请参加高考，单位都不批，说小伙子干得不错，发展也挺快，还考什么考？烤糊了多没面子！徐凝不死心，有一天看到报上有"中国人民大学函授班招生启事"，而且距离招生考试日期只有 7 天，他的心又活了，一定要拼一把试试！

他找到领导，领导爱才如命，铁面无私，仍然不放人不盖章。于是他诚心诚意地"蒙"领导说，现在距考试只有 7 天，我啥都没复习，肯定考不上，你就让我去试试吧，考不考明年再说。领导心软了，也相信了他的鬼话，觉得天天忙工作的他肯定考不上，大章一盖，放行了。

一举中的，一帆风顺，领导目瞪口呆，悔之晚矣。

3

读完大专又读大本，从课堂上回到首钢，徐凝干得更加生龙活虎。有一年全国大兴土木，钢材奇缺，价格飚升，全国各地官办、民营争相上钢铁、抢原料，许多钢厂因原料供应不足被迫停产，只有首钢吃得饱饱的。周冠五很高兴，问咱家谁管原料？说是徐凝，这小子敢干，反应快，有眼光也有魄力，早把首钢原料搞得足足的。

1989 年，35 岁的徐凝一跃成为首钢下属的北钢公司副经理。所谓北钢公司，是当时首钢五大子公司之一，管的就是现在首钢本部的整个钢铁生产系统。

真是"成也冠五，败也冠五"，倒霉事跟着来了。不久首钢出了一个大贪污犯，徐凝就在他手下工作。此事震动四方，影响很坏。周冠五当然要严肃处理，杀一儆百，必须搞掉几个业务相关的干部以示"震慑"。据说，周冠五拿起相关几十个干部的名单看来看去，不知怎么就瞄上"徐凝"这两个字，于是大笔一挥，在徐凝名字上画了个圈，然后再划一道横线，把徐凝勾到名单边缘上。不经任何调查，没有任何根据，徐凝就定案了。

这当然是一桩莫须有的错案。大概周冠五也知道这是莫须有，不过他不高兴，发脾气了，让谁下来"凉快凉快"是他餐桌上的"家常凉菜"，老爷子敢用你当然也敢撤你。1990 年 12 月 22 日，有关部门根据周冠五的"那一勾"，奉命找徐凝谈话。徐凝长了一个敢顶牛的大脑袋，当然不服，怒目圆睁，吼声如雷，有关人员逼着他在材料上签字。他抓起黑炭笔，在材料上大大划了个

"✕"，纸都划破了，然后注明："本材料与事实不符，我保留向党中央申诉的权力。"然后把门咣当一摔，走人了。

首钢"新星"徐凝一落千丈，连降三级，工资由225元降到158元。

那几年周冠五处分撤职的干部数不胜数，敢暴跳如雷、奋起抗争的人不多，因为过些日子周老爷子心情好了，或者因为"拿山头"的新任务，他又想起某个战将需要起用了，干部上上下下惯了，没今天还有明天呢。徐凝是一条铮铮作响、宁折不弯的硬汉，哪怕你是天皇老子，不对的地方坚决顶到底。几天后，他写了一份申诉材料，分送北京市委和首钢党委常委，还专门跑到周冠五家门口，把一份材料塞进他家的邮筒。徐凝眼里是揉不得砂子的，何况此事涉及到自己的品质、人格和名誉。他决意顶到底，顶个鱼死网破，宁可彻底"光荣"。为此，他认真研究了《中国共产党党章》，党章上规定，对党员申诉，必须在三个月内给予答复。三个月后，徐凝又写了一份上诉材料，坚决要求首钢党委给予答复。

老爷子那伟岸的身躯在首钢月季园里走来走去，思考的都是"做天下主人，创世界第一"的大事，当然没工夫理他。也有不少好友劝徐凝，别惹老爷子生气了，说不定哪天他还会用你。徐凝说，我是宁撞南墙不回头了，我不懂炼钢不懂炼铁，可只懂一条，就是一切按逻辑办，不符合逻辑在我这儿就过不去！什么是逻辑？逻辑就是科学加民主。

后来人们发现，徐凝无论当老百姓还是当多大的官，办事特较真儿，特愿意讲逻辑，于是人送绰号："徐逻辑"。

4

徐凝至今搞不明白，或许因为周冠五还是有爱才之心，或许因为徐凝抗争激烈，骨头很硬，老爷子气头过去了，对这种烈性汉子倒是很欣赏。事情突然有了转机。一年半以后，徐凝突然被任命为科长，再过三个月当了副处长，七天后改任处长，又过三个月即1993年2月，重新出任北钢副经理。一撸到底的徐凝转眼间成了快速升空的"飞毛腿"导弹，心脏不好的人真受不了。

据说，凡是被周冠五点名撤职的干部，除非他本人提名，别人都不敢提出重新使用。那时，首钢正全力以赴打"一千万吨"高产目标，工作紧张，任务繁重，全首钢拼得嗷嗷叫。每逢大战思良将，周冠五想起了徐凝，说"这个人还是很能干的"，徐凝随即东山再起。

不过好景不长。1994年1月，首钢就总公司后备干部人选搞了一次民意测验，五人候选名单上就有徐凝的名字，还有周北方以及老爷子很欣赏的几位干才。凭心而论，周冠五在重用周北方的问题上，既有爱子之心，也有身边一帮溜须拍马者的"功劳"。这些人常给老爷子吹风，说周北方如何如何能干，业绩如何如何突出，"周书记，举贤不避仇也不避亲，您不能为了避嫌耽误人才啊！"

老爷子信以为真。

那次无记名投票结果，以"实干家"闻名全首钢的徐凝排名第一，这大出周冠五的意料。不久，在原料运输上究竟用火车还是用汽车的问题上出现一些纷争和歧见，老爷子怪罪到徐凝头上，发了大火，又一次大笔一挥，徐凝连撤七级，被送到设备处管锅炉备件——彻底打入冷宫"看锅炉"去了。

一年后，即1995年春，周冠五下野。

4月，春暖花开。首钢新任党委书记毕群把徐凝请到办公室谈话，颇有长者之风的毕群面带微笑，第一句话就好奇地问徐凝：许多被冠五同志错误处理过的干部都找过我，你怎么不来找我啊？几位老领导赵长白、罗冰生等同志一直为你鸣不平，还有很多同志向我介绍过你……

徐凝淡淡地说，屡遭打击，我已经无所求了。

第二天，徐凝出任首钢办公厅主任、机关党委书记。

现在是首钢党委常委、常务副总经理。

5

2003年1月，朱继民走马上任。3月冰消雪融之际，他和徐凝等一干人马到迁安基地搞调研，在工地上重提当年迁安钢厂建设规模之争，徐凝说，当初征地时我就按年产400万吨准备的。朱继民大为振奋，说你小子真有眼光啊！他当场拍板：将来首钢要跳出北京求生存求发展，这是大势所趋，因此迁安不能小打小闹了，立即改变方案，翻一番，由年产200万吨扩容到400万吨！

徐凝说，后来的历史发展和事实证明，这是极具战略眼光和战略意义的一个决定，首钢"面向大海、再造辉煌"的大格局由此初定乾坤。王青海的豪言"让渤海成为地中海"，果真有点那个意思了。

大局已定，不战则已，战则必胜。徐凝奉命出任迁安钢厂董事长，当然也是建设工程总负责人，党委副书记姜兴宏也挂印出征，算是"迁安第二战区政委"的角色。徐凝胸怀豁达、善用将才，他分管的事情和业务很多，忙不过来，又特别牵挂具有战略意义的迁安工程，于是特意挑选了在首钢赫赫有名的工程总指挥苏显华。当年在首钢党校第一期后备干部学习班上，此人与徐凝同在一个组，睡过一铺炕，吃过一锅饭，后来在首钢各大战役、各大工地，苏显华多次出任总指挥，以能征惯战闻名全首钢。

徐凝带他到了迁安，对迁安市地方领导介绍说："我向各位隆重推出迁安工程总指挥苏显华同志，在迁安工程上他有权调度一切，他所做出的一切决定都全权代表首钢、代表我，我相信他干得比我还好！"

地方几位领导纷纷上前握手，不过眼睛里都透着怀疑。

徐凝要求工程指挥部的所有工作人员："各位要坚决服从苏总的指挥，全

咱们工人 铁血记忆·首钢九十年

力支持他的工作！"

徐凝具有高超的领导艺术，举重若轻，潇洒从容，颇有"羽扇纶巾，谈笑间，樯橹灰飞烟灭"的风采。作为首钢副总经理和迁安工程总负责人，他经常两头跑。不只他两头跑，首钢各位老总在"搬迁调整、一业多地"的建设热潮中，常常白天在工地指挥部忙，晚上连夜坐三个小时的车赶回北京，第二天早晨参加班子会议或北京市的什么重要会议，散会再坐三个小时的车返回工地。我约谈几位老总，都是长达一两个月谈不上。多次定好时间，又因临时有事有会，一再改期，我只好把自己长期"软禁"在首钢红楼，举杯望明月，对影成三人，苦等。

徐凝善用将才。迁安工程建设，大盘子和大方针已定，因此他很放手。他对迁安钢铁公司年轻的总经理靳伟和班子成员说："你们管三件事，我只管一件事。你们管的三件事是，一要团结动员一切力量把迁钢建设好，二要健全建立全面的现代企业制度，三要带出一支高素质、有纪律、能战斗的队伍。我只管一件事：我是法人，法人是管死人的，死了人找我。总之，你们放心大胆干你们的，我随叫随到，给各位服务！"

众皆大笑。

其实，和徐凝一起工作，做徐凝的部下很轻松。除了重大决策，一般情况下他来了，事情不分大小，碰上什么就商量什么，甚至商量到路边种什么树、什么草，食堂灶台搞不锈钢还是搞大理石的。徐凝对我说："我来迁安，根本没有督战的意思，我知道苏总、迁安公司年轻有为的总经理靳伟，都是干活不要命的人，我来了，让大家坐在一起谈谈工程上的事，扯扯淡，其实就是放松放松，别累垮了。当然，偶尔有点事儿他们也可能办错了，我不说不问更不批评，他们都是高素质、高智商、对事业忠心耿耿的人，明白过来不用我说，他们会立即改正，并当作经验积累下来，所以我们在一起工作很愉快，我很留恋那些劳累也很难忘的时光。"

有一次，商量迁安公司办公室的墙壁漆成什么颜色，设计人员提供了四种方案，徐凝和几位指挥各有主张，争论半天定不下来。他笑说，咱们投票表决吧。

投票结果，两种颜色退场，另外两种颜色票数相同。

徐凝说，大家都叫我"徐逻辑"，逻辑就是科学加民主，干脆，咱们抓阄儿决定吧。

工作人员正在写纸条的当口儿，徐凝恍然大悟说，为什么我们投票都定不下来？其实因为四种颜色我们都不满意！不抓了，四种方案推倒重来，另选！

大家哈哈大笑，一致赞同。

创造和书写历史并非都是慷慨悲歌，提着脑袋往上冲。有时云淡风轻、轻描淡写就把历史办了。

气氛和谐团结，轻松愉快。

当然，有些棘手的事情特别需要老谋深算、老奸巨滑的徐凝拿主意。改造迁钢附近一段河道时，地方水利部门强烈要求大堤标准为"百年一遇"——那投资可就太大了。迁钢与地方商量几次，协调不下来。事情报到徐凝那里，徐凝问，咱们上游、下游的堤防是什么标准？答曰"三十年一遇"。

"徐逻辑"说，我们厂区是按百年抗灾标准建的，完全可以放心。不过百年大水来了，上下游都是"三十年一遇"标准，我们这一段百年标准有什么用？不合逻辑嘛！折衷一下，按"五十年一遇"办。

2003年春，迁安钢铁基地建设工程热浪滔天，排空而起。首钢"面朝大海"的梦想正在这里落地……

三、张功焰："你小子有种儿！"

——"我命里缺火，却注定要跟火打一辈子交道。"

1

锈迹斑斑的大铁门吱吱嘎嘎打开了，夏日的阳光成矩形倾泻而进，粉尘在空中飘舞，他那细瘦的身影被阳光拉长，一直延伸到幽暗的深处，扑面而来的阴凉空气让他打了个寒战。

这是一个大仓库，尘封着首钢十几年的梦想。

梦想似乎已经成灰。

张功焰走进去，缓缓行走在那些或者披着篷布，或者装在木箱里的设备中间。这些设备码放在大厂房里，每年要花费大量的人力、财力进行维护保养，保养的目的似乎就是让它们继续沉睡。此刻，这些钢铁悲凉地沉默着，但张功焰仿佛能听到当年周冠五和十几万首钢人激昂而急切的呼唤。

1994年，首钢钢产量达到824万吨，一跃成为"中国老大"，但说起钢材，首钢人就太没面子了，他们长年生产的"面条"、"裤腰带"只能埋在

张功焰在顺义大冷轧工地

咱们工人 铁血记忆·首钢九十年

地底下、水泥里，见不得天日，而且都是卖不上好价钱的大路货。现在首钢人看清楚了，就在周冠五埋头大打"一千万吨"高产的当口儿，宝钢、鞍钢、武钢却出色地演了一出"奇袭白虎团"，绕到首钢身后，集中优势兵力，以大投资、大动作，率先开发和发展板材项目。正在工业化、现代化热潮中高歌猛进的中国，建高速、筑大桥、造大船、上汽车、搞家电、玩手机，厚厚薄薄的优质板材成了抢手货，价格飞涨，供不应求。你首钢即使打下"一千万吨"，也不过是我的"原料供应商"。

人家出奇制胜了。

周冠五一直热切渴望着，首钢能有一套现代化的热连轧机，由于种种原因，这个项目一直不顺利。老爷子当然咽不下这口窝囊气，他下野的最后几年，一直张罗要上"2160热连轧"，将来可为桥梁、造船、高压容器、高压管道提供优质板材。很快，号称"中国第一钢牌坊"的2160轧机大机架，在邓小平视察首钢前半个月浇铸成功了。但是，国家对首钢这个项目一直没批准立项。1995年周冠五下野之后，还念念不忘这个项目，堪称他一生的遗憾。

罗冰生主政期间，总经理朱继民也一直挂念着这个项目，他带着技术员出身的张功焰拿着立项申请报告，在国家各部委奔走呼号多年。各部委的领导、同志和朋友接待他们很热情很耐心，进门先把茶沏上，还嘱咐朱总"注意身体"啦，"工作别累着"啦，"北京扬沙天气多烦人"啊，但就是避而不谈"2160工程"的立项！

后来一听收发室报告说，首钢的朱总、张总到门口了，司局长们纷纷避之唯恐不远："就说我不在！""就说我正在开会！"张功焰气哼哼操着江西佬普通话说，他们怎么只打哈哈不办事，国家机关的"官僚主义"太严重了！

朱继民揩揩光额上的汗水，颓然往皮椅上一瘫，脸色阴沉，不吭声，一副若有所思的样子。

多年以后张功焰才弄明白，这根本不是国家机关的"官僚主义"问题，其实人家根本不同意你立项，又不好明说——那时北京正在积极申奥，国家和北京市高层早已达成默契，"污染大户"首钢不能在北京上任何涉钢项目了。

首钢像一只已经不适应生态环境的"活恐龙"被关进"铁笼"，随时准备送出北京，不过时机不到，这个谜底不能揭开。事实上，脸色阴沉、若有所思的朱继民也预感到这个结局，时机不到，他对张功焰、对首钢人也不能明说，说早了，军心大乱就不好收拾了。

别的钢铁企业的板材很快变成高速钢轨、汽车、家电、手机，一个个光宗耀祖、神气活现。没有板材、威名赫赫又徒有虚名的首钢眼看着自己的"面条"、"裤腰带"被一车车运走，运到建筑工地上，民工们再把它们一根根埋进水泥里，太没面子了。"2160工程"则成了首钢人的噩梦。大批设备沉睡在仓库里，长达十余年。

首钢不跳出北京，真的没希望了。

2

那几年，是张功焰活得最憋气、最窝囊的日子。

参加冶金行业会议，见了同行只有脸红的份儿。他脸皮儿本来就薄，老谋深算的朱继民，城府颇深的王青海好像偏偏要刺激他，到宝钢、鞍钢、武钢考察板材项目，一直带着他。鞍钢那位老总领着首钢一行人到自己的板材生产线上参观，眼见通红的钢板由厚变薄，由短变长，潮水般一浪接一浪涌过生产线，他得意洋洋地操着赵本山口音说，这就是俺鞍钢的印钞机，一天一千万，银行也干不过俺呀，俺和光荣的首钢比，各方面都差，就是"不差钱"！

最后他还傻笑着明知故问，你们首钢还是"面条裤腰带"吗？

首钢人的最痛。

2005年夏，参观了武钢板材生产线之后，那天晚上，在"火炉"武汉的一家宾馆，朱继民和王青海把张功焰找到房间，朱继民笑问，有何感想？

张功焰说了一句哈尔滨式的东北土话："憋气窝火带冒烟！"

王青海说，那好，"2160工程"就交给你干了。

都说"秀才造反，三年不成"，把首钢尘封十几年的"天字第一号工程"交给张功焰来办，决策够大胆也够冒险的。

张功焰"胆小皮儿薄"，因为怕冷，死活从我亲爱的家乡、美丽的哈尔滨逃出来了，这让我对他颇有"看法"。

3

"张功焰"这个名字挺蒙人。初一见，我觉得挺有文化味、挺有品位、挺有意思的，现在他又是地位显赫的首钢总工程师，我猜他一定是知识分子家庭出身，老爸老妈不简单，属于家学渊源、传承深厚的一族。一问，出乎意料，他原来是江西九江地区老农民的二小子，是踩着稻田的泥巴长大的，考上大学才见着火车。张功焰说，他原名"张功焱"，家乡的算命先生算出他"命里缺火"，一口气给他加了三个"火"。后来他觉得自己有文化有层次了，这个名太通俗太农民太没内涵，于是改名"张功焰"，看着果然像大知识分子了。

"算命先生说我命里缺火，没想到我到了首钢，注定要跟火打一辈子交道了。"

老爸大字不识，嘴还笨，一辈子只说了一句特深刻的话："你要不想吃苦干农活儿，就好好念书。"由此可以断定，张功焰从小"怕吃苦"。

1979年，不满18岁的张功焰考上西北工业大学，老爸惊呼"祖坟冒了青烟"，全家乐翻了。二小子没出过远门，老爸让大儿子带着弟弟坐船到武汉，再送他上火车，"等火车开了你再回来，录取通知书你也先揣着，别让小二弄丢了"。哥俩儿乐颠颠上了路，一路大好河山让俩小农民算是开了眼，更加热爱祖国了。

哥哥把行李卷儿什么的亲自帮着弟弟扛到车厢里，再三嘱咐别下车乱走，别到车门口看热闹，"不小心兴许给甩下去"。弟弟战战兢兢答应了，一路缩头缩脑不敢动。

到了西安，车站敲锣打鼓，举着大红横幅"欢迎新生报到"。张功焰一掏上衣口袋，坏了！哥哥把什么都安排得妥妥当当，只有录取通知书忘了交还给他。小农民急得满头大汗，江西那边的老爸、哥哥两个农民也急得满头大汗，半个月后录取通知书才寄到。所幸学校特别"以人为本"，先把张功焰当"临时生"收留下来。

<h1 style="text-align:center">4</h1>

1983 年毕业，分到哈尔滨一家大军工企业。

张功焰说，那里的冬天真冷啊，工厂地处郊外，寒风无遮无挡，吹过来像刀刮骨，肉皮儿生痛，一会就冻白了。每天到几百米之外的职工食堂吃三顿饭，他总是夹着饭盒，先在又重又厚的棉布帘子后面站一会儿，咬咬牙，憋一口气，然后下定决心猛冲出去，像奥运百米冠军一样飞跑过冰天雪地，一路钢勺在饭盒里叮当作响。跑到食堂，饭盒不响了。他很奇怪，饭盒的盖子扣得严严的，勺子怎么会丢呢？打开一看，冻上了。下了班，洗完澡出门没走几步，头发冻得根根直立，那真叫一个"怒发冲冠"，"听说在大野地小便还要用棍敲，我倒没经历过。"

张功焰整天冻得嘶嘶哈哈，苦不堪言，于是天天泡到厂领导那儿，要求调回南方，当然最好是家乡江西一带。那几年，这个军工厂先后分配来几百个南方籍的大学生，都不安心，都要求调走。我很奇怪，我家乡油光光的东北大米和白面馒头多香啊，小南蛮子们居然怎么也吃不惯，只愿意吃南方一盘散沙似的糙米。书记厂长引用了无数革命先烈的英雄事迹，讲了无数"爱厂就是爱党爱国"的大道理来教育他们，都不管用。

看来，国家管分配并不是好事，张功焰和那些南方大学生整天发牢骚说："我是党的一块砖，东西南北任党搬。""我是党的一块坯，东西南北任党踢。"

没办法，厂长召开了一个南方大学生会议，宣布说，你们都想调走，我要是开口放人，厂子就乱套了，但我可以给一次机会，让你们光明正大地走，那就是考研究生，谁考上谁走，我还开欢送会。不过只许考一年，下不为例，考不上的就死心塌地地准备把坟头埋这儿吧，地我都备好了。

厂长把话说绝了，张功焰只能背水一战了。单身宿舍里人来人往，乱糟糟的无法复习功课，到哪儿能找个安静地方呢？他灵机一动，找到机关大楼的打更老头儿，说你白拿工资，我替你打更，怎么样？老头儿万万没想到"雷锋还活着"，满口答应。从此张功焰在大楼里像孤魂一样，整整埋头"打更"两年，1985 年，他考入地处沈阳的东北大学研究生院，数学满分为 120 分，他得了

119分。

他拿着录取通知书，笑嘻嘻找到厂长，厂长拍拍他肩膀说："你小子有种儿！"

怕冷的张功焰终于从哈尔滨仓皇出逃。伟大领袖毛主席说，人要"一不怕苦，二不怕死"，张功焰"一怕苦、二怕冷、三怕冻死"，这人能成大事吗？

1988年，研究生张功焰进了首钢。他命里缺火，奇怪的是他就是不怕火。首钢工人的激情之火、壮志之火、精神之火，终于把这位"小资"打造锤炼成一块高质钢。在车间的那些日子，他没家没业，光棍一条，整天头戴安全帽，身穿蓝工装，足登大头鞋，满脸黑灰黑汗和工人们泡在一起，火里来烟里去。下了班，哥们儿一块到小饭店或大排档，抽烟喝酒，荤素全来，醉了就搂脖抱膀在大街上横晃，一路扯着江西口音，高唱"我的家在东北松花江上"——这会儿他记起哈尔滨的好处了。

工人们都认他当铁哥们儿，遇上生产事故、技术难题来找他，立马云开雾散，柳暗花明。

首钢是个大染缸。进去的是白爽爽的文弱书生，出来的是黑乎乎的铮铮铁汉。不过洗干净之后，张功焰还是一副书生模样，身材颀长，肤色白净，谈吐文雅，戴一副近视镜。在车间那几年，不是他把工人蒙了，就是工人把他改造了。

很快一路飚升，而且在干部潮水般上上下下、颠沛流离的周冠五时代，张功焰上升势头出奇的稳定。

由此看来，朱继民和王青海决定把首钢"天字第一号工程"交给他牵头主办，是有道理的。他掉不下来。

35个亿的巨额投资交到张功焰手上，他成了首钢解梦人。他的第一个行动，就是进了那间尘封十几年的大仓库，把梦唤醒了。

5

国家仍未立项。但搬迁调整的战略布局已经全面展开，市场竞争日见惨烈，机不可失，时不再来，朱继民和首钢精英们决定秘密行动，先斩后奏。

迁钢公司年轻的总经理靳伟主动请命："象征首钢新世纪、代表首钢新技术的2160工程不落户在迁钢，还要我们年轻人干什么！"

首钢的大会战精神，读者早已耳熟能详，落在首钢"大染缸"里的张功焰，也变成"一不怕苦二不怕冷三不怕冻死"的铁汉。

2006年12月26日，冀东平原寒风凛冽，白雪皑皑。下午3时许，朱继民、王青海陪同河北省委书记白克明到刚刚建成投产的2160热轧卷板厂视察。张功焰坐在总调度室指挥操作，第一块炽红的钢板刚刚运行出来，突然卡在半道。

赶紧退！张功焰大喊。

第二块钢板出来了，因为轧辊上有油污，半道突然冒烟起火。

赶快退，重来！张功焰大喊。

接着他满头大汗操起手机打给王青海说，你和各位领导暂时到别的地方看看行不行？我这里不顺，钢卷出不来！

王青海背过身小声说，我们已经到门口了，拐哪儿都是丢脸的事，而且来不及了！王青海硬着头皮假装一脸轻松，与朱继民和河北一行要员谈笑风生，鱼贯登上距地面高 20 余米的平台，进了长达一公里的热轧厂房。

真是苍天不负有心人。第三块红光闪闪的钢板运行出来，滑过一道道钢架大牌坊下的轧机，在蒸腾的水汽中渐渐由厚变薄，由短变长，最后通过隆隆轰响的卷板机，卷成一个 20 多吨重的钢卷，再由机器人手臂自动喷出一行字，标明规格和出厂时间，顺利下线！

朱继民告诉白克明，这一卷能卖 20 多万元，相当于一辆奥迪轿车。

首钢的"秘密行动"大功告成，现在变成首钢人的骄傲与光荣。

2009 年 7 月，我去迁钢采访，走在长长的平台上，看着一块块红通通的钢板沿着传输带铿铿前进，最后变成一个个青灰色的巨大钢卷顺利下线，恍然觉得这条数百米的生产线就像一台印钞机，当时我的眼睛肯定像钢板一样炽红。

在花草繁茂、绿树成荫的厂院中央，立着一座方形纪念碑，碑顶放置着第一个下线的钢卷。碑上铭刻着如下文字：

"2006 年 12 月 26 日 15 时 36 分，首钢第一卷板材成功下线，实现了首钢几代人的梦想。"

6

2005 年初春，几乎与建设中的迁钢热轧厂同时并行，首钢决定在北京郊区顺义建设一个大型冷轧板材厂，总投资 50 多个亿，朱继民决定把这件事也交给张功焰来办。两项大工程相加，文弱书生张功焰手里握着一百多个亿。

顺义冷轧是北京要求搞的。首钢如果全部搬迁，净身出户，北京的利税和财政收入要减少很大一块。刘淇说，其实首都舍不得首钢，首钢是北京的利税大户，你们离开北京，等于把北京的蛋糕切走一大块，我建议你们还是搞个有利可图、有发展前景的新项目，比如板材，在北京远郊建起来，要保证零排放零污染，而且能成为首都经济发展的新生长点，你们要决心办好，北京要人给人，要地给地，要钱给钱！

2005 年 7 月 2 日，北京市本年度一号工程——首钢"冷轧薄板大厂"开工仪式在顺义区李桥镇经济开发区隆重举行。那时纵目望去，眼前仅仅是 1100 亩绿草如茵的荒地……

一张白纸。张功焰画出了第一张布局图纸，起草了第一份设计技术要求。

2007 年，冷轧薄板厂顺利投产。张功焰说，现在，每当走进迁安热轧厂和顺义冷轧厂，就像看到自己的孩子一样亲切，能为实现首钢几代人的梦想出一份力，这辈子就没白在人世间走一遭儿！话语里透出的那股狠劲儿猛劲儿，不像"张功焰"说的，倒像"张功焱"说的。事实上，文质彬彬的张功焰把南方农民的韧劲儿和北方工人的虎劲儿，都存到基因里了。

四、苏显华：光屁股的书法家和京胡"战鼓"

——长安街上，豪华警车为他的破吉普开道

1

苏胖子，在首钢威名赫赫，无人不知。

肥大的裤子吊在肚脐眼儿下面，总让人担心随时会掉下来。

别看他脸上总挂着"甜蜜的微笑"，其实他极具"暴力倾向"，他是首钢一枚冒着火焰的出膛"炮弹"，专炸荒山秃岭，然后再用钢筋铁骨搭积木，搭出一座座钢城。

膀大腰圆，嗓音如雷却带着嘶哑的破音，显然是多年在工地上大喊大叫留下的声带拉伤。一双细小的眼睛精光四射，无论何时何地，总是手捧着一个不锈钢保温杯，一看就是"不回家的男人"。说起自己的经历，这家伙相当骄傲自满，有一股逼人的安天下、定乾坤"舍我其谁也"的牛哄哄的劲儿。面对我——一个文坛认可的诗人、作家兼有一定市场的书法家，他得意洋洋地大谈自己这些年创作的诗词歌赋以及书法作品的精妙，并且背得朗朗有声，抑扬顿挫，全然不把我放在眼里，管你是谁，爱谁谁。而且他强调说，每年他写的古体诗词一般不超过 5 首，那意思很明白——就是他拿出来的作品个个是经典之作、千古绝唱！

这个苏显华也太那个了，用当下网络一句流行语来形容，就是这家伙"总在牛 A 和牛 C 之间徘徊"。听着他滔滔不绝的神侃，我老老实实记着，脸上的表情特小学生，特虔诚，其实特阴险。

我们畅谈那天是 2009 年 6 月 12 日，正是苏显华进首钢整整 41 周年的纪念日，这让他思绪万千，豪情满怀，屁股底下的椅子嘎嘎作响。

苏显华确实牛气冲天，但他该牛，值得牛，而且很

苏显华在迁钢指挥工程建设

有一直牛下去的品格和本钱。自 1990 年始，他当了首钢"十八路"工程的总指挥，住了三十多年工棚和活动板房。在繁花似锦的当今社会，这样的人已经很少见了。他说，年轻时候想老婆了，就把老婆塞进工棚里，现在想小外孙子了，就把小外孙子塞进板房里。

号令三军，夺关斩隘，劈山填海，所向披靡，一座座精品级钢城在他手上轰然而起。首钢人都说，"谁敢横刀立马？唯我苏大将军！"

2

为了保住首都的碧水蓝天，首钢必须搬迁，但首都几十年来许多大小建设工程，从建国初的人民英雄纪念碑到迎接新世纪的中华世纪坛，关键时候、关键部位、关键工程，首都一直离不开首钢。首钢工人是首都最信赖的一支铁军，召之即来，来之能战，战则必胜。

1990 年十一前夕，中央决定，天安门广场更换国旗旗杆，原来的旗杆高 33.8 米，重 9 吨多，是开国大典上毛泽东亲手按动电钮升起第一面五星红旗的旗杆（现已收藏）。更换的新旗杆高 53 米，重 23.5 吨，底部直径 700 毫米。天安门广场上的国旗是"中国第一旗"，每天早升旗、晚降旗，意义重大，举国瞩目，哪怕山崩地裂也必须按时进行。工程必须在头天晚上 6 时降旗之后、第二天凌晨 4 时升旗之前完成并确保万无一失。时任北京市副市长的李润五找到周冠五，周冠五把事情交待给苏显华就不管了，他放心。

新旗杆是首钢造的。从厂东门出来不用拐弯，一路直行就到了天安门广场。

那天，太阳刚落，车队排成长列从首钢东大门出来，驶上中国第一街——长安街，第一辆是为苏显华开道的豪华大奔警车，呜哇呜哇响着鸣笛，第二辆是苏显华开的破吉普，轮胎缝、车钢圈和车棚上下尽是泥点子，这是首钢有名的"苏指挥专用座驾"。没办法，成年累月在工地上来来去去，他很少擦。有部下好心好意说，苏总，我们帮你把车擦擦吧。苏显华说，别擦，把泥擦了，这车就散架了。

此刻，他的破吉普就像总统座驾一样，威风凛凛行驶在警车后面。第三辆是超长大卡，拉着长长的新旗杆。第四辆装着大吊，第五辆是一车的首钢工人。车队浩浩荡荡，一路东行，所有路口实行交通管制，一律绿灯，别的任何车辆都靠边站。

"那天我真牛 B 大了，比外国总统还光鲜！"苏显华眉飞色舞。

好多路人探头探脑往苏显华的破吉普里瞅，好生纳闷。他们一定心想警察八成儿吃错药了，怎么拿豪华大奔警车为这辆破吉普开道？上面坐什么人啊？就是非洲酋长或流亡总统来访，座驾也不会这么惨啊！

一夜奋战，中国第一旗的新旗杆高高矗立起来。

对苏显华来说，这是他指挥生涯中最小、也最具历史意义和国家意义的一个"工程"，吼几嗓子就完工了，轻松一个小动作。

苏显华今年正好 60 岁。今天，他的铺盖卷还放在迁安钢厂后身的白色板房里。在一座座钢铁巨人的伟岸身影下，那小板房像一个火柴盒，火柴盒里挂着他的几幅书法作品和一把京胡。

3

提到"苏总指挥"，朱继民和王青海异口同声，在改革开放三十年来的首钢发展史上，他是贡献卓著的"功臣"。

1949 年，苏显华生于鞍钢，父亲是鞍钢工人。1958 年首钢搞三大扩建工程时，鞍钢奉命派出五千大军前来支援，苏显华的父亲就在这支队伍里。那时苏显华正在读小学三年级，跟着爹妈坐大卡车到了十分荒凉的石景山。

1968 年，苏显华初中毕业进了首钢当筑炉工，可一闪身就从车间消失了，更没在第一线干活儿——车间工友们后来是在舞台上认识他的——他参加了毛泽东思想文艺宣传队。苏显华从小酷爱武术、京戏什么的，翻起跟头来跟风轮似的飞快，看着让人眼花缭乱，人送外号"跟头虫"，一手京胡也拉得有板有眼，现在右手食指上还留有一块突起的厚茧子。

这个"跟头虫"天不怕地不怕，好炫耀，不经夸，一听表扬话就找不着北了，要他的脑袋能立马摘给你。有一次为了让大家看清楚他的功夫，这家伙爬到房顶上，紧贴着房檐翻起车轮把式，人影在空中飞旋，呼呼带风，惹得邻居工友们一片惊呼。彩声到顶了，跟头翻够了，他还撩起破衣襟刷地来个亮相，既像杨子荣又像座山雕。因为有这些舞台上的出色本事，举国上下大演"八个样板戏"时，苏显华差点儿一步迈进专业京剧团。

一念之差，北京舞台上少个"三流演员"，首钢偏得了一个一流工程总指挥。

4

他的胆儿壮是出了名的。周冠五执政时是何等的威风凛凛、不可一世、一言九鼎。别人不敢说的话，他敢说。1989 年底，首钢确定了 1990 年的"五大工程"，老爷子限定的工期太紧，根本完不成。大家都不敢说，于是就鼓动苏显华，纷纷夸他"正直勇敢"，"见义勇为"，"爱党爱国"。苏显华一听夸脑袋就犯糊涂，立马来个亮相，大义凛然地说，"你们要我说，我可就真招呼了，出了事我自己接着！"

会议开始了，坐在大转椅里的周冠五披着米黄色风衣，亲自主持。他表情威严，讲了一番"五大工程"的必要性和紧迫意义，然后要求必须在规定的工期内完工。说完，大家都假装意气风发深受鼓舞，纷纷点头鼓掌。

坐后排的苏显华冒炮了，他说："我叫苏显华。"

周冠五高兴地说，我认识你，前两年你搞个什么工程，还弄了个灯光喷泉，能喷 50 米高，很漂亮。

苏显华说："周书记，我说不对的地方你就骂我。这五大工程好是好，可工期规定得太紧了，肯定完不成。"

周冠五眉头一皱站了起来，披着风衣走到苏显华面前，眼睛狠狠盯住他，脸阴沉得吓人。周冠五问，为什么完不成？

苏显华直视着周冠五的眼睛说，任务实在太多太重了。

周冠五不吭声，又坐回到自己座位上。你说吧，我听听有什么理由？

苏显华已经干过许多工程，经验老到丰富。他一项项分析，每个工程要多少人多少材料设备，最快速度要多少天。坐在旁边的总经理赵长白是快人快语的女性，还有顾问、原总经理白良玉，两人都暗中踢了他一脚，示意他别说了。苏显华不管那一套，扯着哑嗓子照说不误，他的最后结论是："五大工程全部完成最少要十个半月，你定下的五个半月期限，根本没法儿完成。"

周冠五大怒，摇动着右手食指指指苏显华说，你说了千条理由万条理由，就是没把工人群众的积极性创造性说在里面！打仗动员要多说鼓劲的话，你说了这么多，全是泄气话，碰上你这么个犟眼子，事业还干不干了！

看来首钢人全是犟眼子。会议不欢而散。

苏显华坐着他的破吉普回到工地指挥部，要了一瓶二锅头，一盘凉粉，一边借酒浇愁，一边操起京胡吼了几声西皮二黄，然后收拾行李，准备下台回家。

第四天，首钢总经理赵长白和党委副书记杜如明代表周冠五找他谈话，让他接任首钢建设公司总经理。

与周冠五吵了一架，反而当了一把手！

5

1985 年，首钢从比利时买回赛兰钢厂的全套设备，建设第二炼钢厂，苏显华第一次出任工程副总指挥，分管土建和安装。工程开始不久，周冠五对进度不满意，一声令下把总指挥调走了，苏显华升任总指挥，他干得虎虎生风，工程飞快，18 个月大功告成。周冠五从此记住了这员战将。从那以后，首钢各大工程、各大战役，苏显华大多都出任总指挥。从 1985 年到现在，苏显华先后出任首钢二十多个大工程的总指挥，每战必胜，都是提前完工、质量一流，多次获得"国优"、"部优"奖励。周冠五特意挥毫题赠了"智帅"两个大字，以表奖掖。

九十年代初，二号高炉原地大修扩容，由原来的 1327 立方米扩容为 1726 立方米，苏显华任总指挥，55 天完工并顺利达产，创造了中国高炉大修速度最快的纪录，至今无人能破。

后来四号高炉大修，首钢创造性地先建新炉，然后整体推移，以旧换新。

整个旧炉子连炉体、附属设备和渣铁总共 4 万吨，全部扒掉，总共用时 60 天，又是一个最快纪录。1992 年，邓小平南巡归来到首钢，曾参观过这座高炉，苏显华有幸与老人握手合影留念。

1990 年，高炉区煤气管道漏气，当场熏倒数十人，三十多人住院，现场领导要求立即停气进行抢修，那就意味着正在生产的几座高炉全部熄火停产，那就是震动全厂的事故了。赶到现场的苏显华大吼一声"不要停"！他带几个不要命的家伙冲了上去，三下五除二把管道漏气处堵死，高炉生产继续进行。

1998 年，首钢负责为非洲国家津巴布韦重建一座废弃多年的 1600 立方米高炉，前期工程进展不顺，当地招募的三千多黑人工人没干过大工业，屁股前后挂着小布帘，从小在草原和丛林里游荡惯了，说走就走，一声呼哨全没影儿了。这项工程是首钢 4.5 亿人民币的大包干工程，工程拖下去首钢就赚不到钱甚至倒贴了。关键时刻，苏显华奉命率领 350 名首钢技术工人，登上波音 747 客机飞往津巴布韦。到工地一看，苏显华大吃一惊，树上地上、工棚内外，到处是流窜的猴子。工人下班，猴子上班，工地被折腾得乱七八糟。苏显华扯开嗓门儿一声大吼，如惊雷震地，非洲的"孙悟空"率着儿孙们纷纷逃窜。就靠这一声声巨吼，苏显华把黑人和猴子都震住了，数月之后，200 万立方米的土建工程完成，再后，高炉顺利投产。苏显华该率队回家了，没想到黑人兄弟总惦记着回丛林跳舞，当班时违反操作规程，出铁后没有堵住出铁口，残余的铁水顺着炉皮流出，烧坏炉缸钢板，高炉不得不停产了。

这是津巴布韦总统的"面子工程"，总统府再三打电话求中方帮助"擦屁股"。已经收拾行装准备回家的苏显华想起施工时工地周围有些拆下的旧炉皮，他坐车绕了一圈，找到那些钢板，亲自放样下料，指挥工人连夜焊接，高炉迅速补修完毕，恢复生产。总统听说此事，迅速派人找苏显华谈话，希望他留下来，报酬当然是十分可观的。苏显华自然婉言谢绝，登机回国。

6

2003 年春，首钢迁安钢铁基地工程上马，徐凝恭请苏显华出任总指挥。北京那边的五座高炉不是限产就是停产，经济损失巨大，首钢人急得脚下冒烟，头上冒火。苏显华把自己和行李卷往破吉普里一塞，风驰电掣从北京开到迁安工地，那间总指挥板房里顿时吼声如雷。

那也是一场"五加二、白加黑、天天夜总会"的大会战，苏显华对我说，在工地上，"楼有多高我就多高，沟有多深我就多深"。说着他抬起胳膊给我看，皮下滚动着不少大小球子，看着吓人。他笑呵呵说，因为长年在工地上吃饭睡觉，一切规律都乱套了，身体机能发生异变，浑身皮下和体内长了大片的脂肪瘤，大的足有鸽蛋大小。肠子里的瘤子越长越大，影响进食了，他不得不进医院切下一大段肠子。刀口没长好呢，人已经在工地上呼三喝四了。

高炉砌耐火砖时，时值盛夏，烈日炎炎，炉内更是酷热难当，他在炉子里现场指挥，和工人一块干。天热，工人喝水多，尿也多，凶巴巴的苏显华嫌尿尿耽误活儿，索性让人在炉内放了一个尿桶。炉内干活的都是大老爷们儿，苏显华又胖，怕热，于是带头脱得一丝不挂，光屁股指挥作战，工人们乐了，也纷纷脱光。一大堆裸汉晃荡着，就这样在高炉里挥汗如雨。

迁安厂址坡高沟深，高坡要削掉，深沟要填平，为改河道还要清理一大片稀泥塘子再回填夯土。一期工程的全部土方量如果垒成3米宽、10米高的长城，能从山海关一直筑到山西大同。半条"长城"，一年半完工。

苏显华的治军秘诀就是，以组织、调动、焕发工人创造性积极性的"自变量"来保证工程按期完工的"定量"。

每到夜里，闲下来了，苏胖子就在他那间破板房里拉拉京胡，散散心，解解乏。时间长了，工人们都听出他京胡里的门道了。传过来的要是哼哼呀呀的慢板，说明苏总对工程进度挺满意，挺舒心，在那儿玩小资情调呢。琴声要是山雨欲来、狂风大作的急板，工人们就知道完了，明天又得玩命了。

京胡成了苏总指挥作战的"战鼓"。

别看苏胖子领着工人打仗不要命，其实心极软，听见伤心故事就掉眼泪，跟林黛玉一样多愁善感。八十年代高炉大修摔死一个工人，苏显华一直要部下悉心照顾孤儿寡母的生活，在首钢传为佳话。

工地上苦战几天，工人该轮休放假了，他说，你们回家抱孩子搂老婆去吧，我在这儿盯摊儿。盛夏的晚上，荒凉的山林野地除了雌狼母兔，再见不着女的了。板房里没空调也没电扇，咱们的苏总又脱得一丝不挂，白花花站在书案前，一边自得其乐地哼着"苏三起解"什么的，一边笔走龙蛇练书法，那凝眸定力、浑身运气、大汗淋漓、身前只有一件家伙晃来晃去的模样，我们完全可以想象出他那吓死人的风采。我敢说，从晋代书圣王右军到现今，千百年来中国没一个书法家是光腚练出来的。

迁安钢铁基地建设于2003年3月25日开工，一期、二期工程建起两座当时首钢最大的2650立方米高炉、三座210吨转炉、一套2160毫米的热连轧机和一系列配套设施。三期工程将于2010年竣工，那时迁安大地将崛起一座年产800万吨钢的钢铁基地，等于再造一个新首钢。

苏显华最多的"家产"就是数不清的奖状证书，从北京市劳模和全国劳模，再到全国"冶金建设高级技术专家"，海了！

迁安一期工程竣工日，苏显华慨然赋《满江红·热血颂》一首：

当年鏖战在冀东，沙场点兵。举目望，沟壑沙滩杂草丛生。千军万马摆战场，运筹帷幄军帐中。正冬去，春来还冷日，斗寒风，战旗飘，军威壮，钻机响，机声隆，似移山填海，万马奔腾。笑看钢城拔地起，奉献丹心炽真情。铸千秋伟业，洒汗水，热血涌。

今年 60 岁的总指挥苏显华，显然将在迁安那间白色小板房里一直住到三期工程竣工的 2010 年，说不定以后还要住下去或搬到别处的新板房里。他笑着说："我都这岁数了，回家也照顾不了老伴，这辈子住工棚住惯了，以后干不动了，我就当自己是个打更的，让年轻人多回家抱抱老婆，也是一大贡献。"

2009 年 11 月 18 日夜，在迁安工地的苏显华突发高烧，剧咳不止，脸都憋紫了。大家赶紧弄车把他送回北京，到医院一查吓一跳：甲流重症！他被迅速隔离一个极恐怖的病室，里面全是只剩一口气的各类重病患。苏显华在里面躺了整整 18 天，挺过来了。11 月 27 日，当医院通知他病已痊愈，可以出院时，他的心早已飞到了建设工地，脱下病服，他连家也没顾得上回，就坐上车直奔迁安工地。多悬！在死神那边逛了一圈又回来了，这么大事，他连家也不回。

五、韩庆：当年的"二十八星宿"剩下几个？

——中秋夜：砸断钢钎的汉子哭了

1

中秋之夜联欢会，舞台上演的是首钢一家三口，丈夫到秦皇岛首秦新基地工作，夫妻成了新牛郎织女，又大又圆的月亮升起在深蓝色的舞台夜景上，三岁的女儿在电话里一声声喊着，爸爸，爸爸，月亮都升起来了，你怎么还不回家看我？我想做月亮里的小白兔，那样我就能看到你，爸爸，爸爸……

座中的总经理韩庆泪如雨下，好多钢铁汉子都哭了。韩庆有一对如花似玉的双胞胎女儿，2003 年他来首秦公司上任时，两个宝贝女儿正在小学升初中之年。

2

韩庆在首秦建设指挥部

首钢在大搬迁中走向大海、一业多地，今年 44 岁的"少帅"韩庆坐镇一方。

韩庆剑眉朗目，英气逼人，行走如风，脚头功夫很硬，是首秦公司足球队的总教头兼主力前锋。前不久与秦皇岛市一家关系单位打了一场友谊赛，韩庆大脚破网，连进两球，不过他专拣好的说，底下的小秘书偷偷告诉我，本场比赛他还荣获了一张黄牌。

拥有两千多名员工的首秦每年都举办足球联赛，分甲乙级并实行末位淘汰制，比赛的激烈程度不亚于中超联赛，不过队员的良好球风，远超过那些臭名远扬的大牌球星。我到首秦的当天晚上，陪韩庆去参加了一场篮球友谊赛，我本人是中国作家协会自封的篮球队"总教头"，被誉为"篮球场上的出土文物"，行家。说实话，韩庆的篮球技术不怎么样，动作离了歪斜，命中率却出奇地高，上下半场都是他首开纪录。

首秦，一个龙腾虎跃、意气风发的青春团队。

3

他是航天部产业工人的后代，1965年生，淘小子，毕业于北京钢铁学院，1988年进入首钢。1989年，周冠五出于首钢发展的战略考虑，从大批进厂大学生中选拔出28名出类拔萃的青年干才，集中办了一个"工长高级研修班"，号称"二十八星宿"。脱产学习三个月之后，全部派到炼铁厂当炉前工，从人类工业革命的第一道工序干起，每座高炉配备五六个，只要总公司一声令下，这些高智商、高素质的青年工长就可以全面接管。

韩庆被分到四号高炉。别看他是"生瓜蛋子"，干活儿却相当生猛。出铁时，十来个工人齐握长钢钎，奋力捅向出铁口，他总是抢在最前面，封泥一开，高压下的铁水矿渣裹挟着飞溅的火花直射而出，能打出七八米甚至十几米，如果封泥受潮，那简直就是爆炸，铁水如飞天长虹，能打到平台那边。那一瞬间工人们撒丫子就跑，韩庆跑得比谁都快。为了练习抢大锤，白班工人都睡觉了，韩庆找来一个铁家伙，上面立着四根钢筋，他抢起十二磅大锤，半夜里砸得铁家伙轰轰作响，气得工人冲他隔窗大骂，你丫的还让不让人睡觉了！

功夫练到家，他谁都不服了，常常虎着眼睛跟哥兄弟们挑战。有一次和一有名的"神锤"比赛打钢钎，两人把大锤抢得虎虎生风，轮番砸在钎头上，但见火星飞迸。一百多锤过去了，韩庆愈战愈勇，一锤落下，钢钎砰的一声断了。

清渣沟时，沟底一片通红，喷过水，铁渣刚刚变脆，韩庆就拿钢钎铁锹跳下去闷头干，厂领导来检查工作，见一个小伙儿头戴安全帽，穿一身污黑的工作服，低头猛干，也不抬头，好奇地问，这小哥们儿谁呀？够猛的。带班工长说，这小子上班就亢奋，眼珠子瞪溜圆，让他盯炉子，放心！

高炉大修，先后当了工长、炉长的韩庆总是一马当先冲进炉子，好几次与死神擦肩而过。有一次炉内水箱掉下来，擦着他的脑袋轰然落地。还一次他和几个工人站在吊悬在炉内的浮板上清壁砖，墙砖突然倒塌下来，砸得浮板晃晃悠悠荡起了秋千，他和工人迅速抓住吊索死死不放。几十米深的炉底全是碎砖和狼牙狗齿的铁渣，摔下去人就碎了。

　　这小子是工人后代，自然有"眼力见儿"，会来事儿，每天大老早就到班上，把地板拖得明光崭亮，师傅、工长、炉长的桌凳都擦一遍，茶也沏上了。韩庆说，工人一讲"义气"，二讲"力气"，这两样你都做到了，他们就认你是哥们儿了。是哥们儿，韩庆也没少打架，有一次为生产上的争执，他和炉前工出身的"六哥"李树春（见本书第二章）大吵了一通，韩庆抓起铁锹，差点儿拍在六哥脑袋上。六哥年长，有风度，伸着脑袋让他拍。韩庆进行了一番激烈的思想斗争，又想江姐又想雷锋什么的，终于没敢下狠手。

　　那时周冠五为挣"中国老大"，拿下"一千万吨"山头，就像指挥打仗一样，一批干部攻不上去就撤掉，再换一批干部上去。一次高炉发生悬料事故，老爷子怒气冲冲追查下来。有人说，韩庆是个小青年，老爷子不会拿他怎么着，咱们"丢卒保帅"，就拿韩庆的脑袋顶窟窿吧。

　　新星就此殒落，28岁当了炼铁厂副厂长的韩庆被一撸到底。

　　周冠五下野，他自然东山再起，很快出任首钢总调度长，后更名为生产部部长。首钢停滞徘徊的那八年，当年名震全厂的工长高级研修班里的"二十八星宿"，大部分都调走或下海了，韩庆算了算，在首钢挺到今天并成为骨干的没几个。

4

　　2003年，朱继民登台主政，他找韩庆谈话，说首钢必须跳出北京，向外地扩张，"再不走出去，首钢就死了"，现在急需年轻人出来挑大梁，新人要创新业嘛。他问，现在有两个地方，一个是在秦皇岛的首秦公司，一个是迁钢公司，任你选。

　　韩庆想了想，沉稳地说，我得去现场转转，找找感觉。那时迁安正在打地基，规模不小。首秦正在建一个小炉子。他觉得，越是条件艰苦的地方，越是现状不够理想的地方，越是发展不够快的地方，将来肯定是大有作为的地方。首秦就是如此，未来大有文章可做。于是他回话给朱继民，我去首秦，不过有两个条件得答应我。

　　朱继民很好奇。怎么着，这小子还要跟党讲条件？

　　韩庆提出的条件是：第一，配备首秦班子和骨干力量，我自己挑人。

　　好小子，有想法！

　　第二，我去首秦起码干十年，不要动我，这样可以保证首秦建设发展不会朝令夕改，有连续性。

　　好，有雄心！

　　时年38岁的"少帅"告别娇妻和双胞胎爱女，走马上任。

坐落在秦皇岛市抚宁县的首秦公司，是为首钢板材公司配套建的。这原是个"憋死牛"的厂子，1992年开工建设，第二年从美国拆回一套二手设备3300毫米中板轧机，安装后投产。上游生产所需的钢坯，一直依靠北京厂区经300多公里的长途运输供料，衔接不利，成本过高。下游的产品出来，自己又没有出口，也要靠北京总部推销。形象地说，如渤海边的一条小爬虫，蠕动在不远的沙滩上，怎么也爬不到风光无限的大海，只能坐井观天，望洋兴叹。

首钢北京地区钢铁业搬迁调整的战略决策定局之后，原本依靠从北京调坯的首钢板材公司就断了原料。如果从市场上采购，成本太高，全厂两千多人非"饿死"不可。首钢决定采取大动作，不仅要把它建设成集炼铁、炼钢、钢坯和钢材生产于一身的精品钢铁基地，还要打造成一个现代化的冶金示范厂，为首钢搬迁调整探索出一条科学发展的新路子。这件事由首钢党委副书记霍光来、副总经理王毅牵头主抓。

历经四年血战，时至今日，首秦建成一座1200立方米和一座1780立方米的两座高炉、三座100吨转炉和一条4300毫米宽厚板生产线，形成年产钢200万吨、板材120吨的生产规模。

一座零排放、零污染、完美呈现"科学发展、循环经济"特色的新钢城，在渤海边拔地而起。整个布局紧凑合理，各种建设设施栉比相连，全部生产流程在一个科学而紧密的小范围内完成。总指挥王毅一直坐镇前线，耗尽心血，把他搞钢铁几十年的经验都发挥到极致，连路边种什么树，地上种什么草，花坛栽什么花，都是他选定的。前来参观的中外专家一致评价，首秦不像钢铁厂，而是一件"小而精、小而美、小而洁"的冶金艺术品，他们走遍世界，没见过这么漂亮的钢厂。

韩庆骄傲地说，我的钢水是美丽的和干净的！

徜徉在厂区内，纵目四望，花树成行，绿草如茵，道路平阔，雄伟的高炉摩天而立，银白和蓝色相间的厂房一尘不染。步入办公大楼，走廊的地板、墙面、一扇扇玻璃门、会议室里的桌椅，一切都光亮如镜，光可照人。

这哪是传统概念里的钢铁厂？简直是神话中的水晶宫！

2008年，销售收入133亿元，实现利润16亿元，上缴税金7亿元。

5

韩庆还是咬牙切齿，睡不着觉，整日像盘旋在空中的老鹰一样，四处寻找新的猎物。

"首秦虫"迅速扩张成"首秦龙"了，可还是被现实条件装在笼子里：上游无矿产资源保证，下游无出海口直通大洋，企业的发展还是受制于人，犹如钢铁大观园里只能端茶倒水的小丫环，不像千娇百媚的林妹妹，搞搞环保，扫扫落花也留下千古绝唱。

进不得龙宫，还能算龙王爷吗？

四处打探，听说附近的青龙县有储量丰富的铁矿，当地老百姓在那里开了160多家小矿场、小钢厂，生态环境遭到严重破坏，县领导不管怕出事，管又管不住，管死又怕影响GDP，整日左右为难，愁得唉声叹气。

韩庆眼红了："我非把它控制住！"

这家伙鬼着呢，知道外来的和尚不好念经，硬钻进去，搞不好可能被撵出来，要不就被偷得稀哩哗啦。此事必须联合一个实力雄厚的"坐地炮"一起干。他瞄上了当地民营企业、拥有两座大矿山的龙汇集团老板余静龙。余静龙正愁资金周转不灵、无法快速发展；韩庆正愁没有矿产资源，发展受制于人。两人一拍即合，相对大笑。经首钢董事会全面考察批准，首秦控股70%的"首秦龙汇矿业集团"宣告成立。

韩庆笑着对余静龙说，我是外来和尚，你是坐地炮，就拜托你负责打外围，跑征地，协调地方政府，处理群众关系，管住乱开盗采，我坐里面念发展真经，搞建设。

分工明确，各展其长。2009年6月6日，一期工程200万吨球团矿生产厂竣工投产，首秦终于可以"自己做饭自己吃了"！

现在，韩庆正在全力以赴在海边填海造地，准备建一个现代化港口。届时，首秦龙将如大鹏展翅，张开两翼，在渤海湾扶摇直上，背负青天朝下看，风景这边独好！

韩庆带出一支朝气蓬勃、团结协作的团队。

公司局域网上有一个"全员创新平台"，开创初期为扩大影响，员工提出的任何一条合理化建议，不管是否采用，一条奖励10元钱，见了实效再重奖。一时间全公司两千多个脑袋挖空心思，两千多双眼睛东张西望，到处寻找管理、生产、生活上的"跑冒滴漏"和不足之处，哪条管线滴油了，哪块草坪浇水不足了，什么地方管理不细了，什么环节薄弱了，甚至关于废品箱的摆放位置，关于如何保证男性青工宿舍的拖鞋成双成对、袜子不发出异味等等，各种"高见"潮涌而来，韩庆和首秦人一边笑一边改，一个大高潮过去，全厂焕然一新，除了更具深度的科学发展、技术改造的大建议，想找个小毛病白赚10元钱都难了。

2008年，花红柳绿的盛夏，首秦举行了60对新人的集体婚礼，排成长龙的花车在秦皇岛市招摇过市，轰动四方，观者如堵。仪式上，调皮的新郎官说，感谢公司把我们的婚礼搞得这么隆重热闹，我真是激动万分，很想再结一次婚！

新娘更逗，说"我想连结三次婚，就在首秦的棒小伙儿里挑！"

全场笑翻了。

六、靳伟："第八个是铜像"

——"把小事做细，把细事做透"

1

坐镇首钢迁钢公司的靳伟，1972 年生，今年 37 岁。

有意思的是，靳伟与韩庆的气质、性格和办事风格有着鲜明的差异。韩庆像一员虎将，热血肝胆，壮怀激烈，大开大阖，有所向披靡的气势，在雷鸣风吼中把想办的事情都办了。靳伟则像一员不露声色的儒将，从容不迫，沉

靳伟在迁钢生产经营分析会上

稳细密，在云淡风轻中把想办的事情都办了。

性格就是历史。

2

靳伟是在银行大院里长大的，父母都是太原银行的从业者。但是靳伟不愿意子继父业，觉得男人埋头管钱算账没意思。1990 年报考东北大学时，他选择了最轰轰烈烈、最男子汉的专业：钢铁冶金。

凭着"每临大事有静气"的禀赋，靳伟从小就显出超乎寻常的素质，从少先队干部，一直"优秀"到东北大学，当选学生会主席，被评为辽宁省"优秀学生干部"。那时国家管分配，靳伟在一大堆国企名单里，选择了名气最大的首钢。

毕业证书还差两个月才能拿到手，首钢却再三急电靳伟，要他立即报到。

靳伟到了北京，坐地铁到古城下车，抬眼望去，石景山下耸立着一座巍峨的钢城，银灰色的炼钢厂房高大雄伟，周围环绕着一片绿茵茵的草坪，像一艘在大海里遨游的航母，令人心驰神往。

到首钢人事部报了到，人事部却派他先去北京市人事局帮忙工作一段时

间。干了一阵子，北京市人事局要留他。能在首都的政府部门工作，这是多少人求之不得的美事！靳伟却平静地说，我的专业是炼钢，还是回首钢吧。

首钢本打算把他留在总部工作，靳伟坚决要求下基层"当兵"，"我是学炼钢的，没在炼钢一线操练过，算什么炼钢人！"

靳伟来到第二炼钢厂最苦最累的连铸车间，当技术员。

上世纪九十年代，大学生还是稀缺资源。人们用观望的目光，关注着这个身材瘦削的小伙子能走多远。

炼钢是驯火的艺术，是用一千六百度以上的高温把铁净化成钢的"去伪存真"过程，是人的意志与钢铁硬碰硬的较量。沉默寡言的靳伟，把自己交给了首钢。他从最脏最累的清理地沟干起，一步一个脚印，从技术员、车间主任、技术科长、副厂长、厂长、总经理，一路走来，同行的是一连串让人敬重的称号：首钢劳模、北京市"五四"奖章、首都劳动奖章、北京市国资委优秀党员"十大英才"、北京市劳模、北京国企具有影响力名家、唐山市劳动模范……

3

一旦思考成熟、决意选定的事情，无论遭遇怎样的困难和挫折，靳伟绝不改变。初到二炼钢时，正是工厂最困难的关口，面对频繁发生的事故，他没有动摇；远在山西的父母派哥哥来北京，动员他回家乡发展，他没有动摇。在首钢后来的八年徘徊中，当年被周冠五招到首钢的八位大学学生会主席和团委书记，有七位觉得前途无望、事业难成，或调离或下海了，而靳伟却一直默默坚守在首钢，正如一部曾风靡全国的电影名字："第八个是铜像"。

2005 年 1 月，首钢迁钢公司第一任总经理邱世中退休，30 岁出头的靳伟告别爱人和不满两岁的宝贝儿子，来到投产不久的迁钢执掌帅印。

作为首钢的"封疆大吏"，靳伟的确太年轻了，年轻的有点儿叫人担心。除去在加拿大麦吉尔大学冶金工程学院深造的时间，满打满算，当时靳伟在首钢的工龄只有九年。

首钢的事业如此之大，担子如此之重，影响如此之广，让年轻人过早地担当大任，是不是太嫩了？朱继民却悠哉游哉吸着烟说，首秦有韩庆，迁钢有靳伟，你放心，保证天下太平。

4

首钢党委交给韩庆和靳伟的任务与使命很明确："你们要把首秦和迁钢当成试验场、练兵场，带出一支年轻化、知识化、高素质、高水平、特别能战斗的团队，为首钢在曹妃甸建设世界一流的京唐钢铁大厂做好管理、技术和人才准备。"而靳伟肩上的担子更重：迁钢被首钢干部职工称之为"希望工程"，因为有首钢铁矿基地的支撑，首钢决意把迁钢做大做强，打造成首钢搬迁调整承

咱们工人 铁血记忆·首钢九十年

上启下的大本营，作为钢铁新基地，迁钢还承担着安置北京首钢老厂和矿业公司转岗分流职工的任务。

靳伟一上任，就面临着纷繁复杂的局面：钢铁行业的无序竞争，呈现出白热化态势，宝钢、武钢、鞍钢等企业已经完成了产业结构调整，而迁钢才起步，产品档次低；新技术、新工艺、新装备需要掌控；边生产、边设计、边建设的现实，既要经营生产，又要兼顾工程；职工一部分来自北京老厂，一部分来自矿业公司，一部分是从全国各地高校招来的学生，五湖四海的文化与观念，需要融合；迁钢在当地注册，全称是"河北省首钢迁安钢铁有限责任公司"，需要处理好与地方的关系；所有这些，都考验着年轻的靳伟。

初到迁钢那几年，无论白天夜晚，靳伟干完手边的事，他很大一部分精力就是用来学习。不管国内国外的、传统的现代的，无论是奥钢联、蒂森、新日铁、浦项的，还是宝钢、太钢、建龙的，无论是卡耐基、韦尔奇的，还是李嘉诚、张瑞敏的，只要他认为有用的资料，统统一网打尽，存入电脑。后来迁钢规划设计厂区路标和候车亭，设计人员拿出几套样稿都不理想，靳伟从电脑里调出一堆他在美国拍摄的汽车站和路标照片，令设计人员吃惊不小。

5

海纳百川的点滴积累，一步一个脚印的潜心实践，使靳伟具备了大气如虹、指挥若定的胆识，也养成了锱铢必较、分毫不差的精细管理风格。他在迁钢这张白纸上苦苦构思着，殚精竭虑地描绘着理想中的图画。靳伟崇尚"细节决定成败"的理念，形成了颇具个人风格的管理特色，他的"把小事做细，把细事做透"的管理思想，被誉为"如影随形，无所不在"。

党群部的胡景山对我介绍说，在管理上，靳伟洞察入微，心细如发。厂区路口指示牌的字体要统一；草坪多长时间剪一次；文件大小标题和正文的字号、字体要区别开来才有美感；展览图板新旧照片的大小与底色，办公室的整洁和书架的摆放等等，他一律要求有标准、有规矩，绝不允许马虎从事，想起来就做，想不起来就放。他对完美的追求几乎近于极致，他要求把管理渗透到神经末梢，一竿子插到底、管到底。

事例举不胜举：

——轧机地下管网泄漏，一直是国内轧钢厂的老大难问题，流了几十年，不知流走多少金山银库。迁钢热轧分厂地下管道总长 17 公里，由润滑油、液压油、冷却水、高压水管网组成。建成投产后，靳伟提出，"必须保证地下系统不漏一滴油、不漏一滴水"。通过排查泄漏点和泄漏原因，迁钢把 6000 多个控制点层层落实到单位、班组和岗位。这个热轧厂员工平均年龄只有 27 岁，但轧线地下室未出现一次漏油漏水事故，轧线液压油消耗也大幅度降低。

——自动化炼钢是几代中国钢铁工人的梦想。传统的转炉炼钢很复杂：加废钢、兑铁水、下氧枪吹氧、提枪、摇炉取样、看碳、测温、再摇炉、下氧枪补吹，然后出钢。最苦最险的是摇炉取样，转炉炉口要倾斜到与人身高平行的角度，炼钢工撅着屁股，从一千六七百度的炉膛里舀出一点儿钢水，检测含碳量和温度。首钢在上世纪搞过自动化炼钢，由于当时的技术条件不成熟，没搞成。近年来只有宝钢、武钢从国外引进了这项新技术。靳伟决定，与武钢联手开发中国自己的自动化炼钢技术，让工人只按一下电钮，就能轻轻松松炼出一炉优质钢来！

历经艰难探索和奋斗，2007年3月，迁钢三座转炉全部实现了"一键式自动化炼钢"。这套完全由中国人自主研发、自主集成、自主创新的炼钢国产化新技术，不但标志着我国转炉炼钢核心技术迈进世界顶尖领域，还把转炉冶炼周期缩短16.8%，每年可以创造1476万元效益！

靳伟做事讲究"完美"，讲究做事一定要做到位。他到欧洲一家钢厂考察时，发现老外的转炉前居然没有主控室。

为什么？

迁钢转炉主控室属于传统设计，主控室有一扇落地大窗，对面就是转炉。没有实现自动化炼钢时，炼钢工透过玻璃窗监控整个炼钢过程。为了充分考验自动化炼钢技术的可靠性和科学性，不给传统的经验型炼钢留任何退路，靳伟提出：用三个月实现炼钢主控室玻璃窗全封闭！

这就意味着，迁钢自动化炼钢不允许有丝毫的人工干预，好比飞行员不看跑道而只靠仪表和地面导航系统进行盲降！这个目标一公布，有人认为是天方夜谭。但靳伟寸步不让，硬逼着炼钢工苦学苦练，三个月后的2007年6月1日，炼钢主控室的落地大窗被钢板遮得严严实实，迁钢成为国内第一家实现全过程封闭式自动化炼钢的钢铁企业！

6

靳伟对管理的苛求无所不至，对职工的关爱同样细致入微。几年来，迁钢在迁安市区大规模兴建集住宿、餐饮、健身、学习、娱乐为一体的生活小区。一期工程竣工后，已经安排4700名单身职工居住，其中部分公寓采用住户式设计，室内家具、电视、电话、床上用品、空调、电淋浴器、整体厨房一应俱全，预留了电脑接口，光纤接入，三网合一，拎个包就能入住。

——为方便家在北京的职工休假，迁钢进了17辆"金龙"大客车。第一辆车来了，靳伟上车坐了坐，当即要求厂家将每台车55座改为50座，减少一排以加大座位空间，并将车载电视由1台增加到2台，使职工乘车边看电视边休息，轻松愉快到北京。

——迁钢招聘的大学生将近三千人。靳伟提出，我们不仅要以"事业留人、情感留人、待遇留人"，还要以"爱情留人"。迁钢小伙子与迁安市姑娘们在"鹊

咱们工人

铁血记忆·首钢九十年

桥联谊会"上轻歌曼舞；数百名女大学生被招进迁钢。

——为表彰对迁钢有重大贡献的功臣，靳伟提议，把厂区内的一座桥命名为"显华桥"（苏显华），一条路命名为"文溪路"（吴文溪），转炉主控室立起一块纪念牌命名为"志军副枪"（张志军），炼铁分厂立起一块纪念牌命名为"忠城冲渣法"（赵忠城）。

——一连五个春节，靳伟都派车把职工家属接到迁钢，安排他们参观游览，放鞭炮、看焰火、吃年夜饭，一连五个除夕，他都坚守在厂里，和职工一起过年。

7

随风潜入夜，润物细无声。

这些精细管理和温暖关爱，极大地焕发了迁钢人的激情与智慧。

为了排除故障，休假在家的炼铁分厂炉前大班长田海宽接到电话，自费500元从北京"打的"星夜赶赴迁钢……

动力分厂管道班长吴学春，在投产初期，为了摸清全长186.2公里、分布在2.15平方公里的全厂综合管网情况，走遍每个角落，摸清每一个阀门，三个月磨破了三双鞋……

炼铁分厂副作业长王月新在迁钢工作两年多，怕年过八旬的父母不放心，一直瞒着二老。直到母亲被汽车撞伤，躺在医院才知道儿子在迁钢工作。父亲过世时，王月新从厂里赶到医院见了父亲最后一面，为自己未能尽孝扑在老父身上失声痛哭。爱人做白内障手术，他也没时间请假回家照料，孩子学校开家长会，他一次没参加过……

热轧分厂点检作业区首席副作业长李晓磊和迁钢办公室的张欣喜结连理，新娘张欣歇了半天操办婚事，下了白班的李晓磊从厂里直奔举行婚礼的饭店。第二天，小夫妻又双双出现在岗位上……

那年除夕是炼钢分厂职工高原40岁的生日。因高原当班，母亲从北京赶到迁安，给儿子过生日。除夕之夜，母亲、高原和职工一起吃年夜饭。有人提议："大家共同举杯，祝我们的妈妈健康长寿！"所有人的眼睛都湿润了，他们纷纷上前拥抱高原的妈妈，以表达和寄托对亲人的祝福……

8

环境优美的迁钢，目前拥有两座2650立方米高炉，三座210吨转炉、LF、CAS-OB精炼炉各一座；两座RH精炼炉；两台双流板坯连铸机和一套2160热轧板带钢生产线及配套设施，用世界一流创新技术武装起来的铁、钢、轧系统，受到我国冶金界权威的高度评价，由中国金属学会和中国工程院院士殷瑞钰、张寿荣、王国栋组成的迁钢科技成果验收评审会，对迁钢"新建板材工程工艺技术装备自主集成创新"项目，写下如下评语："成果总体达到同类型钢铁企业的国际一流水平，并为曹妃甸现代钢铁流程建设提供了技术储备，也可为同类钢铁厂的设计建设提供有益的参考和借鉴，具有广阔的推广前景。"

2009 年春天，河北钢铁集团董事长王义芳率领旗下的唐钢、邯钢、承钢、宣钢、舞钢的老总们来迁钢考察。所见所闻，令这位钢铁"巨无霸"的当家人感触颇深。王义芳用四个"精（惊）"字评价迁钢说："装备精良，管理精细，环境精美，业绩惊人。"

渤海之滨，一个新的钢铁巨人举起烈焰飘飘的火炬，从起跑线上向着灿烂的明天奋步飞奔了。

第十八章　铁血铸就英雄剑："一招鲜，吃遍天！"

- 钱世崇和王涛争"情人"：曹妃戴上谁的"钻戒"？

- 大个头桑建国：首钢"首席铁裁缝"

- 圆脸蛋卫建平：首钢头号"合金雕塑家"

- 英文名"哈默·唐"：一锤敲掉几十万美金

- "大师"王文华：中国第一神焊枪和地震小子们

- 女状元刘宏：三顾茅庐的"小老爷们儿"

- "草根族"变"百万富翁"：让人心跳的奖励

一、钱世崇与王涛争"情人"：曹妃戴上谁的钻戒？

——"闷葫芦"和"火药桶"撞上了

1

钱世崇与王涛

钱世崇和王涛又打起来了。

曹妃甸刚刚落成的京唐公司办公楼还没装修，到处是裸露的水泥墙，七横八叉的钢筋头。二楼炼铁部的一间办公室里，两个家伙像斗架的公鸡面对面大吵，一个吼声如雷，一个嗓音嘶哑，一个把桌子拍得山响，一个把桌子拍得更响，一个脸红如血，一个面如白纸，一个暴跳如雷，一个气喘嘘嘘，两人吵得比争情人还凶。

钱世崇和王涛，从业务分工到性格，一对天生的冤家。

钱世崇，首钢国际工程公司（即由何巍担任院长的前首钢设计院，现已改制为股份公司）的主任设计师、京唐公司一号特大高炉的主设计人。王涛，首钢京唐公司炼铁部部长。两家公司虽然同属首钢集团，但完全是市场关系。换句话说，钱世崇是做烧饼和卖烧饼的，王涛是买烧饼和吃烧饼的。卖家和买家天生就是一对矛盾。高炉可不是烧饼，份量差点儿，火候欠点儿，也就那么着了。设计和建设中的京唐公司一号特大高炉是中国钢铁业的里程碑式作品，也是世界顶尖级精品，投产后必然成为国际钢铁业长久瞩目的焦点，如果设计中的任何一个环节不够完善出了大问题，都将使一号高炉成为世界性的爆炸新闻。

炼铁部部长王涛当然担不了这个责任，他对设计方案任何一个没把握的细节吹毛求疵、挑鼻子挑眼是必然的。钱世崇是主设计人，他和四十多人组成的设计团队雄心勃勃要搞一个中国第一、世界领先的高精尖高炉。一张张图纸风飞云卷，电闪雷鸣，展开了许多前所未有的奇思妙想、大胆创新。那是钱世崇和整个设计团队集中全部智慧和一生经验的结晶啊！

在构想独特和技术创新上，白脸的钱世崇绝不退让。

在操作便捷与生产安全上，黑脸的王涛绝不退让。

钱世崇简直就是知识分子的"标准件"：戴着深度近视镜，身材颀长、单薄，背有点弯，显见是长期伏案工作造成的。他一向沉默寡言，像个闷葫芦，讲话和走路一样慢条斯理，但在技术上愿意咬死理儿，就像狼咬住兔子一样绝不撒口。

唱黑脸的王涛其实是彻底的小白脸，近视镜，北京钢铁学院毕业，乍一看模样，比钱世崇还温文尔雅、学者风度。他八十年代中期进入首钢，从炉前工干起，一路做到炼铁厂厂长，是首钢有名的炼铁专家，干活儿不要命，天天恨不得睡在高炉里。想不到这位文质彬彬的知识分子，天生就是高温高压的一座"小高炉"，老虎屁股摸不得，火爆脾气在全首钢名声赫赫。一旦发起火，天皇老子和列宁一起来也按不住他。朱继民、王青海提到他都笑，说那是个火药桶，"谁都不敢碰，碰了就炸。"

王涛和钱世崇，两个家伙一个像火星，一个像水星，命里本来相克，又共同肩负着全体首钢人的期望，承担着中国一座最伟大的高炉的生死存亡以及光荣与梦想，撞在一起肯定是"星际大战"。

两人都期望给曹妃戴上一枚最美的"蓝宝石钻戒"。

唱黑脸的王涛，玻璃茶杯不知摔碎了多少个，不过他只摔自己的，钱世崇的水杯就放在对面，他碰都不碰，一直很安全。"纯知识分子"的钱世崇反而不那么"温良恭俭让"，大家公用的烟缸让他摔碎了好几个。开始，指挥部里的人一听两人拍桌大吵的吓人声响，以为茶杯或烟缸砸对方脑袋上了，出人命了，都跑过来劝。后来见两人其实越打越近，越打越好，也就"各扫门前雪、全当耳旁风"了。

见了王涛，我问他和钱世崇吵架的事情，王涛笑说，那算啥，鞍钢一把手刘总，北京副市长陆昊，我和他们都吵得天昏地暗，桌子拍得山响，茶杯都蹦起来了，站在旁边的朱总成了劝架的"老好人"角色……

我哈哈大笑。这个天不怕地不怕、一点就着的"火药桶"，没把"闷葫芦"钱世崇气死就算万幸。

2

钱世崇是 1970 年出生在内蒙古大草原的野小子。

早年，他爷爷那辈儿兄弟四个，一起跟着老人从山西逃荒到内蒙呼盟一带。当地牧民见跑来一家外乡人，有点欺生，兄弟四个恰好各有分工，老大脑瓜灵，特会出点子、打算盘管理家业，满脑子阴谋诡计或锦囊妙计，专会化解矛盾。老二能讲，口若悬河，对簿公堂时没理也能狡三分。老三正好是个"拼命三郎"，一听打架就乐，敢冲锋陷阵。老四最老实，在家里负责埋头苦干，操持家业。兄弟四个正好组成一道看家护院的"马其诺防线"。不打不相识，闹了几年矛盾冲突，蒙族的老少爷们儿和钱家四兄弟竟然成了两肋插刀的哥们儿，倘有"外患"袭来，大家一块儿喊着骑马往上冲。兄弟四个到蒙古包里做客，蒙族哥们儿妹们儿都用磁碗敬酒（上宾用磁碗，下宾用木碗）。钱世崇说，蒙族人团队精神特别强，对友谊和集体忠心耿耿，一代天骄成吉思汗率领他的三千铁骑能一路打到欧洲所向无敌，与蒙族超强的团队精神是分不开的。

钱世崇笑着说，我和王涛打得不可开交，就因为我们两个都特有团队精神，他对他的炼铁团队高度负责，我对我的设计团队高度负责。

钱世崇毕业于包头钢铁学院，又在北京科技大学拿下硕士学位，1993 年进入首钢设计院。他对几位首钢首脑人物的评价没有一点"知识化"、"科学化"的味道，通俗得要命，却不失公正、耐人寻味。他说，周冠五时期是首钢发展最快、胆气最足、工人最玩命的时代；毕群和罗冰生没少操心费力，不过，战略定位有点摇摆，发展停滞不前，属于"点儿背"的时代，朱继民时期是首钢挑战最严峻、思想最解放、创新最活跃、赚钱也最多的时代。

2005 年初，钱世崇和设计团队目光如炬、热血沸腾地接下了京唐公司两座"双胞胎"特大高炉的设计任务。

这件事情是"欧洲的大鼻子"和"亚洲的小鼻子"逼出来的。

最初，首钢和唐钢人没那么大雄心野心，为了抢时间争速度，早生产多赚钱，花钱从发达国家买一个高精尖的大炉子回来，即实用，还能学到新技术，想法不错。

世界上能造特大高炉的国家不多。

以京唐公司炼铁部部长王涛为首的谈判组，与几家外国公司谈了几个来回，这个"火药桶"炸了。他妈的！欺负我们中国落后不能干啊？幸亏这些老外都是搞技术的，要是落进"黑社会"，全是风高月黑天入户抢劫、杀人抹脖子的主儿！

钱世崇等人作为中方专家参与谈判，大鼻子和小鼻子那股子老子天下第一的傲劲儿，气得他晚上睡不着觉，觉得太窝囊。

德国人举着天下最高傲的大鼻子，一开口漫天要价"我们的技术是世界一流的，顶尖的。你再压价，说明你们中国对什么叫'一流'没认识！"

这句话差点儿没把王涛气背过去！

当然，从谈判桌上下来，双方还是很友好，无论喝茅台还是白兰地，碰杯时都面带微笑，彬彬有礼。人家的技术不是高你一头，而是高你三头，超高的大鼻子挺得很"牛B"，也是正常的。

日本人举着谦恭的小鼻子来了。这个民族最爱花期短暂的樱花是有道理的，身居小岛，资源贫乏，危机感特强，因此崇尚奋斗到死、强悍到死的"武士道"精神。二战后日本列岛已炸成一片废墟，他们能励精图治，发愤图强，经过数十年的努力，硬是把几个小破岛的经济搞成"世界第二强"，确实令人敬佩。

不过，日本文化和德国文化有着鲜明的区别，德国式的高傲特别"实事求是"，脸上心里一个样，所以人人挺着一个高傲的大鼻子。日本人则把高傲藏在骨子里，表面谦恭得永远像小学生，所以人人缩着一个小鼻子。他们点头哈腰面带微笑，不断向你九十度大鞠躬，一个劲说"请多关照"，心里说不定想的却是"你不过是我餐桌上的一块生鱼片"。谈判桌上，日本人为了吊中国人的胃口，摊开他们带来的成夹子的先进技术资料和色彩光鲜的图片，一一指给首钢人看——"现在世界上最大的 5775 立方米容积的特大高炉，就矗立在我们新日铁公司"，"宝钢的 4350 立方米高炉，是我们日本人搞的"，"世界这儿那儿的大高炉，是东道主花重金，请我们帮助建设的"……

在座的钱世崇等中方专家，当然对日本方面的资料图片很感兴趣，他们探身刚要伸手拿过来看看，日本人又动作迅速地收了起来——连图片都不让看，顶多让你看看厂区宏伟的远景和夕阳西下时的剪影！

逗你玩。

核心技术绝对不让碰。

日本专家面带微笑，彬彬有礼地说，我们是一衣带水的友好邻邦，在曹妃甸高炉设计和建设中，"日中双方完全可以进行精诚合作"，听他们讲话，语调真诚得要命，好像把心都掏出来了。再听下去，王涛和钱世崇都明白了，"精诚合作"的方式是：高炉技术核心部分由日本人来做，中方只搞搞"外围"，只能焊个钢板炉体、砌个耐火砖什么的。

意思就是在曹妃甸高炉建设中，由日本人当工程师，中国人当农民工。

王涛这个"火药桶"能不炸吗！

然后又与俄罗斯、乌克兰谈，都崩了。他们的经济情报搞得很准，都知道首钢急于搬迁，急于在曹妃甸建一个新的钢铁基地。

面对各国的漫天要价和技术封锁，王涛火冒三丈，嗓子都喊哑了。要不要继续和老外谈下去？谈下去会不会有双方都满意的结果？王涛心里没谱了。

有一天，谈判谈得不高兴，双方在价格问题上僵住了，只好中途休会。在谈判厅外面的走廊上，气得半死的王涛突然转过头问钱世崇："这么大炉子，你们能不能做？"

一向沉默寡言的"闷葫芦"钱世崇，脱口冒出一句让王涛能记一辈子的惊人之语："你们敢用，我就敢画出来！"

王涛的大眼珠子转了转，有点怀疑。这可是世界顶级特大高炉啊，不仅容积特大，各项应用技术还要在国内国际全面领先，还要环保，还要节能，还要搞循环经济，要求多了！谈判桌上受了不少老外的窝囊气，咱们要干就得干一个超过他们的，让他们在事实面前彻底灭火！

王涛叮问一句："能行吗？"

身材单薄的钱世崇抱着胳膊靠在大理石柱子上，慢悠悠扔出一句掷地有声的话："要是搞不成，我这辈子就别混了！"

这两句令人难忘的对话，我仔细记在采访本上，并在下面刷刷划上两道重点线，笔尖把纸都划破了！

钱世崇对我说，自从他上了大学，读研究生，进首钢，"我一直梦想这辈子干个大高炉！"为此多年来他始终密切关注着国内外相关技术的发展，积累了大量资料。"说实话，接这个任务虽然有点冒险，但心里基本上是有谱的。人的一生难得干成一件大事，有这个机会，何不拼它一把！以后人没了，还有个大高炉立在那儿，那就是个纪念和贡献啊！"

没想到，一个有名的"闷葫芦"，心胸竟如此凌越高蹈、雄风激荡。

3

曹妃甸工程之前，中国人自己搞的最大高炉没有超过三千立方米的，各大钢铁企业普遍使用的骨干高炉一般都在千立方左右。

"能行吗？"——类似王涛提的这个问题，前首钢设计院、现首钢国际工程公司董事长、总经理何巍郑重其事地问过，朱继民、王青海表情凝重地问过，在国家有关方面和北京市召开的大小咨询会上，资深专家和院士们尖锐地问过，而且标准不能变："中国第一，世界领先，只许成功，不许失败。"

你们炼铁室的这帮秀才到底有没有把握？

研讨会上，中国科学院院长徐匡迪不无担忧地说："这可不是靠拍胸脯能拍出来的大家伙啊！"

炼铁室的钱世崇和整个设计团队都是工业知识分子出身，工业知识分子表决心从来不拍胸脯。"闷葫芦"钱世崇更不会拍胸脯，他们只会以枯燥的表情，用枯燥的语气，拿枯燥的数字，画枯燥的图纸来表示。

钱世崇身体单薄，背部还有点弯，一点没有"一夫当关、万夫莫开"的气势。

但是，这个设计团队钢浇铁打、意气风发、雄视天下的决心和意志，仅用"枯燥"两个字就把中国感动了。

现代化建设中的"豪情满怀、壮志凌云"，我们文学、作家、诗人这类靠"虚拟"和"想象"过日子的人，可以瞎编出来；"大跃进"时期，可以靠吹牛撒谎营造出来；贯彻科学发展观的时代，必须靠"枯燥"的科学计算和电脑的三维模拟，精确计算到小数点以后多少位才能确定："满怀"满到什么程度？"凌云"凌到什么高度？

朱继民、王青海等首钢领导班子成员，个个把电脑玩得溜溜转。很遗憾，他们没时间玩游戏，要是再年轻点儿，杀进"魔兽世界"估计个个所向无敌，当电脑黑客早把白宫和五角大楼拿下了，全世界"受苦大众"也早以虚拟的方式"解放"了。电脑上，他们仔细审查了何巍及其部下钱世崇之流提供的设计方案、计算结果和三维模拟图像，于是使劲憋住心花怒放的心情，满脸深沉凝重地宣布：通过自主创新，我们要在曹妃甸自主设计和建设一座装备大型、节能高效、体现 21 世纪世界钢铁工业科技发展水平的先进工厂，口号是："先进可靠、节省高效、系统优化、集成创新"。

首钢国际工程公司指定以炼铁室主任设计师钱世崇为首，组成一个包括高精尖人士张建、毛庆武、苏维等人在内的攻坚团队，围绕上料、炉顶、炉体、炉前、热风炉、粗煤气、渣处理、喷煤、干法除尘等九大系统，搞出一个让大鼻子和小鼻子们眼红的大炉子来！

群贤毕至，俊彩星驰。

首钢要自主设计建造两座 5500 立方米以上的特大型高炉，消息传出，迅即引起业内人士的关注。国内同仁有些担心，有人甚至给朱继民写了信，劝首钢三思而行。国外专家则投来怀疑的目光，你们中国连 4000 立方级的高炉设计和施工经验都没有，太冒险了吧？

"要想走在别人前头，就必须承受别人承受不了的压力！"首钢国际工程公司董事长、总经理何巍，主管京唐大厂总体设计的张福明感慨地说："那时，朱继民、王青海等总公司领导几乎每周都听我们的汇报，鼓励我们解放思想，大胆闯。朱书记讲了一句很重也很打动人的话，他说，首钢的命运就交给你们设计院了！"

设计团队的每个人，都感觉到这项历史使命沉甸甸的分量。

钱世崇说，过去首钢改或建高炉，容积大小都由周冠五拍板定案。现在的首钢领导很民主，不拍板，"但我们得拿方案，说清楚理由和根据。我们提出五个方案，都是 5000 立方以上，最后敲定了 5576 立方。"

钱世崇说，这个数字是有来由的——首钢领导们很有历史感，1919 年首钢建厂时，由创办人陆宗舆立起来的"龙烟"一号高炉有效容积为 389 立方米。1949 年 6 月 26 日，一高炉炼出了解放后的第一炉铁水。50—60 年代，一高炉经过多次大修改造，有效容积扩大到 576 立方米，曹妃甸的京唐一号高炉确定为 5576 立方，正好多出 5000 立方，这标志着中国民族工业历史性的大跨越！

设计的艰辛，废寝忘食的劳作，每项先进技术的攻关，日夜处于苦思冥想、亢奋难眠的状态，这一切都是我们可以想象到的。在改革开放三十年的中国，仁人志士们的玩命干法我们听的见的太多了，不必细述。但施工过程中，"闷葫芦"钱世崇和"火药桶"王涛的"星际大战"却愈演愈烈，硝烟四起，火花飞溅。王涛领导的炼铁部有八个人，号称"八大金刚"，个个够狠。他们要求设计上一要先进，二要方便操作——建成了，你们这帮搞设计的人一拍屁股走人了，将来一辈子摆弄这座庞然大物的，是我们炼铁部的人，尽管京唐钢铁基地的所有设计都实行了"终身负责制"，可炉台上多绕一个弯也耽误生产啊！

设计上哪些可以改，哪些打死也不能改，钱世崇和"八大金刚"吵翻了天，他能硬挺过来活到今天，没给气背过去相当不容易，证明这位内蒙草原上来的"闷葫芦"很像沙包，抗击打能力非常强。不过，现在大功告成，一号高炉已经巍然矗立在曹妃甸上，钱世崇还是很怀念他和王涛们那些争吵不休的日子。他说，正是王涛他们提出的许多要求和问题，启发了我们团队的新思路和新设计。

我说，明天就要点火开炉了，面临大考什么感觉？

钱世崇说，大脑一片空白，事情干完了，好像什么都去了，心里空空荡荡。

这里，告诉各位读者一个数字：现在雄踞于曹妃甸、俯视渤海湾的中国第一高炉，其设计图纸堆起来足有 30 米高，相当于 10 层楼的高度。

2009 年 5 月 19 日，我前往曹妃甸参加一号高炉试生产开炉仪式。上午，坐在人来人往、人声嘈杂、桌椅摆放得乱糟糟的办公室里，与钱世崇对谈，候在旁边的首钢日报摄影记者王京广对我说，5 月初，建成的高炉要封炉了，他和钱世崇钻进炉内要拍些照片。封炉之后，人就不可能再进来了，京广看到，钱世崇表情深沉，默默无言，在巨大的炉体内走来走去，东看看西摸摸，久久不愿离去。京广说，这座高炉无疑是钱工和他的团队迄今为止最伟大的作品，"当时我感觉到他的激动和惜别之情，这座高炉就像他的情人或孩子，恨不得抱着亲一口！"出了炉子，京广给他拍了一张照片，说你拿回去留着做纪念吧。钱工说，将来我要给我外孙子看，他姥爷干了一件多么光荣的事情！

其实，钱世崇的女儿才 11 岁。

说着，钱世崇掏出一个钱夹，在身份证的上面，是他宝贝女儿的照片。在曹妃甸昼夜奋战的日子里，女儿就这样一直陪伴在他的身边。

第二天上午举行点火仪式，以朱继民为首的首钢首脑人物悉数到齐。讲话完毕，各方来宾和工人代表把手共同按在一只点火圆灯罩上，一声喊，大圆灯刷的亮了，点火成功！

掌声鞭炮声欢笑声顿时涨潮般升腾在控制室大厅。

闪闪发光的新钢城，在曹妃甸高高矗立起来，仿佛沉睡千年的大唐美女曹妃终于戴上了一枚新婚"钻戒"。我四下看看，没有发现钱世崇的身影。仪式结束后，我在这座里程碑式的高炉前流连了一会，等人流散去，我出来时，发现钱世崇在道路另一侧，逆着出来的人流，默默向开阔巨大的高炉走去。尽管他深深爱着这座高炉，但成功的热闹不属于他，他只关注它的成长与安全，像守护自己的孩子。

远远地看到我，钱世崇淡淡一笑，向我招招手，然后寂寂消失在高大的车间门口。

点火成功，生产开始了，他要守在那里。

望着他那瘦削而微弯的背影，那一刻我突然有些激动。

行文至此，听说王涛提升为京唐钢铁公司总经理助理兼炼铁部部长。

两人吵架有功。那是首钢人使命与激情、智慧与责任的撞击。

二、大个子桑建国：首钢"首席铁裁缝"

——"偷懒小子"偷出个"三星级技师"

1

怪事！桑建国因为干活偷懒，竟然偷出个首钢机械厂的三星技师，现在一帮小徒弟成天围着他转，一边屁颠儿屁颠儿给他端茶倒水，嘘寒问暖，一边学手艺学本事。

46岁，一米九十多的大高个，是拄着双拐来的。因为重心太高，天天和钢铁打交道，都是硬碰硬的活儿，脚踝骨曾断过一次，后来成了陈年老伤，一不小心就出毛病。

桑建国是二代首钢。父亲是老电工，母亲在首钢绿化公司。1982年技校毕业后，"小巨人"顺理成章进了首钢机械厂金属结构车间。

学生时代他曾进过北京少年篮球队，大个子晃晃悠悠，走哪儿都引人注目，时间不长，师傅们发现，这小子干活儿不靠谱，好偷懒，不肯卖大力流大汗，老师傅们有点看不惯他，说话从来不给他好脸子，像铁板一块，死青。

2

所谓"金属结构车间"，名字叫得响亮，其实说白了就是"铁裁缝"。厚厚薄薄的钢板运来了，人家要造茶壶饭锅还是什么机械设备，你照图样把钢板裁好，弄弯弄圆，铆好焊好，再交给下游去精加工，东西就可以送到市场上叫卖了。

干这个工种的都叫铆工或冷作工。

铆工的老祖宗叫"白铁匠"或叫钣金工，他们原非正儿八经的产业工人，都是行走江湖、行帮习气特重的老匠人。随着现代工业的发展，白铁业渐渐萧条，白铁匠大都进了工厂改当冷作工，现在在世的也都像出土文物一样罕见了。上世纪六十年代进厂的老铆工苗连贵回忆说，当年他那些白铁匠出身的师傅大都有一手绝活儿，但对技术十分保守，对外人轻易不"亮剑"，传授技术的多为本家本乡子弟。对外人即便教，也非得考验再三，直至"师徒如父子"的情份，才会把工具箱钥匙交给你——别小看这把钥匙——这说明师傅已经同意认你当弟子了。如果再让你给他干点私事，如买烟，泡茶，到家里帮着抹抹墙，抱抱孩子，那就意味着你就是他的本家子弟了。

所谓师傅传艺，也就是让你站在一旁看，外人是不得窥探的。来了人，他就坐下抽烟喝茶聊大天，或者装模作样拾掇场地，意在逐客。其实冷作技术并不神秘，被师傅们视为"看家本事"和"核心技术"的就是"放样"——把图纸上的线条放大到钢板上。那些老师傅大多没文化，都是靠多年积累的丰富经验干出来的。苗连贵刚进厂时，好几个师傅神秘兮兮地考问他，你知道3.14吗？苗连贵一口气把圆周率背到小数点以后的9位数，师傅们目瞪口呆。

不过，师傅们的手上工夫着实了得，五十年代解放牌汽车刚刚问世的时候，师傅硬是用榔头敲出一辆汽车头面，然后刮灰、喷漆、抛光，几可乱真。那时冷作工最苦的活要算"打封头"（即工业罐体设备两头的封闭部分）。夏天，点燃直径两米的大地炉，把同样大小的圆铁板烤红烤软，然后吊到当模子的大钢圈上，两人用大铁钳紧紧钳住后，七八条汉子迅即挥舞起长柄硬木榔头，顶着热浪狠命地砸。顿时，长锤飞舞，风呼雷吼，空中画出无数个交错的圆，场面煞是威风好看，铁不冷，锤不停。一场锤砸下来，个个被火浪炙得满面红光，蓝色工装上一条条一片片，全是白花花的汗霜。苗连贵第一次上阵，眉毛差点儿燎着了。冬天"打封头"可就舒服多了，"我们休息时披着破棉袄，围着地炉，把从食堂买来的白面馍放在残炭上烤，抽烟说笑，荤素俱来。一会儿，烤馍的香味出来了，拿起来拍拍灰，嘿，蟹壳黄，倍儿香！"

3

桑建国初进厂时，工艺几乎还是老祖宗的办法，靠卖苦力出活儿，放样用的是脏兮兮的油毡纸，然后再照着油毡纸的样子，用焊枪把钢板切开。桑建国不愿意这么傻干笨干，遇事儿就玩脑筋，想偷懒的办法。他说，青年时代我特愿意看书，别的小青年都在谈对象，"我撅腚眼子看了好几年书"。

知识多，脑瓜也就灵。他搞的第一个技术革新是造高炉上的接管，它是易耗品，在外面花钱买很贵，首钢就自己造。办法就是上面讲的，先做模具，再把钢板烤软，然后"八大锤"上阵猛敲。汗巴流水儿地一天累下来，也就能敲出五六个。"懒蛋"桑建国想，首钢已经有冲压技术和设备了，为什么不用模具冲压呢？用这个办法一试，一个小时就能干出二十多个！从此偷懒的桑建国成了革新迷，大小革新搞了几十项，车间厂里有什么难活儿，就逼着他想点子出主意。进厂刚刚两年他就当了班长，25岁升到五级工。进厂第七年，正是周冠五大干快上的年代，桑建国领着一帮人造出了盛装260吨铁水的大型鱼雷罐，成为当时首钢的一大亮点和中国第一家。这种鱼雷罐从国外进口要七八十万美金一个，首钢只卖200多万人民币，质量一点不差。桑建国说，当时我和首钢人都很傻，当技术创新成就大加宣传，来参观的人络绎不绝，一点儿没搞技术保密。现在很多厂家都会做了，跟我们竞争，首钢少赚了很多钱，不过至今我们的鱼雷罐还卖得挺火，350吨的鱼雷罐还出口到巴西等一些国家。

桑建国还是首钢机械厂第一个用计算机放样的开路先锋。

迄今，机械厂凡是接到新活儿怪活儿，都找桑建国带上徒弟打头阵，他成了首钢头号"铁裁缝"。现在机械厂和他一起进厂的那批青工都当干部了，只有 46 岁的桑建国还在生产第一线，腿都累残了——因为大发展、大转移的首钢一线离不开他。现代钢铁工业设备都在向大型化发展，设备越大越重，钢板材料越厚，许多金属结构成型的活儿，都是由机械厂的三星技师桑建国领着徒子徒孙干出来的。

他说，1984 年周冠五为什么下决心购买比利时赛兰钢厂的二手设备？因为那种 210 吨转炉钢板厚度最高达 120 毫米，当时中国造不出这么厚的钢板，也没相应的轧机、卷板机，即使钢板搞出来了，也没这样的焊接技术。所以周冠五的决策非常正确：造不了就买回来，大大加快了我国钢铁冶炼现代化的进程。

4

2007 年，曹妃甸京唐钢铁大厂的特大型高炉、转炉等一系列超大型设备设计完成，结构成型的任务落到桑建国等三位技师身上。这些庞然大特所用的钢板厚度都达到 100 毫米或 120 毫米以上，特别是集世界先进技术大全和首钢技术创新之大全的曹妃甸两座高炉的炉顶，结构极其复杂，很多是从未见过的异形件，仅上料设备系统总重就达 2300 吨。为保证质量和安全，桑建国"大师"带着他的一千人马没黑没白猛干了一年，先在首钢本部把造到的设备进行了预装试验，一切正常了，再拆下来运到曹妃甸，大功告成！

高炉主设计师钱世崇对炼铁部部长王涛说："你敢用，我就敢画出来！"

三星技师桑建国对钱世崇说："你敢画出来，我就能造出来！"

首钢人怎么都这个脾气？

三、圆脸蛋卫建平：首钢头号"合金雕塑家"

——德国佬甩来一个"变形金刚"："你们能不能做？"

1

卫建平，圆圆的脸蛋，灿烂的微笑，看着像"早晨八九点钟的太阳"，可沉稳有度的举止颇有点"大师"风范了。

他是二代首钢，今年 43 岁。

1984 年技校毕业后进了首钢，那时大脑一片空白。不久，在周冠五的激情号召和铁律管制下，一个学科学、学文化的浪潮在首钢呼啸而起，各种在岗、脱产、半脱产的中专、大专班包括万人培训中心纷纷成立，星罗棋布。考试不过关不涨工资不升级，逼得有的老工人甚至天天喊着要"跳楼"，可第二天还

卫建平

是老老实实拿着书本进课堂了。那时首钢的文化底子确实惨了点，旧社会过来的老工人基本大字不识，"文革"中成长的一代只会念毛主席语录。

周冠五带头学，数学学到微积分，炼钢炼铁技术烂熟于胸。

小徒工卫建平来劲了，一气报了好几个班。

从 1988 年到 1998 年，整整十年寒窗苦读——那时还没有双休日，小伙子把业余时间和周日全牺牲了，先后拿下国家承认的"计算机应用"专科文凭、"机械制造"大专文凭和"机械设计"本科文凭和学士学位，专业方面的英文书也看得顺风顺水。

都是形势逼的。首钢最早进了一批工业计算机，1989 年又引进几台数控机床，界面全是弯弯曲曲的"鸟文"，卫建平两眼一抹黑，急得直蹦。

卫建平说，在学校学习没有紧迫感，不知道干啥用。到了首钢才明白，没知识就是个废！

有了知识，懂了鸟语，他立即对神奇的电脑、数控机床和编程产生极大兴趣。以往做个茶杯，靠车工摇两个车把子，里出外进，不仅工效低下，累得屁滚尿流，而且做一百个一百个样，做完还要修修补补。操作数控机床，编好程序，把数据输进去，做一千个都一个模样，分毫不差，非常漂亮。

1992 年，卫建平第一次大显神威。那是做一个高炉风口外套，这东西重 50 多公斤，紫铜件，里外结构不对称，曲里拐弯，非常复杂（卫建平在我的采访本上画了个草图，我看了半天也没明白是什么样子）。机械厂集中了几位大师级的车工干了两周，弄出来还是个废品——那是普通车床和人工所不能及的东西，因为内部结构无法测量。

卫建平上手了，"那个东西太复杂，编程极难"。但是编好程一按电钮，成了，"我一口气干了 40 个"！

自此小伙子名声大噪，很快被高工庄仪芳调进工艺室。

2

1994 年，首钢花 4000 万元，从德国科宝公司进口了一台世界顶级的 25 米 5 轴联动数控龙门铣床，工作台高 5 米、长 25 米。有了这个庞然大物，就可以自己加工制造薄板坯连铸设备的核心部件了。这是国家冶金局牵头引进的重大科技项目，与德国交换的条件是：你给我技术，我给你市场，中国各大钢

咱们工人 铁血记忆·首钢九十年

铁企业可以都用你德国的产品。

德国佬挺着他们高傲的大鼻子，不屑地一笑说，我可以把技术给你，问题是我们这类世界顶尖设备，你们能造出来吗？

国家冶金局立即组织全国有关力量集体攻关，其中几个重要和复杂的项目交给首钢了。

"天哪，这时我才认识到数控时代的高度和难度！"卫建平惊呼。其中有个部件叫结晶器铜板，重近一吨，结构极其复杂，外表看起来是个楔型，上部有个半圆型的空间曲面，下部是许多沟槽，还有个深孔，直径9毫米，深达500毫米，各种复杂多变的曲面角度，根本无法用文字表达清楚。

整个儿一"变形金刚"！

说到这儿，卫建平和在座的桑建国都感触颇深地说，你不能不佩服德国佬超乎寻常的想象力和设计能力。工业化时代，他们的设备为什么能够一直高踞世界一流的地位？关键在于他们的设计能力。把德国的设备拆开一看，里面的结构和部件稀奇古怪，你都不知道他们是怎么想出来的！

现在中国有些急功近利、头脑发烧、喜欢唱高调的官员和专家，不时嘲笑和批评中国不该总当世界的"生产车间"，一味强调要求我们的产品要实现多少多少比例的"国产化"，听来觉得像"大跃进"的口气。他们忘了，工业革命以来的中国，鸦片战争以来的中国，建国后被铁壁合围的中国，政治运动和闹文革的中国，落后得太多太远了，奋发图强的民族精神不可丢，但虚心学习的道路还长着呢。

卫建平接手的这个结晶器铜板，真就把中国难住了。

德国把大鼻子朝天举得高高的，他们的态度是：你能造出来，我就把技术给你。但是这个稀奇古怪的"变形金刚"到底是怎么造出来的，打死也不说。

卫建平到德国西马克公司参观学习，他瞪圆了一双贼亮眼睛东张西望，明亮的走廊、洁净的办公室、漂亮的女秘书，你都可以尽情地看，但精密车间和核心技术绝不让你靠近一步。

一直在首钢现场当监工的德国人叫明克，三十多岁，高高的个子，特大号鼻子显示着特大号高傲，嘴角经常一边上翘一边下垂，是一副很不给面子的典型的德国式微笑。

为造出这个"变形金刚"，大脑一片空白的卫建平，整整做了一年的准备工作，他先用蜡做了个模型，然后反复测量、计算，再在电脑上模拟试验。"尤其那个直径9毫米、深500毫米的小孔，光靠计算机技术还不行，力学啦，金属学啦，刀具技术啦，车工技术啦，各方面知识都得有，因为孔又细又深，震动稍大，钻头就折在里面了。"

完成全部编程，A4纸用了近600页，相当于一部《三国演义》再加半部《水浒传》，不过外行人读着那些密密麻麻的数字符号什么的，就像读一部"天书"。

进入实操，"阳光小青年"卫建平启动了三台数控机床，一次成功，24天做了两块。德国监工明克笑了，笑得很灿烂很开心，那个大鼻子似乎也矮了几毫米。他夸奖卫建平说："你可以当雕塑家了！"

这个项目获得国家九五重大装备科技成果一等奖，获奖名单上排在第一位的是直接领导项目的首钢机电公司总工。不过参与的人似乎不少，2万元奖金分到卫建平手里只有400元，有点惨。

朱继民执掌帅印之后，对机械厂领导班子做了调整，由敢做敢为、思想解放的李国华出任党委书记，主持机械厂的工作。为提高机械厂的技术实力和市场竞争力，他大刀阔斧进行改革，提出了"求变创新"的工作思路，成立了机械厂数控计算机中心，并任命卫建平为中心主任。

中国奇缺数控人才。一家私企以月薪8000元的条件，想让卫建平跳槽走人，几所大专院校也希望卫建平去当教授。

他决定，留在首钢。

3

卫建平成了首钢出身的名人和高级工程师，当选全国数控专业委员会委员和北京委员会的理事，不时受邀出去讲学或担任大赛评委，相当牛，今年才43岁，可惜那张孩子气的圆脸蛋太不像教授了。

为鼓励人才成长和各行业的领军人物，北京市委组织部、科委、市总工会三家联手创意开办了"名家工作室"。现在市总工会里，有一间挂牌的工作室，牌子上写着："数控工艺研究与培训——卫建平工作室"。

同样的一块牌子还发给了首钢，挂在机械厂数控计算机中心。

这些年，向卫建平请教过数控技术的人很多，其中有一个是来自首钢矿业公司的秦涛。秦涛原来是黑龙江省苇河林业局（那里我去过，是一个风光秀丽、安静温馨的山林小城）的林业工人，后来当了三年小学教员。1993年首钢矿业公司到那里招工，秦涛自此成了首钢矿业公司的一名车工。

厂里进了数控机床以后，秦涛对这种现代化设备发生浓厚兴趣，一路苦学自学，英文版的专业书最终也能看了。当时，秦涛和爱人租住在一处简易棚内，冬天冷得能结冰，夏天潮得能出水。家中的一张写字桌是他和儿子共用的，儿子写完作业，秦涛才能用，因此常常忙到后半夜才能睡。凡是书上看懂的原理、编程和操作方法，秦涛就赶紧到车床上操作验证。

后来，秦涛认识了卫建平，他回忆说："有一阵我用数控车床挑螺纹经常挑乱，多次都没找到原因。卫老师告诉我，是因为径向差距变化，引起了圆周上起点的变化。按照这个思路，我一下解决了问题。"

2007年8月，秦涛参加了北京市第二届职工技能大赛，初赛成绩列第24名，10月7日进入决赛。这是一场全北京市数控"武林高手"的对决、代表北京市数控车床操作的顶级水平。选手要加工的部件外形奇特，几何要素复杂，材质刚性程度不一，加工难度超乎寻常。经过六七个小时的紧张角逐，尽管其中一个题目没能做完，秦涛还是以超高分数拿下大赛冠军！

他一并获得"首都劳动奖章"并直接晋升为高级技师。

四、英文名"哈默·唐"：一锤敲掉几十万美金

——老外傻眼了：他为什么舔砖头？

1

这位黑壮汉子往凳子上一坐，砸得凳子嘎嘎响；把二锅头往桌子上一拍，座中人都赶快说自己有高血压或胃溃疡；手里拎着小鎯头，瞪眼珠子四下一转悠，好些老外心里都哆嗦，好像那鎯头敲的不是砖头，而是自己的脑壳。

唐志强，典型的钢铁工人，浓眉大眼，满脸胡茬，黑得像当牛做马的小煤窑农民工，壮得像受保护的西藏牦牛。白天干活的时候，这家伙高音大嗓，吼声如雷，谁见谁怕，忙到下半夜睡觉的时候却特温柔，钻进曹妃甸特大高炉底下火柴盒似的小破板房里，细心地铺铺行军床，然后小心翼翼拉开那床被，拍拍平，齐齐角，再缩头缩脑钻进去，整个动作那个温柔啊！同事笑他，咋的，被子底下藏着媳妇啊？

那褪了色的大红被面、上面绣着一对戏水鸳鸯的被子，确实带着媳妇的香味、温暖、关爱与牵挂。唐志强的所有物件哥们儿随便用，被子绝对不许碰。

47岁的汉子了，按理早过了热恋期。但唐志强始终忘不了，媳妇能下决心嫁给他这个穷小子，不容易。

父亲本来是北京市一家木材厂的技术员，工人出身，山东人，心眼儿正，脾气直，眼睛里揉不得沙子。厂领导大吃二喝之后总签条子批木材，1957年大鸣大放期间，父亲拍桌子提意见，结果是被扣上一顶"右派"帽子，全厂几百个工人没有不摇头叹息的。1967年，全家被赶回山东老家聊城，下火车时，父亲口袋里只剩了1角8分钱，那是全家以后数年的生活费。那年唐志强刚刚5岁，上面还有两个哥哥，家里养不起，只好把唐志强送给在河北的舅舅家。8岁该上学了，志强才回到父母身边。初中毕业后，没钱上学了，唐志强为补贴家用流浪四方，当过临时工，卖过冰棍、糖块、菜，拣过破烂儿，要过饭，住过牲口棚。

说起那些苦处，钢铁汉子也掉泪了。

改革开放了，父亲落实了政策，全家回到北京，1979年11月5日，17岁的唐志强进首钢当了又苦又累的铸铁工，整天和滚烫的铁水打交道。他无比珍

惜这个好时代好日子好工作——那时当一个国营工人是多么光荣啊!

第二年唐志强就当了班长。

上边看小伙子干活扎实,肯卖力,调他当了"白砖工"。

2

所谓"白砖工",是砌筑高炉耐火砖(俗称"钢砖")的专业工种。盖房子砌红砖,一般要求砖缝不得超过 8 到 12 毫米。砌筑高炉内的耐火砖,标准严格多了:砖缝越小越好,砖面越平越好。因为它决定着高炉的寿命。高炉炼铁日夜不停,上千度的铁水火浪在炉内喷突激荡,涮来涮去,耐火砖渐渐变薄,如果砖缝过大,砖面不平,渗入的铁水很快会使耐火砖七零八落,直接腐蚀到炉体,高炉就得熄火大修。一般而言,高炉十年左右需要停炉大修一次,重砌炉砖,特大型高炉一次大修至少花费几亿元。

唐志强很快成了有名的砌炉高手,他负责砌的炉砖严丝合缝,光滑平整,首钢北京本部及各地的高炉大修改造,都有他流过的汗水。1990 年,他当了砌筑质检员,主要任务一是检查高炉砌筑质量,二是检查耐火砖质量。

生产耐火砖需要碳素等一些特殊材料,世界上现在有三大碳素砖厂家,一家在德国,一家在中国兰州,一家就是美国著名的 UK 公司。唐志强小时候吃过大苦,干活儿卖力,又肯用心思,他知道自己工作的重要性,炉砖质量好不好,砌筑把关严不严,直接决定着高炉的寿命、工厂的产值和企业的发展——哗哗流淌的铁水就是哗哗流淌的人民币啊!

唐志强把所有能找到的有关耐火材料的专业书都划得破破烂烂,倒背如流,笔记也记了一大堆。没事儿就钻到耐火砖那儿敲敲听听,还拿舌头舔舔,甚至拿牙嘎嘣嘎嘣咬碎了品品味道,那神情比吃巧克力还投入。时间长了,他炼出一身高超的本事,这本事多次把国人和老外惊得目瞪口呆。

耐火砖不像我们常见的红砖,因高炉特殊结构需要和不断向大型发展,耐火砖有小有大,千奇百怪,形状各异,重的达一两吨。检验这么大的家伙,外表的平滑度、角度、尺寸通过测量还比较容易办到,内部是否有裂缝?深层的气孔是否超过标准?细密度够不够?检测起来可就难多了。检验工作一般都在生产厂家现场进行,合格了才允许运往砌筑工地。

一吨重的一块耐火砖,价值近一万元,总不能给人家随便敲碎了看啊,国际通行的行内规矩是按 5% 抽样检查。

有一年,唐志强到贵州一家耐火材料厂检验他们生产的异型砖,126 块总重一百多吨,检验完毕只合格 26 块,价值一百多万的砖让他毫不留情废掉了。贵州人无奈地说,唐工,你这几锤子一敲,把我们全厂工人几个月的饭碗敲碎了!

唐志强说,没办法,这年头谁不讲质量谁没饭吃。

2002 年，首钢二号炉大修，进口的是荷兰在印度生产的异型砖。唐志强拎着小锤头，威风凛凛在现场转来转去，荷兰项目经理皮特先生跟在后面，大鼻子挺得老高。他说，我们的耐火砖是世界有名的，质量绝佳，不会有问题，你首钢就放心大胆用吧。

唐志强随手拿起一块 75 毫米厚、150 毫米宽、230 毫米长的耐火砖，当当敲了几下，回头对荷兰人说，这块砖内部有裂纹，废了。

皮特不相信，也拿锤子敲敲，然后坚定地说，唐先生你搞错了，这块砖没问题。

唐志强说，内部裂缝肯定不低于 20 毫米。

皮特不屑地幽了一默说，唐先生，你的耳朵有裂缝吧？

唐志强的表情特绅士，也不发火，他拿画笔在砖上划了一道线说，裂缝在这儿，拿去切吧。

切开一看，果然，深处有一道裂缝，长达 22 毫米！

皮特佩服得心服口服，眼光里闪出几许粉丝的光芒。他问唐志强，你干多少年了？

唐志强说，八年。

皮特叹口气说，我干了十二年，白干了。

皮特自此特别尊重唐志强，还给他起了个英文名，叫"哈默·唐"，大概意在套瓷。不过唐志强不管那一套，这次检验几锤子废掉荷兰人进来的 154 吨耐火砖，全部退货，价值近 20 万美金。2004 年，在首钢的秦皇岛钢铁基地，唐志强与美国 UK 公司又遇上了，一见面，UK 公司的代理脸上就冒汗了，"哈默·唐"用他手中的小锤头，又"敲"碎了 UK 公司近 20 吨砖。

唐志强成了首钢第一"神锤"。

他的锤头神，舌头也神。一块碎砖头用舌头舔舔，凭味道，凭气孔对水分的吸附力大小，他就能准确判断出耐火砖的材质和内部结构的细密度。那种细微灵敏的感觉全是靠多年实践炼出来的。有一次检测法国一家企业的耐火砖，唐志强敲碎一块砖，再拿舌头舔舔，跟在旁边的法国代理商愣眉愣眼看着他，傻了。法国的耐火砖走遍全世界，经受过各种工具、各种仪器的检验，没见过拿舌头检验的！唐志强舔了几下，品品味道，然后对法国代理说，你的砖是烧结莫来石和电熔莫来石，气孔率在 11 左右，超过标准，不合格，对不起，退货。

法国代理坚持说，我们用仪器测过了，这批砖气孔率不超过 9，都是合格产品。唐志强眉头一皱说，你拿去测测吧。

拿到检验室一测：10.8！

3

曹妃甸 120 米高的两座巨型高炉耸立起来了，要求使用寿命为"25 年一大修",世界第一,对于耐火材料的质量要求无疑更为严苛。这样的超大高炉,一次大修就要花费十几个亿啊。

两座高炉使用日本砖 3000 吨,美国砖 2000 吨。

首钢第一神锤、京唐公司炼铁部生产技术室工程师唐志强奉命到日本检查他们的耐火砖质量。不知是行程紧张还是日本人有意为之,唐志强赶到现场,天色已黑。小则十几公斤大则一两吨重的耐火砖,山一样堆在货场。唐志强的神锤和舌头根本没用上,他拿手电筒一晃,就发现其中有几块砖被磕碰过,掉过边角,是后经修补成型的。日本人做事情是何等精细啊,修补过的砖一般人用肉眼根本看不出有修补痕迹和色泽差异,何况是在黑天。

唐志强一锤定音:重新生产!

六十多岁的日本经理,连连向唐志强鞠躬道歉。

砌筑工程开始了,5000 吨的耐火砖一块一块砌了进去,唐志强要求,每块砖他必须亲眼看到,质量确无问题才能砌上去!

因此他常常一整天不喝一口水——他不能离开现场,连解手的时间都没有。他干活一直是这股子猛劲,在秦皇岛工地上他曾一个多月没下现场,脸上一层泥,头发胡子长到几寸长,等工程完工他钻出炉子,怎么看怎么像"北京猿人",前来慰问的领导端详半天没认出他来,当场落泪了。

唐志强说,曹妃甸高炉的设计是世界一流的,把砌筑任务交给咱了,这是咱一辈子的光荣。砌筑之前我就想,咱砌炉子也要拿出世界一流的水平,让它成为世界上最长寿的高炉!而且,这次实行工程质量终身负责制,咱可不能有一点闪失……

高炉直径达 18.8 米,砌筑缝要求不得超过 0.5 毫米。

经检测,炉内底层满铺的碳砖最大缝只有 4 处是 0.4 毫米,其余都在 0.3 毫米以内,即小于 4 根头发丝的宽度,平整度跟镜面儿似的,用手去摸才有那么一点小感觉。全国冶金质检站专家进到炉内经过严格检验,说这些年走遍全国,"头一次看到这么漂亮的活儿"。

曹妃甸高炉全部砌筑需要 10 种材质的耐火砖,碳砖砌完后再上面就是日本生产的陶瓷垫砖,平整度要求正负 5 毫米,完工后经检测仅为正负 3 毫米。砌筑 68 层的美国生产的美联碳砖,要求所有砖缝不得超过 1.7 毫米,平整度要求正负 5 毫米。而且,每块砖要 6 面打泥浆,泥浆饱满度要求达到 95% 以上(以尽可能减少铁水浸入腐蚀),砌筑后实际达到 100%。

前所未有的纪录!

高炉砌筑从 2008 年 3 月 15 日开始,历时 105 天,共用 230 多个型号的耐火砖近 8 万块,每天砌筑量平均达 40 吨,损耗比不到 2%,剩余量不到 0.5%,一切都在精确的计算之内,各项指标全国第一。任务圆满完成,体重 108 公斤的唐志强掉了十多公斤分量,摊在案板上是多大一块肉啊。

完工之前，炉内最后留下三块砖，由首钢京唐公司常务副总经理王毅亲手砌筑收尾，这是留给总指挥的一份纪念和光荣。在众多记者"长枪短炮"的照耀下，王毅戴着红色安全帽，满面红光，摆足大明星姿势派头，砌完最后一块砖。过后没忘了问唐志强：看看质量行不行？不行可是你的责任啊！

王毅对超一流的砌筑质量相当满意，完工后特别举办了一个庆功大会，把唐志强灌了个半死。唐志强昏昏沉沉躺下，一觉睡了三十多个小时，同事以为他死过去了，摸摸脉，还有。

这个黑壮汉子累惨了。

五、"大师"王文华：中国第一神焊枪和地震小子们

——"焊"字新解："守着火，顶着日头干活儿！"

1

"神焊枪"王文华的脸也挺黑，不过比"神锤"唐志强白点。黑是因为早年和唐志强一样在毒日头和风霜雨雪底下出大力流大汗，白是因为近几年他主要以讲课、讲学和带弟子为主，除非有特尖端的焊接难题请他去亮剑，一般的活儿都是他徒弟干了。

他举止沉稳从容，谈吐有板有眼，颇有点儿大师风范。

忆起当年，王文华笑着说，要不是干了一把力气活，我就娶不上媳妇。这件事让他在哥们儿中间着实风光了一回。所以入厂那会儿不吃不喝，没黑没白，蹲地上猛练焊工技术，没想什么爱党爱国爱厂，更没想什么远大理想，就是想赚大钱——谁跟人民币有仇啊？

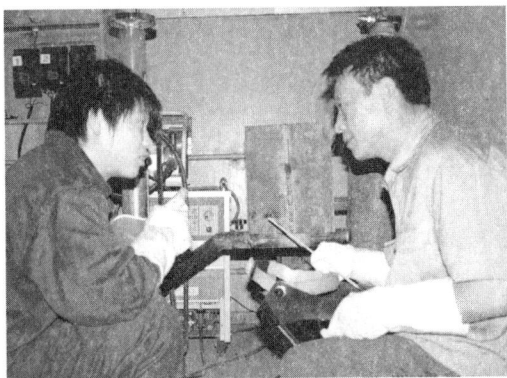

神焊枪王文华

大概祖上传下来的基因起了作用。父亲十几岁时从山东"闯关东"到了鞍山一带，在一家私人车行学气焊手艺，炼成一把高手，解放后公私合营进了鞍钢。1958年"以钢为纲"的年代，首钢争取到"大包干"，三大扩建工程轰轰烈烈地展开，鞍钢主管基建的副厂长白良玉奉命带着四五千大军到首钢支援。王文华的父亲就在这支队伍里，自此全

家搬到北京。

1981年，王文华高中毕业，父亲退休，他"接班"进了首钢，入门就当焊工。学徒三年，工资从17元、19元，再长到21元。出徒之后，工资一下跳到49元，第一个月领到这么厚的一叠票子有点不相信，觉得一辈子都花不完。钱放在工装口袋里，不时把手伸进去摸摸，心也怦怦跳个不停，好像是偷来的。

刚出徒，正碰上周冠五搞"大承包"和贯彻"三个百分百"，一个会战接一个会战。王文华受命去焊自备电站220T大锅炉，每平方厘米工作压力达14公斤以上，技术要求很高。上级表态，工期短，要求高，大家要玩命干，每道焊口补贴4角钱。

一个大锅炉几千道焊口啊！

王文华和石春凤正在谈恋爱，他跟姑娘商量，厂里下来个大任务，我就不陪你逛公园溜马路了，活干完咱们就结婚。姑娘脸一红，答应了——那时的姑娘都爱劳模的奖状，不像现在有些姑娘爱老板的钱夹。

几个月风风火火，大汗淋漓，白天戴上头罩，眼前焊花四射，摘下头罩，晚上做梦眼前还是焊花四射。大锅炉干完了，收获一张奖状和厚厚一叠人民币1630元——那个年代，这可是天文数字啊！王文华拿指头沾唾沫，一张张捻着票子，眼前又焊花四射——看花眼了。腰里揣上这笔"巨款"，以前见人脸就红的王文华自此气壮如牛，开口说话跟首钢人一样像打雷了。他和石春凤即没"谈"，也没"恋"，只有"爱"，两人第一次手拉手就是办婚礼进洞房。后来春凤开玩笑说，早知道你的手那么糙，握着跟石头似的，我就不跟你了。

办喜事前一天，小两口欢天喜地到王府井搬回一台21寸大彩电，那时市面上大彩电货很少，需凭票供应。王文华托关系走后门搞来一张彩电票，小两口把大纸箱子从商店搬到街面上，路过的行人个个侧目而视，眼红得要命。彩电运回家里也不易，那时人们只知道彩电漂亮牛气，看着过瘾，却没多少常识，传说是个"易爆品"。地铁不让上，公交车不让上，的哥不让上——都怕爆炸。没办法，文华现找一位哥们儿借来一辆三轮，算是把大彩电运回家了。

蜜月也没过成。彩电一开，邻居街坊老少爷们儿大娘大嫂和鼻涕孩子都闻声而来，看新鲜，天天晚上挤满一屋子。小两口还得茶水伺候，提前关机也不让，非要看到"再见"才恋恋不舍地离去。大彩电把小两口折腾苦了。

2

有一门好手艺原来可以赚大钱、娶漂亮媳妇啊！

王文华和师兄弟们来劲了，拼命伙在一堆儿学技术练本事。

大到一个国家一个民族，小到一个企业一个家族，经过悠久历史的历练和洗礼，总会留下许多独具特色的文化与传统。历经九十年春秋的首钢工人，代代延续，薪火相传，不仅留下了他们钢铁般的力量与意志和火焰般的雄心与激情，还留下了许多绝技和绝活儿。首钢工人的焊工技术就是一绝。

日伪占领时期，日本国内一个焊接高手到了石景山铁厂，日本工头特意招来几个中国焊工，要他们比试比试，想显示一下大日本帝国的威风。地上两块钢板，上面各画了一个形状一样、面积相等的不规则圆。日本焊工把两个圆切下来，互换一放，恰好都能放进去。轮到中国焊工出演了，先上的几位手艺确实有点糙，切下的两个圆都不大标准，大的放不进去，小的留下很大缝隙。日本工头得意洋洋指指脑袋说，中国人的这个东西，太笨，大大的不行！

一位未上场的中国焊工抱着膀子站在那里冷笑。日本工头见他像是不服的意思，说你不服吗？那就上来试试！

那位焊工上场了，气焊枪呼呼一响，两块圆板切下来了，焊工抓起一块就往另一个圆洞里放，砰的一声，卡住了，有点大，没放进去。日本工头和那个日本焊工哈哈大笑，说你这本事还跟大日本帝国较劲儿，太不知趣了！

话音刚落，渐渐冷缩下来的圆钢板，咣当一声落进圆洞里，分毫不差，连切焊的纹理都对得齐齐整整，简直就是天衣无缝！

日本焊工面红耳赤蹲在那儿端详半天，不得不伸出了大拇指。

王文华接的就是这个传统，何况家里还养着一位"武林高手"——老爸，他的亲舅舅在酒泉钢铁厂也是有名的焊工高手。言传身教，基因继承，凡是能找来的专业书技术书，他都一页页啃。"文革"动乱中上的学，能认识几个字啊！因此，他等于一边学文化一边学技术，就像写"半夜鸡叫"的高玉宝一边识字一边写小说。毕竟文化底子太薄，为了记牢，他硬是把6本专业书一字不落地背了下来！

没多久，王文华的技术在厂里遥遥领先了，气得师傅两个月不跟他说话。

1987年，又一个大活儿下来了——制造3万立方米的铝合金大型制氧机的配套设备。是德国技术，德国图纸，有几千道焊口。

事关国家和首钢的荣誉，首钢挑选了40名焊工高手，请德国专家进行现场实操考试，23人过关，其中就有王文华。面对德国佬挑剔的眼光，王文华第一次觉悟到和意识到，个人的荣誉、企业的荣誉、国家的荣誉，远比金钱更重要。他的劲头有了更伟大更强烈的动力，干得更猛了。首钢建设第三炼钢厂时，为保证设备焊接平整、连续，不出结点，他曾连续奋战七天八夜没下炉台。完工时他眼前天旋地转，已经不会走路了，是被人连背带抱拖下来的。还有一次，炼钢厂天车出了毛病，不能动了，200多吨的钢水急等着往外倒，时间长了转炉就毁了，情况万分紧急，王文华奉命登上天车焊接伤口，底下就是烈焰熊熊、钢水滚沸的转炉，高温灼人，炉板火烫，他蹲在上面抄起焊枪猛干，脚底下垫着的木板呼呼冒烟……

此后一发不可收拾，有一年一气长了三级工资，还当了车间团支书。1989年，26岁的王文华升到八级工，到顶了。大概是中国最年轻的八级工了。这年首钢举行全公司焊工大赛，王文华获得理论、实操双冠军！

1992 年，29 岁的王文华成为首钢最年轻的焊接工程师。1997 年，在全国冶金行业焊接技术大赛上，他一举夺冠，获"全国技术能手"称号，被誉为中国冶金行业第一"神焊枪"。

3

自此王文华大名远播，成了首钢的"游神"，每天的任务就是到处攻关，首钢哪里上新项目，搞改造搞设备，遇上焊接难点就找他来。他整天骑辆破自行车，后座上挂着焊工家什儿，东走西串，哪里需要哪里去。各种千奇百怪的任务，逼着他不断学习不断操练，遇上自己也搞不懂、难操作的项目，就回家翻书，跟老爸商量，夜里蹲院子里拿焊枪反复试验，直到找出解决办法才睡觉。他说，当劳模是够累的，劳心劳力压力大，"丢不起人啊"。

当一个优秀的顶尖级的焊工，不仅仅是会焊枪、懂焊条的问题。各种合金的性能，各种环境的不同，各种条件的变化，各种紧急情况的临机处理，都需要有广博的知识和灵敏的反应。

有一次，一个狭窄、封闭的焊接口处，因热处理后金属形成强大而独特的磁场，导致焊接无法正常进行，王文华查阅大量有关资料，想尽各种办法，终于把磁场打散，焊接顺利完成。

一台高昂的进口设备，螺母和轴抱死了，必须用焊枪把螺母切开，但绝对不能伤及中轴螺纹，一个轴价值数万元啊。螺母切开了，螺纹毫发无伤。你无法想象他是怎么完成的。

再给读者出一个难题：高空掉下一个铁家伙，把高炉粗大的送水管道砸出一个婴儿拳头大的窟窿，在强大的压力下，水流喷出数米高。此刻既不能停水，又必须尽快堵住焊死，否则正在炼铁的高炉冷却水不足，炉体烧塌和爆炸都可能发生！但是，窟窿那儿水柱喷涌，无法用焊，怎么办？你有什么办法吗？

王文华赶到现场，爬到高空管道上，面对水柱略加思索，他大叫，赶快找一个大螺栓来！大螺栓找来了，他把螺母套装在窟窿上后，焊在管上。然后把螺栓拧在螺母上，恰好把窟窿堵死，水柱不喷了，他操起焊枪把螺栓焊死在管道上，难题迎刃而解。

后来，首钢人都管王文华叫"王大夫"——专治钢铁焊接疑难病症。国家许多科研单位和部门包括航天部，遇上焊接难题都恭请"王大夫"前往进行"专家会诊"。

新世纪新千年到来之前的 1999 年，首钢建设公司承建北京"中华世纪坛"旋转大圆盘，工程负责人点名恭请 36 岁的"王文华大师"出山，焊第一道口。2003 年，这项工程被评为"国家钢结构建筑金奖"。

那天他的焊枪一响，周围观者如堵，掌声雷动，这才叫千载难逢、永垂青史的机遇和光荣！

就这么长年蹲地上搞焊接，硬是憋出胆结石，最初王文华还以为是胃疼，没时间跑医院，对付着吃几片药继续忙工作。有一阵子胆汁彻底不通了，憋得小脸蜡黄，夜里痛得拿脑袋砰砰撞墙，家人以为是肝炎，赶紧送医院，一个手术做下来，掉了几十斤体重。领导上考虑到他的身体，调他到首钢技校当教师，专门传授焊接绝技。技校老师不像车间工人纪律严谨，作风散漫多了，只要不耽误课程，晚来早走没事儿。可王文华还保持着工人作风，每天老早骑自行车到学校，没事儿就扫地擦桌子。晚上下班别人都走了，他就像干完焊接活儿要净场一样，眼睛还东瞅瞅西看看找活儿干，习惯了。周六周日在家里没事儿，也跑到学校来看看。当年他就被大家一致推选为"优秀教师"——不是他特意想干到优秀，这些年他已经"优秀"惯了，"优秀"成了他的生活方式。

当焊接教师五年来，经王文华一手培养的市以上焊接冠军有十多个。2008年，中国焊接协会及市总工会张罗起一个中德焊接技术对抗赛，这是共和国历史上的第一次。德国人办事超级认真、对技术精益求精是有名的，他们的焊接技术在全世界遥遥领先、所向无敌也是有名的，比赛之前，他们脸上那不屑的表情和微笑，明摆着是把中国人当成小菜了。

比赛结果，四个单项冠军都让中国人拿走了，其中两个是王文华带出的首钢工人！

德国人得知王文华是两位冠军的师傅，深为钦佩，特意赠送他一顶德国造的焊工帽，价值一万多元，比中国的老土帽强多了。不过德国人很不服气，今年又下了战书，秋天将在德国举办中、德、捷克、斯洛伐克四国焊接技术邀请赛，条件是参赛者必须在21岁以下，意思是技术成手败下阵来，咱就拼拼年轻一代。

也巧，王文华正在带一个"熊猫班"，31个学生，原来都是四川省绵竹市东风汽轮机厂技校的孩子，2008年"5•12"大地震中，学校房子震塌了，学生被输送到全国各地继续学习，其中的焊工班交给首钢了。地震孩子都是咱国家特别心疼的心肝宝贝，首钢技校特意指定由王文华当他们的指导教师。王文华给他们讲的第一课是"焊"字新解："焊字的意思就是守着火，顶着日头干活儿，不能耐劳吃苦，就别干这个行当。"

来首钢之前，这批孩子刚学了一年基础课，焊把还没摸过。跟王文华学了几个月后，正赶上中国焊接协会为中德等四国邀请赛举行全国选拔赛。王文华挑了几个聪明的孩子集训8天，然后去参赛。真是神了，这几个不是"初出茅庐"而是"初入茅庐"的地震孩子，一举拿了三个冠军、两个亚军。入选八位选手，首钢就占了五个！

有一件趣事。今年6月11日，王文华带着这批孩子，到北京市一家专门生产焊接设备的民营集团参观学习。既然是专搞焊接设备的，企业自然也就长年聘请了几位焊接高手，每有客户参观访问，进行现场表演，来宣传自己的设备如何超一流。王文华和学生们呼呼啦啦到场了，集团高管听说来的都是四川震区的孩子，特别重视，请出企业"第一焊接高手"为孩子当场表演。这帮地震小子跟王文华刚学了6个月，眼光够高，胆儿也大，他们围着那位高手看表演，一个叫卿健的孩子脱口小声来了一句："这活儿也不咋的呀！"

周围几位西装革履的企业高管假装没听见，可脸色都变了。

王文华反应够快，故意假装生气，喝道："小毛孩子不知天高地厚，谁说的？站出来，你焊焊试试！"其实他就想让地震孩子露一手。

名师出高徒，17岁的卿健怕谁呀，焊帽一扣，焊枪一拿，蹲下就焊。纷飞的焊花中，但见那焊口呈鱼鳞状，均匀齐整，平滑漂亮，经专业的X光探伤，一级无缺陷！

那位高手面红耳赤，民企老总赞不绝口。

这批地震孩子雄心勃勃，要在四国邀请赛上拿冠军！

有这样的名师和他的一大帮高徒，曹妃甸特大高炉的焊接就不必细说了。超一流高炉，超一流焊接，承压能力就像一个天然完整的整体钢构件！

现在，王文华受出版社之约，正在埋头为全国焊工和渴望学习新技术的农民工写一部36万多字的《焊工职业技能指导》，这是他全部理论探索和实践经验的结晶。

下面，我要讲他的一个女徒弟的故事。

六、女状元刘宏：三顾茅庐的"小老爷们儿"

——美丽最前线的补天女娲

1

眉清目秀、容貌端丽的刘宏穿一件浅蓝短袖衫，坐在我面前，两只胳膊上有十几处豆粒儿大的微凸的疤痕。我知道，那是焊花烫过的痕迹，将跟随她的一生。

今天的城市女孩在追求容貌美、保持体型美上，大都有视死如归的超强决心和意志：视肉食如猛兽，视美食如粪土，而且宁可死在整容手术台上，也要把每块骨头磨一遍。

刘宏如此自然、坦然，像一块不经雕琢、天然本色的璞玉，令我感叹不已。理想、志向、追求不一样，人生态度的差异竟如此之大。如今在首钢，刘宏美丽得如耀眼的明星，只要她出现在节日集会或什么表彰庆功会上，掌声和鲜花就会潮水般涌向面带羞涩、微微含笑的她……

我注意到，2009年5月17日，在首钢第五届月季园赏花会上，当刘宏走上主席台接受主持人访谈时，坐在台下的朱继民、王青海等首钢领导和近千名观众的掌声最热烈，持续的时间最长。

那次会上，我登台说的第一句话是："我是被钢铁的声音召唤到一个伟大而激情的记忆面前。"

在这洪流惊涛般的钢铁音响里，就有刘宏轻轻走来的脚步声。

2

高考差3分，落榜了，刘宏哭着跟爸妈说，她想复读。可爸妈拿不出3200元复读费，刘宏觉得自己命真苦，哭得更伤心了。她上面有两个姐姐，读书很用功，先后上了大学。大姐刘杨读完学士又读硕士，现在是首医大分院副校长，二姐刘杰大学毕业后在中学当英语教师。姐姐们上学时，期考中考高考，天天钻在书堆里，弟弟还小，又是爸妈的宝贝疙瘩。为了让两个姐姐集中精力读书，刘宏成了爸妈最得力的帮手，自觉担起许多家务活。每天凌晨四点多钟起床，帮妈做饭拾掇屋子，放学回来一气挑上十几担水浇地，打草，养鸭子，里里外外地忙。父亲病重将要离世之际，老泪纵横地对刘宏说，咱家四个孩子，最对不起的就是你。

1988年，刘宏进了首钢运输部当材料员，整天摆弄些统计数字什么的，在大野地里跑惯了的刘宏有点不安心，这种活有初中水平就能干了，虽说要"甘当螺丝钉"，但"造螺丝钉"不是更光荣吗！她一边干着材料员，一边东瞅西看，见焊工头上戴着威武的焊帽子，身穿工装，手拿焊枪，焊花飞溅，大块大块的钢板铁料就缝到一起，拼成高炉和各种设备了。这个行当挺有意思，既有男子汉拿钢铁当面揉的气魄，又有女人做衣服的巧手艺。1990年，她实在忍不住了，风风火火找到运输部工务段段长双存利说，我想调工作。

双存利很不满，斜了她一眼说，你是团支书，要安心工作嘛，当材料员坐办公室还嫌苦，就别在首钢干了！

刘宏说，不，我想当焊工！

双存利大吃一惊，这么多年行走江湖，阅人无数，他还头一次听说女孩子想当焊工。他说，你吃错药了还是脑袋进水了？那可是男人干的活啊，女孩子受不了那个苦。

刘宏说，首钢到处都是钢啊铁的，焊接的活儿很多，我想学点技术活儿。

她的态度很坚决。

双存利觉得这女孩子不一般，挺特别，挺有意思。

刘宏如愿抄起焊枪，到首钢培训中心学了六个月的基本焊接操作技术。周围老少爷们儿都拿她开涮。黄毛丫头，年龄不大就想做嫁妆，你以为钢板是布料啊？纯属"屁股后面挂笤帚——硬充大尾巴狼"，别跟自己闹着玩了！

刘宏一个高儿蹦起来，拿焊枪冲着老爷们儿们一通"扫射"，吓得爷们儿逃窜得比兔子还快。

<h1 style="text-align:center">3</h1>

刘宏

首先要练的就是蹲功。一蹲一天，头晕眼花，站起来直打晃。刘宏决心降体重，一个月下来，漂亮美眉变成细瘦的服装模特，刘宏没少偷着乐，手艺学了，还练出能杀人的魔鬼身材，不错嘛。不过远不是亭亭玉立的那种——如果说模特都是玉树临风的小白桦，她就是瘦骨铮铮的细钢柱子，而且胳膊腿儿上全是烫伤疤痕——从此刘宏不再穿裙子了。焊工一手操焊枪，一手拿焊条。刘宏入了迷，在宿舍休息，回家里吃饭，不时拿着两根筷子乱摆弄，有客人来访，都以为这姑娘脑袋有毛病了。

最先接的一个大活儿，也是焊工里的糙活儿，为运输部工务段料场焊接铁栅栏。一个板块结构长两米，高三米，根根钢筋尖朝上，总长约6公里。开始是几个人干，后来老焊工有新任务相继走了，这以后从下料到焊接，全是姑娘一个人干。

她整整焊了两年半，6公里周长的铁栅栏围起了漂亮的料场。

接着，大发展的首钢不断改旧高炉、建新高炉、新钢厂，厂区内弯来绕去的铁道线延伸至150公里。首钢运输部组织了一支青年突击队，负责铺设和维修铁道线。无论白天黑夜，只要线路上出了问题或有了紧急任务，刘宏总是冲在前面，她成了突击队最能干的虎将之一，也是一枝独秀的女将，同事们因此送了她一个绰号："小老爷们儿"。刘宏说，那阵子天天在铁道线上转，全厂区的铁道线怎么弯怎么绕，她闭着眼睛都能画出来。

这位模样俊秀、魔鬼身材、性格开朗、吃苦耐劳的姑娘，很快引起来青年线路工王春刚的注意，1995年5月，两人结婚了。但是，他们没有蜜月，也没有休息日。刘宏是在奔忙而繁累的学习和工作中度过那些"甜蜜日子"的。在中央党校函授学院学习经济管理和计算机专业……参加电气焊锅炉压力容器焊接技术培训班……有关焊接技术的专业书一本接一本啃……接着又读电大课程，要完成青年突击队的任务，要做家务，照顾襁褓中的儿子，入夜还要做自己的作业。那时家居很小，她只能等丈夫和儿子入睡，在地板上铺一张凉席，趴在那里做作业、记笔记、背技术要领，直到深夜。

王春刚是个好丈夫，一直很理解和支持她，买菜做饭刷碗带孩子，大部分成了丈夫的活儿。大老爷们儿偶尔不免发发牢骚，说你在家里就像住旅馆似的，大早出去，天黑回来，一家三口连逛逛商店、公园的工夫都没有。"小老爷们儿"刘宏立马回击："当初你追我时，这可是讲好了的，你要支持我学手艺学本事。"王春刚老实，一声不吭了，继续他的做饭刷碗的伟大事业。

2003年，刘宏拿下高级电焊工资格证书。

刘宏的心够大够野。女焊工干到这份上，已经是女中豪杰、人中翘楚了，她还想学绝活儿。她听说首钢有个全国劳模、"神焊枪"王文华，一般人只会焊"平、立、横"的活儿，他能仰焊。不锈钢以及各种合金钢、新材料的焊接，各种疑难问题到他手里都迎刃而解，小菜一碟。

刘宏慕名前往拜访。

第一次没找到，王文华被外地请走了。

第二次，王文华正好是她论文答辩的主考官之一。答辩完毕，刘宏立刻挤过去，羞红着脸跟王文华说，我想拜您为师。旁边的老师也极力推荐，说刘宏的论文是全体考生中最优秀的。可王文华冷酷着黑脸不理她，掉头就走。他不相信一个女孩子能学到底，纯属三分钟热血，玩闹。

第三次——等于刘宏"三顾茅庐"了。王文华很认真地对她说，女孩子干到你这份儿上不容易了，可以啦。我过去带过几个女徒弟，都因为结婚生孩子半途而废了。焊工既是苦活累活，又是技术活，女人在这个行当里成不了气候，你就算了吧。

"小老爷们儿"刘宏脱口而出说了一句话，把王文华打动了，她说："你就把我当成男的呗！"

2005年3月，刘宏成了王文华的女弟子。开始学电焊锅炉压力容器焊接，后来学仰焊，焊缝在头顶上，焊枪焊条冲上，火烫的焊渣流星似的往身上掉，厚厚的工装服一烫一个窟窿，沾到肉上直冒烟，疼得她一阵一阵冒冷汗，直打哆嗦。从焊位出来，她坐在地上疼得呜呜哭。王文华冷着脸说，我看你就撤吧，这确实不是女人干的活儿。

"不！"刘宏蹦起来抹抹眼泪，又继续操练去了。

刘宏说，那时我一动摇，也就半途而废了。我想我必须咬牙挺着，就是把自己当羊肉串烤熟了，也不能让王师傅小瞧了咱。

学仰位焊，焊花雨点般往工装上掉，袖子烫掉了好几只！

旧伤添新疤，胳膊腿儿上几十个大大小小的紫色疤痕，大多是学仰焊时留下的。

王文华意味深长地说，优秀焊工用的焊条，是以吨位来计算的。刘宏倔强地说，我不知道自己用了多少吨？不过有记者给我算过，说我用过的焊条可以绕长安街好几圈了。

丈夫身体不太好，为专心苦练技术，刘宏把宝贝儿子送到河北衡水一个朋友家寄宿，在那里上学，每年只能在寒暑假回家两次。刘宏对儿子说，天下哪有妈妈不疼孩子的？可是，妈妈有工作，还要学技术，你要理解妈妈……

王文华被彻底感动了。

工作中遇上疑难问题，刘宏就打电话请教师傅，王文华凭借他的高深学问和丰富的实践经验，总能给出正确答案，刘宏也彻底服了。有一次，刘宏接了一种特殊金属、需要用特殊焊条焊接的任务，经 X 光探伤，焊缝内部产生了微小的群气孔，刘宏想尽办法也解决不了，无奈她打电话给王文华请教，为什么会产生气孔？怎么解决？

王文华说，一般情况下，焊条使用之前要烘干到 350 度，这种特殊焊，焊条要烘干到 380 度，二是你仔细看看焊条头脏不脏，不能有任何杂质。

果然，气孔问题立马解决。

2005 年秋，刘宏正在全力准备本科毕业论文答辩和高级技师资格考试，先是婆婆病逝，和丈夫春刚处理了后事，她强忍悲痛，又投入紧张的毕业论文写作。头天晚上，母亲来了电话，问了问上小学的外孙学习情况，又嘱咐刘宏要注意身体，别拼得太苦了。10 月 30 日晚，弟弟突然来了电话，话筒中声音颤抖，说母亲不行了，你快回来。半夜 12 时，浑身发冷、战栗不止的刘宏跳上一辆出租车，从石景山赶到密云的弟弟家，医院来的人正在把母亲往楼下抬，刘宏扑上去放声大哭，她清晰地感觉到，母亲的脸还是温热的……

以后的五天，刘宏几乎水米没打牙，人瘦了一圈。

4

2006 年，首钢举办工人技术大赛，先考理论，后考实操。刘宏拿下总成绩第一，一向黑着脸的王文华乐得合不拢嘴了。

同年，北京市举行焊工技术大赛，60 多人进入市级决赛，只有两个女工，刘宏是其中一位。比赛项目包括理论考试和仰板焊、氩弧焊、气保焊等多项复杂技术。理论顺利过关了，可在实操方面，第一次参加全市大赛的刘宏紧张得手心冒汗，浑身发抖，操作上出现了小失误，最后排名第 11 位。刘宏回家大哭一场，她不服气。

2008 年，首届北京·下萨克森（德国）焊接对抗赛在京举行。在制造业最为发达先进的德国，其焊接技术在世界上一向是超一流水平，比赛难度可想而知。刘宏先在全市 29 名选手中以预赛第一名的成绩脱颖而出。进入决赛，德方 4 人，中方 4 人，只有她一个女性。比赛结果，第一位是王文华的另一名首钢高徒，第二名为德国人，第三就是刘宏。上台领完奖状，一位德国专家走过来，通过翻译对刘宏说，德国的焊接技术是世界领先的，但没有女焊工。没想到中国有这么出色的焊工，特别是还有这么出色的女焊工，我们热情邀请你和你的老师以专家身份到德国工作，如果你能到德国发展，相信会带动许多德国妇女来从事这项工作。

德国人当场开出的价码是刘宏现在收入的十倍以上。

刘宏说，我当年是个农村姑娘，是首钢把我培养到今天的，我不会离开中国，也永远不会离开首钢。

德国人很感动，说下次比赛我们一定带个女焊工来，和您比试比试。

人各有志。那位拿了第一名的焊工后来被外企挖走了。

2009年3月，中央电视台和中国职工焊接学会联合举办中国首届焊工电视大赛，经过初赛，刘宏在近千名选手中脱颖而出，成为最后进入总决赛6人中的唯一女性。在六进四、四进三、三进二的PK淘汰赛过程中，央视的镜头一直紧紧跟着。三进二时，刘宏发烧感冒，浑身无力，比赛项目又非常消耗体力——中国焊接学会的专家说，刘宏作为女选手，在这个项目上吃了大亏。

第一步，先在地面上以最快的速度气割8毫米厚的钢板，形成"状元360"节目的手形栏标，然后提着四五十斤重的栏标登上3米高的断桥。病中的刘宏脸色苍白，双腿发软，她刚刚登上去，身体就明显地晃了晃，观众发出一片惊叫。刘宏蹲下来定定神，然后以坚定的动作、洗练的技术开始切割断桥铁板的坡口，再把铁板焊接到断桥上。尽管这项焊接质量要求并不高，切割后可不打磨焊口，但刘宏仍然以多年养成的习惯，用角磨机打磨，用小铲子清理，一切做得有条不紊、干干净净、漂漂亮亮——而这都需要占用比赛的时间。接着，她强撑着走过断桥，把手形栏标镶嵌在手势造型上，定位准确，分毫不差！

此时距比赛规定时限还差一分钟，观众欢声四起。

最关键的冠亚军决赛开始了。

进入决赛的另一位焊工是枣庄职业学院专门教授焊接技术的青年教师。听说本市的一位焊接精英和首钢一个女焊工进入冠亚军决赛，全枣庄市轰动了，各级领导和人民都对专业的焊接青年教师夺冠抱有极大的期望，枣庄市市长亲临比赛现场观看。

决赛共有三个项目：

第一个是悬空仰位焊，即人在半空中，躺在滚动的小车上用气焊完成0.5毫米钢丝的仰位焊。

第二个是切割钢管、定位倒向，即凭借自己的经验，在垂直地面对直立的焊管根部进行切割，使钢管倒在规定的区域之内，距中心点越近者，分值越高。

前两项比赛结束，刘宏和枣庄那位青年焊工得分一样，不分仲伯。

到了最关键也最难的第三个项目。比赛现场设置一个高架，高架上并排亮着10只灯泡，灯泡上紧贴玻璃捆套着一根直径0.5毫米的钢丝，焊工需用气割枪切断钢丝，不得伤及灯泡，如灯泡受损，漏气即灭。观众席上有人忍不住大声说，这个比赛项目设计得"太妖蛾子啦"！事后，中国焊接学会的专家也说，我们在设计这个项目时，一直担心两位选手完不成，如果灯泡全灭，大赛就演砸了。可央视工作人员坚持要搞最高精尖、最险、最吊人胃口的比赛项目，这样才有观赏性和收视率——天哪，这不是搞"恐怖大片"吗！

比赛前夕，刘宏给师傅王文华打了个电话，王文华嘱咐了要注意的一些动作要领。

比赛开始，刘宏和枣庄那位青年焊工分别高高悬挂在空中，焊枪打开了，冒出蓝色的火焰。全场观众紧张得屏住呼吸，大气儿都不敢出。

头戴焊盔、手持焊枪的刘宏仰面朝天，宛如补天女娲。

刘宏说，当时她非常镇静，她觉得自己能打拼到全国第二已经不容易了，可以向亲人、向师傅、向首钢交待了。

人悬在空中，打开焊枪，在红色火焰轻轻的触碰下，一根一根的钢丝焊接上了，一个又一个灯泡亮起来了，焊管瞬间落地，……

比赛结果，前两项两位选手分数一样，看来只有在第三个项目中一决高低了。最后10只灯泡中，枣庄那位教师还亮着5只，刘宏亮着7只！

冠军！

在男子汉的世界里，亮丽美眉刘宏拿了冠军！

央视授与她"2009——劳动榜样"的光荣称号，并举行了一个别开生面的宣誓仪式，刘宏的誓词如下：

> 我是一名普通的电焊工人，
> 在我从事焊工工作的十六年中，
> 唯有手握焊枪时，我的心才是最安静的；
> 也唯有手握焊枪时，我的心才是最踏实的。
> 我的感情，也随着焊条的熔化，
> 熔进每一道焊缝之中。
> 所有这一切，都只因为我深深地热爱这个职业，
> 我为我的选择而感到自豪和荣幸！
> 爱岗敬业是我庄严的承诺，
> 追求奉献是我的人生座右铭。
> 我将用辛勤的努力，实现我的追求——
> 做一名知识型、创新型员工！
> 我将用榜样的力量实现我的理想。
> 我将用自己的一生来兑现这个承诺——
> 用美丽的焊花，书写多彩绚丽的闪光人生！

央视转播大赛时，两个姐姐和弟弟悬着怦怦激跳的心，密切关注着电视里刘宏的一举一动和一切表现。刘宏最终捧起冠军奖杯，让姐姐和弟弟高兴得跳

咱们工人

铁血记忆·首钢九十年

了起来。后来他们对刘宏说，咱们家四个孩子，只有你没上过大学，没想到你干得这么出色！

11岁的儿子看到电视里的妈妈一举夺得冠军，高兴得跳了起来，满屋乱蹦，满脸泪花。他在电话里对妈妈说，妈妈，我知道你为什么总不来看我，你在当大英雄啊！

名声远播，许多外企、民企慕名而来，许以高薪高位请她前往。刘宏一律婉拒，仍然留在自己的岗位上。她热爱首钢，热爱培育了她的首钢。现在，这位女焊接高级技师，已经带上了更年轻的3个徒弟。

七、"草根族"变"百万富翁"：让人心跳的奖励

——首钢大动作：为人才打开"三条绿色通道"

2009年7月16日，首钢每年一届的三创（创新、创优、创业）经验交流会，在迁安市黄台水库一个美丽的小岛上举行。

我在现场。

这天，一个爆炸性新闻震动全场：刘宏和另两位卓有建树的青年工人精轧工钱继钢、操作数控机床的车工秦涛，被命名为"首钢技能操作专家"并获得重奖：当场奖励3万元，以后每月补贴3000元，直到退休。

这意味着，三位年轻的"技术大王"干到60岁，仅此一项奖励政策，就会让他们成为"百万富翁"。

这是让人心跳的重奖。

全场震撼，继尔是海潮般的掌声。

刘宏等三位获奖工人是示范性的第一批。

在我们生活和思想的每个阴暗角落，传统意识观念的蛛网灰尘无所不在。有些人一直认为，工人是企业的末端和草根。在车间，站在机床和生产线旁边挥汗劳作的工人，似乎总是沉默的、无关宏旨的一群。他们不过是被放大的工具、有生命的"机器人"，每天按照操作规程，完成规定的生产任务就行了。那些老板、老总才是决定企业命运的人。现在的书店摆满了世界和中国著名企业家和CEO（首席执行官）的传记，满篇充斥着这种自高自大、目空一切的陈腐观念。

春江水暖鸭先知。首钢人就是浮游和奋飞在钢铁大河上的春鸭。他们意识到，一个"精密时代"已经悄悄到来，高科技与高素质正在成为一个国家、一

个民族、一个企业奋飞的两翼。不错，老板、老总是决定企业命运的人，但他们手中必须有杠杆——伽利略有杠杆才能撬动地球——工人就是能够放大智慧和力量的伟大杠杆。

得人才者得天下。首钢为人才的成长和脱颖而出打开空前广阔的"绿色通道"，群雄蜂起、百舸争流的人才必将为首钢的明天打开辉煌的前景。

首钢的蓝领藏龙卧虎，建厂九十年特别是建国六十年来，人才、鬼才、奇才、天才层出不穷。走进海洋般的蓝工装，一不小心就会撞上几个身怀绝技的"武林高手"，他们代代相承，练出的绝活儿绝技天下无敌。

1952年建设人民英雄纪念碑时，长14.7米、宽2.7米、厚1米、重达103吨的碑心石，因缺少重型吊装设备，现场建筑工人们想尽办法也弄不上去。事关重大，工期紧急，无奈中他们向首钢求援。首钢派出八级起重工齐德明等人赶到现场，用汽车拉来十几根长圆杆和滑轮、铁索什么的。大家看着首钢工人猿猴似的在高高的木杆上攀上溜下，装上几个滑轮、几根吊索，哨声一响，小旗挥动，只见巨大的碑心石高高升起，轻轻坐定，准确到位，在场的人无不啧啧赞叹，服了！

1959年夏，人民大会堂的建设到了关键时刻。在当时只有简陋设备的条件下，如何把跨度达76米、重达600多吨的主梁吊装上去成了大难题。苏联专家指挥国内某大企业试吊了几次，都失败了。工程再拖下去，将会直接影响十年大庆的国庆招待会，市委市政府十分焦急，彭真找到周冠五，请首钢帮助想想办法。

以齐德明为首的12名首钢起重工，又威风八面地到场，他们还是用原始的大抱杆，仅用几个小时，600多吨的主梁就稳稳落在基座上，分毫不差，一举成功！

从建国初期的建设热潮，到上世纪五六十年代如火如荼的大包干大会战，从八九十年代"三个百分百"的铁律训练，到近年来首钢为人才开辟的"三条绿色通道"，首钢人"自强不息、争创第一"的伟大传统犹如长河奔腾，生生不息，在一代代后来者的胸中高扬起乘风破浪、激流勇进的壮志豪情……

第十九章　首钢唱响了"第九个样板戏"

- 惊梦新世纪：登上渤海明珠曹妃甸

- "推门见大海，闭窗听涛声"

- 追赶"原住民"王毅：秃岛无树和"京唐奇迹"

- "TS 机密工程"："它就是首钢的高度！"

一、惊梦新世纪：登上渤海明珠曹妃甸

——一个大国的蓝色期待

1

渤海明珠曹妃甸岛，在天风海浪中沉睡了亿万斯年。中国的"钢铁强国之梦"在改革开放的大潮中、在工人粗砺的手上醒来了，曹妃甸的"蓝色期待"也醒来了。

首钢的搬迁调整是中央作出的一项重大决策。要努力把京唐钢铁厂建成产品一流、管理一流、环境一流、效益一流的现代化大型企业，要把曹妃甸港建成一流的国际大港。曹妃甸的历史掀开华彩的新篇章。

新钢厂按照科学发展观的要求，着眼长远，整体规划，呈现四个特点：

一是流程简洁、高效：从高炉炼铁到转炉炼钢，距离为 900 米，目前在国内是最短的流程。

二是装备大型化，以高炉为例，现在全世界超过 5000 立方的高炉只有 13 座，曹妃甸将诞生第 14 座和第 15 座。

三是采用国内外先进技术，新厂大约采用了 220 项先进技术，其中我们自主研发的技术占三分之一，其余则是国内外先进技术的大集成。先进技术将使京唐大厂的产品跃入高端化。

四是走科学发展、循环经济之路，余热全部循环利用，冶炼产生的气体都通过各种煤气柜回收再利用，一部分供发电，一部分供轧钢加热，产生的废弃物全部在内外部循环使用。

2

首钢大搬迁是当代中国经济社会发展的一个壮举，在中外经济发展史上没有先例。胡锦涛总书记和中央高层十分关切，全国人民和中外媒体也高度关注，这里有必要作一个简要介绍。

进入新世纪以来，"举国体制"在中国大地上发生的所有大事和大灾大难中所显现出来的巨大力量和无可比拟的优势，赢得全世界的称道。首钢搬迁调整这件事情，放在西方"自由的市场经济"条件下，或许也就是企业的"自由行为"，办得好坏，员工来去，赔了赚了，都是老板和股东们的事情。在中国，首钢搬迁则成了党和政府亲自过问、直接参与的重大公共事务。

北京市委、市政府全力支持首钢搬迁调整工作，市委书记刘淇、两任市长王岐山和郭金龙，多次召开会议进行协调，并成立了北京市"首钢搬迁协调领导小组"，陆昊和苟仲文两位副市长先后出任组长。2005年以来，共召开16次领导小组会议，研究各项举措的协调与落实工作。

2005年9月24日，北京市首钢搬迁协调领导小组第八次会议审议通过了《首钢压产搬迁富余人员分流安置方案》，其主要内容是：按2004年底首钢北京地区在册职工8.3万人为测算口径，扣除不受压产搬迁影响的人员1.83万人，预计到2010年底冶炼和热轧系统全部迁出，共需分流安置富余人员6.47万人。分流安置的方案是：

一是首钢内部安置1.91万人，安置方向主要是首钢顺义冷轧公司、在曹妃甸的京唐钢铁公司、迁安钢铁基地，以及首钢房地产业、物流、矿产资源业和原厂址土地开发等；

二是自然减员1.09万人；

三是内退安置1.35万人；

四是向社会分流2.12万人。

至2008年，首钢采取"整体推进、分步实施"的方针，从2007年底启动压产措施，到2008年陆续关停了压产400万吨所涉及的全部生产设备。这是首钢工人为恢复和保护首都的蓝天碧水，付出的巨大努力和牺牲。压产400万吨所涉及的20个单位，共计8274名职工，全部得到妥善安置。

按照预定的分流安置方案，到2009年底，已累计分流安置北京地区职工3.45万人。

如此庞大的、需要分流安置的员工群，而且需要针对每个人、每项专业、每个家庭不同情况进行调查研究、细致安排——首钢的提法是"核对数字、核对岗位、核对时间、核对人员、核对素质、核对住址"——我们完全可以想见，其工作量是多么繁重，广大员工和家庭情感所受到的冲击是多么巨大。

但是，首钢安如泰山！北京安定祥和！

一切都在从容地、静悄悄地、有条不紊地进行着……

"科学发展"、"以人为本"的光芒温暖着首钢人的每颗心。

首钢工人以钢铁般的纪律性、英雄般的牺牲精神和对国家、对首都的高度责任感，有的默默回家，有的默默走向远离北京的新的生产岗位，有的默默转行去学习养家糊口的新"手艺"。

他们是为了首钢，也是为了北京和这个国家。

长安街西头、首钢东大门那里，身穿蓝工装的人潮悄悄地减少了许多……

首都感谢首钢工人！中国感谢首钢工人！

二、"推门见大海，闭窗听涛声"

——在痛并快乐着的日子里

1

曾经，曹妃甸荒无人迹，杂草丛生，黄沙漫天。

曾经，曹妃甸芦花浩荡，海鸟乱飞，渔舟唱晚。

曾经，曹妃甸唯一的人类文明遗迹，就是那盏孤悬海天、一灯如豆的航标灯。

传说中的美丽曹妃，只能在所有的"曾经"中沉睡千年。

灾难深重、积贫积弱的中国不得不遗忘她。刚刚睁眼看世界的中国只能远远地望望她。伟人毛泽东也只能高唱"换了人间"，却又慨叹"一片汪洋都不见，知向谁边？"那时的中国没有精力和能力眷顾她。在改革开放的伟大时代，国力大增、昂然崛起的中国终于前来造访她了。

是首钢人，代表母亲中国，代表人类现代文明，代表爱，踏上这个小小的海岛，为她拭去忧伤和风尘。

富于想象力、创造力的首钢人做了一个方圆数平方米、色彩绚丽、光电闪烁、如同梦幻之城的砂盘模型，然后喝声"变！"

一座雄伟壮丽、人声鼎沸、机声隆隆的现代化钢城轰然落地。

建设者"睡觉铺芦苇，吃饭拌黄沙"的日子很快过去了。他们争相跳进现代化的大潮中，在蓝天大海之间玩起了冲浪……

曹妃惊起千年梦，回头一笑百媚生。

2

曹妃甸建设工程开工四年多，现在仍在排山倒海的进行中。随着一座座新建筑、新车间的落成，根据岗位需要，一批批首钢工人"打起背包就发出"——在新世纪新首钢，这无疑是一场特殊的"上山下乡"运动。远离首都、远离家园、远离亲人的首钢工人，在这里过着"痛并快乐"的日子。

首钢"名记"李宝山写道——

曹妃甸有很大部分是吹沙填海形成的陆地，因此我们的公寓实际上就坐落在曾经的浪花里。入睡时也就多了一份想象，会想起苏小明那首成名曲《军港之夜》，整齐排列的八栋公寓楼就像海浪中轻轻摇动的军舰，我们读着曹妃的故事，"头枕着波涛"入梦，并在睡梦中迎来崭新的一天。

目前，这里已建成了职工食堂、公寓、室外健身场所，还有5300多平方米的文体中心，里边有健身馆、台球厅、游泳池、篮球馆、羽毛球及棋牌室、图书室等。以前肆虐飞扬的黄沙滩涂，如今已变成一片绿洲。深秋时节，各种植物的叶子被秋霜染成绯红一片，十分耀眼。夏天，漫步海边，沐浴爽风，听波涛翻涌，看鱼虾腾跃，好生惬意。特别是住在第一排公寓的职工是极幸福的，每天都是"推门见大海，闭窗听涛声"，一年四季都享受着海滨的美景。

美丽的曹妃甸已成为人们争相目睹的胜地，这里的创业精神和改天换地的奇迹已成为时代的典范。我想曹妃倘若有灵，也会从长卧千年的梦中惊醒，穿上当年的红舞鞋，以拈花的微笑，舞起千尺长袖，来赴今日的盛会。

3

炼钢部的佟玉宝写道——

在曹妃甸，有很多身怀绝技的"武林高手"。

职工食堂前的灯光球场，每天聚集着众多球星，切磋球技。一个个生龙活虎的帅哥，在场上奔腾跳跃，远投、近扣、拦截、盖帽……精湛的球技吸引来众多粉丝。

在这些热心观众中，有一个文静的姑娘，苗条的身材，白皙的瓜子脸，总是两眼含笑，隔着绿铁网静静地观赏。时间一长，她和球星混成了半熟脸儿，彼此看面儿点头示意。一天，两支球队激战正酣，这位铁杆儿女粉丝竟然推开铁门走进球场。帅哥们热心地说："姐，你还是在外边看吧，别让球碰伤了。"姑娘笑着说："看你们打球，我的手也痒痒了，想掺活掺活。"小伙子挺爽快，"喂她俩球，让她过把瘾。"姑娘轻轻拍了几下，灵巧地跳起来，球在空中划了一道弧线，刷地空心入网，三分球！

蒙得够准的，再来一个！

刷，又进了。

姐儿们行呀！帅哥们赞叹不已。

姑娘挺谦虚：蒙的。

两支球队争着拉她加盟，结果，有女将的一队大比分胜出。姑娘笑说："我叫齐海兰，在海边打球肯定赢。"打那以后，大家总拉着她打球。帅哥如林的球队中，于是舞动着一支铿锵玫瑰的俏丽身影。

健身中心的游泳馆是"浪里白条"们每天聚会比武的场所。炼钢作业部的"两条龙王"——王云龙、陈君龙经常技压群雄。这两条龙都是一米八的大个头，名字都带个"龙"字，都爱游泳，唯一的区别就是王云龙长得白，陈君龙肤色黑，江湖人称"黑龙"、"白龙"。两条龙都有点"人来疯"，特别是女同胞一多，一喊"龙王加油"。你瞧他俩跟打了鸡血似的，在深水区翻腾追逐，蛙泳、蝶泳、仰泳、侧泳，连狗刨儿都亮出来了。

有人出来"挤兑"他俩，说有本事下海游去，在小水池子扑腾算啥本事。白龙王可是肉烂嘴不烂的主儿："要是游泳算我上班，我能一口气游大连去！"

在县城培训的时候，我们一见当地老乡就打听打鱼摸虾的事。老乡们十分热情地介绍，这里的鱼多了去了，有"鲈子"、"黑头"、"黄花儿"、"八爪儿"……最有特色的得数"面条儿"和"海楞子"。面条鱼银白色，一卡多长，柔若无骨，吃起来软软滑滑的像面条，但一过季节，这鱼的骨头就长硬了，"面条"变成"筷子"，无法下咽了。"海楞子"又叫海鲶鱼，圆乎乎像个肉滚子，脑袋挺大，满嘴锋利的牙齿。牙好，胃口就好，看见活物就往嘴里吞，有时不拴鱼饵也能钓上几条"楞子"来。

听老乡们一呼悠，许多人都手痒痒了，纷纷置办家伙，海竿、手竿、钓钩、锚钩，买来一大堆。没有鱼食，就用大虾、瘦肉、火腿肠招呼。一有功夫就往海边、码头上跑。我们炼钢部的李广学更省事，一个矿泉水瓶子缠上十几米鱼线，拴上四五个鱼钩，头起拴上一个大螺母，往兜里一揣，下夜班直奔海边，呆上大半天，哪次都能弄个三四斤鱼。每天晚上，都能看到三五成群的"渔夫"，拎着战胜品，揣着酒瓶，找个饭馆加工一下，那滋味就是一个字，爽！

一根网线，把世界变成了"地球村"。

电脑已经成了职工公寓里常见的"家具"，忙完厂里的生活，许多人就开始了另类的数字化生活。重庆小伙温翰是个温文尔雅的书生，却爱玩打打杀杀的游戏，《魔界》、《热血》、《星际争霸》，听这名字就够威猛的。叶桂利的名字有点女性化，性格也文静儒雅，喜欢玩三国一类的益智类游戏，并自封"叶帅"。

更多的人通过网络与家人联系。宋军涛刚作父亲半年多，提起"小小宋"就眉飞色舞。有时加班回不了家，就给媳妇定下"家规"——每星期上传一张儿子的最新照片，否则"家法"伺候。

我们宿舍的哥们儿、天车司机陈君龙没上岛前，鼠标还玩不溜呢，现在侃起来满口"黑话"。一天陈兄热情邀我，说他们"群"双休日去房山去玩，要介绍我入"群"。我以为过年买羊呢，惹得大家笑岔了气。陈兄教训我，你还大才子呢，连QQ群都不知道。赶紧入伙吧，没听说吗？"读书十年，不如上QQ一晚！"

4

佟玉宝回忆了今昔首钢工人宿舍的变迁——

春暖花开，临窗而坐，上网、聊天、看书、写作、喝咖啡、看电视，窗外吹来微咸的海风。偶尔远眺，夕阳滑向海面，海水泛着金光。远处，几抹晚霞，舒缓地变幻着形状和色彩。近处，三三两两的人们，海边散步，树下读书，球场奋战，花丛呢喃……

不是海滨度假村，不是花园小区，这风景就在京唐公司的职工公寓。

记得1986年冬天，我所在的那家小铁厂倒闭了，八十多人被首钢接收过来。我们七十来个男职工，临时住在试验厂的礼堂里。睡大通铺，地上四排，台上两排。钢筋支架，硬床板垫稻草帘。铺盖、用具都是从家里带的，样式五花八门。二十啷当岁的楞小子，刚从山沟到城市，从大集体转为全民工人，那兴奋劲儿都跟打了鸡血似的，喝酒、搓麻将、玩扑克，一折腾就是大半宿。谁要是熬不住一眯瞪，可就倒霉了，掏耳朵、挠脚心、往嘴唇上抹牙膏……中美合作所的72种刑法都敢给你用上。夜里欢，白天蔫。第二天上班一个个睡眼惺忪，腾云驾雾。后来，厂里派人看着，规定到点必须休息。睡不着呀，躺在被窝抽烟。七十来支"小烟囱"一起喷去吐雾，半空中积了一尺多厚的"云层"。外人进来睁不来眼，鼻涕眼泪一起流。

在礼堂住了三四个月，我们又被转到白云石车间临时板房。这里原来是垃圾场，紧挨着铁道线。夜里一过火车，人和床板一起颠簸。白天热得像笼屉，晚上满屋跑飞机（蚊子）。从砖缝里滋出的野草没过脚面。一下雨更惨了，屋里屋外脏水横流。那时，正式宿舍腾出一个空位，我们这里就有一个"萝卜"顶上坑儿。那"萝卜"风光得跟中了状元似的。

首钢五一剧场旁边的单身宿舍，建于上世纪五六十年代，设施陈旧。桶子楼，小黑屋。四个人一间，大多是各单位杂住，经常欺生斗气。厕所、水房都在外面。早晚高峰时，洗脸刷牙上厕所，都得排长队。我住的那间是安装公司的职工，大多四五十岁，媳妇都在外地农村，一个月挣五六十块钱，处处省吃俭用。在宿舍里生火做饭，屋里堆着大白菜，窗台外拴着大葱。经常是食堂买点烙饼回来，切点白菜，用煤油炉一"咕嘟"，大葱蘸酱，就着"二雷子"（二锅头），吹牛抬杠，然后倒头大睡，鼾声如雷。

我打小好静不好动，年轻时烟酒不沾不太合群，就爱一个人看看书，真受不了那种"熏陶"。白天还好说，石景山上坐坐，大水池子转转。晚上就难熬了，唯一的消遣是看电视。现在看电视，躺在床上，摆弄着遥控器，享受。我们那时看电视，受罪又斗气。电视放在楼下的板房里，三四个楼的人围着一个小电视瞧。冬天冷，夏天热不说，掌管电视的都是五六十岁的老头儿，拿着房门、柜门钥匙，神气活现。年轻观众和老年观众欣赏口味不同，老的爱看老电影、听老戏，小青年爱看武打片、琼瑶剧。老头小伙经常吵得不可开交，气得老头关上电视，大家不欢而散。

那时候，住宿舍受气，看电视受气，上厕所都受气。我们就盼着赶紧找媳妇结婚，赶紧离开这个"鬼地方"。我们经常发誓：以后再也不住宿舍了。

俗话说"能吃过头饭，别说过头话"，想不到首钢搬迁，时隔20年，我来了个"二进宫"，又住进曹妃甸的宿舍了，而且是离家四五百里远的宿舍。结婚20年，我让老婆惯成衣来伸手，饭来张口的"少爷秧子"，这回八成要"出国蹲监狱——受洋罪"了，心里真犯怵。我们一个班组 10 名职工，只有 5 人选择随着首钢搬迁。一些人讲，我们都四五十岁的人了，不想再到外地受罪了。

没想到，京唐公司的职工公寓建的这么好，和我们 20 多年前住的宿舍天壤之别。这回我们真的找到了"快乐单身汉"的感觉。我们"舍长"董吉宁说：我现在吃首钢、喝首钢、住首钢，每天还给五六十块钱补助，这好事儿哪找去？我就在"沙家浜"扎下去了。

三、追赶"原住民"王毅：秃岛无树和"京唐奇迹"

——他率领一个"不回家的军团"

1

首钢各项重大建设工程，全面推行了"终身负责制"，等于所有建设者把自己的身家性命押上了。

在几十年的记者和作家生涯中，采访首钢特别是采访那里的几位首脑人物，是我遭遇的最困难的事情。在首钢历史上最关键的大搬迁、大建设、大发展的激潮热浪中，他们是决策者和弄潮人，他们深知自己和全体首钢人正在创造历史，他们必须对一个大国的期待负责，必须对首钢的历史、首钢的后人负责，他们也必须对自己的一世英名负责。

因此繁忙之极，正如一首歌所唱的，他们是一群"不回家的人"。

昼夜兼程。在北京、在迁安、在秦皇岛三地之间风驰电掣，在全国各地奔走，在有合作项目的世界各国飞来飞去。车上和飞机上，如果没有紧急的公文要看，没有重大的事情要思考，那是他们睡觉的最佳时间。

在首钢"三创（创新、创优、创业）经验交流会"上，终于逮住主管曹妃甸建设工程的副总指挥王毅，而且只谈了不到两个小时，中途有重要公务，采访只好中断。谈话时，他靠在沙发上，一脸疲惫，嗓子也哑了。此时，曹妃甸钢铁厂刚刚投产试运行，如同初生的婴儿需要精心照顾。王毅不能不日夜守在岛上，守在新的高炉旁。

他和首批进入曹妃甸的首钢人，被戏称为岛上的"原住民"，想当初冒着弥天风沙搭帐篷、垒锅灶、一脸黄土、一鞋黄沙的样子，他大概可以算"原住民"的酋长了。

二三十年了，王毅没进过北京遍布街头的现代大商场，家里讽刺他是首钢里的"土冒"，对首都现代化建设"漠不关心"。

在北京首钢总部，王毅一直管生产，高炉转炉日夜炉火熊熊，他的日夜也就只有钢花飞溅，"早五晚八，周末白搭"是常事。后来负责在河北秦皇岛市远郊的首秦钢铁基地建设，接着又投身曹妃甸的京唐钢铁厂建设，吃住在曹妃甸已经两年。他说，几十年来，家务事一直由太太包办，回家就像"过节探亲"，不问柴米油盐，不知肉价菜价，甚至忘了孩子上几年级，现在想起来对家人既感激又愧疚。

2008年下半年，金融海啸、经济危机席卷全球，钢材大幅落价。有一次王毅回家，吃太太做的萝卜炖牛肉，感觉倍儿香，于是顺嘴问太太现在萝卜多少钱一斤？太太说，涨到两三块了。王毅惊呼，一斤钢材卖不上萝卜价了！

太太说，你脑袋里就是钢材、钢材。

确实，首钢的首脑们都是靠喝铁水、钢水维持生命的人。

2

生于1954年的王毅模样很帅，天生卷发，身材颀长，肤色白皙，一双不大不小、大小正好的眼睛炯炯有神，青年时代肯定一表人才。

爷爷是爱国实业家，开过毛纺厂。父亲大学毕业后，从河北邢台调入农业部。双亲工作很忙，就让王毅寄宿读书。小王毅整日天马行空，独来独往，养成了很强的独立生活能力。"文革"时期到北京郊区的昌平农村插队，能说会写又肯吃苦的王毅，很快当上了公社的"小干部"，天天骑一辆破自行车，后座上夹着小行李卷，翻山越岭，到处落实"学大寨"，和农民一起建水库、修公路。他回忆说，当时最困难的一项工作就是分救济粮，家家户户揭不开锅，那点救济粮熬成稀粥也不够分啊！

1978年，24岁的知青王毅考入北京钢铁学院，1983年进入首钢，分到试验厂（就是温家宝青年时代来实习过的地方）当技术员。这个试验厂"麻雀虽小，五脏俱全"，有小高炉、小转炉、小电炉，是首钢专门进行科研开发的地方，新发明新技术在这里应用成功，再扩大到大炉子上去。

首钢就像一个俄罗斯套娃，试验厂是里面最小的一个。

敢做敢为、拿吃苦当享受、善于独立作战的王毅，跟着工人师傅从炉前活儿干起，一路飙升，进厂没几年就当了试验厂副厂长，是当时首钢最年轻的"厂处级"干部，以善于"拿山头"闻名首钢。后来，他成了周冠五手中一枚"爱国者"精确制导导弹，哪有攻不下来的难关堡垒，就拿他往哪儿轰。

第一炼钢厂改造后事故频发，王毅奉命出征。从比利时买回来的第二炼钢厂投产不顺，王毅奉命出征。试验厂改造成第三炼钢厂后生产不力，王毅又奉命出征。

对这个敢啃硬骨头也能啃硬骨头的小伙子，周冠五颇为欣赏。又一个"周氏奇招"出现了：他选定包括王毅在内的三位表现出色的年轻人，办了一个首钢历史上学员人数最少、学习课程最深的"高级后备人才"研修班，在首钢文化馆全封闭三个月。在拥有二十多万员工的首钢，三个年轻人脱颖而出，自然志满意得，跃跃欲试，同时又深感"天降大任于斯人也"，必须不负老爷子重望，好好学习，天天向上。研修班请来各方面富有实践经验的专家和领导给三个年轻人"开小灶"，导师们一进入研修班，眼睛惊得老大，怎么只有三个学生？

三个年轻人获益匪浅。

王毅在首钢京唐建设工地

王毅笑着说，周冠五时代，首钢没有"常胜将军"。由于要求严格，指标高、任务重、时间紧，又不讲客观条件，谁也不能保证每仗必胜。结果，首钢干部走马灯似地换来换去，王毅也免不了几上几下，曾经从首钢为数不多的厂处级干部，"一抹到底"成为技术员。

有意思的是，周冠五在石景山上建了一座功碑阁，原打算把首钢"做天下主人、创世界第一"的功臣名字都刻上去，可这些功臣今天站起来，明天倒下去，几乎全当过"革命烈士"，幸好临到周老爷子下野之际，功碑阁还未完工，否则真不知道该刻哪些功臣的名字。

现如今，从首钢成长起来的各位首脑人物和下边有点年龄的各路诸侯，除在鞍钢成长起来的朱继民，大都在周冠五时代经历过"几上几下"，因此个个是能征惯战的纯爷们儿——"死"都不怕，还怕困难吗？

3

进入新世纪，王毅再次被推到风口浪尖。

2005年10月9日，由首钢和唐钢合资创办的"首钢京唐钢铁联合有限责任公司"在唐山市注册成立。10月13日，首钢京唐公司第一届董事会一次会议在首钢月季园召开。时任首钢党委常委、副总经理的王毅被聘为首钢京唐公司常务副总经理，从此他就成了曹妃甸上的"原住民"。

此时的王毅，历经数十年洗礼，已经成为谙熟国内外钢铁企业发展的冶金专家，搞钢铁建筑就像孩子搭积木。他豪情满怀地对京唐钢铁基地的设计者和建设者们说，二十多年前，宝钢借用吸收日本先进技术，投产后一举成名，领先全国。咱们的京唐钢铁厂是在新世纪和全球化时代起步的，因此一定要有"一

咱们工人

铁血记忆·首钢九十年

览众山小"的气势，定位一定要高，要体现当代最先进的水平。国内要对比宝钢等先进企业，国外要对比蒂森、新日铁、光阳等先进企业，在我们手上诞生的京唐钢铁基地，一定要成为世界一流的钢铁厂，成为中国钢铁发展史上的里程碑！

他说："我们搞钢铁的能亲手立起一座丰碑，这辈子就值了！"

对谈中，王毅很少谈自己，谈着谈着就"跑题儿"了，跑到京唐大厂的创新上。不过，话题是从曹妃甸上的10棵松树开始的。2007年秋，岛上工程已经全面展开，办公楼刚刚建起来，放眼周围，一片黄沙，海天一色，偌大的曹妃甸岛竟然光秃秃的找不到一棵树。有人提议，首钢有个传统，生产到哪儿，绿化就到哪儿，咱们在楼前楼后种点树吧。王毅下令，把首钢绿化公司的老总李崇涛专门请到岛上，取土样一化验，李崇涛好沮丧，脸拉得老长，他说不行，这里的地含盐量和含碱化都高得离谱，栽上也是个死！

王毅笑说："咱们不是讲创新吗？就是腌咸菜也得试试！"

都说松树生命力强，于是，楼前种下6棵雪松，楼后种下4棵黑松。王毅说，这些松树就是咱的"独生子女"了，得好生照料。他让人运来一些好土，培在树苗根部，又打了几眼深水井，专为树苗供水。

即使为这10棵松树搞了这么多"特殊化"和"不正之风"，它们活得依然十分艰难，好像有几棵已经奄奄一息了。

首钢就是不信邪！

正如岛上绿地如今已达到20%，首钢人在京唐大厂的创新与奋斗，已经展开一片"绿色经济"的广阔天地。

王毅说：

——钢铁厂的总图设计，充分发挥了临海靠港的优势，从原料场、焦化、烧结、炼铁、炼钢、热轧、冷轧到成品码头，实现了紧密衔接，一气呵成，最大限度地缩短了物流运距，做到布局合理、流程紧凑顺畅。吨钢占地仅为0.9平方米，比新日铁、蒂森等世界著名公司减少了10%，是当今世界最优水平。

——京唐钢铁厂采用了当今国内外先进技术220项，其中自主创新和集成创新技术达到三分之二。在高炉上使用的自主研发、具有自主知识产权的无料钟炉顶技术，每套价格只有外国公司报价的五分之一，每套节省资金达5600多万元。他说："省钱是一方面，重要的是我们的自主创新给国家、给中国的钢铁业长了气！"

——在世界上，京唐大厂首次在5500立方米大型高炉上使用了全干法除尘技术，首次使用了与国外联合设计的顶燃式热风炉技术，首次在国内采用了脱磷炉加脱碳炉的洁净钢生产工艺配置。最重要的是，京唐钢铁厂是完全按照"循环经济"理念设计的，对生产过程中的余热、余压、余气、废水、含铁物质和固体废弃物充分循环利用，基本实现了"零排放"。生产过程中产生的焦炉煤气、高炉煤气、转炉煤气全部回收，通过综合利用，每年发电量占钢铁厂总用电量的94%，这样，京唐大厂基本上不需要外购电了。同时，我们还把钢铁生产过程中所产生的能源用于海水淡化，每年可生产1800万吨淡水，占钢铁厂用水总量的50%左右，剩下的浓盐水则用于制盐，等等。

曹妃甸因此被命名为"循环经济示范区"。

4

创造、吸纳和采用这些新技术、新装备，需要远见卓识，也需要热血肝胆。朱继民是咬定青山不放松的"犟眼子"，各位老总是周冠五时代"拿山头"练出来的"疯子"，首钢工人是干活不要命的"傻子"。就是这么一大群"不回家的人"，拎着脑袋上了曹妃甸！

曾几何时，西方许多自以为高明的政治家、经济学家和权威人士都断言，中国的国企一定会垮，中国的改革开放一定会倒在国企这块最大的、绕不过去的绊脚石上。现在，钢铁般的事实证明，他们的预言错了。中国的首钢以坚忍不拔、雄风长在的奋斗，证明了他们就是打不倒，砸不烂，拖不垮，坐不更名，行不改姓，威风八面，姓"首"姓到底了！

四、"TS 机密工程"："它就是首钢的高度！"

——张艺谋的"鬼画符"：大导演的美术功夫太差了

1

2007年12月24日，一个代号为"TS"的神秘任务迅速交待下来。朱继民、王青海召集一批精英人士开会，门口有警卫把守，除与会者，任何人不得入内。

两位首脑人物目光严峻，说话出奇的客气却又极为严肃：今天交给各位一项秘密使命，代号"TS"，这项任务不仅是国家级、也是世界级的一号工程，只许成功不许失败，而且要绝对保密，跟老婆孩子都不能泄露。谁要是走露风声，身上这套SG（首钢）工装就给我扒下来滚蛋，至于脑袋上吃饭的家什儿能不能留住，我就管不着了，拜托各位……

这当然是我的假想。其实两位首脑讲的特政治特高度特庄严——人和人的水平不一样就是不一样嘛。

但是，这项神秘使命的任务、时限、质量和保密要求，确实空前严厉，一切必须保证万无一失。

散了会，所有与会者嘴巴闭得铁紧，神情诡秘，目光东张西望观风察色，像"中共特科"又像"军统特工"一样，迅速消失在首都茫茫人海之中，把自己混同于"普通老百姓"，"打入群众心脏"……

后来的许多日子，这些"特工"很少回家，白天黑夜在外边不知忙些什么。偶尔在家里露露面，像往常一样抱抱太太或吻吻丈夫，再逗逗心肝宝贝，可总有那么点神不守舍，心不在焉，都像有了"外遇"的样子。太太或丈夫不高兴了，再三追问甚至逼问，可这些人个个像被洗了脑，又像好莱坞大片中的机器人，冷酷着脸坚贞不屈，打死也不说。有人甚至瞪眼说瞎话，声称昨天晚上在A处开会，家里一查，同事们傻头傻脑地说，没看见他啊！

机器人和地球人免不了来一场"星际大战"。

2

神秘的"TS工程"的谜底，是在一个伟大的日子揭开的。

"TS"的意思就是"特殊"。

2008年8月8日，北京国家体育场。夜幕下的"鸟巢"人山人海，欢声雷动，闪耀着梦幻般的色彩。

"同一个世界、同一个梦想"在这里冉冉升起。20时点整，举世瞩目的第29届奥林匹克运动会开幕式拉开帷幕。23时30分，伴着奥林匹克五环旗帜徐徐升起，来自五大洲的各国政要贵宾，200多个国家和地区的运动员，场内近10万名观众，全世界超过40亿观看电视实况直播的观众，不约而同把目光一齐投向"鸟巢"上空东北方向，聚焦到高高矗立的主火炬塔。

奥运主火炬以什么方式点燃？最后一位现身的火炬手是谁？从来都是奥运会开幕式上最具悬念和最为精彩的瞬间。

那个沸腾而激情的夜晚，在灿烂辉煌的灯光照耀之下，在全世界的瞩目之中，高举"祥云"火炬的李宁腾空高翔，沿着徐徐展开的中国画卷，以"飞天之步"跑到高高耸立在鸟巢"碗口"的主火炬塔旁，用来自奥林匹亚的圣火之炬点燃了导火索。刹那间，圣火盘旋而上，在主火炬塔顶部喷薄而出，绚烂的礼花同时腾空而起，与熊熊燃烧的圣火交相辉映，"祝福中国"的欢呼声将开幕式推向最高潮。

此刻没人注意到，辉煌的光芒后面，隐藏着一群铮铮铁汉的身影。他们身穿带有"SG"标识的蓝工装，有的静静地坐在"鸟巢"第四层的控制中心内，有的肃立在"鸟巢"顶部，为亮出健美身躯的主火炬塔保驾护航。

圣火成功点燃的那一刻，每一位钢铁汉子都哭了，泪水映着绚烂的礼花夺眶而出。七个月来的浴血奋战、汗水眼泪，都是为了"同一个世界，同一个梦想"，都是为了这庄严壮丽的一刻。

3

2007 年 12 月 24 日，距北京奥运会开幕还有 228 天。

北京奥运会组委会决定，把 2008 北京奥运会重中之重的"重点工程"——主火炬塔工程交给首钢。之前，北京奥组委曾考虑过几家有实力的企业，最后达成的共识是："从建设人民英雄纪念碑到建设人民大会堂的历史证明，这项天字第一号工程交给首钢，我们最放心！"

此时的首钢，正在为兑现承诺进行着浩繁沉重的搬迁调整，并承担了包括"鸟巢"部分结构吊装、奥运开幕式、闭幕式排练场建设等工程。

总经理王青海就任"TS 工程"总指挥。整个工程由首钢旗下的子公司——首钢建设集团总承包，这是一家具有国家钢结构制作特级资质的企业。项目部按照专业分工，将工程逐一细化分解。

奥运会主火炬塔的设计方案，历来是各国媒体争相捕捉、刺探的焦点，一旦泄露，肯定是美联社、路透社、法新社、新华社的头条新闻。北京奥组委要求，在神秘的面纱撩开之前，绝不能对外透露涉及主火炬塔的任何信息，就连"制作单位"也是国家机密，哪怕面对亲人，任何可能导致泄密的谈话和交流都被严格禁止。参与此项工程的首钢人个个变成神出鬼没的"特工"就不足为奇了。

朱继民说："奥运主火炬塔的高度，就是首钢精神的高度！"

王青海要求："要把所有工作，做到最好、最完整、最圆满，确保工程万无一失！"

4

主火炬塔到底建成什么样子？

北京奥组委用中国最高级的密码箱送来了设计图纸。

首钢人打开一看，里面只有一张 A4 纸，上面笔触零乱（我们可以把它形容为"灵动"），色彩杂陈（我们可以把它形容为"绚丽"），画着一幅意向图（我们可以把它形容为"写意中国画"）。

出自大导演张艺谋的手笔。

首钢人开玩笑说，张艺谋的美术功夫太差了！

其实绝美，天才奇构。

"这个意向很不错，但是我们凭这样的意向图根本无法施工。"首钢建设集团党委书记、工程总承包负责人王文利说。

按照张艺谋的意向图，奥运会主火炬塔的外形、体积，既要与气势恢弘的"鸟巢"协调一致，又要实现在开幕式上"出奇制胜"的效果。这就要求高 32米、重 45 吨、最大直径 12 米的主火炬塔，在点火之前必须平卧在"鸟巢"顶部，直到点火前最后一刻才被推出、翻起、站立，使火炬塔的下部与"鸟巢"上面的"碗带"达到无缝联接。

"45吨只是火炬塔本身的重量,它下面还有运行小车和轨道设备,再加上托梁柱,实际落在'鸟巢'上的总重量是405吨。"项目部经理李庭祥说。

"鸟巢"是钢结构,金属的热胀冷缩性质使"鸟巢"的尺寸每天都在发生变化,甚至每个小时的尺寸都不一样。制作设备时是冬天,安装设备时已是夏天,让火炬塔在"鸟巢"准确定位相当困难,设计图和实物本身最高相差800毫米。

难关之一:火炬塔的主体结构制作。

主体结构就是俗称的"骨架子",全部由两千多根异形钢管组成,每根的规格材质不同,长短尺寸不一,口径最粗的399毫米,最细的只有70毫米。几十个品种中,最多的要使用上百米,最少的仅用几米。火炬塔的螺旋状结构,使得管杆之间的联接异常复杂。每根管杆的贯口形状都不一样,要切割出既符合造型标准又形状各异的贯口,连先进的"数控相贯线切割机"也无能为力。

难关之二:确保主火炬塔挺身直立安全稳定。

主火炬塔从横卧在"鸟巢"顶部,到渐渐挺起伟岸身躯,再到缓步运行至"鸟巢碗口",直至与"鸟巢"的"碗带"联接,其动力全部来自液压装置。为了让主火炬塔在"鸟巢"顶部平稳运行,液压团队专门设计制作了一部主火炬塔运载小车和运行轨道。48米长的运行轨道是采用特殊材料焊制的,液压团队在两个半月完成了平时需要五个月才能完成的焊接工作量,直线平行度也远高于北京奥组委的要求和国家标准。

在"机液联调"时,尽管原设计的液压动力输出值已经预留了30%的富裕量,但通过试验,首钢人发现即使液压装置100%地输出全部动力,也不能确保"万无一失",甚至可能因为动力不足,使火炬塔在挺身竖起的过程中"失足摔倒"。

但是,时间已经不允许对主液压控制系统进行大的改动。邹翠蓉率领液压团队集思广益,想出妙招:再制作、增加一个副液压控制系统。在火炬塔竖起的同时,副液压装置紧紧顶住火炬塔的底部。一个在上面抓,一个在下面托,就能确保主火炬塔在"翻身挺立"过程中绝对安全稳定。

难关之三:火炬塔落座"鸟巢"。

将主火炬塔安装就位到"鸟巢"顶部,定位精度不能超过2毫米,承担这项艰巨任务的是首建二安装分公司TS团队。

首先是吊装能力。火炬塔所有设备加起来重400多吨,无法整体吊装,需把火炬塔拆分后,起吊到"鸟巢"顶部再进行回装。但重达45吨的火炬塔主体结构不可能拆分重装。

"最惊险的一幕,就是起吊火炬塔主体结构的那一钩!"TS工程项目部经理李庭祥,回忆起那一幕仍然心有余悸。吊装那天,刮起了大风,吊装作业被迫停止。从白天等到晚上，风力没有丝毫减弱，设备安装团队一直守候在现场，机会终于在第二天临近中午时分出现了，风力突然减弱。安装队员们兴奋不已，立即放下饭盒，冲到施工现场。

半个小时过去了，眼看火炬塔就要平稳落在"鸟巢"顶上，风力又开始加大。火炬塔开始在空中晃动，几次与"鸟巢"的结构钢梁擦身而过。

紧接着"砰"的一声，一根牵引绳索绷断了！

顶着骤来的大风，队员们冒着生命危险站在横梁上，拼尽浑身气力死死拽住其他绳索，钢铁巨人圆满定位。

难关之四：用放大一万倍的职业素质确保万无一失。

北京奥组委对主火炬塔的运行要求是，必须确保点火万无一失，主火炬塔的全部运行过程，要实现最简捷的"一键式"自动控制。实现"一键式"自动控制，对自动控制的专业团队——首钢自动化信息工程公司来说，实现起来并不是很难。让团队备感压力的，是那句分量最重的"万无一失"。

8月6日，距北京奥运会开幕式只有两天，整个系统即将面临最后大考。自动控制TS团队的负责人李振兴异常平静和自信："没什么可紧张的，我只等着尽情享受那辉煌的一刻，因为各个专业系统都已经做到了万无一失，成功点火是唯一的必然结果。"

首钢人够牛！

精彩绝伦的北京奥运会开幕式，以火炬塔成功点火为标志，获得圆满成功。

奥运结束之后，经媒体披露，国人才知道，高耸蓝天的奥运主火炬塔——那是中华民族的精神高度，也是伟大的首钢产业工人的精神高度。

第二十章 并非尾声：钢铁巨人的华丽转身

- 茫茫雾日。朱继民的不祥预感："钢铁也发高烧了！"

- 风暴突临。王青海："重压之下，首钢打起了内战！"

- 高超的"弯道超车"："我们创造了一部钢铁史诗！"

一、茫茫雾日。朱继民的不祥预感："钢铁也发高烧了！"

——都是美国惹的祸："美国特色社会主义绑架了全世界"

历史剪影

有人问美国人，你喜欢什么花？

美国人答，我喜欢三种花：有钱花，随便花，可劲花。

要是这三种花都败落了呢？

美国人说，拿别人的钱当自己的钱花。

也许这就是"美国梦"。

2009 年 6 月，作为"金元帝国百年繁荣的象征"——美国通用汽车公司等许多"百年老店"相继轰然垮塌，被迫宣布进入"破产保护状态"。

一向主张"完全放开市场"和"自由资本主义经济"的美国政府，不得不出面强力干预市场，出巨资挽救濒临倒闭的各大企业和银行，美国媒体戏称，"美国特色社会主义"时代开始了。

百年来最严重的经济危机席卷全球。

1

2008 年一开盘，钢材市场热得烫脚，价格疯了似的呼呼上涨。3 月的一天上午，朱继民和副书记霍光来等人乘车前往北京鸟巢工地时，他一脸阳光，心情相当好。不过，搞了几十年的企业和经营，他深知，"上帝要人灭亡，必先让其疯狂"，任何事情热到发疯的程度都不是什么好事，他心里有一种怪怪的感觉。

鸟巢工地被密封在高高的墨绿色网布里。一群精英级的首钢技术人员和工人正猫腰在里面搞主火炬塔的"TS"工程。首钢历来是首都的钢筋铁骨。从彭真到刘淇，几任北京市委书记都说过，什么事情交给首钢办，放心。

进了鸟巢，朱继民、霍光来登高爬上，与挥汗作战的子弟兵们一一握手表示慰问，然后蹲在那里问问吃得怎么样？睡得怎么样？工期怎么样？技术上还有什么难点？

初春时节，寒风依然逼人。全是泥花脸的工人们说，这事儿没干过，任务太艰巨，已经几个月睡不好觉了，老做噩梦，就怕火炬塔掉下来。

朱继民说，同病相怜，你们睡不好，我也睡不好啊。千万注意安全，一是塔的安全，二是人的安全，都要确保万无一失，出了事儿，首钢的脸就没处搁了。

从鸟巢上面下来，原定回首钢总部。朱继民说，不回总部了，去曹妃甸，正好青海、徐凝、王毅几个老总在那边，我们去开个"务虚会"。他顿了顿，补了一句，现在钢材市场火得冒烟，形势大好，咱们得做点精神准备啊。

2

那会儿曹妃甸工程正在最紧张最火爆的阶段，通岛公路上车辆川流不息，两侧路面泾渭分明：进岛的右侧道坑坑洼洼，狼牙狗啃，出岛的左侧道平平展展，光滑如镜——这是载重货车装料进去、空车出来造成的。

这一日，曹妃甸大雾弥天，能见度只有七八米，望出去一片迷茫，到了岛上雾才渐淡，影影绰绰中，依稀可见一座座威武的钢铁建筑已拔地而起，岛上曲里拐弯的黄沙路上，车流人流潮水般涌来涌去。

看望慰问了那里的干部工人和施工队伍，朱继民、王青海和副总们回到唐海县那栋小三层楼的指挥部，"务虚会"开始了，议题是钢材市场形势和首钢如何动作。

老总们都是喝铁水钢水长大的，形势看得很清楚。

新世纪以来，三个重大"国家行动"全面展开：即新农村建设、西部大开

面对金融危机，搬迁调整中的首钢一派生机盎然的景象

发和老工业基地改造，中国新一轮的工业化、现代化建设热潮澎湃兴起，钢铁市场山呼海啸，每家钢铁企业门前都拥挤着"倒爷"大军和他们的车队，等着抢运钢材。许多国企乘势扩大生产规模，许多大富翁也蜂拥而上，纷纷投资开办民营矿业公司和钢厂，仅河北一省就达数百家。

中国粗钢产能迅速扩张到6.6亿吨，高居世界之首。

但是，经济发展规律意味着，产能越大，市场越小，形势愈好，竞争愈烈，中国钢产量已经大大超过市场需求。

朱继民忧心重重。

炼钢人里，烟民比较多，一是累，二是一辈子都滚在烟火里，烟雾多点少点不在乎了。朱继民和王青海都是烟民，这些日子吸烟很多。

在钢铁市场欢天喜地、钢铁老板财源滚滚的大好形势下，首钢老总们却开了一个秘密的、忧心忡忡的小型"务虚会"。屋内是袅袅青烟，门外是茫茫大雾。老总们也没想到，没过多长时间，这个"务虚会"就变成"务实会"了。

当时，朱继民说，"钱先生"一辈子只有一个心愿，就是娶"利小姐"，这个永远不会改变，谁跟钱有仇啊？首钢正在大规模搞建设，各方面都要花钱，北京还要继续压产，奥运期间接近停产，压产就是压效益，砍收入，割咱们的肉。现在钢材市场很火，我们应当尽一切可能提高产量，提升质量，扩大收入，保证周转，资金链一定不能断，断了，京唐大厂就没法搞了。

他说，从2003年到2008年，中国钢铁产业经历了长达五年的兴旺期，特别是去年以来，搞钢铁就像搞黄金一样，价钱高得有点离谱。事物都有周期性，总是波浪式前进的，花草树木还有个休眠期呢，钢铁这么发高烧，我看不是好现象，大家一窝蜂上马，产能过剩，钢铁市场跳楼的日子就不远了。这一天到底什么时候来我不知道，人算不如天算，但我们必须未雨绸缪，多加提防，早做准备。

老总们纷纷说起近几个月在美国发生的次贷危机，认为这是个"不祥的兆头"，全球化时代，鸟们飞来飞去，落哪儿哪儿有禽流感，美国佬打喷嚏不可能不影响到中国——因此要把原料和资金储备得足足的。

王青海说，我们与兄弟厂不一样，我们头上压着限产压产、搬迁调整的压力，别人是安居乐业，我们是流浪四方，所以多一些危机感比较好。

朱继民郑重提出，下一步，一要防止金融财务危机，二要防止产业运营危机。

在钢材市场蒸蒸日上的情势下，能够提出这样的要求，殊为不易。朱继民后来对我说，这不是我们多么高明，应当感谢"搬迁调整"，让我们一直战战兢兢生活在巨大压力之下和危机感当中。

这是一个雾日。大海消失了，楼海消失了，人海消失了，深藏在浓雾后面的太阳只是一圈淡淡的红晕，像躲在纱帘后面的曹妃绯红的脸蛋，朦胧而迷离。

3

朱继民和他的同事们想努力看得远一点。在不知未来是福是祸的情势下，想准备得早一点，充分一点。今天看来他们"蒙"对了。"务虚会"务了半天，老总们务出一件天大实事，并在党委会上做出一个重大决定，要求有关部门立即付诸实施，不得有误！一个多月后，首钢通过出售企业长期和短期债券，总计筹措到 140 亿元资金。

后来经济危机来势凶猛，山崩海啸，钢材市场全线"跳楼"，民营企业在"挥泪大甩卖"之后纷纷停产歇业，钢材卖不上萝卜价，这时腰缠万贯、资金充足的首钢仍可大兴土木，继续曹妃甸等地的大开发、大建设。

不过采访中，朱继民和王青海坦陈，他们对全球化时代的深刻性与复杂性，对这场金融海啸、经济危机的严峻性和惨烈性还是估计不足，存在一定盲目乐观和侥幸心理，现在看，高价购入的矿料多备了 50 万吨。

2008 年上半年，国人和经济学家们普遍乐观认为，北京奥运之后，接踵而来的将是一个更大更强劲的经济发展热潮。股市上，股民们红着眼睛跳着脚，天天喊着"购入！""购入！"

错了。这巨大的声浪，完全淹没了大洋彼岸金元帝国大厦嘎嘎开裂的可怕声响。

形势急转直下。

排山倒海而来的不是热潮而是寒潮，第二次世界大战以来最严重的金融海啸和经济危机迅速冰冻了全球。2008 年 6 月，线材每吨价格平均升至 5000 元，板材平均价格升至 6000 元。进入 7 月开始往下跌，到 2009 年 3 月触到谷底，价格掉下一半还多。从国内到国外，制造业奄奄一息，用于船板、桥梁的厚板没人要了，用于汽车、家电的薄板没人要了，用于世界极品名牌制造业的高级板没人要了，甚至用于房地产业的"面条裤腰带"也没人要了。普通线材和螺纹钢价格跌至不到 3000 元一吨，一斤钢 1.5 元左右，比水萝卜还便宜！

一时间我国钢铁业上空乌云密布，风声鹤唳，哀鸿遍野：

——近年来，我国直接出口和间接出口的钢材，一直占钢产量的 25% 左右，2008 年直接净出口 4763 万吨。到了 2009 年前两个月，我国钢材出口仅为 347 万吨，同比下降 64.8%……

——2008 年四季度我国钢铁业进入全行业亏损，国内钢厂开始压缩产量，降幅最大达到 25.9%……

——房地产、机械、造船、汽车、家电等行业发展速度急剧下降。2009 年头两个月，房地产开工面积同比下降 14.8%；机械工业出口交货值同比下降 17.1%；汽车产量同比下降 1.7%；空调同比下降 26.9%，冰箱去年下半年以来进入负增长，洗衣机产量增长率由去年的 11% 下降到今年 1 至 2 月的 6.8%……

——世界钢铁业同样急剧收缩，江河日下。2009 年头两个月减产幅度达 40%。预计今年我国粗钢消费量约为 4.6 亿吨，产能过剩 2 亿吨……

钢铁市场的暴利时代轰然崩塌，严峻的冰川期到来了，而且来得那么急那么快，一下子千里冰封，万里雪飘，周天寒彻。

大批小矿厂、小钢厂纷纷倒闭，许多民营钢企老板下令闷炉停产，工人放假，然后闷坐在空荡荡的办公室里发呆。

股民们被套牢了。

首钢老总们对美国次贷危机、金融海啸可能带来的影响虽然有思想准备和有所提防，但没想到会这么严重，短短几个月时间他们就像坐了一把疯狂过山车，天旋地转之后，大头朝下往下冲，完全是粉身碎骨的感觉。

2008 年 1 至 9 月，首钢盈利 67.7 亿元，四季度一下亏了 22 亿元。同时因北京地区压产 400 万吨，销售收入减少 148 亿元，利润减少 25 亿元。

到 2009 年一季度，全国钢铁企业总计亏损 488 亿。

二、风暴突临。王青海："重压之下，首钢人打起了内战！"

——倒开推土机："首钢航母会沦为泰坦尼克号吗？"

1

高压之下，首钢人打了一场大规模"内战"。

在曹妃甸，朱继民把话说得非常严峻："我们的京唐、迁安、首秦，就像刚刚出生的虎崽子，未来，它们要不成为啸傲山林的猛虎，要不被经济危机的恶浪吞没，要不在空前惨烈的市场竞争中被群狼吞掉，一切皆有可能。我们必须为捍卫首钢的光荣与梦想而战！"

王青海则说得很有形象感并且意味深长："文革时候我们以为全世界三分之二受苦大众都在水深火热里，闹了半天是我们在水深火热里。全球化时代，世界经济就像一座高炉，危机到来，美国佬先掉进水深火热里，我们现在在坐在漏斗里，搞不好就会跟着掉下去！"

毫无疑问，全国所有大钢铁企业中，首钢处境最为危险，困难最为严重、压力最为巨大。他们头上压着的艰难使命如同"三座大山"：一是经济危机，二是搬迁调整，三是安置下岗分流的数万工人。

重压之下，有喘不过气的感觉。

2

在工人面前，首钢的老总们还是一副云淡风轻的样子。在干部会上，他们的脸色变得严峻了，讲话的语气也变得严峻了。

"绝不能让首钢航母沦为泰坦尼克号！"

"绝不能让改革开放三十年的成果一夜之间付诸东流！"

"我国发展的重要战略机遇期仍然存在，不会因这场经济危机而发生逆转！"

"我国仍是世界上发展最快的国家，仍处于工业化发展中期阶段，国内市场仍具有广阔的开拓空间！"

"国家推出了保增长、扩内需的一系列重大举措，将对钢铁业等基础产业的振兴与发展形成强有力的拉动！"

"危机的本质就是危中有机。我们能不能在危中寻机、危中创机，考验着我们贯彻科学发展观的能力！"

雷霆万钧的呼号与共识响彻石景山下、渤海之滨。

一场空前规模的阻击战打响了。"千钧重担万人挑，人人身上有指标"，首钢人拔剑出鞘，解放思想、改革创新的光芒破云而出！

分清轻重缓急，以市场为目标，以发展为准则，该停的坚决停，该缓的坚决缓，该上的坚决上，该冲的坚决冲。"三大战役"、"四个确保"、"全面实施目标成本倒推机制"等一系列重大举措强力推出。

所谓"目标成本倒推机制"，就是锁定钢材市场价格，按生产工序和管理程序倒推、分摊成本，把一切"跑冒滴漏"坚决堵住，把一切"水分"挤干榨尽，把各个生产环节的成本降到最低，让首钢产品以高质量、低成本的优势，在恶浪滔天的市场上浮出水面，由此保证首钢航母在惊涛骇浪中不被吞没！

经济危机时期，我是与首钢人一起度过的。那些日子，大地震抖，群雄蜂起。漫步于石景山下、曹妃甸上、迁安基地、首秦厂区，我恍然看到，隆隆向前挺进的无数台功率巨大的"推土机"，忽然调转车头，向曾经那样光滑、平整、安详、沉静的厂区轰然开来，思想的钢铲深深插进传统的大地，积土层层掀开，黑浪滚滚突进……

这不是一场战争。这是一场中国智慧、中国意志同全球风暴的较量。在相当程度上，这不是一场"对外战争"，而是一场"内战"，是首钢人向自己、向传统作风、向落后意识的勇敢宣战。一切规章制度、传统习惯都被推倒重来，重新加以审视和塑造！

首钢产业工人这支"钢铁御林军"一夜之间化整为零，变成了"八路军游击队"，他们把毛泽东在《论持久战》中提出的"积小胜为大胜，以空间换时间"的战略思想和"地道战"、"地雷战"、"游击战"、"村村为战"、"户户为战"之类的战略战术全部搬进了首钢。

朱继民变得特别抠门儿，要求所有成本要"一分钱一分钱的挖，一分钱掰成八瓣花。西瓜要抱，芝麻也要捡！"

王青海说："通过倒推机制，我们这才发现，改革开放以来迅猛发展的首钢，原来从小学直接跳级进了大学，要补的课程、要学的东西还有很多很多。"

3

措施之坚决，前所未有：完不成目标成本倒推任务，高层领导核定的效益工资砍掉50%，中层砍掉30%，职工砍掉10%。

"低成本运行"成为首钢这场"大内战"的核心指向。

全面推行"目标成本倒推机制"的结果，让朱继民、王青海和所有首钢人都大吃一惊，他们发现，走过建厂九十年、建国六十年、改革开放三十年风雨历程的钢铁巨人，身上还蒙着那么多那么厚的历史风尘啊！

与"经济寒冬期"的温度相一致，通过内部挖潜、精细管理，生产成本的水银柱直线下降：北京总部地区吨钢生产成本下降147元，迁安钢厂下降89元，首秦钢厂下降95元。高速线材厂加工一吨钢材省电5度（空调何时开、何时关都有了明确规定），一个月节电260万元。

2009年二季度，不过百天时间，首钢总计节省生产成本15亿元！

天哪，捡芝麻竟然拣出15个亿！首钢黑脸汉子们纷纷变成红脸汉子。朱继民、王青海在干部大会上慷慨坦言："感谢这场经济危机，让我感到脸红了，让我们首钢人感到脸红了！实施倒推机制的大量事实证明，以往'大家大业'的观念，'大手大脚'的作风，'粗放管理'的传统，许多年来不知不觉造成多么严重的损失！"

"跳出北京，搬迁调整"，是首钢硬实力的大跃升。

全面实施"目标成本倒推机制"，是首钢软实力的大跃升。

向国内外先进企业虚心学习、对比找差，成为首钢上下共同的呼声与心愿。在经济危机依然恶浪滔天的2009年6月，总经理王青海亲率首钢各大要员、各路诸侯到德国学习"精细管理"经验。乍一看，德国钢厂的厂区还不如我们的迁安、首秦公司干净漂亮，有些人脸上露出不屑的样子。但德国人毫不客气的一句话，像一把刀捅进了首钢人的肺管子，让首钢人彻底脸红，浑身通红，一直红到脚后跟！

以哲学传统立国、以精密制造扬名的德国人冷冷地说："我们的钢水比你们干净！"

首钢人无言以对，愧惭难当。

现为首钢技术研究院院长的李本海感触颇深。他是来自湖北的农家子弟，北京科技大学毕业，后来又是清华大学的研究生，还当选过全国劳模。回程的路上，心情大好的他和几位同行编了几句绕口令，深刻而生动地表达了首钢人此行的感受：既要甘当学生，又不妄自菲薄。他说："去的时候，不知道自己不知道很多东西，也不知道自己已经知道了很多东西；去了以后，终于知道自己有哪些东西不知道；也知道自己已经知道了一些什么东西。"

中国人勤奋好学的精神，在全世界都是有名的。

2009 年 7 月，首钢力扭战局，盈利接近 2 亿元。他们说，目标成本倒推机制绝非应对危机的一时之计，将作为首钢坚持科学发展、创新创优创业的常效机制，一直坚持下去。

三、高超的"弯道超车"："我们创造了一部钢铁史诗！"

——永定河畔：从"钢铁之城"到"梦幻之城"

1

诞生于 1919 年五四运动的首钢，走过九十年慷慨悲歌的风雨历程。

首钢，是中国民族工业从"破茧化蝶"到"雄鹰奋飞"的历史全过程的重要标识。

1919 年，被五四运动搞得遍体鳞伤的政坛大佬陆宗舆，仕途无望，转而投身实业，创办了龙烟炼铁厂，辛辛苦苦建起的一号高炉在当时中国容积最大，技术一流，但直到日本入侵中国之前，没能流出一滴铁水，陆宗舆口吐鲜血，

坐落在渤海之滨的首钢京唐公司

抱憾离世，终了其悲凉而惨淡的一生。高炉锈迹斑斑，群鸦绕飞，仿佛一座钢铁墓碑，一直默默立在西风残照之中，这是旧中国民族工业气息奄奄、艰难挣扎的象征与写照。

日本侵略者为了以战养战，灭我中华，将石景山炼铁厂更名为"石景山制铁所"，高炉流出的铁水全部制成枪械和炸弹，倾泻在血流成河的中国大地上，这是饱受西方列强和日本法西斯蹂躏的殖民地半殖民地中国的象征与写照。

中国人民终于站起来了。五六十年代，在急于求成、渴望崛起的非理性"大跃进"狂潮中，首钢工人冲破计划经济的铁网，以石破天惊的"大包干"方式和艰苦奋斗精神，大大提升了自己的实力与规模，创造了中国工业化运动中的一个奇迹，这是中华民族自强不息、百折不挠的创造精神的象征与写照。

进入改革开放的新时代，首钢一马当先，奋起改革，领衔主演，引领了钢铁业万马奔腾、百舸争流的高速发展。中国一跃成为世界第一钢铁大国，并大步走向钢铁强国，钢铁工人创造的惊世业绩，成为中国和平发展、昂然崛起的伟大基石。这是让世界惊叹不已的"中国奇迹"的象征与写照。

走过漫长九十年历史的首钢，因此成为中华民族百年梦想、百年奋斗、百年历程的象征与写照。

毫无疑问，坐落在"中国第一街"的首钢，是中国工业化进程历史坐标系中一个具有代表性的腾飞坐标点。

这个历程艰苦卓绝、可歌可泣。从日本占领期间工人发出的震天怒吼，到搬迁调整中"面朝大海，春暖花开"的华丽转身，再到今天面对经济危机高超而智慧的"弯道超车"，伟大的首钢产业工人创造和谱写了一部钢铁史诗。

2009 年，在空前严峻的经济环境和市场条件下，处于搬迁调整过程中的首钢依然创造了辉煌的业绩：

——京唐钢铁厂集国内外先进技术之大成的一号高炉于 5 月 21 日投产，到 12 月，高炉日产水平稳定在 13000 吨以上，按这个水平计算，仅此一座高炉三年产量就超过"大炼钢铁"时期全国为之奋斗却全面溃败的目标口号！

——全年完成科技成果 54 项，其中获国家科技进步二等奖 1 项，获冶金科技进步二等奖 2 项；完成专利申报 229 项，比上年增长 45.9%；获国家专利授权 80 项，比上年增长 105%；2009 年首钢技术研究院在全国 569 家企业技术中心评比中排名第四位，比 2007 年上升三位，被评为"国家优秀企业技术中心"。

——"搬迁调整、一业多地"战略取得重大突破。继贵州省水钢之后，2009 年，首钢又与山西长治钢铁公司、贵阳钢铁公司、新疆伊犁兴源实业公司实现了联合重组；首钢控股的贵州盘县"煤钢电"一体化项目、贵钢搬迁项目相继开工建设；香港首控公司收购澳大利亚吉布森铁矿、香港福山能源公司的股权，成为这两家企业的第一大股东。这标志着首钢优化区域布局、优化产品结构、实施资源战略取得了重大进展。

到中国共产党建党九十周年的 2011 年，首钢将把自己打造成年产 3000 万吨钢的大型钢铁集团。

——按照北京市委要求，首钢将利用北京本部地域，发展高端金属材料、高端装备制造、汽车零部件、生产性服务业和文化创意产业。

——2009 年，首钢生铁产量 1946 万吨，钢产量 1942 万吨，钢材产量 1843 万吨，出口 66 万吨，销售收入 1302 亿元，实现利润近 14 亿元。

——首都舍不得首钢，也离不开首钢。北京市委要求，在冶炼产业全部迁出首都之后，首钢仍然要在北京经济发展特别是高端金属材料、高端装备制造，以及汽车、家电产业发展中扮演巨人角色，努力成为北京新经济增长点中的"一号基地"。同时，石景山下、永定河畔的首钢总部，要以中国钢铁博物馆为中心，构建一个以文化创意产业和数字化娱乐产业为特色的北京首屈一指的"史诗之城"、"记忆之城"、"梦幻之城"。

2009 年 10 月 14 日，文化部、北京市政府在首钢机电公司重型机器分公司原址举行信息发布会，宣布"中国动漫游戏城"建设项目在这里正式启动。项目建成后，"中国动漫游戏城"将成为集动漫游戏创作、生产、交易于一体、具有完整产业链的国家级文化产业园。

发布会上，首钢总公司与中国动漫集团有限公司签署了合作建设"中国动漫游戏城"框架协议。协议规定，双方在充分保护、合理利用首钢 "工业遗址"的前提下，将努力把"中国动漫游戏城"建设成为"原创的百花园、产业的集聚区、品牌的培养地、骨干企业的孵化成长摇篮、游乐体验的乐园、商业文化消费的天堂、工业遗址改造的经典。"

"梦幻之城"的风帆已经在这里升起……

2

北京人说，首钢姓"首"不能改！

首钢人说，首钢姓"首"永远不会改！

一个以科学发展观为指导的首钢，一个自主创新的首钢，一个技术先进的首钢，一个产品一流的首钢，一个有竞争力的首钢，正在中国大地上铿锵前进。

钢铁巨人的身影如此辽阔。

2008 年 7 月 16 日首次进入首钢
2009 年 7 月 29 日初稿于首钢红楼
2010 年 1 月 28 日改定于首钢红楼

首 钢 历 史 上 的 第 一

- 1948 年 12 月 16 日　石景山钢铁厂回到人民手中，同年 12 月 20 日，成立军代表办公室。
- 1951 年 9 月 12 日　毛泽东主席给石钢写信批准该厂改革工资制度，石钢全面实行 8 级工资制，98% 的职工提高了工资。
- 1956 年 6 月 15 日　石钢炼出第一炉钢，结束了北京市有铁无钢的历史。
- 1958 年 3 月 22 日　冶金工业部批准石钢扩建，国家投资 2.4 亿元，由石钢统一对国家负责，实行投资包干。一年多时间里，石钢"三大工程"建成投产。
- 1964 年 12 月 24 日　石钢公司炼钢厂第一座 30 吨氧气顶吹转炉建成投产。
- 1965 年 11 月　石钢一高炉试喷煤粉成功，利用系数提高到 2.2 吨 / 立方米日，进入世界先进水平。
- 1967 年 9 月 13 日　石景山钢铁公司改名为首都钢铁公司。
- 1979 年 7 月　首钢等 8 个企业列为国内第一批体制改革试点单位。
- 1979 年 12 月 15 日　首钢 2 号高炉移地大修改造工程竣工投产，成为我国第一座现代化的高炉。1985 年获国家科技成果一等奖。
- 1984 年 8 月 1 日　首钢实现管理计算机联网。
- 1985 年 3 月 7 日　首钢被评为北京市花园式单位。
- 1987 年国庆前夕　首钢新炼钢厂建成投产，能力为年产钢 300 万吨。
- 1989 年 3 月 14 日　首钢第一条现代化板材生产线——首钢中厚板厂中板轧机轧出第一个炉卷。
- 1990 年 9 月 7 日　首钢机械工程总公司制造的国内第一台 260 吨鱼雷罐车通过重载试车。
- 1990 年 9 月 20 日　首钢与日本 NEC 电气株式会社合营的国内第一条大规模集成电路项目签字仪式在人民大会堂湖南厅举行。
- 1990 年 10 月 15 日　首钢机械工程总公司机械厂铸钢车间浇铸出两件重达 50 余吨的铸件，结束了首钢不能浇铸大型铸件的历史。
- 1991 年 2 月 1 日　首钢重型机电公司电机厂研制成功两台 8000 千瓦

同步大电机，填补了国内空白。

• 1991 年 6 月 26 日　首钢自行设计、制造的我国第一台 30 / 5 吨环行桥式起重机，重负荷试车一次成功。

• 1991 年 8 月 19 日　由首钢与北京市科学技术研究院联合开发研制的不锈钢 / 碳钢复合板在首钢中厚板厂试轧成功。首钢是国内生产平面复合板的第一个厂家。

• 1991 年 12 月 5 日　首钢北钢公司计控室研制的高炉图形监控系统通过冶金部及北京市技术鉴定，产品性能达到 80 年代国际水平，是国内首创。

• 1992 年 10 月 18 日　国内第一家由企业创办的银行——首钢总公司华夏银行正式开业。

• 1992 年 11 月 5 日　秘鲁铁矿公司采取国际招标方式公开拍卖，首钢总公司在竞争中获胜。秘鲁铁矿公司将成为首钢在境外最大的独资企业，这也是中国在海外投资的最大企业。

• 1992 年 11 月 12 日　由首钢自行设计、制造、施工的国内的第一套八流方坯连铸机热试成功，生产过程全部由计算机控制。

• 1993 年 6 月 29 日　在国家经贸委、国家统计局举行的 1992 年工业企业技术开发实力新闻发布会上，首钢总公司荣获"大中型工业企业技术开发实力百强"榜首，百强企业是从全国 1.7 万家企业中产生的。

• 1993 年 9 月 9 日　在国家统计局召开的能源、原材料工业 6 个行业利税十强企业信息发布会上，首钢上一年以 386369 万元利税总额，居黑色金属冶炼及压延加工业之首。

• 1994 年 4 月 30 日　首钢工学院正式命名举行校牌揭幕仪式。其前身是成立于 1978 年的北京钢铁学院一、二分院，1983 年经北京市政府批准两个分院合并，由首钢自办和管理，成为在全国最先创办的面向社会招生的企业高等教育院校。

• 1994 年 5 月 30 日　首钢重型机电公司机械厂加工完成重达 173 吨、直径 11.4 米的 210 吨转炉托圈及耳轴，为国内首次加工巨型结构件。

• 1994 年 9 月 20 日　首钢设计制造的 800 吨铁水电子轨道衡通过国家检定，这是目前亚洲最大的称重设备。

• 1994 年 9 月 21 日　首钢自行设计、制造的国内第一台 350 吨天车重试成功。

• 1994 年，首钢钢产量达到 823.71 万吨，为全国第一。

• 1995 年 3 月 21 日　在北京市召开的工业系统外经外贸总结表彰会上，中国首钢国际贸易工程公司以自营出口创汇 20313 万美元居全市第一。

• 1995 年 8 月 21 日　国内首创双机并联式高炉压差发电机系统 1 号机组在首钢炼铁厂四高炉一次并网发电成功，进入带负荷调整运行状态。

- 1996 年 5 月 31 日　首钢"钢城"轮装载首钢秘鲁铁矿矿石横越太平洋，抵达宁波港，完成首次航行。
- 1996 年 11 月 13 日　国内首家生产汽车空调全系统的合资企业——烟台首钢电装有限公司竣工投产。
- 1996 年 12 月 18 日　首钢热电站 4 号锅炉举行竣工投产仪式。该锅炉是我国第一台高温高压、利用回收的高炉煤气作为燃料的大型电站锅炉。
- 1998 年 7 月 31 日　首钢设立第一家房地产开发企业——北京首钢房地产开发有限公司。
- 1998 年 10 月 28 日　首钢第一家体育产业企业——北京首钢京师篮球俱乐部召开正式成立新闻发布会。
- 1998 年 12 月　首钢第三炼钢厂 2 号转炉炉龄达到 9460 炉，创国内中型转炉最高水平。
- 1999 年 8 月 26 日　首钢机电公司与德国西马克合作制造的国内第一条薄板坯连铸连轧生产线投产仪式在广州珠江钢铁有限责任公司举行。
- 1999 年 10 月 12 日　北京首钢股份有限公司在陶楼召开创立大会暨首届股东大会，审议并通过了关于公司股票在深圳证券交易所上市等议案。
- 2001 年 11 月 16 日　首钢第一炼钢厂于 14 时停止模铸生产，首钢实现全连铸。
- 2001 年 12 月 15 日　由首钢出资，自行设计、自行建造的集体育比赛、体育文化、休闲娱乐、演出、会展等多功能一体的综合性现代化体育场馆——北京首钢篮球中心落成投入使用。
- 2003 年 1 月 7 日　国内最大的压差发电机组——首钢三高炉压差发电机组发电成功。
- 2003 年 1 月 18 日　一台回转中心直径达 18 米、国内目前最大的环形球团冷却机在首钢机电公司整体试车一次成功。
- 2003 年 2 月 20 日零时　首钢第一炼钢厂全面停产，这是首钢为保护首都环境、服从和服务于首都经济发展的要求，迎接 2008 年奥运会而采取的重大举措。
- 2003 年 4 月　在 2003 年全国建筑钢结构行业大会上，首建集团承建的中华世纪坛旋转圆坛，荣获首届"中国建筑钢结构金奖"。
- 2004 年 7 月 1 日　首钢管理信息化 (ERP) 一期工程正式上线运行，标志首钢 ERP 建设进入实际应用阶段。
- 2004 年 7 月 28 日　首钢第一台单机架冷轧板生产线竣工投产，结束了首钢没有冷轧板材的历史。
- 2004 年 10 月 15 日　首钢迁钢公司竣工投产典礼隆重举行。
- 2005 年 2 月 18 日　经国务院批准,国家发改委正式批复首钢实施搬迁、结构调整和环境治理方案。

- 2005 年 6 月 30 日上午 8 时　炼铁厂年产铁近百万吨的 5 号高炉正式停产，光荣退役，47 年累计产贴 2967.5 万吨。
- 2006 年 1 月 6 日　首钢中厚板轧机项目获国家科技进步奖。
- 2006 年 5 月 9 日　年产焦炭 17 万吨的焦化厂二焦炉经过 41 年 5 个月零 9 天连续生产，光荣退役。
- 2007 年 6 月 18 日　迁钢自动化炼钢技术正式投入运行。
- 2007 年 8 月 1 日　首钢总公司 OA 系统正式上线运行，全面实行电子化办公。同日，首钢信息化二期新基地迁秦铁前 MES 项目比计划提前一个月实现上线试运行。9 月 1 日，首钢总公司信息化建设项目二期迁秦 ERP 及钢后 MES 系统实现上线运行。同年，首钢总公司入选"中国企业信息化 500 强"。
- 2007 年 9 月 11 日　首钢牌"优质碳素钢热轧盘条"获中国名牌称号，这是首钢历史上钢铁产品首次获此殊荣。
- 2007 年 10 月 24 日　首秦公司浇铸成功厚度为 320mm 的板坯，标志着国内最厚的板坯在首钢诞生。
- 2007 年 11 月 8 日　首钢冷轧项目酸轧生产线第一卷冷轧板试轧顺利通过。
- 2007 年，首钢集团销售收入首次突破 1000 亿元大关，达到 1090 亿元。
- 2008 年 1 月 5 日　首钢总公司举行压产 400 万吨发布会。
- 2008 年 5 月 10 日　首钢公司顺义冷轧项目正式竣工投产。
- 2008 年 8 月 15 日　首钢冷轧公司顺利实现 2 号镀锌线一次热试成功。同日，亚洲最大的现代化焦炉在首钢京唐建成并投入运行。
- 2008 年 10 月 18 日　世界最大级别高炉——首钢京唐公司 1 号高炉点火烘炉。
- 2008 年 12 月 10 日　首钢京唐钢铁公司 2250mm 热轧生产线热试成功。

中国工人万岁!

——蒋巍犯下的一个错误和一部未写完的书

1

从采访到写作,历时将近两年,累极了。这个"累",来自首钢历史之悠久、题材之重大,群体之壮阔,人物之浩繁。更来自一直不能平静下来的激动与感动,精神一直处于高度的亢奋之中。穿过九十年的人生历史和冲天炉火,首钢把自己炼成了钢铁巨人,我差不多变成巨人足下的灰烬了。

2

整个创作过程其实是个"发现"的过程。

在不断的激动和感动之中,在走进一个个首钢人心灵深处的过程中,我终于发现,本书的主题和全部意义只有一个,那就是展示伟大的中国产业工人群体的精神魂魄和时代风采(这里面当然包括首钢的领导者、管理者和科技人员——因为所有首钢人入厂之初,都在炉火熊熊、挥汗如雨的生产第一线,奠定了人生的第一块基石)。我企望通过本书,能够表达我对首钢工人深深的崇敬和爱戴之情。咱们工人有力量、有品格,更有纯净而坚忍的追求。在社会生活已然变得如此绚丽多彩、纷繁复杂的情势下,他们以钢铁般的意志、纪律和奉献精神,八风不动,矢志不移,坚守着崇高,坚守着心灵的净土,成为支撑共和国改革开放和现代化建设大业的钢铁脊梁。

中国产业工人是伟大的。人们不应当遗忘他们。历史不应当遗忘他们。时代不应当遗忘他们。许多年来,产业工人这个群体很少被人提起了,他们甚至被视为企业改革的"成本"、下岗分流的"负担"。

这是不公平的。

革命战争年代,他们曾坚定地同中国共产党人站在一起,前仆后继,流血牺牲;共和国草创时期,从深入蛮荒之地建设大三线,到炼铁炼钢、修路架桥、找油挖煤,他们以血染的肩膀,以黄沙拌饭、工棚为家的艰苦奋斗精神,为实现国家富强和民族振兴奠定了坚实的基础。改革开放年代,上亿青年农民加入了产业工人行列,他们一边默默劳作,创造着举世瞩目的业绩,一边默默承担着社会变革和变化带给他们的阵痛,并以最低的生活要求来维持自己和家人的生计。

建国六十年，改革开放三十年，中国工人（包括农民工）贡献最多，所得最少。采访中，为他们我常常热泪盈眶。今天，做一个端坐于写字楼的时尚白领和妙丽女生，已经成为中国"80后"、"90后"普遍而执著的梦想。他们拒绝蓝领。这诚然是一个国家走向现代化的必然趋势，但是，来自白领的任何设计，最终都要由蓝领完成"中国制造"和"中国创造"。

没有蓝领，我们将一事无成。

没有亲近大地、汗水和火焰的劳动，没有所谓"草根族"的劳动，实现中华民族伟大复兴的理想不过是镜中花、水中月。

人们的目光常常只注意和欣赏阳光下的花花绿绿，却忘记了夜晚仍在继续的挥汗劳动。月光下，一切颜色归于深蓝。

因此，本书其实是献给所有劳动者、特别是所有蓝领的。

3

这里，我必须指出我在写作过程中发生的一个错误。

本书第十三章写到，1995年9月，首钢举办了一场隆重的群众歌咏大会，当已经离休的周冠五出现在会场时，全场爆发出长时间的雷鸣般的掌声。读者从行文中，可以感觉到我当时的一个浮浅的和错误的认识：工人们似乎是为首钢曾经享有的福利而鼓掌的。他们似乎在怀念首钢的面包生产线、香肠生产线、洗衣生产线……

当我写到现任首钢党委一班人，写到朱继民、王青海等首脑人物雄心勃勃率领钢铁大军走向大海、推进"搬迁调整，一业多地"的发展战略，并在曹妃甸建起了中国一流、世界领先的京唐大厂时，我意识到我错了。

首钢工人的掌声其实是在呼唤伟大的"首钢要为首"的雄心壮志和创造精神。他们喜欢有雄心的领导人，喜欢敢于带领他们创造奇迹的领导人。周总理的殷切期望"首钢要为首"，已经成为首钢产业工人大军的精神旗帜，镕铸为首钢人永远烈焰熊熊的灵魂。

这正是伟大的中华民族精神的缩影。

4

这是一部没写完的书。上世纪九十年代，首钢集团最高峰时达26万员工，现在包括重组的贵州水钢、山西长治钢厂等，也还拥有近10万员工。采访过程中，我发现，首钢真是精英荟萃、卧虎藏龙之地，杰出人物难以计数。他们个个都有戏，都有跌宕人生和精彩故事，都有许多感人的奉献与创造。我常常感叹，首钢有写不尽的人物和故事，这本书真是"编筐编篓收不了口儿"——难以收尾。

但是，定于2009年9月1日的首钢九十年厂庆之日很快就要到了，我很想把本书作为自己的一瓣心香和由衷敬意献给首钢工人。而且再写下去，本书的篇幅也太长了。

5

本书写作过程中，首钢宣传部给予我很多的鼓励和支持。

首钢日报、档案馆、迁钢宣传部、首秦宣传部、首钢日报驻京唐公司记者站提供了大量信息和资料。

在长达一年的时间里，首钢日报记者韩基宪一直担任我的助手，在安排采访、查询史料、数据方面做了大量不胜其烦的工作。书稿完成后，许多被采访人都对文字做了认真的修正。宣传部的黄安和几位老同志对全书进行了仔细的审读，并提出许多文字上和技术上的修改意见，令我获益匪浅。

最重要的是，首钢充分尊重作家的创作自由，充分尊重作家的独立思考和独立判断，绝不横加干预。因此如果本书在史实判断和描述上有何不妥或不准确之处，责任仅仅属于我个人。

深入首钢采访和写作期间，首钢宣传部的张世明同志以及红楼迎宾馆在生活和工作上为我提供了诸多方便。

在此一并表示深深的谢意。

2009 年 10 月 22 日

本书校样送到我手上的时候，一则媒体报道引起了我的注意：2009 年 12 月 26 日，刚刚出版的美国《时代》杂志揭晓了影响世界的"年度封面人物"，第一名，他们给了自己人。排在第二名位置的是一个特殊群体："中国工人"——封面刊登了一组中国工人的黑白照片，两男五女，他们都是在深圳一家生产节能灯的小厂做工的农民工。该杂志在相关介绍文章中表示：中国经济顺利实现"保八"目标，在世界主要经济体中继续保持最快的发展速度，并带领世界走向经济复苏，应当"归功于数亿工人"。

《新华每日电讯》就此发表评论说："外国人的致敬，提醒我们重新打量'中国工人'这个群体……不知从何时起，在公众视野中，工人的身影在减少，工人的声音在变弱，工人的权利在流失。一些调查也显示，愿意当工人的孩子越来越少。再加上工人进入大众视野，往往伴随着下岗、工伤、矿难等'坏消息'，工人，似乎成了弱势、底层的代名词。"

评论最后说："《时代》周刊赞美中国工人，而善待中国工人要靠我们自己。"

2010 年 1 月 15 日补记

图书在版编目（CIP）数据

咱们工人：铁血记忆·首钢九十年 / 蒋巍著. —
北京：人民日报出版社，2010.12

ISBN 978-7-5115-0240-7

Ⅰ. ①咱… Ⅱ. ①蒋… Ⅲ. ①纪实文学－中国－当代
Ⅳ. ①I25

中国版本图书馆 CIP 数据核字（2010）第 232740 号

书　　名：咱们工人：铁血记忆·首钢九十年
作　　者：蒋　巍

出 版 人：董　伟
责任编辑：周海燕
扉页题字：蒋　巍
封面摄影：杨国东
封面设计：华夏视觉

出版发行：人民日报出版社
社　　址：北京金台西路 2 号
邮政编码：100733
发行热线：（010）65369527　65369512　65369509　65369510
邮购热线：（010）65369530
编辑热线：（010）65369514
网　　址：www.peopledailypress.com
经　　销：新华书店
印　　刷：北京汇林印务有限公司

开　　本：1/16　　710mm×1000mm
字　　数：680 千字
印　　张：30
印　　数：30000 册
印　　次：2011 年 4 月第 1 版　　2011 年 4 月第 1 次印刷

书　　号：ISBN 978-7-5115-0240-7
定　　价：68.00 元